TOUTE UNE HISTOIRE

Nous sommes à Berlin, de 1989 à 1991, au moment de la réunification allemande, observée par un couple étonnant : le grand et maigre Fonty, le petit et trapu Hoftaller.

Le premier est né en 1919, a fait la guerre dans l'aviation de Goering comme journaliste correspondant de guerre, ensuite il a été instituteur, puis conférencier littéraire en RDA, enfin appariteur dans les ministères : un témoin. Mais il est aussi la réincarnation de Theodor Fontane, le grand romancier né un siècle plus tôt, dont il connaît par cœur les romans, les chroniques et la vie, et auquel il s'identifie jusque dans les détails de son existence privée.

Hoftaller, son « vieux compagnon » qui l'espionne sans désemparer, est sans âge et aussi vieux que la police politique : il traquait déjà le jeune Marx, il a connu la révolution de 1848, l'unification de 1871, la république de Weimar, il a travaillé avec la Gestapo, avec la Stasi : toujours au service de l'ordre. Il « tient » Fonty-Fontane, dont le libéralisme gauchisant a été suspect à tous les régimes, et qui a quelques peccadilles à se reprocher.

Ce vieux couple infernal de l'intellectuel et de l'espion permet une vision stéréoscopique de l'histoire, récente et moins récente : un tableau cocasse et effarant, mais aussi nuancé, poétique et profond.

Ce grand roman, dense et foisonnant, ironique et violent, a valu à Günter Grass, lors de sa publication en Allemagne, un extraordinaire déchaînement de critiques. C'est qu'il ne s'agit pas seulement de la réunification allemande, mais de l'effondrement des « socialismes réels » et du triomphe mondial du capitalisme libéral. Toute une histoire !

Né en 1927 à Danzig, Günter Grass étudia la peinture et la sculpture avant de se tourner vers la littérature. C'est au cours d'un long séjour à Paris qu'il écrivit son premier roman, Le Tambour, *qui, traduit en onze langues, lui assura une fulgurante renommée. Tandis qu'il confirmait son génie de conteur et de satiriste dans des œuvres romanesques comme* Les Années de chien, Le Chat et la Souris, *il évoquait, par ailleurs, ses expériences et ses préoccupations politiques dans* Évidences politiques, Journal d'un escargot, Les Enfants par la tête ; *dans ses* Propos d'un sans-patrie, *et* L'Appel du crapaud *il a pris courageusement position sur la réunification allemande et la réconciliation germano-polonaise. Enfin, il nous donne sa vision personnelle et caustique du siècle finissant dans* Mon siècle. *Il a reçu en 1999 le Prix Nobel de littérature.*

Günter Grass

TOUTE UNE HISTOIRE

ROMAN

Traduit de l'allemand
par Claude Porcell
et Bernard Lortholary

Éditions du Seuil

TEXTE INTÉGRAL

TITRE ORIGINAL
Ein weites Feld
ÉDITEUR ORIGINAL
Steidl Verlag, Göttingen

ISBN original : 3-88243-366-3

ISBN 2-02-047500-6
(ISBN 2-02-028234-8 1re publication)

www.seuil.com

Pour Ute, qui a une passion pour F.

LIVRE PREMIER

1. Visite aux piqueurs du Mur

Nous autres, des Archives, nous l'appelions Fonty ; en fait, beaucoup de ceux qui croisaient son chemin disaient : « Alors, Fonty ? Encore du courrier de Friedlaender ? Et comment se porte la jeune demoiselle ? Elle serait sur le point de se marier, votre Mete, à ce qu'on murmure partout, et pas seulement sur le Prenzlberg. Y a-t-il du vrai là-dedans, Fonty ? »

Même son ombre-diurne-et-nocturne lui lançait : « Mais non, Fonty ! C'était bien des années avant les troubles révolutionnaires, c'était quand vous lisiez à vos frères du “Tunnel sur la Spree”, à la lumière des chandelles, quelque ballade dans le genre écossais... »

D'accord, ça fait bête, comme Gorbi pour Gorbatchev ou Honni pour Honecker, néanmoins il faut s'en tenir à Fonty. Il nous faut même accéder à son désir d'un « y » final, et l'entériner de l'estampille huguenote.

D'après ses papiers, il s'appelait Theo Wuttke. Mais étant né à Neuruppin comme Fontane, et en plus l'avant-dernier jour de l'année 1919, soit un siècle plus tard, jour pour jour, il avait tout lieu de refléter les tribulations d'une existence agitée qui ne connut qu'une gloire tardive, mais fut alors gratifiée d'un monument que, reprenant les propres mots de Fonty, nous appelions « le bronze assis ».

Ne se souciant ni du décès ni du tombeau, aiguillonné plutôt par cette sculpture grandeur nature devant laquelle il s'était souvent trouvé enfant, seul ou donnant la main à son père, le jeune Wuttke s'essaya déjà – comme lycéen ou sous le drap bleu de l'aviation – à revivre cette vie avec tout son sens, et de façon si crédible qu'au soir de sa vie, affublé de ce surnom de « Fonty » depuis le début de ses tournées de conférences pour l'Union culturelle, il disposait à la demande de tout un stock de citations ; et elles étaient toutes si pertinentes que, dans tel ou tel cercle de causeurs, il pouvait s'en présenter comme l'auteur.

Il parlait de « ma trop célèbre ballade sur les poires », de « ma Grete Minde et son incendie », revenait souvent sur son Effi, sa « fille des airs ». Dubslav von Stechlin et Lene Nimptsch aux cheveux blond cendré, Mathilde au profil de camée et Stine la trop pâle, avec la veuve Pittelkow, avec Briest atteint de faiblesse, Schach devenant ridicule, le forestier Opitz et la chétive Cécile, tous étaient ses personnages à lui. C'était sans clin d'œil, mais avec la certitude de souffrances endurées, qu'il se plaignait de la corvée qu'avait été la pharmacie au moment de la révolution de 1848, et plus tard de sa piètre position de secrétaire de l'Académie prussienne des arts – « J'en suis encore fichtrement à plat et à bout de nerfs » –, pour enchaîner tout à trac sur la fameuse crise qui l'avait presque conduit à l'asile. Il était ce qu'il disait, et ceux qui l'appelaient Fonty le prenaient au mot tout le temps qu'il causait, illustrant grandeur et décadence de la noblesse de la Marche de Brandebourg par des anecdotes piquantes.

Bien des après-midi maussades, il nous a ainsi fait passer le temps. À peine assis dans le fauteuil réservé aux visiteurs, il se lançait. Aussi bien, tout lui était familier ; il pouvait même dresser la liste des erreurs de ses biographes, qu'il appelait « mes valeureux effaceurs de traces ». Et lorsqu'il était assuré d'apparaître à nos yeux comme l'original, il s'écriait : « Il serait ridicule de me portraiturer en homme qui serait *au-dessus de ça !* »

Souvent il était meilleur que nous, ses « consciencieux esclaves voués aux notes en bas de page ». De sa correspondance entreposée chez nous, par exemple avec sa fille, il était capable d'égrener le chapelet avec une telle sûreté dans les citations que certainement il se délectait à la poursuivre en épistolier toujours aussi passionné ; ainsi, juste après l'ouverture du Mur de Berlin, il écrivit à Martha Wuttke, qui soignait ses nerfs malades à Thale am Harz, une de ces lettres où il l'appelait Mete : « … Maman s'est bien sûr crue obligée de pleurer, tandis que moi, ces événements qui veulent à toute force être grandioses ne me disent rien. Je mise plus volontiers sur le détail insolite, par exemple sur ces jeunes gars – pour certains, étrangers jusqu'à l'exotisme – qu'on appelle piverts ou piqueurs du Mur et qui, moitié en iconoclastes, moitié en petits détaillants, travaillent à la démolition assurément bienvenue de cette réalisation kilométrique ; l'ouvrage d'art panallemand subit l'assaut de leurs marteaux et de leurs burins, afin que tout le monde ait droit à son petit souvenir – et les clients ne manquent pas… »

C'est dire à quelle époque nous faisons revivre Theo Wuttke, que tout le monde appelait Fonty. Cela vaut également pour son ombre-diurne-et-nocturne. Ludwig Hoftaller, dont la vie antérieure s'est vendue dans les librairies de l'Ouest sous le titre *Tallhover*, et qui commença d'exercer son activité au début des années quarante du siècle dernier, mais ne mit nullement fin à cette vie là où le biographe a mis son point final : à partir du milieu des années cinquante de notre siècle, il continua tout au contraire de mettre à profit son immense mémoire, à cause prétendument de ces nombreux cas non réglés dont faisait partie le cas Fonty.

C'était donc Hoftaller qui, à la station Zoologischer Garten, changeait le vil métal de l'Est en argent occidental, afin de pouvoir grâce à ces espèces inviter l'objet de sa surveillance à célébrer son soixante-dixième anniversaire :

« On ne peut pas laisser passer ça. Ça s'arrose.

– Ce serait comme si l'on voulait me rendre les avant-derniers honneurs. »

Fonty rappela à son vieux compagnon une situation où l'avait mis l'invitation de la *Vossische Zeitung*. Une lettre de Stephany, le rédacteur en chef, était arrivée à la maison. Mais déjà à l'époque, voilà cent ans, il avait manifesté par retour du courrier son peu d'enthousiasme : « Tout le monde peut arriver à soixante-dix ans, pour peu qu'on ait un estomac potable. »

C'est seulement lorsque Hoftaller eut promis de ne pas réunir les quatre cents ténors de la bonne société berlinoise, comme à l'époque le journal, mais de restreindre le cercle, voire au besoin de le réduire à l'heureux septuagénaire et à lui-même – toujours présent dans les passes difficiles – que Fonty se laissa faire : « Je préférerais, à vrai dire, me caler dans l'angle de mon canapé – à près de soixante-dix ans, on en a bien le droit. Mais enfin s'il le faut, qu'au moins cela sorte de l'ordinaire. »

Hoftaller proposa le club des artistes La Mouette, dans la Maternstrasse. Ensuite, il suggéra à son invité d'envisager le Ganymède, le restaurant très prisé du Theater am Schiffbauerdamm. Rien ne convenait. Et le Kempinski, dans la partie ouest de la ville, ne répondait pas non plus aux vœux de Fonty. « Je songerais, dit-il, à quelque chose d'écossais. Pas forcément avec cornemuses, mais enfin il faudrait tout de même que ce soit un peu écossais… »

Nous autres qui, aux Archives, sommes les survivants parmi les esclaves voués aux notes en bas de page, nous nous exhortons à ne pas expédier trop vite le septantenaire, mais à rendre compte de la promenade qui eut lieu dès la mi-décembre et fournit alors, au terme d'un assez long déroulement, l'occasion d'évoquer l'anniversaire imminent et d'en planifier les festivités.

Par un jour d'hiver tout tintant de gel, auquel répondait un ciel d'un bleu aqueux au-dessus de la ville désormais indivise, un 17 décembre où, dans la grande salle Dynamo, le Parti jusque-là dominant tenait congrès pour s'affubler d'un nouveau nom, un dimanche qui lâchait dans les rues petits et grands, voici que résolument ils apparurent eux aussi à l'image, au coin de la Leipziger Strasse et de la Otto-Grotewohl-Strasse : long et mince l'un, trapu et courtaud l'autre. La silhouette de leurs chapeaux et manteaux, feutre noir, laine mélangée grise, se fondait en un tout qui allait grandissant. Ce qui approchait ainsi couplé semblait être impossible à stopper. Déjà ils avaient dépassé la Maison des ministères, ou plus exactement son flanc nord. Tantôt gesticulait la moitié élancée, et tantôt la râblée. Ou encore tous deux faisaient parler leurs mains surgies de vastes manches, l'un à grands pas, l'autre trottinant. Leurs expirations s'évaporaient en petits nuages blancs. Se devançant et se retardant l'un l'autre, ils n'en étaient pas moins une forme unique et d'une seule coulée. Leur attelage échouant à marcher d'un même pas, on eût dit deux petites silhouettes en papier noir qui se déplaçaient en tremblotant un peu. Ce film muet se déplaçait en direction de la Potsdamer Platz, où le mur érigé en frontière était déjà abattu sur la largeur d'une rue et ouvert dans les deux sens de circulation ; néanmoins, ce passage fréquemment encombré ne permettait qu'un trafic ralenti entre une moitié de la ville et l'autre, entre deux mondes, entre Berlin et Berlin.

Ils traversèrent un *no man's land* qui avait été désertique des dizaines d'années durant et dont à présent la vaste superficie n'attendait goulûment que des propriétaires ; déjà les premiers projets faisaient assaut de surenchères, déjà se déchaînait la fureur de construire, déjà les prix du terrain s'envolaient.

Fonty adorait ce genre de promenade, d'autant que depuis peu l'Ouest, avec le Tiergarten, lui donnait du champ. Maintenant seulement, sa canne apparaissait à l'image. Hoftaller, qui venait en remorque, sans canne mais avec une serviette rebondie, était connu pour y porter toujours avec lui, outre la bouteille Thermos et la boîte à sandwichs, un petit parapluie qu'une simple pression déployait à la taille normale.

À peine encore surveillé, le Mur faisait des offres des deux côtés de son ouverture. Après une brève hésitation, les deux hommes résolurent de prendre à droite, vers la porte de Brandebourg. Métal contre pierre : de loin déjà ils avaient entendu ce bruit clair de piquetage. Par des températures inférieures à zéro, ce genre de son porte particulièrement loin.

Les piqueurs de Mur étaient au coude à coude, debout ou à genoux. Ceux qui travaillaient en équipe se relayaient. Certains portaient des gants contre le froid. À coups de marteau sur un burin, ou souvent avec un simple pavé et un tournevis, ils effritaient la fortification, dont la face occidentale, au cours de ses dernières années d'existence, avait été ornée par des artistes anonymes de couleurs vives et de tracés précis jusqu'à devenir une œuvre d'art : laquelle n'était pas avare de symboles, crachait des citations, criait, accusait, et avait été d'actualité hier encore.

Çà et là, le Mur était déjà criblé de trous et révélait ses entrailles : des fers à béton qui s'encroûteraient bientôt de rouille. Et sur de grandes surfaces, cette fresque prolongée sur des kilomètres jusqu'au dernier moment livrait, en fragments mûrs pour le musée, des plaques grandes comme la main et, en minuscules tessons, de la peinture sauvage : délires d'invention et messages figés de protestation codée.

Tout cela était destiné à favoriser le souvenir. À l'écart du martèlement, quasiment en deuxième ligne de ce démantèlement pratiqué côté ouest, le commerce fleurissait déjà. Sur des torchons ou des journaux s'étalaient gros blocs et miettes infimes. Quelques vendeurs offraient trois à cinq fragments, tout au plus de la taille d'une pièce d'un mark, dans des sachets de plastique transparent. On pouvait admirer de plus grands détails de la peinture murale, détachés avec patience, comme une tête de monstre à œil de cyclope, ou bien une main à sept doigts ; toutes pièces qui n'étaient pas données et trouvaient néanmoins acheteur, d'autant plus qu'elles étaient assorties d'un certificat daté : *Original Berliner Mauer*.

Fonty, qui ne pouvait s'empêcher de tout commenter, s'écria : « Les parties valent mieux que le tout ! » Comme il n'avait que de l'argent de l'Est, un jeune vendeur, qui apparemment avait fait assez de profit, lui offrit trois éclats gros comme des pièces de moins d'un mark et dont les traces de couleur, l'un noir et jaune, l'autre rouge et bleu et le troisième de trois verts différents, prétendaient à quelque valeur : « Tiens, Papi, c'est seulement pour un client de l'Est, et parce que c'est dimanche. »

Au début, son ombre-diurne-et-nocturne ne voulut pas regarder cette réjouissance populaire, certes illégale, mais tolérée des deux côtés du Mur ; Fonty devait le tirer par la manche. Il traînait littéralement son compagnon le long de ces mètres d'images. Non, ce n'était pas du tout pour Hoftaller. Cet art mural n'était pas à son goût ; mais il ne pouvait pas ne pas regarder ce qui pourtant, depuis toujours, lui faisait horreur : « Le chaos ! s'écria-t-il. Ce n'est tout simplement que le chaos ! »

Arrivés à un endroit où les plaques de béton, étroitement jointives et arrondies à leur sommet, laissaient apercevoir l'Est parce que la construction frontalière y avait été depuis peu largement ébréchée par le haut, ils s'arrêtèrent et jetèrent un coup d'œil par l'échancrure, dont les bords en zigzag laissaient pointer des ferrailles tantôt tordues, tantôt sciées. Ils virent la zone de sécurité, la bande de terrain où circulaient les chiens, le vaste champ battu par les tirs, ils virent tout le couloir de la mort, virent les miradors.

Vu depuis l'autre côté, Fonty dépassait de l'évasement à hauteur de poitrine. Près de lui, Hoftaller n'était à l'image qu'à partir des épaules : deux hommes à chapeaux. Si le besoin oriental de sécurité avait encore laissé un soldat en sentinelle, il eût pu prendre des deux hommes un cliché à mettre dans un dossier.

Un long moment, c'est leur silence qui passa par la brèche, mais les souvenirs qu'ils taisaient suivaient des cours différents. Enfin Hoftaller dit : « Ça m'attriste, même si nous avons prévu cette démolition au plus tard depuis l'interdiction de l'édition allemande de *Spoutnik* en novembre quatre-vingt-huit. On pourra le lire un jour, notre rapport sur l'effritement de l'ordre étatique. On l'ignora. Aucun des camarades dirigeants n'était disposé à en parler. Je connais ça : surdité classique en phase terminale… »

Plus à mi-voix que fort, Hoftaller laissait parler par l'échancrure du Mur sa préoccupation de fonctionnaire. Soudain il fut pris d'un petit rire. Un petit rire longtemps réprimé, emmagasiné jusqu'à déborder à présent au point de le secouer. Et Fonty, qui dut se pencher vers son chuchotement, entendit : « C'est pourtant drôle. Un cas typique d'usure du pouvoir. Plus rien n'accroche. Mais on aimerait tout de même bien savoir qui a fait sauter le verrou. Hein, qui est-ce qui a fait passer son antisèche au camarade Schabowski ? Qui lui a permis de faire cette annonce ? De la claironner phrase à phrase, “À dater d'aujourd'hui, il est…” Hein, Fonty, qui a eu l'idée du petit “Sésame, ouvre-toi” ?

Qui donc ? Pas étonnant que l'Ouest ait été sidéré, quand à partir du neuf novembre ils se sont amenés par dizaines, que dis-je, centaines de milliers, à pied et en Trabi. Ils étaient perplexes… Ils ont crié à la folie… Folie ! Mais voilà ce que c'est de se lamenter depuis des années en disant : "Le Mur doit disparaître…" Hein, Wuttke ? Qui a dit : "S'il vous plaît, avalez-nous" ? Vous pigez ? »

Fonty, qui jusque-là s'était tu, la tête penchée de côté, ne voulut pas jouer aux devinettes. Plutôt négligemment, il joua la carte d'une contre-question. « Au fait, où étiez-vous fourré lorsqu'on a tout fermé ici, à l'époque, tout bouclé ? »

Devant la brèche béante à hauteur de poitrine et d'épaules, ils étaient toujours encadrés comme un double portrait. Comme ils se soumettaient tous deux volontiers au rituel des questions préparées, nous supposons que Fonty connaissait d'avance la litanie qu'égrena Hoftaller : « Par suite de la contre-révolution… Lorsque seule l'aide de la puissance soviétique put encore… On procéda peu après à des purges… »

Il énuméra des mesures de sécurité qu'on avait négligées, et parla de déceptions. Il continuait à déplorer certaines lacunes du système. Indélébiles chez lui, les émeutes du 17 juin. « Muté par décision disciplinaire. Affecté aux Archives d'État. Je me suis donc vu contraint de quitter l'État des Ouvriers et Paysans. Mais ce n'était pas une crise de principe sur le sens de ce que je faisais. Non, Tallhover n'a pas tiré un trait, il a seulement changé de côté, il était très demandé en face. C'est ce que mon biographe n'a malheureusement pas voulu croire, il a mal mesuré la liberté courante à l'Ouest, il m'a vu acculé, m'a inventé un désir de mourir – comme si nous pouvions tirer un trait, nous autres ! Pour nous, Fonty, il n'y a pas de fin ! »

Hoftaller ne parlait plus en chuchotant. Loin maintenant de la brèche béante du béton qui forçait à l'aveu, trottinant à nouveau le long de l'interminable peinture murale, il affichait une belle humeur : « À présent on peut bien parler ouvertement : on m'accueillit avec des baisemains. Ça se comprend : mes connaissances spéciales ! Je travaillai de l'autre côté sous un faux nom ; le mien, mais à l'envers :

je m'appelais Revolat. Cela me réussissait, ce changement de climat. Mais l'autre côté aussi me réserva bien des déceptions. Mes mises en garde contre un verrouillage imminent : peine perdue. Aux Renseignements généraux de Cologne, en photographiant les bons de livraison, j'eus la preuve de tous les achats massifs faits à l'Ouest : tout ce dont on avait besoin pour édifier ce rempart de la paix, ciment, fers à béton, des quantités de fil de fer barbelé. Je finis par alerter le contre-espionnage, à Pullach. En vain. Pour finir, quand c'était trop tard, l'agent Revolat se rendit compte que l'Ouest aussi voulait le Mur. Tout était tellement plus simple, après ! Pour les deux côtés. Même les Américains étaient pour. Impossible d'avoir davantage de sécurité. Et maintenant, cette démolition ! »

« Rien n'est éternel ! » dit Fonty en guise de consolation. Dans la lumière oblique de l'après-midi, ils marchaient et trottinaient en direction de la porte de Brandebourg. Le soleil déjà bas faisait que leurs ombres accouplées se projetaient sur le mur peint, les suivant et singeant leurs gestes dès qu'ils parlaient avec leurs mains surgies de larges manches et voyaient ce récent trou dans le dispositif de sécurité, l'un comme un risque – « Vous verrez qu'on souhaitera le rétablir, un jour ! » –, l'autre comme « un gain énorme » dont il fallait se féliciter : « C'est mieux sans qu'avec ! »

Quelques piqueurs travaillaient dur, comme s'ils étaient aux pièces ; un homme d'âge employait même une perceuse électrique à pile. Il portait des lunettes de protection et un protège-oreilles. Des enfants le regardaient.

La foule était nombreuse, et partiellement turque. De jeunes couples se faisaient photographier sur ce fond, de façon à pouvoir plus tard, bien plus tard, se souvenir. Là, des familles longtemps séparées se rencontraient. Des voyageurs venus de loin s'étonnaient. Des Japonais en groupes. Un Bavarois en costume. L'humeur était gaie sans être bruyante. Et tout cela dominé par ce bruit qu'on attribue au pivert.

Deux agents à cheval de la police de l'Ouest venaient vers eux, leur regard lointain ignorant ces travaux dominicaux. Hoftaller eut un sursaut professionnel, mais quand il s'enquit si une telle dégradation était autorisée, l'un des agents répondit : « C'est pas permis, mais c'est encore moins interdit. »

Pour consoler son ombre-diurne-et-nocturne, Fonty lui fit cadeau de ses trois miettes de Mur. Et Hoftaller dit, tout en mettant ces fragments colorés sur une face à l'abri dans son porte-monnaie comme des pièces à conviction : « En tout cas, à partir d'août 61, il était temps de faire quelque chose. Mon ancien service me fit signe. Je ne me fis pas prier longtemps. Mais vous le savez bien, que j'ai toujours été pour la Grande Allemagne… »

Leur rituel ne donna rien de plus. Ils longèrent le Mur en silence. Leurs bouches n'émettaient plus que de la vapeur. Pas à pas, leur attelage se retrouva dans le flot qu'endiguait la Porte, ou plutôt la vaste boucle du rempart de béton qui en interdisait l'approche et dont le monde attendait qu'on l'abatte depuis des semaines, équipes de télévision aux aguets.

Il était massif, construit comme pour l'éternité. Seul le visible embarras de quelques soldats gardes-frontières, qui faisaient moins de la présence qu'ils ne traînaient leur désœuvrement sur le sommet arrondi du bastion, praticable à cet endroit, annonçait que l'ouvrage était condamné à brève échéance. Soyons sûrs que Hoftaller voyait cela d'un assez mauvais œil, alors que Fonty prenait plaisir aux spectacles annexes de cette idylle dominicale. De jeunes femmes et des enfants hissés à bout de bras par leurs mères offraient aux soldats des fleurs, des cigarettes, des oranges, des barres de chocolat et, naturellement, des bananes, ce fruit exotique faisant alors l'objet d'une vogue ostentatoire. Et, le miracle répondant au prodige, ces hommes en uniforme, hier encore prêts à ouvrir le feu, acceptaient ces gâteries, et même du mousseux occidental.

Et voilà que dans cette atmosphère douillettement dominicale, entouré de curieux, dont des jeunes plus éméchés qu'agressifs qui criaient « Ouvrez la porte ! », voilà qu'en ce temps d'espoirs vertigineux et de tables rondes, de grands mots et de petites mesquineries, en cette heure où l'on déboulonnait les grands chefs et où l'on concluait vite les premières affaires, voilà que par cette belle journée sans vent de décembre 1989, Fonty se mit soudain à réciter d'une voix forte, sans que Hoftaller pût lui faire baisser le ton, ce long poème intitulé *Entrée des troupes*, paru au jour dit, le 16 juin 1871, dans le *Berliner Fremden- und Anzeigenblatt*, célébrant en rimes la fin victorieuse de la guerre contre la France, ainsi que la fondation de l'empire et le couronnement du roi de Prusse comme empereur des Allemands, et faisant défiler dans ses nombreuses strophes tous les régiments qui rentraient, la Garde en tête – « Avec eux arrivent, sanglés et serrés/ Le sabre à la main, la gloire redoublée/ Les cavaliers bleus de Mars la Tour/ Mais dont la moitié ne voit pas ce jour… » – pour leur faire ensuite franchir la porte de Brandebourg, puis remonter au pas de l'oie l'avenue triomphale Unter den Linden : « Mêlant leurs couleurs, ce sont Prussiens, Hessois et Bavarois, sans oublier les Badois, ce sont Saxons et Souabes, chasseurs et voltigeurs, casques à pointe, bonnets et casquettes… »

Ce n'était pas la première fois ; car après les victoires prussiennes sur le Danemark et sur l'Autriche, au terme des premières guerres pour l'unité, on avait eu droit aussi à des défilés et à des poèmes rimés sur l'entrée des troupes ; cette fièvre patriotique, Fonty l'avait remise en mémoire, en déclamant une première strophe aux badauds assemblés devant la Porte condamnée : « Voyez, c'est la troisième fois qu'ils franchissent la grande Porte ; l'empereur en tête, le soleil brille, tout le monde rit, tout le monde pleure… »

Si bien rythmée que fût la déclamation, la voix de l'ancien conférencier culturel Theo Wuttke, que tous appelaient Fonty, pâtissait du plein air et ne portait pas loin. Ils furent peu nombreux à rire et aucun ne pleura, les applaudissements furent d'ailleurs maigres, lorsque avec la dernière strophe il fit s'achever le défilé triomphal devant « Fritz » : au pied du monument de Frédéric II.

Comme les vers finissaient de résonner, les deux silhouettes se détachèrent de la foule. Fonty semblait pressé et Hoftaller lui lança, parlant à son dos : « Est-ce que cela voulait être votre contribution à la future unité ? C'était martial et fringant. Je l'ai encore dans l'oreille : “Le bruit sourd de leurs pas sur Unter den Linden/ Fait vibrer le cœur de l'Allemagne prussienne”…

– Je sais, je sais ! Ce n'était qu'un travail alimentaire. Mal payé, en plus…

– Il y en a d'autres, dans le genre. Tantôt guindés, tantôt rimés à la diable.

– Hélas. Mais il y a aussi des choses meilleures – et qui resteront ! »

Entre-temps, ils s'éloignaient sous les arbres raidis par l'hiver. Leur conversation sur la poésie de circonstance retomba rapidement ; nous la passons sans la commenter. Ils croisaient, de deux pas différents, les promeneurs du dimanche qui se dirigeaient vers la Porte. Leur but à eux était la colonne de la Victoire, dont l'ange, à son sommet, faisait flamboyer au soleil du soir sa laideur redorée de neuf. Ils avaient envie de gagner la Grande Étoile en coupant droit par le Tiergarten, dont les chemins qui obliquaient à gauche vers le pont Louise, vers l'Amazone et en direction de l'île Rousseau offraient des bancs bien tentants. Mais ils ne dévièrent pas de leur chemin. C'est à peine s'ils ralentirent en passant devant le mémorial soviétique.

Vus depuis la porte de Brandebourg, ils devinrent de plus en plus petits. Le couple inégal. Gesticulant à nouveau : l'un avec sa canne, qu'il appelait « mon bâton de marche et de la Marche », l'autre avec les doigts courts de sa main droite, car la gauche portait la serviette rebondie. Le film muet. L'un marchant à grands pas, l'autre trottinant. Vus depuis la Grande Étoile, ils avançaient bien. Leurs deux manteaux formant une seule silhouette découpée, même s'ils ne se tenaient pas par le bras. Au bout de la Paradestrasse, ils disparurent brièvement tous les deux, forcés d'éviter la circulation giratoire effrénée autour de la colonne en empruntant un tunnel construit exprès pour les piétons.

Pendant que le couple s'absente, nous sommes tentés de vitupérer cette curiosité berlinoise qui a surmonté de toute sa hauteur deux guerres mondiales, mais Fonty nous coupe la parole : à peine avaient-ils resurgi que, devant le socle de la colonne dressée jusqu'à son symbole triomphal culminant à soixante-six mètres, l'occasion s'offrait de digressions dans le domaine historique, soit à l'aide de longs poèmes strophiques, soit en puisant des souvenirs remontant jusqu'à la victoire de Sedan, voire encore plus loin dans l'escalier de l'Histoire.

À les entendre, ils étaient à l'inauguration de la colonne, le 2 septembre 1873. À l'époque, c'était une Borussia surélevée qui symbolisait la Victoire sur la place Royale, aujourd'hui place de la République. Peu avant le début de la Deuxième Guerre mondiale, elle fut enlevée sur ordre venu de tout en haut, et quitta les abords du Reichstag pour la Grande Étoile.

Un bas-relief passe pour remarquable qui, à hauteur d'homme, célèbre, victoire après victoire, les guerres pour l'unité. Là un jeune garçon bouclé tend son fusil au père qui part en embrassant la mère, ailleurs des réservistes ont la baïonnette au canon. Un trompette sonne l'attaque. On avance en enjambant ceux qui sont tombés.

Ils firent le tour du socle. La colonne, depuis son granit rouge de Suède jusqu'à la Victoire, en passant par tous ses reliefs de métal, ayant été endommagée au cours de la guerre la plus récente et tristement perdue : l'index de Hoftaller relevait partout des trous dont on ne pouvait dire s'ils avaient été faits par des éclats de bombe ou, à la fin, d'obus. Transpercée, la poitrine d'un fantassin. Casques partagés en deux. Cette main n'a que trois doigts. Ici, un cheval de dragon en fonte a perdu son antérieure droite, là c'est un capitaine sans tête qui mène l'assaut, que ce soit à Düppel ou à Gravelotte. Chagriné, Hoftaller fit le bilan. Il dénombrait cinquante et un impacts, sans compter les dégâts causés au socle de granit. Mais en matière de victoires, et pour autant qu'il s'agissait de remonter le cours de l'histoire de la Prusse, Fonty avait d'autres ressources que la colonne.

Il cita le comte Schwerin et son drapeau, le vieux Derfflinger, les généraux Zieten et Seydlitz, et par-dessus le marché toutes les batailles, de Fehrbellin à Zorndorf en passant par Hohenfriedberg. Il s'apprêtait à rattacher ces victoires prussiennes, et d'éventuelles défaites, aux drapeaux de régiments illustres, et à évoquer par une brève citation les vieux briscards du grand Frédéric qu'il avait chantés – « Le vieux Seydlitz, à table, rompt le col des bouteilles ; pour être un casse-cou, il n'a pas son pareil… » – et déjà il prenait sa respiration pour se mettre dans le ton de la ballade, levant les bras et la canne, quand il sentit qu'on le tapotait dans le dos.

Un petit garçon, qu'il nous a décrit par la suite comme ayant des taches de rousseur, avait quelque chose à demander : « Pourriez me refaire mon lacet ? Parce que moi j'sais pas. J'ai qu'cinq ans. »

Fonty se baissa, posa sa canne et, comme on le lui demandait, renoua en faisant une boucle le lacet de la chaussure droite.

« Là, dit-il, il tiendra.

– Bon, la prochaine fois je saurai faire tout seul ! cria le garçon en filant rejoindre les autres, qui jouaient au football autour de la colonne, encerclés par la circulation des voitures.

– Tenez, dit Fonty, il n'y a que les choses comme ça qui sont importantes. Les batailles, les victoires, Sedan et Sadowa, tout ça est nul et non avenu. C'est du flan, ridicule ! L'unité allemande, pure abstraction ! Le premier lacet qu'on réussit à nouer, voilà ce qui compte. »

Hoftaller était là debout, dans ses souliers à brides. Il ne voulait pas se souvenir.

Ensuite, il n'y eut plus de soleil. Par le tunnel pour piétons, ils passèrent de nouveau sous la Grande Étoile puis ils descendirent l'avenue du 17-Juin, dans l'intention de prendre le métro express à la station Tiergarten. Deux vieux bonshommes en train de discuter. Leurs gestes à présent plus anguleux. Ils n'avaient plus d'ombres.

Et c'est seulement alors, sans s'y prendre trop tôt mais tout juste quinze jours avant l'événement au chiffre rond, que Hoftaller commença de préparer son invitation.

« On n'a pas ça tous les jours, soixante-dix ans.

– Pour fêter cela, il me manque quelques quintaux de conviction.

– Ça peut encore venir, j'en suis sûr.

– Et où la prendrais-je ?

– Je suggère le restaurant Mitropa, à la station Friedrichstrasse. Naguère le rendez-vous des agents. Un lieu historique, en somme. »

Fonty afficha une mine fermée et rebelle, et il allongea le pas.

Si court sur pattes qu'il fût, Hoftaller resta à sa hauteur :

« Pas de grand fla-fla, c'est promis. Juste un petit cercle sympathique…

– Cela prendrait tout de même une tournure trop bruyante, c'est comme si j'y étais. Et puis j'ai horreur…

– Dois-je comprendre que c'est un refus ?

– Dois-je comprendre que je n'ai pas le choix ?

– Pour rester courtois : je crois que c'est ça.

– Et si je dis non… ?

– Cela m'attristerait, Wuttke. Vous le savez bien : nous pouvons aussi faire autrement. »

Quand ils eurent fait sans un mot le reste du chemin, Fonty s'arrêta juste avant la station. Sans plus trace de mine rebelle, il leva le bras droit comme qui va faire une déclaration, mais le laissa retomber et dit en regardant par-dessus la tête de Hoftaller : « Comment a dit le vieux York, à Laon, quand les Russes n'étaient pas au rendez-vous ? "Eh bien, il faudra que ça marche aussi comme ça." »

Ce mot, comme nous le savons aux Archives, est une citation d'une lettre adressée à Heinrich Jacobi, pasteur dans la Marche de Brandebourg, où il est dit encore : « De mon poème *Jubilé*, je ne vous dis rien. Les journaux conservateurs, qui m'ont à l'œil comme "renégat" – mais ce n'est pas si grave –, ne l'ont cité que très brièvement… »

2. Dans le genre écossais

En outre, la lettre au pasteur Jacobi disait : « On m'a énormément fêté – et en même temps pas du tout. Le Berlin moderne a fait de moi une idole ; mais la vieille Prusse, que j'ai célébrée pendant plus de quarante ans dans mes journaux de guerre, mes biographies, mes peintures des régions et des gens et dans mes poésies populaires, la "vieille Prusse" n'a autant dire pas bougé et a tout laissé faire (comme bien souvent) aux Juifs... »

Pour consulter l'original de cette lettre du 23 janvier 1890, où il est tout de même dit que le ministre von Gossler, son vieux protecteur, a « personnellement pris l'affaire en main », Fonty vint nous rendre visite peu de jours avant Noël. « Ce n'est plus le bout du monde comme avant, même si la liaison par le métro express fonctionne encore mal jusqu'à Potsdam. Mais par le bus, ça va ! »

C'est ce qu'il lança avant même d'avoir refermé la porte, en tendant aux dames, comme à chacune de ses visites, un bouquet de fleurs, ou plus exactement trois rameaux de gui aux fruits pâles et vitreux, tradition dont il nous assura qu'elle était encore vivace en Angleterre, mais aussi au pays de Galles et jusqu'à la pointe nord des Orcades : « Je vous prie de bien vouloir le noter : *That's British Christmas !* »

Quand nous lui demandâmes ce qu'il désirait, Fonty répondit lui-même par une question : « Pourquoi a-t-on soixante-dix ans ? » Et d'énumérer alors des lettres – dont celle à Jacobi – qui dataient toutes des environs du 30 décembre, jour anniversaire, et concernaient le prolongement officiel de celui-ci, à savoir la fête donnée le 4 janvier de l'année nouvelle au restaurant Englisches Haus, dans la Mohrenstrasse.

Il ne resta pas longtemps et ne prit pas de notes. C'est à peine si, en lisant, il hocha la tête ou leva les sourcils. Outre les lettres, il voulut bien se faire montrer quelques articles de journaux célébrant le vieillard, et il ne fit que les parcourir, même l'éloge de la *Vossische*. Son intérêt n'alla pas plus loin. Avant de nous quitter, nous et les Archives, après quelques propos sur l'actualité – dont les troubles sanglants en Roumanie –, il revint encore une fois sur l'anniversaire célébré cent ans plus tôt et n'évoqua pas l'imminence du sien sans manifester quelque réserve, voire presque de la crainte : « Ce n'est pas nécessaire. Vraiment pas nécessaire ! »

Voilà pourquoi il s'est dérobé à la fête souhaitée par Hoftaller. Rien ne colla comme prévu. À la station Friedrichstrasse, où Hoftaller avait réservé une table au restaurant Mitropa, pas d'atmosphère festive. Il y avait bien là, à l'heure dite, trois ou quatre jeunes hommes, qu'il s'agissait de réunir autour du vénérable héros du jour, mais cet invité d'honneur se faisait attendre.

Sans doute étaient-ce des gens du Prenzlauer Berg, tel ou tel. Mais apparemment aucun qui ait fait plus tard parler de lui, au vu de nos dossiers. Beaucoup de choses se sont depuis réglées par l'oubli, d'autres se sont encore perpétuées longtemps sur la base de simples soupçons ; mais à l'époque on pouvait tranquillement dire que c'étaient des talents que Hoftaller avait invités là.

Il y avait le choix. Et Fonty, qui depuis toujours trouvait le moyen de comparer les talents en herbe aux poètes qui lisaient jadis leurs vers au club Herwegh de Leipzig ou au Tunnel sur la Spree, comparait volontiers ces gens du Prenzlauer Berg à Wolfsohn, à Lepel ou à Heyse, surtout en pensant aux périodes révolutionnaires ; comme on ferme un œil après l'autre pour apprécier la distance, il sautait ainsi sans peine des années d'avant 1848 aux grandes manifestations qui avaient précédé à l'Est la chute du Mur. Et comme ces jeunes poètes ne s'étaient jamais moqués du vieux monsieur mais, au lieu de voir en lui un Theo Wuttke un peu toqué, le vénéraient en tant que Fonty, ils parvenaient aisément à profiter de l'intelligence politique et littéraire avec laquelle il télescopait le temps et à en tirer des articles de foi ou des bons mots : tantôt Fonty incarnait un idéal sublime, tantôt il jouait la gentille mascotte. Et comme il semblait planer bien au-dessus des événements, la tâche lui était échue de jouer le médiateur entre ces poètes aux allures d'anarchistes et la toujours sourcilleuse Sécurité.

Nous soupçonnons, sans plus, que la tolérance dont fit l'objet, des années durant, ce milieu agité et parfois impertinent du Prenzlberg ne fut pas due seulement à l'innocuité de ses productions, mais à Fonty, dont les appréciations assurément compétentes et – parce que telle était sa nature – sarcastiques, ainsi que les descriptions spirituelles qu'il faisait des personnes, répondirent aux attentes de son ombre-diurne-et-nocturne et réduisirent à une pointure moyenne ces génies suspects à l'État. On lui en sut gré. Il fut un saint patron protecteur. Mais n'était-il pas dans la nature des choses que lui aussi, étant la mascotte de réunions suspectes, dût faire l'objet d'évaluations, et ce du point de vue de ces jeunes talents ? Ces rapports spéculaires exigeaient un système fondé sur la réassurance permanente et le suivi prophylactique, et c'est à un tel système qu'était attaché, même après son effondrement, un homme comme Hoftaller.

Des invités déçus attendaient l'invité d'honneur. On commençait à s'agiter. Nous imaginons des conversations soucieuses. Hoftaller dut apaiser les esprits.

« Qu'est-ce qui se passe avec Fonty ?

– Il se sera perdu dans le Tiergarten.

– D'ordinaire, c'est la ponctualité en personne.

– Notre ami va sûrement arriver. Il a dit qu'il viendrait.

– On n'a pas fini de l'attendre. Il est de l'autre côté, à la Freiheit, en train de claquer son indemnité de bienvenue.

– Pour lui, on est de l'histoire ancienne, comme ses frères du Tunnel.

– Je vais vous dire. Ceux de l'Ouest sont en train de le promener, par exemple au bord du Wannsee. Pour ses soixante-dix ans, soirée de gala en l'honneur de Fonty, au Sandwerder. Et l'une de ces huiles de l'Ouest, avec nœud papillon, prononce un discours solennel sur l'immortalité comme produit jetable…

– Des nèfles ! S'il y en a un qui parle, c'est Fonty. Qui raconte des trucs sur Jenny Treibel. Sur la façon dont elle vit la fin du Mur, avec son clan. Et sur le profit qui en résulte.

– Ou bien ils se le refilent, d'un débat télévisé à un autre. Il adore jacasser. On ne l'aura plus sur le dos.

– Je vous le ramène ! dit Hoftaller, ou aurait-il pu dire. Il va falloir que notre Fonty comprenne où est sa place, même le jour de son anniversaire. »

Sur ce dernier mot, il heurta sèchement la table avec ses phalanges et promit d'être de retour « dans un moment » en compagnie du fugueur. Les jeunes talents se virent offrir un plat garni, steak haché avec œuf à cheval et pommes sautées, une autre tournée de bière et – comme pour les consoler – une autre de schnaps de Nordhaus.

« Bon, attendons jusqu'à ce qu'il s'amène – enfin. »

Ensuite, Hoftaller se sera mis en quête, guidé par son nez constamment professionnel. Il alla droit prendre le métro express jusqu'à la station Zoo. Et comme il intégrait la partie occidentale de la ville dans son système, il ne descendit pas comme en terrain ennemi, même s'il avait souvent affirmé à Fonty qu'elle lui faisait mal, cette ouverture devenue nécessaire de la frontière pacifique. Même à nous, il disait : « Vous verrez qu'on le regrettera, le rempart protecteur. »

À cette époque où les événements mondiaux se succédaient en cascade, où l'on tirait à balles réelles non seulement en Roumanie mais, comme par compensation, aussi sur le canal de Panama, la station Zoologischer Garten, et en particulier ses arcades parcourues de courants d'air, jusqu'à la librairie Heine, servaient d'officine de change. D'une part l'argent de l'Est en grosses liasses trouvait à s'écouler, de l'autre les petites sommes en marks Ouest étaient demandées. Le cours, flottant de 10,5 à 11 marks

Est pour 1 mark Ouest, activait les transactions, d'autant que beaucoup d'habitants de la partie jusque-là bouclée de la ville trouvaient de quoi aller visiter l'autre, ou du moins de quoi aller au cinéma et boire une bière ensuite.

Et au milieu des changeurs et de leurs clients se tenait, en manteau d'hiver, avec chapeau, écharpe et canne, un observateur amusé. Fonty semblait avoir pris racine au cœur de ces échanges mouvementés, et se délecter de ce spectacle de revue gratuit. Il soupçonnait des trucs de prestidigitateur, voyait le langage par gestes se mêler au brouhaha des voix, était témoin de différends vite apaisés. Cette population de marchands et sa clientèle fluctuante l'étonnaient. Ces émissaires d'un État multinational pouvaient bien être l'avant-garde d'un afflux plus massif. C'est en langue étrangère qu'on soulignait le cours instable de la monnaie soldée, dans des registres divers, ici en chuchotant, là avec un accent claironné. Ailleurs encore régnait, sec ou gouailleur, le parler berlinois. Mais personne ne survenait pour déclarer que la gare était un temple et faire vider les lieux.

Outre le mark Ouest, la demande était forte pour les dollars américains et les couronnes suédoises. On convertissait des pfennigs en roubles. Fonty voyait des doigts fins ou gros compter les billets avec la même agilité. Partout on utilisait des calculettes. Quelqu'un portait un chapeau d'où pendaient trois billets d'une monnaie étrangère, retenus par des pinces à linge. Il voyait des sacs en plastique, des sacs à dos et des bagages de diplomates flambant neufs bourrés de billets changer de propriétaire, certains plusieurs fois, comme selon les règles d'un rituel universellement toléré. Puis il entendit qu'on l'apostrophait par-derrière :

« Vos jeunes amis attendent maintenant depuis une bonne heure. Ils sont déçus. Amèrement déçus.

– Sûrement des gens qui n'étaient pas conviés.

– Ce devait être une surprise…

– S'il faut fêter ça, alors que ce soit au moins à mon gré.

– Et où ça ? Tout de même pas dans cette réception debout, qui peut se terminer par une rafle d'un instant à l'autre ?

– Si j'étais en fonds, je saurais où. »

La puissance invitante fut bien forcée d'aller changer un certain nombre de billets de l'Est auprès du marchand le plus proche, contre environ cinquante marks Ouest. Mais c'est seulement une fois arrivé sur le parvis de la gare, où l'animation était identique, que Fonty nomma l'établissement de son choix : pas sur le Kurfürstendamm ou sur la place Savigny, mais tout près, non loin du pavillon des éléphants du Zoo, face à la gare, un local dont l'enseigne lumineuse clignotait entre un magasin de radio et un café dansant permettrait de fêter l'anniversaire en chiffre rond de l'Immortel et de son cadet : « Je ne crois toujours pas que mes soixante-dix ans soient une occasion suffisante, mais cent soixante-dix, ça vaut la peine. Néanmoins, ne vous attendez pas à me voir prendre une mine de circonstance. »

C'est donc ce qu'entendait Fonty par « du genre écossais ». Le McDonald's était plein comme à l'habitude. Un peu en biais par rapport au long comptoir et aux six caisses, ils trouvèrent cependant une table pour deux d'où l'on pouvait encore apercevoir les autres salles. Ils occupèrent leurs chaises avec leurs chapeaux, Fonty y ajoutant sa canne. Hoftaller ne se séparait jamais de sa serviette.

Ils firent la queue à la caisse cinq et durent se décider rapidement, car le regard interrogateur de la caissière qui, comme tout le personnel, portait casquette verte, cravate verte et chemise vert clair, et qui, d'après le badge accroché au-dessus de son cœur, se nommait Sarah Picht, exigeait qu'on commandât, et immédiatement.

Après un coup d'œil sur ce qui était fort lisiblement offert avec indication des prix, Fonty estima trop coûteux le Super Royal TS à 5,95 marks Ouest et fit choix d'un cheeseburger et d'une portion de chicken McNuggets. Hoftaller hésita entre le Evergreen Menu – Hamburger royal TS, portion moyenne de frites, boisson moyenne sans alcool, tout ça pour 7,75 marks seulement – et juste un McRib, mais préféra finalement le hamburger à deux étages appelé BigMac, avec un milk-shake goût fraise ; Fonty prit un gobelet de Coca-Cola. Il choisissait avec l'assurance qu'aurait eue un vieil habitué du McDonald's. Il conseilla à Hoftaller, qui après tout payait pour eux deux, un supplément : des frites à la sauce moutarde. Lorsqu'on poussa vers chacun son plateau sur le comptoir, Fonty eut droit à deux sortes de sauce – dont l'une s'appelait barbecue – pour aller avec le chicken McNuggets. Sarah Picht sourit aux clients suivants.

Puis ils s'assirent, et chacun mastiqua pour lui-même. Si l'un se débattait avec son BigMac, l'autre trempait avec aisance son chicken McNuggets tantôt dans une sauce, tantôt dans l'autre. Les frites se répartirent entre les deux. Ils mangeaient sans un mot et, quoique assis face à face, sans se regarder. Le Coca et le milk-shake diminuèrent. Les pailles n'étaient naturellement pas en paille, mais la viande promettait d'être à cent pour cent du bœuf, et les McNuggets panés du poulet. Ne sachant que faire de leurs chapeaux, ils les avaient sur la tête l'un comme l'autre. La canne de Fonty était accrochée au dossier de sa chaise. Ils s'écoutaient manger et écoutaient les autres manger.

La clientèle qui emportait ses commandes, un grand nombre de jeunes, et aussi des trafiquants de devises, voilà ce qui mettait de l'animation ; mais nos deux hommes n'étaient pas les seuls représentants du troisième âge ou des « seniors », comme on disait à l'Ouest. On voyait debout çà et là des hommes et des femmes passablement fatigués, appartenant à l'univers de la gare, et qui venaient se chauffer chez McDonald's ; et parfois ils avaient même de quoi se payer une portion de frites. Une telle affluence aurait dû être bruyante, néanmoins toutes les salles n'était pleines que d'une rumeur assourdie.

Fonty n'attendit pas d'avoir terminé son cheeseburger et ses chicken McNuggets. Entre deux coups de dent, il commentait les lieux tout en mâchant : les lampes en laiton au-dessus du comptoir, la hotte des cuisines rapides dont des panneaux vantaient les offres : un fish mac, 3,30 marks. Et il signalait la présence universelle, jusque sur la casquette verte de la caissière Sarah Picht, de l'emblème doublement ventru de la firme, et bientôt se laissait, par ce nom occidental en train de conquérir le monde et devenu symbole de salut, emporter bien loin dans l'espace et dans le temps.

Lesté par le fardeau de temps qui lui pendait au cou, Fonty remonta d'abord aux Macdonald historiques et à leurs ennemis mortels, les Campbell. Il raconta, comme s'il y avait été, cette matinée glaciale de février 1692 où une bonne centaine de porteurs du kilt Campbell étaient tombés sur les Macdonald encore mal réveillés et avaient presque exterminé ce clan. Et du massacre de Glencoe il passa aux actuels empires économiques de ces deux grandes familles écossaises dont les noms s'inscrivaient sur la terre entière : « Vous ne voudrez pas le croire, Hoftaller, mais aujourd'hui il y a de par le monde à peu près treize millions de Campbell, et tout de même trois bons millions de Macdonald. Vous n'en revenez pas, même vous… »

Et le voilà parti, en commençant par le fief d'origine de la société de fast-food, le château d'Armedale. S'aventurant dans les landes écossaises au-delà de la Tweed. Assistant aux rendez-vous de sorcières dans le brouillard. Sur les traces de Marie Stuart, il proposait des excursions d'un château fort en ruine à un autre. Il pouvait désigner chaque clan par son nom et décrire chaque tartan jusque dans ses moindres nuances de couleurs. Aussi, une fois les dernières bribes de poulet nettoyées et rincées d'un fond de Coca, franchit-il la lande fouettée par les vents, longea de profonds lacs bleu nuit et se lança dans les strophes en cascade de ces interminables ballades que l'Immortel avait lues à ses frères du Tunnel sur la Spree, ses lieutenants et assesseurs en poésie : des vers que Fonty dénommait « mes ballades un tantinet poussiéreuses » et que parfois il évoquait en disant « nos ballades » comme si c'étaient des œuvres collectives.

À la lutte meurtrière des Macdonald et des Campbell succéda sans transition la longue querelle entre les frères Douglas et le roi Jacques. Comme cherchant son élan, Fonty cita d'abord les chants des jacobites – « Les Duncan arrivent, les Donald arrivent… » –, puis fit une incursion dans le cycle de romances tournant autour de Marie Stuart – « Le château d'Holyrood est silencieux et vide/ Seul le vent de la nuit siffle entre ses murailles… » –, se retrouva soudain près des savetiers de Selkirk, et puis encore à Melrose

Abbey pour convoquer une fois encore les Pherson, Kenzie, Lean et Menzie des chants des jacobites – « Et Jack et Tom et Bobby arrivent, ils ont pris la fleur bleue... » Mais ensuite, lorsque la belle fille d'Inverness l'eut entraîné dans la sanglante lande de Drummossie et que le comte Bothwell eut abattu le roi, Fonty se dressa soudain comme à l'appel. Droit comme un i, il ôta son chapeau et le tint de côté, écarta de la main gauche les boîtes, les coupelles de sauce et le gobelet de carton avec sa paille, prit sa respiration et, d'une voix claire qui, en dépit de quelques tremblements, couvrait tout autre bruit, récita son *Archibald Douglas*. Les strophes se suivirent, les rimes s'enchaînèrent. Depuis l'attaque célèbre – « Je l'ai souffert sept ans, je ne le souffre plus... » – en passant par la prière du vieux comte – « Sire Jacques, un regard de clémence... » – et par le brutal refus du roi – « Un Douglas devant moi serait homme perdu... » – jusqu'à la perspective finale d'apaisement qui touche toujours le cœur même si elle falsifie l'histoire – « À cheval, partons pour Linlithgow, chevauche à mon côté ! Et nous y chasserons et pêcherons aussi joyeusement qu'au bon vieux temps... », il dit toute cette ballade qui figure dans chaque manuel scolaire ou presque : vingt-trois strophes sans se tromper une fois, sans trébucher, et en mettant le ton. Même au moment le plus dramatique – « Dégaine donc et ne me rate pas, fais-moi mourir ici... » – il sut donner tout son effet poignant. Et pourtant ce n'était pas un comédien qui déclamait, non, c'était l'Immortel qui parlait.

Rien d'étonnant à ce qu'on eût fait silence à toutes les tables. Personne n'osait mordre dans son cheeseburger ou son BigMac. Fonty fut ovationné. Jeunes et vieux applaudirent à tout rompre. De derrière le comptoir, la caissière Sarah Picht lança : « Super ! C'était super ! »

Son numéro avait tellement enthousiasmé que deux filles plutôt tape-à-l'œil assises non loin de là s'élancèrent vers lui d'un pas sautillant, le serrèrent dans leurs bras et le couvrirent de baisers, comme en transe. Et un crâne rasé, gonflé de bière et péniblement sanglé dans beaucoup de cuir à rivets, lui flanqua un grand coup sur l'épaule : « Ça décoiffait, p'tit père ! »

Personnel et habitués n'en revenaient pas : on n'avait jamais vu ça chez McDonald's.

Nous autres des Archives, nous aurions été moins étonnés. Cela faisait des années que Fonty, quelquefois à la demande, le plus souvent de lui-même, nous récitait « ses » ballades, et aussi des poésies de circonstance, comme le poème pour le soixante-dixième anniversaire de Menzel, *Sur le perron de Sans-Souci*, ou de simples dédicaces brèves destinées à Wolfsohn, Zöllner ou Heyse. Les plus anciens d'entre nous n'oublieront jamais cet après-midi gris, à la fin de l'automne 61, où, à la suite des mesures qu'il était malheureusement devenu nécessaire de prendre tout le long de la frontière de notre État, nous nous sentions certes protégés contre l'ennemi de classe, mais aussi comme enfermés. À ce moment-là – ce devait être en novembre –, Fonty, contraint désormais à de longs détours pour nous rendre visite, vint tenter de nous réconforter par la ballade tardive *John Maynard*, évoquant le bateau en feu sur le lac Érié : « Des lamentations éclatent : "Où sommes-nous ? Où ?" Encore quinze minutes jusqu'à Buffalo. »

Il se peut qu'à l'époque – le docteur Schobess était encore à la tête des Archives – l'héroïsme du pilote menant à bon port le bateau en flammes au prix de sa vie nous ait fait espérer des temps meilleurs, plus de liberté d'expression et moins de contraintes ; en tout cas, il parvint à nous remonter un peu le moral. Et de même que Fonty avait allumé quelques lumières dans la grisaille socialiste, de même, avec ses strophes foisonnantes, il venait de mettre de l'ambiance chez McDonald's. Même Hoftaller applaudit.

Ensuite, ils restèrent tranquillement entre eux. Des clients arrivaient, repartaient. Fonty avait remis son chapeau. Les gobelets étant vides, Hoftaller alla chercher un autre Coca, et pour lui un milk-shake, cette fois goût vanille. Au comptoir, le personnel avait changé : plus de Sarah Picht. Ils sirotaient à petits coups économes, en laissant leurs pensées dévaler l'escalier de l'Histoire. Enfin revenu à lui, Fonty dit : « J'ai lu cette ballade au Tunnel avec quelque succès, mais sous un autre titre : *Le Banni.* »

Hoftaller se souvenait : « C'était deux ans après votre premier séjour à Londres, favorisé par nos soins. Longtemps après l'agitation révolutionnaire. Pour être précis, c'était le 3 décembre 1854. Nous vous avions fait reprendre du service au "Service central". Pas simple de trouver de quoi vivre, pour le pharmacien non diplômé. Naturellement, Merckel avait donné sa bénédiction. Il n'y avait plus rien chez vous à surveiller. L'ami Lepel vous avait fait passer vos dernières fantaisies de boutefeu. Ce monsieur était noble, comme la plupart des frères du Tunnel, il était libéral mais n'oubliait pas sa caste. En tout cas le petit monsieur ne laissait plus passer de sottises à la Herwegh. C'est comme ça que vous vous êtes retrouvé parmi les Prussiens ! Et ils ont trouvé à leur goût cette histoire larmoyante habilement versifiée – "Le comte Douglas saisit la bride et se tint à hauteur du roi…" – qui continue à couler de vos lèvres sans une ride, comme on a pu l'entendre. Chapeau, Fonty, chapeau ! Mais ce n'était pas votre premier succès dans des réunions dominicales en des lieux enfumés et sentant le café. Votre truc avait déjà plu auparavant. Les uns après les autres, vous avez fait applaudir bien des bouchers prussiens – "Le vieux Derffling", "Le vieux Zieten", "Seydlitz", "Schwerin" et "Keith" –, c'est même dans les procès-verbaux. Mais dans les années prétendument prérévolutionnaires d'avant 48, vous avez plus d'une fois raté votre coup. En tout cas tant que vous avez suivi le drapeau de ce Herwegh que nous surveillions. Vos traductions de poètes ouvriers anglais : échec total ! Par exemple *L'Ivrogne*, que vous avez dit au Tunnel le trente juin quarante-trois. Vous vouliez sans doute provoquer un sursaut chez votre ami Lepel et tous ces nobles taquinant la muse, par le portrait d'un prolétaire alcoolique. Cela ne plut guère. Et le *Rêve du prisonnier* pas davantage : "Le peuple est pauvre ! Pourquoi ? Pourquoi ces beaux messieurs s'empiffrent-ils de ce qui est au peuple ?" Désolant, Fonty. Je l'ai encore dans l'oreille, votre façon de formuler crûment l'accusation sociale. C'est que je ne surveillais pas seulement le suspect

Herwegh, mais aussi ses adeptes, quoique mon biographe n'ait pas jugé utile de le mentionner. Et parmi ces adeptes se trouvait un godelureau de vingt-deux ans qui n'avait pas encore passé son diplôme de pharmacien, mais qui conspirait assidûment contre les autorités, à Leipzig et ailleurs. Faut-il que je vous rafraîchisse la mémoire ? “Mais les murs ont des oreilles, je ne sais guère qui tu es, mais je sais que je suis perdu, si un policier m'entend…” C'était en 42. Wolfsohn, Max Müller, Blum, Jellinek, ainsi s'appelaient les amis qui vous écoutaient et que, quand ça a commencé à sentir le roussi, vous avez lâchés d'un bloc pour Lepel. Et c'est lui qui vous a ensuite introduit dans ce Tunnel réactionnaire. Messieurs Merckel et Kugler se qualifiaient eux-mêmes de nationaux-libéraux. Et s'affublaient de noms pompeux, laissez-moi rire ! Xénophon et Aristophane, et naturellement Pétrarque. L'ami Lepel était Schenkendorf. Vous, on vous a collé un nom de guerre qui s'imposait presque trop : La Fontaine. Et moi, que l'ultra-réactionnaire rédacteur en chef de la *Kreuzzeitung*, un certain Hesekiel aussi oublié aujourd'hui qu'il était influent alors, avait moins introduit que subrepticement imposé, moi l'amoureux plutôt transi des lettres, on crut m'honorer en me donnant le nom d'un dramaturge à la solde des Russes et réduit au silence. Pourquoi pas ? Pas si mauvaises, d'ailleurs, ses comédies. Je suis du reste né l'année où ce Kotzebue a été poignardé par un étudiant. Aussi bien, sans cet assassinat, il n'y aurait peut-être pas eu les décrets de Karlsbad, ni les procès contre les démagogues, ni que sais-je encore… “Toute une histoire”, comme aime à le répéter le père de votre Effi Briest. Mais au fond vous étiez bien vu des frères du Tunnel, en dépit de vos poèmes prolétariens. Heyse, jeune alors, et qui vous admirait, n'a-t-il pas trouvé une rime qui dit cela fort bien ? Je peux encore la reconstituer : “Mais lui, c'est un poète, on le sait tout de suite. Silence, maintenant ! La Fontaine récite.” »

Fonty souriait derrière son reste de Coca, mais dans cette gaieté il y avait un filet de bile. Complètement dans le présent et dans le passé à la fois, il dit : « Oui, Hoftaller, vous étiez superbe en Tallhover. Même sans remonter à

Kotzebue, je me souviens fort bien de vos vilenies. Mais à vrai dire, dans ma mémoire d'habitude bien rangée, je ne trouve rien qui indique que vous nous ayez jamais lu le moindre texte, fût-ce un de vos rapports de police, sous une forme rimée. Menzel, que nous baptisions Rubens, a bien fait, en dépit de la fumée de tabac et des lampes qui filaient, un certain nombre de croquis, immortalisant ainsi certains de ces versificateurs complètement oubliés ; mais vous ne figurez, hélas, dans aucun de ces dessins. Il est néanmoins possible qu'on ait fait disparaître, dans les cahiers d'esquisses, les gens de votre espèce. Effacer les traces. Rester dans l'ombre. Plonger dans la clandestinité. Tout à fait votre méthode. »

Hoftaller était devant un gobelet vide, mais faisait mine de déguster encore ce qui restait de goût de vanille. Il estimait sans cesse nécessaire de s'essuyer encore la bouche avec une nouvelle serviette en papier. Comme Fonty insistait et lui rappelait les victimes qu'avait comptées le club Herwegh de Leipzig – « N'est-ce pas vous qui avez fait qu'ensuite Hermann Jellinek et Robert Blum ont été fusillés ? » – il usa de sa paille pour faire croire qu'il restait du milk-shake et s'écria enfin : « Vide ! Absolument vide ! Mais vous faites erreur, Fonty, vous exagérez énormément. Je n'ai rien d'un sanguinaire. Je n'ai eu d'autre souci que la sécurité. Mon biographe en est témoin. La politique, c'est d'autres qui la faisaient, à l'époque comme aujourd'hui. Ce fut souvent une politique qui nous déplaisait, que ce fût sous Manteuffel ou sous le régime de nos camarades dirigeants. Surtout la phase finale : insensée. Que n'avons-nous pas tenté, pour sauver de l'effondrement qui le menaçait notre État des Ouvriers et Paysans ! Nous avons visité, pas plus tard que tout à l'heure, le fruit de nos efforts, lequel déstabilise à présent l'ennemi de classe. Voilà qui vous plaît, bien sûr : des piqueurs de Mur ! Tout comme nous plaisait à l'époque votre conservatoire des petits talents, le Tunnel sur la Spree. Des écrivains de renom comme Storm ou Keller ne voulaient pas en entendre parler. Ils étaient bien anodins, les "copeaux" – autrement dit les poèmes – qu'on pouvait y entendre. C'est à peine si même le coupage de vos débuts, du Herwegh avec trémolo de critique sociale et gesticulation pré-quarante-huitarde, a motivé un rapport de notre part. Au fond, vous étiez là bien à l'abri : exclusivement occupé d'art, et politiquement désamorcé. Ça me rappelle le milieu du Prenzlerberg. Là aussi, ce nid de poètes s'est révélé être un conservatoire et une prophylaxie, et ce sans avoir besoin de la noblesse ni du prussianisme, mais en étant un pur produit de notre société sans classe. »

Fonty se taisait. À part une fatigue normale à son âge, il ne manifestait rien. Hoftaller se tut à son tour. Lui ne manifestait rien non plus, sinon une attention soutenue depuis bien plus de cent ans. Et comme tous deux étaient de l'année dix-neuf, Fonty avait récemment offert à Hoftaller pour son soixante-dixième anniversaire un présent dont déjà son biographe avait démontré l'adéquation et donc suggéré l'achat : un puzzle aux nombreuses pièces, authentique produit occidental, représentant une grande station-service avec tout le toutim ; ramené un siècle en arrière, il aurait tout à fait pu figurer, une fois monté, un terrain d'exercice à la prussienne comme celui de Tempelhof, lui aussi avec tout le toutim : car c'est de manière fort intemporelle que Hoftaller avait eu soixante-dix ans le 23 mars. Avec quelque retard, Fonty avait acheté le puzzle au rayon jouets du KaDeWe avec la petite somme qu'on versait alors à ceux qui arrivaient de l'Est, et l'avait apporté à son ombre-diurne-et-nocturne.

Puisque maintenant ils se faisaient face sans avoir rien à se dire ni à boire, Hoftaller alla chercher un troisième Coca et de nouveau un milk-shake ; lequel promettait un goût de chocolat. Ils levèrent par plaisanterie leurs gobelets de carton et prirent la pose. Fonty dit : « Très juste ! Car enfin nous voulions trinquer, même si je n'ai toujours pas le cœur à fêter l'événement. De quel soixante-dixième anniversaire s'agit-il ? »

L'anniversaire actuel commençait de tirer à sa fin. Plutôt négligemment, Fonty prit du recul : « Ce matin, petit déjeuner prolongé avec femme et fille, arrosé de Chaperon Rouge, ce vin mousseux de l'Est étant bien suffisant, vu mon peu de goût pour cette solennité. Du reste, Mete n'était toujours pas bien, en dépit de sa cure à Thale… » Il fallut que Hoftaller lance un pont – « Eh bien, célébrons donc le grand raout du 4 janvier, à l'invitation tardive de la *Vossische Zeitung* » – pour que les deux hommes puissent changer tout d'un coup décors et costumes. Le McDonald's et sa clientèle devinrent flous et disparurent au loin.

Malgré tout, l'événement avait été orchestré par le traiteur de la cour impériale. Sur les cartons d'invitation figuraient la Société littéraire et les amis de l'Immortel : Brahm, Stephany, Schlenther. Après avoir, des années durant, fait vivre son critique théâtral, dans le fauteuil d'orchestre n° 23 du Théâtre royal, la *Vossische* entendait ne pas lésiner. Tout Berlin était convié.

Cependant, Fonty tordait le nez devant ce tralala : ç'avait été pour lui un bonheur douteux. Le nombre de ses ennemis avait selon lui doublé, triplé. Ces plus de quatre cents invités n'avaient eu d'autre souci que de faire disparaître les mets coûteux et des vins plus coûteux encore. Où qu'on regardât, ce n'étaient que poitrails bardés de décorations, étalages de bijoux. Tout cela dans un vacarme grondant, mélange de jacasseries et de rodomontades. Que c'était guindé et prétentieux ! « Rien de plus ridicule que les réceptions ! » Et quand, vers la fin du repas des fauves, on avait lu son *Archibald Douglas*, la majorité des invités avaient trahi leur ignorance en applaudissant avant la fin. De quoi rentrer sous terre !

« En tout cas, pour ce qui est du public, le McDonald's de tout à l'heure valait mieux qu'à l'époque la Englisches Haus ! s'écria Fonty. Mais qu'est-ce que je raconte ! Votre Seigneurie espionnante, votre Mouchardante Altesse était là, voyons, invitée ou non. Et vous avez pu noter dans l'ombre la gêne avec laquelle, pendant qu'on disait ma ballade, je fixais un malheureux radis égaré sur mon assiette comme si c'était une crotte de poule qui y avait atterri. Une honte que tout cela ! J'aurais dû refuser l'invitation lorsque Stephany, gentil comme toujours, m'a posé la question. J'aurais dû dire non et merci beaucoup, comme mon Emilie, et comme Mete aussi, qui s'étaient excusées en prétextant qu'elles n'avaient pas de toilettes adéquates, mais en réalité plutôt parce que ma chère épouse craignait une fois de plus que je ne sache pas me tenir dans le grand monde et tienne des propos inconvenants qui l'auraient mise dans l'embarras. Aussi ai-je écrit à Stephany : "Est-il besoin que je vous décrive le beau sexe ? Mes dames ont la terreur que je fasse une gaffe. C'est une peur que les femmes ont toutes ; ce doit être de notre faute…" »

Fonty gardait les yeux rivés sur les cartons vides de nourriture, comme si le malheureux radis du 4 janvier 1890 s'y trouvait encore. L'année du jeune empereur qui, d'emblée fringant et crâne, se débarrassait de son chancelier. Et l'année précédant celle du triomphe du Théâtre libre, dont le directeur s'était vu proposer par l'Immortel la première pièce de Gerhart Hauptmann, *Avant le lever du soleil*. « Alors, Tallhover ? Vous y êtes ? Fin octobre 89 ? Première au Lessing Theater. Je fis dans la *Vossische* un papier plutôt enthousiaste, suivi d'un deuxième. Et aussitôt Emilie eut de nouveau peur que je sois allé trop loin avec ce Hauptmann et son affreuse bande de réalistes. Elle me dit que c'était de ma part un engagement déplacé. Quoi qu'il en soit, même vous, vous n'avez pas pu faire barrage à cet Ibsen sans phrases. Et quand le Deutsches Theater a donné *Les Tisserands*, devant Liebknecht et autres socialistes à l'orchestre, cela a sonné le glas des lois antisocialistes de Bismarck ; ce qui ne vous a pas mis au chômage pour autant, vous et vos semblables. Le mouchardage a continué. Il se poursuit de nos jours. Il doit avoir un abonnement perpétuel. Chapeau, Tallhover ! Chapeau, Hoftaller ! »

Maintenant, c'était l'ombre-diurne-et-nocturne de Fonty qui gardait les yeux rivés sur les cartons vides, les gobelets et les serviettes en papier froissées, comme si le programme des *Tisserands* de Hauptmann, froissé en boule lui aussi, avait pu s'y trouver. Ç'avait été plus qu'un simple scandale. Tant de sécurité compromise. Tant d'interdictions non appliquées, de mesures proposées en vain au Parlement, tant de rapports écrits fournis pour rien et d'avertissements ignorés, depuis l'époque impériale jusqu'à celle de la Stasi : et rien de tout cela n'avait été écouté. Trop de travail perdu.

« Allons-y ! dit Hoftaller. Nos jeunes poètes nous attendent toujours au Mitropa.

– Je ne crois pas que je sois d'humeur à bavarder encore.

– Ne me dites pas que vous vous dégonflez.

– Assez de festivités. J'ai ma ration.

– Allons, allons. Vous ne couperez pas à un petit supplément de fête…

– Et si je disais non ?

– Je ne vous le conseillerais pas. »

En se levant avec la lenteur de qui hésite, Fonty dit :

« Du reste, j'aimerais bien savoir sur quelle liste d'émargement vous figurerez, lorsque notre État des Ouvriers et Paysans n'existera plus que sous la forme juridique d'une masse de faillite… » Sur quoi il soupira et prit appui sur sa canne. « Il n'y a pas de doute, ça continuera. À quoi bon arriver à soixante-dix ans ? »

Laissant derrière eux quelques détritus, ils se dirigèrent, entre les tables complètes, vers la sortie. Soudain, Fonty s'immobilisa comme si on l'avait appelé. Près du comptoir aux six caisses et aux six caissières à casquettes vertes, il vit une femme de son âge qui, le regardant, ne cessait de cligner de l'œil droit comme pour lui faire signe. Sa chevelure d'un gris de pierre était partagée en deux tresses évoquant la Marguerite de *Faust*, avec deux rubans froissés noués en hélice, l'un rouge et l'autre bleu. Ces tresses raides pendaient à l'oblique. À son cou maigre elle portait un double collier de fruits d'églantier séchés. Elle était habillée d'une couverture avec deux fentes pour les bras. Gants troués, sabots de bois. À ses pieds, un sac à moitié plein ne révélait pas ce que pouvait être son contenu anguleux. Un ceinturon à boucle de l'Armée rouge maintenait la couverture à la taille. Et de ses doigts émergeant des gants troués, elle tenait un BigMac que, faute de dents, elle avait peine à entamer. Mais en y mordant, puis en le mâchant avec des grommellements, elle ne cessait de cligner de l'œil, si bien que Fonty finit par en faire autant, plusieurs fois.

Il devait la connaître. L'une de ses sorcières expertes en herbes, peut-être la Busch du *Stechlin*, ou la mère Jeschke de *Sous le poirier*. Non, parions plutôt pour la Marinette de *Avant la tempête*. Elle aurait pu cligner de l'œil comme cela.

Hoftaller le tira vers la sortie : « Allons, dépêchons-nous, Fonty. Ce McDonald's, on en a plus qu'assez. »

Dehors, le vent soufflait en bourrasques. Jusqu'à la gare, en face, ce n'était pas loin. En marchant, ils redevenaient un couple. Leurs deux manteaux s'entretissaient. Vus de derrière, ils avaient l'air en plein accord. Et ils avaient la même façon de se pencher contre le vent du nord-ouest.

3. Comme signé Liebermann

De quoi avaient-ils l'air ? Jusqu'ici, ce sont des silhouettes découpées dans du papier noir : les manteaux, deux chapeaux dont l'un haut avec des creux, l'autre plat. Commencer par un portrait individuel, cela revient à renoncer provisoirement à Hoftaller et à son physique, car lui n'avait l'air de rien ou de n'importe qui ; Fonty, en revanche, on le remarquait, parce que sa tête expressive promettait d'être la copie d'un personnage célèbre.

Il était si ressemblant qu'on pouvait supposer que c'était bien lui ; si l'immortalité – autrement dit la poursuite idéale de la vie après la mort – a une apparence qui se peut décrire, les traits de Fonty, de face comme de profil, étaient ceux de l'Immortel. Dans le métro régional ou sur Unter den Linden, sur le Gendarmenmarkt ou dans l'agitation de la Friedrichstrasse, on se retournait sur lui. Les passants sursautaient, hésitaient. Pour un peu l'on se serait découvert, tant il avait l'air d'être d'avant-hier.

Quelques collaborateurs des Archives qui connaissent Fonty depuis les années cinquante affirment aujourd'hui encore qu'à toutes les époques il était apparu comme une réédition. Mais c'est seulement l'année où le Mur est tombé, et depuis que nous l'avons tous vu prendre la parole sur l'Alexanderplatz, qu'il s'est mis à ressembler à la célèbre lithographie de Max Liebermann datant de 1896 et gravée d'après des dessins à la craie qui soulignent le nez et les yeux ; mais la longueur de ce nez légèrement aquilin est déjà attestée par un dessin assez ancien, qui nous le montre à trente-cinq ans.

Entre ses voyages en Angleterre, il a été croqué par Hugo

von Blomberg, un ami du Tunnel. C'était peu après la mort de son troisième fils. Il écrivait à ce propos à Theodor Storm, qui s'était réfugié en Prusse quand les Danois avaient occupé le Schleswig et qui n'était guère heureux de son exil à Potsdam : « Assistaient à l'enterrement, outre le père et la mère, un cocher de corbillard ivre et le soleil couchant… »

Ce croquis de Blomberg, dans le goût du Biedermeier finissant, montre un jeune homme coquettement vêtu et coiffé à la mode, ce qui confirme le témoignage de vieux collaborateurs des Archives, selon lesquels Fonty, dans les années cinquante, lors de ses tournées pour l'Union culturelle, portait les cheveux longs et des favoris qui lui faisaient presque une barbe, laissant ainsi une forte impression à son public, en particulier féminin ; l'une de ces auditrices, entre-temps d'âge mûr, reste encore transportée par « le charme certes bourgeois mais combien séduisant » de ses apparitions à Oranienburg, Rheinsberg ou Dieu sait où : « Vraiment, il nous ensorcelait. »

Rien de tel dans la lithographie de Liebermann, diffusée avec la revue *Pan*. Quand Thomas Mann, jeune écrivain encore, mais déjà célèbre depuis les *Buddenbrooks*, dans son essai de 1910 environ, compare « la face pâle d'alors, à la fois souffreteuse, exaltée et un peu fade », avec « la magnifique tête du vieillard, vigoureuse, respirant la bonté et la gaieté », et quand de surcroît il prétend voir « autour de cette bouche édentée sous la moustache blanche un sourire d'allégresse rationaliste », sans doute compare-t-il lui aussi le croquis de Blomberg à la gravure de Liebermann, sur laquelle moustache et cheveux presque blancs ignorent délibérément l'usage du peigne et foisonnent au-dessus de la bouche et des oreilles, tandis que le crâne est plutôt dégarni.

C'est le même défaut qui donnait à Fonty son front haut. Lui aussi avait gardé tous ses cheveux sur les oreilles et jusqu'au bas de la nuque. Lui aussi aimait à laisser ses mèches argentées tomber en désordre sur son col. Et ses longs favoris envahissaient ses joues de leurs petites boucles et de leur duvet.

La moustache n'était pas tortillée en crocs à la Guillaume : aussi peu brossée que taillée, elle tombait de la lèvre supérieure, cachant les commissures et leur tressaillement fréquent, parce que nerveux. Les globes oculaires étaient sertis dans des paupières au galbe sculptural. Le regard en savait long et, quoique un peu humide, fixait bien droit son vis-à-vis, personne ou objet. C'était quelqu'un qui savait observer et écouter, accordant une égale réalité aux potins de la société et aux histoires de revenants des campagnes, quelque parût être son goût du concret. Il nous regarde d'un air de défi et de léger dédain.

Le menton est plutôt timoré, mou et en retrait. Et ce manque de volonté, qui se marque dans le bas du visage et qui n'a pas échappé à Liebermann, pourrait bien traduire la faiblesse souvent constatée chez Fonty : face à Tallhover comme à Hoftaller, il a cédé aux pressions. À preuve, ses démêlés et ses compromissions avec la censure lorsqu'il travailla pour le Service central des affaires de presse, à Berlin ou plus tard à Londres ; ou encore l'obligeance manifestée par Fonty dans la Maison des ministères. D'autres phases encore de sa biographie réitérée, comme ses articles de correspondant de guerre dans la France de nouveau envahie, ou comme ses conférences pour l'Union culturelle, furent à chaque fois utiles au pouvoir en place ; si disposés que nous soyons aujourd'hui à lui pardonner bien des choses et à en condamner d'autres comme témoignant d'un fâcheux opportunisme : ses tentatives, dans les années qui suivirent le XIe plénum du Comité central, pour élargir la conception de la littérature alors en vigueur en évoquant la censure prussienne furent perçues à l'époque comme d'un courage téméraire. Cela lui valut des ennuis. Et il s'est toujours attiré des ennuis, dans un de ses personnages comme dans l'autre.

Le physique de Hoftaller n'est attesté par aucune photo, et encore moins par un portrait dessiné. Et comme le biographe de Tallhover ne nous a rien fourni d'utilisable, pas même un portrait-robot, il ne nous reste qu'à espérer qu'avec Fonty tout entier entre aussi dans le champ, au moins vaguement, son ombre-diurne-et-nocturne.

Dès que Fonty paraissait aux Archives, cela réactivait pour nous une évocation laissée par Paul Heyse à l'occasion des lectures données au Tunnel sur la Spree : « Voici que la porte s'ouvrit et que dans le vestibule pénétra, d'une démarche ailée comme un jeune dieu, un retardataire très à l'aise qui salua à la ronde avec des yeux de feu, rejetant la tête en arrière… » Une telle entrée, une telle allure, l'Immortel en demeurait capable même chargé d'ans. Nous l'avons vu déjà, aux côtés de Hoftaller, qu'un terrain toujours peu sûr incitait à progresser à petits pas méfiants comme un vieil homme, Fonty attirait les regards par sa démarche souple et ample : un éphèbe costumé en vieillard.

Tel nous est apparu Theo Wuttke. Et Julius Rodenberg, ayant aperçu l'écrivain de près de quatre-vingts ans « dans le Tiergarten, au crépuscule, avec sa grosse écharpe historique autour du cou », notait ailleurs : « Il a encore, en dépit de sa moustache blanche, cet air juvénile avec lequel il survivra pour la postérité… »

Voilà l'immortalité explicitement évoquée ; et Fonty a pratiqué systématiquement cette survie. Voilà pourquoi non seulement nous le prenions au mot, aux mots qu'il maniait en causeur et qu'il émaillait à plaisir de citations de pages et de poèmes entiers, mais encore nous nous laissions gagner à sa vue par cette conviction : il ne fait pas semblant. Il prend en charge. Il survit.

Nos doutes sur son apparence étaient réduits à néant ; et toutes les autres personnes qui le rencontraient voyaient également en lui l'original, même si, en l'apostrophant de manière banale – « Alors, Fonty, on se promène encore ? » –, elles tentaient de s'en défendre et de prendre un recul ironique.

C'est pourquoi, dans les années soixante-dix, comme la contestation politique poussait quelques créateurs à des paraboles équivoques, Fonty servit de modèle au peintre Heisig, ou à l'un de ses nombreux élèves, pour une peinture murale représentant, dans la manière expressive et décalée du réalisme socialiste, un groupe d'écrivains importants.

Fonty se retrouva ainsi, personne interposée, entre Georg Herwegh et Gerhart Hauptmann jeune. Là, les frères Mann se retrouvaient bras dessus, bras dessous, on ne pouvait pas ne pas reconnaître Brecht, ni l'austère Anna Seghers, ni naturellement Johannes R. Becher ; le groupe incluait aussi quelques littérateurs d'une présence moins pérenne.

La commande de cette œuvre véhémente et haute en couleur émanait, semble-t-il, de l'Union culturelle. L'un de ses bâtiments, peut-être celui qu'on construisait à Bitterfeld, exigeait une décoration figurative. Malheureusement cette réalisation, comme beaucoup d'autres, se heurta aux objections des camarades dirigeants. Il fallut pratiquer l'autocritique, se référer à la plate-forme idéologique, recrépir le mur et expédier l'esquisse dans une réserve d'État, parce que Heisig ou l'un de ses élèves, pour compléter cette réunion de grands littérateurs, y avait mis des représentants du « camp des fauteurs de guerre et des impérialistes ».

Il faut se représenter la chose : la place du portrait de Franz Kafka était, paraît-il, occupée par un vide aux dimensions de sa tête ; dans un personnage barbu, planant au-dessus de l'assemblée comme une vision de rêve, quelqu'un prétendit reconnaître la figure culte de la décadence bourgeoise, Sigmund Freud ; supplétivement portraituré, Fonty tenait une plume d'oie prête à cracher et avait droit, par-dessus son épaule, selon le témoignage de quelques contemporains, à un regard conjectural du regretté Uwe Johnson ; récemment rappelée à l'ordre par le collectif du Parti, Christa Wolf n'était pas mise sur le même plan qu'Anna Seghers ; aux pieds de Heine, dont on prétendait qu'il tenait à la main une plaquette de chansons de Wolf Biermann, un petit bonhomme tapait sur un tambour en fer-blanc ; et de surcroît, dans cette peinture murale, il y aurait eu quelqu'un de caché et de pourtant possible à découvrir, comme dans les images-devinettes : ici marchant, accroupi là et ailleurs pétrifié, tel un spectre.

On a prétendu que ce Hoftaller multiple pouvait se reconnaître à son éternel sourire figé, à son air perpétuel de menaçante omniscience et à sa façon de passer tellement inaperçu qu'on le remarquait. Le visage plutôt rond qu'allongé qu'on lui a attribué peut être confirmé, de même que le sourire. Juste derrière Herwegh, il paraît qu'un badge tout juste lisible au revers de sa veste révélait qu'il s'appelait Tallhover. À un autre endroit du tableau, on l'aurait vu recomposant comme un grand puzzle une feuille de l'organe central du Parti, et le morceau déjà reconstitué aurait permis de lire l'adjectif *schädlich* qui signifie « nocif » mais est aussi le nom de son biographe. Comme l'œuvre de celui-ci ne s'est trouvée en librairie qu'au milieu des années quatre-vingt et à l'Ouest, il faut supposer que le peintre était partiellement initié. Il est regrettable que l'étroitesse d'esprit régnant en ces lointaines années n'ait pas voulu tolérer la complexe densité de cette peinture murale.

Quant à Fonty, il faut encore dire que, comme modèle et comme double et survivant, il portait cette écharpe perçue comme « historique » par Rodenberg et décrite comme une relique, l'année même où disparut l'Immortel, par l'historien de la littérature Servaes : « … tout près de la Potsdamer Platz. Il était là debout devant le Palast Hotel, son écharpe écossaise bleue et verte négligemment jetée sur l'épaule… »

Voilà qui motive enfin le fait que Fonty, été comme hiver, portât cet atavique emblème du clanisme celtique ; par exemple, quand il fêtait avec Hoftaller son soixante-dixième anniversaire chez McDonald's et se voyait ensuite imposer de poursuivre au restaurant Mitropa, près de la gare de la Friedrichstrasse, une fête finalement plutôt morne. L'écharpe faisait partie de la survivance de l'original. Néanmoins, Max Liebermann a dessiné sans tissu écossais autour du cou, mais avec une cravate nouée haut, son modèle qui avait alors atteint soixante-seize ans. Les séances de pose avaient lieu ou bien dans l'atelier du maître, sur la Pariser Platz, ou bien, quand c'était demandé, au numéro 134c de la Potsdamer Strasse. Même si une lettre du 29 mars 96 dit : « Il fait un froid de canard et je m'enrhume facilement. J'ose donc vous demander que la dernière séance ait lieu de nouveau chez nous… », c'est dans l'atelier que se déroulèrent la majorité des séances.

Il aimait bien aller là-bas. Non seulement, comme il l'écrit à sa fille partie soigner ses nerfs, dans une lettre où il lui parle de tout, parce que Liebermann est « un vrai peintre, entre les mains de qui je suis tombé... », mais plus encore parce que cet artiste, avec son esprit jamais en peine de saillies, n'épargnant ni l'empereur ni le chancelier, et encore moins la corporation des peintres officiels, lui faisait agréablement passer le temps que duraient ces séances fatigantes. Quoiqu'il estimât Menzel davantage, Liebermann était tout à fait à son goût. Sa manière de traiter les nouveaux riches arrogants et les lieutenants criblés de dettes, les pères-la-morale bornés et les décorés claironnants comme s'ils fêtaient Sedan tous les jours, à savoir avec une ironie au peigne fin, trouvait encore un écho dans la façon qu'avait Fonty de railler la noblesse prussienne, même si ses tirades étaient sous le signe d'un amour blessé, repoussé ou méconnu.

« L'âge du bien dire est révolu ! À présent, c'est la mode du : carrément ! » s'exclamait-il à table, devant ses fils effarés. L'appartement en mansarde de la Potsdamer Strasse connaissait ces boutades dont l'âpreté effrayait également son Emilie, craignant toujours qu'il aille trop loin. Ce genre de « bravoure » causait des ennuis, comme récemment, lorsque sa ballade *Les Balinaises de Lombok* avait fait pousser les hauts cris ; les derniers vers, faisant suite au massacre – « Mais Mynheer, qu'à cela ne tienne/ S'occupe de culture chrétienne » –, avaient été jugés choquants. De même, on avait mal pris, aux Pays-Bas, ces deux autres vers du poème : « Fusils Mauser en bandoulière/ On convertit les insulaires ». Il s'était fait traiter de « maître du vers forgé à la masse ». Des coupeurs de cheveux en quatre avaient découvert que les troupes coloniales néerlandaises ne partaient pas en mission d'évangélisation avec des fusils Mauser, mais qu'elles étaient équipées de fusils Mannlicher.

Il racontait tout cela à Liebermann, alors que pour poser il aurait dû prendre un air de digne vieillard. « Voilà comme sont les coloniaux. En Angleterre tout autant, d'ailleurs. Ils parlent du Christ et pensent au coton ! Ou, comme dit mon poème sur John Bull : “Et pour cent paires de culottes, on a cinquante calottes…” »

Il donnait libre cours à son irritation rentrée, car, quelques jours seulement avant le début de ces séances de pose, le ministère des Affaires étrangères lui-même avait exprimé sa préoccupation parce que sa ballade, reproduite et commentée dans le *Börsenkurier*, avait fait des vagues et déclenché une guerre par journaux interposés. « C’est devenu une querelle de diplomates. Sur l’aspect poétique, naturellement, pas un mot ! »

Liebermann faisait un dessin après l’autre, mais ne restait pas muet pour autant. Une fois, il s’agissait de Bismarck, dont le peintre avait entendu dire que depuis son renvoi il passait ses journées à pester. À l’arrivée de chaque visiteur, le vieillard du Sachsenwald tirait un nouveau registre de son orgue à invectives. « Et c’est toujours contre l’empereur, ses derniers discours, ses dernières bêtises, ses derniers télégrammes. »

Le modèle approuvait, mais entendait qu’on ne se moquât pas seulement de Guillaume numéro deux : il voulait compenser, et qualifiait le Chancelier de fer de « pleurnichard épouvantable, encore que génial ».

Le vieux domestique de Liebermann, qui farfouillait dans l’atelier pendant ces dialogues acerbes, disait en redoutant qu’on s’emballe : « J’vais plutôt aller faire un tour, pour pas entendre tout. » Et Liebermann, entamant une nouvelle esquisse, répondait : « Oui, vas-y. Je suis loin d’avoir craché toute ma bile. »

Lorsque Fonty évoquait ces séances, dans le cercle de ses amis du Prenzlauer Berg à la fin de sa soirée d’anniversaire, ou qu’à notre demande il les racontait aux Archives, il semblait prendre un étrange recul par rapport à ces souvenirs, bien qu’il rendît très présente à ses auditeurs l’atmosphère de l’atelier, avec l’éclairage par le haut, les pots de pinceaux, les feuilles de palmier, et dans tous les coins des études de chevaux. « Peinture contemporaine. Il a été question d’un Norvégien sauvage du nom de Munch. Mais on a surtout parlé politique. Enfin, du Chancelier de fer. Au demeurant : les choses les plus justes qu'on ait écrites sur Bismarck sont dues à un Polonais du nom de Henryk Sienkiewicz ; tout le reste est nul, même si c'est tout frais dans le *Spiegel*. Ou on a parlé de Stöcker, le bouffeur de Juifs : de son dernier honteux coup de gueule de prédicateur de la cour. Ou bien du dernier discours de Bebel au Reichstag. Car enfin, c'était formidable, cette façon dont le maître tourneur a dégainé, pourfendant les colonialistes et les taillant en pièces ! Mais dès que je fais revivre ces paroles – "Tout l'intérêt réside dans le quatrième état ! Le bourgeois est affreux, la noblesse et le clergé sont encroûtés. Le monde nouveau et meilleur commence chez les petites gens. Car eux, les ouvriers, empoignent tout d'une façon neuve ; ils n'ont pas seulement de nouveaux buts, ils ont des voies nouvelles…", dès que je pense à mon jargon prophétique du milieu des années quatre-vingt-dix – quelques petites années avant que ma chandelle s'éteigne – et que je compare cela sans complaisance avec la fin prochaine de l'État des Ouvriers et des Paysans, qualifié quarante ans durant de "premier en date sur le sol allemand", certes cela ne rend pas meilleurs la noblesse et le clergé d'autrefois, mais pour ce qui est des ouvriers : le cœur n'y est plus ! Liebermann était déjà sceptique à l'époque, et au fond moi aussi. Cela vaut de même aujourd'hui, mes jeunes amis. Mieux vaut rester sceptique que devenir cynique. Tout est en train de déraper, de toute façon, en Russie et ailleurs. Nous n'avons pas idée de ce qui va pouvoir arriver. C'est comme dans le *Stechlin*, que j'ai eu sur le métier à partir de l'hiver quatre-vingt-quinze ; mon héros Dubslav y dit : "Rien n'est impossible. Qui aurait cru le 18 mars possible avant le 18 mars, possible dans ce nid de bourgeois purs et durs qu'est Berlin ?" Ou bien est-ce qu'ici l'on aurait pu imaginer ce quatre novembre où, à la suite de tous ces orateurs éclatants d'intelligence, soudain courageux et tout d'un coup ivres de liberté, j'ai été appelé sur l'estrade, où j'ai tenu mon discours nécessairement teinté de scepticisme : "Tout cela n'est qu'escroquerie et poudre aux yeux !" Car que des slogans comme "Nous sommes le peuple !" puissent tourner comme girouette au vent, j'en étais certain. Il n'y avait qu'à remplacer un petit mot par un autre, "le" par "un", pour que la démocratie disparaisse et que l'unité soit là. Il n'en a pas fallu davantage pour que la dernière en date des révolutions se retrouve sans cartouches… »

Lorsque Fonty se mettait ainsi à discourir parce qu'on l'y avait invité, lui qui nous avait souvent assuré : « Être obligé de parler a toujours eu pour moi quelque chose d'éminemment terrifiant ; d'où l'aversion que j'éprouve pour le parlementarisme », la rougeur lui montait au visage, surtout aux pommettes. Ce genre de scène lui mettait des chandelles dans les yeux. Cheveux et poils, gris et duveteux, semblaient agités par le vent. Le nez, de profil, exprimait l'audace. Et c'est ainsi qu'il est resté dans la mémoire de ceux des cinq cent mille spectateurs qui se trouvaient près de l'estrade de l'Alexanderplatz. Un personnage en pied, parlant d'abondance. « En Allemagne, l'unité a toujours bousillé la démocratie ! » criait-il dans le micro, en se faisant applaudir. Et c'est là, en tribun, qu'il aurait fallu le dessiner, légèrement colorié.

Dès qu'on confronte à Liebermann le portrait exécuté par Fritz Werner, élève de Menzel, on voit que ce Werner attachait plus d'importance à la décoration bouffante sur la jaquette qu'à la tête du modèle, laquelle nous paraît inconnue, parce qu'elle évoque un gros négociant. Fonty, qui se fichait tout autant des distinctions que lui avait values son activisme culturel que l'Immortel se moquait de sa médaille de troisième classe, revenait encore aux séances dans l'atelier de Liebermann et citait le peintre à la moindre occasion, et avec un plaisir tout particulier lorsqu'il tentait d'abréger les flots de paroles de ses disciples du Prenzlberg ou bien nos propos scrupuleux de gens des Archives. « Quand je l'interrogeais sur l'art, le maître répondait : "Dessiner, c'est laisser de côté !" Sur quoi je disais : "Mais pour laisser de côté, encore faut-il avoir assez de matière qu'on maîtrise." »

Ce qu'il disait était toujours plus qu'une simple citation. Choisissant négligemment ses mots, il ne s'en exprimait pas moins d'une manière qui emportait la conviction de l'auditeur et le fascinait. Le triangle concentré que formaient les yeux et le nez, le regard à la fois attirant et distant avec lequel Fonty nous toisait dès que nous risquions de lui marcher sur les pieds, tout cela ne vous lâchait pas. C'est pourquoi, à la question « De quoi avait-il l'air ? », c'est Max Liebermann qui apporte la réponse la plus pertinente, avec ses dessins à la craie qui laissent de côté tout l'accessoire.

« On devrait l'épingler avec un avis de recherche ! » dit sarcastiquement Hoftaller qui, le lendemain des festivités d'anniversaire au McDonald's et au Mitropa, réglait en fin de soirée ses comptes de Tallhover, et pas seulement avec le peintre :

« Liebermann, toujours Liebermann ! Qu'est-ce que ça veut dire, "grand impressionniste" ? Parlons allemand et soyons clairs : le Juif Liebermann ! Bon, il a fait de vous des dessins et des lithographies meilleurs que d'autres, c'est entendu. Il n'en reste pas moins juif, même s'il a griffonné de jolies illustrations pour *Effi Briest*. Et d'une façon générale, tous ces Juifs à vos côtés, autour de vous ! Votre correspondant, à qui vous devez tant de matière, Friedlaender ! Pendant des dizaines d'années, votre principal éditeur a été un Juif : le Juif Wilhelm Hertz ! Et le premier recueil de vos épanchements lyriques, qui l'a mis sur le marché, Cotta ayant refusé ? Naturellement un monsieur Katz. Ajoutez à cela le Juif Schottländer, qui a édité *L'Adultera*, roman où le jeune premier adultère Rubhen, génie financier en faillite, est naturellement juif. Et Rodenberg, qui venait de Rodenberg en Hesse et s'appelait en réalité Julius Levy, qui était l'éditeur de la *Deutsche Rundschau* bien que n'étant guère allemand, y a pré-publié trois de vos bouquins, dont *Effi Briest* en dernier lieu. Dînant chez des Juifs, entouré de Juifs à Karlsbad, encensé par des Juifs dans la *Vossische* : rien que des Juifs ! Quand on gratte, on les trouve partout. Même quand votre fils Friedrich fonde une maison d'édition et y publie sans trop de succès les livres paternels, l'associé en sous-main a nom Fritz Theodor Cohn. Un Juif comme le Cohn que vous encensez à la fin de votre inconsistante rimaillerie de soixante-quinzième anniversaire : "Venez,

Cohn !" Du reste, pour que puisse se fonder la maison d'édition familiale, c'est un autre Juif qui a apporté des capitaux – le "gros Lewy" comme vous l'appeliez parfois jovialement – et qui a donc financé la publication du roman *Madame Jenny Treibel*, où il y a encore des Juifs parmi les personnages secondaires. Enfin, bref ! Ç'aurait été un bon sujet de conférence pour l'Union culturelle : "les Juifs dans les romans de l'Immortel". Ou bien : "L'Immortel et les Juifs". Par exemple cette sinistre Ebba Rosenberg – hein, la scène dans le château en flammes – dans *Irréparable*, dont le début parle brièvement d'un vétérinaire juif nommé Lissauer qui n'apparaît jamais. Ou encore vos hommes d'affaires juifs comme Blumenthal et le banquier Bartenstein, qui finit consul général. Ou la firme Silberstein et Isenthal, qui joue un rôle intéressant à la fin de *Mathilde Möhring*, dans la mesure où c'est Isenthal qui confirme à l'excellente femme d'affaires qu'est l'héroïne que ses pressentiments sont justes, disant : "Elle a décidément quelque chose qui nous ressemble." Quoi donc ? L'accent yiddish ? Les mauvaises manières ? Les p'tites affaires ? Et dans le *Stechlin*, c'est Hirschfeld père et fils, avec leurs engueulades perpétuelles. D'un bout à l'autre, des Juifs ! Rien que des Juifs, présentés comme superprussiens ! Sans oublier vos meilleurs amis : est-ce que votre grand mécène, le Juif Brahm, ne s'appelait pas en fait Abrahamson ? Ou le Juif Theodor Wolff, qui pour finir, beaucoup plus tard, n'eut plus ses entrées que dans un camp de concentration ; ce qui serait arrivé aussi sec à la veuve Liebermann si elle n'avait pas elle-même choisi de mourir. Ça a commencé tôt, dès le club Herwegh, du temps où vous mettiez la révolution en rimes : comment s'appelait le petit gars d'Odessa ? Wolfsohn, voilà le nom de cette canaille juive, impudemment prénommé Wilhelm. Un autre s'appelait Moritz Lazarus, plus tard perdu de réputation à la suite de méchantes affaires. Et puis cette quantité de lettres adressées à des Juifs. Ça n'en finissait jamais. Jusqu'à la fin, des épîtres à Friedlaender, sans cesse à Friedlaender ; de même qu'aujourd'hui vous entretenez une correspondance amicale avec un certain professeur Freundlich – ou devrais-je dire plutôt :

l'ex-camarade Freundlich ? Dans un cas comme dans l'autre : un gros paquet de lettres familières à des Juifs. À l'un vous faisiez part de vos soucis concernant l'alliance prussienne du trône et de l'autel, à l'autre récemment encore vous attestiez votre irritation révisionniste devant, je cite, "ce croisement monstrueux qu'est le socialisme à la prussienne". Friedlaender ou Freundlich, avec les deux il faisait bon pester et sacrifier à vos éternels penchants de renégat. Pas étonnant qu'en haut lieu l'on ait vu d'un mauvais œil qu'aux frais de votre Prusse jadis tant aimée vous fréquentiez des Juifs, vous dépendiez de Juifs et vous prétendiez célébrer les Juifs comme les véritables détenteurs de la culture ! Certes, dans votre dernière lettre à votre fille Martha, on peut lire : "Sans cesse je prends peur à voir s'enjuiver totalement ce qu'on appelle les biens les plus sacrés de la nation" ; mais ailleurs l'enjuivement total vous inspire des actions de grâce : "… heureusement que les Juifs sont là. Où irait-on si, pour cultiver ces 'biens les plus sacrés', il fallait compter sur la noblesse allemande ! Chasse au renard, église repeinte, prêche dominical, et jeu…" Et voilà pourquoi ce poème d'anniversaire frivole, fort spirituel mais au total monstrueux parce que nuisant à tout jamais à votre réputation d'écrivain allemand, règle sarcastiquement son compte à la noblesse prussienne et énumère élogieusement des Juifs. Des Juifs qui vous flattaient. Des Juifs qui vous aidaient. Des Juifs avec qui l'on pouvait parler à table. Des Juifs qui payaient. Vos lecteurs, les Juifs… »

Tout cela, et davantage encore, Hoftaller le disait en puisant dans ses souvenirs de Tallhover, le soir de la Saint-Sylvestre, sans laisser Fonty l'interrompre ; lequel, parce que sa femme et sa fille ne se sentaient pas bien et avaient préféré attendre la nouvelle année au lit, s'était sans peine laissé convaincre par son ombre-diurne-et-nocturne de l'accompagner dans une promenade de fin d'année : « À quoi rime de rester ainsi claquemuré ! »

Et Theo Wuttke, dit Fonty, tel que nous le connaissons désormais grâce au dessin de Liebermann, haussait légèrement les sourcils en voyant, tandis qu'à cette heure nocturne tous deux, en couple familier, descendaient Unter den Linden depuis la place Marx-Engels, que Hoftaller avait changé d'aspect : son large sourire à fossettes avait fait place à une haine massive qui lui dessinait des lèvres rectangulaires.

Fonty dit : « Ce qui figure dans cette lettre à ma chère Mete – l'année de ma mort, du reste – est toujours formidablement vrai. C'était comme ça, Hoftaller ! Rappelez-vous, mais sans regard torve. Comme j'eus confirmation lors d'un entretien avec le professeur Lasson – vous me direz : encore un Juif –, c'étaient à l'époque les Juifs qui faisaient le travail culturel des Allemands, et ceux-ci en retour cultivaient l'antisémitisme. Et ce que j'avais à écrire à ma chère Mete sur le chrétien-social Stöcker, prédicateur de la cour, et sur le cracheur de venin Ahlwardt, à savoir que cet Ahlwardt était un salaud, cela reste vrai, même si ensuite messieurs mes fils et monsieur mon gendre estimèrent devoir prendre des gants et supprimer le passage dans l'édition de mes lettres à mes familiers. C'est sans doute la raison pour laquelle Mete a refusé de figurer parmi les coéditeurs. De même, on ne trouve pas mon poème de soixante-quinzième anniversaire dans la dernière édition de mes poésies. Et pourtant il faut que ce soit dit : à cette fête, comme déjà pour mes soixante-dix ans, la noblesse de Prusse a brillé par son absence. C'était comme le pasteur en chaire qui dit : "J'en vois beaucoup qui ne sont pas là." Et c'est pourquoi j'écrivis dans ce poème : "Pas de Bülow ni d'Arnim, pas de Treskow, de Schlieffen, de Schlieben – alors que j'ai écrit sur eux tous. En revanche, toute la noblesse préhistorique, les Abraham, Isaac, Israël. Tous les patriarches étaient là. Les nobles boudent mes fêtes ? Peu me chaut : j'ai les prophètes !" »

Parce que Hoftaller se taisait, ou qu'en se taisant il cherchait à retrouver l'éternel sourire qu'il avait égaré, Fonty sentit qu'il avait l'avantage et insista : « Mais vous y étiez, à cette fête d'anniversaire, Tallhover ! En service commandé, j'en suis sûr. Vous aurez soigneusement dressé une liste, pour votre rapport. Mais oui, Brahm, Lazarus, Wolff, tous étaient venus. "Ceux en 'berg' et ceux en 'heim' ne se comptent plus, ils arrivent par vagues entières." Même

Liebermann, qui avait comme moi horreur de ces concours de peuple, m'avait fait cet honneur. Et bien évidemment le coéditeur Fritz Theodor Cohn aux côtés de mon parfois piètre éditeur de fils, Friedrich. Et voilà pourquoi, en conclusion du poème commis pour l'occasion, je m'incline aimablement : "J'ai été quelque chose aux yeux de chacun d'eux, chacun m'a lu et me connaît depuis longtemps, c'est là ce qui compte pour moi. Oui : Venez, Cohn !" »

Entre-temps, les deux promeneurs de la fin de l'année avaient passé l'université Humboldt et le monument équestre. Ils avaient l'opéra derrière eux. À cause de la période riche en événements, il régnait sur Unter den Linden un courant vers la porte de Brandebourg, qui semblait l'aspirer. Car enfin ce n'était pas n'importe quelle année qui s'achevait là. Et tandis que la progression des deux hommes était comme accélérée par le cours de l'histoire – une réclame de cigarettes de ces années disait « Go West » –, Tallhover redisparut au fond de Hoftaller et l'éternel sourire réapparut : « Eh oui, que voulez-vous, vous passez pour très philosémite. Mais même votre biographe Reuter a du mal avec cette légende. Votre ballade d'après Percy, évoquant un rituel sanguinaire – *La Juive* : "Elle avait un couteau d'argent, qui tranchait et découpait bien..." –, lui donne bien du fil à retordre. Vous l'avez lu au Tunnel en l'an 52. Mais vous avez attendu quarante ans pour écouter le conseil de Heyse, ami du Tunnel, et pour l'expurger de la réédition de vos poésies. Et en outre : quelle opinion changeante sur l'affaire Dreyfus ! Tout ça est attesté dans vos causeries épistolaires avec votre pote Friedlaender : "J'étais au début naturellement à fond pour Zola !" Mais apparaît ensuite le revers de la médaille. Voilà que vous flairez une "conspiration de gazetiers", juifs bien sûr : "... la presse européenne n'est qu'un seul grand pouvoir juif, qui a tenté d'imposer son opinion au monde entier." Là – ma parole, Fonty ! – le philosémite bienveillant du "Venez, Cohn !" se mue en un antisémite bon teint. Dans l'organe de Himmler *Schwarzer Korps*, on n'hésita d'ailleurs pas à imprimer en gras (en 1935, nous le savons) cette condamnation toujours bien utilisable du judaïsme international. Et si d'un côté vous assurez, tout sucre et tout miel : “Je suis depuis toujours un ami des Juifs, et personnellement je n’ai jamais eu à m’en plaindre”, d’un autre côté vous n’avez pas été avare de prédictions fracassantes, et toujours dans la même lettre ; car ce que vous claironnez le 1er décembre 1880 à votre amie très chère et confesseuse Mathilde von Rohr fait aujourd’hui penser à la solution finale : “Cependant, j’ai tellement le sentiment de leur culpabilité et de leur outrecuidance sans limites que non seulement je crois possible, mais je souhaite aux Juifs une sévère défaite. Et je suis certain que, s’ils ne l’essuient pas maintenant et si rien ne change, il arrivera une époque, qu’à vrai dire nous ne vivrons pas vous et moi, où ils seront frappés d’une terrible calamité.” Eh bien, Fonty ? Ai-je cité exactement ? »

Ils se trouvaient déjà dans la foule qui s’amassait devant la Porte ouverte. Sous le poids de cette citation, Fonty prit quelques années de plus : « Nous l’avons vécue, cette époque. Je sais, Tallhover, je sais. Et vous en savez encore davantage. Mes lettres, je ne voudrais pas toutes les avoir écrites, ou écrites ainsi. Sans doute était-ce le moment qui voulait cela…

– Passons l’éponge ! s’écria Hoftaller.

– Je crains que la honte ne demeure…

– Bah, Fonty ! On vit avec. Il y a bien d’autres choses qui éclateront un jour, par exemple… »

On vit alors monter les premières fusées, quoiqu’il restât encore une bonne demi-heure jusqu’à minuit. La foule les suivait des yeux, admirant leur épanouissement en parapluies scintillants et en pluie d’or ; et, comme la foule, les deux hommes regardaient le ciel. Et l’on aurait pu voir l’expression parfaitement innocente du visage de Hoftaller, illuminé par les lueurs, tout à une joie d’enfant. Il pouvait aussi avoir cet air-là.

Et c’est pour ces détails, pour bien éclairer sa face aux larges méplats, qu’il faut laisser ici se dérouler cette Saint-Sylvestre près de la porte de Brandebourg jusqu’aux douze coups de minuit et quelques minutes de plus ; car tandis qu’il fixe le ciel, ses grandes narines, sous son nez en pomme de terre, nous importent plus que ce changement d'année gonflé en fête triomphale. On croyait alors que c'était une victoire qu'on avait, sinon remportée, du moins reçue en cadeau : c'étaient des fusées de victoire qui mettaient des lumières sur son visage de vieil enfant. L'étonnement où le mettaient ce ciel de feu d'artifice et cette paix mondiale qu'on portait aux nues était attesté par l'arrondi de ses sourcils. Et tandis que le peuple déchaîné n'avait d'yeux que pour la Porte béante, Hoftaller se sentait – et nous le voyons – bouche bée, montrant d'impeccables fausses dents qui brillent. Touillé jusqu'au tréfonds par la louche nationale, il se sentait réunifié, uni, à l'unisson. Le peuple et lui : même clameur.

C'était encore le règne des désirs désordonnés. Chacun criait ce qui lui passait par la tête. Beaucoup de bousculades, chacun espérant mieux voir d'une meilleure place. Pourtant, à part les fusées que tout le monde voyait, il n'y avait rien à voir que la Porte dominant tout de sa masse. Nul bourrelet de béton n'en barrait plus la vue. Elle se dressait, pataude, baignée de lumière, promettant d'être bientôt ouverte aux taxis et aux bus. Elle était encore coiffée, comme sur les timbres-poste, de ses quadriges tournés l'un vers l'est, l'autre vers l'ouest. Des centaines de personnes, escaladant un échafaudage proche, avaient envahi son grand toit plat, causant des accidents, certains même mortels, mais peu de gens s'en avisèrent.

Fonty hésitait, planté à côté de son ombre-diurne-et-nocturne. Il voulait s'en aller : « J'ai horreur des rassemblements qui veulent à tout prix être des événements. »

Hoftaller le retint par la manche et lança au hasard une sottise :

« L'essentiel est de participer !

– Déjà en soixante-dix-soixante et onze, quand on défilait ici pour la victoire, je ne voulais pas voir ça…

– Mais le défilé vous a tout de même inspiré, comme après chaque guerre gagnée, un poème claironnant.

– Ce n'en était pas moins ridicule, ces vociférations triomphales répétées…

– Allons donc, Fonty ! Il n'y a pas si longtemps, lors de

notre petite visite aux piqueurs du Mur, vous vous êtes cité vous-même, strophe après strophe…

– Une bouffée de sentimentalité, sans plus… »

Hoftaller ne lui épargna pas ses vers bravaches : « Et les voilà, pour la troisième fois, passant la grande Porte au pas de l'oie… »

Fonty ne voulait pas l'entendre : « Fabriqué de toutes pièces. Et pour une mauvaise occasion. Ça leur est monté à la tête : la victoire rend idiot ! La grenouille qui veut se faire plus grosse que le bœuf. Ça ne tournera pas mieux cette fois-ci. Ils sont déjà là, les Treibel ! Ils seront les premiers à se tailler leur part. C'est exactement ce que j'écrivais à Friedel en lui annonçant ce roman, du grain à moudre pour sa jeune maison d'édition : "… c'est la pente naturelle des Treibel. Le côté creux, phraseur, mensonger, arrogant et sans cœur de la bourgeoisie…" Naturellement, mon Emilie, une fois de plus, était terrifiée. "Tu vas trop loin ! C'est un engagement déplacé !" Elle me traita de boutefeu, d'exalté, d'adolescent ! Avec ça, j'avais passé soixante-dix ans… »

Hoftaller n'eut pas le loisir de répondre. Partout les cloches sonnaient douze coups. À l'Est comme à l'Ouest, douze coups. À la radio, à la télévision : douze coups. Et au douzième exactement s'élevèrent des fusées particulièrement somptueuses, retenues à grand-peine jusque-là, qui partirent vers tous les coins du ciel et s'épanouirent magnifiquement. Champagne et bière en boîte bouillonnèrent, comme le peuple amassé autour de la Porte. La foule sautait sur place comme en délire : « C'est fou ! » criait-elle, « c'est fou ! » Les téméraires grimpés sur le toit en terrasse bondissaient, plus haut, toujours plus haut.

Et alors seulement se détacha de ce brouhaha de mots isolés un chant à plusieurs voix. D'abord de ces chansons qu'on reprend en chœur dans les brasseries en se balançant, mais ensuite le chant de ce pauvre Fallersleben, qui n'avait pas pensé à mal ni soupçonné qu'on hisserait plus tard son œuvre au rang d'hymne national. Ce fut d'abord, entraînante et contagieuse, seulement la troisième strophe, celle qui était permise : « Unité, droit et liberté… », mais bientôt suivit inévitablement cette sinistre première strophe, proscrite depuis la dernière guerre : *« Deutschland, Deutschland über alles... »* l'Allemagne au-dessus de tout, qui devait montrer au peuple le chemin de la nouvelle année. L'unité, le droit et la liberté ne s'entendaient plus guère : leur filet de voix se perdait dans la masse.

Fonty essaya encore de lutter en chantant « le gage de bonheur », mais, tout près de lui, Hoftaller avait davantage de voix. Son « au-dessus de tout au monde » était du côté des vainqueurs. Après s'être retenu trop longtemps, il se laissait aller à plein gosier.

Alors on vit qu'en chantant il pleurait. Fonty vit que Hoftaller pleurait en chantant. Il renonça à la vaine troisième strophe et dit : « Mais vous pleurez, Tallhover. Je ne soupçonnais pas que vous puissiez vraiment pleurer. Mes félicitations ! »

Avec son visage rond et luisant, il avait l'air d'un enfant qui pleure. Les larmes lui roulaient sur les joues jusqu'au menton, d'où elles tombaient en perles. C'étaient des larmes de bonheur, qui ne cessèrent qu'avec le chant. Mais si ému qu'il fût de chanter et de pleurer, ses yeux restaient froidement gris, vieux, mais non fatigués : le regard de Hoftaller.

Avant même que les masses se dispersent, Fonty et son ombre-diurne-et-nocturne s'étaient déjà mis en route, descendant Unter den Linden. Vus de devant, ils contrastaient ; observés par-derrière, ils allaient ensemble comme les pièces d'un puzzle ; mais sous tous les angles ils donnaient un portrait double, bien fait pour des croquis toujours nouveaux.

4. Le temps de plusieurs paternosters

Les voici de nouveau, plantés devant le portail qui fait d'eux des Lilliputiens. Il n'est pas le produit du hasard : l'architecte n'a fait que se plier à la volonté d'un maître d'ouvrage à qui l'enflure pompeuse servait d'uniforme. À l'époque, une chanson satirique berlinoise fut interdite, dont le refrain finissait par : « Hermann, il s'appelle ! » L'idée était que le portail eût des proportions à la mesure de cette grandeur-là.

Dès lors, quiconque prenait son courage à deux mains, puis son élan, pour gravir résolument ou timidement les marches, se trouvait raccourci par une architecture ratatinant, avant même qu'ils entrent, tous les gens auxquels elle concédait bureaux et salles de réunion à l'abri de ses façades de meulière aux joints étroits. On ne pouvait approcher sans se sentir écrasé, qu'on travaillât dans l'un de ces ministères, avec n'importe quel rang, ou que l'on arrivât en visiteur. Même les secrétaires d'État descendant d'une voiture de fonction, ou les étrangers de haut rang, comme le comte Ciano pour l'Italie ou l'amiral Horthy pour la Hongrie, ne pouvaient échapper à cette miniaturisation instantanée et à un sentiment d'oppression.

De la sorte, ce portail faisait régner une justice égalitaire. Tous ceux qui en approchaient devaient comprendre qu'ils étaient inévitablement dégradés ; c'est seulement une fois à l'intérieur de l'édifice, dans les ramifications interminables de ses couloirs, que se restaurait l'ordre déterminant la voie administrative et situant supérieurs et subordonnés sur les degrés de la hiérarchie.

Pour connaître tant d'humiliation et de réhabilitation, il

fallait d'abord subir une traversée du désert : dans ce large complexe de bâtiments, prolongé vers l'arrière par plusieurs ailes de bureaux, on avait ménagé du côté de la rue une esplanade, si bien que quiconque se dirigeait vers le portail, en civil ou en uniforme, devait d'abord traverser cette cour d'honneur.

Flanquée sur trois côtés de hautes façades, elle avait tout d'un plat à servir. Même après la guerre, quand la cour d'honneur ne porta plus ce nom, beaucoup s'y sentaient écrasés, voire anéantis ; Fonty, quant à lui, en avait dès sa jeunesse jugé les proportions « trop colossales ». Nous conviendrons volontiers que « colossal » faisait partie de ses termes favoris, et qu'il n'hésitait pas à qualifier n'importe quoi – fût-ce un petit pot de fleurs – de « colossalement joli », mais il faut bien dire que, s'agissant de la cour d'honneur, Fonty était dans le vrai en lançant allègrement : « Trop colossal, Hoftaller ! Je ne m'y ferai jamais. Vraiment trop colossal ! »

À présent, ils approchaient. Vus de la balustrade qui séparait la cour de la rue, on eût dit que le portail les aspirait, ou même plutôt que l'ouverture rehaussée par ses onze pilastres grandissait encore, tandis que les deux hommes étaient transformés en deux gnomes de tailles différentes ; et ce rapetissement leur était infligé en toutes saisons, même par mauvais temps, lorsqu'ils avançaient à l'abri d'un parapluie.

Hoftaller, devenu coutumier des changements de proportions, n'en souffrait pas comme Fonty, qui, à peine s'était-il écrié « colossal, trop colossal », entendit son ombre-diurne-et-nocturne dire : « Moi, ça me donne une sorte de sentiment de solidité. Chaque fois que j'arrive, je sais où est ma place. Et dans les périodes comme celle-ci, où en tout état de cause on va perdre un peu ses repères, je sens monter en moi de la gratitude, lorsque je vois ce portail grandir, grandir encore. Vous aussi, mon cher Wuttke, vous devriez vous sentir ici chez vous, ou du moins à l'abri. Un peu d'humilité ne fait pas de mal. »

Fonty, qui avait toujours le Reich millénaire en travers de la gorge, répliqua d'un ton qui resta rogue : « Ça n'a duré que douze ans, mais ça fait une ombre qui est colossalement longue. »

Voilà pourquoi nous devons leur faire refaire leur entrée et les amener, rapetissants, jusqu'au portail qui grandit. Un certain nombre de pas avant la première marche, Hoftaller ôte son chapeau aplati et le tient de côté, alors que Fonty gravit toutes les marches en restant couvert. C'est ainsi qu'ils demandent à entrer : avec dévotion l'un, l'autre avec répugnance. Comparés à d'autres personnes qui pénètrent dans le bâtiment ou le quittent, ils sont tous deux à part. Quiconque entre ou sort là sait bien que le 18 janvier 1990 est un jeudi, mais pour eux cette date est aussi le jour de la fondation de l'Empire en 1871 ; certes, comme tous ceux qui travaillent ici, ils estiment dépendre dorénavant du gouvernement Modrow et avoir à appliquer les décrets pris à la table ronde, mais Fonty et Hoftaller étaient déjà connus personnellement dans ces enfilades de bureaux lorsque le complexe architectural ajouté au premier noyau était considéré comme neuf, s'appelait le ministère de l'Aviation du Reich, et avait une portée symboliquement comparable à celle du He 111, le bombardier à longue portée le plus moderne alors ; à partir de 1935, ce bâtiment construit en l'espace d'un an entra dans l'histoire. Dans l'ivresse des premières victoires, c'est là que fut proclamée la souveraineté aérienne.

Lorsque, à la fin de la Deuxième Guerre mondiale, le quartier des ministères fut en ruine, ce colosse resta exempt de dommages visibles et sembla « épargné ». Quelle aubaine en ces temps de pénurie ! Bientôt, de nouveaux maîtres emménagèrent dans les deux mille et quelque bureaux que comptait le bâtiment, proche désormais de la ligne séparant le secteur d'occupation soviétique du secteur américain. Et bientôt l'on dit : « Là-bas, c'est territoire ennemi. »

Chaque fois qu'ils entraient, et que Fonty ôtait à son tour son grand chapeau à large bord, ils avaient conscience que la Otto-Grotewohl-Strasse qui longeait le bâtiment s'était appelée – sous l'Empire et la République de Weimar, et tant qu'avait fonctionné le ministère de l'Aviation du Reich – la Wilhelmstrasse. À l'époque, des hommes en uniforme, casque d'acier et fusil sur l'épaule, étaient là figés de part et d'autre du portail. On avait beau choisir pour le bataillon de garde des hommes particulièrement grands, à distance même eux avaient l'air de petits jouets par rapport à l'édifice qu'ils gardaient. Et le maréchal Göring lui-même ne s'en tirait pas mieux que ses soldats de plomb, dès qu'il traversait la cour d'honneur en grande tenue, le bâton à la main, et que les sentinelles sortaient de leur rigidité imposée pour lui présenter les armes. En dépit de sa corpulence sur laquelle on plaisantait, il subissait immanquablement le même degré de miniaturisation attendrissante que les aides de camp qui le suivaient ou les gloires qui l'accompagnaient ; ses arrivées avec Mölders, Galland et Udet étaient filmées pour les actualités et elles sont à présent des documents d'archives qu'on pourrait rembobiner.

Et c'est là que, pendant les années de guerre, Fonty allait et venait, avec des interruptions dues à ses missions. Il arrivait et repartait souvent seul, et plus rarement, pour des occasions particulières, en compagnie de Hoftaller, qui à l'époque était chargé par son service, sous le nom de Tallhover, d'assurer la liaison avec la direction de la Gestapo, installée non loin de là dans le palais Prinz-Albrecht ; adresse renommée, qui n'était chuchotée que d'une voix étranglée.

À ce qu'assure son biographe, Tallhover a travaillé, dans cette phase de son activité, pour le service central de Sécurité du Reich : ainsi, pour le Bureau 2, auquel il soumit un mémorandum sur la surveillance des Églises de toutes confessions. À partir de 1943, il fut chargé par le Bureau 5 de surveiller certaines personnalités détenues au camp de concentration de Sachsenhausen, dont un prisonnier de guerre qui n'était autre que le fils de Staline. Néanmoins, Tallhover trouva le temps de s'occuper d'un cas qui avait été spécialement recommandé à son attention, l'aviateur de première classe Theo Wuttke.

Fonty n'avait pas vingt ans lorsqu'on lui fit revêtir l'uniforme. C'est vêtu du drap gris-bleu et seyant de la Luftwaffe qu'il approcha du portail. Il portait le calot de travers sur une chevelure d'une longueur peu réglementaire. Pour lui, personne ne présenta les armes, quoique la fonction qui l'amenait au ministère de l'Aviation ne fût pas sans importance. Ce Fonty en uniforme était correspondant de guerre, sans être obligé pour autant de courir des dangers particuliers. Il n'avait pas à rendre compte d'opérations en témoin direct, par exemple en étant copilote dans ces avions de combat en piqué qu'on appelait Stuka ; il devait, sur les aérodromes allemands en France et dans leurs environs, prendre des notes qui, tout naturellement, tournaient à des considérations sur l'histoire de l'art et à des retours sur l'histoire, qu'il émaillait abondamment de références littéraires : Goethe et la canonnade de Valmy, Schiller et la pucelle d'Orléans, les apports des huguenots à la littérature allemande et, de ce fait, des citations de tout ce que l'Immortel avait pu écrire. Le correspondant de guerre Wuttke écrivait des textes si amoureux de la campagne bretonne, si exaltés par les façades des églises françaises et si subsidiairement soucieux de la chose militaire, ils offraient des tableaux d'atmosphère si finement peints et si envoûtants qu'ils trouvaient des lecteurs non seulement dans les journaux pour soldats, mais aussi dans les pages littéraires de la presse bourgeoise.

C'est Tallhover qui lui avait décroché cette planque, comme on disait alors. Ce service rendu impliquait à vrai dire la mission de s'informer sur le milieu des officiers, d'ausculter le moral de la troupe et d'épier les fausses notes lors des soirées mélancoliques dans les mess. Bonne raison pour changer de décor, d'aérodrome en aérodrome, de petite ville en petite ville, et pour montrer qu'on était un auditeur et observateur attentif. Mais sans doute les rapports complémentaires de Theo Wuttke, qui n'ont jamais été publiés, ne fournirent-ils guère de matériau exploitable par Tallhover ou par le Service central de Sécurité du Reich, car Fonty aimait à s'égarer dans l'anecdotique et il était plutôt sourd aux fausses notes pouvant trahir des menées suspectes. Avec tout cela, sa vie de soldat restait hors de portée du feu.

En quoi l'aviateur de deuxième classe, puis de première classe, puis le caporal Theo Wuttke était-il particulièrement apte à cette activité double ? Nous soupçonnons, aux Archives, que dès ses études primaires et secondaires à Neuruppin, les œuvres complètes de l'Immortel l'avaient préparé à poursuivre ou à réitérer certaines phases du travail de ce dernier. Dès qu'il écrivit ses premiers comptes rendus sur les pays occupés, par exemple le Danemark, les trois ouvrages de guerre pesèrent leur poids. Dans un assez long tableau de Copenhague trouvèrent ainsi place non seulement des citations empruntées au roman *Irréparable*, mais aussi des épisodes tirés du livre qu'avait inspiré la guerre prusso-danoise de 1864. Il interpolait, dans son reportage par ailleurs fort pacifique, des détails de l'assaut donné aux retranchements de Düppel, comme : « Le deuxième jour de Pâques, le régiment de la garde étant sous un feu intense, l'un des grenadiers s'écria : "Les Danois cuisent leurs œufs de Pâques bien durs !"... »

Et si les invasions de la Norvège et du Danemark par l'Allemagne se laissaient habiller de digressions historiques, la guerre austro-prussienne de 1866, qui avait donné un deuxième livre de guerre, fournissait les comptes rendus géographiquement intégrés que signait le soldat Wuttke depuis le « protectorat » de Bohême-Moravie : « Si dans le plateau de Gitschin nous découpons un secteur délimité à l'est par le cours de l'Elbe entre Josephstadt et Königgrätz, et à l'ouest par une ligne reliant Horsitz à Neu Bidsow, nous obtenons en gros un carré de deux lieues de côté que nous pouvons appeler au sens large le champ de bataille de Sadowa... »

Nous connaissions le goût de Fonty pour l'intégration de larges références au passé. Les Archives savaient à quelles sources il puisait, et qu'il jetait sur les paysages ayant servi de champs de bataille un regard déjà saturé. Douze années durant, pour le compte d'un éditeur cupide, l'Immortel avait écrit un livre de guerre après l'autre, chacun plus épais que le précédent et plus bourré de meurtrière compétence ; car la guerre franco-allemande avait été plus fructueuse encore que les campagnes contre le Danemark et contre l'Autriche.

Sur deux mille pages, il ne manquait pas une bataille, pas un siège, pas une escarmouche. Étaient évoqués non seulement les armées et les régiments, mais aussi les bataillons et les compagnies, pourvu que leurs pertes en officiers et en hommes de troupe fussent assez lourdes. Nous autres des Archives, nous sommes enclins à voir là douze années perdues et beaucoup d'énergie gaspillée, du moment que le fatras de ces livres de guerre exige de nous un travail de commentaire ; mais ces pavés permettaient au jeune Theo Wuttke d'assouvir sa fringale de détails. Sa copie de baccalauréat était déjà farcie de citations prises dans le dernier de ces livres de guerre et dressait par exemple l'inventaire minutieux des prises faites sur l'ennemi : « À la Porte de Potsdam débutait l'exposition des pièces d'artillerie conquises, 453 le long de la rue de Königgrätz, 514 sur Unter den Linden, dont curieusement un canon tirant des boulets de vingt-quatre livres, pris à Soissons, entièrement décoré en relief et datant de l'avant-dernière année du règne de Louis XIV… »

Rien d'étonnant à ce que cette passion dévorante pour le passé ait fait remarquer l'élève par ailleurs médiocre qu'était Theo Wuttke. Sa copie de bac fut publiée, à vrai dire avec des coupures, dans le journal local. C'est sans doute ainsi que Tallhover, spécialiste des immortels et de leurs obsessions, eut vent de ce jeune talent. S'il était capable de si bien digérer de gros livres que l'unité allemande et les trois guerres dont elle était le produit deviennent limpides pour tout le monde, c'était un talent susceptible d'assumer bien d'autres tâches.

Quelque ait été ce début de carrière, on avait désormais un œil sur Theo Wuttke : celui de Tallhover. Dès la fin de la campagne de Pologne, la jeune recrue fut extraite du centre de formation de Gross-Boschpol, où l'on s'employait à en faire un fantassin, et affectée au ministère de l'Aviation : service propagande et correspondance de guerre. Fonty se rappela par la suite qu'il avait accueilli cette mutation avec autant de gratitude que d'inconscience, car sur le moment les conditions de cette affectation à l'arrière, relativement peu dangereuse, ne lui étaient pas apparues clairement : « Au début du moins, cela sentait plutôt bon, dans cette cuisine de sorcières. »

Nous autres des Archives, nous nous abstiendrons là de tout commentaire. En tout cas, à partir du début de 1940, l'aviateur Theo Wuttke se trouva en mission sur le territoire du gouvernement général de Pologne. La campagne de dix-huit jours lui inspira un récit encore tâtonnant, parce qu'en l'occurrence il ne pouvait s'appuyer sur aucun livre de guerre de l'Immortel, et que les chapitres de *Mathilde Möhring* se situant en « Prusse occidentale » ne lui fournissaient guère de décor, faute de sentir la poudre et la bataille ; mais à partir de la guerre éclair contre la France, il put se référer non seulement au plus volumineux de tous ces livres de guerre, mais aussi à un ouvrage annexe où l'Immortel racontait ses mésaventures, depuis son arrestation à Domrémy jusqu'à sa libération de l'île d'Oléron.

Même si nous connaissons insuffisamment ses articles et même leur liste complète, nous pouvons néanmoins dire ceci : qu'il s'agisse de Sedan et de Metz, du nord de la France et de l'Alsace, ou de Neufchâteau, de Langres et de Besançon, du village natal de Jeanne d'Arc et naturellement de la forteresse d'Oléron, voire ensuite de Lyon, Theo Wuttke a écrit des textes pleins de sensibilité, de références au passé, de citations abondantes et d'anecdotes toujours plaisantes, et ces textes ont bientôt trouvé de nombreux amateurs parce que la banalité quotidienne de la guerre y était traitée comme accessoire, tandis que le passé y revivait dans toute son ampleur et sa profondeur, et pas uniquement sur les champs de bataille. Enfin, les origines huguenotes de l'Immortel étaient une mine presque inépuisable : en particulier, les textes les plus tardifs, datant de Lyon et d'excursions assez périlleuses dans les Cévennes, voire jusque dans les gorges de l'Ardèche, témoignent d'une telle recherche des traces du passé.

Lorsque nous avons souhaité qu'il nous parle de cette partie de son activité, nous l'avons vu sourire avec embarras. Fonty ne parlait pas volontiers des aventures du soldat Wuttke : « Eh bien, oui, c'était plus que risqué, à l'époque. Malheureusement, on me refusa l'autorisation spéciale qui m'aurait permis d'aller en Gascogne. Au printemps quarante-quatre, je pensais même me rendre à Nîmes et dans le delta du Rhône. Mais Berlin était contre… »

Entre deux voyages, il fallait passer au ministère de l'Aviation prendre de nouveaux ordres de mission. Périodiquement, le jeune soldat se retrouvait devant le « colossal » portail. Et un jour, il fit traverser la cour d'honneur à une secrétaire du nom d'Emilie Hering et, pénétrant avec elle dans le colossal bâtiment, alla présenter la jeune femme à son supérieur, un certain colonel von Maltzahn : « Si vous permettez, mon colonel : ma fiancée. »

Mais lorsque le civil et vieillissant Wuttke, qui avait encore récemment fêté de deux manières son anniversaire, évoquait ses souvenirs, il disait, dès qu'il se trouvait en compagnie de Hoftaller devant la Maison des ministères et face à ce portail resté fidèle à lui-même : « Que des horreurs pareilles jouissent d'une certaine immortalité, voilà qui me rend suspects n'importe quels lauriers. Si seulement tout ça avait quelques tailles de moins ! » Dès la plus basse marche, Hoftaller ôtait son chapeau, alors que Fonty restait couvert jusqu'au-delà des portes à deux battants.

Nous regrettons, mais l'aspect intérieur du bâtiment de la Otto-Grotewohl-Strasse devra rester imprécis jusqu'à la phase de sa prochaine utilisation. Ce n'est que plus tard, une fois rénovées, que ses enfilades de bureaux pourront briller de tous leurs feux. Pour le moment, tout avait l'air miteux. Terne, faute d'être astiqué, était le marbre de diverses teintes qui encadrait les portes ouvrant sur les services de dix ministères, supervisant chacun une branche d'activité. Des moquettes entre-temps sans couleur recouvraient dans les couloirs le lino d'origine. Quarante années durant, l'État des Ouvriers et des Paysans avait ici géré son économie de pénurie. Les collectifs de planification avaient élucubré des plans quinquennaux, les avaient maquillés une fois qu'ils avaient échoué, pour surenchérir ensuite à coups de nouveaux objectifs chiffrés. Cela avait produit quantité de documents qui poursuivaient leur existence dans d'innombrables classeurs ; parmi ces classeurs, certains demandaient depuis peu à être consultés, et par la voie la plus rapide.

Et voilà où déjà Fonty intervient à nouveau. Theo Wuttke apportait et remportait. Il était l'appariteur transportant des piles de classeurs de service en service. Il déployait son activité entre les ministères. Et comme il effectuait ce travail, trouvé grâce à Hoftaller, et parcourait tous ces couloirs depuis la fin des années soixante-dix, la question se pose de savoir comment le personnel se déplaçait d'un étage à l'autre.

Immédiatement entre dans le champ un mode de locomotion qui avait fonctionné là depuis le début. Nous nous représentons l'appariteur Theo Wuttke dans un ascenseur ouvert sur sa face antérieure, fait d'une succession de cabines circulant en continu, franchissant sans s'arrêter le virage de la cave et celui du grenier, brinquebalant un peu et progressant non sans quelques râles et gémissements, mais tout de même de façon sûre et comme une sorte – disons-le – de moulin à prières ; raison pour laquelle cet ascenseur démodé, entre-temps réformé et supprimé presque partout en dépit de protestations bien intentionnées, était appelé un « paternoster ».

Et c'est dans un tel paternoster que Fonty effectuait son travail à mi-temps pour les ministères. En dépit de son âge avancé et par autorisation spéciale, on le gardait. Chargé de dossiers, il passait d'étage en étage. Personne d'autre que lui ne semblait aussi familier des dix ministères, de par une activité aussi infatigable. Il surgissait d'en bas, visible d'abord jusqu'à mi-corps, puis tout entier, disparaissait vers le haut, décapité puis coupé à la ceinture, ne montrait plus que ses hautes bottines à lacets, paraissait s'être évaporé ; mais à l'étage au-dessus, sa silhouette identiquement chenue et moustachue réapparaissait en buste, puis en pied, et s'imposait un bref instant ; ou bien il arrivait d'en haut, montrant d'abord ses bottines, ensuite la moitié puis l'intégralité de sa personne serrant sur sa poitrine une pile de classeurs, jusqu'à ce que son visage familier semblât prendre congé en s'enfonçant ; tout à fait disparu, il rentrait lentement dans le champ à l'étage inférieur et – s'il y avait là des dossiers à déposer ou à reprendre – il sortait alors de la cabine, toujours serrant ses classeurs.

Et voici comment nous nous représentons ces sorties de Fonty : dès que le plancher de la cabine du paternoster était sensiblement au niveau du couloir, il la quittait d'un petit bond léger et partait d'un pas juvénile vers tous ces bureaux dont il connaissait fort bien la situation. Les couloirs ne paraissaient pas le fatiguer. Un podomètre, s'il en avait porté un à la jambe, aurait montré les kilomètres qu'il abattait. Il apportait, il remportait, il revenait chargé de notes de service, de circulaires, d'autres portefeuilles et d'autres classeurs. Il était toujours plus proche, il était à grands pas le maître de ces couloirs et, entre les portes encadrées de marbre, prenait les proportions d'un grand personnage familier.

En cas d'affluence devant l'ascenseur, il avait la priorité. Tantôt il optait pour la voie montante du paternoster et tantôt pour la descente, prenant place dans la cabine plongeante d'un petit saut courbé, ou dans l'ascendante en une envolée bondissante, pour disparaître vers le bas, vers le haut ; jamais personne n'avait vu Fonty débarquer ou embarquer ainsi en trébuchant ni en tombant.

Voilà pour ses parcours en solitaire dans les couloirs et pour ses numéros en solo dans le paternoster. Mais comme ce travail à mi-temps – une semaine le matin, une autre l'après-midi –, il le devait à Hoftaller et qu'il restait donc son obligé, de même que l'aviateur de première classe Wuttke avait dû sa planque de tout jeune correspondant de guerre à un certain Tallhover et était donc resté l'obligé de celui-ci, il prenait souvent avec lui le paternoster en utilisant une seule et même cabine. Ils s'y tenaient debout, tournés l'un vers l'autre. Et il n'était pas rare qu'ils demeurassent ainsi tandis qu'elle prenait le virage des combles ou de la cave, plusieurs tours de suite : ce qui n'était absurde qu'en apparence.

Lorsque les deux hommes occupaient de la sorte une cabine pendant plusieurs tours, Hoftaller n'était pas inactif. Il demandait à voir ces dossiers en transit. Et Fonty savait les raisons qui militaient pour qu'il ne rejetât point cette demande. Tout le temps qu'il avait été appariteur dans la Maison des ministères, ç'avait été une opération de routine. Mais à présent, depuis que le centre effectif du pouvoir ouvrier et paysan – à savoir la forteresse de la Sécurité d'État dans la Normannenstrasse – avait été pris d'assaut puis placé sous scellés, d'autres tâches s'imposaient : souvent Hoftaller arrivait avec une serviette bourrée, pour mettre en sécurité des dossiers récupérés. Pendant leurs tours de manège dans le paternoster, il parlait de « dépôt momentané » dès que Fonty lui avait ouvert tel ou tel classeur. Ensuite, les dossiers stockés étaient appelés à disparaître ; et Hoftaller savait où.

Il en résultait beaucoup d'allées et venues à l'intérieur du bâtiment. Ce qui hier encore paraissait sauvegardé devait le lendemain être replacé sur le dessus de la pile. Ces mesures conservatoires exigeaient fréquemment que les deux hommes entrent ensemble dans une cabine et la quittent de même. Fonty se montrait là plus agile. Hoftaller, qui se méfiait d'un ascenseur sans porte mais estimait que des nécessités supérieures imposaient l'usage de ces cabines à deux places, trébuchait parfois en y montant ou en les quittant. Fonty était obligé de le prendre par la main. On pouvait se fier à lui. Il était un appui solide. Sa familiarité d'appariteur rompu à ce mouvement perpétuel garantissait à Hoftaller ce qu'il fallait de sécurité ; après tout, l'ascenseur et ses dangers étaient connus de Fonty depuis cinq décennies.

La technique de ces petits sauts lestes pour entrer dans la cabine et ressortir dans le couloir, il avait pu l'acquérir déjà sous l'uniforme ; car chaque ordre de mission qui le ramenait au ministère de l'Aviation lui donnait l'occasion de s'entraîner pendant des heures, sans que ce fût pour autant un plaisir sans mélange. Tallhover, à l'époque, ne se souciait pas de mettre des dossiers à l'abri, mais de prélever ou de restituer du courrier que le soldat Wuttke, ignorant la teneur de ces bafouilles, rapportait des pays occupés, en particulier de France, ou bien qu'il y emportait. Et partout, que ce fût en France, en Belgique ou au Danemark, on avait trouvé des contacts, assez souvent parmi les membres de la noblesse prussienne.

C'est ainsi qu'il se rendait utile. C'est ainsi qu'il était obligé de se rendre utile. Car du temps de Tallhover comme de celui de Hoftaller, Theo Wuttke était soumis au même chantage que Fonty. On le tenait en lisière, et la laisse était courte. Pire encore : nous savons, aux Archives, qu'il était surveillé depuis le début. Déjà les sottises de jeunesse commises par l'Immortel avaient eu des conséquences à long terme. Le cercle suspect de Leipzig, l'amourette de Dresde, l'époque berlinoise où le pharmacien était révolutionnaire : tout cela eut des épilogues. Sans même parler de ses activités pour le Service central et de son travail d'agent du gouvernement à Londres. On avait lancé un filet où se débattaient à la fois le héros des barricades de 48 et l'ami des intellectuels de Prenzlberg ; tant la chute du Mur lui avait apporté peu de liberté. Certes, toutes les portes étaient désormais ouvertes, mais apparemment il ne cesserait pas d'être prisonnier. Parfois, nous entendions Fonty pousser des gémissements aussi rétroactifs qu'actuels, et néanmoins il continuait de porter vaillamment son fardeau doublement ficelé d'un tournant de l'histoire à l'autre ; comme Archibald Douglas, le héros jamais gracié de sa ballade.

Naturellement, il y eut aussi dans le paternoster des conversations plus détendues. Quand, en avril de la première année de la guerre, le soldat Wuttke revint d'une mission dans le protectorat de Bohême-Moravie, il sauta dans une cabine qui montait et où se trouvait déjà une tête frisée brune, au-dessus d'une machine à écrire Adler qu'on serrait dans ses bras.

Fonty nous a avoué que « la gamine » lui avait paru avoir « dix-huit ans tout au plus » et que c'était la machine à écrire qui lui avait tout de suite donné une idée. Plutôt timide d'habitude, et sans rien d'un charmeur, il n'avait pas eu de peine, face à cette demoiselle « colossalement jolie », à engager la conversation, dans le paternoster. « On échange un sourire, et on dit quelque chose. »

Il lui offrit de porter cette lourde machine. Cette approche trop brusque fut repoussée. Avant d'avoir le droit de prendre la machine, le soldat dut se présenter. Ce qu'il fit, dans le paternoster, en claquant les talons. La demoiselle se nommait Emilie Hering, mais entendait qu'on l'appelât Emmi. Il voulut savoir si elle avait quelque lien de parenté avec l'écrivain Willibald Alexis, auteur du célèbre roman *Les Culottes de monsieur von Bredow*, et dont le véritable patronyme, Häring, venait d'émigrés huguenots nommés Hareng.

« Alors là, pas du tout ! » Emmi tenait à ses origines de Haute-Silésie. « Et puis je ne lis pas de livres pas convenables, où on parle de culottes et de choses comme ça. »

Déjà ils avaient laissé passer le septième étage. Le soldat rassura la demoiselle, un peu effrayée qu'elle était de subir le virage dans les combles, les légères oscillations de la cabine et sa replongée immédiate, tout cela en tête à tête. Elle jugea l'expérience excitante. Jamais elle n'avait osé. « C'est vraiment rigolo, et pas du tout dangereux. »

Et comme la conversation se poursuivait, Emmi s'offrit plusieurs virages, tout en bas et tout en haut. « Le temps de plusieurs paternosters », nous raconta Fonty, la glace était brisée. Il ne s'était d'abord intéressé qu'à la dactylographe, et puis ces cheveux châtains tout frisés lui avaient tourné la tête. « Un coup de foudre juste un peu à retardement. Mais j'ai insisté pour l'appeler Emilie. Ça ne lui plaisait pas. Et puis elle m'a tout de même permis. Ça, et un peu plus. »

C'est ainsi que Theo Wuttke fit la connaissance de sa future fiancée, la mère de ses enfants, Emilie Wuttke, née Hering. À la fin de son apprentissage, elle avait trouvé un emploi de « dactylo et sténo » dans l'un des nombreux secrétariats du ministère de l'Aviation. Et elle était toute disposée, après ses heures de bureau, à taper « au propre », comme elle disait, les impressions notées à la main par le correspondant Wuttke. Elle était bonne, « à l'écrit ». Elle n'aurait pas de peine à le lire. Et dans sa chambre, chez sa tante Pinchen, elle avait une machine Erika flambant neuf.

Ce n'est prétendument qu'au cinquième paternoster que le soldat Wuttke aurait embrassé la dactylographe Emmi, plus précisément dans le virage du bas, tandis que la cabine remontait déjà.

En tout cas, leur histoire commença dans le paternoster. Et l'article sur la Bohême, proprement dactylographié par Emmi Hering, se lisait bien. Aux impressions de voyage venaient se mêler par en dessous, comme tout naturellement, des descriptions anciennes de la guerre de 1866 contre l'Autriche, et puis des observations faites en visitant le champ de bataille de Königgrätz-Sadowa. Le texte ne contenait à peu près rien sur la situation des civils dans le protectorat occupé, mais il évoquait la bataille historique ; le correspondant de guerre Theo Wuttke était un maître de la mise entre parenthèses.

Et lorsque, deux jours plus tard, il eut Tallhover à côté de lui pour lui remettre comme à l'accoutumée les impressions de l'arrière que celui-ci attendait, il tira de sa sacoche la version fraîchement tapée de son manuscrit et il dit, d'après lui : « Dieu du ciel ! Comme tout reprenait vie devant moi ! Par exemple le bois de Sadowa ou le village de Cistowes, que nous trouvâmes à l'époque peu détruit, car les tirs de la grande batterie de Chlum étaient passés au-dessus. Mais à Lipa, qui respire aujourd'hui une autre tristesse, le spectacle était terrible. De rangées entières de maisons, il ne restait plus que les conduits à fumée. Et, là aussi, des enfants vinrent nous offrir des souvenirs. Ils étalaient tout un bazar : plumets, calots, aigles à deux têtes, écharpes sanglantes ou non. *Tempi passati !* Cette fois, pas d'enfants. Ou alors qui s'enfuyaient, terrifiés. Mais le paysage est toujours grandiose. Quel panorama magnifique ! Partant vers la gauche, le ruban étincelant de l'Elbe, et juste derrière, les hauts clochers de Königgrätz ! Tout cela, monsieur le commissaire, se sent encore aujourd'hui, même si le temps, comme le fait la guerre actuelle, est passé là-dessus. Mais pourtant j'ai pu faire revivre ce passé dans mon rapport et en faire déboucher le puissant courant dans le présent. Je suis curieux de ce qu'en dira mon colonel. Car enfin, l'un de ses ancêtres est enseveli en même temps que beaucoup d'autres sur la colline de Chlum : un lieutenant von Maltzahn, tout jeune, comme tous les autres… »

Au quatrième étage du ministère de l'Aviation, le correspondant Wuttke quitta le paternoster et se rendit auprès de son supérieur. Celui-ci appréciait Fonty et ses habiles mises entre parenthèses. On peut imaginer, avec cet homme qui passait pour cultivé, des petites heures de conversation dans le bureau – pas dans le paternoster. Ainsi, lors d'une assez longue conversation qui comme le paternoster avait fait plusieurs tours, le jeune Wuttke aurait pu signaler au colonel que le personnage du comte Holk, dans *Irréparable*, et la liaison qu'il avait à Copenhague avec une certaine Ebba von Rosenberg rappelaient un scandale qui avait agité le Mecklembourg et concernait un Carl von Maltzahn et une dame de la cour nommée Augusta von Dewitz. Et le colonel, étant versé en littérature, aurait pu dire : « Formidable, Wuttke ! Ça me rappelle vaguement quelque chose. Mais cette Ebba n'est pas très comme il faut, non ? Tribu d'Israël, même avec la particule. Totalement impensable chez les Maltzahn. Ce ne saurait être qu'une invention romanesque, compris ? »

Et le soldat Wuttke aura dit : « Oui, mon colonel ! » – et s'en sera tiré en sautant à autre chose. Comme, cinquante ans plus tard, il sautait, toujours juvénile, dans la cabine du paternoster en y entraînant Hoftaller. Il y avait des nouvelles à commenter.

« Ça me rend triste, Fonty, cette façon de solder les dossiers…

– Ça n'a pas dû marcher, à la Normannstrasse ?

– Et comme le gouvernement Modrow ne peut pas tenir le coup…

– Est-ce que par hasard des affaires concernant ma famille ont été placées sous scellés ? Ou bien les a-t-on mises au broyeur ?…

– … il paraît qu'il y aurait des élections anticipées dès la mi-mars… »

À cela, Fonty ne réagit pas, et entre les étages il laissa jeter un coup d'œil dans son fardeau, dans la pile de classeurs. Mais Hoftaller, n'y trouvant rien d'intéressant et se contentant d'intercepter une seule affaire, restait sur la piste du changement politique : « Tout dépend de Bonn. Ils sont pressés, ces messieurs. L'unité tout de suite ! Mais nous, on se fiche bien des élections, hein, Fonty ? Les élections ne changent rien, en tout cas au principal. Nous continuerons de toute manière notre dialogue… »

L'appariteur Theo Wuttke prit congé avec un petit bond. Qu'aurait-il pu dire des élections, lui qui ne votait jamais, lui qui n'avait pas le choix ?

Par un long couloir, il porta sa pile de classeurs jusqu'à des bureaux dont il ressortit chargé de nouveaux dossiers pour repartir en direction du paternoster. Dans la Maison des ministères était encore employé beaucoup de personnel datant du pouvoir à présent déliquescent des Ouvriers et Paysans, mais on voyait aussi des nouveaux, qui certes avaient donné le coup de grâce à cet État délabré, mais qui maintenant, pour traiter les dossiers, montraient peu de compétence : ils trouvaient toujours ce qu'ils ne cherchaient pas – et inversement.

C'est sans doute pourquoi il circulait tant d'employés dans les couloirs et entre les étages. Avec l'ancienne population et avec celle des nouveaux, Fonty, toujours lourdement chargé, partageait sa cabine du paternoster, quand Hoftaller n'était pas là pour occuper la seconde place. Depuis que la Maison des ministères était conçue comme un massif d'escalade en haute montagne, on parlait souvent de cordées, anciennes et nouvelles. Plusieurs messieurs et dames des anciennes cordées étaient connus depuis des années de Fonty pour des raisons de service, mais il connaissait bien aussi les nouveaux employés, pour les avoir fréquentés au Prenzlberg ou rencontrés dans les réunions contestataires de l'église de Ghetsemane. On se faisait un signe de tête. On se disait quelques mots. On devinait ce qu'on ne savait pas. Et beaucoup de ceux qui empruntaient avec lui le paternoster l'appelaient Fonty : « Ça n'en finit pas, ces dossiers, hein, Fonty ? » – « Quoi de neuf, Fonty ? » – « Toujours chargé, hein, Fonty ? »

5. Enfoncé dans le canapé

Même si nous sommes certains des faits primaires et secondaires, il faut bien avouer que les Archives ne savaient pas tout. Nos regards étaient empêchés de plonger jusqu'aux régions situées en dessous du niveau de ses « faillites nerveuses ». Et puisque l'Immortel ne laissait rien transpirer, même dans son journal, à défaut nous vérifiions la façon dont Fonty poursuivait littéralement cette existence en nous en donnant des preuves sous forme de citations qui s'écartaient rarement de l'original. Plutôt par plaisanterie, nous le mettions à l'épreuve, obtenant alors des résultats stupéfiants qui nous faisaient honte. Dès qu'il venait aux Archives, nous le questionnions en espérant secrètement qu'il sortirait du rôle ou que nous lui tirerions un peu les vers du nez et obtiendrions plus de confidences que l'Immortel ne s'en permettait.

Mais même sur des terrains arides, comme par exemple quand nous l'interrogions sur le projet tardif et resté embryonnaire des pirates d'honneur dits « Likedeeler », on n'arrivait pas à le coller. Il répondait que l'éditeur Hertz, en vue de cette épopée sur ces « partageux protocommunistes », n'avait fourni que du tout-venant : les pirateries de Strörtebeker vues par la Hanse, et rien sur l'idéologie de cette communauté fraternelle. Mais qu'il avait bien l'intention de reprendre le projet au point où il avait été laissé et de transformer l'esquisse en ouvrage accompli, sur le ton des ballades, et qu'il savait déjà comment : certainement pas à coups de grossières chansons de pirates et de formules partisanes, comme l'avait fait ce Barthel, que ses camarades appelaient Kuba. Et si on l'interrogeait sur un problème marginal et lointain comme le cas scandaleux d'Oskar Panizza, il disait que, pour ce qui était de son *Concile d'amour*, c'était certes une affaire « policièrement épineuse », mais que pour sa part il n'en démordait pas : Panizza « méritait qu'on lui dresse ou bien un bûcher, ou bien un monument ».

Il savait tout, et nous ne pouvions que deviner tout ce qu'il taisait – et sur le ton de qui ! Car la face obscure de son existence prolongée pouvait tout au plus s'explorer à la lueur vacillante d'une chandelle subjonctive : par exemple ses petits secrets évacués par des bavardages, tout ce qu'il mettait entre de transparentes parenthèses, ses ultimes refuges, son trou de souris. Aussi avons-nous longtemps tâtonné dans le noir, quand nous nous sommes demandé où pouvait bien se trouver cette cachette à laquelle il avait fait plusieurs fois allusion. Qu'entendait-il par ce mot alléchant de « siège » ? Ce meuble apparemment confortable, quel style pouvait-on lui attribuer ?

Ce qui est sûr, c'est qu'il fallait qu'il y eût dans la Maison des ministères un certain fauteuil ou un canapé bien particulier. La phrase de Fonty – « Vous n'avez pas idée de la quantité de passé qui peut se loger dans un meuble capitonné » – était pour cela un indice suffisant. Et comme, en ces lieux, on ne pouvait l'imaginer qu'avec des coins d'ombres, le fauteuil était exclu ; mais l'emplacement d'un canapé, impossible de le déterminer à coup sûr.

Ou bien on le situait dans les sous-sols, plus précisément dans la chaufferie, ou bien il croupissait dans un coin des immenses greniers. Si l'on optait pour le sous-sol, la question était de savoir si l'installation de chauffage était susceptible de mener à terme les mesures préventives prises par Hoftaller. Certes oui, mais sous réserve qu'eussent été possibles : la tourbe comme combustible, une porte de grosse chaudière, des montagnes de briquettes stockées comme en vue d'un siège, et des chauffeurs armés de pelles ; aussi bien, l'État des Ouvriers et Paysans se chauffait à ce charbon souvent de qualité inférieure, dégageant d'un bout à l'autre du pays l'odeur de gaz correspondante, pour autant du moins qu'on puisse attribuer ainsi une odeur autonome à une structure étatique.

Si nous nous étions renseignés, nous nous serions certainement attiré la réponse laconique qu'on était branché sur le chauffage urbain. Et si nous nous étions alors enquis de l'éventuelle présence d'une chaudière de secours, le service destinataire de cette seconde lettre n'eût honoré celle-ci ni d'un oui ni d'un non ; la question n'était donc pas tranchée, on pouvait donc supposer que depuis la fin de la guerre il restait un foyer inutilisé, peut-être à proximité du garage souterrain, et l'on pouvait donc envisager d'aller visiter ces caves. Le canapé s'y serait alors trouvé dans un renfoncement, avec vue sur la chaudière de secours, et un refuge à ce point douillet corroborerait nos soupçons : nulle tourbe de Lusace n'ayant à alimenter le chauffage, et s'agissant seulement de maintenir en état une installation de secours, cette chaudière arrêtée depuis des années servait à l'exécution d'une tâche que Hoftaller, aimant parfois recourir au jargon occidental, nommait « traitement des déchets ».

Les dossiers que portait Fonty, lorsqu'il débarquait du paternoster au sous-sol, provenaient des ministères situés dans le bâtiment. Vinrent s'y ajouter, à partir de la mi-janvier, des documents qui, depuis la mise sous scellés de la Normannenstrasse, cherchaient un nouvel abri. Il n'est pas exclu que des copies photographiques de dossiers promis à la chaufferie aient survécu à ce « traitement des déchets ». Ce genre de réassurance eût été en accord avec le principe de Hoftaller. Il gardait toujours des atouts dans la manche, jamais il ne nous a dit : « Tout a été détruit. » Il ne cessait d'affirmer bien plutôt que « presque tout avait été traité ».

Fonty jetait rarement un coup d'œil dans les piles de dossiers déclassés en combustible de chauffage. Il savait pourquoi cette administration, qui se vidait de sa substance par tant de fissures et de trous, entendait ne pas imposer le spectacle de ses entrailles aux syndics de faillite qui débarquaient déjà, d'autant qu'après les élections de mars il était apparu clairement que, de la Baltique aux monts Métallifères, il fallait désormais compter avec des surveillants formés à l'Ouest.

Mais quelquefois Hoftaller tenait à prendre connaissance. Même un rapide coup d'œil confirmait au porteur que le futur pouvoir avait tout lieu d'approuver un nettoyage général, car l'Est délabré ne livrait pas que des informations sur lui-même, il révélait de surcroît toute une vie jusque-là cachée dont les ramifications et les aberrations faisaient connaître l'État occidental. Le fouillis de ces archives pan-allemandes exigeait à la fois qu'on le détruisît et qu'on le mît à l'abri ; Hoftaller parlait régulièrement de « saisie préventive ».

Fonty nous assurait qu'il trouvait ridicules les précautions rituelles observées pour que l'échange des dossiers restât clandestin. Il nous racontait que, dans les cabines ascendantes et descendantes du paternoster, son ombre-diurne-et-nocturne devait juger expéditivement si telle affaire était explosive et telle autre anodine.

Nous supposons que, dans le paternoster ou devant la porte béante de la chaudière, le traiteur de déchets devait prendre des airs assez importants, car Fonty nous confiait ensuite : « Les archivistes chevronnés que vous êtes connaissent cette manie. Tout, même la pire bêtise, lui semblait important. Il collectionnait même des notes portant sur deux saucisses et deux bières, ou des procès-verbaux de conversations roulant sur des banalités, pour ensuite les détruire, ou bien pour les garder, en cas. »

Et, de même, Hoftaller nous a avoué : « Ah, quelle chance vous avez ! Rien ne vaut d'être cloîtré bien au chaud. Je vous envie parfois. C'est que j'ai la folie des vieux papiers, même couverts de taches. »

Lorsqu'ils étaient de nouveau tous deux plantés devant la porte de la chaudière de secours et que Hoftaller livrait aux flammes les dossiers en surnombre, Fonty disait : « Juste parce que le gouvernement Modrow passe à la trappe ? Quelle farce ! C'est encore plus ridicule qu'après la chute du cabinet Manteuffel, quand on tentait d'effacer ses bévues en faisant disparaître les dossiers. Avec ça, tout le monde vous racontait qui avait graissé la patte à qui.

Même moi, on a voulu me faire porter ce genre de chapeau, pendant mon séjour à Londres… On aurait voulu que j'arrose un certain Glover… Le comte Bernstorff insistait… Mon propre supérieur, le directeur Metzel… Je passais mes journées au café Divan à noircir du papier… Mais sur ce genre de comptabilité, vous en savez plus que je ne pouvais le soupçonner à l'époque… »

Ce coup de chapeau marquait le début d'un repli tactique vers les années cinquante du siècle dernier : « Excursion familiale à Kensington… Emilie indignée par les *english people*… Dans le *Times*, une dépêche : Hinkeldey tué en duel… » Suivait une longue conversation, qui s'engageait devant la chaudière béante mais ne se concluait qu'une fois que les documents classés « secrets » avaient flambé et que, grâce à un bon tirage, il n'en restait rien. Ils bavardaient longuement. D'abord debout, puis en marchant, et enfin assis.

En supposant que le canapé se trouvait dans un renfoncement de la chaufferie et que, vu sa situation, il aurait invité au bavardage, et en supposant de surcroît que l'appariteur Wuttke, une fois terminé son service du matin, fût disponible pour une conversation l'après-midi et disposé à renoncer, parce qu'il pleuvait des cordes, à son habituelle promenade au Tiergarten, alors les deux hommes auraient pu vitupérer pendant un moment le système policier prussien au nom de mécontentements distincts – Hoftaller déplorant qu'il fût « éternellement lacunaire et donc jamais étanche », Fonty se rappelant avoir subi son « omniprésence » –, mais ensuite Tallhover aurait puisé dans son stock de renseignements :

« Les *Journaux*, si on les lit bien, sont une mine. Il vous fallait, comme nous, suivre certaines instructions du cabinet Manteuffel. C'est votre ami et protecteur Merckel – auquel la postérité doit le distique plusieurs fois attesté : "Tout ce qui est démocrate, Que la troupe les mate !" – qui vous avait envoyé à Londres en dépit de nos objections. Ensuite, votre officier traitant fut un certain Metzel. Mais lui non plus ne put pas tout dissimuler, quand le gouvernement changea. Par exemple, les enveloppes que vous étiez chargé de distribuer. Est ainsi attestée celle qu'empocha, pour prix de son silence, le propriétaire du *Morning Chronicle* : deux mille thalers par an – même si vos biographes, Reuter y compris, ont voulu noyer le poisson. Prétendument, aucune somme n'a fait l'objet de quittance.

– Vous exagérez, commissaire Tallhover ! À moins que vous ne puissiez toujours pas admettre que j'étais, sinon nul, du moins pas à ma place. Ça n'a pas marché, d'acheter le journal… Berlin était trop avare… Je n'ai pu que décevoir Glover et Bernstorff…

– … parce que vous manquiez de ténacité. Votre premier voyage en Angleterre, déjà, aurait dû, sinon nous ouvrir les yeux à nous, du moins les ouvrir au Service central de presse de la Leipziger Strasse. Mais Merckel adorait tellement la littérature qu'il n'y voyait pas clair…

– Absurde ! Vous étiez vous-même sur place. Vous auriez dû vous rendre compte à quel point j'étais incapable.

– Trop bref, mon voyage d'inspection. Je devais m'occuper de Marx et consorts. Rien n'a marché. Je me suis laissé prendre à un cahier de procès-verbaux qui était un faux. J'ai couru comme un malade à travers Soho, le quartier des putes. De Gerrard Street à Dean Street. Mais en ne faisant que passer rapidement devant l'immeuble en question. Nous devions, autant que possible, éviter le parti de Marx. En plus, Freiligrath était à Londres. Il avait pu décrocher à temps du procès des communistes à Cologne. C'est de ça qu'il était question, vous n'étiez que du menu fretin. Encore que, selon la morale d'aujourd'hui, votre compte serait bon. Vous feriez l'ouverture des pages littéraires ! Implacablement démasqué ! Cloué au pilori ! Rien ne les arrête, Fonty. Car si l'on réimprimait aujourd'hui, ou citait, ce que vous disiez de votre ennemi juré, le Premier Ministre Lord Palmerston…

– … que mes articles dans la *Kreuzzeitung* ne sont pas arrivés à faire tomber, si tendancieux et méchants qu'ils fussent. Il a fallu que, moi, je crache de l'encre sur l'Angleterre ! Pourtant, Londres valait mieux que Berlin. À quoi ça rime de comparer ? De comparer des villes qui ont des millions d'habitants ? Là-bas, des cosmopolites audacieux misant sur le profit, ici le provincialisme près de ses sous. Humour sec sur la Tamise, plaisanteries méchantes sur la Spree. Moi, en tout cas, Berlin me paralysait et Londres m'a formé, même si je n'avais aucune idée de Marx et consorts. Personne n'en parlait. Vous pouvez vérifier. Même Hegel, ça ne me disait rien... J'avais assez de mal avec Kant... Tout au plus Schopenhauer... Il n'y a pas qu'en philosophie que j'étais naïf, je l'étais en tout. Je comprenais à peine ce que j'avais à faire à Londres, et je ne soupçonnais pas dans quel mauvais pas je me mettais avec ces gens de Manteuffel...

– Vous saviez qui vous payait.

– Si mal, Tallhover ! Si mal !

– Et les émigrés allemands savaient eux aussi à la solde de qui vous étiez. On vous battait froid. Même Max Müller restait distant. On vous considérait comme un espion contrant les polémiques antiprussiennes de Bucher et tentant de couler Schlesinger et sa *Englische Correspondenz* – ce qui n'a pas marché.

– C'est ce que je vous dis : j'étais un mauvais investissement !

– ... et peu après la chute du cabinet Manteuffel, vous n'aviez plus la moindre valeur, en tout cas pour nous. D'où la tentative d'effacer toute trace de ces bagatelles. Mais on ne l'a pas fait assez à fond, comme nous savons. Il y a toujours quelque chose qui traîne dans un coin... »

Ils étaient assis tous deux les jambes allongées, adossé chacun dans un coin du canapé. Fonty regardait ses lacets. Hoftaller s'était concentré sur ses chaussures à brides. Ils suivaient des pensées qui peut-être vagabondaient dans les rues de Londres, à Soho ou bien dans Camden Town. Partout beaucoup d'activité et de bousculade. Ils étaient absents. Entre eux, un trou.

En tout cas, le cadre en bois du dossier, avec ses trois courbures, offrait de la place pour plus de deux personnes. C'était un meuble du temps de la refondation de l'Empire, recouvert d'un tissu qui avait dû être lie-de-vin. Effondré et râpé, il n'avait guère conservé de teinte bien déterminée.

Les pieds étaient tournés comme par August Bebel lui-même. Les accoudoirs capitonnés s'ornaient de fioritures wilhelminiennes. Seul le dossier avait des courbes plus sobres, comme s'il voulait se rappeler ses ancêtres Biedermeier. Les deux hommes étaient assis comme des laissés-pour-compte. Et du fond du canapé, Fonty dit : « En tout cas, Lepel et moi, avant même que cette fantasmagorie manteuffelienne ne s'évanouisse, nous avons pu enfin faire notre voyage en Écosse. Dès le début de *Au-delà de la Tweed*, on lit… »

Mais Hoftaller n'avait pas envie d'écouter de longues citations, ni certainement des explications étourdissantes sur les clans écossais. Il haïssait l'Écosse, parce que cette contrée reculée échappait à son contrôle. « Épargnez-moi cela ! Rien ne m'est plus étranger que vos Campbell, vos Stuart et vos Macdonald ! Il n'était pas dans mes attributions de corriger vos comptes rendus de voyage et leur documentation souvent bâclée. En revanche, dans les colonnes de la *Neue Preussische (Kreuz-)Zeitung*, vous excelliez à falsifier les articles du *Times* : de vrais chefs-d'œuvre de vraisemblance stylistique, en dépit de toute leur propagande anglophobe. Mais laissons cela. Je suis content de notre collaboration actuelle. Elle se développe de façon productive. Je suis même prêt à faire disparaître dans la chaudière de secours quelques documents vous concernant. Je songe à quelques rapports d'informateurs, généralement anodins mais, dans quelques rares cas, assez explosifs, remontant à l'époque de votre activité pour l'Union culturelle. Par exemple cette appréciation d'un spectacle de théâtre, que vous avez rédigée avant même la représentation, quand un groupe d'étudiants FDJ de Berlin-Karlhorst… Enfin, bon, ça pouvait encore passer. Mais quand vous avez porté aux nues *L'Émigrante* de Heiner Müller, en le comparant aux *Tisserands* du jeune Gerhart Hauptmann, cela frisait le sabotage. Et ce quelques semaines seulement après l'érection du Mur antifasciste. Hélas, à l'époque, nous avons interprété positivement la phrase par laquelle concluait l'informateur Fonty : “Cette pièce recèle des réserves de dynamite socialiste.” Le trente septembre soixante et un a donc eu lieu la représentation, c'est-à-dire l'insulte publique faite à la classe ouvrière par une image mensongère de la réalité. La collectivisation de l'agriculture était montrée de manière cynique. Il fallut prendre des mesures. Exclusion de l'Union des écrivains. Même l'Académie siégea. Ensuite, l'habituelle autocritique. Une affaire d'État ! Tout ça parce que nous nous étions fiés à votre rapport et à sa "dynamite socialiste". »

Fonty, dans son coin de canapé, riait. « Ça a tout de même pété ! » Et quand Hoftaller tira de son portefeuille le papier jauni, le déplia, le lissa, puis donna lecture du rapport d'informateur, ligne après ligne jusqu'aux « salutations socialistes, votre Theo Wuttke », sans oublier le nom de code « Fonty » de l'en-tête, Fonty riait toujours : « Ah, mon Dieu, quand on pense à ce qu'est devenu notre Müller ! »

C'est seulement lorsque Hoftaller se pencha en avant, tenant la feuille manuscrite recto verso entre deux doigts, tira son briquet et l'alluma du premier coup, que Fonty cessa de rire. Tandis que son sourire s'effaçait, il vit le témoignage de son activité double à l'Union culturelle se consumer de bas en haut à partir du coin inférieur gauche, sans que Hoftaller, lâchant la feuille à temps, se brûlât les doigts. Entre leurs chaussures à lacets et à brides, sur le sol en béton de la chaufferie, le papier finit de se consumer. L'instant était un peu solennel.

C'est sans doute pourquoi Hoftaller, puisant dans sa serviette, n'en tira pas, comme d'habitude lorsqu'ils faisaient une pause, la bouteille Thermos et la gamelle contenant les sandwichs au pâté déjà évoqués par le biographe de Tallhover, mais produisit tel un prestidigitateur une bouteille de vin rouge, deux gobelets en carton et un tire-bouchon.

Avant que Hoftaller ait pu dire : « Et maintenant accordons-nous un petit moment de détente… », Fonty s'empressa de déclarer en guise de conclusion : « Ma comparaison du jeune Heiner Müller avec le jeune Hauptmann était, et reste, terriblement juste. Hélas, leurs dernières pièces sont également de fabrication analogue ! Du grand spectacle tape-à-l'œil. Chez l'un, les fumées mystiques vous titillent la rate, l'autre vous débite du Shakespeare et des cruautés à la pelle. Tout ça est censé faire cynique, mais cela reste de la pose, d'une grandiloquence colossale… »

Nous, aux Archives, nous savons que déjà la pièce de jeunesse de Hauptmann *L'Assomption de Hannele* lui avait déplu. « Cette façon de faire des anges me ferait rigoler pendant deux jours », écrivait-il en novembre 93 à son théâtre habituel, celui où le fauteuil n° 23, en bout de rangée, lui fut réservé vingt ans durant et où il ne manqua guère de premières. Ses critiques du *Guillaume Tell* de Schiller ou de la *Nora* d'Ibsen, parues dans la *Vossische Zeitung*, se lisent aujourd'hui encore comme si l'encre en était fraîche. Il avait horreur de tout ce qui était pompeux, comme Wagner et Bayreuth, où dès la fin de l'ouverture de *Parsifal* – « Trois minutes de plus et tu tombes de ton fauteuil, en syncope ou mort » – il quitta la salle comble et rendit son billet pour *Tristan et Isolde* à la caisse, en demandant qu'on en verse le prix à une « fondation pieuse ».

Fonty n'était pas différent. Le trop épicé n'était pas de son goût – de même que ce vin rouge, extrait de sa serviette par Hoftaller, lui paraissait trop doux et trop lourd ; et il était néanmoins obligé de boire, puisqu'on lui avait prescrit « un bref moment d'agréable détente ». Hoftaller ne cessait de le resservir. Fonty ne cessait d'évoquer la célèbre ciguë. « À votre santé, devait-il dire, à votre bonne santé ! » Et à chaque gorgée il craignait de pas survivre à cet excès de douceur.

Le canapé en avait vu de toutes les couleurs. Sans doute était-il dans la cave depuis l'époque de la guerre. Il avait pu servir de refuge aux heures fréquentes des bombardements. Nous nous représentons comment, entre le début de l'alerte et le signal de sa fin, trois à quatre secrétaires féminines du ministère de l'Aviation y trouvaient une apparence de sécurité. Certainement, la fiancée de Fonty, la dactylographe Emmi Hering, fut parmi celles qui se réfugiaient là, d'autant que les bombes tombaient sur Berlin de jour comme de nuit. Dès cette époque, le canapé devait inviter à bavarder, ne fût-ce que pour oublier la peur ; et il paraît qu'Emmi Wuttke, née Hering, avait toujours été une intarissable bavarde ; elle n'arrêtait pas de parler.

C'est ainsi seulement qu'elle a pu plaire au soldat Wuttke, et être supportable même de mauvaise humeur ; ainsi qu'elle a pu elle-même supporter, des dizaines d'années durant, le soldat et le civil, car chez Fonty le bavardage était devenu, comme il le disait, une seconde nature « jusque par écrit ». Même avec Hoftaller, il bavardait par goût, mais certainement aussi pour surmonter ce vin excessivement doux qui lui était imposé. Surtout pas de pause ! Que l'avant-dernier mot mette déjà en branle celui qui suivra le prochain. Rebattant sans cesse les cartes du temps, il sautait d'un siècle à l'autre sans quitter son coin de canapé.

À plusieurs reprises, la ville natale de Neuruppin fut évoquée. Entre les deux pères, le pharmacien n'eut droit qu'à peu de mots, mais indulgents pour ses éternelles dettes de jeu. Tandis qu'en compagnie de Wuttke senior, qui avait appris le métier de lithographe, Fonty s'étendit longuement sur les célèbres albums de gravures de Neuruppin, qui avaient popularisé pendant plus d'un siècle le moindre événement militaire, mais aussi les grands incendies et les inondations. Fonty assurait que cette manne colorée avait été une bénédiction pour l'enfance de l'un comme de l'autre, et que la lithographie l'avait marqué pour longtemps. Il coloria quelques planches avec de telles couleurs – le rouge sanglant, le noir comme la poudre – qu'on aurait pu croire qu'il avait encore sous les yeux le forestier assassiné par le braconnier, ou que l'engagement meurtrier de Mars-la-Tour se déroulait à l'instant. Et tout en faisant revivre des lithographies sorties de l'atelier de Gustav Kühn, il se plaignit qu'aucun des événements de l'actuel tournant historique ne prenait le chemin d'être fixé de manière à frapper le regard : « Voyez les événements d'octobre. L'État des Ouvriers et Paysans vient juste de célébrer son quarantième anniversaire. Grand tralala ! L'armée populaire défile. Les masses laborieuses passent en cortège devant la tribune de la Marx-Engels Platz. En une succession d'images bigarrées, nous voyons des camarades saluant de la main, y compris celui au petit chapeau, qui répond en souriant après sa maladie et son opération. Et près de notre Honni, nous voyons Gorbi, qui ne veut pas sourire. Pourquoi ne sourit-il pas ? C'est ce que nous voyons, dans les gravures suivantes, celles des événements de Leipzig. Les manifestations du lundi. Toutes ces bougies pacifiques. Les forces de l'ordre, les brigades canines, et tout cela d'un merveilleux effet iconographique ! Des sujets, à la pelle. En robe et rabat, nous voyons cent pasteurs et davantage proférer les paroles imagées de Luther. Nous voyons le pasteur Christian Führer prêcher en chaire, dans la Nicolaïkirche, la non-violence en paraboles. Nous voyons Leipzig se disloquer, la ville héroïque ! Puis de nouveau Berlin. Déçu par le peuple, Honni se démet. Son successeur sourit de toutes ses dents. Les démissions se multiplient, et les crises cardiaques. Viennent ensuite des bandes dessinées, avec des bulles : des camarades contrits, causant avec des barbus du Nouveau Forum. Encore des démissions, des revendications. Partout des tables rondes ! Et partout des pasteurs : mon cher Lorenzen aurait pu en être. Naturellement, pas question d'oublier le quatre novembre, la journée des mille banderoles et des bien trop nombreux orateurs qui, dans des bulles de plus en plus grosses, font miroiter un peu d'espoir. Stefan Heym récrimine amèrement. La Wolf tient à être proche du peuple. Heiner Müller met en garde : “Ne nous faisons pas d'illusions…” La comédienne Spira dit un poème. Et ensuite, après qu'un auteur plus jeune du nom de Hein a balayé toute euphorie, on m'appelle sur le podium : “Fonty, un discours ! Fonty, un discours !” Oui, j'ai parlé à ces cinq cent mille personnes sur l'Alexanderplatz. “Ce sont les impondérables qui régissent le monde !” lançai-je dans le microphone. Et puis je me référai à la révolution de quarante-huit, “Beaucoup de bruit, et peu de laine !”. Et déjà c'était le neuf novembre, date si marquante pour les Allemands, mais cette fois avec de quoi poursuivre dans la joie. Au lieu des horreurs de 1918 et autres, enfin c'est l'allégresse qui peut donner le ton : le Mur grand ouvert, le rempart s'effondre, les piqueurs sont à l'œuvre, les bananes font fureur… En tout cas, cela donnerait une série d'images comparables aux lithographies de Neuruppin illustrant la victoire de Sedan, la proclamation de l'Empire au château de Versailles, même la Commune de Paris, mais ensuite l'entrée triomphale des régiments par la porte de Brandebourg ; tout comme j'ai moi-même, plein d'espoir, puisé dans ces hostilités la matière de deux mille pages. Mais personne n'a voulu lire mon livre de guerre, tout le monde s'est jeté sur les gravures en couleurs. Kühn, tel est le nom de l'homme qui a répandu dans la population ces images si colorées de la grande boucherie. C'est un Kühn qui nous manque aujourd'hui. Car je le dis tout net : certes, nous abattons des forêts entières pour en faire du papier buvard pour journaux, certes la radio geint nuit et jour et la télévision en fait autant, à vous rendre aveugle, mais ce qui manque, Hoftaller, ce qui nous fait cruellement défaut, comme un croûton de pain aux enfants des tisserands de Hauptmann, c'est un Gustav Kühn de Neuruppin ! »

Pour un peu, il se serait dressé d'un bond. Il tenta de s'extraire du rembourrage affaissé, mais retomba dans son coin de canapé, plus profondément qu'auparavant. Avant qu'un nouvel essaim d'images ne l'assaille, Hoftaller, qui avait écouté avec un petit sourire, remplit encore une fois de vin trop doux le gobelet de carton ; et Fonty reprit alors les choses de très loin :

Ses années d'apprenti « potard » dans diverses pharmacies s'entremêlaient avec les rapports de l'aviateur Wuttke sur le front et l'arrière. Après avoir parcouru ces années d'apprentissage et de voyage sur deux pistes à la fois, il en vint soudain aux distinctions et décorations : « En l'an soixante-sept, on m'a fait patienter en me collant l'ordre de la Couronne de quatrième classe, et ce n'est qu'en quatre-vingt-huit que j'eus ma croix de chevalier dans l'ordre de la maison de Hohenzollern... » Mais le temps de qualifier de « fer-blanc » cette décoration peu spectaculaire, déjà sa poitrine restée vierge pendant la Deuxième Guerre mondiale s'ornait des rubans et des épingles que lui valait son activité pour l'Union culturelle : « Tout ça de troisième catégorie ! Mais enfin tout de même : deux ou trois fois “activiste d’honneur”. Willi Bredel en personne m’a proposé pour une médaille. Plus d’une fois, des confrères écrivains comme Strittmatter et Fühmann ont souligné mes services rendus au patrimoine culturel. Mais c’est alors qu’est mort mon protecteur de l’époque, le président de l’Union culturelle, Johannes R. Becher. J’aurais pu, si j’en avais eu envie, faire carrière comme secrétaire d’arrondissement, à Potsdam ou à Oranienburg… Ou imaginez, Tallhover, que ça ait marché, en 1859. Qu’après mes années à peu près potables à Londres, tandis que je me trouvais à Berlin en situation peu reluisante et qu’Emilie n’avait que ses yeux pour pleurer, mon ami Heyse ait réussi à me placer à la cour de Bavière ! Moi, bibliothécaire privé de la Couronne ! Avec un traitement assuré ! Tout aurait pris un autre cours. Plus de *Promenades à travers la Marche de Brandebourg*, plus de livres de guerre, mais les Préalpes, le lac de Starnberg, Berchtesgaden, Oberammergau, les châteaux de Louis II et beaucoup de romans où l’on boit de la gentiane et où souffle le föhn. Aurores alpestres, braconniers, mineurs, le pittoresque catholique… »

Hoftaller l’interrompit alors, prétendant tout ramener à un seul point : « Ne vous faites pas d’illusions, Fonty. Vous étiez et vous êtes toujours un demi-raté. Ici, dans cette contrée sablonneuse, vous êtes tout de même arrivé à être un monument. Mais en Bavière, ça n’aurait même pas donné un huitième de portion d’immortalité. »

Tallhover prenait son élan pour que Hoftaller porte le coup. Le canapé semblait conçu pour faire les comptes. Les preuves du « demi-ratage » étaient exposées avec un sourire désolé, et chuchotées plus que claironnées. La voix se faisait rarement acerbe. Et même lorsqu’il assénait des phrases comme « vous n’avez jamais été et ne serez jamais quelqu’un de sûr », il ne se départissait pas d’un sourire indulgent et gentil. La bienveillance l’emportait, et d’ailleurs son visage rond, de paysan roublard – comme nous disions souvent –, avec ses yeux en boutons entourés de petites rides rieuses, reflétait plus une sollicitude inquiète qu’une quelconque dureté.

Sans aller imaginer quelque approximative homonymie

avec le commissaire Rumpf assassiné par un certain Lieske et évoqué dans la biographie de Tallhover, nous pouvons confirmer la référence faite par Fonty au roman berlinois *L'Adultera* ; on y trouve, à titre de personnage secondaire, un commissaire Reiff qui présente une ressemblance assez frappante avec Hoftaller en Tallhover : « … un petit homme replet aux pommettes rouges et luisantes, au demeurant gourmet et bon conteur d'histoires, qui, tant que les dames étaient à table, semblait incapable de rien dire d'inconvenant, mais dès l'instant où elles disparaissaient, se répandait en anecdotes comme seul un commissaire de police peut en avoir à raconter en telle quantité et d'un pareil contenu… »

Nous soupçonnons que c'est Tallhover qui a dû poser, pour que ce personnage secondaire de Reiff soit couché sur le papier ; et que le milieu prussien et protestant du roman ait exigé là un catholique, cela aurait collé avec Tallhover, même si Hoftaller, questionné sur sa religion, affirmait souscrire au « strict matérialisme scientifique ».

Au début, il y alla doucement avec le « demi-ratage ». Il passa sous silence le lycée non achevé, salua même l'examen terminal passé à l'école professionnelle de Friedrichswerder – ce qu'on appelait « diplôme d'un an » –, engloba dans son éloge l'apprentissage à la pharmacie du Cygne blanc, mené à bien tout en ne cessant de rimailler, et couronné par le certificat – signé Wilhelm Rose, dans la Spandauer Strasse – de préparateur d'officine. Mais ensuite Hoftaller fit les comptes sévèrement, et pour finir implacablement : « Cette instabilité ! Beaucoup de changements de domicile. Je m'en tiendrai à une adresse de Dresde, la pharmacie Salomon, car par-dessus le comptoir, en vendant de l'huile de foie de morue, il s'y noua une relation qui n'était pas précisément révolutionnaire, plutôt post-romantique, et dont les conséquences n'en restèrent pas moins désastreuses ; à deux reprises, le jeune poète et préparateur en pharmacie dut cracher des subsides alimentaires, comme en témoigne une lettre de lamentations à l'ami Lepel : "Mes enfants me mangent la laine sur le dos avant même que le monde sache que j'en ai…" Eh bien, nous étions au courant de cette excessive et déplorable vigueur génésique. Mais il ne fallait pas qu'Emilie Rouanet-Kummer, la fiancée en attente, apprenne quelle débauche avait eu lieu des années durant au bord de l'Elbe. Tout ça restait secret. Lepel prêtait de l'argent. Rien ne transpira. Mais nous tenions le poisson au bout de notre ligne : le demi-raté, le géniteur aux abois, le génie de la poésie amoureuse… Je pourrais raconter… J'aurais envie d'être plus exhaustif que les impeccables Archives de Potsdam… »

Fonty était effrayé, et nous l'étions avec lui. Tandis que, du coin opposé du canapé, les rappels gênants pleuvaient dru, il s'enfonçait de plus en plus dans le capiton, et nous étions quant à nous perturbés par tant de renseignements détaillés. Ce que Hoftaller appelait « Dresde et ses suites » eût été une liasse de documents à charge, susceptibles de combler une douloureuse lacune des Archives. Il citait des passages de lettres et de poèmes qui y étaient joints. Il en soulignait les dates. Sur sept ans, jusqu'à la fin de son activité de correspondant révolutionnaire pour la *Dresdner Zeitung*, on était apparemment en possession de trente-sept témoignages d'amour de la main de l'Immortel ; mais ces textes, plus déchirants de poésie que radicalement politiques, demeuraient un dossier secret, à l'exclusive disposition des professionnels du chantage.

Même devant nous, Fonty n'entrait pas dans les détails lorsque nous lui demandions où se trouvaient ces lettres. Comme s'il avait été encore consigné dans son coin de canapé, il se réfugiait dans les généralités : « Tout ça n'est que bêtises ! Ce qu'on écrit sous le sceau d'une lettre ne devrait pas compter. Mes épîtres à Emilie, pendant nos trop longues fiançailles, sont perdues elles aussi. Elles ont toutes été brûlées. Il n'y a pas à le regretter. Tout ça, de toute façon, était d'une insignifiance coupable. Mais oui, parce que les lettres d'amour sont obligatoirement des dépotoirs à lieux communs. Beaucoup de tendresses empruntées ailleurs. Et les citations de Lenau et de Platen : cousues par-dessus comme des boutons de culotte. Bien sûr, il arrivait aussi que ce soit de moi. Ça coulait tout seul : j'avais la plume facile, et l'affection tenace. Le cœur y était… »

Comme la fringale que nous éprouvions de ces lettres tenues secrètes nous poussait souvent à bout, nous soumettions Fonty, par passion d'archivistes, à de véritables interrogatoires. Creuser ! Fouiller ! Surtout ne pas lâcher prise ! Et sans doute, en le questionnant ainsi, ressemblions-nous à son ombre-diurne-et-nocturne ; toujours est-il que notre unique souci se résumait à la crainte que Hoftaller n'eût l'idée de clore à sa manière l'affaire « Dresde et ses suites » ; car, lorsqu'ils étaient chacun dans un coin du canapé, il instillait à Fonty, en même temps que ce vin trop doux, des promesses plus douces encore. Nous soupçonnions le danger qui menaçait ces trente-sept lettres manquant à nos Archives.

Fonty nous traumatisa en nous avouant que Hoftaller avait marqué un temps, s'était penché en s'extrayant de son coin et avait huilé sa voix de bienveillance : « Nous-mêmes, nous estimons que ça suffit comme ça. Dresde ne doit plus avoir de suites. Non seulement le paquet de lettres ardentes et de poèmes en annexe, mais tous les ordres de virement, toute la paperasse administrative, tout ce qui sent même de loin la pension alimentaire, même nos rapports, nous les ferons taire ; et ce non pas comme votre pauvre Effi, cette petite sotte, aurait dû faire des lettres de Crampas, et comme votre trouillard de Botho a fait des lettres de Lene, non, nous ne les brûlerons pas ; nous les traiterons de la façon la plus simple et pratique : tout, les soupirs, les épanchements, les déclarations rimées, sera déchiré en petits morceaux et disparaîtra à l'intérieur de ce canapé, dans les profondeurs duquel les papillotes épistolaires du poète et pharmacien stagiaire retrouveront des milliers d'autres papillotes bavardes déjà traitées, et pourront avec elles se mélanger, voire, si ça leur chante, faire des petits… »

Une chose est donc certaine : pas de chaudière de secours dans cette affaire. Impossible de trouver le canapé dans les sous-sols. Nous prenons le paternoster et nous montons vers le labyrinthe des greniers qui coiffent ce bâtiment tantôt de quatre, tantôt de sept étages. Et là, dans l'aile latérale de sept étages qui longe la Leipziger Strasse, nous apercevons le canapé : tout simplement remisé à cet endroit pour une raison ou une autre.

Mais, vu de plus près, ce meuble de grenier n'était plus tellement effondré, il était bien capitonné, parce que rembourré d'une charpie de papiers autrefois considérés comme secrets. Comme nous le savons entre-temps, beaucoup de dossiers provenaient de la Maison des ministères, mais la centrale de la Normannstrasse ne s'était pas non plus montrée chiche en matière de rembourrage ; selon les propres mots de Fonty, une oie grasse de Poméranie n'aurait guère pu être gavée davantage, tant le canapé regorgeait de secrets.

C'était l'œuvre de Hoftaller. Disons plutôt : l'œuvre commune de Hoftaller et de Fonty. Ce sont eux qui ont fait fonction de broyeur, déchirant les dossiers à la main et bourrant les paperolles dans les trous de la toile déjà crevée, avec leurs doigts et à l'aide de la canne de Fonty, jusqu'à ce que le canapé fût plus rebondi qu'il ne l'avait jamais été.

Ils s'appliquèrent à cette tâche à partir de la mi-janvier. Et continuèrent ainsi pendant des semaines. C'est ce qu'ils faisaient encore à la mi-mars, l'après-midi où Hoftaller tira de sa serviette, comme un prestidigitateur, la bouteille de vin rouge, les gobelets de carton et le tire-bouchon. C'est une fois le travail terminé, quand une pile de dossiers individuels, quelques listes d'émargement sur caisse noire, plusieurs rapports sur des contacts pris, et sans doute aussi une liasse de correspondance Est-Ouest, eurent été déchirés en petits morceaux, fourrés dans sept trous et répartis dans les derniers recoins du capitonnage, et alors seulement, que Hoftaller proposa de boire. « Ça donne soif ! » s'écria-t-il.

Fonty se vit contraint, après un deuxième gobelet, d'en vider un troisième. On le servit une quatrième fois. Docilement, il s'imposa à petites gorgées l'excessive douceur du vin comme un châtiment. Il se laissa imbiber, tandis que la puissance invitante, s'humectant à peine les lèvres, énumérait tout ce qui constituait la faute : Dresde, Dresde, à n'en plus finir.

Et là, dans ce grenier et non au sous-sol, fut évoquée la possibilité de gaver encore un peu plus, avec ces faits couchés sur le papier, le canapé déjà regonflé. Ce qui ne se trouve pas catalogué dans les Archives de Potsdam et qui est pour nous une cuisante lacune : là ce fut dit ; là, on cita largement des mots doux, en vers et en prose ; là, un amour clandestin parcourut douloureusement les années, feuillet après feuillet ; là il fut question de bourrer un meuble de renseignements précieux.

Nous ne disposons que de cette lettre exceptionnelle à Bernhard von Lepel, contenant la « révélation » suivante : « … pour la seconde fois, le malheureux père d'un rejeton illégitime. » De surcroît, le lieu du crime est indiqué : « Je te montrerai dimanche l'intéressant document, une lettre de Dresde. » Mais Hoftaller en savait davantage, il savait tout ce que Fonty semblait savoir, mais voulait maintenir dans l'ombre : que la mère des deux enfants était la fille d'un jardinier, habitait Dresden-Neustadt et se nommait Magdalena Strehlenow ; que cette fille de jardinier était une fidèle cliente de la pharmacie Salomon ; qu'elle y prenait toujours de l'huile de foie de morue pour ses jeunes frères et sœurs ; que le jeune préparateur qui la servait avait su, par-dessus le comptoir, l'inviter à des promenades en barque sur l'Elbe ; que cette Lena Strehlenow avait d'abord inspiré au rameur des strophes révolutionnaires dans le style de Herwegh ; que sur le bras secondaire et plus calme de l'Elbe, il avait fini par retomber dans le romantisme et – influencé par le patronyme de la demoiselle – lui avait dédié des rimes dans le style de Nikolaus Niembsch von Strehlenau, dit Lenau ; et qu'enfin la description de cette jeune femme derechef engrossée quelques années plus tard – « élancée, de taille moyenne et les cheveux d'un blond cendré » – concordait étrangement avec le personnage d'un roman bien ultérieur. « Nous savons qui fut, sur une banquette de barque, le modèle de la Lene Nimptsch d'*Errements et Tourments*. »

Hoftaller ne lâchait pas prise. « Le recours à la pure fiction ne résout rien. Si la Lene du roman, après le piquenique en barque et la nuit passée ensuite à l'Entrepôt de

Hankel, ne se retrouve pas enceinte, cela prouve seulement que l'auteur, fidèle en cela à ses principes esthétiques, a mis entre parenthèses le lit, et les suites de Dresde. Il s'est seulement risqué à jouer un peu sur les noms. Mais dans la réalité, la fille de jardinier aux cheveux blond cendré, après s'être laissé souvent mener en bateau, est devenue mère une première fois, et une seconde six ans plus tard. Ce deuxième « rejeton », encore une fille, ne vécut pas deux ans. L'aînée, elle, ne fut pas emportée par la diphtérie. Réjouissez-vous, Fonty ! Cette petite Mathilde survécut à toutes les maladies infantiles, elle grandit et devint une personne pleine de sens pratique, avisée et ambitieuse, qui plus tard se maria… »

Hoftaller brisa là. Et Fonty n'insista pas pour entendre davantage d'histoires de canapé. Cela suffisait. Tous ces renseignements mis de côté – son ombre-diurne-et-nocturne citait non seulement des lettres d'amour, mais des dédicaces où « foie de morue » rimait insidieusement avec « Elbe en crue » – le mettaient dans un état lamentable, encore aggravé par l'excès de vin rouge. Il avait de fâcheux renvois de douceur. La demi-promesse de Hoftaller, de bourrer le canapé de bouts de lettres accusateurs, n'aboutissait pas : « Plus tard, Fonty, plus tard peut-être, une fois que nous aurons réglé les suites de Dresde. »

Cela l'acheva. L'appariteur Theo Wuttke eut la nausée. Il allait vomir. Certes, dans un cas pareil, l'Immortel aurait recouru à un fondu enchaîné et aurait épargné à son lecteur toute trivialité ; mais nous, nous sommes contraints de l'avouer : Fonty fut pris de vomissements.

Mais où vomir ? Si nous étions encore au sous-sol, comme nous le supposions au début, et que le canapé se trouvât à proximité de la chaudière de secours, Hoftaller aurait pu lui crier : « Là, Wuttke ! Là, faites ça dans la chaudière ! » Mais comme ce n'est pas au sous-sol mais au grenier du ministère de l'Aviation que Fonty fut pris de nausées, ce sera sur le canapé nouvellement rembourré qu'il aura vidé son estomac.

Après tant de vin ingurgité à contrecœur, tant de souvenirs oppressants écoutés en ravalant l'amertume du passé, personne n'espérera que le vieil homme soit parvenu à se lever à temps pour vomir dans un coin, quelque part dans le bric-à-brac environnant, par exemple au-dessus des banderoles oubliées là depuis le plus récent 1er mai ; elles prônaient toujours la solidarité, et il aurait pu là rendre tripes et boyaux.

Fonty ayant du mal à se tenir droit dans le paternoster, Hoftaller le soutint du grenier jusqu'au rez-de-chaussée, puis lui fit franchir tout droit l'accueil et le portail, et l'amena enfin à l'air libre.

Dehors, la nuit tombait. Il ne pleuvait pas, mais sous les nuages bas l'air humide était lourd. Il régnait l'odeur douceâtre et acide de la tourbe, et d'un État croulant.

L'appariteur Theo Wuttke respirait difficilement, mais il refusa qu'on le soutienne et tint à franchir tout seul la cour d'honneur. Dans le quadrilatère ouvert sur la rue, chaque mot prononcé un peu fort résonnait : « Lâchez-moi, Tallhover ! Et quoi encore, Hoftaller, quoi encore ? Au diable vos traitements de dossiers ! Au diable vos allures inoffensives, commissaire Reiff ! »

Mais son ombre-diurne-et-nocturne restait à son côté. Ils avaient l'air d'être liés pour l'éternité. Aucun artifice littéraire ne pouvait les séparer. Nous, ce fonctionnement plus que séculaire ne nous étonnait pas, vu que, dans *L'Adultera* déjà, le banquier ruiné Rubehn dit à sa chère Melanie : « Face à cette engeance, il faut être doublement sur ses gardes. Leur meilleur ami, leur propre frère doit s'en méfier… »

6. Un grèbe huppé qui plonge au milieu des canards

Même par plaisanterie, il était hors de question de dire « le camarade Fonty » ; et comme jamais il n'avait eu la carte d'aucun parti, il tenait à ce qu'on lui dise « monsieur ». À des privautés du genre « Salut, Fonty, ça va ? », plus d'une fois il tiquait : « Pour vous "monsieur Wuttke", si ça ne vous fait rien, jeune homme. »

Son patronyme officiel le protégeait, et il soulignait volontiers que l'appariteur restait en activité bien au-delà de l'âge de la retraite, que ses services avaient fréquemment été reconnus et avaient même eu droit, voilà des années, aux honneurs du tableau d'affichage ; à l'Union culturelle comme dans la Maison des ministères, Theo Wuttke était considéré comme un activiste. Il prenait un plaisir bougon à affirmer qu'il avait d'emblée servi en citoyen loyal l'État des Ouvriers et Paysans. Mais il lui était aussi pénible d'être considéré uniquement comme Theo Wuttke qu'il lui était facile de nous en imposer à tous en Fonty.

Il était les deux. Et sous ces deux espèces, il était coincé. Nous, qui le voyions se débattre, soupçonnions au début ce dont nous avons eu plus tard la certitude : trop de dossiers pesaient à la fois sur son existence prolongée. Et comme chacun d'entre eux était suffisamment important pour lui valoir à la longue d'être soumis à une surveillance plus ou moins serrée, toutes ces liasses de papiers motivaient une observation continuelle. Il y avait tout lieu d'y affecter une personne qui, comme Theo Wuttke lui-même, ne fût pas uniquement d'aujourd'hui : cela mériterait deux couronnes d'immortelles, voire trois, car nous n'étions guère mieux lotis : rien n'est plus immortel que des archives.

Nous avons eu beau tenter anxieusement d'éviter Hoftaller, la politique de l'autruche ne payait pas : nous étions pris au piège avec Fonty ; le nom de l'Immortel était prescrit au collectif des Archives comme à lui ; néanmoins, nous fûmes pendant des décennies protégés par un rapport d'évaluation qui concluait à notre importance secondaire et à notre caractère inoffensif.

Hoftaller ne prenait pas les Archives au sérieux. Il souriait des lacunes que présentait notre fichier, continuait à voir en Fonty un sujet méritant surveillance, et c'est sans doute pour cette raison qu'il a refusé d'obéir à son biographe, qui entendait le faire disparaître au bout de plus de cent ans de service. S'il avait obéi au cri par lequel se termine sa biographie – « Camarades ! Venez m'aider ! Venez me tuer ! » – et s'était fait justice en se guillotinant, cela aurait rendu service non seulement à Fonty, mais à nous. On aurait pu s'épanouir librement, ou un peu plus librement. À partir du 13 février 1955, l'État aurait fichu la paix aux Archives. Et avec le dossier « Tallhover, Ludwig, né le 23 mars 1819, ancien collaborateur des Services », le dossier Fonty aurait pu être classé lui aussi.

À moins que cette mort n'ait été que littérairement pertinente, sans avoir rien de réjouissant ? Y aurait-il eu des raisons de déplorer la mort de Tallhover ? Pourrait-on imaginer que ce fût Fonty qui aurait protesté contre le dénouement de la biographie, à la page 306, et exigé – éventuellement de nous – qu'elle se poursuive, parce qu'après une si longue sollicitude il se serait senti seul, sans appui et, en l'absence de son ombre-diurne-et-nocturne, comme une sorte de Peter Schlemihl ?

Autant de questions auxquelles les faits ont répondu. Fonty a continué d'être soumis au chantage. Il restait coincé. Et nous, comme mis aux arrêts dans les Archives, nous le regardions se débattre.

Cependant, l'appariteur Theo Wuttke avait droit à de petites échappées vers la liberté. Il y avait toujours des moments où il pouvait se défaire de son acolyte et surveillant, à la fois aiguillon et crochet de sa mémoire. En tout cas, il croyait pouvoir se permettre, après son service, des sorties sans ombre-diurne-et-nocturne. Avant la chute du Mur, le parc de Friedrichshain lui ouvrait son espace ; mais à présent il traversait, sans avoir à prendre beaucoup d'élan, la Potsdamer Platz, dont la surface dégagée voyait fleurir, dès avant le printemps, de criardes spéculations. Ensuite, il flânait de vitrine en vitrine en remontant vers l'ouest la Potsdamer Strasse jusqu'à ce qui restait du numéro 134c, afin d'y faire retour, en dépit d'une circulation infranchissable, sur l'époque fertile en romans qu'il y avait passée à se tuer au travail dans un logement mansardé ; ou bien il suivait, depuis la Potsdamer Platz, d'autres itinéraires de promenades habituelles, les chemins sans cesse bifurquants qu'offrait le Tiergarten – vers l'étang aux poissons rouges ou vers l'Amazone, ou bien le long de la berge, face à l'île Rousseau – et où l'on trouvait des bancs pour se reposer. Sa démarche, comme attesté, était juvénile. Et lorsqu'il s'asseyait, il posait sa canne à plat près de lui.

La plupart du temps, Fonty était seul sur son banc, et cette solitude résultait plutôt d'une permission donnée que de son initiative. Avait-il droit à des congés ? Ces sorties solitaires, devait-il les réclamer à son ombre-diurne-et-nocturne ? Ou bien se pourrait-il que Hoftaller eût cédé dans un but pédagogique, l'autorisant sans condition à tourner les talons brusquement, parfois au milieu d'une phrase – « La compagnie, c'est bien, la solitude, c'est mieux ! » – parce que c'était le seul moyen pour que Fonty s'accoutumât à cette nouvelle liberté propre à l'Ouest ?

Leurs séparations momentanées se produisaient en général juste après la fin du service, à des coins de rue, par exemple celui de la Otto-Grotewohl-Strasse et de la Leipziger Strasse. Hoftaller voulait continuer tout droit, Fonty obliquait à gauche. Il bifurquait après un bref : « Eh bien, à demain. » Hoftaller s'arrêtait et confirmait : « Bien, sûr, à demain. » Il suivait un instant des yeux son protégé et son écharpe qui flottait, puis il reprenait sa route, tandis que Fonty s'éloignait.

Nous devons ici concéder que l'un et l'autre obéissaient parfois à un besoin lié à l'âge, et que ce pouvait être le cas quand ils se séparaient. Lâchant alors un petit pet à chaque pas, chacun partait dans la direction qu'il pensait être la sienne, l'un à grandes enjambées d'éternel jeune homme, rythmées par le choc de la canne, et l'autre en trottinant. Mais tout en s'écartant ainsi, ils pouvaient être sûrs l'un de l'autre. Le lendemain au plus tard, ils seraient à nouveau réunis, dès que Hoftaller rejoindrait Fonty dans le paternoster, car les tâches communes ne manquaient pas. On réclamait l'appariteur Theo Wuttke d'un étage à l'autre de la Maison des ministères et, jusque dans les greniers où se trouvait le canapé, il était toujours affable et disponible : « On vous réclame d'urgence, Fonty. Le bureau 718, service des transports, attend depuis longtemps, et au service du personnel les dossiers s'entassent aussi… »

Il n'était seul que sur les bancs du Tiergarten. Même lorsqu'un retraité s'asseyait à côté de lui et qu'ils énuméraient tous deux leurs maux de vieillards ou pestaient contre l'incompétence de leurs médecins, il était assuré de sa solitude : si jovialement qu'il répondît à un « asthme chronique » par ses « faillites nerveuses à répétition », tout ce babillage restait en surface et jamais les questions n'atteignaient ses arrière-plans.

La nature, domestiquée en un vaste jardin, l'aidait à être seul même en compagnie ; mais ce n'était pas la seule raison de l'amour que Fonty portait au Tiergarten. Nous verrons que, depuis le début, dans ce paysage artificiel il ne ressemblait à personne.

Après avoir ainsi lâché celui qu'il appelait plaisamment son « ange gardien » et s'être défait, comme d'un costume, de son rôle d'appariteur, Theo Wuttke se promenait donc, par un beau temps de mai, comme il l'avait déjà fait tout au long du mois d'avril. À part un quotidien qui, roulé, dépassait de la poche droite de son manteau, il ressemblait, avec son chapeau et sa canne, à une caricature qui avait pris pour motif son prédécesseur et dont elle avait si justement rendu l'originalité que, vingt bonnes années après la mort officielle de l'Immortel, elle avait été publiée comme une nouveauté dans le *Simplicissimus* ; les Archives en conservent un exemplaire justificatif.

Au-dessus de la légende : « Est-ce aujourd'hui l'allure de la noblesse de la Marche ? », c'est lui qu'on a là sous les yeux, en personne, marchant la canne dans la main droite. Le bras gauche est tenu plié derrière le dos. Sans que soit souligné son motif écossais, la fameuse écharpe est négligemment drapée par-dessus l'épaule et tombe des deux côtés jusqu'aux poches de l'ample manteau. À l'ombre du large bord souple du chapeau d'artiste, le regard passe sur tout ce qui est proche et va vers le lointain. La moustache broussailleuse, sous le nez fièrement aquilin, est assortie à la chevelure qui, derrière les oreilles, tombe en mèches dans le cou. Une image donnant l'illusion qu'on a affaire à un propriétaire terrien, et même à un reflet de Bismarck dans sa Forêt saxonne, ou de Dubslav von Stechlin, dont il est dit qu'il ressemblait au Chancelier. Voilà pourquoi un couple de bourgeois qui descendent non loin de là un escalier, précédés de deux enfants qui courent en criant, se posent la question manifestement digne de nouveaux riches : « Est-ce aujourd'hui l'allure de la noblesse de la Marche ? »

Tout cela, le caricaturiste Th. Th. Heine l'a croqué d'un trait sûr, sans beaucoup de détails à l'intérieur des contours. Il savait quel effet d'avant-hier, quel étonnement amusé provoquaient les apparitions de l'Immortel au Tiergarten. Et nous savons que le Tiergarten non seulement se prête aux promenades à pied et en calèche dans le *Stechlin*, mais qu'aussi il promet le repos à Waldemar von Haldern : ce jeune comte, qui habite tout près dans la Zeltenstrasse, a cherché un banc sous les arbres du Tiergarten pour prendre sa résolution de renoncer définitivement à Stine et de se loger une balle dans la tête : « Une brise fraîche se levait, qui atténuait la chaleur, et des plates-bandes parvenait une subtile odeur de réséda, tandis que là-bas, chez Kroll, le concert commençait… »

Le kiosque à musique de Kroll et l'opéra Kroll édifié par la suite n'existent plus, bien des choses ont été déménagées, mais le Tiergarten est toujours parvenu à se renouveler. Fonty en a été témoin.

Son image à lui est restée inchangée, seul le paysage artificiel où il évoluait a changé d'aspect, par phases circonspectes ou bien par à-coups violents. Jusqu'à la construction du Mur et en dépit du découpage de la ville en secteurs d'occupation, le Tiergarten était resté accessible à Fonty ; mais ensuite ses allées demeurèrent, pendant près de trois décennies, interdites à tous ceux qui, comme lui, devaient s'en tenir à la partie est de la ville, capitale de l'État des Ouvriers et Paysans.

Il s'étonnait à présent de voir comme avaient foisonné, en grosses branches et en rameaux, les plantations de l'après-guerre ; les peupliers et les aulnes plantés d'abord, parce que poussant vite, sur les terrains dévastés avaient entre-temps fait place à des hêtres et des chênes, des érables et des saules pleureurs. Ici c'étaient des arbres isolés sur des pelouses bien bordées, là des bouquets d'arbres formant bosquet, ailleurs des bois continus, des plantations sur berge, des arbustes taillés bas. Naturellement, les essences indigènes de la Marche n'étaient pas absentes, conifères et bouleaux. Et tous ces espaces verts s'étendant de la porte de Brandebourg au Landwehrkanal, et au Jardin zoologique au-delà, étaient, selon le plan dessiné par leur créateur Lenné, traversés par des allées bordées d'arbres sur leurs deux côtés : ici, jusqu'à la Zeltenstrasse, c'étaient sept espèces successives, marronniers, ormes et ainsi de suite ; là-bas, tout au long, en passant par la Petite et la Grande Étoile, c'étaient des mélanges, ou bien des rangées doubles, comme sur la Hofjägerallee, menant aussi à la Grande Étoile. Mais entre les voies rapides saturées de circulation, et de part et d'autre de la Siegesallee, rebaptisée avenue du 17-Juin, un réseau de tranquilles allées piétonnières donnait vue sur des prairies dégagées, des étangs et des lacs. Ces chemins menaient à la Roseraie ou au pont Louise, et permettaient d'aller d'un monument à l'autre, de Goethe à Lessing, de Moltke à Bismarck, puis de pénétrer dans le Jardin anglais, que délimitait le parc du château de Bellevue et près duquel l'Académie des arts, chère à la moitié ouest de la ville, s'adonnait naguère encore au repos mais, depuis la chute du Mur, était perturbée par l'esprit nouveau et privée de son autosatisfaction ; car, dans la moitié est de la ville, il existait également une Académie des arts, et ces deux assemblées, qui pendant des décennies s'étaient évitées, condamnées qu'elles étaient désormais à se réunir, regardaient avec des grimaces embarrassées vers l'ancienne institution prussienne dont l'Immortel avait jadis été le secrétaire, même si ce n'avait été que pendant six mois, tant il avait été dégoûté par la routine académique.

Fonty cultivait ses préférences. Il marchait volontiers du monument de Frédéric-Guillaume III à celui de Lortzing et recherchait, à partir de différents bancs, des vues imprenables sur les eaux et jusqu'à l'île Rousseau. Et, comme nous le savons, il avait là un banc favori, dans une demi-ombre, avec un sureau derrière son dossier.

Il se promenait quelquefois jusqu'à l'allée de la Faisanderie et aux sculptures en bronze figurant la chasse au lièvre et la battue au renard, puis jusqu'au Nouveau Lac, alimenté par le Landwehrkanal et fréquenté dès le début de mai par les rameurs. Il les contemplait alors depuis les bancs de la berge, et ses pensées allaient aux parties de canotage qu'il avait faites ou mises dans ses romans, celle de Stralau le deuxième jour de Pâques, puis celle de la Spree non loin de l'Entrepôt de Hankel, mais tout au début ç'avait été un bras secondaire et calme de l'Elbe, et une promenade en barque à deux seulement ; et toujours, qu'il l'évoquât d'une manière ou d'une autre, Lene Nimptsch, que Mme Dörr appelle « Leneken », était de la partie.

Tels étaient ses endroits favoris. Fonty franchissait rarement la Hofjägerallee pour aller jusqu'à une sculpture appelée « Chant populaire » ; car tout près de là, à la limite du Tiergarten, il aurait été forcé de se voir en marbre, sur un haut piédestal rond, tenant une canne endommagée et dominant le paysage sans le voir, dans une pose prussienne.

Il ne voulait pas se rencontrer lui-même sous la forme de ce fonctionnaire pétrifié. Plutôt prendre et reprendre le Grand Chemin menant aux eaux calmes autour de l'île

Rousseau. Là, après quelque repos pris à l'ombre du sureau en fleur ou en fruit, il pouvait jouir d'une vue rétrospective sur des époques changeantes, comme vers 1836, lorsque, dans la pharmacie de Wilhelm Rose, à l'enseigne du Cygne blanc, il avait commencé son apprentissage. Juste auparavant, étant encore élève à l'école professionnelle, il avait rencontré pour la première fois, chez le génial faiseur de dettes qu'était l'oncle Auguste, frère de son père, sa future femme Emilie Rouanet. Enfant naturelle, elle portait en outre le nom de son père adoptif, Kummer. Cette enfant avait l'air laissée à elle-même et portait bien son chapeau en forme de panier à œufs ; il avait dû l'effrayer, comme la jeune fille l'avait lui-même effrayé au premier coup d'œil. Dès ce jour-là, il aurait pu prendre Emilie par la main et, si cette enfant l'avait suivi, l'emmener à travers le Tiergarten encore inachevé, par des allées cavalières sablonneuses, jusqu'à l'endroit d'où l'on avait une vue sur l'île à laquelle avait été donné si tôt le nom d'un philosophe ; de la même façon qu'au printemps 1846, un an après leurs fiançailles, il avait cherché avec Emilie Rouanet-Kummer un endroit pour se reposer, et avait trouvé un banc avec vue sur l'île de l'acharné pédagogue et homme des Lumières.

Rétrospectivement, Fonty se voyait aux côtés de cette jeune fille de vingt et un ans, qui n'avait plus l'air sauvage et l'œil noir d'une chevrière des Abruzzes, mais jaugeait normalement, brandebourgeoisement, le monde d'un œil gris-bleu, et portait sa chevelure châtaine coiffée en hauteur : mûre pour le mariage.

À cette époque, l'arrangement du Tiergarten par l'architecte paysagiste Lenné était considéré comme achevé. Conformément à ses plans, le calme était revenu aux alentours de l'île Rousseau. Tout verdoyait comme on l'avait calculé. Et le Grand Chemin dépassait le lac en direction de la Grande Allée de l'Étoile, selon le même tracé que quarante ans plus tard, quand sa fille Martha, dite Mete, accompagnait parfois son père au Tiergarten et jusqu'à ses emplacements favoris ; mais dès que Fonty se voyait ainsi rembobiné jusqu'à de longues séquences avec Mete, il ne pouvait empêcher que, sautant les années, la petite Martha

Wuttke, avec ses neuf ans, ne descende l'allée, suivie de Theo Wuttke criant sans cesse : « Mete, allons ! »

C'était peu avant qu'on érige le Mur. Le père et la fille étaient d'abord allés rendre visite au grand-père, Max Wuttke, dans son logement en demi-sous-sol du Hasensprung. Et puis Fonty se voyait encore parcourir seul le Tiergarten, cette fois en révolutionnaire désemparé ; c'était quelques semaines après les obsèques des victimes de mars, quand même le roi avait été obligé de se découvrir.

Du reste, le repas de noces de son mariage avec Emilie Rouanet-Kummer, deux bonnes années et demie plus tard, le 16 octobre 1850, s'était tenu en bordure du Tiergarten, près de la Bellevuestrasse, dans un restaurant appelé Georgischer Garten. C'était un établissement dont la situation protégée et la bonne cuisine attiraient de nombreux clients, avant comme après la révolution. Les frères du Tunnel s'étaient cotisés pour faire un cadeau. Des amis datant de Leipzig et de Dresde, il n'y avait que Wolfsohn. Quand, au bout de trente ans, on fêta l'anniversaire de l'événement au 134c de la Potsdamer Strasse, une lettre très bavarde dit : « Peu d'amis ont participé à ce qui est devenu entre-temps une guerre de Trente Ans… »

Mais, de son banc favori, Fonty ne voyait pas aller et venir seulement de la famille. Il voyait Lepel à son côté, voyait Storm et Zöllner, rencontrait quelquefois par hasard Heyse et Spielhagen, faisait le malin avec Pietsch ; plus tard, bien plus tard, il partageait son banc avec Schlenther et Brahm : des potins de théâtre, à n'en plus finir.

En des saisons diverses, il se retrouvait, entre ou après les trois campagnes qui furent bientôt dénommées les guerres d'unification, chargé de manuscrits divers contenant les descriptions des batailles et des contrées correspondantes ; corvée qui dura des années, ne lui valut que des ennuis, et dont il traînait néanmoins le flot verbal jusque dans le Tiergarten, pour l'en rapporter plus ou moins amélioré chez lui et dans des logements divers. C'est seulement une fois débarrassé du tracas de l'Académie, et devenu enfin – mais au grand dam d'Emilie – un écrivain vivant librement de sa plume, qu'il se retrouvait transportant un autre bagage :

c'étaient des dialogues de romans que l'Immortel rapportait comme récolte du Tiergarten jusque sous les toits mansardés de la Potsdamer Strasse, alors qu'il était désormais un débutant tardif de soixante ans, puis allant sur les soixante-dix et au-delà.

C'est ici qu'*Avant la tempête* fut mené à terme. Tous les romans et nouvelles inachevés qui restaient dans les tiroirs, ces promenades continuaient d'en mouvoir les mécanismes. « Je suis pour les titres, autrement dit pour les pauses, dans la vie aussi ; les parcs sans bancs, je n'en ai rien à faire… » La famille ayant dit que les titres faisaient vieux jeu, il proposa à son éditeur que tous les chapitres de *L'Adultera* soient numérotés ; mais on en resta aux titres. Et lorsque, après *Grete Minde* et *Ellernklipp*, on critiqua ses trop nombreux « et », il fit valoir : « Je pense être un styliste qui puise son style dans le sujet même, et cela vaut aussi pour tous ces *et*… »

Et ainsi jusqu'à la fin. À peine *Effi Briest*, en prépublication, avait-elle trouvé sa triste conclusion que Fonty déjà marchait en compagnie du vieux Stechlin : en paletot, avec canne et chapeau, quittant avec assurance le 134c en direction du pont de la Reine Louise, parlant sans cesse à Rex et à Czako, adorant toujours les formules qui font mouche, apportant régulièrement avec Gundermann « de l'eau au moulin de la social-démocratie », mettant encore en garde contre « la grande inflammation générale du monde », et envoyant des piques à dame Adelheid, dans son couvent de Wutz, laquelle revaut cela au vieux Dubslav, son frère : « Rien de français, je t'en prie. Cela me fâche toujours. »

Et ensuite plus rien, pendant longtemps. Un silence de cimetière. Des monuments. Le fils qui se défait des papiers posthumes pour une misère : huit mille reichsmarks. Le zèle bavard des professeurs qui le paraphrasent. Des pédants qu'il a invectivés : « Ces petits spécialistes bornés, qui seraient censés favoriser les choses et qui les gâchent… » Les uns le trouvaient trop prussien, les autres pas assez. Chacun se taillait le morceau qui lui convenait : tantôt on faisait de lui le charmant auteur des *Promenades à travers la Marche de Brandebourg*, tantôt le champion du « détachement souriant », tantôt on le célébrait comme auteur de ballades, tantôt on redécouvrait en lui le révolutionnaire ou on le repeignait aux couleurs d'un parti. On donna son nom à des écoles, voire à des pharmacies. Et autres exploitations. Déjà son compte était réglé dans les manuels scolaires, déjà il passait pour poussiéreux, il allait tomber dans l'oubli, quand enfin s'amena ce jeune homme vêtu du drap bleu de la Luftwaffe, qui vint s'asseoir, seul ou en compagnie, sur ce banc bien précis du Tiergarten, et qui n'avait à la bouche que lui, que l'Immortel.

Il s'appelle Wuttke, et en plus Theo. Il vient de Neuruppin et excipe de sa date de naissance, le 30 décembre 1919, comme d'un papier d'identité. À sa fiancée Emmi Hering – cheveux relevés, et plutôt bien en chair dans sa robe à petites fleurs –, il a beaucoup de choses à raconter sur la France, anciennes et nouvelles. Au début, juste Gravelotte et Sedan, mais ensuite, coup sur coup : des victoires éclairs, des batailles d'encerclement, les chars de Guderian, le contrôle de l'espace aérien jusqu'aux Pyrénées, Sedan et Metz tombant cette fois presque sans combat, la Marne franchie, Paris, Paris ! Et puis la vue qu'on a depuis la côte atlantique, sur les plages normandes et bretonnes à marée basse, jusqu'à l'Angleterre, la cousine ennemie. Et, en avancée de la côte française, les îles : Oléron en particulier – que de récits pleins d'atmosphère !

Car sans cesse il revient en permission ou pour de brèves missions et, sa fiancée au bras, se promène dans la Roseraie, passe devant le monument de Lortzing, et ce n'est pas la première fois qu'il a ainsi longé l'eau et franchi les passerelles, tout au charme pédagogique de cette île : liberté et vertu s'entredéchirent, ou bien enfantent des comités de salut public et des condamnations à la guillotine ; Robespierre fut le meilleur élève de Rousseau…

Mais les rapports de l'aviateur de première classe, qu'il chuchote à sa jolie fiancée un peu bavarde comme s'il les lisait, sont les récits d'une quête, dans le petit village perdu et délabré de Domrémy. Il y a prononcé, devant la troupe et les officiers, des conférences littéraires : sur l'origine du drame de Schiller, et l'immortalité de la Pucelle… Et il raconte comment l'Immortel, sur les traces de Jeanne d'Arc, lors de la guerre de soixante-dix, avec son brassard de la Croix-Rouge et un regrettable pistolet, s'est fait cravater comme espion prussien et flanquer en prison.

Il revient sans cesse avec de nouvelles impressions de voyage, que sa fiancée lui tape bien proprement. Il y est question de Besançon, de Lyon, et enfin des Cévennes, où il a cherché les refuges fortifiés des huguenots, en prenant des risques. Mais ses rapports continuent à respirer la certitude de la victoire et l'amour de la culture, bien qu'à sa dernière visite il ait trouvé le Tiergarten en piteux état, que l'on recule sur tous les fronts depuis Stalingrad, que sa fiancée soit enceinte et que tante Pinchen pousse au mariage…

Et puis l'aviateur de première classe et correspondant de guerre Theo Wuttke ne revint plus. Il y eut d'abord le déboisement total du Tiergarten ; les cratères de bombes l'un à côté de l'autre et pleins d'eau ; tous les monuments réduits à l'état de moignons ; les bancs du Tiergarten, le pont Louise et l'opéra Kroll détruits ; toutes les splendeurs en ruine autour de la Zeltenplatz à l'exception, comme par dérision, de la colonne de la Victoire qui se dressait seule encore : il y eut d'abord la fin de la guerre. Et là il réapparut, rentrant de sa captivité chez les Français, au camp de Bad Kreuznach, affamé et flottant dans ce qui restait de son uniforme, cherchant sa fiancée, qu'il retrouva avec son fils George sous le toit – fort endommagé par les bombardements – de la tante Pinchen et que, rattrapant enfin les choses, il épousa en octobre 1945.

Au sortir de la cérémonie, le jeune couple dut partir à la recherche de bois, car la cave à charbon de la tante, à part quelques restes de poussier, était vide. Et comme le champ de bataille du Tiergarten, pour les Wuttke comme pour des centaines de milliers de Berlinois, n'était plus qu'une réserve de bois de chauffage, même les souches y passèrent, il ne resta rien.

Voilà le genre de retours en arrière que provoquait le banc favori. Après s'être vu avec hache, égoïne et carriole, en quête du dernier bout de rondin ou de planche, il lui revenait un touchant tableau de famille : comme des dizaines de milliers de gens, Emmi et lui cultivant à la bêche et à la pioche une parcelle, tandis que le petit George courait entre les jambes de ses parents avec sa petite pelle. Ils plantaient des pommes de terre et semaient des carottes, car à compter d'avril 46, depuis la porte de Brandebourg jusqu'à l'abri antiaérien du Zoo, on avait divisé en parcelles le vaste terrain vague qu'était devenu le Tiergarten.

Ainsi en avaient décidé les autorités, face à la pénurie et à la rigueur de l'hiver 46-47. Beaucoup moururent, dont Pauline Piontek née Hering, dite Pinchen, qui n'avait donc survécu que de deux ans à son frère cadet, beau-père d'Emmi Wuttke, sans doute mort à Breslau en même temps que sa femme. La tante n'avait pas soixante ans lorsque les Wuttke héritèrent d'elle ses trois pièces et demie dans Prenzlauer Berg, et en furent quelque temps heureux.

C'est seulement maintenant, après les années terribles, que Fonty revenait de ses excursions dans le passé. Il voyait avec étonnement qu'enfin, après moult étagements de plantations, tracés d'allées et régulations des eaux, le rêve du grand jardinier Peter Josef Lenné, qu'aucune pingrerie royale ni aucune frénésie destructrice des Berlinois n'étaient parvenues à effacer, était devenu réalité : alentour, tout n'était que verdoiement de mai, des millions de bourgeons s'ouvraient à vue d'œil, et les chants d'oiseaux formaient un mélange si riche que même le merle avait du mal à faire entendre ses strophes. Derrière son dos, le sureau commençait à s'épanouir en éventails. Et comme, autour de l'île Rousseau, l'eau était elle aussi pleine d'une vie stimulante, Fonty se vit tenté de vivre à nouveau le rêve de Lenné en épisodes à suivre, comme si rien ne s'était passé, comme s'il n'y avait eu ni la guerre ni la dévastation, comme si ce parc avec tous ses paysages allait perdurer dans l'intacte beauté qui avait toujours été son régal et son refuge ; mais voici que d'un coup tout lui parut étranger : surgies d'un autre monde, deux enfants, deux petites Turques aux foulards strictement noués, étaient debout devant lui et son banc du Tiergarten, sur lequel il se croyait assis depuis ses premières années de pharmacie.

Les deux petites filles avaient des regards graves. Elles pouvaient avoir dix ans, ou peut-être déjà douze. Même taille et même sérieux, car elles le regardaient sans faire mine d'accepter son sourire. Comme elles ne disaient rien, il ne voulut pas davantage se risquer à prononcer un mot. Rien que des chants d'oiseaux et des appels lointains qui résonnaient sur l'eau. Très loin, la rumeur de la ville. Le face-à-face dura longtemps, entre Fonty et les petites Turques. Leurs foulards encadraient de sombre leurs visages ovales. Quatre yeux restaient fixés sur lui, cillaient lentement. Même le merle finit par se taire. Fonty s'apprêtait à faire une phrase gentiment interrogative, afin de rompre le silence, quand l'une des filles dit, dans un allemand à peine teinté de dialecte berlinois : « Pourriez-vous, je vous prie, nous dire l'heure qu'il est ? »

Tout fut aussitôt moins étrange. Fonty fouilla sous son manteau et tira sa montre de gousset, dont il fit sauter le couvercle d'or ; sans avoir besoin de recourir aux lunettes, il lut l'heure qu'il était et il la dit aux filles, qui remercièrent en esquissant la petite révérence d'usage en Allemagne, puis se retournèrent et s'éloignèrent, ou plutôt, après quelques pas, s'enfuirent comme pour mettre vite en sécurité cette heure qu'on venait de leur donner.

Demeuré seul à nouveau, Fonty crut pouvoir contempler l'île Rousseau sans la moindre pensée vagabonde ou, pourquoi pas, sans pensée du tout, et regarder les canards, deux cygnes et d'autres oiseaux aquatiques, dont un grèbe huppé ; mais il ne resta pas seul.

Non que quelqu'un soit venu s'asseoir à côté de lui pour engager une conversation sur le temps qu'il faisait. Nul retraité, nulle grand-mère courbée par la goutte, nulle nourrice demeurant là depuis le siècle dernier – « Les femmes de la forêt de la Spree sentent toutes le lait aigre » – ne vint l'importuner. Il n'était pas nécessaire qu'une personne en chair et en os vînt s'installer là, pour lui inspirer chapelets d'anecdotes et kyrielles de médisances. Même assis seul, il ne cessait de converser.

Cette fois, le ton n'était pas à l'aimable badinage. Contraint d'écouter, il avait dans l'oreille la voix tout unie de Hoftaller, voix de comptable, mais non austère, plutôt sobrement documentaire. Dans le rôle de Tallhover, il reprenait les choses là où le bât blessait : au club Herwegh. L'époque de Leipzig. Et voici que, sans quitter la Saxe, il se retrouvait dans la pharmacie Salomon du docteur Gustav Struve et en venait sans tarder à la d'abord révolutionnaire, puis romantique fille de jardinier Magdalena Strehlenow, aux parties de barque sur l'Elbe, à Dresde et à ses suites : « Oh, ce n'était pas non plus si terrible. Au pire, on pouvait taper Lepel. On était libre, on était débarrassé des tours de garde au régiment Kaiser Franz où l'on avait fait son année d'engagé volontaire, débarrassé aussi de ce crochet improvisé vers l'Angleterre, deux semaines de vacances qui s'étaient si mal goupillées. Et enfin, avec son diplôme d'État mention "très bien" – félicitations ! –, on était assuré d'être reçu pharmacien. Nous étions un fiancé somme toute assez heureux, sans pour autant, certes, aller susurrer à la future nos secrets de Dresde. Lâchement escamotées, les parties de canotage, celles de jambes en l'air, et les pleurs de bébé. Au lieu de cela, notre quarante-huitard brandissait un fusil rouillé. L'essentiel est de participer ! Et malgré tout cela, nous avons laissé faire. Si fâchés que nous fussions par certains poèmes du Tunnel, et ensuite par ce club Herwegh aux allures de conspiration, il ne s'est rien passé, pas même une mise en garde. C'est que nous étions surchargés, surtout moi. Comme commissaire de la criminelle, on m'avait mis sur ce Georg Herwegh qui faisait des disciples partout, et en m'en fournissant un signalement que mon biographe a raison de qualifier de "ridicule". Mais quand la *Dresdner Zeitung* s'est mise à publier des billets de correspondance politique, vingt-neuf au total, signés d'un sigle, nous avons tout de même été obligés d'ouvrir un dossier. Nom de code : "Fontaine". Des articles tantôt d'une excitation exaltée, tantôt d'incitation à la révolte, et qui visaient bel et bien l'État policier prussien ; ça n'apportait rien de neuf, mais enfin ces ruades désordonnées étaient tout de même dangereuses… »

Fonty se pénétrait de tout cela. Si quelqu'un était passé devant ce banc du Tiergarten et avait ralenti, il eût été témoin de hochements de tête et de grimaces : un vieil homme se disputant avec lui-même et avec autrui. De temps à autre il s'écriait : « Fariboles que tout cela ! » Ou bien : « Les autodidactes exagèrent toujours ! » Il niait : « Erreur, Tallhover ! Déjà Pietsch a confirmé que, dans *De vingt à trente ans*, je n'ai épargné ni les autres ni moi-même… » Il contre-attaquait : « Heureux de constater que votre mémoire flanche de façon colossale. Notre premier contact ne date pas d'avant mon mariage, mais de peu après. À savoir, de la fin de l'automne cinquante, juste avant que ne soit dissous le Cabinet littéraire. Nous nous sommes rencontrés ici, dans le Tiergarten, très exactement devant la location de barques In den Zelten. Vous vouliez absolument que nous allions sur l'eau. Mais je n'avais pas envie de canoter. Nous nous sommes donc attablés à la terrasse du Moritzhof. Les derniers marrons tombaient. On buvait la bière blanche de saison et les feuilles tombaient. Et dès après la première gorgée, mon dossier était sur la table, pas très épais, mais suffisamment… »

Lorsque Fonty, après de telles déclarations, se taisait ou faisait semblant de ne plus s'intéresser qu'aux familles de canards ou à un grèbe huppé particulièrement actif, il ne parvenait tout de même pas à être sourd en même temps que muet. Quelqu'un s'obstinait à lui parler. Si ce n'était pas Hoftaller, c'était Tallhover. Impossible de l'arrêter dans ses chicaneries proférées d'un ton détaché : « Ce n'était pas à la fin de l'automne, mais juste après votre dernière fadaise, votre tentative malheureuse de jouer les héros face aux Danois, aux côtés du Schleswig : c'est fin août cinquante que j'ai été obligé de vous convoquer. Rendez-vous dans le Tiergarten, exact. Une de ces chaleurs ! En tout cas, le fiancé put compter sur nos subsides juste avant la noce. À partir de septembre, vous avez été payé par le gouvernement comme lecteur au Cabinet littéraire. Il était temps que vous vous rangiez. De tous points de vue. Au privé, votre sévère Emilie y veillait ; officiellement, vous dépendiez de M. von Merckel ; c'était votre protecteur, certes, mais c'était aussi un homme à nous. Un censeur d'une qualité extraordinaire, comme il n'en existe plus guère aujourd'hui dans notre corporation. Il savait un tas de choses, il était tout ce qu'il y a de cultivé, c'est pour moi un modèle inégalé. Pas uniquement capable de faire rimer "démocrate" avec "qu'on les mate !" : il avait de la ressource. Son principe, de payer peu mais régulièrement, fut d'une efficacité exemplaire. En tout cas, votre jeune épouse fut heureuse de pouvoir enfin compter sur un salaire fixe. C'est que, un an plus tard, l'héritier, George, était déjà là... »

Entre-temps, au milieu des canards, le grèbe huppé offrait un contre-programme. « Laisse-le jacasser ! » se disait sans doute Fonty.

« Il n'empêche que mes poésies parurent en recueil. Et quant à Merckel, nos relations devinrent celles de confrères et d'amis...

– Mais comment donc ! De famille à famille, avec par la suite échange de correspondance. Personne ne s'est occupé aussi gentiment que les Merckel de votre pauvre fils Theo, négligé par son père. Avec un piston pareil, rien d'étonnant à ce qu'un poste se soit libéré, à savoir au "Bureau central pour les affaires de presse", organisme de censure à peine camouflé, et fourches Caudines par lesquelles dut passer notre demi-raté, vu les lamentations domestiques, et surtout quand, après Rastatt, il eut perdu ses dernières plumes de coq révolutionnaire. Le préfet de police de Berlin s'appelait Hinkeldey... »

Le grèbe huppé n'était plus là, et resurgissait brusquement ailleurs. Fonty se laissait surprendre. À chaque plongeon, il pariait et perdait. Il aurait bien aimé être aussi imprévisible, tantôt ici, tantôt là, et disparaître ainsi à son gré, fût-ce pour quelques minutes. « Tout ça est terriblement exact, Tallhover ! Je me suis vendu, pour qu'un désir soit exaucé. Échapper enfin aux contraintes stupides. Par Cologne, Bruxelles, Gand et Ostende, je suis parti pour Londres, certes avec une casserole ministérielle à la queue. Ce fut mon premier vrai voyage en Angleterre, car le tout premier – ces quinze jours à crédit – ne compte pas. À vrai dire, tout chargé de mission que j'étais, il m'a fallu gagner un supplément en donnant des leçons de langues ! Tellement j'étais mal payé. Si misérable était le prix payé par la Prusse pour ma petite trahison ! Qu'est-ce que vous me voulez encore, Tallhover ! Éternel commissaire ! Fichez-moi la paix. Nous ne sommes pas sur le canapé aux interrogatoires. Espèce de ruminant ! Filez ! Respectons nos distances, je vous prie. C'est mon Tiergarten. Ça a toujours été mon banc favori. L'île Rousseau est mon plaisir à moi et à moi seul. Et ça, c'est mon grèbe huppé ! »

Fonty agitait la main gauche comme pour chasser des mouches. De la droite, il avait empoigné sa canne si fermement qu'elle en tremblait. Un vieillard en colère, donnant des coups dans le vide.

Des familles turques passaient, rangées à leur manière : les hommes d'abord, puis les femmes et les enfants. Toujours des Turcs, avec filets à provisions et sacs en plastique. Fonty observait les foulards des femmes et des filles – beaucoup étaient noirs ou blancs, quelques-uns de plusieurs couleurs – et tentait d'y déchiffrer un sens analogue à celui des tissus écossais.

Une fois passée encore une famille nombreuse turque, sans un regard pour la lutte de Fonty avec le démon, il s'écria : « Écoutez, Tallhover ! Moi mis à part, c'est à ceux-là qu'appartient le Tiergarten. Les allées, les pelouses, les bancs, tout. Nous sommes sans aucun doute en territoire turc. Je l'ai lu : après Istanbul et Ankara, c'est Berlin la troisième ville turque. Et il en arrive sans cesse d'autres. En si grand nombre que même vos semblables ne contrôlent pas la chose. Vous pigez ? Les nouveaux huguenots sont les Turcs ! Ils vont mettre de l'ordre ici, appliquer leur système ; le vôtre a échoué hier, le mien depuis longtemps. Certes, avant qu'on fasse de moi un auxiliaire de la censure, j'ai écrit à mon ami Friedrich Witte : "Je méprise ce genre de politique lâche, stupide et veule, et trois fois, six fois plus, les individus qui acceptent de défendre cette escroquerie et qui proclament jour après jour que M. von Manteuffel est un homme d'État ! Ils pourraient me proposer à nouveau mon ancien emploi, je n'en voudrais pas..." Mais six mois plus tard, j'étais tout de même bien obligé d'avouer à Lepel : "Je me suis vendu aujourd'hui à la réaction pour trente deniers par mois. Que veux-tu, on ne peut pas s'en sortir en restant respectable. Je fais mes débuts de scribouillard stipendié, dans le journal à l'Aigle, en écrivant des stances en l'honneur de Manteuffel. En substance : Le Premier ministre écrase du pied le dragon de la révolution !" Mais quand, à Londres, l'ambassadeur von Bunsen, bien sûr un libéral, a voulu que je me déchaîne contre Manteuffel, j'ai résisté, même si j'en avais envie, et j'ai écrit à mon Emilie, naturellement terrorisée à l'idée que je pourrais envoyer promener toute cette corvée : "Vivre aux crochets de Manteuffel et écrire contre lui, ce serait le comble de la grossièreté morale..." Et puis mourut à Berlin notre deuxième enfant, que je n'ai jamais vu. Quelle misère ! Je n'étais plus potard, en revanche j'étais scribouillard sous surveillance. Et ça a continué, que ce soit au ministère de l'Aviation ou à l'Union culturelle. Et vous avez toujours eu une main dans l'affaire, pour que mon existence de raté intégral... Même encore maintenant que le Mur est tombé... On me fait la grâce de me laisser charrier des dossiers, et je dois regarder ailleurs quand vous... Avec ça, jamais seul, même dans le paternoster... Et s'il n'y avait pas le Tiergarten, tous ces Turcs, le grèbe huppé... »

Après cela, Fonty ne fit plus que bougonner indistinctement. Il lâcha un pet, puis un autre. Penchant sa tête aux petites boucles blanches, il était appuyé des deux mains sur sa canne, cachant ainsi les tremblements nerveux de sa lèvre inférieure. Il était vieilli, comme bientôt proche de sa fin, et aucune pensée ne l'animait, sinon la fuite dans les escaliers de l'histoire, toujours plus loin en arrière.

En passant lentement, on aurait saisi quelques mots isolés, même des moitiés de phrases ; et nous autres, des Archives, nous aurions été en mesure de déchiffrer son flot de paroles. Beaucoup de choses se présentaient comme des citations du récit de voyage de l'Immortel *Au-delà de la*

Tweed, écrit après son troisième séjour en Angleterre, le plus long, au cours duquel il avait visité l'Écosse en compagnie de son ami Lepel : « Quand nous avons suivi High Street... À tous les coins, des fils des Hautes Terres, en kilt et en plaid... Sans doute des officiers recruteurs des Highlanders... »

Ensuite, il ne foulait plus le pavé d'Édimbourg, mais vivait sous Jacques IV. Il s'agissait de vertu chevaleresque et de « Bell-the-Cat ». Une oreille exercée pouvait saisir au vol : « À la cour du roi Jacques était Spen de Kilspindie... À Stirling Castle, pendant le banquet... La puissance accrue de la maison Douglas... Le coup fut mortel, il l'atteignit au flanc... »

Et puis il ne regarda plus que le grèbe huppé, qui tantôt était là et tantôt disparu. Lui, ses répétitions n'ennuyaient jamais. Même quand Fonty se leva, s'approcha du bord et lança aux canards des croûtes de pain tirées de la poche de son manteau, c'est plutôt le grèbe et ses acrobaties qui l'intéressaient. Rien ne pouvait l'en distraire. De l'autre poche du manteau dépassait, bien roulé sur lui-même, le *Tagesspiegel*, avec les résultats des élections dans les *Länder* mûrs pour l'annexion, mais Fonty s'était mis en congé de l'État des Ouvriers et Paysans. L'actualité, perçue par Theo Wuttke pourvu qu'elle le heurtât assez durement, ne comptait pas au Tiergarten ; là, il persistait à marcher à reculons : en Écosse de nouveau, sur la route de Stirling Castle à Loch Katrine...

7. Devant la double tombe

On en est encore loin. Certes il ne fallut pas solliciter à nouveau une autorisation spéciale pour se rendre dans un cimetière que sa situation rendait déjà difficile d'accès ; mais avant que Fonty se résolve à pousser jusqu'à cette sépulture, le mois de mai passa et l'on se trouva en juin : le Tiergarten avait la priorité, et le banc favori, où il se plaisait à deviser avec des vivants et des morts, tandis qu'un oiseau aquatique lui vantait des itinéraires tracés d'avance par écrit.

Pourquoi pas la France ? Est-ce que la Gascogne n'aurait pas pu être un but ? Nous des Archives, à qui les centaines de lettres que nous détenons prouvent que sa nostalgie pouvait osciller comme feuille au vent, nous ne pouvions pas ne pas nous poser ces questions. Pourquoi ces velléités dignes du grèbe se tournaient-elles vers Londres et jusque de l'autre côté de la Tweed ? Qu'est-ce qui l'attirait vers les hauts plateaux d'Écosse, sur la lande des sorcières de Macbeth ? Les rêves d'évasion qui le hantaient, sur son banc du Tiergarten, ne lui ouvraient-ils que cette contrée reculée et quadrillée par le clanisme ? La leçon de plongeon du grèbe huppé ne pouvait-elle l'orienter dans une direction plus éclairée ?

Nous restions d'avis partagés. Car enfin, aux souvenirs imprimés de deux séjours en Angleterre et au journal de Londres, encore inédit à l'époque, d'autres liens plus profonds s'opposaient : la double origine huguenote aurait dû le déterminer, lui qui revivait tout. Et même en laissant de côté l'arrière-plan familial, son gros pavé sur la guerre franco-allemande et le petit livre sur son emprisonnement auraient été tout aussi contraignants que le voyage en Écosse avec Bernhard von Lepel, même si le livre de guerre n'avait été salué ni par les historiens militaires ni par l'empereur ; et quant aux souvenirs de sa captivité en France, son fils George, capitaine lors de la campagne de 70-71, y avait déploré l'absence de haine pour les Français ; dans une lettre grincheuse, il se plaignait que son père manquât de patriotisme.

Néanmoins, précisément parce qu'il avait été fait prisonnier à proximité du théâtre d'opérations, sans pourtant avoir pris part aux combats, tout parlait pour la France. Au terme de quelques étapes, il avait été interné dans l'île d'Oléron. On aurait fort bien pu le passer par les armes, c'eût été conforme aux lois de la guerre. En tout cas, des officiers prussiens lui assurèrent que dans le cas inverse – autrement dit comme Français tombé aux mains des Allemands – il n'aurait pas fallu compter qu'on lui fît grâce ; même inoffensif et « ne faisant qu'écrire », il aurait été fusillé.

Outre une certaine gratitude – l'internement de l'Immortel ne dura pas plus de deux mois –, Fonty aurait pu trouver encore d'autres liens avec la France au cours de son existence subséquente. Comme nous le savons, dès la guerre qui suivit la suivante, il se retrouva correspondant de guerre dans ce même pays. La plume du première classe Wuttke ne fut jamais à sec en quatre ans, tant il mit de zèle à suivre ses propres traces à reculons, du mur de l'Atlantique aux Cévennes. Et, aux Archives, nous aurions dû collecter ce matériau, car tous les textes laissés accessibles par le ministère de l'Aviation étaient riches en citations et en chatoyantes références, pas seulement aux livres de guerre. De la même façon, nous avons négligé de nous informer sur Lyon et sur cette liaison apparemment lourde de conséquences qui devait par la suite curieusement resurgir et rattraper Fonty.

Hoftaller, au moment de ces destinations purement conjecturales, « opérait » souvent à coups d'allusions et, lorsqu'il nous faisait une visite de plus, dans le seul but d'agacer les Archives par sa simple présence, il disait : « Dresde ou Lyon, l'aviateur de première classe vaut l'apprenti pharmacien. On pourrait même dire qu'ils se tiennent les coudes, car ils se sont tous deux comportés avec une certaine irresponsabilité. Mais je me rends compte qu'ici l'on a vite fait de tout excuser par la jeunesse. »

La formule fréquente de Fonty, « Je suis sur le point de lever le pied », était une citation de plus, comme beaucoup de ses sentences péremptoires. Nous avions encore lieu d'en déduire que sa nostalgie allait du côté des Cévennes, il aurait pu se cacher dans les gorges de l'Ardèche ; mais il restait secrètement attaché à l'Angleterre et aux landes d'Écosse. Rien ne pouvait le dissuader d'enjamber la Manche. Il songeait à cette fuite jusque sur son lieu de travail, mais se taisait, où qu'il fût, voyageant dans le paternoster ou rembourrant le canapé. La leçon du grèbe huppé était traitée comme secret opérationnel. Chez lui, sa femme et sa fille constataient qu'il parlait peu.

Lorsque, plus tard, nous avons sonné au troisième étage de l'immeuble locatif de la Kollwitzstrasse, elles nous ont dit, l'une : « Quand mon Wuttke me parle, c'est jamais de ses affaires ou de choses comme ça… », et l'autre : « C'est pas nouveau ! Papa a toujours été foncièrement remuant. Et comme jamais il n'a été cadre itinérant, il s'invente des voyages, tantôt là-bas, tantôt ailleurs. »

Même Hoftaller, qui avait deviné bien avant nous les intentions centrifuges de Fonty, ne jugea pas utile de les sonder par un interrogatoire, à l'occasion de nombreux déplacements en commun ; le sujet du moment – le prochain échange des marks de l'Est – faisait courir tout le monde dans le pays, et pas seulement notre indéfectible attelage.

Ils appelaient ces promenades en commun leurs « parties de lèche-vitrines ». Juste avant l'avènement de la nouvelle monnaie, on annonçait partout des soldes. Les produits des entreprises nationalisées partaient à des prix dérisoires. Le jour du miracle monétaire promis, il fallait que les rayons fussent vides dans tous les magasins d'État et autres, des plus petits aux plus grands, afin qu'à la place de toute cette marchandise tristement emballée l'Ouest puisse étaler tout ce qu'il avait à offrir. Les espoirs étaient à leur comble : enfin allait s'instaurer la consommation dont on avait été si longtemps privés. Enfin le client allait pouvoir être roi.

Mais, si ardemment désirée que fût la nouvelle monnaie, beaucoup redoutaient sa dureté. On avait encore le temps de faire le plein de denrées non périssables. Avec Fonty et Hoftaller, ce n'étaient pas seulement des milliers de Berlinois de l'Est qui arpentaient les rues, chargés de sacs et de paquets ; Berlin Ouest aussi aidait à épuiser les stocks. Tous avaient le vieil argent facile. Chacun se servait. Et partout les rayons se vidaient.

Sur l'Alexanderplatz, Fonty put acheter bon marché quelques rames de papier – garanti sans cellulose – et deux douzaines de crayons. Chez un caviste proche de la Rosa-Luxemburg Platz, il trouva, à un prix intéressant, sept bouteilles d'eau-de-vie portant l'étiquette de la distillerie d'État Wilthen, connue pour sa qualité dans l'ancienne République, où l'on trouvait difficilement ses produits au cours des dernières années. En outre, il eut à des prix soldés des articles ménagers pour sa femme et sa fille. Martha Wuttke, dite Mete, allait bientôt se marier. Comme son futur mari était de l'Ouest et, sans être fortuné, avait apparemment une belle situation, il n'était pas question qu'elle débarque à Münster, en Westphalie, comme une pauvre fille de l'Est sans trousseau. Heinz-Martin Grundmann, le futur jeune marié, dirigeait là-bas avec un associé une entreprise de construction qui, depuis des années déjà, était fort active dans les pays de l'Est et réussissait particulièrement bien en Bulgarie.

Fonty acheta donc un peu au hasard des draps, une soupière en « véritable porcelaine de Meissen », des nappes, et même un assortiment de fil à coudre, et un mixeur sorti des ateliers d'État Robotron. De même, sa femme Emmi eut droit à des serviettes en éponge et à du savon de toilette ; si insuffisante qu'ait été la production des grands combinats textiles, il apparaissait maintenant, à la dernière heure, qu'ils étaient en mesure de livrer. Fonty rentra chez lui lourdement chargé. Hoftaller aida au transport.

Ses ultimes emplettes à lui étaient d'un autre genre. Il

faut ici préciser que l'ombre-diurne-et-nocturne fumait à l'occasion, ou plutôt que c'était un fumeur de cigares, et soucieux de leur qualité. Cela signifie qu'il faut nous représenter Hoftaller, dans les occasions déjà évoquées, arborant un bâton de chaise dont il ne faisait nonchalamment tomber la cendre blanche qu'au dernier moment. Le long du Mur et de ses piqueurs ou attablé chez McDonald's pour un anniversaire, où qu'il ait marché ou se soit attablé avec Fonty, au milieu des jeunes talents du Prenzlauer Berg ou sur un banc du Tiergarten, et même dans la Maison des ministères, il fumait sans cesse son cigare de plus en plus court, que ce fût dans la chaufferie ou sur le canapé, affaissé puis rembourré, qui se trouvait au grenier et pouvait accueillir fumeur et non-fumeur.

Toutes ses années passées au service de l'État, jusqu'à l'union monétaire annoncée, Hoftaller avait pu puiser dans des boîtes de bois d'origine cubaine. Il savait où trouver cet article de luxe produit par le pays socialiste frère. Même en période de pénurie, jamais il ne fut à court – et la pénurie cessa-t-elle jamais ? Outre le havane, il avait fumé, à partir de 1985 environ, du Nicaragua roulé à la main et particulièrement long. Jamais personne ne l'a vu fumer un Brésil.

Tallhover est déjà décrit par son biographe comme fumeur de cigarillos, et nous pouvons attester que Hoftaller fumait des cigares : il est fréquemment arrivé aux Archives arborant la marque de Castro, tirant des bouffées démonstratives, comme pour nous prouver l'étendue internationale de ses relations. Tant de fumée n'était pas nécessaire. Nous subodorions de toute façon des missions qui l'avaient conduit, sinon dans le monde capitaliste, du moins dans les pays amis, et pourquoi pas à Cuba ? Un de nos collègues s'étant un jour, au détour d'une conversation, déclaré fumeur occasionnel de cigares roulés à la main, Hoftaller joua le généreux ; et évidemment le collègue n'osa pas refuser une telle rareté.

Mais le temps des privilèges était désormais révolu. De quoi se faire du souci. Les boîtes odorantes allaient bientôt être vides. Le mélange drastique des tabacs monétaires menaçait de couper un approvisionnement banni du libre marché occidental par boycott commercial. Rien d'étonnant à ce que Hoftaller voulût parer à ce danger. Accompagné par un Fonty qui avait déjà fait ses emplettes – poudre à laver et huile de tournesol –, il se rendit, près de la gare de Lichtenberg, chez un marchand de tabac de la Weitlingstrasse, afin d'y faire l'acquisition des stocks restants. Fonty parla plus tard de panique.

En tant que non-fumeur, il se tenait en retrait, l'air absent, mais il ne put pas ne pas voir comment, pour une liasse d'argent de l'Est – « deux bons mois de salaire », nous dit-il –, cette boutique manifestement privée fut vidée de son contenu. Outre tabacs, cigares et cigarettes, on y trouvait les journaux, désormais de tout Berlin. Le butin de Hoftaller se monta à trois boîtes de Romeo y Julieta et deux caissettes d'immenses cigares de la marque Joya de Nicaragua. Fonty prit la *Wochenpost*, comme depuis des années, et puis le *Tagesspiegel* de Berlin-Ouest.

Tandis que le fumeur payait avec une mine solennelle, le non-fumeur lut, sous le titre « La nouvelle monnaie sera là du jour au lendemain », l'annonce de la fin de la devise des soldes. La date en était fixée au 1er juillet. À partir du lundi 2, seul aurait cours le mark dur. Le ministre des Finances de l'Est, un social-démocrate du nom de Romberg, avait bien exprimé timidement quelques réserves, mais ensuite il avait vaillamment signé le traité d'État. Parcourant rapidement les détails, Fonty se familiarisa avec le système des taux d'échange. Après tout, il fallait financer l'application du principe que lui avait enseigné l'observation du grèbe huppé. Il fit par-devers lui le compte de son avoir à la caisse d'épargne et obtint un résultat qui lui donna de l'espoir. Jusqu'au 1er juillet – dit « jour J » –, il restait encore une bonne semaine.

Dehors, tout était de nouveau normal. La Weitlingstrasse gris sur gris, deux vieux messieurs jouant les passants. Ils parlèrent de leurs achats, jusqu'au moment où, à l'intérieur de la gare, ils hésitèrent devant une buvette. La gare de Berlin-Lichtenberg voyait passer les grandes lignes, par exemple celle de Leipzig à Stralsund, et ensuite à Sassnitz, sur l'île de Rügen, d'où partait le ferry vers la Suède.

Assuré de ses provisions de cigares, Hoftaller invita à prendre une saucisse et une bière. Il se montrait d'humeur joviale et déclara qu'il était heureux. Ils s'accoudèrent à une table haute dont le plateau était marbré de traces de moutarde et de ketchup. Vu le temps printanier, ni l'un ni l'autre ne portait de chapeau ni de manteau ; mais Hoftaller arborait une nouvelle acquisition : une casquette à visière transparente, de coupe américaine, ainsi qu'une chemise à larges bandes ornées de fleurs. Dans cette tenue approximativement occidentale, il donnait à entendre qu'il s'agissait maintenant de comprendre les signaux de l'époque nouvelle. Theo Wuttke, lui, entendait être Fonty : même en été, il portait l'écharpe historique, enroulée deux fois autour du cou ; d'ailleurs, le hall de la gare était plein de courants d'air.

À peine sa saucisse avait-elle disparu que Hoftaller s'apprêta à se lancer dans un monologue. Ou plutôt, avant de se rappeler une mission de Tallhover concernant un convoi de chemin de fer plombé, parti de Zurich à destination de Sassnitz, et parmi ses passagers un certain Lénine, dont l'Allemagne impériale voulait qu'il apportât la révolution en Russie et affaiblît ainsi l'ennemi sur le front est, Hoftaller plongea la main dans le sac contenant ses emplettes et ouvrit une des boîtes de cigares. Le biographe de Tallhover rapporte que ce train spécial arrivé de Zurich par Gottmadingen fit étape à Mannheim, Francfort et Berlin, traversant ainsi tout l'Empire allemand. C'était en mars 1917. Au fond du sac, avec des gestes cérémonieux et mystérieux, Hoftaller décacheta la boîte de cigares, puis se redressa enfin et se planta de toute sa petite taille à côté de la table haute, avec un Romeo y Julieta. « À vrai dire, dit-il, ce n'est pas d'ici que le train spécial est reparti vers Sassnitz, c'est de la Stettiner Bahnhof. » Il dit cela une fois que le cigare, allumé avec le soin du connaisseur, tira bien, et tandis que Fonty mordait encore dans sa saucisse, par menues bouchées agrémentées de moutarde.

Alors, au travers de petits nuages de fumée qui restaient

un instant immobiles, puis étaient emportés par le courant d'air, Hoftaller parla : « Tout vient de là. Ce qui se passe aujourd'hui est encore lié à cet événement d'alors : Lénine et la suite. Je prétends tout de même qu'à compter du 1er juillet le monde va changer d'aspect. Évidemment, nos produits seront bons à jeter, et nos usines seront ce que l'Ouest répète depuis des mois : de la ferraille. De Rostock jusqu'à Karl-Marx Stadt, le pays ne sera qu'une immense décharge de ferraille. En revanche, les rayons seront pleins partout. Et en un tournemain. Rien que de la camelote de l'Ouest, joliment emballée. Et, tout aussi vite, les marks durs qu'on nous refile à un contre un pour commencer, et ensuite, pour la plus grande partie, à un contre deux, se retrouveront à l'Ouest – d'où ils viennent, pardi ! Ça s'appelle "faire un coup", chez eux. Et, en même temps que ce mark dur, il débarque une foule d'acheteurs. Ils sont même déjà là, l'œil aux aguets, pour faire leur choix. Et vous la connaissez bien, cette espèce, Fonty. Tous de la tribu des "Je-prends", comme vos Treibel et consorts. Viennent chez nous se tailler leur part. Pour ces voraces, c'est une terre vierge, ici. Ils ne voient que du terrain à bâtir. Un morceau ici, un morceau là : des tranches de filet ! Sur la Potsdamer Platz, ils choisissent déjà leurs morceaux. Pas seulement les Japs. Ben voyons ! Mercedes en tête ! »

Entre-temps, Fonty avait terminé sa saucisse. Il s'essuya soigneusement avec la serviette en papier. Le courant d'air qui régnait dans la gare de Lichtenberg ébouriffait ses mèches poivre et sel. Sans chapeau, il faisait plus vieux. Seule sa voix restait jeune : « C'est colossalement idéologique, ce baratin que vous débitez là. La classe des exploiteurs, on connaît la chanson. Les capitalistes veulent nous écraser : j'ai déjà entendu ça, je ne l'ai jamais cru. Il n'y a que vous, avec votre gros cigare, pour jouer les Cassandre. Tout ça parce que vous, et vos camarades, vous n'avez plus rien à raconter. Il faut dire que c'est affreux, hein ? La forteresse de la Normannenstrasse : prise d'assaut. Les armoires pleines de dossiers : mises sous scellés. L'appareil d'État : en faillite. Et toute votre frénétique paperasserie, toutes ces dizaines d'années de dégueulasseries commises par la maison des Grandes Oreilles, tout ça pour rien. On fouille encore un petit peu dans les coins. Et ce qui ne passe pas dans le broyeur doit disparaître n'importe où, fût-ce dans un vieux canapé, mais tout ça n'est plus vraiment opératoire, ce serait plutôt un passe-temps. Eh oui, j'y ai moi-même prêté la main, et même de bon cœur. Trop content que ce poison disparaisse. Mais maintenant, tout ça est terminé, définitivement ! Ce que j'ai dit en novembre dernier sur l'Alexanderplatz, devant des centaines de milliers de gens, est toujours valable : "Une époque nouvelle s'ouvre ! Une époque qui sera, je crois, meilleure et plus heureuse ! Et si elle n'est pas plus heureuse, au moins ce sera une époque avec davantage d'oxygène dans l'air, une époque où nous respirerons mieux. Et plus on respire librement, plus on vit !" »

De ses mains aux doigts courts, Hoftaller mima des applaudissements. Son cigare envoyait des signaux de fumée. « Je connais, Fonty. On croirait un enregistrement du pasteur Lorenzen. "Une vision démocratique du monde", susurrait-il à la belle Mélusine. Laissez-moi rire. Un emballage pour piéger les gogos ! On ne fera que troquer les vieilles contraintes contre de nouvelles, voilà ce qui est sûr…

– N'empêche qu'avant tout, il y a la liberté. Je la sens à l'odeur, comme un fauve. Bien sûr, elle a toujours été dangereuse, et rien n'est plus ridicule, j'ai toujours trouvé, que les libéraux, ces éternels chantres de la liberté. Mais cette fois, c'est différent. Avec la liberté, tout s'ouvre de tous côtés. Il n'y a pas de doute, le monde nous fait signe et nous invite. Finie, l'époque horrible et étouffante de cette élite de cadres seuls autorisés à voyager, les belles perspectives lointaines ne sont plus bouchées. Eh oui, monsieur le commissaire Tallhover ! Eh oui, Hoftaller ! À présent que vous pourriez n'être plus en activité, même vous, un voyage devrait vous tenter, je ne sais où. L'Italie, la Grèce ! Les voyages forment la jeunesse ! Au fait, vous étiez quoi, récemment encore ? Capitaine ? Commandant ? »

Interpellé aussi nommément et par-delà les années, l'éternelle ombre-diurne-et-nocturne de Fonty souriait. Comme par miracle, son cigare tirait encore. Il ôta sa casquette de base-ball et, du dos de la main, s'essuya le front. On vit que ses cheveux faisaient comme une boule de piquants, longs comme des allumettes, tout autour de son crâne : jadis blonds comme le pain, et maintenant d'un gris minéral. Hoftaller pouvait avoir un sourire séduisant. Et sa voix n'eut rien d'incisif : « Allons, allons. Qui parle de cessation d'activité ? C'est un peu rapide. Croyez-moi : nous ne nous arrêtons jamais. À peine nous a-t-on balayés que nous revoilà, et bourrés d'informations qui, bien empaquetées, ont résisté à la mauvaise saison. Des informations du reste très demandées, et qui ont leur prix. Les clients sonnent déjà à la porte : le contre-espionnage de Pullach, les renseignements généraux de Cologne, pour ne nommer que les services évidemment intéressés. J'ai là quantité de collègues qui veulent être mis au courant des informations les plus récentes. Mais les informations plus anciennes sont très demandées aussi. Et comme les Services ont toujours pensé et agi à l'échelle de l'Allemagne entière, on se donne volontiers un coup de main. Mais nos possibilités ne s'arrêtent pas là. Vous tout particulièrement, mon cher Wuttke, vous devriez vous montrer prudent, avant de tirer des plans de voyage. Même si depuis peu vous aimez à claironner hautement la liberté, je suis obligé de vous rappeler que, sous ce nom-ci ou sous l'autre, vous vous moquiez pas mal de la liberté. La Prusse primait toujours tout, ensuite venait le roi et les hobereaux. Aussi longtemps du moins que, pour un salaire de misère, vous vous êtes vendu à la *Kreuzzeitung*, aux Hesekiel et aux Merckel. Pendant ces années cinquante et soixante relativement stables. Toujours dans la ligne, mais bien sûr, et les rouspétances n'étaient qu'épistolaires. Même chose à l'Union culturelle. Franchement, Fonty ! Au ministère de l'Aviation, vous chantiez la "Communauté nationale", ensuite ce fut, toujours en gros caractères, le Pouvoir des Ouvriers et Paysans. Et plus le socialisme claquait des talons pour s'aligner sur votre Prusse adorée, plus vous vous fichiez de la liberté. Est-ce que l'une de vos conférences sur votre pavé *Avant la tempête* ne s'est pas intitulée : "Des réservistes de l'ancienne Prusse à l'Armée populaire" ?

– Colossale erreur ! Tel était bien son titre, mais elle fut interdite quand je l'eus faite deux fois. Trop de Scharnhorst et de Gneisenau, pas assez d'Armée rouge…

– Parce que vos thèses venaient trop tôt. Au milieu des années soixante, ça ne pouvait pas être suivi. Mais moins de dix ans plus tard, tout ça défilait au pas de l'oie. Et maintenant, tout d'un coup, c'est la liberté qui serait la grande affaire. À nous le vaste monde ! Alors qu'il s'agit seulement de nous, de l'Allemagne, de l'unité ! C'est la seule raison pour laquelle nous avons donné un coup de pouce et forcé la main aux camarades ici, et à ces messieurs d'en face. Nous nous sommes arrangés pour qu'à Leipzig et ailleurs ce braillement puéril, "Nous sommes le peuple !", à la faveur du changement d'un petit mot, soit un peu plus poivré : "Nous sommes UN peuple !" Parfaitement, un seul. C'est en tout cas comme ça, à coups de slogans scandés, que l'unité a été dictée, et elle arrive. Il faut en passer par là. Mais arrive d'abord, inévitablement, l'argent. Il va falloir payer, payer pendant des années. Et quand ces messieurs d'en face, à force de payer et de repayer, seront affaiblis, seront aussi faibles que les camarades étaient faibles, alors nous soulèverons le couvercle, nous ouvrirons la boîte de Pandore, et ce sera une énorme futaille. Toutes nos informations – et nous avons beaucoup travaillé ! – leurs tomberont dessus. Par saint Mielke notre patron ! Rien n'aura été peine perdue. Et vous aussi, mon cher Fonty, sachez que nos opérations ne sont pas closes. Ils se pressent vers l'air libre, nos dossiers bien rangés, ils veulent revivre, et jouir de cette liberté que vous invoquez si bruyamment. Ça sera une de ces fêtes ! Une orgie aux dimensions de toute l'Allemagne ! À la fin, chacun saura à quoi s'en tenir sur tout le monde. Nous appelons ça : l'unité mise à plat. Il faut que l'Allemagne devienne transparente. Cela vaut aussi pour vous, mon cher Wuttke. Pas question de plonger dans la clandestinité, de s'absenter quelque temps. Nous connaissons cela depuis l'époque de Herwegh, les plongeons du grèbe huppé. »

Les verres de bière : vides. Les deux hommes : accoudés dans le hall de gare plein de courants d'air. Le cigare de

Hoftaller : froid. On annonçait le départ d'un train pour Sassnitz via Stralsund. Et Fonty se taisait. C'est seulement lorsqu'ils furent sur le quai du métro, direction Alexanderplatz et ensuite Schönhauser Allee, juste avant que n'arrive la rame en provenance de Marzahn, que Fonty dit : « Tout cela est terriblement exact. Mais ce qui est exact n'est pas forcément vrai. La vérité, c'est toute une histoire. »

Alors ils saisirent leurs sacs d'achats en solde et montèrent dans la rame : Hoftaller derrière Fonty.

Peu après, il vint aux Archives, bien sûr toujours avec des fleurs. Il ne voulait rien de particulier, il avait envie de bavarder. À part une allusion répétée au cimetière de la paroisse française, dans la Pflugstrasse, où il avait l'intention de se rendre – « bien que je m'attende à une foule de touristes » –, rien qui sortît de l'ordinaire ; qui aurait pu soupçonner que, dans son esprit, sa visite chez nous, comme celle qu'il allait faire au cimetière, était un peu une visite d'adieu ?

« C'est mon jour de citations ! » s'exclama-t-il, et se mit aussitôt, selon « la méthode du Rütli », à tailler des croupières à quelques confrères fort estimés en leur temps : « Les triomphes de Heyse sont toujours dus plus à sa personnalité qu'à son talent d'écrivain… » Et quand il eut égratigné Storm et ses perpétuelles « husumeries », ce fut le tour de Raabe : « Il fait partie de ce groupe humain qui me fait horreur en Allemagne, et qui est mécontent de tout, qui trouve tout pitoyable, mensonger et futile… » Il se moqua ensuite des lectrices, dont le prototype était « la bonne dame au tricot, de Saxe ou de Thuringe, abreuvée des romans à l'eau de rose de la Marlitt », puis, s'écriant au passage « Brachvogel est une lecture pour les cuisines ! », il s'éleva des basses eaux germaniques au flot puissant de ses Anglais favoris, parmi lesquels il mettait Walter Scott plus haut que Dickens.

Quand nous eûmes causé longuement de la sympathie que la littérature peut provoquer pour des actes en eux-mêmes criminels, et comparé *Catherine* de Thackeray à *Grete Minde* de l'Immortel, Fonty nous fit remarquer à quel point la prépublication des nouvelles et des romans dans la presse avait imposé de conclure les chapitres de manière palpitante. Mais à peine avait-il réduit en cendres, par citations, la ville de Tangermünde – « Toute la ville, en bas, un océan de feu ; l'anéantissement de toutes parts, traversé de courses et de cris, puis de nouveau le silence de la mort… » – qu'il se mit soudain à rire et changea de sujet. Il voulut savoir comment les Archives, après l'imminente union monétaire, pourraient être financées. « Car enfin, elles ne font que coûter de l'argent et ne rapportent rien. »

Dans le désarroi total où nous étions alors, nous évoquâmes l'espoir que pourrait être fondée une association de soutien et nous annonçâmes qu'en décembre, et ici à Potsdam, allait se tenir une réunion et que madame le professeur Jolles viendrait spécialement de Londres pour y prononcer la conférence d'ouverture. Fonty laissa entendre combien il estimait le travail scientifique de cette vieille dame : en particulier, ses recherches sur les séjours en Angleterre étaient tout à fait exemplaires : « Elle sait presque tout. Et peut-être qu'elle en sait même plus que ce qu'elle a mis au jour… »

Le directeur des Archives laissa entendre que, dans sa lettre, Charlotte Jolles avait promis qu'au cours de sa conférence elle lancerait clairement un appel pour qu'on fasse des dons. Et Fonty avait une citation toute prête : « L'un a la bourse et l'autre a l'argent… »

Après avoir retiré ce qu'il avait d'abord dit de trop méchant sur ses confrères, ou l'avoir nuancé, louant les sonnets de Heyse et les poèmes de Storm, qualifiant même Brachvogel de « bon artisan » et défendant l'humour de Raabe, amer et parfois simplement cocasse, il nous quitta en agitant sur le seuil son chapeau de paille ; c'était sa fille Martha qui le lui avait rapporté, voilà des années, de ses vacances sur la côte bulgare de la mer Noire.

Nous n'étions pas les seuls chez qui la nouvelle monnaie suscitait à la fois espoir et soucis. C'était globalement une question de désirs longtemps insatisfaits, peut-être trop longtemps. L'inquiétude se manifestait aussi dans la famille

Wuttke et tout particulièrement chez Fonty, qui caressait son projet de plonger dans la clandestinité ; la monnaie de singe qui avait encore cours ne valant rien là où il voulait se rendre, il faisait ses calculs en misant sur la nouvelle devise. Son espoir se cramponnait au Premier ministre en exercice dans l'État n° 2 non encore aboli, personnage à vrai dire effacé dans ses apparitions publiques, mais qui bénéficiait, après les dernières élections, de l'appui musclé de l'Ouest et avait remplacé le camarade Modrow, vestige de l'État des Ouvriers et Paysans. Il pratiquait désormais, dans tout le pays et par procuration, la contrition, et il manifestait jusque dans son patronyme un rayonnement strictement calviniste.

C'est pourquoi Lothar de Maizière s'était mis à représenter un espoir pour Fonty, qui s'était sans doute dit : celui-là, l'Ouest ne pourra pas lui reprocher comme à son prédécesseur un attachement obstiné au socialisme. Il veillera à ce que nous ayons cette nouvelle monnaie plus consistante. Son humilité avérée vaudra bien récompense en ce monde. Seuls son aide et un change point trop défavorable pourront financer le programme consistant à disparaître ici pour réapparaître ailleurs. Le calvinisme a toujours côtoyé l'argent ; mais, bien qu'il fût d'origine doublement huguenote, jamais l'Immortel n'avait pu vivre à fond cette familiarité avec Mammon. Les Archives s'entendirent assurer : « Certes, ce de Maizière va nous vendre, mais pas en dessous du prix. »

Sans doute Fonty était-il agité par des spéculations de ce genre, tandis que, dans le nord de Berlin, il visitait le cimetière de la communauté réformée française, près de l'ancien point de franchissement de la frontière de la Chausseestrasse. Tout comme dans la partie du cimetière ressortissant à la paroisse catholique de Sainte-Hedwige, on était là, jusqu'à la Luisenstrasse, le long du Mur et des installations, entre-temps rasées, du « couloir de la mort », de sorte qu'à partir de 61 le cimetière tout entier avait été déclaré zone frontalière, accessible uniquement sur autorisation spéciale jusqu'en 85 ; et cette faveur n'avait été que rarement accordée, même à Fonty. À présent, toutes les tombes étaient accessibles par l'entrée de la Pflugstrasse.

La ligne six du métro n'étant pas encore en service, il avait pris le tramway, dont le terminus s'appelait « Stade de la jeunesse mondiale ». Il était parvenu à se défaire à temps de son ombre-diurne-et-nocturne. Les derniers jours de juin n'étaient pas encore écoulés. Le temps pouvait être qualifié de variable, mais il était clément pour le visiteur du cimetière. Sur le sable des allées, les flaques de la dernière averse avaient séché.

Fonty arrivait sans fleurs. Sa présence, naguère si souvent empêchée par la chicane administrative, devait suffire. Connaissant les lieux, il longeait, avec son chapeau de paille et sa canne de bambou, de sobres tombeaux qui, à l'inverse de la verbosité épigraphique de leurs voisins catholiques, étaient avares de mots : deux dates, et des noms comme Delorme, Charlet, Marzellier. Il hésita brièvement devant un obélisque de granit rouge clair où étaient gravés en caractères cunéiformes les noms de quelques soldats d'origine huguenote tombés en 70-71 pour l'Allemagne prussienne : Reclam, Bonnin, Harnier, Hugo, Sarre…

Et puis Fonty se trouva face au tombeau de l'homme dont la gloire tardive était liée à la notion d'immortalité, et dont il prolongeait lui-même la vie jusque dans l'allure extérieure ; de son prédécesseur, Fonty portait même en lui les nerfs fragiles, faciles à citer, mais compensés à vrai dire par une indéniable tenue.

Plus exactement, il était face à un tombeau restauré. Au début du siècle, il s'agissait de deux tertres couverts de lierre, et de deux simples stèles de granit au sommet un peu arrondi qui, vers la fin de la Deuxième Guerre mondiale, quand la bataille de Berlin n'épargna pas un pouce de terrain, avaient été l'une détruite et l'autre endommagée : un obus de la Grande Allemagne ou de l'Union soviétique pulvérisa le granit de l'Immortel et écorna la pierre de sa femme Emilie. Et puis les balustres de fonte reliés par une chaîne qui entouraient la double tombe furent renversés, pour être plus tard emportés par des voleurs de métaux.

La pierre érigée dans les années de l'après-guerre, et

devant laquelle Fonty se tenait à présent, la moustache agitée d'un léger tremblement, en pensant peut-être aux deux tertres et aux granits jumeaux, était moins sobre et de facture plus traditionnelle. À part le cartouche, dont le fond grisé faisait ressortir tous les chiffres et lettres en relief, tout le devant du granit – artistement brisé sur ses bords pour qu'il ait l'air brut – était parfaitement lisse et brillant, jusqu'aux inscriptions elles-mêmes. Plantée tout droit sur son petit côté, la pierre exigeait qu'on disposât les noms l'un au-dessous de l'autre. Au-dessus d'Emilie, née Rouanet-Kummer, morte le 18 février 1902, on lisait sous le nom et la date de naissance de l'Immortel la date de sa mort : le 20 septembre 1898.

« Bientôt, ce seront cent ans tout rond qu'il faudra fêter, avons-nous bien souvent assuré à Fonty et à nous-mêmes. Les Archives s'y préparent déjà ; notre sollicitude collective devrait aboutir à quelque chose de marquant qui aura la forme d'un livre. »

Chapeau bas, il se tenait debout sans un mot devant la pierre tombale, mais son discours intérieur aurait fort bien pu se faire entendre sous la forme d'un bavardage à mi-voix. Deux couronnes fanées aux rubans rongés par les intempéries rappelaient le plus récent anniversaire, le soixante-dixième, celui que Fonty avait fêté, encore qu'en oppressante compagnie, au McDonald's. Sur le ruban de la couronne, au demeurant déposée par les Archives, on pouvait encore lire que le 30 décembre 1989 devait être dédié « Au grand humaniste » ; l'autre couronne était due au Musée huguenot. Tant de commémoration, en dépit d'une époque agitée ! Tant d'à-valoir sur davantage d'immortalité.

Fonty prouvait sa mémoire des chiffres. Comme il était là seul et qu'il y avait juste quelques visiteurs qui maniaient au loin le râteau et l'arrosoir, il loua d'une voix forte l'édit pris à Nantes par Henri, quatrième du nom en France – « c'était en l'an 1598 » –, pour ensuite célébrer le prince électeur Frédéric-Guillaume de Brandebourg, qui, à la révocation de cet édit par Louis XIV – « c'était en l'an 1685 » –, avait aussitôt répondu par un édit de tolérance. Et Fonty n'avait aucun mal à le citer : « Afin d'offrir à Nos coreligionnaires, attaqués et poursuivis à cause des saints Évangiles et de leur pure doctrine, au moyen de cet édit signé de Notre main, gracieusement un sûr et libre refuge dans toutes Nos terres et provinces... »

Il récita encore d'autres solennelles promesses, comme il aurait fait d'un poème ; et il n'y avait rien d'étonnant à ce que, parmi les cinq mille *réfugiés* que cette tolérance offerte fit s'installer aux côtés des tout juste dix mille Berlinois de la Marche, Fonty trouvât et évoquât des ancêtres en ligne directe, et aussi certains du côté Rouanet-Kummer : « Sans nous autres colons et aussi, j'en conviens, sans la bataille de Fehrbellin, où les Suédois prirent un coup sur la tête, la Prusse n'aurait sans doute pas donné grand-chose. Voilà pourquoi j'ai toujours opposé les origines huguenotes à la lourdeur borussienne. Je n'en démords pas. Le berceau de ma famille se trouvait dans le Languedoc et en Gascogne. Mon père était bien un Gascon comme on en voit dans les livres : bonhomme et fantasque à la fois... D'ailleurs à moi aussi l'on attribue parfois des gasconnades : toujours le pied en l'air, prêt à sauter la barrière et à filer, à plonger, à disparaître... Avec ça, un peu faraud, même la bourse plate... Oui-da, me voilà planté devant cette stèle refaite, à regarder des couronnes fanées et du lierre fort sédentaire, et je n'en suis pas moins prêt à partir en voyage, parce que j'ai la Gascogne derrière moi, et à la fois devant... À moins que je ne parte pour les landes d'Écosse, les lacs bleu-noir, au-delà de la Tweed... Pas étonnant que, par écrit ou en parlant, je sois resté un causeur, un bavard comme il y en a peu, si bien qu'à chaque tournée de conférences pour l'Union culturelle j'étais sûr de trouver mes ouailles attentives. Encore blanc-bec et simple aviateur de première classe, j'étais déjà capable à Domrémy, devant des officiers de haut grade, d'improviser des causeries sur Jeanne d'Arc et sa fortune littéraire... C'est pourquoi il est non seulement ridicule mais révoltant que Julius Hart, un de ces critiques hyper-intelligents de la nouvelle école, qui vous épinglent et vous examinent pour ensuite vous descendre, m'ait traité de "sale bourgeois qui a avalé son parapluie". Moi qui suis allé me coucher avec Marie Stuart et qui me suis levé avec

Archibald Douglas, moi que mon naturel foncièrement français travaille encore… Les Labry de ma famille maternelle avaient tous à faire avec la confection des bas, l'élevage du ver à soie, la soie en général. Mon grand-père Pierre Barthélemy fut le premier à y ajouter l'Art, il enseigna même le dessin aux enfants royaux. Et ensuite il fut secrétaire de cabinet de la reine Louise ; voilà pourquoi, au Tiergarten, je cherche souvent un banc qui ait vue sur le monument de cette souveraine. Tous ceux de mon nom étaient de la colonie française, comme en littérature quelques-unes de mes femmes : dans *Schach*, Josephine von Carayon, ainsi que sa peu séduisante fille. Et face aux Treibel, même Corinna souligne ce qu'elle a de huguenot, même si elle s'appelle Schmidt. Du reste, Melanie van der Straaten descendait de calvinistes suisses, mais elle n'entrait dans les temples que pour l'ambiance ; et moi, d'ailleurs, tout en respectant mes obligations envers la colonie française, la religiosité organisée m'a toujours été colossalement suspecte… Et il est sûr qu'un certain paganisme me… En tout cas, à la maison – même si les enfants trouvaient parfois cela un peu bête –, notre nom était toujours prononcé en deux syllabes et non en trois comme en allemand ; et même, les dimanches et les jours de fête, lorsque nous avions la visite de notables de Swinemünde, papa le prononçait avec la nasale française. Pourtant, aucun membre de la colonie n'avait le chic parisien, tous affectaient au contraire une attitude puritaine, raide, austère, pointilleuse, tiens : comme ce bigot de De Maizière, un petit bonhomme qui maintenant, si étriqué qu'il ait l'air, se retrouve Premier ministre et, bien toiletté et bien tenu en laisse, emmène vers la réunification le vétuste État des Ouvriers et Paysans. "Personne ne s'en trouvera plus mal et certains s'en trouveront mieux", susurre-t-il avec sa mine d'enterrement. Fini, ce bruit de ferraille dans nos poches, elles contiendront du bon argent qui ne nous empêchera pas de gambader, quand la fièvre du voyage nous aura pris, de faire des bonds… qui sait jusqu'où ? En tout cas, ce de Maizière a l'air assez calviniste pour être bon question finance. Et mon Emilie, qui a toujours aimé faire des comptes, qui même en vacances veillait à mettre un peu de côté, aux élections n'a pas hésité à cocher son bulletin là où il fallait… Alors que moi, ce fatras électoral, quel qu'il soit… Mais je connais tout ça depuis l'enfance… Un sou est un sou… Cette pingrerie… J'ai été confirmé en trente-six, au mois de mai, sortant tout juste du collège professionnel, au temple réformé français de la Klosterstrasse, et c'est au même endroit que j'ai été marié à mon Emilie, après de bien trop longues fiançailles. Parce que l'argent manquait toujours, et une situation assurée. Non, je n'ai pas fréquenté le culte, mais mes convictions sont toujours calvinistes : tout est grâce. Éducation ou non, sans la grâce et l'élection rien ne va. Comme dit dans *Irréparable* mon personnage de Holk, si instable par ailleurs : “En la matière, si bon luthérien que je sois du reste, je suis de l'avis de Calvin !” Et notre de Maizière dira exactement la même chose, quand il faudra qu'il aille se montrer à Bonn et prendre place, tout pitoyable, à côté de cette Masse tonitruante qui gouverne là-bas. On l'a ou on ne l'a pas, l'argent comme la grâce – dont j'espère, de l'un comme de l'autre, après le changement de monnaie, un petit voyage point trop petit. Je sais déjà où… Je veux plonger et disparaître, même si Emilie se croit obligée de pleurer et si les nerfs de Mete, qu'elle tient de moi… Mais sans une lettre d'adieu, difficile de partir… Après tout, inutile de coucher tout par écrit… En tout cas, mieux vaut laisser une lettre que de parler beaucoup avant… »

Ensuite Theo Wuttke, que tout le monde appelait Fonty, resta debout sans plus rien dire devant la double tombe, dont le cadre avait été récemment complété par une margelle de grès et une balustrade métallique. Devant chacune des stèles, on avait planté un if. Et avec la même simplicité que la sépulture de l'Immortel et de son Emilie, les tombes voisines disaient leur nom : à gauche reposait, sans inscription pieuse, Gerhard Baillieu ; dans la tombe de droite gisait Georg Minde-Pouet. Beaucoup plus somptueux, dans la rangée suivante, s'élevait à hauteur d'homme un obélisque à la surface polie, sur lequel des élèves reconnaissants se souvenaient de leur maître A. F. Arends et de la méthode de sténographie qui porte son nom ; une abréviation sténographique était même gravée dans la pierre.

Fonty laissa son regard errer au-delà des tombes. Derrière une grille qui limitait le cimetière à l'ouest, on devinait encore le couloir de la mort et le Mur. Le temps d'un regard en arrière, Fonty revit une série de ses visites au cimetière, en remontant dans le passé. Du temps où il lui fallait une autorisation spéciale et une carte funéraire avec cachet ; où près du pont de chemin de fer se dressait encore le mirador ; où des sentinelles doublées surveillaient le cimetière et où l'on tirait à balles sur les transfuges ; où la tombe de l'Immortel recevait rarement des visites ; où l'Est et l'Ouest se combattaient à coups de haut-parleurs ; où, de l'autre côté, c'était territoire ennemi. Nous, aux Archives, nous pourrions apporter des compléments nourris de notre propre expérience, car nous aussi il nous fallait nous rendre à l'Alexanderplatz et déposer à maintes reprises des demandes de cartes funéraires auprès de l'administration du Grand Berlin, département Intérieur, division Affaires ecclésiastiques. À strictement parler, seuls les parents du premier degré avaient le droit de se rendre dans les cimetières des quartiers frontaliers. Mais de même que Fonty, grâce à l'intervention de son officier traitant, obtenait une autorisation spéciale, de même les Archives, à chaque anniversaire de naissance ou de mort, avaient accès au cimetière de la paroisse française.

Et, de la même façon, nous pourrions enrichir le monologue de Fonty devant la double tombe par des interpolations, par exemple en renvoyant à l'étude de l'Immortel sur l'écrivain Willibald Alexis, dans laquelle la spécificité huguenote donne de longues citations ; mais Theo Wuttke ne s'est pas attardé assez longtemps. Son monologue achevé, il se retourna et partit, coiffé à nouveau de son chapeau, par les allées sablées entre les rangées de tombes. Se tenant bien droit, il traversa sans détour le cimetière catholique voisin, celui de la paroisse Sainte-Hedwige, sans un regard pour son côté constitué par un morceau encore intact du Mur, ni pour les rangées de tombes anonymes de religieuses ; il était finalement pressé et comme en fuite, car entre-temps s'était mise à tomber une chaude pluie d'été.

Ce fut une bonne chose qu'à l'entrée du cimetière, côté Pflugstrasse, quelqu'un l'attendît avec un parapluie ouvert. Hoftaller était là, comme sur rendez-vous pris. Il dit : « Je ne voulais pas déranger. À cause des pensées qu'on a en ce genre de lieux. Je connais. Un bref recueillement est de temps en temps nécessaire. Au moins devant les tombes, on veut être seul. »

Puis il prit Fonty sous le parapluie, dont l'envergure suffisait pour deux. Entre des immeubles habillés d'un crépi comme un uniforme gris-jaune, ils marchèrent sous les stries obliques de la pluie en direction de la Schwartzkopffstrasse. Elle était toujours fermée à main gauche : seul un clocher de l'Ouest dépassait d'un morceau de Mur oublié, ou conservé pour des fins de tournage. Mais vers la Chausseestrasse, tout était grand ouvert. Vers le sud, où aucun nuage de pluie n'abaissait le ciel sur la ville, se dressait la grande cheminée d'une centrale de chauffage urbain, qui posait des flocons de coton blanc dans l'azur estival. La perspective de vieux immeubles locatifs découpait et cadrait une image dont le premier plan était un tramway attendant à son terminus. Sous le parapluie, les deux hommes marchaient vers le gigantesque signal de fumée. Puis ils montèrent dans le tramway, car la ligne de métro n° 6, qui fonctionne aujourd'hui entre Alt-Tegel et Alt-Mariendorf, n'a été ouverte que vers la fin de l'année de la réunification.

8. Monnaie solide, voyage de rêve

Si l'on avait eu droit à trois souhaits, comme dans les contes, nous pourrions changer le ton de notre récit : Il était une fois un appariteur qui s'appelait Theo Wuttke et qui voulait filer, parce que le moment était enfin venu. De fait, le 1er juillet, ce fut le jour J. Point de vaine promesse à l'ordre du jour, au contraire : ce qu'on avait si ardemment désiré fut disponible, sans délai et conformément au traité d'État. La Masse au pouvoir à Bonn n'ayant décidément rien trouvé pour que la charge à se coller sur le dos soit en unitaire équilibre, il fallut que l'argent vînt compenser le manque d'idées. L'argent fut là, il n'y avait que lui : l'argent pour le premier souhait.

Et partout, dans plus de dix mille agences de banques, caisses d'épargne, bureaux de poste et guichets ouverts pour l'occasion, on allongea le premier milliard tout frais. La Banque fédérale veilla à ce que, sur tout le territoire adoptant sa monnaie – à savoir l'État des Ouvriers et Paysans, désormais estimé au prix de son poids de ferraille –, il n'y ait pas un trou perdu qui n'ait son guichet de change. Dans l'île de Rügen, dans la Vieille Marche et l'Uckermark, sur les côtes de Poméranie antérieure, entre les lacs et les trous d'eau du Mecklembourg, dans le Brandebourg – sans oublier la région de Fonty, vers Friesack et Ruppin –, dans la sablonneuse Lusace et sur les terres grasses autour de Magdebourg, dans les marais de l'Oder et le long de la Neisse et de l'Elbe, au pied de la forêt de Thuringe ou dans la région des Sorabes, bref partout où retentit la langue des Saxons, et jusque haut dans l'Erzgebirge, dans la catholique Eichsfeld où s'était fait entendre Luther, dans la corne extrême du Vogtland et naturellement dans la moitié de Berlin désormais ouverte, qui s'appelait encore sur les papiers administratifs Capitale de la République Démocratique Allemande, partout où quarante ans durant le premier État des Ouvriers et Paysans qu'eût connu l'Allemagne avait exposé à vents et tempêtes ses slogans toujours pleins de confiance, à l'Est, dans la – vu de l'Ouest – Zone d'occupation soviétique, SBZ pour faire court, dans « l'autre Allemagne », celle avec des guillemets, eh bien l'argent tant désiré, l'argent pour lequel on avait voté, l'argent qui promettait enfin d'être solide faisait son entrée.

Le premier milliard arriva sous bonne garde, dans des fourgons spéciaux dont les itinéraires furent tenus secrets. Avec tout autant de précautions, on pelleta ensuite d'Ouest en Est encore vingt-quatre autres milliards, que l'on mit en circulation. Des envies d'achats purent ainsi être exaucées, des rêves se muer en espèces sonnantes et trébuchantes ; l'addition parut tomber juste.

Hélas, si elle avait pu ! Tout cet argent, et encore davantage d'argent – l'argent était là, il n'y avait que lui ! – n'amena pas la prospérité tant attendue, il se dépêcha, après avoir vite étanché des envies de consommation, de retourner à l'Ouest où, arrondi des profits réalisés, il se réinstalla sur des comptes en banque ou prit la fuite vers le Luxembourg ; et pourtant il aurait fallu qu'il bosse, cet argent, qu'il se défonce, qu'il travaille dur ! Il aurait dû faire des miracles, au lieu qu'on le laisse flemmarder en n'ayant en tête que les intérêts.

Ah, si seulement d'autres souhaits étaient restés ouverts ! Mais comme ça, le conte de fées fut bientôt terminé. Chez tout le monde, il resta un creux de chagrin douloureux, une boule de souci dure à avaler. Seul un vieil homme ne manifestait ni souci ni chagrin ; c'est pourquoi nous avons le droit de dire : il était une fois un appariteur qui s'appelait Theo Wuttke… Son souhait à lui ne se heurtait pas à l'excessive rapidité des opérations de caisse. Sa liste ne comportait pas de biens de consommation. Il n'avait aucun mal à détecter, sous le plus bel emballage occidental, l'escroquerie comprise dans le prix. Néanmoins, ses projets aussi avaient un prix conditionné par le marché.

Pour Fonty, comme on appelait l'appariteur Wuttke, l'argent gagné avait suffi, pendant des années, pour le choix limité qui était offert à l'Est ; il lui avait même permis de faire des économies. À présent, jusqu'à hauteur de six mille marks, il pouvait compter sur un échange à un pour un. Au-dessus de cette somme, ce qu'il avait placé depuis l'époque de l'Union culturelle sur le livret d'épargne jaune de la Poste ne vaudrait plus que la moitié. Même chose pour sa femme et sa fille. Sur la retraite d'Emmi Wuttke et sur le traitement d'institutrice de Martha Wuttke, il y avait toujours eu moyen de mettre quelques sous de côté. Mais comme le change favorable était exclusivement réservé aux personnes de plus de soixante ans, Martha, avec ses trente-huit ans, s'en tirait moins bien : elle avait droit, selon les règles, à quatre mille marks au taux paritaire, tandis que le reste – la majeure partie – serait divisé par deux.

Cela chagrinait la fille de l'appariteur. Elle allait bientôt se marier et avait projeté, pour constituer son trousseau, une visite au grand magasin de l'Ouest, le légendaire KaDeWe. Emmi avait le même souhait. Elle ne voulait à aucun prix que sa fille marche à l'autel « attifée comme à l'Est », disait-elle. Mme Wuttke avait là-dessus des idées arrêtées : « On se marie pas tous les jours. Donc, tant qu'à faire… »

Seul Fonty était satisfait de la garde-robe qu'il portait depuis des années. C'est en pantalon rayé gris et noir et en jaquette qu'il était apparu dans les occasions festives, pour la dernière fois quand, pour son dévouement au patrimoine culturel, on l'avait décoré de l'épingle du Mérite en argent. Il s'entend que l'appariteur Theo Wuttke n'avait pas l'intention de s'habiller de neuf au KaDeWe ; son souhait visait bien plutôt un billet : de train jusqu'à Hambourg, et ensuite de ferry jusqu'en Angleterre.

Un voyage de conte de fées s'offrait à lui, cependant il n'était pas pressé. Ce n'est pas le premier jour d'échange, un lundi, où partout, après minuit, et surtout sur l'Alexanderplatz, l'argent nouveau fut salué par des concerts de klaxons, des pétards et des chœurs d'ovations, tandis que les vitres d'une banque volaient en éclats et que de vieilles personnes se trouvaient mal dans la bousculade, non, c'est seulement une semaine plus tard, le 9 juillet, que Fonty vint prendre la queue derrière une file moyennement longue, dans la Schönhauser Allee ; c'était le premier jour où l'on pouvait disposer de tout son compte, alors que jusque-là on n'avait eu le droit de changer que deux mille marks.

La queue, tous ceux qui étaient là avaient eu le temps d'apprendre à la faire, au cours de dizaines d'années de pénurie. Dans les années cinquante, la queue pour tout, et surtout pour les pommes de terre ; dans les années soixante, la queue pour les chambres à air de vélo, les légumes frais, les bas nylon, et plus tard pour les citrons et les oranges. Faire la queue était devenu le comportement bien rodé d'un peuple qui prenait son temps – dès que ce temps était à portée de main. Aussi personne ne poussait, devant le guichet de la caisse d'épargne.

Emmi et Martha Wuttke avaient déjà ponctionné leurs comptes, sans toutefois pouvoir épuiser d'emblée la possibilité du cours favorable. Ensuite, ç'avait été les courses au KaDeWe, où tous les rayons faisaient des offres. Longtemps, les deux femmes avaient hésité devant de chatoyantes jolies choses et des articles d'une élégance plus sérieuse, pour finalement s'en tenir à la directive d'Emmi : « Surtout, rien que du nécessaire ! » À part la garde-robe de la mariée, seuls deux articles de luxe furent coûteux : pour Martha, un sac à main chic de façon italienne ; pour Emmi, un flacon d'authentique « Eau de Cologne ». Ensuite, il fut dit : « Eh, quand on fait pas attention, il file vite, le mark Ouest ! »

Fonty faisait la queue en vêtements d'été. Il avait sur lui un bon, attestant la somme à laquelle lui donnait droit son livret jaune de la Poste. Au début, il voulut encore entendre ce que la queue, devant et derrière, avait à dire à haute voix ou bien à murmurer comme d'habitude ; mais ensuite il ne cessa de se perdre dans des calculs mentaux réitérés qui assignaient au voyage projeté un cap rigoureusement économique ; ce qui se disait devant et derrière fut mis en veilleuse, voire éteint.

Ces jérémiades, il les connaissait de toute façon, tant elles ressemblaient à ce qu'il entendait chez lui chaque jour : des centaines de souhaits, entre des barrières de scrupules paralysants. Tantôt il s'agissait d'une chaîne hi-fi japonaise, tantôt d'une Opel Kadett presque neuve pour Martha qui, n'ayant pas le permis, l'écartait d'un revers de main. Il avait du mal à dissuader Emmi de son souhait le plus cher, « un téléviseur de l'Ouest, avec tout ce qui va avec ». « On s'est fort bien passé de télé jusqu'à présent. Ils peuvent se le garder, leur flot d'images ! À quoi ça rime ? Les hauts plateaux d'Écosse au format carte postale ! »

Dans cette queue comme dans la Kollwitzstrasse, il demeura fidèle au but de son voyage. Devant et derrière lui, tous étaient hésitants et anxieux. Or, lui voulait être audacieux, et non tout effarouché déjà, comme la mère célibataire qui, juste devant lui, tenait son petit enfant par la main. Comme beaucoup d'autres, elle redoutait cette nouvelle monnaie, dont la solidité serait peut-être bien dure, surtout à ceux qui l'avaient réclamée à cor et à cri : « Eh oui, on souhaite quelque chose, mais le jour où ça arrive, on reste comme deux ronds de flan, parce qu'on s'était imaginé Dieu sait quoi ! »

Mais même si Theo Wuttke, l'appariteur, avait partagé ces inquiétudes, Fonty serait resté sans crainte. Il était prêt à tout miser sur son billet, et il se voyait déjà en route. Il se refusa à rire quand, derrière lui, quelqu'un plaisanta sur les gros bonnets du parti à Wandlitz. Il préférait s'imaginer plusieurs fois montant à bord. Il y a des années de cela, le bac tout blanc pour Harwich s'appelait *Prince Hamlet* ; cette fois, d'après le prospectus, son bateau serait le *Ville de Hambourg* et devait partir des pontons de Sankt-Pauli.

Les plaisanteries pleuvaient, fastidieuses. Loin derrière, dans la file, quelqu'un voulut décharger sa bile accumulée et se mit à énumérer des équipes de la Stasi qu'il voyait à l'œuvre partout, mais qui dans la Maison des ministères lui semblaient être de fringantes cordées d'alpinistes. En tout cas, dans une agence de voyage de Berlin-Ouest, un passage avait été prudemment retenu sous son nom de ville ; les voyages en Angleterre étaient à la mode. Juste derrière lui, un jeune homme barbu, qu'on n'avait pas entendu jusque-là, demanda soudain à celui qui continuait à fulminer contre la Stasi à quelle équipe il appartenait, lui : « C'est un vieux truc ! On gueule contre la boîte qui vous paie ! » Sur quoi il se tut d'un air renfrogné. Le plaisantin resta à court de plaisanteries. La mère au petit enfant cessa de se lamenter. Personne ne voulut plus faire de phrase avec « on ». On nous a dit… On a tellement cru… C'est qu'on a l'habitude… On ne pouvait pas soupçonner… On finit toujours par se faire avoir… Sous la grosse chaleur d'été, devant l'agence de la caisse d'épargne, la file d'attente n'avait plus rien à dire. Seul Fonty était riche de discours intérieurs.

Il ne souffrait pas de la chaleur moite. Assorti à son chapeau de paille, il portait un costume en lin léger, souvent lavé et dont les plis paraissaient être d'origine, tout en manifestant la nonchalance de l'homme du monde. Sans canne, mais avec son écharpe écossaise, il avançait lentement, tandis que ses pensées se reportaient en arrière. À quelque endroit qu'il mît en perce le tonneau de sa mémoire, il en voyait jaillir aussitôt les sources de ses économies, se voyait arpenter le pays de ville en bourgade, de pompeuses maisons de la culture à d'autres qui étaient miteuses. Faisant la somme de toutes les conférences qu'il avait données, depuis le début des années cinquante jusque vers la fin de 1976, il soustrayait les frais courants et obtenait un reste tout de même confortable ; car en plus des cachets guère mirobolants que versait l'Union culturelle, entre Stralsund au nord et Karl-Marx-Stadt au sud, on lui avait régulièrement accordé des primes exceptionnelles : le conférencier Theo Wuttke était considéré comme un activiste de la culture.

Sans attirer jamais des foules immenses, Fonty avait tout de même pu compter sur un public fidèle et un peu plus nombreux chaque année. Des gens passionnés par la nature et par l'histoire locale se réunissaient partout pour écouter ses versions spirituellement abrégées des *Promenades à travers la Marche de Brandebourg* ; il se trouvait assez d'auditeurs patients auxquels même des ballades aux strophes nombreuses ne paraissaient pas trop longues ; des amateurs raffolant de bons mots appréciaient un peu partout ces milliers de lettres familières et bavardes ; et constamment il était question de l'œuvre de l'Immortel. Un jour, le sujet était ses romans – *Madame Jenny Treibel* ou bien *Irréparable* –, lors d'autres tournées c'étaient des femmes qui dominaient, se pressant au premier plan en chœurs tantôt plaintifs, tantôt raisonneurs : Cécile à côté d'Effi, Ebba bras dessus, bras dessous avec Mélanie, Stine dans l'ombre de Mathilde, Lene entre Corinna et la veuve Pittelkow. Un cercle de dames où chacune remettait perpétuellement en scène son cas, Grete Minde par exemple le danger sans cesse latent d'un incendie.

Naturellement, à chacune de ces manifestations publiques, il ne fallait pas manquer de traiter aussi du rapport entre ces matières anciennes et le socialisme. Chaque conférence, même s'il y était question d'adultères et de duels, devait évoquer l'humanisme – l'humanisme progressiste, s'entend. Il se révélait plus d'une fois délicat d'apprécier à leur juste valeur – à savoir dans la perspective du Parti unifié – les tendances sociales-démocrates de personnages comme Torgelow, fabricant de limes et vainqueur des élections à Rheinsberg, ou comme le jeune aristocrate « bebelisant » Woldemar. Plus encore que le *Stechlin*, c'étaient les lettres de la dernière période qui fournissaient des allusions à la classe ouvrière, au « quatrième état », comme disait une lettre à Friedländer que citait Fonty. Voilà qui se laissait aligner avec facilité, voire avec légèreté ; en revanche, la conférence prononcée à Hoyerswerda sur les polémiques journalistiques du jeune apprenti pharmacien contre « l'État policier prussien » fut mal reçue dans les hautes sphères, car des rapprochements pouvaient être faits avec les pratiques de la Police populaire. Cette conférence ne put être répétée. Un long passage d'une autre conférence connut un destin analogue : il évoquait un ami que le pharmacien avait au Tunnel, Wilhelm von Merckel, et il fallut renoncer à citer son mot sur les démocrates (« Qu'on les mate ! »), parce que la tournée de l'automne 1953 prévoyait les maisons de la culture de Merseburg, Bitterfeld et Hennigsdorf[1]. Et après l'entrée des pays socialistes frères en Tchécoslovaquie, le livre de guerre de l'Immortel sur la campagne contre l'Autriche et la bataille de Sadowa devint un sujet impossible, parce que, eh bien oui, la Bohême n'était décidément pas loin. Même les sympathies du pasteur Lorenzen pour le christianisme social du prédicateur de la cour de Berlin, Stöcker, passaient pour suspectes et devaient être commentées en conséquence. Que de peine, d'un bout du pays à l'autre ! Rien que des tracasseries, et des responsables bornés qui en savaient toujours plus que vous, alors qu'ils ne savaient rien. Des panneaux d'interdiction à l'entrée de chaque localité !

Pourtant, c'étaient les bons souvenirs qui l'emportaient. Tout en progressant pas à pas vers le guichet de change, Fonty s'entendait prononcer plus d'une fois des conférences sans coupures. Un de ses grands succès, ç'avait été, de la Baltique aux monts des Géants, sa conférence préférée sur « Les propos de table de la noblesse prussienne ». Ce que Rex et Czako, Bülow et le jeune Poggenpuhl claironnaient là, c'était une langue étrangère et pourtant amusante, qui permettait de pourfendre la morgue aristocratique et la décadence bourgeoise. Même chose pour sa conférence de Ribbeck, « Des grands domaines des hobereaux à la coopérative de production agricole ». Il put en prononcer le texte dix-neuf fois, sans coupure, avec la ballade sur les poires. Voilà comment il avait pu mettre de l'argent de côté. Mais jamais il n'avait rien reçu de Hoftaller ou Tallhover, ni pour ses récits de voyage tirant sur la sociologie, ni pour ces pénibles développements qu'il avait été obligé de servir, sur commande, à Potsdam et ailleurs, sur la collaboration de l'Immortel avec le gouvernement Manteuffel. Et il va de soi que les portraits qu'il esquissait à la demande, au retour de ses tournées, des responsables culturels qu'il avait rencontrés, il les fournissait gratuitement, la plupart du temps autour d'un verre de vin : c'étaient des anecdotes anodines

1. C'est à Bitterfeld que le réalisme socialiste avait été érigé, peu de temps auparavant, en esthétique officielle et obligatoire (NdT).

et gentiment caricaturales sur les petits chefs locaux de Güstrow ou de Wittstock.

Et les primes ? Elles récompensaient ses mérites particuliers, sa longue ténacité, sa fidélité – non exempte de rechutes – à la ligne du Parti. C'est que c'était laborieux, face aux travailleurs de Guben ou de Neubrandenburg, de Senftenberg et de Eisenhüttenstadt, de brosser un tableau palpitant du milieu aristocratique des Poggenpuhl, milieu assez inerte, et de surcroît désargenté : « Elles possédaient toutes – la mère à vrai dire moins – le don heureux de ne jamais se plaindre, elles étaient avisées et elles savaient compter, mais sans que cela eût jamais rien de mesquin. En cela les trois sœurs se ressemblaient, bien que leurs caractères fussent très différents… »

« Non, vraiment, s'écria soudain Fonty à haute voix, tout cela, c'est de l'argent durement gagné ! »

Et tous ceux qui se trouvaient dans la queue, devant et derrière lui, approuvèrent ; car eux aussi, la femme au petit enfant devant lui, le barbu renfrogné derrière lui, apportaient au guichet de change ce qu'ils avaient durement gagné :

« Il a fallu joliment se décarcasser.

– On ne m'a pas fait cadeau d'un seul mark, lança Fonty, même si c'était des marks en fer-blanc ! »

Approbation de nouveau. « On ne nous a pas fait de cadeau ! Et le peu qu'on obtenait, ce n'était pas pour rien ! »

Et quand Fonty s'écria : « Un pour un, c'est normal ; mais ce qui ne l'est pas, c'est qu'on nous coupe en deux ce qu'on avait pour nos vieux jours », des questions fusèrent comme : « Est-ce qu'on vaut deux fois moins ? » ou : « C'est pour nous punir qu'on nous coupe en deux ? », et quelqu'un lança, au septième ou huitième rang dans la queue : « Eh, c'est ce que le peuple a voulu. Nous allons bientôt être un seul peuple, mais en principe à moitié prix. »

Fonty n'eut pas besoin de se retourner. C'était Hoftaller, dont la saillie déclenchait les rires. Il en avait d'autres en réserve : « Ça a toujours été comme ça, dès qu'il est question du bifteck. Le peuple a les restes, et en tout petits morceaux, pour lui éviter l'indigestion… »

Et puis Hoftaller, qui avait manifestement trouvé un auditoire, improvisa l'énumération de quelques points saillants du traité d'État entre les deux Allemagnes. Il indiqua que le paragraphe six stipulait expressément le partage des biens d'État. « Notez cela, braves gens ! C'est une agence fiduciaire qui réglera la chose : la Treuhand, la "main fidèle", qu'ils appellent ça ! »

Et tout d'un coup Fonty se trouva devant le guichet. Il donna son bon dûment visé et son livret d'épargne de la Poste, y joignit sa carte d'identité, reçut la nouvelle monnaie en gros billets, le reste en pièces argentées, et récupéra son livret poinçonné à un coin. Aux six mille qu'il avait le droit de changer à un pour un vinrent s'ajouter trois mille cinq cent quatre-vingt-deux marks coupés en deux. Il ne laissa que trois fois rien, vingt marks tout rond, sur le nouveau livret d'épargne, qui était bleu, et retira la grosse somme.

Une fois que l'ancien conférencier de l'Union culturelle devenu ensuite appariteur eut posément recompté toutes les coupures et toutes les pièces, puis mis les billets fraîchement imprimés dans son portefeuille et la monnaie avec ce qui restait de l'ancienne dans son porte-monnaie, il laissa le guichet au barbu qui lui succédait. Fonty se sentit riche, et divisé par deux pour la moindre part seulement. Il eut hâte de remonter la file d'attente et de s'éclipser.

Tout était effectivement comme ça, et pourtant comme dans un conte. Un appariteur – dont on peut dire qu'il était une fois – changeait tout son argent après quelque attente et, saluant de la tête son ombre-diurne-et-nocturne qui était plus loin dans la queue, se mettait en route sans être filé. Il alla tout droit à la station Schönhäuser Allee, prit jusqu'à Ostkreuz où il changea, puis, par Warschauer Strasse, la gare centrale et Jannowitzbrücke, il arriva à Friedrichstrasse et resta dans la rame, son argent dans son portefeuille, jusqu'à la station déjà occidentale de Bellevue. De là, il partit à pied en direction de la Petite Étoile, puis de la roseraie, et, dépassant le monument de Lortzing, gagna sa place préférée, avec vue sur l'île Rousseau. De la banque au banc, il était venu si directement et résolument qu'on pourrait penser que là seulement il trouvait enfin la tranquillité, la possibilité d'être seul avec lui-même et avec son argent, en dépit de tous les Turcs qui campaient par familles entières sur les pelouses du Tiergarten et y étalaient les ressources de la gastronomie anatolienne : il régnait un discret fumet de chachlik.

Fonty, et non plus Theo Wuttke, observait le grèbe huppé. Comme il avait vite fait de plonger et de disparaître ! Comme chaque fois il vous surprenait en refaisant surface ailleurs ! Et la huppe du plongeur, après tous ces exercices subaquatiques, demeurait impeccablement coiffée : son design élégant lui faisait un profil original. Pendant le temps où ce spécialiste de la surprise était en plongée sous les autres oiseaux, Fonty palpait quelquefois la poche qui se gonflait sur sa poitrine. Il avait presque l'air de caresser une bosse que faisait sa veste. Derrière le banc, le sureau avait depuis longtemps perdu ses fleurs et déployait déjà ses baies en grappes. Fonty était, comme il l'avait souhaité, assis seul devant ce décor de verdure estivale, jusqu'à ce que soudain, sans prévenir, Hoftaller vînt s'asseoir à côté de lui.

Son apparition inopinée fut toute naturelle. Cette fois, il était en short d'été. La chemise à manches courtes et la casquette de base-ball étaient à l'avenant. Comme il nous avait fait, aux Archives, la surprise d'une visite en pareil équipage, nous connaissions ses mollets puissants et ses genoux bien enveloppés. Ses bras couverts de taches de rousseur et de duvet blond. Il montrait partout une chair rose et sans âge.

Cette tenue de loisir, qui comportait encore des chaussures de jogging neuves et multicolores, n'empêcha pas Hoftaller d'allumer cérémonieusement et en silence un Romeo y Julieta. Attentif et détendu à la fois, il en suivit des yeux la fumée. Fonty vit dès lors l'étang à travers un léger voile. Tous deux étaient assis dans une demi-ombre. Derrière eux, le sureau était vert. Par intervalles, passaient des gens seuls, des couples, des mères turques avec des enfants. À peine si l'on entendait quelques oiseaux. C'était le silence, des insectes qui bourdonnaient, et deux papillons blancs qui pirouettaient l'un autour de l'autre. Les deux hommes auraient pu rester ainsi longtemps sans un mot : tous les secrets avaient été racontés, tous les soupçons formulés.

Quand le fumeur en short eut fait tomber sa cendre, il en vint au fait : « Les petits ruisseaux ont fait une grande rivière, hein, Fonty ? Je soupçonne qu'il y a une petite fortune sur votre compte. C'est tentant, cette mini-richesse. Mais on ne va tout de même pas faire des folies. On a passé l'âge, non ? Les escapades soudaines, pour fuir toute contrainte et tout lien ! Comme jadis, en l'an 1850, ce départ précipité pour le Schleswig-Holstein "embrassé par deux mers" où l'on allait combattre sabre au clair les Danois en particulier, et plus généralement l'oppression de la liberté. Un numéro d'héroïsme dans ce style est aujourd'hui dérisoire, en tout cas. D'ailleurs ça n'a rien donné. Le bide, comme en mars quarante-huit, ah-ah, le tocsin ! Mais une fois épuisée cette petite veine révolutionnaire, ce fut le tour de l'Amérique, qui allait accueillir l'émigré sauvagement exploité. Et quand je pense à toutes les autres fugues ! On se donnait de l'air, et qu'importaient femme et enfants ! On s'esbignait, on prenait le large. J'en ai souvent été tout triste. C'était irresponsable ! »

Fonty se taisait. Le fumeur de cigare lâchait sa fumée à intervalles réguliers. Ils étaient comme hors du temps : deux vieux messieurs. Oubliés là par le temps qui passe, ils regardaient tout ce qui bougeait sur l'étang, voyaient les cygnes, les canards aux plumages divers, voyaient le grèbe huppé, et gardaient pourtant l'œil sur autre chose.

C'était un jour sans vent. Quand Hoftaller laissait son cigare immobile entre deux doigts, la fumée montait à la verticale. Fonty ne palpait plus la bosse de sa veste. À un moment, il y eut comme un froissement dans le bosquet de sureau, peut-être un lapin. Et puis un cygne s'envola et, au bout de quelques battements d'ailes, retrouva une place sur l'étang, comme une image peinte.

« Un événement, mais sans lendemain », dit Hoftaller. Et après quelques soupirs, il s'enquit : « N'est-ce pas, Fonty, que nous restons un homme réfléchi, hein ? Cette fois, pas de sottises comme en 1976, quand vous avez tout bonnement envoyé promener le “fatras culturel”, comme vous disiez. Depuis, silence radio. Plus de conférences. Et j’ai eu toutes les peines du monde… »

Avant de s’en aller, ils se plantèrent tous deux au bord de la berge, mais pas pour donner à manger aux canards. Avec la ferraille de la monnaie dévaluée qui tintait dans sa poche, Hoftaller s’essaya à un jeu d’enfant. Il s’agissait de faire, comme avec des cailloux plats, des ricochets sur l’eau : trois, cinq… Mais aucun des jets ne fut un succès. Même pour ça, la monnaie légère ne valait rien. Fonty, invité à en faire autant, ne réussit pas mieux : impossible de faire rebondir ce reliquat monétaire.

Mais à présent, le conte pouvait commencer. Enfin, nous avons le droit de dire : Il était une fois un quai de gare où cela ne sentait pas la fumée stagnante, où sur les voies ne gémissait ni ne piétinait, en attendant le coup de sifflet, aucune locomotive Borsig. Finies, les années où la vapeur accélérait tout, même le temps. « Depuis que nous avons le chemin de fer, disait le vieux Stechlin, les chevaux ne valent plus rien… »

Et Fonty se rappelait les départs avec femme et fille pour Thale près du Harz, où plus tard descendrait à l’hôtel Dix-Livres, au bras de Saint-Arnaud, Cécile déjà malade. Ou bien les éprouvants trajets jusqu’aux monts des Géants, où Friedlaender était juge. Pas une année sans villégiature. Et ce qui attendait les vacanciers était imprimé quelque part, car il l’avait écrit : « C’est bien souvent de la pure escroquerie. Aubergistes, cochers rivalisent de cupidité et de manque d’égards… Le convoi s’arrête. Il est sept heures du soir. De l’autre côté de la voie, c’est la flottille habituelle des omnibus, des breaks de course, des fiacres… » Et puis des souvenirs de chambres d’hôtel, que Fonty voulut aussitôt s’ôter de la tête : « Assez de tapis élimés qui partent en loques, assez de papiers peints dorés encrassés de tabac, assez de canapés en velours miteux, assez… » Cependant il écrivait de Thale : « Ici je vais bien tout à coup, comme chaque fois que je tourne le dos à Berlin… » Et il partait toujours chargé de travail, pour où que ce fût. À chaque fois, son bagage contenait des textes mis en chantier, et des piles de livres : « Lu beaucoup de Lessing et de Tourgueniev, à tour de rôle. Hier, l'un de ses *Récits d'un chasseur*. Il a quelque chose d'un appareil photographique, mais c'est une muse qui fait pénitence, c'est Apollon qui aurait mal aux dents. La vie chez lui a un rictus... »

Et à chaque villégiature quelque chose clochait, l'irritation ne se faisait pas attendre, le dégoût se manifestait, il y avait quelqu'un – tantôt chrétien, tantôt juif – pour lui donner de l'humeur. Cela se marquait dans les lettres : « J'étais effaré, quand je voyais un chrétien – tous par comparaison avaient l'air d'un bouillon clair. Les Juifs, même les plus laids, ont des visages, au moins… » Mais le courrier posté dans l'île de Norderney portait, comme au fer rouge : « Fâcheux étaient les Juifs ; et leurs insolents visages de fripouilles – car dans la fripouillerie réside toute leur grandeur –, ils vous l'imposent partout… » C'est plus tard, et plus souvent pour des cures que pour des villégiatures, que le chemin de fer l'emmène via Dresde jusqu'à Karlsbad, où il ne manque pas de Juifs avec qui l'on peut causer : « Avant-hier encore, nous avions le traditionnel dîner Goldschmidt à l'hôtel Bristol : quelques Friedberg, Liebermann et Magnus. Tous très riches, tous très gentils et très versés en toutes choses. C'est-à-dire qu'ils connaissaient "tout". Je me suis souvenu de mon poème où je parlais de Cohn… » Et son correspondant anglais, James Morris, recevait de Karlsbad aussi ces lignes : « Je puis revoir les maisons où logea Goethe à la fin de sa vie, ainsi que les hôtels où descendaient rois et empereurs, lorsqu'ils venaient prendre les eaux à Karlsbad, au temps Dieu merci révolu de l'alliance policière qui est entrée dans l'histoire sous le nom prétentieux de Sainte Alliance… » Mais lorsqu'il lui faut rentrer à Berlin en chemin de fer, la cure n'a pas fait grand-chose et son mécontentement se cherche des ennemis : « J'espère que j'aurai un compartiment sans Juifs… »

Tout plein de souvenirs, assailli dans sa tête et dans son cœur, tiraillé de-ci, de-là, et tout de même d'accord avec lui-même, proche de la faillite nerveuse et en même temps plein de voyageuse allégresse : c'est ainsi que Fonty se sentait sur le quai de la gare.

Vêtu légèrement comme s'il partait une fois de plus en villégiature, il attendait. Seule sa vieille valise, bagage de taille moyenne qui l'avait accompagné à travers tout l'État des Ouvriers et Paysans lorsqu'il était au service de l'Union culturelle, était posée à ses pieds quand, locomotive diesel en tête, le train pour Hambourg – prochain arrêt : Bahnhof Zoo – entra en gare et s'immobilisa pour de vrai, et pas seulement comme dans un conte. Il était une fois un express…

Dans un compartiment de deuxième classe, il s'installa côté fenêtre, dans le sens de la marche. Il resta seul presque jusqu'au départ, tranquillement assis, les pointes de ses moustaches tout juste frémissantes. Puis une femme vint s'asseoir en face de lui, qui était à peine plus jeune. Fonty avait mis sa valise dans le filet et posé un sac en plastique à côté de lui. La femme avait l'air d'avoir pleuré ou d'être enrhumée, et elle hochait de la tête sous son chapeau. Juste pour s'assurer qu'il avait de la lecture, il plongea la main dans le sac à l'enseigne du KaDeWe, palpant le *Tagesspiegel* et le gros roman du comte prussien Marwitz, qui lui avait servi de modèle pour son comte Vitzewitz. En face de lui, la vieille dame effarouchée gardait la main sur un gros sac de voyage informe dont elle ne voulait pas se séparer.

« Marwitz a toujours été pour moi bénéfique, et un exemple de la façon dont il faut se tenir, avait-il exposé aux jeunes auteurs du Prenzlberg. Un Prussien de la vieille école, à la fois conservateur et progressiste, loyal sujet du roi mais prêt au besoin à désobéir, comme mon Vitzewitz dans mon premier roman trop longtemps différé… »

Le sac de la vieille dame était en cuir noir écaillé. « J'avais près de soixante ans quand enfin, après quelques mois seulement de tribulations, la querelle de l'Académie me rendit ma liberté : liberté de respirer, liberté d'écrire… »

Avec ses écailles noires et ses anses rondes plaquées, le sac couvait les genoux de la vieille dame. « Plus de procès-verbaux, plus d'intrigues. Vivant désormais de ma plume, j'ai écrit *Avant la tempête* tout d'un trait. Et ensuite un livre après l'autre, jusqu'au *Stechlin*. Et si la mort n'était pas venue souffler ma lampe… »

Les mains de la vieille femme palpaient nerveusement le cuir écaillé. « Mais l'impulsion m'est venue du vieux Marwitz. Eh oui, mes petits amis pleins de talent mais qui ne savez pas ! Un Prussien de la plus belle eau. Toujours direct. Et toujours récalcitrant aux singeries de la cour. Tout comme je vous conseille, à vous aussi, de résister l'œil bien ouvert à l'assourdissante mentalité de l'époque… »

Et elles n'arrêtaient pas, ces mains sur le cuir noir, elles tâtaient, caressaient quelque chose de vivant…

Le sac en plastique contenait en outre un guide contemporain, qui renseignait Fonty sur les prix des hôtels, les correspondances des transports, les heures d'ouverture des musées et des châteaux. Uniquement pour ne plus s'occuper de la vieille dame d'en face avec son sac sur les genoux, il feuilleta brièvement le volume souple et plein d'illustrations, puis se carra de nouveau sur son siège, immobile à part ses moustaches frémissantes.

Certain d'avoir tout avec lui, en particulier un passeport tout neuf attestant sa qualité de citoyen de la République fédérale, Fonty avait cet air résolu, mi-serein, mi-affiché seulement, que bien des témoins ont noté chez l'Immortel. Et c'est aussi comme cela que nous le voyions, aux Archives : toujours prêt au départ. Même ses faillites nerveuses, il les emportait avec lui, jusque sur les théâtres d'opérations, à Düppel, à Sadowa, à Metz. Et c'est avec la même nervosité insouciante que l'aviateur de première classe et correspondant de guerre Theo Wuttke prit le chemin de la France : vite distrait, parce que l'œil ouvert, et vite détourné du droit chemin, parce qu'en un instant il se laissait captiver par des inscriptions funéraires, des couronnes d'immortelles et d'autres leitmotivs : la peur qu'éprouvait Effi devant la tombe du Chinois et la poule noire de Mme Kruse : « Méfie-toi d'elle, elle sait tout, et raconte tout à tout le monde… »

Fonty se carrait à présent en arrière, les yeux clos. En face de lui, le sac de voyage qu'on caressait. Le compartiment semblait chauffé, surchauffé. Une chaleur lourde de juillet, qui allait être du voyage. Quand le train partit, à peine avait-il pris un peu de vitesse que la porte du compartiment s'ouvrit violemment : haletant et suant, le voyageur retardataire logea sa valise dans le filet et se jeta sur le siège à côté de Fonty. « Je l'ai eu de justesse ! lança-t-il en guise de salut. Il partait, j'ai dû sauter en marche ! »

Il enlevait aussitôt sa casquette américaine et essuyait du dos de la main son front ruisselant, ses épis collés par la sueur. Fonty avait pu garder les yeux fermés. Il entendait subir la suite en aveugle.

Nous, aux Archives, nous doutons que cette suite ait été sans violence, comme il nous fut affirmé. Mais comme on évoqua devant nous qu'on s'était « mis tranquillement d'accord », notre doute n'a guère que le poids d'une remarque accessoire. Ce qui est sûr, c'est qu'à peine commencé le conte était fini. Au prochain arrêt – Bahnhof Zoologischer Garten –, le train repartit sans eux. Même s'il n'y eut pas de violence, une certaine contrainte dut tout de même jouer. La version de Hoftaller, selon laquelle Fonty avait renoncé spontanément, en dit assez long.

Prétendument, quelques mots avaient suffi. Il n'y avait eu qu'à dire qu'ou bien l'on irait ensemble à Hambourg, prendrait ensemble le ferry pour l'Angleterre, et visiterait ensemble, comme jadis l'Immortel avec son ami de jeunesse Lepel, Londres et l'Écosse – « Là-bas, joyeusement, pêcherons, chasserons… » –, ou bien l'on descendrait tous les deux du train, on irait boire tous les deux une bière bien fraîche et ainsi, « après s'être mis tranquillement d'accord », l'on mettrait un terme à cette excursion inutile et, de surcroît, coûteuse.

Hoftaller nous dit : « En fait, c'est vous qui auriez dû lui ôter cette idée de la tête. Il est sûr que les Archives ont participé aux préparatifs. Plutôt irresponsable, de laisser un vieil homme s'exposer à de telles tribulations. Mais à présent, tout est permis, n'est-ce pas ? Comme au carnaval ! »

Ce n'est qu'après nous avoir reproché une « complicité passive », et avoir évoqué des « conséquences peu agréables » pour les Archives, qu'il renonça au ton de l'accusateur : « Enfin, bon. Passons l'éponge. Il m'a fallu lui parler longuement. Comme notre ami ne voulait pas m'accepter pour compagnon de voyage, tout autre argument était superflu. Je lui ai tout de même fait remarquer que ce départ en douce avait quelque chose d'irresponsable. J'ai même dit "se carapater". Je lui ai dit plusieurs fois : "Vous ne pouvez pas vous carapater comme ça, Fonty !" Je lui ai fait comprendre que c'était dégueulasse de planter là sa femme et ses enfants, en des temps aussi difficiles. Je lui ai rappelé le mariage imminent de Martha et j'ai dit : "Peut-être même que vos fils viendront prendre part à la fête. Enfin la vieille querelle de famille sera terminée. Friedel viendra sûrement, et peut-être bien Theo, de Bonn. Votre Emmi sera contente, après tant d'années. Hélas votre préféré, Georg, il n'en est plus question…" Et puis j'allai chercher plus loin et l'accrochai avec un dossier en fait prescrit : "Quand je pense à votre voyage en Angleterre… Mon Dieu ! Tout ce qu'a supporté votre Emilie enceinte, tout ce qu'elle a dû endurer, avec vos escapades ! À peine né, son enfant qui meurt, pendant qu'à Londres vous en faisiez de belles. Dans les tavernes du port… Chez les filles, si ça se trouve… Et quand elle vous a rejoint, avec deux enfants dans ses jupes, elle a souffert des *english people* et du climat… Perpétuel brouillard… Perpétuel mal du pays…" »

Hoftaller jouait l'indignation en nous informant, nous les « coresponsables », comme par un devoir traditionnel : « En tout cas, je n'ai rien pu épargner à notre Fonty. Mais : aucune réaction. À part nous, il n'y avait qu'une vieille femme dans le compartiment. Elle n'était pas gênante. Je parlais, il restait muet. Muet jusqu'à Bahnhof Zoo. Sans doute se disait-il : ce qui valait hier ne compte plus. Aujourd'hui, la liberté règne. Toujours est-il que cela aboutit à une épreuve de force. Comme le train ne repartait sur Hambourg qu'après dix minutes d'arrêt, il pensa avoir le temps de la réflexion : il resta assis, profita du sursis et se dit que j'avais bluffé, hein, avec l'Écosse et moi comme compagnon de voyage. J'ouvris alors le *Berliner Zeitung*, et lui le *Tagesspiegel*. Je lui lus à haute voix un passage de la page littéraire qui parlait du Prenzlauer Berg et de quelques personnes soupçonnées d'être des informateurs. Il continua de lire, la page économique. Je dois dire que son calme commençait à m'agacer. Il s'intéressa même aux cotations en Bourse et cocha au crayon des cours d'actions. Je m'apprêtais déjà, quoique le compartiment fût non-fumeur et que deux jeunes femmes nous eussent rejoints, à m'allumer en grande pompe un cigare, j'en tapotais déjà un provenant de ma provision cubaine, lorsqu'il se leva, laissa son journal sur la banquette, saisit son chapeau, prit sa valise dans le filet, un sac en plastique dans l'autre main, s'inclina brièvement devant les deux jeunes femmes aux tenues assez tape-à-l'œil, puis devant la vieille dame et, déjà à la porte du compartiment, me cria à la figure : "Comme vous l'aurez noté, ce compartiment est non-fumeur. Si vous n'avez pas d'égards pour les dames, ayez-en au moins, je vous prie, pour ce pauvre volatile." Quelle horreur ! Il me montra d'un doigt tremblant le sac de la vieille dame près de la fenêtre et chuchota, à mon adresse seulement : "Effi a peur de cette poule. Cette poule la terrifie." Il a fallu que je me dépêche terriblement, car à peine l'avais-je rejoint sur le quai que le train partait. Je ne pus le remercier qu'une fois dans l'escalier montant vers le hall : "Je trouve ça formidable, Fonty, que vous finissiez toujours par être raisonnable, même si quelquefois ça prend un certain temps." »

Hoftaller l'a invité. Ils ont cassé la croûte près de la gare, avec leurs bagages, face à face mais en diagonale. Cette fois, c'est Hoftaller qui a tenu à McDonald's. Avec un Coca et un milk-shake, chacun a consommé un cheeseburger et une portion de frites. Autour d'eux, il y avait une nombreuse clientèle de jeunes en train de se restaurer rapidement.

Ils étaient debout à une table haute en face du comptoir et avaient leur valise chacun à ses pieds. Il n'y avait plus grand-chose à dire. Hoftaller assura qu'il s'occuperait de faire rembourser le prix du voyage. « Je peux voir votre billet, train et bateau ? »

Fonty lui donna tout, mais non le passeport neuf. Son ombre-diurne-et-nocturne manifesta de l'étonnement :

« Que vois-je ? L'aller seul est payé ! Ça revient joliment cher. Eh bien, vous pouvez déjà faire votre deuil de dix pour cent. »

Cependant, ce projet de voyage sans retour, Hoftaller n'en a pas fait tout un plat. Comme pour nous plus tard, il n'eut pour l'appariteur Theo Wuttke que des menaces allusives : « Je vais voir si je peux arranger ça, je veux dire, les conséquences, par exemple à la Maison des ministères. Je dirai un mot, ou même deux. En ces temps de grands changements, il faut qu'il y ait des gens comme vous, Fonty. Des gens qui voient clair et se montrent vite raisonnables. Des gens qui ont appris à se comporter loyalement dans tous les systèmes. Vous en avez donné la preuve assez souvent, même si ce fut parfois dur de tenir la rampe. Il vous est arrivé de renâcler, j'en suis témoin, mais jamais vous n'avez été un frondeur. Vous êtes toujours resté fidèle à vous-même, que ce soit à l'époque de Manteuffel ou dans l'aviation du Reich. Vos conférences pour l'Union culturelle le prouvent : critiques, certes, mais jamais destructives... »

C'est au deuxième Coca seulement que Fonty se détendit un peu. Il s'efforça de prendre son voyage raté à la légère, et même de s'en moquer. Avec trois ou quatre serviettes du McDonald's, il se fit un chapeau en papier, se le mit sur la tête, et cria, dans le bruit du restaurant : « Je n'aurais pas cru que mon excursion aboutirait si vite en terre écossaise. Mme Kruse, par exemple, eh oui, avec sa poule sur les genoux, en a encore pour des heures jusqu'à Hambourg. »

Puis il lança les noms de quelques *highlanders* légendaires, les Percy, les Douglas, mais ne consentit point – quoique Hoftaller insistât – à réciter de nouveau en public sa célèbre ballade : « Je l'ai souffert sept ans... »

LIVRE DEUXIÈME

9. Ce sont les nerfs

La Kollwitzstrasse prolonge, jusqu'à la place du même nom, la Senefelderstrasse, qui elle-même coupe la Dimitroffstrasse. Autrefois, quand la tante Pinchen y habitait, la rue s'appelait autrement, et la place ne portait pas non plus le nom de cette artiste qui vécut là ; la place s'appelait Wörther Platz, et la rue Weissenburgerstrasse.

Käthe Kollwitz était incapable de détourner les yeux : elle a dessiné la misère humaine, et ce fut une raison suffisante pour frapper son nom d'interdiction ou bien pour l'honorer. De la même façon, cette manie de débaptiser les places et les rues pour singer chaque changement de régime n'avait pas épargné le quartier de Prenzlauer Berg et bien d'autres. Lorsque, dans *Stechlin*, Schickedanz dit : « Un nom de rue dure encore plus longtemps qu'un monument », il ne soupçonne pas que s'instaurera bientôt et furieusement la commémoration éphémère ; car au début de la toute dernière période de changement, il n'était pas certain que la Kollwitzplatz et la rue du même nom continueraient de s'appeler ainsi. Dans d'autres quartiers circulaient déjà des pétitions réclamant que disparaissent les noms de Heine ou de Rosa Luxemburg. À vrai dire, dans l'été 1990, on avait encore quelque peine à trouver des noms nouveaux qui puissent conforter la réunification annoncée.

L'immeuble de rapport du n° 75 se trouvait sur le côté droit de la rue, quand on regardait vers la place. De part et d'autre de l'entrée cochère, qui ouvrait vers la cour intérieure et d'où partait l'escalier desservant le bâtiment sur rue, le crépi effrité conservait de vieilles indications d'ordre commercial : à main droite il y avait eu, d'après une inscription en noir et partiellement en creux, « Bois, charbons, cokes et briquettes » ; à gauche, un cordonnier avait eu son « Institut de ressemelage ». La façade de l'immeuble voisin avait encore mieux à offrir : on avait débité là jadis « Articles de mercerie, cirages, papiers sulfurisés et hygiéniques », ainsi que des « Boîtes et bocaux de toutes tailles ».

Mais il ne s'agit ici que du n° 75, un immeuble de trois étages au-dessus de l'entresol, dont la cour intérieure, resserrée entre les murs coupe-feu, les constructions annexes et les appentis, avait conservé son marronnier en dépit de la guerre et de l'après-guerre. Jusqu'à hauteur des toits, là où les Wuttke logeaient dans trois pièces et demie, l'arbre indiquait les saisons, laissant passer la lumière d'hiver, puis se parant de bourgeons, donnant l'ombre de ses grandes feuilles, et en octobre jetant les coques à piquants de ses fruits doucement arrondis sur les toits goudronnés des appentis et le sol damé de la cour. Les enfants n'étaient pas les seuls à les collectionner ; Fonty aussi ramassait les marrons juste tombés et encore tout luisants, et les mettait dans les deux poches de son manteau, année après année, souvent jusqu'en décembre. Et chaque année Emmi s'irritait de voir ainsi détériorée la doublure des poches : « Il est vraiment comme un gosse, quelquefois, mon Wuttke. Il ramasse tout ce qu'il trouve. »

Mais c'est par une journée de juillet chaude et – quand le vent se levait – poussiéreuse, que Hoftaller raccompagnait jusqu'à la porte de son immeuble le malheureux candidat au voyage d'Angleterre. Depuis la station de métro Sennefelder Platz, Hoftaller se chargea même des deux valises. Peut-être que Fonty, portant juste le sac en plastique, réussit à adopter dans la dernière longueur une démarche juvénile, mais à partir de la Kollwitzplatz il eut du plomb dans les semelles et, une fois devant la porte, il retardait son arrivée et ne voulait pas monter.

Il piétinait sans avancer. L'immeuble, avec ses odeurs qui changeaient d'un étage à l'autre, lui faisait peur. Il ne se résolvait pas à lâcher son habituel « bon, alors à demain », et inventait une série de prétextes pour bénéficier d'un délai de grâce. Le temps qu'il faisait, l'actualité politique et les inscriptions de la façade – l'ancien dépôt de charbon à droite, la cordonnerie de jadis à gauche –, autant de sujets pour un brin de causette supplémentaire.

Il disait : « En fait, j'aime bien la grosse chaleur. » Ou bien il déclarait : « Colossalement ridicule, ce pasteur barbu qui se retrouve à la tête de l'Armée populaire. J'ai toujours été convaincu que mes pasteurs de campagne étaient dévorés d'ambition. » L'inscription délavée « Institut de ressemelage » fut qualifiée une fois de plus de « follement drôle ». Il narra des anecdotes sur la tante Pinchen et ses malheurs avec cet ivrogne de Ernst-August Piontek, qui avait fait marcher l'institut de ressemelage, les jours où il n'était qu'à moitié soûl, « jusqu'au moment où, complètement cuit, il tomba de son tabouret, sur quoi mon Emilie se logea chez la veuve. C'était l'année trente-neuf, juste avant que la guerre éclate… »

Mais Fonty, en fait, ne voulait parler ni de la jeune Emilie, déjà dodue lorsqu'elle était encore dactylo, ni de Mme Wuttke, selon lui « vieillie avant l'âge ». Tandis que Hoftaller se murait « dans un mutisme à la Moltke », Fonty s'embarquait dans un bavardage tout en raccourcis chronologiques, dans un sens ou dans l'autre, et dont le fil semblait devoir se débobiner sans fin.

Jouant ainsi l'obstruction parlementaire, il passa en revue toutes les étapes de son voyage prématurément interrompu. À Londres, il n'omit pas un musée, en Écosse pas un château. Toutes les horreurs de la Tour de Londres furent énumérées. Dans chaque lande il déterra des légendes, pour finalement, après être passé par le début de *Macbeth* – « Où nous retrouverons-nous ? Dans l'orage et dans la boue ? » – et par le rendez-vous des sorcières « à la septième heure au pied du pont », s'attarder sur l'une de ses dernières ballades, *Le Pont du Tay*, publiée le 10 janvier 1880 dans la revue *Gegenwart* de Paul Lindau et inspirée par un fait divers journalistique relatant une catastrophe ferroviaire en Écosse.

Devant le porche du 75, Kollwitzstrasse, Fonty la récita strophe après strophe. Il commença par l'annonce que, « défiant la tempête et la nuit », le train d'Édimbourg était à l'heure : « Je vois sa lueur sur l'autre rive, c'est sûrement lui. » Puis, suivant en cela le gardien du viaduc, il fixa la catastrophe provoquée par les sorcières à la date de Noël : « Allume tout comme pour la Nativité » ; ensuite, en rimes de plus en plus dramatiques – « Le jeu des vents devint furie » –, il en arriva à l'accident sur le viaduc : « Un bouquet de feu s'abat sur les eaux… Et la nuit retombe. » Enfin il conclut par le commentaire des trois sorcières : « Frêle, frêle est l'ouvrage des hommes ! » Une fois de plus, il avait prouvé à Hoftaller à quel point tout lui était familier. Comme il rafraîchissait les souvenirs du petit commerce inscrits sur la façade, il dépoussiérait une ballade pour livres de classe ; mais la lettre d'adieu qu'il avait posée sur la table de la cuisine pour sa femme et sa fille, il ne voulait pas en citer une demi-phrase, rien.

Son auditeur marqua néanmoins sa satisfaction : « Magnifique, Fonty ! J'aime entendre ce genre de choses, surtout cette ballade. Cela montre ce que quelqu'un qui s'y entend peut faire d'une simple nouvelle brève donnée par la *Vossische Zeitung*. Je doute fort que nos talents du Prenzlberg soient capables de nous faire frémir ainsi. Il y aurait beaucoup à dire là-dessus. Certes, je trouve l'ensemble excessivement fataliste, mais la formule de vos sorcières met dans le mille. On en a confirmation tous les jours, de la précarité des choses humaines. "Frêle, frêle est l'ouvrage des hommes !" C'est bien dit, Fonty. Je suis bien de cet avis. Il me suffit de regarder autour de moi, dans le domaine où je travaille. À part tout un fatras de papiers, que reste-t-il de notre Sécurité d'État ? Où les camarades dirigeants se sont-ils réfugiés ? Ils écrivent leurs mémoires… La conscience de classe ? Disparue… Frêle, tout ça, frêle… Mais assez de lamentations. Votre valise et vous devriez tout doucement commencer à monter. Elle doit se faire du souci, votre Emmi. Et moi aussi, le devoir m'appelle, comme on dit si bien. Vous savez comment ça marche. Faut que j'y aille de mon petit rapport, pour la forme. Mais je pourrai être bref et évoquer en termes flatteurs votre raisonnable revirement. Les *highlands*, les châteaux en ruine sur la lande écossaise, tout ça c'est très joli, mais c'est ici qu'on a besoin de vous, surtout en ces temps de changement où tout, eh oui, tous les ouvrages des hommes peuvent à tout instant basculer. »

Hoftaller partit brusquement. Pas un regard par-dessus l'épaule. Jusqu'à hauteur des inscriptions délavées sur la façade de l'immeuble voisin – « Articles de mercerie, cirages, papiers sulfurisés et hygiéniques » – Fonty entendit son ombre-diurne-et-nocturne qui remâchait l'universelle formule des sorcières. Mais ce n'était pas d'un ton lugubre, c'était plutôt avec bonne humeur que Hoftaller répétait : « Frêle, frêle est l'ouvrage des hommes », et le répétait encore tandis que Fonty gravissait déjà les escaliers avec son bagage.

Nous avons l'habitude, aux Archives, de revérifier ce qui a déjà été enregistré, de mettre en doute les jugements établis, et de détourner vers notre moulin à papier toutes les sources, qu'elles bouillonnent ou qu'elles se tarissent après un bref premier jet. Nous sommes curieux par métier. Les témoins contemporains doivent être entendus, les personnes directement impliquées dans les événements doivent être questionnées, si subjectifs et problématiques que soient leurs jugements, et cela vaut aussi pour la famille, qui se cantonnerait volontiers dans un silence gêné.

Mais la fille de Fonty, Martha, nous a renseignés : « Et comment, que Papa nous a fait peur ! Maman était sidérée, quand elle a trouvé la lettre sur la table de la cuisine. Et tout ce qu'il avait bien soigneusement enveloppé ou posé dessus, en guise de presse-papiers : ses décorations d'avant. Oui, de l'Union culturelle, la médaille Becher en bronze. Et l'épingle d'argent pour la Construction du socialisme que lui avait décerné le Front national, j'crois en soixante-cinq. Et l'ordre du Mérite patriotique, en bronze seulement, bien sûr. Et encore quelques médailles et épingles d'activiste. Tout à fait, ça faisait plutôt macabre. J'étais déjà partie, et Maman n'était pas levée, quand il a filé en douce, en chaussettes et sans valise. Il avait dû la déposer aux ministères, si ça se trouve au sous-sol, ou peut-être sous les toits. En tout cas, Maman était sciée, quand je suis rentrée vers midi, parce que le mardi je n'ai que quatre heures de cours. Elle a rien dit, elle a poussé la lettre vers moi sans un mot. Je me suis doutée en gros de ce qu'elle disait, rien qu'en voyant cette salade de décorations sur la table. Bah, rien de bien nouveau ! Ses gémissements habituels : "Je n'en peux plus. Ce n'est plus supportable. Comme emmuré, pendant toutes ces années. Toujours tenu en laisse. Une seule solution : partir, disparaître..." Exactement, ça y est en toutes lettres : "Je veux plonger et disparaître, et refaire surface là où j'aurai la paix." Ou encore : "Je veux être assis modestement quelque part, au bord de mon tonneau de Diogène, et considérer le monde en me taisant..." Naturellement, grosses excuses, et mille mercis à Maman dont il a, hélas, abusé de la patience. Et pour moi, dès maintenant, "tous mes vœux pour la chère Mete", en confondant une fois de plus mon fiancé avec le mari de la Mete historique. Lequel, comme vous savez, s'appelait Fritsch et pas Grundmann comme mon Heinz-Martin. Mais c'est marqué là, tenez, et même à l'encre, avec pleins et déliés : "Cela ne fait rien, qu'il ne soit veuf que depuis deux mois. Ce bref intervalle entre un deuil et des noces cause assurément bien des embarras, il n'empêche que tu as tout lieu d'être heureuse. Ton M. Fritsch est un homme avisé et intelligent, d'une bonne mentalité..." Et ainsi de suite, jusqu'à ceci : "Certes, je sais qu'en matière de bonheur conjugal je n'ai plus les idées d'un blanc-bec, mais je ne vous en souhaite pas moins, pour le jour de votre mariage..." Bon, c'est naturellement pas une chose à raconter à mon futur. Et tenez, là, il demande à Maman d'informer de son départ son "correspondant et ami Friedlaender", tout juste, ce Juif d'autrefois, qui était je ne sais quoi, juge, dans les monts des Géants, et qui naturellement n'est plus de ce monde. Exactement ! Il veut dire en fait ce professeur à l'université d'Iéna, Freundlich, il s'appelle ; juif aussi, naturellement. Et il aurait fallu que Maman écrive à ce péteux, qu'elle n'a jamais pu piffer, pour lui dire que Papa profitait enfin, lui aussi, des privilèges des cadres autorisés à voyager ! Ce qui est vrai. Car jusqu'à récemment, Papa n'avait pas le droit de sortir, en tout cas pas vers l'Ouest. Tandis que ce Freundlich avait le droit, tous les droits ; jusqu'au moment où il s'est fait mal voir des camarades : pour révisionnisme et insuffisance du point de vue de classe. N'empêche que Papa, qui était un culturel, qui a eu plein de décorations, et même des primes, n'a jamais fait partie des cadres autorisés à voyager. Bon, avant soixante-huit, il a pu aller quelquefois à Prague et en cure à Karlovy Vary, mais pas plus. Non, Maman, ce Freundlich, même pas une carte postale. Prétentieux comme il est. Sans parler de ça, encore, qui nous a achevées. Impossible de le lire à haute voix, ce qu'il a écrit : "... à neuf heures, tout cela sera fini. Non pas au sens d'un désir de mourir, mais d'un profond besoin de tranquillité. Une vie si heureuse et privilégiée, tant de liberté en dépit des contraintes, tant d'immortalité vécue : et pourtant, à quoi rimaient ces sottises ?!" Plutôt confus, tout ça ; mais vous, des Archives, vous devez savoir où exactement il va chercher tout ça, et ce qu'il y mélange, quand il entre dans le rôle et croit qu'il est exceptionnel. Mais Maman, qui prend toujours tout au pied de la lettre, ça l'a sciée. Eh oui, parce qu'elle jouait le jeu, avec Papa. On jouait toutes les deux notre rôle, pour qu'il nous fiche la paix, pendant toutes ces années. C'était un de ces cirques, quelquefois. Il n'y a que les garçons qui ne marchaient pas, Georg encore moins que les deux autres. Ils avaient honte. C'est pour ça qu'ils sont restés à l'Ouest, quand ils étaient en vacances chez tante Lise et qu'il y a eu le Mur. Ben, parce qu'ils ne supportaient pas. Moi si. Quand j'étais gosse déjà, et que Papa m'emmenait dans ses tournées pour l'Union culturelle, j'étais sa Mete et prétendument huguenote, comme Maman, et lui de toute façon. Alors qu'elle est née Hering et qu'elle est originaire de Haute-Silésie tout comme tante Pinchen. Et Papa, même s'il dit toujours : "Theo Wuttke, c'est purement administratif, ça vaut tout au plus pour le titre de pension", n'a naturellement pas une goutte de sang français, pas que je sache en tout cas. Rien de tout ça n'est vrai. Mais parce que la date de naissance et Neuruppin collent, à cent ans de distance exactement, ça lui a suffi. Et tout le monde est entré dans le jeu, hein, et vous tout spécialement, les savants des Archives. C'est amusant, n'est-ce pas, d'écouter ce vieil homme débiter tout, mais tout, de sa voix pas encore chevrotante. Il suffit de lancer un mot et ça y est, il ne se sent plus. Exactement, comme vous dites : des ballades longues comme le bras, des demi-pages de roman, tous les trucs de la Marche de Brandebourg, même les vieux bouquins de guerre, il sait tout par cœur. Et nous, pas seulement Maman et moi, les garçons aussi, tant qu'ils étaient encore là, il nous obligeait, non, on ne peut pas dire obliger… Mais on a dû s'y plier, on a dit oui, amen, en principe en tout cas. Maman parce qu'elle ne pouvait pas faire autrement, et moi, bon sang, parce que je suis attachée à lui et que même je l'admirais, déjà toute petite, quand tout le monde applaudissait à la fin, hein, à Oranienburg ou à Potsdam, où je l'accompagnais souvent. Je ne trouvais rien de gênant. Mais les garçons, qui étaient plus âgés, surtout Georg, ne voulaient plus jouer le jeu. Je vous l'ai dit, c'est pour ça qu'ils sont restés à l'Ouest. Aujourd'hui encore, Friedel lui en veut de "sa manie d'immortalité", comme il dit. Et je suis sûre que c'est pour ça que Teddy ne veut pas venir au mariage. Mais c'est surtout Georg, son préféré, qui a rué dans les brancards, même encore de là-bas : il envoyait des lettres assez vaches. En se foutant de lui : "orateur du Parti", "camarade Rigolo", j'en passe. Mais de fait, Papa n'a jamais été au Parti comme moi, parce que moi je croyais, j'ai cru trop longtemps, naturellement… Bon, c'est évident que dans la lettre, sur la table de la cuisine, il n'y avait pas un mot sur les garçons, il n'était question que de Maman et de moi. Faut dire que je l'ai assez suivi dans ses tournées, je me suis même tapé ses "promenades", comme dans le livre, les week-ends. J'avais quinze ou seize ans, en tout cas je portais déjà la chemise bleue, exactement. Et je nous vois encore, après une de ses conférences à Rathenow, plantés tous les deux devant le tombeau de Katte à Wust. C'était carrément lugubre, là-dedans. Et Papa parlait de Katte comme si ça s'était passé la veille : la tête qui tombe sous la hache, tout ça. Et le prince héritier qui lui envoie un baiser juste avant, à lui qui avait tenté de l'aider à fuir le roi son père. Mais du château, plus trace. Je vous dis : on faisait tout à pied, à travers toute l'Uckermark, ou en partant de Freienwalde. On traversait le lac de Schwielow, naturellement, en prenant le vapeur à Caputh. Ou on s'enfonçait dans la forêt de la Spree, à partir de Lübbenau. Et le château de Kossenblatt : j'en ai encore des frissons, parce que Papa ramenait partout ses histoires de fantômes… La Dame blanche, et tout… Et on retournait toujours dans la région de Ruppin : par le train, le bateau, à pied… Quand j'y repense, c'était pas si mal, de marcher comme ça avec lui… Tous ces presbytères, la plupart délabrés. Mais c'était intéressant, ce qu'on entendait là, même si l'on ne parlait pas de politique, mais de livres d'Église, de chroniques, d'ennuyeux registres des décès. Pas un mot sur le socialisme. Ça n'existait pas. Et Papa savait toujours tout, hein, sur tout. Il avait quelquefois rendez-vous avec des gens qui étaient aussi fous que lui d'antiquités. Oui, exactement, des généraux, et puis tous les nobliaux. Rien que des réactionnaires, je me disais, c'est pour ça… J'avoue que j'ai fait quelques rapports… ben oui, sur ce qui pouvait être des réunions de conspirateurs : je me suis laissé utiliser par ce… vous pouvez imaginer par qui. Je n'avais que quatorze ans, ou tout juste quinze, n'empêche qu'il n'y a pas de quoi me vanter, même si mes rapports ne parlaient pas de "menées antisocialistes" ou autres, mais juste de bla-bla assez barbants. Bien sûr, aujourd'hui j'ai honte, mais à l'époque… Je me rappelle encore très bien comment mon père discutait à Kossenblatt avec l'écrivain… tout juste : Günter de Bruyn, c'est ça, pendant des heures, pour savoir si le comte Barfus avait été oui ou non forcé par le roi-soldat de vendre son château, ou bien si une grande croûte représentant la famille von Oppen était un original ou seulement une copie. Ou bien l'histoire de ces bois de cerf vendus en Saxe et qui du coup se retrouvaient prétendument quelque part chez Karl May. Tout ça était dans le fond parfaitement inoffensif. Je n'ai d'ailleurs pas parlé, dans mes rapports, du château qui avait brûlé avec ces oiseaux morts dedans, car c'était pure invention de Papa qui voulait me faire peur. Malgré tout, c'est mes plus beaux souvenirs d'enfance. Et si j'avais le droit de l'accompagner, quand il allait « chanter » – comme il disait – pour l'Union culturelle, j'étais tout heureuse, quelquefois. Je me rappelle encore qu'à Cottbus il s'agissait de personnages féminins : Melanie, Effi, Corinna, Stine, Mathilde, etc. Ou chez vous à Potsdam, sur *Schach von Wuthenow* évidemment, quand Mme de Carayon se rend auprès du roi et qu'il ne sait lui parler qu'en phrases hachées, à la prussienne : "Me rappelle le bal des enfants. Jolie fille. À l'époque. Fâcheux. Prenez place, Madame..." Papa savait bien imiter ça. Tout le monde avait applaudi et ri. Il lui arrive de parler comme ça lui-même, tiens, comme dans cette lettre : "Pas moraliste. Toujours été un singleton. Juste spectateur. Observer les choses vaut mieux que les posséder. Donc, disparaître..." Et ce type, là, son ombre-diurne-et-nocturne, comme dit Papa, parle quelquefois exactement de la même façon : "Faut être raisonnable. Verrez vous-même que l'Ouest ne vaut rien. Pas envie de faire un rapport. Possible autrement..." En tout cas, c'était drôle, ce jour-là, à Potsdam. Avant, on avait eu du café et des gâteaux chez le secrétaire d'arrondissement de l'Union culturelle. Au fond, des gens gentils, la plupart du temps. Mais pourquoi Papa me comparait parfois à sa Corinna Schmidt, je ne sais toujours pas. Ce serait pas mal, d'avoir la langue bien pendue comme elle, hein, quand elle règle son compte à la Treibel, carrément. Il y a des fois où j'aimerais bien, surtout avec Papa, quand il recommence à dérailler comme maintenant. Mais enfin il est revenu. Et Maman, bien sûr, est heureuse, malgré tout. Car elle en a vu de toutes les couleurs, avec "son Wuttke", comme elle dit. Et depuis qu'il n'y a plus le Mur, c'est encore plus dingue. Il passe son temps au Tiergarten, à imaginer des choses. De fait, ce type – vous voyez qui je veux dire –, il le tient. Depuis toujours, en somme. Ça devrait pourtant être fini, en fait, depuis que la Normannstrasse a fermé boutique et que cette boîte n'a officiellement plus son mot à dire. Mais non ! Tout passe par lui. Exactement ! Quand Papa n'a plus voulu "chanter" pour l'Union culturelle et a tout envoyé promener, c'est lui qui lui a procuré ce job à mi-temps à la Maison des ministères, et qui a fait qu'il puisse continuer après le changement. Maman est injuste quand elle ne fait que rouspéter : "Peuh !

C'est quoi, appariteur ?" Car au fond tout va pour le mieux : il est occupé, et en plus il touche un supplément à sa retraite. Exactement, c'est ce qu'on se dit aussi : pour son âge, il se tient rudement bien… »

Là-dessus, on pouvait être d'accord avec Martha Wuttke. Et nous aurions pu également confirmer ses doutes quant à la comparaison que faisait son père entre elle et le personnage romanesque de Corinna Schmidt ; elle était obligée de s'en tirer sans don de repartie ni légèreté naturelle. Nous voyions plutôt une Martha solidement charpentée et anguleusement renfermée, quoiqu'à nos questions ses lèvres laissassent échapper plus que n'aurait voulu sa tête. Semblable en ceci à son père, elle tendait à abréger ses phrases ; c'est une façon de s'exprimer qui gagne du terrain, ces temps derniers, même au sein des Archives, et qui est censée parodier le Prussien avare de ses mots : « Rude journée correspondance derrière moi. »

Non, ce n'était pas une Corinna, mais on voyait bien un certain air de famille. Les mauvaises humeurs soudaines de Martha Wuttke amenaient souvent des crises de nerfs violentes, voire fiévreuses, qui autorisaient la comparaison avec la deuxième version des « faillites nerveuses » chez son père ou avec les hargnes de la Martha historique. Elle ressemblait à la Mete éternisée par de nombreuses lettres et qui nous est connue de surcroît par des photos archivées où, très jeune déjà, elle a un air de matrone et, même lorsqu'elle essaie de sourire, un regard noir. La discrète compassion de l'Immortel – « Mete a presque un côté robuste, que la vie a seulement étouffé » – faisait allusion à ce qu'une autre lettre confirme : « Tu signes "Mete-la-poisse", et il y a un peu de ça… »

Mais en dépit de ces ressemblances, Martha Wuttke était une personne autonome. Bras croisés, la tête penchée par la méfiance, elle nous fit des réponses tour à tour sèches et désinvoltes. Non que son parler fût excessivement berlinois, mais elle maniait les mécanismes d'usage local avec tant de négligence que personne n'aurait soupçonné, derrière son vocabulaire, qu'elle enseignait depuis des années. Elle était finalement professeur de mathématiques et de géographie, et elle avait dû, jeune fille, être même bonne pianiste, en tout cas elle nous laissa entendre au passage qu'alors elle « se débrouillait pas mal de quelques trucs de Chopin », ajoutant ensuite : « Maman voulait naturellement que je continue, mais je n'ai plus voulu. Ça me rend malade, la musique. C'est comme mon père... »

Et la petite question de Marguerite à Faust, celle des convictions ? Martha Wuttke en a dit plus qu'on ne pouvait s'y attendre, par exemple qu'avant même le changement – à savoir « en mars quatre-vingt-neuf exactement » – elle avait quitté le Parti, « enfin », comme elle le soulignait, mais que la formation politique qui en avait pris la relève ne pouvait pas lui convenir : « Quand la foi n'y est plus, il faut couper radicalement. Mais j'y ai cru, dur comme fer et beaucoup trop longtemps, à la cause commune, au socialisme, à l'amitié entre les peuples, tout ça. J'avais un but devant les yeux... J'étais strictement dans la ligne... Comment disait-on ? Pure et dure – jusqu'à ce que ça casse. Tout d'un coup, rien n'allait plus. Fini, terminé. Ça laisse un certain vide. J'ai cherché longtemps, pour finalement aller frapper tout à fait ailleurs. Vous ne pouvez pas deviner, et peut-être que vous allez rire. Eh bien, à Sainte-Hedwige. Car en somme, l'être humain a besoin de croire... »

Elle ne fit qu'allusion à son intérêt nouveau pour les questions religieuses – « On ne peut pas tout caser dans les explications matérialistes » – et évoqua tout de suite son inquiétude quant à son avenir d'enseignante : « C'est que j'ai été longtemps au Parti. En plus, maintenant, il faut que l'arithmétique soit capitaliste : moi, je ne sais pas faire. Et je vois mal comment ça se passera en géographie, quand on parlera de pétrole et de tiers monde. *No future*, à part femme au foyer. On verra ce qui se passera après notre mariage. L'entreprise de construction de mon fiancé est à Münster, mais maintenant Heinz-Martin veut investir chez nous, ce qui en somme est une bonne chose. Non, pas à Berlin, plutôt à Schwerin et dans les environs, où il a déjà un appartement pour nous, depuis peu... »

En écoutant Martha Wuttke évoquer des problèmes pratiques, c'était plutôt une Mathilde Möhring qu'on entendait, même s'il manquait le profil de camée. Elle n'était pas non plus blond cendré, plutôt châtaine et bouclée comme sa mère avant qu'elle grisonne. Mais il se peut qu'elle ait eu les cheveux de son père, bien que nous ayons l'image d'un Fonty aux cheveux blancs. Elle en revenait toujours à la récente escapade de son père : « Il faut se représenter ça. Il avait tout bonnement glissé dans la lettre un billet neuf de cinq cents marks pour moi, comme cadeau de mariage ! Et quand il est revenu avec sa valise et son sac en plastique, il était naturellement l'innocence en personne. Il a vaguement parlé d'une "petite excursion" qui était "malheureusement tombée à l'eau". Et ce, nous a-t-il raconté, parce qu'une vieille femme était venue s'asseoir dans son compartiment, à l'arrêt de Bahnhof Zoo. Et alors, cette femme tenait une poule noire sur ses genoux, exactement, vivante. Hein, compris ? C'est ça : Effi, Kessin, la maison hantée par le Chinois, et c'était exactement la vieille Mme Kruse, dans sa pièce surchauffée, avec toujours sa poule noire sur les genoux, à vous donner des frissons. Et c'est pour ça, a dit mon père, qu'il est descendu du train, par pure superstition, parce que ça lui aurait porté malheur. Mais ce n'est naturellement pas vrai, même si cette poule il l'a rêvée très concrètement. Au dernier moment, c'est quelqu'un d'autre qui l'a fait descendre. Vous savez bien qui. "Est-ce qu'encore il faut lui être reconnaissantes, à ce type ?" a dit Maman. Et mon père ? Il a ri, quand j'ai voulu lui rendre les cinq cents marks : "Ce qui est donné est donné !" Et il est allé dans son bureau avec sa valise… »

Le lendemain, dans le paternoster, Fonty disait : « Vous avez eu terriblement raison, Hoftaller. Ça ne se fait pas, de planter là sa femme et sa fille. Elles étaient toutes les deux contentes, quand je suis arrivé tout essoufflé, avec ma valise et mon sac en plastique. Beaucoup de bisous de Mete. Et mon Emilie une fois de plus en larmes. Je connais. N'empêche que je me suis senti colossalement mal, en les voyant à la table de la cuisine, et en me représentant les suites de ma soudaine disparition… J'avais imaginé une cabane chauffée à la tourbe, au milieu des landes, cachée derrière des aulnes… Mais j'aurais eu du mal à rendre cette retraite attrayante pour mes deux femmes si chères. Déjà Londres, pour Emilie, ce n'était que le brouillard, la purée de pois… Je voulais me jeter moi-même, seul et anonyme, en pâture à l'oubli qui approche stupidement. Être mortel, Tallhover ! Je voulais enfin être mortel… J'aurais dû attendre le mariage de Mete, et alors seulement… Là-haut, à part les trois sorcières de Macbeth – « Où nous retrouverons-nous ? Dans l'orage et dans la boue ? » –, je n'aurais guère eu de compagnie. Très, très loin, et perdu pour le monde. Quand la vie se tait, le désir se tait… Mais c'est mieux ainsi, Hoftaller ! Agir en homme responsable. Affronter les choses. Les yeux ouverts, bravement… En outre, je veux enfin voir ma Mete devant l'autel. Toujours engagée dans des fréquentations, mais jamais *engaged*. Il est temps, elle va sur ses quarante ans, et je n'aperçois aucun lieutenant de réserve à l'horizon. Je lui ai écrit pour lui souhaiter bonne chance avec ce M. Fritsch. Il paraît que c'est un bon architecte, professeur d'université en plus… Je ne suis pas monté si haut. Tout à la fin, avant que l'ombre s'épaississe, on m'a encore fait docteur *honoris causa* de la faculté des lettres. Sur proposition de Schmidt et de Mommsen, qui avait un petit *liking* pour moi à cause de *Vor dem Sturm*. Mon Emilie, qui aimait ce genre de tralala, était contente, moi pas. Ça venait trop tard. Quand j'étais planté là en robe noire, j'aurais voulu disparaître sous terre et ressortir quelque part ailleurs. Si, si ! Resurgir dans un trou d'eau brune en faisant des bulles et des gargouillis. Ensuite, je serais allé me sécher dans la cabane près du feu de tourbe, et j'aurais bien ri… »

Avec un petit rire, Fonty quitta le paternoster au troisième étage. Bien que chargé de trois classeurs, il réussit un joli petit bond juvénile. Hoftaller, qui avait jeté un coup d'œil entre les étages, continua de descendre et ne rencontra de nouveau Fonty qu'une demi-heure plus tard, quand celui-ci le rejoignit dans une cabine au deuxième étage et qu'ils montèrent tous deux ensemble. C'étaient leurs circuits bien rodés, leurs montées et descentes sans crainte du changement dans les virages. Cela faisait passer le temps. Cela permettait de bavarder à son aise. Mais ce jour-là, leurs conversations dans le paternoster étaient à sens unique. Hoftaller se contentait d'être auditeur, et seul Fonty parlait, comme s'il avait bu l'eau qui délie les langues.

Il débordait de choses à dire, comme après un long voyage. Tantôt il était à Édimbourg avec son ami de jeunesse Lepel, tantôt il commentait les étapes de son premier voyage précipité en Angleterre, qu'il avait rogné sur le service militaire, et puis il citait son journal de Londres : « Écrit des lettres au café Divan... Travaillé... Sadler's Wells : Miss Atkinson en Lady Macbeth... » Enfin, la correspondance avec James Morris, auquel il prétendait avoir donné des leçons de langue lors de son second séjour en Angleterre, jouait un rôle de télescopage et d'échange entre les siècles. Sans rien qui le freinât, puisqu'il était au-delà de toutes les barrières chronologiques, Fonty citait en géopoliticien actuel une lettre adressée près de quarante ans plus tard à Morris : « La domination anglaise en Inde ne peut que s'effondrer, et c'est miracle qu'elle ait tenu jusqu'à ce jour. Elle s'écroule non pas parce qu'elle aurait commis des erreurs ou des crimes – tout cela n'importe guère en politique –, non, elle s'écroule parce qu'elle a fait son temps... »

Sur la fin de cette citation improvisée, c'est une autre grande puissance, après la relève de l'Angleterre, qu'il amenait au premier plan de l'histoire – « L'autre, ce sera d'abord la Russie. Mais la Russie ne sera qu'un épisode elle aussi... » –, pour en venir tout de suite, et après avoir soigneusement laissé de côté l'Amérique, au présent et à ses catastrophes : « Ce que nous vivons là comme la chute du Mur et l'effondrement de l'Union soviétique ne signifie pas une fin ; non, ce qui finalement triomphera, ce sera une vie se recueillant sur elle-même, une vie nationale, religieuse et adaptée à la tradition archaïque. Ce sera épouvantable, et d'une bêtise qui n'est pas permise, je sais. Mais ce processus qui n'est ici qu'esquissé s'accomplit dans le monde entier, où qu'on regarde. Je pensais au début, cher monsieur Morris, que c'était une bénédiction pour les peuples, et parmi eux pour les petits et très petits, mais à présent, quand je regarde les Balkans et le Caucase, je crains le pire. Si je pouvais bientôt, comme j'ai le droit de continuer à l'espérer, m'asseoir à Londres devant votre feu de cheminée, je me laisserais volontiers ôter de la tête toutes ces idées noires qui m'assaillent, avec l'aide de ce solide bon sens, de ce colossal avantage dont l'Angleterre sait qu'il se trouve encore de son côté[1]… »

Hoftaller, lorsqu'ils quittèrent tous deux le paternoster au premier étage, dit : « C'est bon, Fonty. Votre ami Morris peut attendre. Le monde tient encore à peu près debout. Mais vous, vous devriez ne pas trop vous échauffer. Si on arrêtait là pour aujourd'hui ? Un peu plus tôt que d'habitude ? Vous avez les traits tirés, le front en sueur. Votre système nerveux est délicat, il ne faut pas plaisanter avec lui. Vous devriez faire attention, très attention ! Je suis du reste d'une opinion analogue, sur les nouveaux nationalismes, les grands, les petits et les tout petits. Mais n'oublions pas l'Amérique, dans cette histoire. Et un jour viendra où la Chine… Mais maintenant, ça suffit. Dites donc, Wuttke ! Vous tremblez vraiment. Vous n'allez pas nous faire une maladie ? »

Ce souci fut partagé par la fille de Fonty, quand Hoftaller ramena son protégé secoué de frissons dans l'appartement de trois pièces et demie : « Les émotions de ces derniers jours l'ont fatigué. Je soupçonne que ce sont de nouveau les nerfs. »

Martha Wuttke ne fit pas entrer au salon l'ombre-diurne-et-nocturne de son père. Bien qu'elle fût habituée à l'accepter comme un « vieux compagnon » (expression de Fonty) et à craindre depuis ses jeunes années ce « balai-brosse », elle le reçut dans la cuisine en tenant ouverte la porte palière : « Je crois que ces va-et-vient entre les étages et ces éternels dossiers à charrier ne lui valent rien. On devrait enfin le laisser tranquille. À son âge, Papa a bien mérité, Dieu sait, un peu de repos. Vous devriez naturellement vous

1. La lettre de Fontane à J. Morris datée du 26 octobre 1897 est ici partiellement adaptée par l'auteur (NdT).

en rendre compte depuis longtemps, il paraît que vous vous connaissiez déjà pendant la guerre. Exactement ! De vieux camarades ! Si vous y tenez, moi je veux bien. Mais alors vous devriez lui dénicher quelque chose de moins fatigant. Ça doit bien se trouver, dans une maison aussi grande. Et à mi-temps, toujours. Car en somme nous n'avons rien contre, qu'il ait une occupation. Mais que ça ne dégénère pas en travail. On voit ce que ça donne. Il tremble de tous ses membres. Ça vient de ce qu'il en fait trop. "Ton père ne connaît pas ses limites", dit Maman. Il y a de ça. Vous devriez le savoir, depuis le temps que vous vous connaissez. Mais pas question d'avoir des égards ! On exagère, on l'exploite, on le traite comme une chose. Il est pâle comme un linge. C'est encore les nerfs, sûrement. Je sais comment ça fait, moi-même. Exactement. Il va encore falloir appeler le docteur Zöberlein. Vous verrez qu'il va être malade ! »

Hoftaller confirma les craintes de Martha Wuttke, sans se défendre. Comme on ne lui offrait pas une chaise, il s'en alla. Fonty avait échappé aux lamentations sur son état en n'écoutant pas. Assis à la table, il frissonnait par grandes vagues et déplaçait quelques miettes de pain sur la toile cirée. Il restait là, le regard noyé et la cravate desserrée.

À peine Hoftaller parti, Emmi Wuttke entrouvrit la porte du salon qui donnait sur la cuisine : « Il est enfin parti ! Il faut aérer à fond, quand cet animal puant est passé par là. Mais il ne lâche pas prise. Faut toujours qu'il soit après mon pauvre Wuttke. Et moi, pauvre sotte, qui pensais que maintenant ce serait fini ! »

Nous, aux Archives, nous aurions bien proposé notre aide, ne serait-ce qu'en fournissant des citations de circonstance ; mais la nouvelle de la crise nerveuse de Fonty nous parvint avec retard. Les deux femmes le mirent au lit. Il se laissa faire. Sans un mot, sans une plainte. C'est seulement au moment de la prise de température qu'il dit à mi-voix, mais comme devant un public : « Frêle, frêle est l'ouvrage des hommes ! »

En entendant cette formule de sorcière d'origine écossaise, Emmi Wuttke s'écria : « Voilà qu'en plus tu nous fais une maladie, Papa ! »

10. Un annulaire qui démange

Le mariage fut difficile, une fois comme l'autre, mais tint bon les deux fois. Le mariage avec Emilie, née Rouanet, dont le vrai père s'appelait Bosse et le père adoptif Kummer, dura quarante-huit ans, et l'union avec Emmi Balunek, dactylo sous le nom d'Emmi Hering du fait de son beau-père, ne connut pas non plus de crise grave, en dépit de coutures fragiles. Fonty avait tendance à se plaindre du second mariage en songeant au premier, ce qui ne l'empêchait pas de faire l'éloge, lors de ses visites aux Archives comme dans des lettres, de cette longue union avec Emilie, qui restait le modèle « d'un lien tout compte fait solide » pour Emmi et lui : « Nous avons trop de fils qui nous relient pour pouvoir nous séparer… »

Au fond, il était attaché à ces deux femmes, car les vociférations occasionnelles d'Emilie la huguenote et d'Emmi la Silésienne lui étaient une musique : bruyante, certes, mais vivante. Dans une lettre à Martha Wuttke qu'il lui écrivit plus tard, des semaines après sa maladie, nous lisons : « Maman a tendance à raconter un peu n'importe quoi, mais si on la couronne de fleurs, c'est Ophélie en personne, ou sinon c'est Lady Macbeth ; et deux heures après, la voilà qui dévore un petit pain au jambon… »

Et avec des citations de ce genre, Fonty évoquait les deux mariages. Plus ils duraient, plus il voyait venir, dans une perspective double, tantôt comme une chose épouvantable, tantôt comme une glorieuse récompense bien méritée, les noces d'or. Même si, à la fin des années soixante-dix, il avait résumé sa vie conjugale comme « notre guerre de Trente Ans » et ne l'avait fêtée qu'avec quelques amis, il n'aspirait point à la fin des hostilités ; chez les Wuttke aussi, la paix du ménage était souvent troublée.

Chaque fois que l'Emilie historique se présente à nous sur des photos, strictement boutonnée, sa dignité raide correspond aux possibilités des photographes de l'époque, qui réussissaient mal les poses courtes ; mais nous avons connu Emmi plus vivante, et si présente que nous pourrions en donner des instantanés. Elle était une personne au grand cœur dolent, avec une tendance à l'embonpoint… non : elle était grosse. Si l'Emilie des photographies avait la prestance d'une dame mûre, Emmi donnait, quand nous rendions visite aux Wuttke, l'impression de déborder : soit de jovialité, soit d'accablante tristesse. Généralement, nous la trouvions en grande blouse à manches courtes et savates éculées.

À peine sonnions-nous, au troisième étage, qu'elle était sur le seuil, les bras croisés : bastion charnu qui voulait être pris par la persuasion, ce qui n'était pas difficile, car Emmi Wuttke aimait nous parler de ses petites misères, en y mêlant des jérémiades sur l'existence à peine concevable de son mari. Qu'elle se plaignît de la vessie ou des bronches, on pouvait être sûr qu'elle conclurait son bulletin de santé par ces mots : « Mais mon Wuttke ne fait qu'aggraver les choses. »

Néanmoins, les récriminations de la vieille femme faisaient revivre la jeune Emmi Hering. En souffrant à haute voix, elle s'épanouissait. La dactylo devait être jolie, pour le moins attirante. Sa chevelure, qui avait grisonné de bonne heure et plus tard, hélas, avait été teinte en un noir bleuté, nous nous la représentons dans son brun naturel, « vraiment châtain », nous assurait Fonty. Lorsque Emmi riait, c'était la jeune fille cachée en elle qui riait encore. En tout cas l'on devinait pourquoi l'aviateur Theo Wuttke, au printemps 1940, avait pu tomber amoureux de cette « mignonne dactylo » de tout juste dix-huit ans, et à l'instant même.

Comme nous savons, cela se passa dans le paternoster. Plus tard, de permission en permission, ils furent dans le Tiergarten, printanier ou automnal, sûrement assis sur un banc face à l'île Rousseau, et derrière eux le sureau était en fleur ou en fruit. Le soldat racontait des anecdotes sur la France occupée. Le soldat invitait la jeune fille à une promenade en barque. Sur le grand lac artificiel près du zoo, ils ramaient tour à tour. Et bientôt, après encore une mission, ils se fiancèrent. Tante Pinchen, chez qui Emmi logeait, ne voyait pas d'inconvénient à ce que ce jeune militaire, amusant de surcroît, fréquentât l'appartement de la Weissenburger Strasse, qui quelques années après s'appellerait Kollwitzstrasse.

Le militaire apportait des cadeaux : du calvados de Normandie, du saucisson de Lyon, du fromage de chèvre des Cévennes, et même du parfum et de la dentelle de Bruxelles. Ce militaire revenait toujours, alors que de beaucoup de fils de voisins on n'avait plus de nouvelles que celle de leur mort. Et lorsque le soldat Wuttke, à la fin de l'été 1945, rentra de captivité, il fut à peine étonné quand sa fiancée l'accueillit en lui collant un nouveau-né sur le bras. L'enfant mettait déjà des dents ; et bientôt le petit Georg marcha dans le trois pièces et demie peu endommagé, dont tante Pinchen avait cédé une pièce et demie à la jeune famille.

Ils se sont aussitôt mariés. Le soldat devint professeur stagiaire. Et quand, l'année d'après, les grands froids étant venus s'ajouter à la famine, tante Pinchen mourut, les services du logement ne purent pas leur imposer de sous-locataire, car Emmi attendait déjà Theodor depuis cinq mois. Elle voulut encore d'autres enfants. Après une fausse couche, ils eurent encore le benjamin Friedrich, qu'on appelait Friedel, tout comme les petits voisins de l'immeuble et de la rue appelaient le cadet Teddy et l'aîné « Chorche ». C'est seulement trois ans plus tard, quand l'ex-militaire ne fut plus professeur mais conférencier itinérant, que naquit Martha, que son père cajola dès le berceau sous le nom de Mete, et appela même ainsi plus tard dans ses lettres.

Mais ce ne sont pas ces naissances qui ont fait grossir Emmi. Et ce n'est pas non plus qu'elle mangeât beaucoup ou abusât des sucreries. À l'entendre, Fonty était seul responsable de cette mauvaise graisse, par les soucis qu'il lui causait. Lorsque nous osions émettre des doutes, le vase débordait : « Eh oui, parce que rien n'a jamais été sûr, avec lui. Parce qu'il a pu devenir professeur après la guerre et que, tout de suite après le stage accéléré, il a trouvé un poste en allemand et histoire, mais que deux, trois ans après, pas plus, au collège de la Senefelder, il envoyait déjà tout promener, parce que ça le rasait : "Ce fatras pédago !", qu'il disait. Et parce que, après non plus, il n'a pas fait de vrai métier. Parce qu'il a toujours voulu être "travailleur indépendant". Et parce qu'il a toujours eu cette manie, depuis le début. Vous savez bien ce que je veux dire. Et c'est aussi pour ça que les garçons ne sont pas revenus, aucun des trois. Notre Georg avait déjà dix-sept ans, mais Teddy et Friedel en avaient tout juste quatorze et douze, c'étaient des enfants, quand chez sa sœur Lise, à Hambourg, ils ont trouvé tout formidable. Bon, elle s'est occupée d'eux, il n'y a rien à dire. Écoles, université. Ça a dû lui coûter chaud. En tout cas, tous les trois ont fait leur chemin, à l'Ouest. Et si notre Georg n'avait pas eu cette histoire d'appendicite, alors qu'il était déjà capitaine d'aviation… Mais ici, c'est allé de mal en pis, pour moi, parce que j'ai perdu mon travail, et qu'on n'avait même pas le droit d'aller les voir, parce que les garçons… avaient "fui la République", comme ça s'appelait… Et parce qu'ensuite ça a été les maladies, parce que mon poids, et parce que, depuis, j'ai des ennuis de vessie, et que mes bronches, pas seulement en montant les escaliers… C'était déjà assez grave comme ça. Mais mon Wuttke n'a jamais fait qu'aggraver les choses. Ben, parce qu'il n'a jamais rien fait de bon, ni professeur, ni rien de bon non plus à l'Union culturelle, et à la Maison des ministères… il est juste devenu appariteur… »

Ce qui montre à quel point ce catalogue de reproches pesait à Fonty, c'est que, dès que les plaintes d'Emmi le chassaient de la maison, il évoquait les desiderata de l'Emilie historique, née Rouanet-Kummer, en citant une esquisse intitulée « Comment ma femme se représente un fonctionnaire », où l'Immortel énumérait en dix points ce qui clochait dans son ménage. Cela donnait, par exemple : « Un fonctionnaire vit longtemps. Tant qu'il vit, il perçoit un bon traitement. S'il est malade, il a un remplaçant. Les cures thermales sont assurées. Et les fautes sont indifférentes, aussi longtemps que, de l'extérieur, l'infaillibilité de sa personne et de son corps n'est pas entamée… »

C'est de façon analogue – encore que dans un autre registre – qu'Emmi aurait pu énumérer les sécurités offertes par un poste fixe situé nettement au-dessus d'un appariteur. C'est du reste sur ses instances qu'on avait acheté un piano à Martha : « On avait aussi un piano, dans notre villa d'Oppeln… »

Elle n'a cessé de reprocher à son mari d'avoir envoyé promener l'enseignement : « Quand il était encore prof, mon Wuttke, est-ce que c'était indispensable, qu'il mette son grain de sel dès qu'il s'agissait de politique ? » Et après la carrière compromise – « Je suis sûre que mon Wuttke aurait fini proviseur » –, toutes les occasions manquées y passaient, entre la fin des années soixante et le milieu des années soixante-dix, lorsqu'on avait proposé au conférencier qui avait fait ses preuves un poste de secrétaire à la culture dans un arrondissement. « Mais mon Wuttke disait à chaque fois : “Je ne suis pas fait pour ça. Passer sa vie derrière un bureau à rédiger des rapports !” En plus, il ne voulait pas se retrouver à Pasewalk ou encore plus loin, au fond de la Saxe, si ça se trouve. Mais quand les camarades lui ont même offert Potsdam et Neuruppin, ce qui est tout près, et qu'ils ont vraiment insisté, une fois de plus il a tout gâché, politiquement. Eh oui, d'abord il aurait fallu qu'il entre au Parti, et il a pas voulu, et en soixante-huit il paraît qu'il a râlé, dans ses conférences, contre l'entrée des pays socialistes frères en Tchéco. Mais en soixante-seize, quand encore une fois on lui a offert sur un plateau d'être secrétaire pour l'Union culturelle, il a dit à qui voulait l'entendre : “Quand on veut des gens qui chantent, faut prendre des chanteurs.” Et même il en a remis : “Biermann ici, c'est mieux que Biermann à l'Ouest.” Et ensuite il a tout envoyé promener, “tout le fatras culturel”, qu'il a dit. Il est comme ça, mon Wuttke. Il faut toujours qu'il aggrave encore les choses, tant et si bien qu'il n'a même plus eu le droit de parler, parce que quand il a eu son autocritique devant l'Union culturelle, et qu'en fait les camarades voulaient l'aider, il l'a plutôt pris de haut, devant le collectif du Parti :

“Secrétaire d’arrondissement, il a dit, c’est pas mon truc. Je n’ai pas les aptitudes requises pour un tel poste, ni peut-être d’ailleurs pour aucun poste officiel. Je veux être libre dans mon travail, et parler librement…” Les camarades n’ont pas voulu en entendre davantage, naturellement. Et il a fallu qu’une fois de plus quelqu’un intervienne, ne me demandez pas qui, pour que mon Wuttke arrive encore à se caser comme appariteur… »

Nous, aux Archives, pouvons confirmer la citation d’Emmi et la preuve qu’elle constitue d’un orgueil modestement fracassant, car c’est dans des termes analogues que l’Immortel démissionna de son poste de secrétaire perpétuel de l’Académie prussienne des arts. Trois mois de tracasseries accumulées, d’ennuis et d’intrigues tournant à la querelle suffirent à motiver l’abandon, dans l’été 1876, de ce poste bien doté. C’est juste après Pâques que, cédant au désir de sa femme et aux instances de ses amis – et aussi parce que l’empereur approuvait cette nomination –, il avait pris ses fonctions. Il écrivit plus tard : « Ce fut à peu près la pire époque de ma vie. Rien que des ennuis et des vexations. Quand ce fut fini, j’eus la modestie de chercher la faute en moi-même. Mais aujourd’hui je vois les choses autrement… »

Et Emilie ? Ce mari inapte à la fonction publique qui, aussitôt démissionnaire, respira à pleins poumons et termina d’un trait son premier roman *Avant la tempête* et ensuite, sans reprendre son souffle, ne voulut plus vivre que de sa plume, elle ne lui pardonna pas plus de lâcher la *Kreuzzeitung* que d’envoyer promener charges et honneurs ; de même qu’Emmi Wuttke ne put cesser de reprocher à son mari de s’être délibérément grillé politiquement juste pour échapper aux fastidieuses séances de l’Union culturelle et à la paperasserie du rond-de-cuir. En agissant ainsi, comme toujours, il s’était soucié de sa famille comme d’une guigne et n’avait songé qu’à sa sacro-sainte petite liberté : « Enfin, l’éternelle vie de bohémien de ces tournées de conférences… Mais ça, c’était terminé, de toute façon. Tout juste s’il était encore bon à charrier des dossiers. On a eu honte.

Et plus tard, Martha a pleuré, quand elle est allée voir son père à la Maison des ministères, obligé de faire les couloirs, de bureau en bureau, toujours chargé comme un âne, de monter et de descendre dans ce vieux paternoster… »

Une chose est sûre : plus jamais Fonty n'eut le droit de reprendre la route avec ses conférences toutes préparées qu'il avait prononcées à la gloire de l'Immortel entre la Baltique et les monts Métallifères, l'Elbe et l'Oder. Mais déjà le conférencier, qui avait pourtant nourri la famille, avait été suspect aux yeux d'Emmi. Elle lui reprochait de se rendre ridicule, devant son public : « Ils font des blagues sur ton dos, ils se racontent des histoires de Fonty ! »

Nous aurions pu lui assurer que non : ce n'était pas à ce point-là. Certes, on souriait lorsque, dans une de ses conférences, il passait au peigne fin tous les romans du point de vue botanique et que, venant après l'héliotrope, l'immortelle prenait une valeur emblématique ; on s'amusait, la main devant la bouche, quand son époustouflante capacité de citer exactement lui permettait des allusions à l'actualité socialiste, et de faire par exemple défiler permanents du Parti et cadres itinérants sous les espèces de lieutenants de réserve prussiens et autres notables typiques de l'ancien temps ; en hochant la tête, car nous étions encore aveuglés, nous écoutions ses thèses selon lesquelles l'avenir du « quatrième état » était certes inscrit dans l'État des Ouvriers et Paysans, mais n'était toujours pas assuré pour autant ; mais jamais nous n'avons ri de Fonty, et nous l'avons encore moins plaisanté cyniquement. Ce qu'il y avait plutôt, c'est que la sereine allégresse qu'il manifestait avec tant de passion nous mettait dans l'embarras. Nous ne savions jamais trop si nous étions spectateurs ou comparses d'une comédie dont l'auteur paraissait doublé. Fonty jouait avec nous et, parce que ce jeu était amusant, en des temps souvent moroses, nous entrions nous-mêmes dans le jeu quand sa conférence sur la très réactionnaire *Kreuzzeitung* osait s'intituler « Comment, pour le bien de la Prusse, on évite d'avoir une opinion personnelle », car chaque citation s'appliquait *mutatis mutandis* à l'organe central du Parti unifié, sans que Fonty eût à reprendre un mot de ce pilier de l'État et monument d'ennui qu'était le *Neues Deutschland*. Non, la provocation ouverte n'était pas son affaire, pas plus que celle de ses auditeurs reconnaissants. Il attirait le public en restant plurivoque, en se contentant d'incidentes pour escamoter le temps ou anticiper son cours, en faisant tourner les « chevaux blancs du réalisme socialiste » sur la piste comme un monsieur Loyal. Il se plongeait dans l'œuvre de l'Immortel plus en causeur qu'en professeur, il donnait l'occasion de sourire mais ne prêtait pas à rire.

Mais Emmi Wuttke ne pouvait pas ne pas voir cette identification avec inquiétude. Plus il vieillissait, plus il ressemblait à son modèle jusque dans les détails. Elle se risquait à employer un mot savant : « Le voilà encore qui se personnifie ! » Car jamais elle ne pouvait être sûre, lorsqu'ils parlaient ensemble à la table de la cuisine, que c'était son Wuttke qu'elle entendait, quelque application que mît Fonty à réfréner pour sa part la manière dont l'Immortel émaillait volontiers sa conversation d'expressions françaises.

Et puis Emmi était de plus en plus choquée par l'allure qu'il avait. Et, de fait, il avait l'air d'une gravure ancienne et aurait pu, dans des films de télévision ou de cinéma qu'on tournait d'ailleurs dans l'un et l'autre État, jouer les premiers rôles littéraires, tant il ressemblait à s'y méprendre au vieux Briest, au vieux Stechlin, et finalement à leur modèle encore plus ancien. Rien d'étonnant à ce qu'Emmi se plaignît : « Mon Wuttke ne parle tout de même pas comme ça ! "Je fais plus grand-chose, mère Buschen", qu'il m'a dit l'autre jour. Et regardez cette tenue : toujours entortillé dans cette vieille écharpe, et avec cette béquille ! En plus, ces frisettes qui lui descendent dans le cou. Et ce chapeau ! C'est possible, qu'il lui aille bien. Mais qu'est-ce que ça veut dire, à la Bismarck ? Il est pas Bismarck. Ni Bismarck ni je ne sais qui. C'est mon Wuttke, un point c'est tout, un pauv' diable d'appariteur dont les gens rigolent. »

Nous savons par Fonty que même les désapprobations quotidiennes de sa femme, son agacement à propos du chapeau et du pardessus « brun Bismarck » étaient des souvenirs : « Mon Emilie voit en moi un parfait prolétaire qui se promène sous une sorte de déguisement, et en même temps elle attend de moi que je me comporte comme si j'étais issu d'un croisement contre nature de Goethe et de Caton… »

Chez Emmi, la liste des récriminations était plus longue. Déjà les conférences étaient des « jacasseries » d'une drôlerie trop équivoque à son goût. Elle pouvait en juger, après tout, nous assurait-elle, car c'est bien elle qui avait eu à recopier, des années durant, ses gribouillis au crayon si difficiles à déchiffrer : « Pendant la guerre, déjà, ses reportages longs comme le bras sur la France occupée. Ils étaient même amusants, quelquefois, quand il s'agissait de soirées entre officiers dans des châteaux et des hôtels de luxe. Et après la guerre, toutes ses conférences. J'ai tout bien proprement tapé, sur ma vieille machine Erika. C'est bien plus tard seulement que j'ai pu m'en offrir une moderne, une Robotron. Par relations. C'était un article quasi introuvable. Je l'ai encore. Pour ça, j'étais bonne. J'ai jamais été que sa dactylo. Mais pour ce qui est de me plaire, ça ne me plaisait plus vraiment, ces bavardages. Pas du tout assez scientifiques, c'est ce que trouvait aussi Martha, et elle a lu tous les livres de son idole. Rien que des exagérations. J'ai souvent dit à mon Wuttke : "Qu'est-ce que c'est que ça, encore ?" Je me rappelle, ce devait être au début des années soixante-dix, il fallait une fois de plus taper quelque chose. Qui est-ce qui pouvait piger ça : "L'incendie comme métaphore de la sexualité" ? "Laisse donc, Emilie, m'a-t-il dit, ce sont des finesses qui ne sont pas ton affaire. Je le sais bien, et ce n'est pas bien grave. Un roman comme *Irréparable* exige une sensibilité affranchie…" – "Non, Wuttke ! lui ai-je dit, une fois de plus, tu vas chercher des trucs tordus. C'est ta hantise du feu. Ça ferait carrément peur, quand tu écris que le désir c'est l'incendie. Mais les gens ne font qu'en rire…" »

Emilie, née Rouanet-Kummer, n'était pas moins critique envers la production littéraire de son époux. Le jeune dramaturge Gerhart Hauptmann, dont l'Immortel avait favorisé le succès en publiant un vibrant éloge de sa première pièce *Avant le lever du soleil*, raconte qu'Emilie lui aurait dit, au milieu d'une réception à Berlin : « Il se prend pour un écrivain. Eh bien, je n'y crois pas. Il n'en a pas vraiment l'étoffe… » Mais elle aussi, pendant des dizaines d'années, a recopié au propre tous les manuscrits crayonnés de l'auteur, qui prêtait même l'oreille à son jugement : « Emilie estime que j'écris généralement mieux quand je n'ai pas de matière que quand j'en ai beaucoup. »

Sans doute était-ce de l'amour, qui fit durer toute une vie l'attachement d'Emilie et d'Emmi. Et chez l'une comme chez l'autre, le manque de compréhension n'a eu d'égal que la sollicitude, toutes deux demandant anxieusement et souvent bruyamment qu'on prît part à leur sort.

Emmi Wuttke est même venue nous voir aux Archives pour que nous contrôlions d'un point de vue « strictement scientifique », disait-elle, le manuscrit de telle ou telle conférence de son mari. Il ne fallait naturellement pas que Fonty le sache. Elle nous faisait confiance. Nous n'avions pas le droit de la décevoir.

Lorsque Emmi venait, elle s'asseyait un peu gênée sur le fauteuil réservé aux visiteurs et feuilletait, en attendant, un livre de photographies des monuments et paysages de la Marche de Brandebourg. Elle avait l'air aussi triste que corpulente. Mais même lorsque nous pouvions la rassurer, parce que chez Fonty la conférence la plus tirée par les cheveux se révélait toujours parfaitement exacte dans ses citations et jusqu'aux sources les moins connues, la mine dolente d'Emmi exprimait encore le souci qu'elle se faisait pour Wuttke.

Du reste, certains détails douteux, qui nous agaçaient nous aussi, se trouvèrent confirmés par des manuscrits découverts ultérieurement. Des lettres resurgies par hasard, dont quelques-unes à Mathilde von Rohr, Fonty les citait comme par pressentiment. Il puisait de précieuses indications dans des journaux intimes perdus. Dans le doute, c'est lui qui constituait les meilleures archives, parce que sans lacunes. Et quand il ne savait pas ou ne voulait pas savoir, Hoftaller pouvait compléter ; encore que ses visites à lui fussent désagréables.

Quand Emmi Wuttke repartait, notre avis favorable n'avait tout de même rien changé à son humeur chagrine. Fonty pouvait se plaindre de devoir supporter « parfois des semaines durant, la mauvaise humeur manifestée à son égard par un air renfrogné ». Elle pouvait être insupportable. Tout comme Emilie, Emmi se voyait « portant sa croix et rabaissée », et les deux femmes pensaient être faites pour une vie meilleure, dans l'aisance et le bonheur.

Ce qui est vrai, c'est que souvent on était gêné, mais aucune des deux familles n'a jamais souffert de la faim. Il fallait être économe, et même noircir des deux côtés les feuillets de manuscrits ; mais, au besoin, il se trouvait toujours quelqu'un pour venir en aide, l'ami Lepel ou les Merckel. Et plus tard, quand cela n'alla pas bien du tout, parce que la « faillite nerveuse » accabla les Wuttke, Hoftaller joua, tout comme Tallhover jadis, son rôle d'ami de la famille.

Il fit aussitôt reconnaître la maladie de Fonty. Il veilla à ce que, dans la Maison des ministères, on évoquât « l'état alarmant » de l'appariteur qu'on aimait bien à tous les étages. Partout, du moins dans la partie orientale de la ville, la nouvelle se répandit de sa maladie. C'est ainsi que nous l'apprîmes aussi, quoique Potsdam soit à l'écart. Hoftaller nous conseilla de rendre visite au malade, mais en petites délégations.

Ce qui frappait tout de suite, c'est que Fonty, que nous trouvâmes fiévreux et agité, jouait fréquemment avec l'alliance à sa main gauche ; ou qu'il ne jouait pas vraiment avec, mais, les yeux fermés, tirait dessus. Puis il retombait dans l'apathie, dans cette petite chambre avec sa table de travail et ses rayons débordants de livres qui s'appelait « le bureau de Papa ». Son lit, où il tirait à présent sur son alliance, était là depuis des années. Déclaré premier coupable, Theo Wuttke, aussitôt après la fuite de ses fils à l'Ouest, avait dû quitter la chambre conjugale, Emmi profitant dès lors seule du lit à deux places. La petite Martha s'était installée dans la chambre des garçons. Et c'est le vieux lit en fer de Georg, avec ses boules de cuivre aux quatre coins, qui était venu encombrer encore davantage le bureau et sur lequel Fonty gisait à présent avec sa fièvre nerveuse et cherchait constamment à décharger son annulaire, au point qu'on n'osait plus regarder.

Ensuite, Emmi Wuttke nous invita à prendre une tasse de café dans le « salon », où était le piano de Martha, muet depuis son adolescence, et sur lequel elle prétend « s'être pas mal débrouillée » avec Chopin et Schumann. Avec son canapé, deux fauteuils cabriolets, un joli petit secrétaire sur lequel jurait la machine à écrire électrique d'Emmi, et entre les deux fenêtres une glace au cadre laqué blanc avec bandes dorées, ç'aurait pu être le modeste salon des Poggenpuhl – « la commandante pauvre et noble avec ses trois filles ». Et nous, des Archives, nous appelions d'ailleurs cette pièce « le salon Poggenpuhl de Fonty », d'autant que, sur les murs, des gravures évoquaient l'histoire de la Prusse par des scènes militaires, dont, juste au-dessus du canapé, la bataille au corps à corps de Grossgörschen où s'était illustré le capitaine de cavalerie von Poggenpuhl. Nous avions assez souvent entendu la variation que faisait Fonty sur certaine citation : « C'est là que nous vivons, prouvant au monde que, même avec de maigres ressources, pourvu qu'on ait bon esprit et certes aussi un peu d'ingéniosité, on peut vivre à son aise et tenir presque son rang… »

Et voilà qu'il était alité, fiévreux, et tirait sur son alliance, tandis que nous buvions le café dans de la porcelaine de Meissen. En fait, les deux femmes avaient voulu installer le malade dans le salon, mais Fonty avait exigé avec la dernière énergie qu'on le laisse dans le lit de son bureau.

Elles le soignaient à deux, jusqu'au jour où Martha tomba malade elle aussi ; comme la Mete que nous connaissons épistolairement, elle avait tendance à partager avec tant de compassion les fréquentes indispositions de son père, ses dépressions estivales et maintenant sa fièvre nerveuse que bientôt Emmi fit la navette entre le bureau paternel et la chambre de sa fille. Ces deux lits de douleur, séparés par la cuisine, ne laissaient plus de repos à la lourde femme, qui ne cessait de soupirer. Si d'un côté son Wuttke, dans de récurrentes poussées de fièvre, « ne débitait que des sottises », de l'autre elle entendait sa fille pleurer toute seule en disant qu'elle voulait décommander la noce ou du moins la repousser : « Je ne me sens pas prête. Je ne peux pas vivre comme ça sans aucune perspective… »

Rien d'étonnant à ce qu'Emmi, prenant le café avec nous dans le salon Poggenpuhl, se vît portant « une double croix ». Sa vie n'était qu'une série de sacrifices. Elle n'en revenait que plus souvent, entre deux brèves visites aux deux malades, sur sa Haute-Silésie natale. La maison familiale devenait une villa de sept pièces avec jardin d'hiver et parc, son beau-père un riche négociant en grains, et sa mère une fille de pasteur très musicienne qui avait eu le malheur de se laisser séduire « toute jeunette » par un professeur de piano. Nous apprenions qu'Emmi Hering, une fois achevée sa formation de secrétaire commerciale, aurait dû reprendre le négoce paternel. « Mais la guerre était arrivée… »

Elle se sentait flouée par le destin. Non seulement la guerre lui avait collé cet incapable de Theo Wuttke, mais elle l'avait finalement privée de ses parents ; et Emmi parlait avec prédilection de tout ce qu'elle avait perdu : « Vous pouvez me croire : une série de coups du destin. D'abord, on a tout perdu à Oppeln. Ensuite, Papa et Maman se sont retrouvés à Breslau, forteresse dans la lutte finale : autant dire l'enfer. Ils y ont laissé leur peau, l'un et l'autre. Et il n'est rien resté. Tout perdu ! La belle villa. Et au fond du parc, quatre silos à grain. Et les trois attelages pour les chars : rien que de gros chevaux de brasserie. Et Maman jouait tous les jours du piano, à queue naturellement, comme faisait notre Martha avant qu'elle arrête parce que mon Wuttke a dit : ça suffit. J'étais déjà à Berlin quand la guerre a éclaté. Non, chez nous les ouvriers agricoles polonais n'avaient pas à se plaindre, ni plus tard non plus, quand on a été dans le Reich. Et parce que je suivais pas très bien au lycée, c'est Papa qui a voulu que je fasse secrétaire, parce que sa sœur, Tante Pinchen, habitait Berlin, avec son Ernst-August. Maître cordonnier mon œil, il était généralement déjà soûl à midi. Ouais, personne pensait que ça finirait comme ça. De plus en plus de bombardements. Encore qu'au ministère, où j'ai trouvé tout de suite un emploi, la cave était assez sûre. C'est d'ailleurs là que j'ai rencontré mon Wuttke ; non, pas à la cave, dans le paternoster. Il était drôle. Tout timide, qu'il était, en tout cas au début. Bien sûr, ç'a été le coup de foudre ; dans ces cas-là, on se pose pas de questions. Quand ç'a été fini, qu'on avait plus rien, tout juste un toit au-dessus de la tête, alors il est revenu. Tout perdu et affamé. Tout de même, il était content de l'enfant. L'amour était toujours là, encore aujourd'hui. Avec ce qu'on en a bavé, dans ces années noires, c'est des choses qui vous attachent l'un à l'autre. Mais pour commencer, en revenant de la guerre, il a dû s'aliter. C'est Tante Pinchen qui le soignait, parce que moi, j'étais le plus souvent à chercher du bois dans le Tiergarten, avec la carriole... Il n'allait pas bien du tout. Non seulement il était affaibli, mais il avait la même chose qu'à présent : une fièvre nerveuse. Et ça a duré. Moi, il fallait que je travaille, d'abord à déblayer les décombres, ensuite comme dactylo au service du logement. L'aviation du Reich, mon dernier poste, il en était plus question. Mais l'appartement, on l'a bientôt eu pour nous seuls, vu qu'en quarante-six, cet hiver terrible, Tante Pinchen est décédée et que je me suis retrouvée enceinte... Au début, sur le devant, il n'y avait pas de vitres, juste des cartons. Et le toit avait des gouttières. Et rien pour se chauffer, cet hiver terrible. Mais enfin c'était tout de même un logement, c'est pour ça qu'on est pas allés à l'Ouest, où la seule sœur de mon Wuttke tenait une petite papeterie, d'abord à Hanovre, ensuite à Hambourg, elle s'appelait Lise Neiffert, son mari n'était pas revenu de Russie et ils avaient pas d'enfants. C'est pour ça qu'elle a pas laissé repartir les garçons quand ils sont allés la voir, et qu'ils sont restés, parce que ça a été le Mur et qu'ensuite plus personne passait. Mais y a pas à dire, elle s'est bien occupée d'eux : Teddy est fonctionnaire à Bonn, chef de bureau... Friedel a fait une formation de libraire, et maintenant à Wuppertal, il est éditeur, s'il vous plaît... Et notre Georg, sans cette histoire d'appendicite, aujourd'hui il serait sûrement commandant, vu que déjà au début des années soixante-dix il volait sur Starfighter, même que nous... Mon Dieu, on a tout essayé : lettres, télégrammes.

Je voulais aller les chercher, mais j'avais pas le droit. Toutes ces années, j'ai pas eu l'autorisation. Mais quand c'est arrivé, mon Wuttke est tombé malade, immédiatement. Fièvre nerveuse, une fois de plus… Aucun médecin ne pouvait rien faire… Et ça empirait, ça empirait… Eh oui, on connaît ça… »

Chaque fois que la situation de Fonty devenait critique, ce qui était généralement le cas sur fond de crise politique, il tombait malade ou se réfugiait dans la maladie, comme le prétendait Emmi Wuttke. C'est certainement ce qui s'est passé quand, en 1951, juste après le Ve plénum du Comité central, il a perdu son poste d'enseignant : pour propos négatifs dans le débat alors prescrit sur le formalisme ; et il réagit de la même manière lorsque, peu après la révolte des ouvriers, sa conférence sur la révolution de 48 et son titre – « Les démocrates, qu'on les mate ! » – furent barrés d'un trait de plume.

« Quatre semaines, il est resté au lit, disait Emmi. Et à peine le Mur était là, et les garçons de l'autre côté, qu'il s'est encore alité. Quatre semaines, là aussi. Et chaque fois, c'est les nerfs qui lâchaient. »

C'est aussi avec une fièvre nerveuse qu'il s'alita lorsque ses remarques politiques un peu trop acerbes eurent ruiné son avenir de secrétaire d'arrondissement et que, du coup, il eut envoyé promener tout le « fatras culturel ». Et, de même qu'il avait passé au lit le temps d'échanger son statut de conférencier contre celui d'appariteur, voilà qu'au terme de la dernière en date de ces crises il se retrouvait sur le flanc non seulement du fait de son départ raté pour l'Écosse, mais aussi à cause de l'effondrement de l'État des Ouvriers et Paysans, auquel il était attaché, qu'il aurait souhaité plus conforme à la vieille tradition prussienne, mais dont il ne faisait pas moins partie et dont l'histoire, quarante années durant, avait été son histoire, y compris avec réitération de l'avant-quarante-huit, avec répétition des décrets antilibéraux de Karlsbad, avec perduration de maintes dépendances. En tout cas, tout cela se mélangeait dans les fantasmes que favorisait sa fièvre. Tantôt il s'agitait sur sa couche, tantôt il sombrait dans l'apathie. Par accès, il soliloquait ou bien s'enfonçait dans le mutisme, respirant à peine et semblant comme mort.

Emmi Wuttke savait gérer tout cela. Lorsque, après le café, elle nous laissa entrer encore une fois dans la chambre du malade, elle dit : « Évidemment ! C'était trop à la fois. D'abord on lui dit qu'il ne sera bientôt plus appariteur, vu que l'unité arrive et que la boîte va fermer ; ensuite il veut filer, s'évaporer, mais ça rate. Et maintenant le voilà au lit, à tripoter son alliance sans arriver à l'ôter. C'est comme ça qu'il est, mon Wuttke, il ne sait jamais qu'aggraver encore les choses… »

Comme nous rentrions à Potsdam, ma collègue se souvint d'un passage d'une lettre de 1892 dans laquelle l'Emilie historique évoque la grave maladie de l'Immortel – diagnostic : anémie cérébrale – et écrit à son fils : « Je ne saurais décrire la difficulté qu'il y a à vivre avec le pauvre malade, de jour comme de nuit. Nous attendons le médecin, qui parle avec de plus en plus d'insistance d'un établissement pour malades nerveux. Papa, qui paraissait d'abord en être d'accord, manifeste à présent une véritable horreur de la chose, de sorte que je ne donnerais mon accord qu'en cas d'extrême nécessité… »

La famille craignait qu'il perdît la raison ; comme Emmi Wuttke l'a dit à sa fille, elle aussi dépressive et alitée : « Vous finirez par vous retrouver tous les deux en cabane, si vous continuez comme ça. » Et c'étaient des avertissements du même genre que formulait le docteur Zöberlein, qu'après de violents accès de fièvre accompagnés de frissons l'on avait fait venir de la polyclinique voisine.

Comme médecin de famille, Zöberlein connaissait depuis des années les nerfs fragiles du malade. Au début, il avait pensé pouvoir endiguer la crise par de puissants médicaments. Mais Fonty, par la haine qu'il avait héritée envers tout ce qui sentait la pharmacie, avait refusé de rien prendre, et le docteur conseilla donc de faire admettre le malade dans le service compétent de la Charité. Il aurait à vrai dire préféré le centre de recherches de Buch, dont le service de neurologie « jouissait même à l'Ouest d'un grand prestige scientifique ».

Mais à peine fut-il question de « service » qu'Emmi s'écria : « Vous ne fourrerez pas mon Wuttke là-dedans ! Il faudra me passer sur le corps ! »

Et Fonty réagit à ce conseil du médecin comme s'il se conformait à son rôle : à notre visite suivante, nous le trouvâmes, entre les poussées de fièvre, complètement abattu. Il ne tirait même plus sur son alliance et ne parvenait pas à faire comme son prédécesseur qui, tourmenté par d'immenses fatigues, des troubles gastriques et sa fièvre nerveuse, avait tout de même écrit des lettres d'adieu. Sur son lit de douleur, l'Immortel se plaignait à son ami et correspondant Friedlaender : « On est la feuille jaune qui pend de l'arbre quand vient la fin de l'automne. L'humeur est sans joie et vous convainc à toute heure que la chose va mal tourner. On a peine à concevoir que nous accordions tant de valeur à ce qui n'en a aucune, et que nous répugnions à quitter ce qui n'est que clinquant et poudre aux yeux… »

Le docteur Zöberlein déclara que dès lors le malade devait puiser en lui-même l'énergie de guérir. Emmi trouva de l'aide dans le voisinage. Inge Scherwinski, mère de trois moutards qu'elle élevait seule, put venir en renfort au moins le matin. Camarade de Martha Wuttke, avec qui elle avait été aux Jeunesses communistes, elle connaissait les crises auxquelles la jeune femme était sujette et diagnostiqua : « C'est la migraine, on peut rien faire, faut attendre que ça passe et lui parler gentiment. »

Elle passait donc des demi-heures et des heures assise à bavarder au chevet de Martha dans la chambre obscure, évoquant les camps d'été et les récoltes auxquelles elles avaient participé. Et comme Inge Scherwinski aimait bien faire entendre sa jolie petite voix, elle aidait Martha à s'endormir en lui chantant ou fredonnant des chansons qui naguère étaient faites pour donner de l'allant et aider à la construction du socialisme.

Emmi continuait de mettre des compresses froides à son mari. Elle était plus inquiète que lors de ses maladies traditionnelles, même si elle ne se souciait guère des discours délirants de Fonty et de leur mépris de la chronologie. Le voyage raté en Écosse pouvait l'entraîner à travers les hautes landes et d'un château en ruine à l'autre, et l'instant d'après, en plein milieu d'une cascade de phrases, il s'irritait soudain de vacances ratées dans les monts des Géants, où la famille n'avait pas pu dormir : « Mete à cause de ses angoisses nerveuses qui ne sont pas sans rappeler les miennes, et Emilie du fait des tempêtes incessantes… » Mais ce qui s'exprimait le plus abondamment, pendant les poussées de fièvre, c'était la grande crise d'écriture qui avait frappé l'Immortel et l'avait bloqué en pleine rédaction d'*Effi Briest*.

Avec sa femme et sa fille, il s'était réfugié à Zillerthal près de Schmiedeberg afin de suivre docilement, fatigué qu'il était de la ville et déjà malade, le conseil du médecin de famille, le docteur Delhaes, et de « changer d'air ». C'est en vain qu'il restait sur les derniers chapitres, doutant de chaque mot, doutant de lui-même. Quelqu'un lui conseille de tâter, à Breslau, d'une autre méthode : l'électrochoc. Mais cette fatigante aventure ne donna rien, que des dépenses. Et un désespoir dont l'écho résonnait chez Fonty dans sa fièvre : « Ainsi j'abandonne Effi ; il se ne produira pas, l'ultime sursaut de flamme : ce qui reste est toute une histoire… »

On résolut de rentrer à Berlin, où l'on consulterait d'autres médecins. Finalement, c'est le docteur Delhaes qui, renonçant à toute médication, a remis le fiévreux sur pied en balayant d'un mot cette crise nerveuse attisée par les souffrances de la malheureuse Effi : « N'êtes pas du tout malade ! C'est votre travail habituel qui vous manque ! Et si vous me dites que vous restez sec, que vous n'avez plus d'idées, que les romans c'est fini, alors moi je vous dis une chose : si vous voulez guérir, écrivez donc autre chose, par exemple vos souvenirs. Commencez dès demain, par votre enfance ! »

Cela a marché, comme nous savons. C'est en rédigeant *Mes années d'enfance* que l'Immortel guérit ; et peu après, il terminait *Effi Briest*. Fonty, en revanche, ne fut pas tiré du lit par un conseil médical, et sa femme et sa fille furent elles aussi incapables de faire passer sa fièvre ; lorsque finalement Emmi, épuisée, dit son besoin de s'aliter à son tour, ce fut Hoftaller qui eut l'idée salvatrice.

11. D'une mine pointue

Démêler leurs voix, débrouiller patiemment leurs bavardages qui se recouvraient : souvent nous entendions mère et fille en même temps. Elles étaient debout dans la cuisine, faisant doublement front. Sur la défensive, les deux femmes croisaient les bras sur ou sous les seins. Les bons jours, on nous invitait à entrer au salon Poggenpuhl. Mais, à la cuisine comme au salon, on servait un café aux visiteurs. Quelquefois, il y avait, en plus, des gâteaux sablés ou « nid d'abeilles ».

Les deux femmes sur le canapé, sous la bataille de Grossgörschen encadrée, et nous sur les fauteuils cabriolets. Assises, elles gardaient là aussi les bras croisés. Au centre du cercle, un guéridon rond et, sur son napperon, outre le service à café, une coupe en porcelaine de Karlovy Vary pleine de pommes ridées, censée rappeler un lointain voyage à Karlsbad.

À chacune de nos visites, mère et fille restaient un moment méfiantes. Elles n'ouvraient guère la bouche ni l'une ni l'autre jusqu'au moment où, tout de même, devant notre patience, elles se mettaient à parler. Ce n'était pas une causerie comme les aimait Fonty, mais plutôt un flot jusque-là endigué qui, par vagues, déversait des phrases, des moitiés de phrase, un fatras de paroles enfouies et soudain mises au jour. Elles monologuaient, se coupaient la parole, se contredisaient, en un duo prévu pour durer. Nous avions le droit de donner brièvement la réplique.

Le feuillage d'été du marronnier laissait juste filtrer dans le salon, dont les fenêtres donnaient sur l'arrière-cour, un peu de lumière tamisée. Clair-obscur ménageant ces femmes qui, l'une grosse et l'autre maigre, étaient marquées par tant de dures années – « Eh oui, quand ç'a été de pire en pire, ici… » Maussades et dures.

On n'avait pas envie de regarder, tandis qu'elles vidaient leur sac, et c'est aussi en détournant les yeux qu'Emmi et Martha nous parlaient : les Archives et les Wuttke se regardaient rarement. Mon collègue détaillait le plus souvent la gravure de Grossgörschen dans son cadre écaillé, à la recherche de scènes atroces et de détails héroïques, et mes yeux retournaient toujours se poser sur le miroir entre les deux fenêtres, qui capte le regard dans presque tous les romans et que l'auteur appelle « psyché ». L'Immortel avait une prédilection pour le ton des causeries de salon, émaillées et fleuries de bribes de français qui exigent aujourd'hui des notes en bas de page dans toutes les éditions de ses œuvres ; et forcément il était question de ses marottes, quoique, dans le salon Poggenpuhl, on parlât principalement de Theo Wuttke : « En somme, Papa vit une seconde fois des choses qui sont enterrées depuis longtemps…

– On croit que, dehors, les gens prennent encore l'omnibus à chevaux. Et qu'il n'y a que des lampes à pétrole, pas la moindre électricité…

– Quand il délirait de fièvre, c'étaient uniquement de vieilles histoires qui ressortaient, hein, son Effi et ses lettres, et le vieux Briest avec sa formule pour se tirer d'affaire quand ça commençait à sentir le roussi…

– Il est comme ça, mon Wuttke. Comme son idole, exactement : jamais il se laisse coincer, il vous file entre les doigts… »

Comme la fille fumait, nous pouvions en faire autant. Les deux femmes ne se ressemblaient que par leurs permanentes, qui devaient être dues au même coiffeur. Il y avait aussi un air de famille dans leur manière de se retrancher derrière leurs bras croisés, attitude à laquelle elles renonçaient tardivement, mais jamais entièrement. Enfin, elles avaient la même façon de parler sans retenue : « On n'ose pas, mais il faut finir par le dire, qu'on avait honte, quand notre Friedel nous envoyait des colis avec des barres de chocolat fourré, du dentifrice, du shampooing aux œufs, est-ce que je sais ? – et qu'on n'avait même pas le droit de remercier. Aucune lettre, sauf clandestinement…

– Eh oui, c'était un contact avec l'Ouest et donc interdit, parce que la Sécurité avait classé Papa comme détenteur de secrets, depuis toujours, pas seulement comme appariteur… »

Nous restions une bonne heure. Au fond du salon, la tache sombre du piano, muet depuis des années, une partition de Chopin immuablement ouverte sur le pupitre. C'était au début de la phase de guérison de Fonty, quelques semaines avant le mariage de Martha avec Heinz-Martin Grundmann. Il fut naturellement beaucoup question de cette prochaine union, sans que nous eussions à solliciter nos interlocutrices. Martha dit : « Nous ne sommes plus tout jeunes ni l'un ni l'autre, et nous avons réfléchi assez longtemps. » Mais ensuite nous évoquâmes des problèmes que posait aux Wuttke l'ombre-diurne-et-nocturne de Fonty.

« Non, il n'est pas venu chez nous. Du moins pas au début. Seulement quand ç'a été de pire en pire…

– Vous étiez la seule exception, d'abord, parce que vous êtes des Archives, n'est-ce pas. Et puis trop de visites auraient sûrement fatigué Papa.

– Et puis Martha était au lit elle aussi. Ça a toujours été comme ça : quand mon Wuttke craquait, elle faisait pareil…

– Mais j'ai tout de même entendu comment il s'y prenait pour t'amadouer…

– Il venait sonner tous les deux jours, quel culot ! Qu'est-ce qu'il voulait donc ? Mais je l'ai même pas fait entrer dans la cuisine…

– Ce qu'il voulait ? Écouter, pardi, espionner ! C'est bien pour ça que je t'ai crié : “Surtout, le laisse pas entrer, Maman !”

– C'est une vieille histoire. Ça fait un bail qu'ils se connaissent, ces deux-là. J'sais pas exactement depuis quand. Mon Wuttke n'est pas bavard, là-dessus, et je ne pose pas trop de questions…

– En tout cas, ils étaient déjà copains pendant la guerre quand Papa, qui n'a jamais été vraiment sur le front, envoyait ses trucs du Gouvernement général de Pologne, aussi du Danemark, mais surtout de la France occupée. Exactement ! Vous l'avez dit : “Regards sur l'Histoire”, il appelait ça. Paraît que c'était assez tordu, pas vraiment fascisant, mais enfin tout de même de la propagande, de quoi en avoir encore honte. Demandez à Maman, elle en sait davantage…

– Oh, mon Dieu, on était tout jeunots et on se doutait de rien, on soupçonnait pas ce qu'on a su plus tard, et dont j'ai honte aujourd'hui encore. Mais quand, tout de suite après la fin de mon apprentissage, je me suis retrouvée à l'Aviation du Reich et dans le secrétariat du commandant Schnöttker, j'avais la tête ailleurs : parce que j'étais amoureuse de mon Wuttke. Il fallait le voir : tout mince, qu'il était. Bref, on s'est fiancés en secret. Tante Pinchen était seule à savoir. À Oppeln, ils se doutaient de rien. C'est que j'avais tout juste dix-neuf ans. Et on a fêté ça au café Schilling, sur la Tauentzien.

– Voilà, c'est typique ! Maman ne veut pas parler de ce type, une fois de plus, alors qu'il était déjà mêlé à tout ça, et ne laissait pas mon père tranquille une minute !…

– C'était pas non plus si terrible ! Du reste, mon Wuttke savait toujours comment l'éviter, quand il venait en permission et qu'on se donnait du bon temps, qu'on sortait… Mais ce qu'il y avait de plus beau, c'étaient ses lettres. Toutes brûlées, malheureusement, parce que, quand il y a eu de plus en plus de bombardements, je les ai envoyées pour plus de sûreté à mon amie Erika, à Dresde, pas loin d'une centaine de lettres, en deux paquets… Toutes parties en fumée, avec l'incendie… Et les rues pleines de réfugiés de Silésie… En tout cas, mon Wuttke, quand il écrivait des lettres, y mettait toujours des poèmes, de lui ou d'autres. Je savais jamais très bien ce qui était de lui ou pas. Tous rimés… Je me souviens d'un : « En barque »… Mais pour ce qui est de ce type, hein, qui le surveillait, il finissait par faire peur, des fois…

– Exactement ! Gosse, déjà, je m'en rendais compte, quand j'allais avec Papa pour ses conférences, à Potsdam, Cottbus, même à Neuruppin. Sans arrêt, ce type se pointait.

Mais je pigeais pas, en fait, je lui faisais même – bête comme j'étais – des comptes rendus écrits, comme des rédactions à l'école, sur ce qui s'était dit ensuite chez le secrétaire d'arrondissement, en prenant café et gâteaux. "Soyons vigilants !" nous disait-on tout le temps chez les Jeunes Pionniers. "L'ennemi de classe ne dort jamais !" Ça n'avait rien de grave, ce que j'écrivais, pourtant j'en ai honte. Je l'avais surnommé "balai-brosse", et ça faisait rire Papa…

– Déjà à l'Aviation du Reich, il avait cette coiffure en tête de loup. Il n'a absolument pas changé. Sauf qu'il s'appelait autrement…

– Et toujours ce sourire, déjà à l'époque...

– On se doutait naturellement, le commandant Schnöttker aussi, qu'il dépendait plus ou moins de…

– Surtout, fais attention, j'ai dit plus tard à Papa. Si tu ne fais pas attention, il aura vite fait de te coincer. On le sentait bien, que son adresse, c'était la Normannenstrasse, la Stasi. Même pour moi c'était évident, même quand j'ai été au Parti, au milieu des années soixante-dix, et que j'ai eu honte d'être convoquée devant le collectif parce que, à cause de ce gueulard de Biermann, qui n'avait plus le droit de chanter ici, Papa avait pris des risques, si bien qu'après il n'a plus eu le droit de faire de conférences et qu'il est devenu appariteur..

– Ah, vous savez, notre Martha était tout simplement aveuglée, comme on dit aujourd'hui. Mais mon Wuttke, il savait, lui, et ça ne l'empêchait pas de râler et d'aggraver encore son cas. C'est pour ça qu'il n'a pas pu se débarrasser de ce type, même aujourd'hui encore. Jusqu'à dépendre de lui, pour des petits services rendus autrefois. Car il a donné quelquefois un coup de pouce, quand ça devenait trop grave. Mais on ne sait pas exactement s'il le protège ou s'il le met dedans…

– … parce que Papa n'en dit pas un mot. Et s'il laisse échapper quelque chose, c'est par la bande, hein, vous le connaissez : révolution de quarante-huit, les victimes de mars… Et toujours comme s'il avait fait les barricades le fusil à la main. Tout ça est imaginaire, mais Maman, qui l'a soigné quand il avait la fièvre, finit quelquefois par croire elle-même…

– Il aurait fallu que vous entendiez ça et que vous le notiez, tout ce que racontait mon Wuttke, en mélangeant tout, pas seulement la révolution, où il a voulu sonner le tocsin, aussi ses discours à des personnages de l'époque. Et toujours comme si ce Friedlaender, ou je ne sais quel parfait inconnu, était assis sur le bord de son lit : "Mon cher Lepel !" Celui-là, il voulait le taper, de deux cents thalers, comme si on était encore sous l'empereur Guillaume ! Et quelquefois il fait comme si les rues ou les écoles ne portaient pas le nom de son idole, mais le sien : à croire qu'il déraille, et qu'il va falloir l'interner…

– Arrête, avec ça, Maman ! Sinon ça n'en restera pas là…

– Je ne dis que ce qui est. Car tout ça a commencé déjà dans le temps. Pas quand il était soldat, ni tout de suite après la guerre, mais c'est à l'Union culturelle qu'il a complètement perdu les pédales…

– Ça met Maman dans tous ses états, moi pas. Après tout, ça ne fait de mal à personne. Les gens applaudissaient, quand il faisait ses conférences. J'y ai assisté, assez souvent. Et j'étais rudement fière, étant enfant, quand on lui a donné l'Épingle d'honneur, comme activiste de la culture, et que sa photo a été dans le journal. Et en somme tout cela aurait peut-être été supportable, s'il n'y avait pas eu ce balai-brosse…

– "Mon vieux compagnon", dit mon Wuttke en parlant de cette bête puante…

– Pas moyen de s'en dépêtrer, il revient sans cesse à la charge. "Camarade, il m'a dit avec un mauvais sourire, vous n'allez tout de même pas me refuser tout net de faire une visite à mon ami malade ? Cela aurait des conséquences, camarade ! Je veux dire : à quelques jours du mariage. Vous savez bien que nous pouvons aussi faire autrement. Un coup d'œil dans votre dossier de cadre, camarade…"

– Pourtant, notre Martha a rendu sa carte à temps, dès l'année dernière au printemps, quand le Parti existait encore…

– Parfaitement ! Et cette organisation tordue qui a pris la

suite, on me payerait que je ne voudrais pas y entrer. Si astucieux que soit ce Gysi… C'est terminé… Et définitivement…

– C'est pour ça que je ne l'ai pas fait entrer dans la cuisine…

– Quand il a sonné, j'étais au lit…

– Si seulement tu t'étais pas levée…

– Mais c'est parce que tu as crié "Martha, viens !", que je…

– Parce qu'il m'a fait peur en parlant d'internement…

– Et vous savez ce qu'il nous a apporté, ce balai-brosse ? Des fleurs, un bouquet de reines-marguerites, exactement… »

Lorsque Hoftaller eut enfin le droit d'entrer, Martha ne restait plus au lit que la moitié de la journée. Elle pouvait remplacer pour quelques heures Emmi, épuisée par sa double garde. Et parfois Inge Scherwinski venait donner un coup de main. Elle nettoyait la cuisine, changeait les draps, aérait, chantonnait d'une pièce à l'autre.

Entre-temps, juillet avait passé. La ville était écrasée de chaleur. Hoftaller sentait la sueur, quand il vint visiter le malade. Et cette odeur se sentit quand Emmi lui ouvrit la porte du bureau : « Mais surtout, ne fatiguez pas mon Wuttke… »

Fonty était couché, les yeux clos. Son visiteur nous dit plus tard : « Il aurait pu être mort, tellement il avait l'air absent. » Même quand Hoftaller approcha une chaise et s'assit près du lit, les yeux de Fonty, enfoncés dans leurs rides, demeurèrent fermés. L'expression du malade était si fixe qu'en sachant dessiner, d'un pastel rapide, on aurait pu – le peintre Max Liebermann ! – jeter sur le papier plusieurs esquisses, d'autant que les mains du mort apparent semblaient à jamais immobiles : décharnées, elles reposaient sur le drap sans que même l'annulaire tressaillît.

Néanmoins, Fonty parut être certain que c'était son ombre-diurne-et-nocturne qui lui rendait visite. Sans avoir besoin de s'en assurer un seul instant, il dit d'une voix sans timbre et légèrement chevrotante : « Cette chaleur, Tallhover ! Devriez enfin prendre des vacances. Je parie que jamais vous n'allez en villégiature. Je l'ai toujours dit : en juillet-août, il faut quitter Berlin. Nous, cette fois, nous sommes allés dans les monts des Géants, mais cela n'a rien donné, ce changement d'air. D'habitude, cela aidait à lutter contre la dépression, certaines fois du moins. Maintenant, je devrais me faire hospitaliser en neurologie, m'a conseillé Delhaes. Il faut que vous fassiez quelque chose là-contre, Hoftaller, opposition, tout de suite, car ce médecin de la polyclinique, Zöberlein, lui aussi voulait à tout prix m'expédier : direction l'établissement de Buch. Mais je ne veux pas. Préfère avoir la tremblote ici, plutôt que de me laisser calmer là-bas à coups de piqûres. Et puis trop de choses restent en plan. Faut me remettre à *Effi*, à Kessin, alias Swinemünde : le rempart, la maison peinte en bleu ciel, ma cachette sous le toit dans la charpente, où personne ne m'a jamais trouvé, même les garçons du voisinage. J'entends encore mon père, le dimanche, quand il y a du monde, qui fait assaut de ses gasconnades, et Maman en est gênée une fois de plus… »

Hoftaller écoutait, la tête penchée de côté. Il s'était armé de son sourire, et d'un petit paquet qu'il gardait sur les genoux sans l'ouvrir. Fonty se tut un moment, les yeux fermés, puis il reprit son bavardage fiévreux. Noms qui s'enchaînaient, noblesse prussienne, les Bredow à mainte reprise, des frères du Tunnel depuis longtemps oubliés, Hesekiel, Scherenberg, Kugler, les régiments vainqueurs à Gravelotte et à Mars-la-Tour, ou bien des élections partielles à la Diète – « Torgelow, le fabricant de limes, vaincra ! » – se mélangeaient aux élections à la Chambre du peuple – « Ces sempiternels quatre-vingt-dix-neuf pour cent ! » – ou à des chansons des barricades de 48 : « Beaucoup de bruit pour pas grand-chose ! » Et tout cela s'enchaînait, sans transition ni virgule, avec des discours sur l'Alexanderplatz : « Seul le lâche est toujours un héros. Mais même les plus courageux de tous les camarades font aujourd'hui des concessions : les bourgeois arrivent ! Les bourgeois arrivent ! Ce sont eux qui vont sauver l'État des Ouvriers et Paysans… »

Mais ensuite il s'égarait dans un lamento qui le montrait une fois de plus dans son rôle de secrétaire perpétuel de l'Académie des arts. Seul Hoftaller était là, mais Fonty pensait avoir à son chevet sa mère confesseuse et chère correspondante Mathilde von Rohr : « Je me vois dans un état pitoyable. Cela fait maintenant trois mois et demi que je suis en fonction. Et de tout ce temps je n'ai pas connu une seule joie. Tout me contrarie. Tout me chagrine. Tout me dégoûte. Je sens nettement que je deviens neurasthénique, mélancolique. J'ai vécu des jours épouvantables, à mon foyer précisément. Ma femme est profondément malheureuse, et de son point de vue elle a raison. D'un autre côté, l'Académie devrait... À ce compte, autant être appariteur dans la Maison des ministères... Cette crapule de Hitzig... L'autre jour, j'étais avec lui dans le paternoster... »

Il brisait là. Derrière les paupières closes, les yeux bougeaient sans cesse. La bouche tressaillait, sous la moustache hirsute. Les veines saillaient sur les tempes. Mais ensuite, Hoftaller souriant sans souffler mot, il se mettait à parler comme si Emilie, née Rouanet-Kummer, avait été assise près du lit et qu'il eût fallu répondre à ses récriminations : « Qu'est-ce que ça veut dire, “voilà l'avenir que j'imaginais” ? Tout ça parce que ta sœur a mis sur la table deux bouteilles de médoc ? Et par-dessus le marché tu fais la tête parce que j'ai tiré ma révérence à l'Académie prussienne et n'attends que le moment d'échapper enfin à ces prétentieuses vanités bardées de solennités ? Tu dis que le monde est ainsi, qu'il exige d'avoir ses idoles. Soit, pourvu que je n'aie pas à les adorer. Il n'est pas question que n'importe quel rond-de-cuir en chef... Je me moque de ce que décidera le collectif du Parti... Adieu, secrétariat ! On se passera de la corvée de l'Union culturelle... *Requiescat in pace !* L'homme ne se fait pas à tout, justement... Tu voudrais que je courbe l'échine devant un Hermann Kant, qui porte par pur hasard un nom illustre ? Que j'assume encore cette fonction, en dépit de cet esclandre avec Hitzig ?... Non ! Du reste, j'ai un tas de travail sur la planche... »

Et c'est seulement là, comme s'il s'était crié un ordre à lui-même, que Fonty ouvrit les yeux, mais non des yeux humides et luisants comme à l'accoutumée : des yeux brillants de fièvre et secs. Il regarda autour de lui. « Quelles nouvelles, Hoftaller ? »

Émergeant à peine, il était parfaitement lucide. Il porta la main à sa bouche, vérifia si ses prothèses étaient en place et, satisfait, se mit même à plaisanter : « Plus de cigare entre les dents ? Cuba ne livre plus ? Ou bien le paternoster se serait-il arrêté ? Il ne brinquebale plus dans les étages ? Et où en sont les dossiers ? Manque-t-il des choses ? Quelque chose qui cloche, côté réunification ? Elle ne se fait pas en deux temps, trois mouvements, comme prévu ? »

Hoftaller ne se départit que passagèrement de son sourire. Son petit paquet oblong sur les genoux, il raconta au malade la vie de tous les jours : que l'argent nouveau se dépensait à toute allure, que l'Ouest mettait la main sur beaucoup de choses, que « l'homme aux grandes oreilles », Genscher, menait tambour battant les conversations à quatre plus deux et qu'à l'heure dite, à cette table ronde, on avait décidé la création de l'organisme fiduciaire dit Treuhand : « Eh oui, pour tout ce qui était propriété du peuple ! » Mais comment on traiterait les dossiers de la Normannenstrasse, ça on ne savait pas. Mais ce n'était pas le souci de Hoftaller. Lui allait on ne peut mieux. Pas de pénurie de cigares, pour le moment. Et comme l'Ouest manifestait son intérêt pour des personnes ayant une expérience transcendant les époques, ce n'était pas le travail qui manquait : « Les collègues d'en face ont besoin de gens qui voient clair. »

Et Hoftaller d'exposer quelques cas : du menu fretin au Prenzlauer Berg, dans la Lychener Strasse ; le cas du social-démocrate Ibrahim Böhme ; et le cas encore à venir d'un avocat mélomane devenu Premier ministre et qualifié naguère de « calviniste attardé » par Fonty. « Il existe une série de soupçons qu'il conviendra de confirmer en temps voulu pour en faire des faits avérés. On l'épargne encore pour l'instant, parce que le Chancelier va avoir besoin de lui pour des signatures. Mais ensuite il faudra qu'il y passe. C'est que nous vivons une période où tout va très vite ! Si on garde le lit trop longtemps, on se laisse distancer. Vous savez bien, Fonty, qui punit ce genre de retard. Alors ? Les nerfs sont toujours à plat ? Ou est-ce que, tout doucement, nous allons guérir ? »

Le malade répondit par un sourire qui était comme définitivement réglé sur adieu, et souleva un peu ses mains du drap pour aussitôt les laisser retomber. Alors, Hoftaller descendit chercher dans les nombreux étages de sa mémoire réconfort et conseils : « Je ne suis pas un monstre, je ne vais pas vous bousculer. Je devine dans quelles dispositions vous êtes. Je sais bien que ce n'est pas une plaisanterie, ces accès neuro-gastriques : tout chant d'oiseau est un coassement sinistre, tout est rongé par les souris, et la moindre flaque ne reçoit que de l'eau d'égout. Et pourtant, Fonty, il faut que les choses continuent. D'habitude, vous êtes pour le positif, que diable ! Vous vous êtes toujours remis sur pieds, à l'époque de l'empereur comme à celle du barbichu saxon. Et dans le temps, lorsque l'Immortel voulait tout laisser tomber, que son Effi lui échappait, qu'il était dégoûté d'écrire des romans, est-ce que le médecin de famille ne lui a pas donné un conseil formidable, ne l'a pas empoigné par le col, cet éternel malade, et fait sortir du lit en lui assignant une tâche stimulante ? Et si je jouais moi aussi le bon docteur ? Petite suggestion : vous coucheriez sur le papier le récit de votre enfance, pourquoi pas en deux exemplaires, et je me charge de trouver un public. Cela pourrait être une longue conférence. Il reste encore tout un tas de maisons de l'Union culturelle qui aimeraient un peu d'animation, avant qu'on les ferme. Ça peut n'être pas à Berlin forcément. J'imaginerais bien Potsdam, Neuruppin ou même Schwerin, où bientôt mademoiselle votre fille va s'installer en sa qualité de Mme Grundmann, dans le beau quartier, avec vue sur le lac. Alors ? Votre devise est bien : Allons-y ! Le mieux, c'est de commencer dès demain. On ne va pas se dégonfler, tout de même ! »

Fonty nous a dit plus tard que, vers la fin de sa harangue, Hoftaller avait parlé debout, pour déballer son cadeau après ses derniers mots. Le petit paquet oblong contenait une douzaine de crayons Faber-Castell laqués vert et un taille-crayon.

Aussitôt, Fonty se mit à jouer avec sur le drap. Il disposa les crayons en rang comme des soldats. De ces douze verts il constitua quatre compagnies. Il construisit des lettres : A majuscule, M majuscule, Z majuscule. Un E encore plus grand signifiait sans doute Effi. Puis il leur permit de se coucher dans un beau désordre, se délecta de leurs teintes harmonieuses en les faisant tous les douze sautiller, danser, se bousculer dans sa main droite. Ensuite il les prit un par un, les tenant comme pour écrire et griffonnant en l'air : un mot, un autre, des phrases brèves et longues, des citations et des textes à lui, feuille après feuille, avec beaucoup de langage parlé, mis entre guillemets. Nous imaginons des débuts : « Quand j'eus résolu d'écrire ma vie... », puis : « Le principal, c'est toujours le premier chapitre, et dans le premier chapitre la première page, presque la première ligne... », et après : « Pour que la construction soit bonne, il faut que dans la première page se trouve le germe de l'ensemble... » Tellement il était ravi de ce cadeau quasi inépuisable, de ces douze crayons « vert russe », comme il les appelait.

Lorsque Hoftaller eut ouvert la fenêtre sur cour de la petite pièce et fait entrer un peu de l'air tiède de l'été, le malade en voie de guérison dit : « J'ai en fait encore assez de crayons datant des derniers soldes avec l'argent d'avant. Mais ceux-ci sont un plaisir. Des crayons de l'Ouest, avec inscription dorée. Or sur vert. Joli, ce symbole de la balance. A. W. Faber-Castell 9000. Et la bonne dureté : 3 B ! Pas trop dur, pas trop tendre, pour le nouveau-né de mes humeurs. Vous ne soupçonnez pas, Hoftaller, tout ce qu'il peut y avoir dans une mine de plomb comme ça ! D'abord des brouillons, de lettres ou de nouvelles. Des romans entiers, des biographies complètes, le bonheur et le malheur en livraisons successives. Toujours taillé de frais, jusqu'à ce qu'il n'en reste qu'un petit bout. Mais même avec ce petit bout, si ça coule bien, pas goutte à goutte, on peut encore griffonner un petit chapitre de transition. Et on passe au crayon suivant... Mon Emilie se chargera de recopier au propre... Certes, je n'attache pas grand prix à l'immortalité, cet état de lauriers perpétuels comme chez Schiller, mais enfin il faut tout de même que ça tienne le coup, Tallhover ! Vous me jouez là le docteur Delhaes, et je sais déjà que je n'ai plus d'excuse, car pour le papier, j'en ai fait provision à temps – il pourrait se faire qu'on vienne à en manquer de nouveau… »

Nous savons que Hoftaller resta encore une petite demi-heure seulement. Ils auraient parlé des anciens temps. Mais tandis que leur revenaient sans doute des anecdotes prussiennes, écossaises, wilhelminiennes, puis du grand Reich et sans cesse aussi des anecdotes du socialisme réel, Fonty n'arrêtait pas de jouer avec les crayons de l'Ouest : il les superposait en triangles, puis en carrés. Ce jeu avait un air de bonheur.

Est-ce que ce bavardage ignorant le temps qui passe évoqua de nouveau les années d'enfance, nous ne le savons pas. Nous soupçonnons plutôt que Hoftaller revint avec insistance sur des situations où Tallhover était intervenu, par exemple la mauvaise posture où semble s'être mis par légèreté, du fait de ses lettres, l'aviateur de première classe Theo Wuttke à partir du printemps 1943.

Il avait, semble-t-il, participé à la Résistance, même sans le savoir, d'une autre façon encore qu'en faisant le courrier : il s'était rendu coupable de correspondance avec des officiers supérieurs à qui – du moins, certains d'entre eux – l'attentat manqué contre Hitler devait par la suite coûter la vie. Certes, ces missives adressées à des membres de la noblesse prussienne – des familles aux noms les plus sonores – n'avaient rien révélé qui évoquât une conspiration, car il s'agissait toujours de références à des personnages de même nom dans l'œuvre littéraire de l'Immortel, mais il paraît que Tallhover avait eu du mal pour épargner au correspondant de guerre la Haute Cour présidée par Freisler ; le polygraphe à titre personnel était finalement passé à travers, alors que quelques-uns de ses correspondants, dont un maréchal, finirent à Plötzensee sous la main du bourreau.

Mais il se peut aussi que les deux hommes n'aient fait que bavarder de choses et d'autres, car Emmi Wuttke, assise dans la cuisine devant sa tisane pour la vessie, entendit

Fonty partir de plus en plus souvent d'un rire clair et déjà de nouveau juvénile. Elle alla frapper à la porte de la chambre où reposait sa fille et lui dit de se lever. Emmi et Martha écoutèrent ce rire qui revivait chaque fois un peu davantage. Tant de gaieté finit par les faire pénétrer dans cette chambre de malade qui allait bientôt redevenir un bureau. Mère et fille y trouvèrent un convalescent qui jouait avec de jolis crayons laqués verts, et dont le médecin qui l'avait guéri s'appelait Hoftaller. Lequel dit : « En pleine forme, pour quelqu'un qui nous causait tant de souci, n'est-ce pas ? Mais je ne voudrais pas vous déranger plus longtemps. »

Le lendemain, Fonty était assis à sa table. Il voulait essayer ces nouveaux crayons, une petite heure seulement. Et puis il noircit feuille après feuille, jour après jour. Il était vêtu d'une robe de chambre d'une couleur indéfinissable, taillée dans des couvertures militaires, qui débourrait depuis la fin de la guerre. Il écrivit sur le style du maître, sur son art du dialogue et sur ses miniatures anecdotiques, sur ses subtils effets de non-dit et puis sur le point de vue constant du narrateur, en s'appuyant sur des citations systématiquement anglaises renvoyant à Scott ou à Thackeray : *« to begin with the beginning »*. Ensuite il passa à l'exergue de l'Immortel dépeignant ses années d'enfance : « … tout est dans les premières années de la vie… » Et il trouva de la sorte l'occasion de comparer ses premières années à Neuruppin, comme fils du lithographe Max Wuttke, avec la période vécue cent ans plus tôt par son prédécesseur comme fils de pharmacien, et de mélanger si bien les deux que nous aurions eu toutes les peines du monde, aux Archives, à démêler l'original et la copie partout où Fonty avait manipulé deux miroirs en même temps.

Au début, cela allait encore. Le pharmacien Louis Henri et sa femme Emilie, qui rappelait volontiers qu'elle était la fille d'un soyeux nommé Labry, se distinguaient nettement, par leurs origines huguenotes, de la lignée Wuttke, qui évoquait plutôt les abords polonais de la Prusse ; mais la mère de Wuttke s'appelait tout de même Louise, comme cette reine de Prusse chez qui le père du pharmacien, Pierre

Barthélemy, avait servi comme professeur de dessin et plus tard avec le rang de secrétaire de cabinet, s'attirant à vrai dire les railleries du sculpteur Schadow : « C'est un mauvais peintre, mais il parle bien français. »

Louise Wuttke était certes née Fraissenet, ce qui malgré tout sonnait huguenot, mais l'ascendance des Wuttke restait tout de même en partie obscure, car du côté de la grand-mère paternelle elle se perdait vers la Saxe. Cependant, Fonty réussit bientôt à jalonner un terrain commun, et de surcroît haut en couleur, où il se sentait de toutes parts chez lui. Comme déjà l'Immortel, dans sa petite enfance, avait été marqué par les fort populaires *Albums illustrés de Neuruppin*, et comme le lithographe Max Wuttke, dans l'atelier de Gustav Kühn, en tirait encore, d'après des matrices en pierre de Bavière, des épreuves comme on en trouvait dans le commerce cent ans plus tôt, d'autres possibilités s'offraient d'annuler le temps d'un coup de crayon agile et d'enrichir d'anecdotes une spécialité de Neuruppin : ateliers de coloriage où travaillaient des enfants, secrets de lithographes, histoires d'albums illustrés.

D'ailleurs cette petite ville, dans la région de Ruppin, incitait aux comparaisons. À quoi ressemblait-elle au début du XIXe siècle, après le grand incendie, et à quoi dans les années vingt de notre siècle à présent finissant ? Cette ville de garnison, avec ses régiments traditionnels et ses vastes casernes, permettait de glisser insensiblement d'une guerre à l'autre, jusqu'à la Reichswehr et au 6e cuirassiers. De même, l'église de Schinkel et le lycée, en pleine ville, avaient survécu. Le lac n'avait autant dire pas changé, sur les rives duquel Neuruppin s'étendait de biais face à Altruppin, et sur les eaux duquel, dès 1904, un vapeur avait promené le nom de l'Immortel en de lointaines excursions, gagnant par le fleuve les lacs de Morchow et de Tornow. De même qu'on dit que le Holstein, le Mecklembourg ou la Kaschoubie ont chacun leur petite Suisse, de même on pouvait, le long de cette série de lacs, s'extasier sur la Suisse de Ruppin.

Fonty se délectait à mélanger les odeurs de la pharmacie paternelle, dans la Friedrich-Wilhelm-Strasse qui s'appellerait plus tard Karl-Marx-Strasse pour un temps indéterminé, avec les odeurs de l'atelier lithographique Kühn où travaillait son père : ammoniaque et gomme arabique, huile de foie de morue et encre d'imprimerie. D'une mine neuve et sans cesse retaillée, il faisait revenir l'un et l'autre père de sa grande guerre respective, celle de libération contre Napoléon, celle qu'on avait perdue contre le monde entier, afin qu'à peine rendus à la vie civile ils se marient et aient des fils nés le même jour, mais à cent ans d'intervalle.

Si les premières années de l'un de ces fils se déroulaient dans le vaste appartement d'un « bel étage » près de la porte de Rheinsberg, son cadet d'un siècle n'avait en revanche que bien peu de place pour jouer, dans le petit logement ouvrier au coin des rues de la Maladrerie et des Poissonneries. Le premier, lorsqu'on tuait le cochon comme il était normal dans pareil train de maison, s'enfuyait horrifié et courait se réfugier en dehors de la ville, sur une colline dont il s'apercevait, avec horreur de nouveau, que c'était l'ancien gibet ; le second garderait toute sa vie le dégoût des poissons, même pêchés de frais.

Mais ils avaient une chose en commun : l'un avait de longues boucles blondes qui lui arrivaient aux épaules – « à la grande joie de ma mère, et guère à la mienne » –, l'autre souffrait d'une tignasse bouclée qui ne réjouissait également que sa mère. C'est ainsi que tous deux se faisaient traiter de « tête d'ange » par leurs petits condisciples, et chaque matin pleuraient quand on les peignait. Et dans les deux cas, la « main leste » de leurs mères faisait mal. Les punitions corporelles, plus généralement, étaient de mise, même si, à la « petite école » de Neuruppin, le maître ne se croyait pas obligé de faire honneur à son patronyme (qui signifiait « tanneur »), alors qu'à l'école primaire l'instituteur brisait au moins une baguette par mois. Mais les deux fils soulignaient surtout la sévérité des mères : Emilie et Louise manifestaient leur affection en la refusant.

Petits tableaux de genre, bribes de souvenirs : tandis que Fonty se comparait de la sorte, par travestissements discrets, sans jamais faire l'important, en sautant les époques comme dans les livres d'images ou au contraire en s'y attardant, mais racontait d'abondance et quasiment d'un trait de ses crayons offerts ses tendres années à Neuruppin, le processus de sa guérison s'engageait et se confirmait. Sa femme et sa fille observaient la chose avec étonnement. La voisine Scherwinski, usant de son vocabulaire catholique, parlait d'un vrai miracle. Martha Wuttke se résolut elle aussi à ne plus écouter ses nerfs. Emmi renonça à sa tisane pour la vessie au profit du café au lait. Et nous, des Archives, lors de nos visites au malade, nous ne pûmes que constater qu'il guérissait et que le manuscrit grossissait. Même Hoftaller, qui depuis peu avait ses entrées et passait un jour sur deux, était stupéfait de l'effet produit par ces crayons « vert russe », mis sur le marché et normalisés dès l'époque de l'Immortel par la firme Faber de Nuremberg.

Naturellement, le convalescent était entouré de livres. De part et d'autre de la pile de feuilles noircies au crayon s'entassaient les œuvres du maître dans l'édition Aufbau, complétée par les livres de poche de Nymphenburg, et par la biographie de Reuter en deux volumes illustrés, truffés de fiches de notes, et à portée de main pour les citations. Et comme le volume consacré aux années d'enfance était déjà exploité, Fonty pouvait surenchérir par d'autres parallèles encore : comme au feu qui avait détruit les granges autour de la porte de Rheinsberg était venu s'ajouter un grand incendie qui avait ravagé un entrepôt de bois et une scierie en bordure de la ville, ce phénomène qui avait marqué l'enfance ne se retrouvait pas seulement dans un certain nombre de nouvelles, de romans et de poèmes ; le chroniqueur de tous ces incendies grands et petits s'aida d'une conférence pour l'Union culturelle qui avait fait connaître Theo Wuttke sur tout le territoire de la République dès le début des années soixante, et dont le titre, « Le feu dans les œuvres narratives de l'Immortel », était fort prometteur, y compris de révélations sur les feux de l'amour, d'habitude soigneusement cachés.

Cette audacieuse démarche, à sauts et à gambades, permettait de passer aisément de Grete Minde et de l'incendie de Tangermünde à Ebba von Rosenberg et à un feu de cheminée dans un château danois. À la lueur des flammes, on pouvait mettre en scène le pont qui brûlait à Francfort-sur-l'Oder. Et les lettres d'amour de Lene, brûlées par le faible Botho, pouvaient être rapprochées des traîtresses épîtres de Crampas, que cette sotte d'Effi négligea hélas de mettre au feu. Tout cela était du combustible, depuis les granges incendiées et la scierie partie en fumée ; tout cela, et plus encore, pétillait, craquait, s'effondrait avec des gerbes d'étincelles, était réduit en cendres ou bien dressait encore des poutres calcinées dans l'entrepôt des souvenirs mêlés.

Rien d'étonnant à ce que Fonty s'en trouvât guéri. Pourtant ses visiteurs, parmi lesquels on compta bientôt quelques jeunes poètes du Prenzlauer Berg, étaient sidérés de le voir si actif, si pétulant, si heureux devant sa table débordante. Nous étions moins surpris, mais ces deux jeunes gens, toujours vêtus de noir en dépit de la chaleur estivale qui ne se démentait pas, ne pouvaient concevoir que Fonty parvînt à être si joyeux quand le monde était près de sa fin. Alors que, dans la Lychener Strasse, leurs bistrots consacrés à la pure littérature étaient rattrapés par leur passé ou, pis encore, y étaient livrés en pâture et rétrospectivement déconsidérés, au contraire, dans le bureau du convalescent, tout le passé valait son pesant d'or. Eux qui, comme des chiens battus, en butte à tous les soupçons, étaient assis sur le bord du lit abandonné par Fonty, voilà qu'on leur vantait le bonheur de se retourner vers le passé, le charme du temps qu'on pèle comme un oignon, le plaisir des odeurs tenaces quand, au printemps, la Swine était libérée des glaces et que tout revivait sur la digue, qu'on tirait les bateaux à terre et qu'on les couchait sur le flanc, que la poix bouillait dans les chaudrons de fonte pour calfater les avaries… Et, fourrées dans les braises, pommes de terre et tranches de lard venaient enrichir l'odeur âcre de poix qui flottait sur la digue.

Nous apprenions ainsi que la famille du pharmacien avait déménagé pour s'installer à Swinemünde. Nous l'apprenions comme une nouvelle toute fraîche, dès que Fonty nous lisait sa version de la chose. Nous, c'étaient ma collègue et moi, et puis les deux poètes plus ou moins démasqués d'après les dossiers, et inévitablement Hoftaller.

Dans le bureau déjà encombré, pas étonnant que nous fussions à l'étroit. Assis sur des chaises, serrés sur le bord du lit, ou debout au fond comme l'ombre-diurne-et-nocturne de Fonty. Ce public bigarré prenait connaissance d'une histoire à épisodes intitulée *Mes années d'enfance*, mais dont le sous-titre était : « Guérison ». Fonty en fournissait les références croisées entre le train-train de Swinemünde, la vie conjugale d'Effi à Kessin et les souvenirs bavards de Franziska, la théâtreuse et fille de pasteur du *Comte Petöfy*. Aux deux poètes en noir, déprimés par principe, il faisait sentir quel plaisir il avait pris à retrouver ce lieutenant von Witzleben qui avait bouclé la ville sur la Swine contre l'épidémie de choléra avec un bataillon du régiment « Kaiser Franz », en 1831, et qui beaucoup plus tard avait rendu compte, dans un hebdomadaire militaire, des ouvrages consacrés par l'Immortel aux trois guerres qui avaient fait l'unité de l'Empire. Hoftaller encaissait tout cela sans piper mot.

« Tout naturellement », s'écriait Fonty à sa table, « lorsque j'étais sous l'uniforme j'ai écrit, de la France occupée, à un descendant de ce lieutenant croisé dans mon enfance, le maréchal von Witzleben, et il s'ensuivit un abondant échange de lettres. Pour un peu, elle m'aurait coûté la tête, cette correspondance. Ce Witzleben contemporain était, comme on sait, du complot des officiers qui a échoué. Il a été pendu, après avoir fait preuve devant la Haute Cour d'une tenue digne de la vieille Prusse. Demandez à mon vieux compagnon, il vous confirmera cette affaire, qui pour moi s'est bien terminée ; j'avais un ange gardien, pour ainsi dire. »

Hoftaller sourit d'un air entendu, en tirant sur le cigare qu'il fumait avec la permission de Fonty. Nous, des Archives, ne disions rien, ma collègue prenant quantité de notes. Mais les deux poètes aigris, que le monde extérieur et ses jugements expéditifs avaient brutalement dégoûtés de la poésie, cherchaient un réconfort dans ce genre d'anecdotes. « Une autre histoire ! » s'écria l'un ; et l'autre implora :

« Comment ça s'est passé, Fonty, quand la maison rouge feu a été peinte en bleu ciel ?… » Ces désirs une fois satisfaits, tous deux assurèrent : « Ce sont des choses qu'on ne se lasserait pas d'écouter. »

Mais Hoftaller, qui contrôlait le petit monde du Prenzelberg – et nous aussi, en un certain sens –, engagea ces jeunes gens à s'en tenir là pour cette fois : « Nous allons maintenant laisser notre ami seul avec ses crayons, afin qu'il recouvre tout à fait la santé. Nous n'allons tout de même pas le presser comme un citron, ce n'est pas un interrogatoire. »

Hoftaller partit avec ses protégés. Nous restâmes encore un petit moment. Fonty aéra son bureau jusqu'à ce qu'il ne reste rien, pas le moindre effluve d'âcreté cubaine. Il se mit à ranger avec empressement, semblable, dans sa robe de chambre qui débourrait, à un ermite accueillant des pèlerins, puis les congédiant. Nous, ses « esclaves archivistes », il nous considérait avec bienveillance ; et c'est avec une véritable affection qu'il appréciait la mélancolie stylisée des deux anarques, dès qu'ils n'étaient plus là.

Fonty, qui « par tradition » – comme il disait – vivait avec des soupçons et de coupables compromissions, se sentait du côté des jeunes poètes, dont il appréciait les productions comme autant de « raretés bibliophiliques ». Sans doute lui rappelaient-elles des lectures au Tunnel sur la Spree. C'est d'ailleurs pourquoi il approuvait la sollicitude enveloppante dont Hoftaller fit preuve à leur égard pendant plus de dix ans. Tandis que la fumée de cigare se dissipait, il dit : « Terriblement judicieux, d'avoir tenu ce sang jeune et son talent encore bouillonnant à distance de la maudite politique, encore que la pure idolâtrie de la forme soit aussi peu à mon goût que les cris d'une revendication sociale toute nue. Mais ce genre de turlupinade n'a certainement fait de mal à personne. Cela reste joli à regarder, ce qu'on a produit dans la Lychener Strasse, avec beaucoup de virtuosité graphique. Des objets de collection pour amateurs ! Après tout, on a ainsi empêché nos agités de faire des bêtises comme nous jadis. Nous allions un peu trop loin, lorsque, au club Herwegh et tout au long de ces années avant 1848, il s'agissait de mettre la révolution en vers et de chanter la liberté à qui mieux mieux. Et pourtant, quelle époque rafraîchissante : "Sortons enfin des voies toutes tracées, La vie ne vaut que par ses avancées..." »

Quand, peu après l'aération du bureau, Martha apporta au convalescent du thé et des biscuits, son crayon courait déjà de nouveau sur le papier. C'est alors que nous nous retirâmes nous aussi, assurés que nous étions que, arpentant la double enfance, il savait où poser ses prochains pas. Ce qui lui importait dans le moment, c'était les plantations dans le jardin de Swinemünde, derrière la maison peinte en bleu ciel. Il en voyait le foisonnement sauvage par comparaison avec le jardin ouvrier du père lithographe à Neuruppin, où carottes et oignons voisinaient avec les choux pommés entre les haricots grimpants aux fleurs écarlates, et où les lapins proliféraient dans des cages toujours plus nombreuses.

Ce jardinage amateur, pratiqué d'un côté comme de l'autre, lui parut mériter un chapitre intermédiaire, qui commença avec des plates-bandes de résédas et de pieds-d'alouette, évoqua ensuite un buisson d'épine-vinette haut comme un arbre, et pour finir cadra une « balançoire passablement délabrée », d'abord poussée par des frères et sœurs et des petits voisins, pour finalement renvoyer à Effi qui en était le motif, telle qu'elle nous est décrite : « Dans sa robe de lin à rayures bleues et blanches, presque un tablier, que serrait seule à la taille une ceinture de cuir couleur de bronze ; et sur les épaules un large col marin... »

À preuve que Fonty connaissait beaucoup de choses et avait même flâné dans le domaine de la littérature moderne : cette balançoire, érigée en motif dans le roman, l'amenait à parler de la pièce en un acte de Beckett *La Dernière Bande*, dans laquelle Krapp marmonne, avant de mettre le bobineau suivant : « Me suis crevé les yeux à lire *Effi* encore, une page par jour, avec des larmes encore. Effi... *(Pause.)* Aurais pu être heureux avec elle là-haut sur la Baltique, et les pins, et les dunes. *(Pause.)* Non ? »

Suivait ce commentaire : « Il n'est pas de bonheur qui

dure plus de cinq minutes… » Sur quoi le crayon de Fonty évoquait une illustration de Max Liebermann, qui avait fixé en quelques traits l'ultime promesse de bonheur du solitaire M. Krapp, en montrant la plus malheureuse enfant de la noblesse prussienne, la fille au col marin, Effi, en train de se balancer follement, debout sur la balançoire.

12. Sur un tapis chinois

Étonnant, tout ce qui trouvait place dans ce bureau : à droite de la porte se dressait, telle une colonne, un poêle en fonte, et à gauche, avec une boule de cuivre sur chaque montant, le lit. Il allait, le long du mur, jusque vers la fenêtre, de sorte que de son chevet Fonty voyait quelques branches feuillues, dont il était rare qu'un coup de vent agitât les larges éventails. Au mur était accrochée, à portée de main au-dessus du lit, une étagère chargée de livres d'histoire et de guides de voyage depuis longtemps épuisés, avec aussi du Thackeray, du Walter Scott, du Dickens, et de la littérature américaine – Mark Twain, Brete Harte, Cooper – ainsi qu'un volume de Kafka qui ne se trouvait sans doute coincé là qu'à cause de son titre.

La table de travail, un bureau ministre avec deux portes et tiroir central, se trouvait pour un tiers face à la double fenêtre avec, en toute saison, vue sur la cour et le marronnier, et s'appuyait dans sa longueur contre le mur extérieur, qui, vers la droite, laissait tout juste la place de rayonnages couvrant le mur dans la longueur de la pièce. Il s'y alignait de la littérature du XIXe siècle, mélangée à des œuvres ultérieures, si bien qu'on y voyait, dans un désordre quasi délibéré, les frères Mann et Zola, Anna Seghers avec Tourgueniev, Wilhelm Raabe et le Tchèque Hrabal, le pavé de Gustav Freytag *Doit et Avoir* entre *Trame d'enfance* de Christa Wolf et *Conjectures sur Jakob* d'Uwe Johnson, les poèmes de Theodor Storm et ceux d'Ingeborg Bachmann à côté de *Berlin Alexanderplatz* de Döblin, les premières pièces de Heiner Müller à côté des *Tisserands* de Hauptmann, et les *Poésies d'un vivant* de Georg Herwegh jouxtant le *Tallhover* de Schädlich. Ce dernier ouvrage, qui avait paru au milieu des années quatre-vingt et à l'Ouest seulement, Hoftaller en avait sans tarder fait cadeau à Fonty en disant : « C'est d'une lecture difficile, mais ça vaut la peine. Et c'est exact, en gros, sauf la fin. Jamais je n'ai eu des idées de suicide. J'aurais volontiers pris contact personnellement avec l'auteur, mais l'individu Schädlich a préféré nous quitter, nous et l'État des Ouvriers et Paysans... »

Face à ces rayonnages, sur le haut desquels s'empilaient revues et magazines et trônait un globe terrestre qui, en tournant, faisait défiler un monde aux divisions coloniales, on voyait, coincée au pied du lit, une étroite bibliothèque vitrée sur trois côtés, de style Louis-Philippe, qui contenait les œuvres complètes de l'Immortel publiées à l'Est et à l'Ouest, diverses biographies, les *Souvenirs* du vieux Marwitz, la traduction danoise d'*Irréparable* par Jes Thaysen, ainsi que des trouvailles faites chez des bouquinistes, comme l'originale des *Promenades à travers la Marche de Brandebourg* et – comme s'ils allaient avec – quelques volumes de Willibald Alexis.

Au-dessus de cette vitrine en merisier, dont la forme sobre n'était enjolivée que par une corniche doucement galbée, était encadrée une planche en couleurs sortie de l'atelier Kühn à Neuruppin, dont le sujet troublait quelque peu la calme collection des volumes qu'elle dominait : elle figurait en effet le grand incendie de l'Opéra de Berlin en 1843, et de la façon la plus spectaculaire ; seule la foule des badauds, au premier plan, paraissait sereine devant ce somptueux embrasement colorié à la main, de même que les officiers à cheval du régiment Gendarmes semblaient ignorer ce grand spectacle sans lendemain. C'était une belle gravure, et mûrement choisie ; Fonty avait, comme nous savons, le goût des incendies.

Entre la vitrine et le mur de la fenêtre trouvait tout juste place encore une horloge de la même époque Louis-Philippe qui marchait sans trop de bruit et ne sonnait pas, car, pour une raison ou pour une autre, on avait décroché le poids : une belle pièce en bouleau clair, qui fournissait au temps qui s'écoule un cadre plaisant. La fenêtre avait des voiles de mousseline transparente qu'on ne fermait jamais et qui dataient de la tante Pinchen, ainsi que de lourds doubles rideaux écartés de part et d'autre en plis épais, avec un galon orné de tresses et de glands qui allait s'amincissant vers son milieu : des nids à poussière depuis toujours.

Devant le bureau, le fauteuil avait les pieds légèrement galbés et un dossier ovale évidé. Et de lui jusqu'à la porte courait un tapis qu'on devrait plutôt appeler un chemin ou un passage, puisqu'il recouvrait sur six pas de long l'étroit espace entre le lit et les rayonnages.

Fonty avait rapporté ce tapis exotique, au milieu des années cinquante, d'une tournée de conférences qui l'avait amené à Eisenhüttenstadt : alors récemment produit en Chine populaire pour l'exportation, il s'était usé sous les pas, et ses dessins étranges étaient effacés, sauf sur les bords où s'enroulait en volutes végétales beaucoup de rose, de jaune citron, de bleu délavé et de vert-de-gris. Ces fioritures auraient pu révéler des démons, des dragons pointant la langue.

Au-dessus de la partie droite du bureau était accrochée, entre les photographies encadrées montrant la famille historique – l'épouse, la fille et les trois fils –, la reproduction de cette lithographie de Max Liebermann qui représentait tout à la fois l'Immortel et Fonty. La surface de la table était restreinte par des piles de livres, un tas de lettres et une brique grise percée de trous réguliers où était planté de quoi écrire : beaucoup de crayons, dont les « vert russe » à part, une paire de ciseaux à papier et deux plumes de cygne récemment offertes à Fonty par un gardien du Tiergarten ; elles attendaient à présent, taillées en pointe, la main du scribe, qui n'en usait que rarement, en fait par fantaisie seulement ou dans des moments d'humeur particulière, et alors sur du papier à lettres.

À gauche de la brique à trous, à côté de l'encrier, était posé un étroit vase de verre où Martha Wuttke mettait selon la saison une pousse de saule en fleur, les premiers dahlias, les dernières roses ou un rameau de gui de Noël ; et un pèse-lettre en laiton sur un socle de marbre composait avec ce vase comme une nature morte.

Au-delà de la brique, le long de la petite balustrade en bois qui bordait le plateau de la table le long du mur, s'alignaient les seize volumes du dictionnaire encyclopédique Meyer, dans la même édition que celle qui est conservée dans le musée consacré à l'Immortel à Neuruppin. En avant du dictionnaire et à droite, il y avait un coffret généralement dissimulé par une pile de livres et plein de fiches, ainsi qu'une boîte à cigares d'origine cubaine, contenant des trombones et des élastiques, des timbres, une gomme et le taille-crayon. La mauvaise habitude qu'avait Fonty de laisser tomber les rognures de bois dans cette boîte, quand il taillait ses crayons, causait depuis des années l'irritation d'Emmi, qui ne pénétrait dans le bureau que pour y faire le ménage.

Peut-être avons-nous omis certains détails – un petit buste en plâtre de Frédéric le Grand trônait parfois sur le dessus de la bibliothèque vitrée, ou bien était parfois poussé de côté sur le bureau comme s'il gênait – mais tel ou tel de ces objets rares pourra être rajouté plus tard à l'occasion, ou tout de suite, vu son importance : ainsi les lunettes de lecture de Fonty, posées sur des feuilles de brouillon vierges, et qui nous rappellent les verres ronds à monture banale de l'Immortel, qui jamais ne s'est fait peindre ni photographier les portant.

Au total, ce bureau était semblable – encore qu'à échelle réduite, et à l'exception du lit et de la gravure représentant l'incendie – à la pièce du 134c Potsdamer Strasse qui nous est connue par des photos ; mais toutes ces citations – horloge, pèse-lettre, vase, bibliothèque vitrée – étaient remises en question par le tapis de Chine populaire et son décor aux teintes de bonbons ; il est néanmoins possible que le tapis turc beaucoup plus grand qui ornait le bureau d'origine y ait produit un effet semblablement étrange.

Comme Fonty et l'Immortel avaient un faible pour l'exotisme, ils avaient réalisé cette contradiction sur place : le passage chinois et le beau tapis turc invitaient à faire les cent pas, ils étaient des substituts de voyage. Le tapis autorisait des expéditions, le passage étroit seulement de brèves visites.

Mais ce n'est pas seulement pour cela que Fonty, dans sa bure, faisait sans cesse ces cinq pas et demi. Ces va-et-vient faisaient venir les mots justes. Il marchait jusqu'à ce que, tenant la période suivante et la suivante encore, il puisse se rasseoir dans le fauteuil et y noircir alors page après page. Régulièrement, il fallait qu'il quitte son siège pour le tapis. Celui-ci permettait de se promener par tous les temps. Sur ce trajet, Fonty avait le droit de se déplacer sans ombre-diurne-et-nocturne. Et ce tapis, si court qu'il fût, le ramenait vers ses années d'enfance.

Déjà, les années autour de 1830 étaient captivantes. La Prusse stagnait alors dans un immobilisme policier, tandis qu'alentour le monde faisait étalage d'événements sensationnels. Le garçon de dix ans en était informé en se plantant devant des baraques de foire où des panoramas inspirés des albums de Neuruppin – « toujours des soldats en uniformes jaune et rouge, ou verts quand c'étaient des Russes » – faisaient état des grands événements : la flotte française croisant au large des côtes algériennes et, sous les ordres de l'amiral Duperré, bombardant Alger ; Louis-Philippe accédant à un trône de monarque bourgeois au terme d'une révolution aussi violente que brève ; les Polonais finalement tout de même battus au cours des guerres insurrectionnelles… « Aucune autre guerre, les nôtres y compris, citait Fonty au crayon, n'a jamais occupé mon imagination comme ces luttes des Polonais… », mais ensuite il relativisait l'enthousiasme de l'Immortel pour la Pologne en lutte et les poèmes polonophiles, depuis Holtei jusqu'à Platen : « … parce qu'à mon grand regret, et en tout cas en dépit de ma sensibilité poétique, je dois ajouter que plus d'une fois je ne me suis senti qu'à moitié du côté de la Pologne, et qu'à chaque fois j'éprouvais une certaine sympathie pour les puissances de l'ordre, Russie comprise. »

Après une assez longue marche sur le petit tapis, Fonty piqua une citation qui lui permettait de mettre sa propre biographie en accord avec les ambiguïtés de son modèle ; tandis que l'Immortel, jusque dans sa vieillesse, proclamait dans ses lettres et à sa table son amour de la liberté, en même temps il supportait en silence d'être asservi par l'ordre régnant à chaque époque, et pour cette raison il en arrivait à un constat qui ne condamnait pas que l'insurrection polonaise, et qui aurait pu rencontrer l'approbation de Tallhover à l'époque et de Hoftaller à présent : « La victoire d'un nain contre des géants me trouble et me paraît inconvenante, dans la mesure où elle va contre le cours naturel des choses. »

Et parce que la Pologne a toujours été perdue, ou que – n'en déplaise aux géants – elle ne l'est toujours pas jusqu'à présent, Fonty se souvenait, conformément à son rôle, des confirmations visuelles des grands événements reproduits dans les albums de Neuruppin ; ce que le garçon de dix ans avait vu à la foire de Swinemünde correspondait à ce que Theo Wuttke avait vu défiler de semaine en semaine aux actualités, au cinéma de Neuruppin : il avait vu le vendredi noir et ces petits bonshommes qui s'agitaient dans Wall Street, il avait entendu et vu l'héroïque maréchal Pilsudski en Pologne et les gesticulations oratoires de Mussolini sur son balcon, il avait été témoin de la dignité sénile du vieux président Hindenburg, il s'était laissé exalter par des concours de juvénile robustesse et des défilés animés par le triomphe de la volonté stupide, car, d'année en année, l'avenir appartenait de plus en plus aux colonnes vêtues de brun et de noir qui occupaient les actualités. Et quand les Jeux olympiques de Los Angeles – à longueur de tonitruantes actualités Fox – réunissaient la jeunesse du monde, cela ressemblait à cette paix des nations qu'avait dû avoir en tête la Sainte Alliance, par la grâce de Metternich. À l'insurrection réitérée des Polonais, telle qu'elle apparaissait coloriée dans les albums de Neuruppin, répondaient des actualités montrant la résistance non violente de Gandhi et des masses indiennes au colonialisme britannique. Fonty trouva là-dessus la citation qui convenait : « Quelle que soit la supériorité militaire de l'Empire, la question se pose de savoir qui est le géant, et qui le nain. »

Puis il parcourut à nouveau le tapis de Chine populaire et, après bien cent mètres de marche, se mit à confronter le portrait du précepteur de Swinemünde, le docteur Lau, avec celui de son instituteur : Lau passait l'examen tout aussi bien que M. Elssner. Et la comparaison de ces pédagogues, et puis d'autres, mit à l'ordre du jour un tableau intérieur du lycée jadis nouveau, puis ancien, qui avait été inauguré en 1791, peu après le grand incendie de la ville de Neuruppin. Naturellement, ce feu aussi devait nécessairement illuminer les deux enfances, car enfin c'est à ce grand incendie que la ville devait ses places d'armes géométriquement retracées, ses avenues rectilignes et, outre l'hôtel de ville et l'église de Schinkel, ce lycée d'une sévérité toute classique rendu célèbre par un élève qui n'y avait que brièvement souffert : son portail s'ouvrait jadis sur un monument au roi Frédéric-Guillaume, à la place duquel on avait inauguré beaucoup plus tard, pour remplacer le souverain, un buste plus grand que nature de Karl Marx, en bronze qui avait noirci. « Il n'est plus là qu'en sursis, écrivait Fonty, comme tant de monuments auxquels la pérennité fut promise au nom de l'État. »

Tous ces sauts dans le temps, il les exécutait d'une main agile. C'est uniquement lorsqu'il fallait tailler le crayon que le flux de l'écriture s'interrompait. Après deux ou trois longueurs de tapis et les pages qui s'ensuivaient, les petites spirales de bois tombaient dans la boîte à cigares d'origine cubaine, accompagnées à chaque fois d'une pincée de poussière de plomb. Maintenant, à la mi-août, c'était un dahlia épanoui qui était dans le vase de verre.

Nous allons nous arrêter un instant pour tenter une comparaison. Fonty, que ce fût avec des crayons, des plumes d'acier ou des plumes de cygne taillées de sa main, continuait le texte qui est conservé aux Archives depuis maintenant plus de cinq décennies et dont il s'agirait d'interpréter le graphisme. Nous ne sommes pas graphologues et, en dépit de notre minutie d'archivistes, c'est seulement en profanes que nous pouvons examiner les lettres et les manuscrits dont nous disposons ; néanmoins, faisons une tentative.

En particulier dans l'écriture à l'encre, on est frappé par les jambages en boucle ou – dans le cas des deux s écrits à l'époque comme un ß – par les pleins descendants. Le griffonnage rapide au crayon, comme dicté par la hâte, parvient rarement à tracer de grandes boucles sensuelles ; ainsi, sur le feuillet que nous avons sous les yeux, aucun mot n'a, même en finale, de ces jambages manifestant une pulsion sensuelle. Peut-être cela confirme-t-il la critique que formulait le fils aîné et à laquelle le père réagissait dans une lettre à Emilie : « Ce qu'écrit Georg est très gentil ; il n'est que trop vrai que je suis incapable de dépeindre un homme à femmes. Personne ne sait tout faire. »

L'écriture à l'encre de l'Immortel, par comparaison avec son usage du crayon, est très ornementale. Ainsi, le M majuscule des en-têtes de lettres – « Ma chère femme », « Chère Mete » – a-t-il deux boucles étirées vers le bas et une qui monte en oblique. Les points sur les i et les accents prennent presque une forme de ronds, à peine ouverts tantôt vers le haut, tantôt vers le bas, tantôt encore d'un côté ou de l'autre. Comprenne qui voudra cette forme d'enfermement sur soi.

Si le trait de plume prend son élan pour aboutir au point ou à une chute spirituelle, le trait de crayon se hâte nerveusement comme s'il devait vite noter, avant que cela ne se perde, des bribes de phrases saisies au vol sur un champ de courses, des propos de table tenus au café Josty ou chez Stehely, ou des échanges surpris en se promenant le soir sur Unter den Linden ; or, tout cela ou presque, c'est dans son bureau, en arpentant le tapis turc, qu'il l'avait entendu.

Cela vaut pareillement pour ce qu'écrit Fonty. Quand l'Immortel adresse une lettre à son ami Lepel, et son cadet un rapport à son vieux compagnon, lorsque le premier se plaint de ses perpétuels soucis d'argent ou fait l'éloge ou la critique de la dernière lecture au Tunnel, et que le second exprime sa moqueuse indulgence pour les manifestes littéraires et les bizarreries poétiques des jeunes gens du Prenzlauer Berg en dissuadant son destinataire de faire intervenir les pouvoirs publics, les jambages ont des longueurs qui pourraient se superposer ; et cela vaut aussi pour les fioritures ornementales et les accents qui s'arrondissent, que la main tienne une plume d'acier ou de cygne.

Pour autant, nous doutons fort qu'il s'agisse là d'une

simple imitation d'écriture. On pourrait plutôt soupçonner qu'il s'agit d'une continuation. Car un feuillet manuscrit des *Années d'enfance*, griffonné au crayon, apparaît comme un jumeau des feuilles noircies au crayon laqué vert. Même hâte. Même précipitation nerveuse. Mêmes notations prises au vol dans le discours intérieur. Deux vieux messieurs dont le souvenir court trop vite pour que le crayon suive. Deux vieillards se rétablissant après une longue maladie et qui ont devant les yeux leur cachette la plus secrète, les orages d'été et les glaces hivernales, leurs prochains anniversaires trop près des cadeaux de Noël, les invités du dimanche jouant aux cartes, et finalement les maîtres qu'ils ont préférés dans leur enfance.

L'aîné de ces deux vieillards, à propos du précepteur de Swinemünde qui l'avait encouragé à écrire son premier poème pour l'anniversaire de son père – « Cher Papa, tu n'es pas un chat, Mais un homme qui n'aime pas le gras… » – écrit en guise d'adieu : « J'aimais très sincèrement le docteur Lau, plus qu'aucun des maîtres que j'ai eus plus tard ; et malgré tout, ma maudite vanité de comédien m'a empêché d'éprouver les sentiments que méritait cet homme à qui je dois tant… » Le second vieillard éprouve le besoin d'écrire un éloge funèbre d'un crayon pressé, donc avec peu de jambages : « De tous les enseignants du lycée de Neuruppin, le docteur Elssner est le seul dont je me souvienne nettement, car par des citations historiques en classe d'allemand et des citations littéraires en cours d'histoire, il savait supprimer l'inepte frontière entre ces deux matières. Elssner, que sa méthode pédagogique nous faisait traiter par dérision de “compresseur”, était capable de rendre si proches les grandes invasions par le roman historique de Felix Dahn *Le Combat pour Rome*, ou la société allemande préindustrielle par *Les Tisserands* de Hauptmann, que j'ai depuis lors cette compréhension “comprimante” de la littérature et de l'histoire qui fait que pour moi le passé a une présence tout enivrée d'avenir, et fait de l'immortalité une certitude ; raison pour laquelle, soit dit en passant, on a tout lieu de déclarer aujourd'hui espèce protégée ces immortelles devenues rares que, dans *Errements et Tour-*

ments, l'on pouvait encore acheter comme couronnes de fleurs séchées… »

Que le crayon eût été tenu par l'un ou par l'autre, les pages de manuscrit étaient difficiles à lire. Aux Archives, nous avions de l'entraînement, mais Hoftaller, tout aussi consciencieux que nous, avait encore de la peine à déchiffrer ces feuillets écrits comme sous la pression urgente de l'âge. Heureusement qu'Emilie, en dépit de ses doutes permanents quant aux dons d'écrivain de son mari, a recopié la plupart des versions au crayon et les a rendues propres à l'impression ; c'est pourquoi Emmi Wuttke aussi a tapé les conférences de son mari pour l'Union culturelle, afin qu'elles fussent lisibles pour Hoftaller : à peine celui-ci était-il rentré déçu de l'Ouest et avait-il repris son ancien poste dans les Services qu'il s'était mis à passer au peigne fin le texte de toutes les conférences, pour voir si elles ne recelaient pas des atteintes à la sûreté de l'État.

Et voici qu'après une longue pause il y avait de nouveau, tout frais, des manuscrits au crayon. Au début, Emmi fit des manières, disant qu'elle avait perdu la main, puis elle tapa tout de même la conférence qui avait amené la guérison, sur les années d'enfance, dont la méthode « comprimante » mettait en harmonie les félicités des albums de Neuruppin avec les torrents d'images des actualités sonores de la Fox, et le fils du pharmacien avec celui du lithographe. Emmi tapait sur sa Robotron électrique dans le salon Poggenpuhl. Certes elle pestait, trouvait tout cela trop circonstancié et, comme elle disait, « tiré par les cheveux », mais quand Fonty, peu avant la fin des *Années d'enfance*, inséra en intermède un chapitre intitulé « Quarante ans après », la dactylographie en était déjà à plus de la moitié.

Il s'agissait des pères. Tous deux faibles et gentils. Tous deux systématiquement peu fiables. Des pères qui se dérobaient par principe à leurs dettes de jeu et à tout travail qui les aurait rendus dépendants, et qui n'étaient jamais à cours de gestes plausibles d'impuissance ni de projets immanquables pour repartir à zéro. Si l'un voyait dans le déménagement fréquent une panacée contre l'abrutissement de la sédentarité bourgeoise, pour l'autre chaque nouvel atelier était le meilleur qu'il pût trouver. Après avoir vendu précipitamment, et à son avis avantageusement, la pharmacie de Neuruppin, le premier était parti dans les sables vers Swinemünde, et le second pensait lui aussi que l'avenir était dans le changement : quittant les presses de Kühn dans la Ludwigstrasse, il s'était embauché à l'imprimerie de la firme Oehmigke & Riemschneider dans la Friedrich-Wilhelm-Strasse ; et après la création de son propre atelier lithographique et sa rapide faillite, il ne fit plus que changer de travail temporaire, une fois comme soutier sur un vapeur pour excursions, une autre comme jardinier dans les serres de l'horticulteur Knöller. Pour finir, tous deux se sentirent bien à élever des porcs et des lapins, et trouvèrent leur arpent de liberté dans un champ de pommes de terre ou dans un potager. Mais à ce moment-là, ils vivaient déjà en marge et tout seuls.

Les deux pères ratèrent leur mariage. Tous deux finirent par se faire flanquer à la porte par leur femme, parce que la sévère Emilie et la sévère Louise ne pouvaient accepter le déclassement social ou la rechute dans le prolétariat comme une « libération des contraintes » ou un « recommencement conforme à la conscience de classe » ; il s'agissait en outre de soustraire des enfants mineurs à la vie dissolue des pères.

L'Immortel a vécu le divorce différé de ses parents lorsqu'il était apprenti pharmacien, c'est-à-dire adulte, et à distance ; chez les Wuttke, cela se passa plus vite, sans doute sous l'influence du rythme des temps nouveaux : Louise Wuttke se déclara très tôt adepte de « notre Führer et Chancelier du Reich, qui tirera l'Allemagne de la honte et de la misère ». Theo Wuttke était adolescent et lycéen lorsqu'il vit son père déménager avec un maigre bagage. Fatigué des querelles domestiques, et parce que le pavé de Neuruppin, envahi par les colonnes des SA, commençait à lui brûler les semelles, l'incorrigible socialiste voulait gagner Berlin pour y vivre en clandestin.

Les deux pères s'étaient mariés jeunes, chacun au lendemain d'une guerre. Tous deux avaient peu d'expériences professionnelles et, en revanche, de solides expériences militaires. Si l'un, tout en admirant Napoléon, avait fait la guerre contre lui sous l'uniforme prussien, l'autre, tout en méprisant l'armée par pacifisme, s'était engagé au 24e d'infanterie et y avait récolté quelques blessures, la Croix de fer et, à Verdun, le grade de sergent. Si le premier enseignait à son aîné les noms de tous les maréchaux de l'Empire de Ney à Rapp, le second, membre des anciens combattants socialistes, se faisait panser le crâne par son fils de onze ans lorsqu'il rentrait des réunions qu'étaient venus perturber les SA. Ces deux pères avaient sauvé, par-delà les défaites, des restes d'idées révolutionnaires. Tous deux avaient certes échoué dans leurs vies professionnelles et conjugales, mais ils n'avaient pas renoncé à leurs desseins pour assurer le bonheur du monde. C'étaient des hommes à principes. L'un restait fidèle à Napoléon, l'autre balançait entre Bebel et Bernstein, mais son syndicalisme était indéfectible.

Une fois séparés de leur femme et de leurs enfants, et vivant seuls, ils purent enfin se consacrer à des activités donnant libre cours à des penchants jusque-là refrénés : l'un, près de Freienwalde, sur les coteaux boisés de l'ancienne rive de l'Oder, gagnait peu en engraissant des porcs, et davantage en vendant la caillasse qui abondait dans ses champs sablonneux à une firme de travaux publics qui empierrait des kilomètres de chaussées dans le Brandebourg ; l'autre, après bien des allées et venues qu'avaient seulement interrompues six mois d'internement au camp de concentration d'Oranienburg, s'était casé comme factotum et jardinier à Berlin Grunewald. Il s'occupait là d'une villa aux allures de manoir tarabiscoté qui était cachée dans les arbres au coin de la Königsallee et du Hasensprung, et qui n'en fut pas moins gravement endommagée par les bombardements, à l'exception du demi-sous-sol où logeait le factotum Max Wuttke.

Ainsi vécurent-ils, et survécurent. Ces deux pères redevenus célibataires, lorsqu'ils eurent dans les soixante ans, l'un sur les bords humides de l'Oder, l'autre dans un faubourg naguère chic, accueillirent qui dans sa chaumière, qui dans son confortable sous-sol, des femmes qui dressaient la table lors des visites irrégulières des fils : celle de l'Oder « tenait la maison », celle de Berlin était là en qualité de « contemporaine ». Ces deux femmes étaient d'âge moyen, l'une était présentée comme « une bonne personne, à vrai dire quelquefois épouvantable, mais à y regarder de près, qu'est-ce qui n'est pas un jour ou l'autre épouvantable ? », et de l'autre il était dit : « Elle ne parle pas beaucoup, mais ce qu'elle dit se tient, même quand ça tombe mal ou à côté… »

Les deux femmes aimaient bien faire la cuisine. L'une utilisait tout, dans le cochon, du museau jusqu'aux pieds ; l'autre préparait les lapins, rôtis, à l'étouffée, en pâté au poivre. Les lapins ne manquaient pas. Max Wuttke élevait, comme jadis dans le jardin ouvrier de Neuruppin, des bleus de Vienne et autres lapins de clapier, mais cette fois en grand, en quantités rentables. Le vaste jardin, descendant en pente douce jusqu'aux roseaux du Dianasee, fournissait suffisamment de fourrage vert.

Ainsi, les deux pères avaient enfin trouvé la paix. Ils avaient même abjuré le jeu et l'alcool. L'un accueillait son fils en pantalon de toile grise et avec, sous la vareuse en treillis, une chemise dont il n'avait pas changé depuis longtemps ; l'autre attendait au portail du jardin en tablier de jardinier souvent rapiécé, sabots et pantalon de velours côtelé gris-bleu.

Pendant qu'il écrivait un chapitre de transition sur le père de l'Immortel, Fonty avait senti son propre père si proche qu'après ses va-et-vient d'usage sur le tapis les deux pères étaient devenus amis. Quelquefois il les confondait. Et comme il leur attribuait tant de traits communs, ils se ressemblaient comme des jumeaux qui se seraient choisis. Dès lors, ils dupaient leurs fils, dès que ceux-ci venaient s'asseoir à leur table. En tout cas, il arrivait que Fonty, parlant de l'un, pensât en fait à l'autre, en ne disant que du bien de tous les deux.

Que de compréhension pour deux vieux originaux ! Que d'aimables paroles pour deux vantards cocasses ! Et que d'avantage accumulé au dépens des mères, tenues à distance, envers lesquelles ne restait que le respect, car il redoutait encore leur sévérité deux fois avérée ; seuls les pères – des ratés comme lui – lui étaient constamment proches.

Lorsque l'aîné des deux fils, dans l'été 1867, rendit visite à son père dans l'ancien quartier des bateliers près de Freienwalde, il avait près de cinquante ans et n'en fut pas moins accueilli par le septuagénaire comme « mon garçon », et un peu plus tard seulement reconnu comme un « enfant plus tout jeune à son tour » ; l'Immortel écrivait encore dans la *Kreuzzeitung* et travaillait à son deuxième livre de guerre, traitant du conflit avec l'Autriche. L'ancien pharmacien et futur éleveur de porcs avait un sourire condescendant pour les corvées journalistiques de son fils et pour les efforts qu'il déployait en faveur des exactions prussiennes.

Quand Fonty, en juillet 1961, vit pour la dernière fois son père dans le sous-sol de la villa de Grunewald encore dévastée comme au lendemain de la guerre – les étages avaient brûlé –, il ne soupçonnait pas qu'on allait édifier le Mur de Berlin, ni quelle longue séparation entraînerait pour le père et le fils cette construction pudiquement dénommée « rempart de protection ». Ils se saluèrent gaiement. Et l'éleveur de lapins appela « junior » le conférencier de l'Union culturelle. Mais les diverses conférences de son « activiste » de fils faisaient doucement rigoler l'ancien lithographe, tandis que le socialisme pratiqué « de l'autre côté » provoquait ses sarcasmes. « J'appelle ça du pur capitalisme d'État », disait le vieil homme, qui dans les premières années de l'après-guerre avait connu le Parti unifié. Sa tentative de revenir à Neuruppin avait été mal accueillie ; « socialdémocratisme nuisible au Parti », tel avait été son crime ; seule la fuite lui avait épargné un long séjour dans l'ancien camp de Buchenwald, de nouveau menaçant.

Entre-temps, le vieux Wuttke avait soixante ans et souffrait, outre d'un foie trop gros, de troubles asthmatiques comme le père de l'Immortel, qui était mort au mois d'octobre peu après la visite de son fils, tandis que c'est deux ans après la construction du Mur que le père de Fonty, selon son expression de jardinier, « alla voir les radis par en dessous » ; quant à l'éleveur de porcs des bords de l'Oder, fidèle à son culte de Napoléon, il avait prédit sa mort prochaine en disant qu'il allait être « appelé sous les drapeaux de la Grande Armée ».

Il y avait eu ce jour-là, pour changer du rôti de porc, de la poitrine de veau, qu'en l'honneur du rédacteur fatigué de la *Kreuzzeitung* la « femme qui tenait la maison » avait fait mijoter dans la marmite de fonte. On avait arrosé cela de vin rouge, servi dans deux verres ballons datant encore de Swinemünde. La « contemporaine » peu loquace, pour sa part, avait pour le dîner sorti du four un lapin à la crème. Il était agrémenté de boulettes de pommes de terre à la thuringeoise ; la femme était de cette région forestière. On avait bu du poiré.

Après manger, l'éleveur de porcs avait évoqué l'exposition universelle de Paris comme s'il venait de la visiter, puis, comme à chaque visite de son fils, les maréchaux de Napoléon – « Tu t'en souviens ? Comme ils l'ont mis au pied du mur, dans le jardin du Luxembourg désert, Lannes, La Tour d'Auvergne et Ney ?... » L'éleveur de lapins, lui, raconta au dessert – compote de rhubarbe – une fois de plus les bagarres avec les SA de Neuruppin, et ensuite ce qui s'était passé juste avant 33, lors de la fâcheuse grève des transports berlinois : « Une honte ! Le pied-bot et le barbichu à la même table. Les cocos et les nazis unis contre nous, les sociaux-démocrates. C'était trop. Notre résistance s'est ramollie. Et c'est comme ça, pour finir, que des travailleurs se sont retrouvés contre des travailleurs... »

Pour ces deux pères, seules les vieilles histoires étaient encore importantes. « Je n'apprendrai rien de plus », disait l'un, et l'autre disait : « Je ne m'y ferai jamais. » Tous deux écoutaient distraitement les projets professionnels de leur fils, ou avec impatience : qu'avaient-ils à faire de cette sueur journalistique versée pour une feuille réactionnaire, ou des conférences d'un voyageur de la culture qui acceptait que la censure rogne tout ce qui dépassait de critique dans ses développements par ailleurs conformes à la ligne du Parti ?

Pour eux, c'était de la petite bière : potable, mais sans intérêt. Car enfin ces pères avaient tous deux en tête des systèmes du monde promettant une plus grande justice, une liberté future et le bonheur social. Et leurs pensées constamment tournées vers l'accroissement et le progrès trouvaient en leurs compagnes respectives, la bonne personne qui tenait la maison et la contemporaine peu loquace, des auditrices dociles qu'il suffisait d'appeler pour qu'elles arrivent de la cuisine ; mais jamais cela ne donnait une conversation. « Et au meilleur moment, quand je dis : "C'est sa situation qui fait l'être humain, n'est-ce pas, Louise ?", elle sursaute ou reste plantée comme un piquet... » – « Mais ma Gundula se contente toujours d'opiner de la tête ; et aussi bien elle pense aux cornichons qu'elle a mis au vinaigre, pendant que je lui explique, d'après Bernstein, la méthode évolutive d'amélioration de l'humanité : "La voie est tout, et le but n'est rien..." »

Ainsi Fonty élevait-il un monument à ces deux pères. D'un crayon rapide, il les dessinait plus grands que nature et les plaçait ensemble sur un piédestal. Ce qu'il aimait peut-être surtout chez eux, c'était leur insuccès et la modestie de leurs gains. En compagnie de l'un, il sortait dans la cour pour voir les porcs à l'engrais, puis pour aller sur les champs sablonneux où s'entassaient les cailloux à vendre ; avec l'autre père, il comptait dans les clapiers les portées des bleus de Vienne, puis admirait au potager les haricots qui donnaient bien, les choux-fleurs et les céleris. Ils descendaient tout le parc depuis la villa jusqu'aux roseaux de la berge et parlaient en télescopant les époques, Fonty se rappelant alors, en retaillant son crayon, un autre lac parmi ceux qui se font suite à Grunewald. Il s'était passé sur sa berge une chose littéraire : les riches Treibel et leurs hôtes s'y promenaient en causant, par exemple de deux niches à cygnes sans cygnes ; et lorsque, dans la suite de la promenade, on avait évoqué les vicissitudes de la vie, Mme Jenny Treibel, marchant aux côtés du professeur Schmidt, s'était écriée : « Quelle misère que les choses matérielles ! Le bonheur, le bonheur ! Ah, Willibald, pourquoi faut-il que je doive confier ça en un moment pareil et à vous : le bonheur, il n'est que là. » Et elle mettait la main sur son cœur.

Fonty citait encore d'autres passages ayant trait au Halensee, par exemple celui du cheval buvant de la bière. Entretemps, il arpentait le tapis de Chine populaire, cinq pas et demi dans un sens et autant dans l'autre. Il n'avait aucun mal à parcourir un siècle, en pensées rapides. À peine venait-il de célébrer l'issue glorieuse de la guerre contre l'Autriche, et Moltke, et Sadowa – « Quelle modestie chez ce grand taciturne, son exploit accompli ! » – qu'il en venait sans détour à parler de la situation précaire de Berlin avant la construction du Mur : « Il fallait bien un moyen d'arrêter cet exode massif. L'État des Ouvriers et Paysans était fui par ses citoyens. Oui, j'étais pour le Mur, même si pendant des années il m'a coupé de l'ouest de la ville, du Tiergarten, et, chose presque plus douloureuse encore, de mon cher père et, au grand dam de ma femme, des rôtis de lapin qu'il ne cessait de fournir… »

Et déjà il abandonnait les roseaux du Dianasee pour se précipiter à nouveau vers les berges sablonneuses de l'Oder, quittait le vieux Max Wuttke dans son tablier de jardinier pour retrouver le père de l'Immortel et hisser à son tour sur un piédestal cet ermite en vareuse de treillis. Il avait dit, à la dernière visite de son fils : « Tu tombes sur le temps typique des Hohenzollern. D'ailleurs, tu écris beaucoup sur eux. Pour ma part, je reste attaché à Napoléon… » Quant à l'ancien lithographe, du haut de son piédestal il avait dit à son fils venu le voir d'Est en Ouest : « Ah, quel été, une fois de plus ! Un temps d'empereur, disait-on dans ma jeunesse. Et comment ça va, de l'autre côté ? Tu fais toujours des conférences sur l'immortalité de notre gloire locale de Neuruppin ? Je connais tout ça, ses discours sur l'avenir de la classe ouvrière. Même les hobereaux prussiens, il les fait parler comme Bebel. Mais dis donc, est-ce que le camarade Ulbricht te permet de citer carrément le vieux Stechlin ? Et l'ami de cœur de la Treibel – comment s'appelle-t-il déjà ? c'est ça, Willibald Schmidt – est-ce qu'il a toujours le droit de dire à sa fille : "Corinna, si je n'étais pas professeur d'université, je finirais par être social-démocrate…" ? »

Sur quoi Fonty, après un petit tour sur le tapis, répondait à l'éleveur de lapins, d'un crayon peu lisible : « Bien sûr, Papa, mais seulement si, dans la phrase suivante, je brandis une banderole à la gloire du communisme. »

On pourrait sourire de tant de vénération pour les pères, ou en parler en fouillant les profondeurs, d'autant que Fonty a conféré une certaine immortalité même à cette villa en ruine de Grunewald. Cela lui fut facile, car peu après la mort de Max Wuttke, la vieille bâtisse fut rénovée et une célèbre poétesse autrichienne vint en occuper un étage aménagé, à vrai dire pour un certain temps seulement. Il n'empêche que le séjour somme toute malheureux qu'Ingeborg Bachmann fit à Berlin incita Fonty à glisser la locataire ultérieure dans le portrait de son factotum de père, d'arranger les choses comme si les deux s'étaient rencontrés, de citer quelques vers d'un de ses recueils, d'en profiter pour attribuer à la désormais confortable villa une importance imaginaire et, en disant : « J'aurais bien bavardé une petite heure ou plus avec la Bachmann entre les clapiers de Papa… », d'entonner une antienne bien connue aux Archives : « Je n'ai pas de confrères, je n'ai pas six personnes avec qui je puisse parler. Avant, oui, avec Bobrowski et Fühmann ; mais depuis que Keller et Storm sont morts, quelle misère ! Que voulez-vous qu'on se dise avec Müller ? À part l'éloge du whisky, et le fait qu'avec son cigare il se moque de son maître Brecht, ça ne va pas chercher très loin : tout au plus quelques gentils cynismes. Quant à la Wolf, elle entretient bravement son salon de thé pour dames ; quand on arrive en pantalon et cravate, on sent qu'on est tout juste toléré. Je n'ai rien contre les femmes qui écrivent et je mets Bachmann aussi haut que Mörike, mais que des centaines de bas-bleus comme Ludovica Hesekiel, la fille du Hesekiel de la *Kreuzzeitung*, se chargent de notre littérature à coup de morale à six sous et de patriotisme au rabais, à trois marks l'aune, ça c'est une malédiction… »

13. Des articles de foi et de leur cours de change

Lorsque Fonty eut achevé ce chapitre de transition et qu'il en fut à passer le dernier fil au double tissu de ses *Années d'enfance*, il était guéri de sa fièvre nerveuse. Le docteur Zöberlein parla de « grandes forces d'autoguérison » et conseilla la reprise d'habitudes normales : « Mais n'exagérons pas. De courtes promenades sont autorisées, mais les dossiers à charrier peuvent attendre ; de toute manière, la Maison des ministères se trouve en phase létale. »

Emmi approuva particulièrement la première partie de cette recommandation : « Il faut que tu prennes l'air, Wuttke... », et de même Hoftaller, le véritable médecin et sauveur, fut d'avis qu'il était tout indiqué de faire une balade jusqu'à la Kollwitzplatz et de prendre ensuite un café noir à la terrasse du « Bistro » de la Husemannstrasse, où l'on serait très bien dehors par ce temps d'été au beau fixe : « Retrouvons-nous une petite heure, dès ces jours-ci. Faut absolument sonder la situation. Pourquoi ? Eh, parce qu'elle change, tous les jours, et qu'il y a une foule de gens qui se bousculeraient à une conférence de votre façon. »

Fonty hésitait. Il n'avait pas envie d'apparaître en public. Le monde extérieur à son bureau l'effarouchait : « Je suis contre les manifestations sociales. On est planté là, et on y gagne tout au plus d'attraper la grippe. » Il lui fallait encore un temps de réflexion. Avant que les promenades ne redeviennent quotidiennes et que les conférences, allégrement prononcées de derrière un pupitre, aient le droit de le tenter à nouveau, il entendait rester sur son tapis à faire ses cinq pas et demi et, quitte à marcher en parlant à haute voix, terminer ses *Années d'enfance* sur cette distance. À Swinemünde, on arrivait de nouveau à Noël, et de même à Neuruppin. Et, d'un côté comme de l'autre, la paix des familles battait de l'aile. Cela tenait aux pères, incapables de rester tranquilles ; à moins que cela ne tînt aux mères, qui tablaient constamment sur du sérieux et ruinaient la paix en la réclamant ?

Fonty était sous pression. Il écrivait si vite que son crayon n'avait guère le loisir de tracer des jambages et que ses pattes de mouche devenaient illisibles même pour Emmi. De la cuisine, elle faisait irruption dans le bureau et pestait : « Mets le point final, Wuttke ! Il faut que tu t'occupes enfin de Martha et que tu règles les détails que tu as promis à ce Grundmann. Tu dois ça à ta fille, tu es le père de la mariée. Alors fais-le, sinon elle va décommander la noce… »

Nous confirmons les motifs des préoccupations d'Emmi. Les bans étaient publiés depuis des semaines et le mariage ne pouvait être reporté. De Münster arrivaient des lettres pressantes, auxquelles firent suite des télégrammes. Toutes les invitations avaient été lancées, y compris au professeur Freundlich et à sa femme. Les éventuelles difficultés qu'aurait pu soulever la cérémonie religieuse étaient écartées, car dès l'année précédente, et plus exactement avant même la chute du Mur, Martha avait résolu de combler son vide en matière de foi et avait adopté la religion de son futur mari.

Heinz-Martin Grundmann l'avait souhaité, mais sans en faire une condition. C'est ainsi que Martha, des semaines durant, s'était rendue à l'église Sainte-Hedwige, où un prêtre lui avait enseigné les articles d'un dogme nouveau pour elle. La source de ces exercices prescrits plutôt aux enfants était le catéchisme : mais tout le monde doit se soumettre à ce lavage, même les convertis adultes ; personne n'est accueilli sans examen.

Comme il manquait un témoin de la bonne confession et qu'Inge Scherwinski, l'amie de jeunesse et voisine de Martha, ne plaisait pas trop à Grundmann, l'un de nous se souvint de ses origines catholiques, que, moins par conviction que par défi, il n'avait jamais abjurées.

Ce n'est pas Fonty, c'est sa fille qui me pria de lui servir de témoin au pied de l'autel. Certes, nous pensâmes qu'il fallait se garder des excès de zèle ; et nous savions bien que les anciens communistes conservaient volontiers, comme catholiques frais émoulus, leurs instruments de croyance, qui avaient fait leurs preuves ; néanmoins, je consentis. Les Archives devaient bien ce service aux Wuttke.

Mais le père de la mariée ne s'occupait pas assez des choses. Il aurait dû, depuis longtemps, déterminer le restaurant où se ferait le repas de noces, réserver une longue table et choisir le menu du banquet. La mariée était en droit d'attendre cela de lui. Après la pénible rupture, voilà des années, de ses fiançailles avec un lieutenant de l'Armée populaire, elle n'avait plus guère osé, à bientôt quarante ans, espérer de trouver un mari. Or, voilà que cela avait tout de même marché ; seul son père traînait les pieds. Le père de la mariée restait à l'écart et ne cessait de retailler ses crayons. Fonty s'obstinait à faire sur le tapis de Chine populaire les promenades qu'on lui avait conseillées, et il ne parvenait pas à conclure ses *Années d'enfance*.

Même les visites que nous entendions faire au convalescent lui pesaient. Il nous fallait rester assis à la cuisine ou dans le salon Poggenpuhl, et attendre qu'on nous appelle. Souvent, nous passions ainsi une bonne heure ou davantage. Comme il ne venait pas, ne nous appelait pas, Emmi nous faisait la conversation. Sans que nous posions de questions, elle disait : « On peut l'attendre encore longtemps. Une fois de plus, il ne peut pas s'arrêter de gratter du papier. À peine un peu rétabli, il en fait trop. Comme si ça ne pouvait pas attendre après la noce. Mais quand je dis à mon Wuttke que ce n'est pas urgent à ce point, de mettre tout ça par écrit, il me répond : "Laisse faire, Emilie. Quand ça vient, il faut que ça sorte." Alors je tape, je tape. Ça a toujours été comme ça, depuis des années, quand il avait quelque chose à rendre. Mais cette fois, il écrit au petit bonheur, car qui est-ce qui se soucie encore de savoir tout ça ? Ça n'existe plus, l'Union culturelle et tout le reste ! Tout ça, c'est fini, c'est du passé ! Sauf pour mon Wuttke. Pour lui, il n'y a de réel que ce qu'il imagine. Le monde peut s'écrouler tout autour, il continue. À peine sorti du lit, il se met à tourner en rond, en marmonnant, il s'assoit, écrit un truc, se remet à aller et venir, et il écrit, il écrit. Cette fois pas seulement sur son idole, non, cette fois aussi sur lui-même, parce qu'ils viennent tous les deux de ce trou perdu. Mais vous savez ça mieux que moi, qu'on voit là-bas ce vieux bonhomme assis, et que tout gosse déjà son père l'amenait devant ce fichu monument et lui répétait tout le temps : "Celui-là, il est immortel, il restera pour l'éternité." C'est comme ça que ça a commencé, cette manie, quand il parle de son idole, de toujours se glisser en douce dans l'affaire, comme s'il fallait qu'il fasse le perroquet. Si l'autre raconte qu'il s'est battu avec des galopins dans les rues de Swinemünde, il prétendra s'être bagarré lui aussi avec des voyous à Neuruppin. Le premier avec un sabre de bois qu'il avait eu à Noël, le second avec un simple bout de planche. Et comment les garçons avaient des cachettes introuvables, l'un au grenier, l'autre dans la cave à charbon derrière des paquets de papier mis au rebut, des décharges ou des "maculatures", comme dit mon Wuttke ; mais avec plein d'images, juste un peu ratées. Et puis toujours les pères ! Je peux vous dire que, si l'un avait des dettes de jeu, l'autre, à partir du moment où il a été au chômage, il a plus lâché la bouteille. Mais comme le père de son idole – qui tout de même a réussi à avoir son monument, à force d'écrire – n'était en fait qu'un pharmacien fumiste, il est obligé de retoucher le portrait, d'en faire un bon papa, flanqué à la porte par sa méchante femme, qui naturellement s'appelle Emilie... Et le père de mon Wuttke, pareil : il se retrouve gonflé comme un dindon, en vieux sage, en ermite retiré du monde mauvais dans une cave humide et froide. Laissez-moi rire ! Je suis allée le voir assez souvent, avant qu'il y ait le Mur. Lui et ses lapins ! Je peux vous dire : c'était un quartier de villas chic, dans le temps ; mais la baraque où habitait le vieux, c'était l'horreur. Un château hanté, c'est rien à côté. Le haut tout brûlé, depuis la guerre, et en bas il y avait de quoi devenir tubard. Les murs ruisselaient, tellement c'était humide. Il y avait sûrement des champignons entre les dalles. Et les draps moites, même en plein été. Ça sentait le moisi, c'était impossible à tenir propre. Elle faisait pitié, cette pauvre femme que le vieux avait embobinée. Gundula, elle s'appelait, c'était une petite rondouillarde, qui disait pas un mot, qui se plaignait pas. Oh, le vieux était gentil avec elle : ma petite Gundula par-ci, ma petite Gundula par-là. Beau parleur, ça oui ! Toujours ses grands mots de socialiste, un monde meilleur, et tout. Plutôt confus, tout ça. Mais le jardin, impeccable. Il nous donnait des concombres et des choux-fleurs, et chaque fois un lapin, parfois même deux, tout juste tués et dépecés, parce que chez nous on n'en trouvait pas. Il y avait autant dire rien, tout juste quelques légumes, parce que chez nous – mais vous le savez – c'était toujours : ceinture. De quoi lui être reconnaissants, au vieux. Il savait être vraiment galant, comme mon Wuttke aussi, surtout avec les demoiselles. Et tout à fait comme le père de son idole, qui devait être lui aussi un de ces beaux parleurs. Il n'y a que leurs femmes qui n'ont pas dû rigoler, aucune des deux. Mais quand je dis à mon Wuttke : "Écoute, c'est pas possible, que le portrait de son Emilie à lui soit aussi peu flatteur que celui de la Louise de ton papa, qui est sous la terre elle aussi depuis longtemps. Tout ce qu'il a fallu qu'elles encaissent et qu'elles supportent, l'une avec l'éternel endetté, le tapeur, et l'autre avec la grande gueule, qui était en fait un ivrogne, et qui se cachait, ce sont les pires. Mais que ton père se soit comme ça bousillé le foie, ça tu n'en dis pas un mot dans ce que tu écris, il n'est jamais question que de leur bonté, de leur sagesse, de leur gentillesse à tous les deux…", alors mon Wuttke me dit : "Laisse, Emilie, tu ne comprends pas. Ce qui est réel n'est pas en surface. Ça se trouve plus au fond." Alors je lui dis : "Je sais, je le sais depuis longtemps. Mais ce qu'il y a au fond de moi, personne s'en soucie. Toujours tes Emilie. Rien que des Emilie. Et si ton Emmi, dont personne se soucie, qui n'est bonne qu'à taper à la machine, ne s'était pas appelée Emilie sur son acte de baptême, aussi bien tu m'aurais même pas regardée…" Mais vous le savez, que l'autre a dû aussi tout recopier, exactement comme moi, et davantage : tous les bouquins de guerre, et les romans, et en plus ces *Promenades*, toutes. J'en connais la majorité, mais ça ne me plaît pas. Trop de discours, et le moindre château décrit dans le moindre détail, même quand c'est une baraque en ruine. Et quand il se passe quelque chose, un adultère ou un bon duel au pistolet, et que ça devient palpitant, il arrête, ou bien il commence un nouveau chapitre, avec des promenades et, de nouveau, des discours. Mais mon Wuttke dit toujours : "Mais c'est justement ça ! C'est tout l'art de laisser de côté..." Bon, je veux bien ! Mais alors il aurait dû lui-même en prendre de la graine, pour cette conférence, que de toute façon il ne fera pas, puisqu'il n'y a plus d'Union culturelle pour payer. C'est pour ça que je le secoue : "Maintenant, ça suffit. Faut savoir s'arrêter, quand ça suffit. Et puis on existe, nous aussi. Occupe-toi enfin de ta fille, même si tu n'es pas d'accord pour qu'elle devienne catholique." Moi non plus, ça ne me va pas. Je vous le dis : c'est exactement comme quand notre Martha est entrée d'elle-même au Parti, à l'époque, d'abord comme candidate et puis pour de bon. "Elle s'est sacrifiée pour nous, surtout pour toi, Wuttke, j'ai dit, parce que tu es mal vu des gros bonnets. Quand nos garçons sont restés tous les trois à l'Ouest, on a dit que c'était de ta faute, parce que ta sœur à Hambourg... Et le pire, ça a été Georg, engagé dans leur Wehrmacht, parce qu'il voulait absolument être aviateur... Mais maintenant, tout ça c'est fini. Occupe-toi enfin de Martha, qu'elle ne reste pas là enfermée dans sa chambre à pleurer parce que tu ne penses pas à son mariage, mais toujours uniquement à ton idole... »

Martha Wuttke, que Fonty appelait Mete et qui allait bientôt prendre le nom de son mari, était certes guérie de sa variété personnelle de faiblesse nerveuse, mais elle n'en incarnait pas moins dans la maison la tristesse en personne, traînant sa douleur de sa chambre à la cuisine, et de là de nouveau à sa chambre de jeune fille quelque peu fatiguée par les ans, où les photos et souvenirs de sa jeunesse communiste avaient récemment été écartés au profit d'une petite table décorée en autel domestique incitant au recueillement. De surcroît, les vacances d'été n'étaient pas finies. Rien n'était là pour la distraire, aucune dissension avec le nouveau directeur sans la moindre attache avec le Parti, ni l'enseignement des mathématiques élémentaires, cette discipline étrangère à toute foi et n'admettant que des jugements indubitables : vrai ou faux. Elle était considérée comme une enseignante solide et – mis à part ses fréquents congés de maladie – sérieuse ; elle n'était ni populaire ni redoutée, elle avait à vrai dire des problèmes avec certains collègues, en particulier des femmes, qui n'avaient pas quitté le Parti à temps : prises de bec dans la salle des profs. De fait, à la veille de son mariage, elle aurait dû abandonner l'enseignement ; mais sur ce point aussi nous constatâmes que Martha était indécise, parce que sans cesse assaillie de doutes au niveau des principes.

Elle nous en parla, à nous des Archives, et surtout à moi, une fois que je lui eus promis d'être son témoin : « En principe, je voulais déjà depuis longtemps arrêter l'enseignement : je n'ai plus le feu sacré. Quant à savoir si à Schwerin je retravaillerai, je n'en suis pas sûre, même si Grundmann dit que je trouverai quelque chose. Il pense que je pourrais m'occuper de ses maîtres d'ouvrage, c'est ça, ses investisseurs. Simplement parce que je sais compter ? Mais n'être que femme d'intérieur, ça me va encore moins. Rester dans la villa, qui est beaucoup trop grande, à attendre… Pas question ! En fait, je n'ai pas du tout envie de me marier, peut-être parce que je suis restée si longtemps seule… En principe, je veux bien, et j'ai dit plusieurs fois à Papa : "Cette fois, c'est du sérieux. Cette fois, je ne vais pas laisser tomber, comme avec Zwoidrak, l'autre fois. Cette fois, je me sens le courage. Il faut que tu t'occupes de la noce. Grundmann a encore écrit, il me presse, et Maman aussi. Il veut que tu réserves une table de douze couverts, et à l'Ouest, chez un italien. Sur le Kurfürstendamm, près du théâtre, il paraît qu'il y en a un qui est bon, il m'a donné le nom exprès pour toi." Exactement ! Pourquoi pas à l'Ouest ? J'ai rien contre, mais Papa ne s'en occupe pas. Or, Grundmann se chargerait bien de la réservation, s'il ne s'était pas fait dire, quand il est passé à Pentecôte : "Le repas de noces, j'en fait mon affaire !" Mais quand j'aborde le sujet, Papa n'écoute pas. Il dit juste "oui-oui" et il pense aussitôt à autre chose. Bien sûr, je me demande quelquefois si ce n'est pas de ma faute s'il fait la sourde oreille, parce que je ne lui ai pas tout de suite parlé franchement, pas dit qu'on se marierait à l'église Sainte-Hedwige, et que je n'avais plus de doutes, seulement de temps en temps, et qu'en tout cas j'ai besoin d'une perspective. Il en faut une... Je ne me fais pas d'illusions... Je me rappelle très bien qu'aux Jeunesses communistes non seulement j'ai chanté, mais j'ai cru : "Pour que dans ce monde tu saches où tu vas..." Mais ce n'est sûrement pas simple, pour Papa, que sa seule fille... Exactement ! Et que ça soit un mariage catholique... Il préférerait naturellement un mariage protestant à l'église française réformée, même si sur le papier on est tous luthériens ou même pas, et que Papa, quand j'ai voulu faire avec Inge ce qui correspondait à la première communion aux Jeunesses, n'a eu rien contre. Mais catholique ? Il n'arrive pas à comprendre ça, même si l'an dernier en mars, encore sous l'ancien système, quand je suis sortie du Parti, il a dit : "Ah, enfin !" L'erreur, ça a été de ne pas lui parler du catéchisme et du prêtre de Sainte-Hedwige, ou trop tard. En tout cas, il l'a mal pris, il a marmonné quelque chose sur les parties de quatre coins. Il s'est senti offensé. Et c'est peut-être pour ça qu'il a voulu partir, du jour au lendemain, direction l'Écosse naturellement ; mais il n'est pas allé plus loin que Bahnhof Zoo. Mais en principe il a dû se faire à cette idée, il m'a fait, là dans la cuisine, un petit discours tout à fait gentil, bien sûr avec quelques pointes : "Eh bien, soit, Mete !" m'a-t-il dit. "Communisme ou catholicisme, les deux commencent par C, et se croient absolument infaillibles..." Et puis il m'a servi son roman à l'eau de rose, *Le Comte Petöfy*, parce qu'on s'y convertit aussi. Mais mon changement de confession ne lui convenait pas du tout. "Mieux vaut ne rien croire que tout croire !" a-t-il crié, et pour faire bon poids il a ajouté : "Quel est aujourd'hui le cours de change, en matière de convictions ?" Je lui ai expliqué en long et en large que, peu de temps après être entrée au Parti, exactement, début des années quatre-vingt – avant j'avais été seulement candidate, pendant trois ans –, j'avais déjà cessé de croire à Lénine et ensuite à Marx-Engels : alors seulement Papa m'a dit : "Tu as ma bénédiction !", ajoutant juste en grognant : "Chacun son goût…" Car en principe il est la tolérance même. Ce qui m'a vexée, c'est qu'il a fallu que ce soit ce balai-brosse qui parle en ma faveur. "Elle a pourtant une jolie coupole, l'église Sainte-Hedwige. Qu'est-ce que vous demandez de plus, Fonty ? Nous vivons une époque de changement, que voulez-vous !…" Il a dit ça à mon père quand il allait déjà mieux, quand tout d'un coup il a pu écrire de nouveau, écrire comme avant. Plus trace de faillite nerveuse. Exact, ça l'a carrément guéri. Mais s'en occuper vraiment, de mon mariage, il ne veut toujours pas, en somme… »

Nous avons vu Fonty se dérober. Même quand je lui ai offert de lui éviter de courir et d'aller réserver pour la noce en me conformant à ce qu'il voudrait, il a refusé : « Si quelqu'un doit s'en occuper, c'est moi. »

S'ajoutait à cela que le père de la mariée ne trouvait pas le marié à son goût. Il convenait qu'on pouvait bavarder avec ce Grundmann sans trop s'ennuyer, mais premièrement il était trop vieux, et puis veuf, et deuxièmement ce gros malin venait de l'Ouest : « Ces gens-là ne fonctionnent pas du tout comme nous. Et même si sa société, dont je prétends dès maintenant et troisièmement qu'elle sent la faillite, a planté des hôtels en Bulgarie, et si Mete a croisé son chemin au bord de la mer Noire, il n'a pas la moindre idée de ce que nous sommes. Pour Grundmann et consorts, nous sommes d'au-delà de l'Elbe, des protestants païens, des hérétiques au fond, ce qui est d'ailleurs vrai. La conversion n'y change rien, même si c'est très à la mode. Et que la cure d'eau bénite fasse effet sur notre Mete, je me permets d'en douter. »

Sans doute aurait-il continué à se buter si son ombre-diurne-et-nocturne ne l'avait pas fait sortir de son bureau : « Allons, mettez le point final, Fonty ! Ou bien faudra-t-il que mon petit cadeau, que tous ces jolis crayons soient confisqués au titre de produits occidentaux nocifs ? Bon, alors ! J'ai du reste une bonne nouvelle. C'est fou comme la situation évolue vite. On vous réclame. Selon toute probabilité, vous allez pouvoir lire vos *Années d'enfance* dans l'ancienne brasserie Schultheiss, rebaptisée "Brasserie de la Culture", et bien sûr devant un public. Sont terriblement demandeurs, ces jeunes gens. Veulent absolument entendre des choses d'avant, et même d'avant avant ! Ils en ont pardessus la tête de ce qui se fait à présent. En tout cas, j'ai réussi à trouver dès maintenant une somme rondelette pour vos honoraires ! La boîte est du reste subventionnée par l'Ouest, et j'ai eu mon petit mot à dire quand il s'est agi de l'avance. Eh bien, Fonty, qu'est-ce que vous en dites ? Voilà qu'à force de gratter du papier, non seulement vous êtes guéri, mais vous allez pouvoir encaisser. Tout ça finit par payer, comme chez le grand modèle. C'est avec les *Années d'enfance* qu'il a eu, comme nous savons, un premier vrai succès de vente. La brochure s'est vendue comme des petits pains. Et pas seulement à Swinemünde, où les gens étaient curieux et toujours friands de ragots. En tout cas, vous devriez savoir mieux que moi que l'Immortel a gagné presque autant avec ses souvenirs qu'avec sa célèbre *Effi*. Laquelle il a écrit d'un trait, aussitôt guéri. C'étaient des années passionnantes. Ça a commencé en 1888, l'année des trois empereurs. Ensuite ça a été de plus en plus fou : à peine les lois antisocialistes supprimées, Bismarck dégringole. Des années agitées. Nos services sont sur les dents. Ça n'empêche qu'on joue *Les Tisserands* : ils sont d'abord autorisés ici, au Theater am Schiffbauerdamm, mais seulement pour les membres de l'association. Ensuite on les joue à Paris. Et finalement, grande représentation au Deutsches Theater, avec Liebknecht et autres socialos dans l'assistance. Critique sociale ! Misère en Silésie ! J'ai encore dans l'oreille les ricanements qui accueillirent la tirade du fabricant, nommé Dreissiger. Et le monsieur du fauteuil 23 publia dans le *Salon-Feuilleton* un compte rendu enthousiaste, comme un jeune révolutionnaire ! La pièce eut un succès du tonnerre, à Breslau, au Lobe Theater, puis à Hanovre, bien qu'on ait fait doubler le prix des places au poulailler, pour éviter que les ouvriers… Rien à faire. On ne savait plus où donner de la tête. Eh oui, parce que l'ordre une fois de plus était radicalement… et les socialos de plus en plus arrogants… Même le jeune empereur, qui faisait des siennes : “Je vous conduis vers des temps magnifiques…”, comme aujourd'hui, rien que des illusions et d'énormes vantardises. Le “manteau de l'histoire”, a dit l'autre jour le chancelier d'en face. Lui, il entend sonner des heures historiques l'une après l'autre. Il aura des surprises, ce monsieur. Un nouveau chapitre s'ouvre, tu parles ! Laissez-moi rire. Un petit moment de changement, les vestes qu'on tourne comme d'habitude, c'est tout. Mais on connaît ça, le changement de costume à vue. L'homme est ainsi ! Toujours des soucis d'habillement ! C'est pourquoi il ne faut pas gâcher à votre fille son entrée en scène dans le costume de la dernière conviction à la mode. Vous avez bien, dans le temps, échangé la tenue du révolutionnaire contre celle d'agent de Manteuffel, et comme scribouillard vous êtes bien passé d'un journal à un autre, de la *Dresdner Zeitung* à la *Kreuzzeitung*, et de ses colonnes réactionnaires à la *Vossische Zeitung*. Ça vaut bien mademoiselle votre fille passant du rouge au noir. D'ailleurs nous sommes certains que votre Mete sera tout au plus une catholique sous condition, de même que, comme bonne sœur du marxisme-léninisme, elle n'a été que modérément croyante. Je connais son dossier de cadre. Toujours des doutes… Mais maintenant, assez barguigné, Fonty ! Avec ou sans eau bénite : le mariage arrive ! »

Inutile de chercher des excuses : il allait falloir en passer par là. Pour gagner du temps, il avait encore découvert les cachettes d'enfant, dans la charpente de Swinemünde et dans le noir effrayant de la cave à charbon éclairée par une chandelle à Neuruppin, pour évoquer du fond de ces refuges la « nécessité existentielle de la cachette enfantine » ; puis il était passé aux années de lycée, interrompues ou poursuivies en continu, en présentant les deux directeurs dans le cadre d'un double portrait, pour en venir, après avoir mentionné le collège professionnel de Friedrichswerder comme un pensum plutôt fastidieux, à un long paragraphe final sur le monument coulé en bronze, dédié moins au romancier qu'au promeneur assis et contemplant le paysage de la Marche, qu'on avait solennellement inauguré le 8 juin 1907, en grand tralala, avec discours et dithyrambes.

Fonty se voyait debout devant le monument, derrière, et en train de tourner autour. Tantôt la statue de bronze lui faisait de l'ombre, tantôt c'était son ombre à lui qui tombait sur le piédestal de pierre. Son crayon écrivait ses toutes premières rencontres avec l'Immortel et le « frisson sacré » qu'il ressentit quand, tenant la main de son père, il fut initié aux « valeurs éternelles de la poésie ». Il conclut ses souvenirs, auxquels entre-temps un honoraire était assuré et un pupitre de conférencier était promis, par cet aveu : « C'est ainsi que, depuis mes toutes premières années, je ne fais qu'un avec celui qui, à Neuruppin, est coulé dans le bronze et assis sur un banc de pierre. »

Il s'accorda encore un bref va-et-vient sur le tapis, puis prit sa canne et son chapeau. Dehors, août l'attendait, avec sa chaleur sèche. Fonty appartenait de nouveau au monde ; mais pour commencer il n'avait le droit de sortir qu'en compagnie.

Après trois tours de la Kollwitzplatz, c'est sous un parasol que se tint la conversation avec Hoftaller. Les deux hommes s'attablèrent dans la Husemannstrasse, à la terrasse du café Bistro, restauré comme les autres façades de la rue depuis le milieu des années quatre-vingt, et ils burent, Hoftaller une Schultheiss, Fonty un verre de médoc.

Des façades comme dans un livre d'images : décors plantés pour tromper les autres et soi-même. Parfois, des touristes de l'Ouest venaient flâner devant. On admirait ce trompe-l'œil datant du sept cent cinquantième anniversaire de la ville. Les vieux Berlinois ne se montraient guère. Avec son ombre-diurne-et-nocturne, Fonty avait l'impression d'être en vitrine.

Lorsqu'il reçut de la main à la main les honoraires promis, cinq cents marks en espèces dans la monnaie qui avait encore un air de neuf, il résolut que cette somme au chiffre rond n'irait pas rejoindre son trésor de guerre déposé à la

Dresdner Bank de la Dimitroffstrasse : ce serait au repas de noce qu'irait ce fruit de sa guérison.

Au cours de la conversation, qui fut d'abord à bâtons rompus, il dit à Hoftaller : « Je maintiens qu'il eût mieux valu le temple français que Sainte-Hedwige. Mais s'il faut absolument que ça se passe à la catholique, je vais trouver quelque chose. C'est vrai que j'ai un faible, sinon pour les soutanes, du moins pour l'encens et les cierges, et pour la Sainte Vierge de toute façon. Que serait devenue Effi sans la foi obscure de sa servante Roswitha, qui lui reste fidèle quand tout le monde, même Briest et sa femme, lui tourne le dos ? Le catholicisme est comme l'enfer : on peut compter dessus. Vous devriez vous rendre à cette évidence, Tallhover. Vous-même, si je ne me trompe, n'êtes-vous pas du parti papiste, tout comme – mais oui, vous savez bien – le commissaire Reiff dans *L'Adultera* ? »

Fonty se délecta de ce coup à trois bandes. Et Hoftaller convint, avec embarras d'abord, puis avec tout l'allant de qui professe sa foi, que c'était dans les confessionnaux qu'il avait recueilli les premières expériences de son métier. Il alluma l'un de ses cubains, prit un visage de chapelain, luisant comme après onction, et se souvint, avec délectation déjà : « Cela ne vous lâche plus, cette mise à nu d'abord hésitante, puis sans retenue, de ce qu'il y a de plus intime ; ce chuchotement à travers la grille de bois, l'oreille du prêtre et la bouche du pénitent : "Oui, j'ai péché… par pensées, par paroles et par actions…" Ah ! Et pour finir, l'absolution, ce sentiment de naître à nouveau, d'être frais comme la rosée. C'est une douche, d'abord chaude et puis froide… Je dois beaucoup à l'Église catholique. L'Église sait ce qu'il y a au fond de l'homme, et elle a mis au point mille techniques qui délient la langue de manière subtile. L'Église est toujours là. Sous son aile, tout le monde chante. Et avec un truc comme le secret de la confession, on arrive même à rendre bavarde une catégorie qui se croit dure à cuire. Il est simplement regrettable que mon biographe, qui par ailleurs a tout mis en lumière, ait eu un certain blocage, qui l'a empêché de se pencher sur mes expériences marquantes dans les confessionnaux…

– Terriblement juste ! s'écria Fonty. Moi-même, j'aurais dû discerner à temps que vos Services, par ailleurs si profanes, avaient du molleton catholique dans leurs doublures…

– Tardives découvertes !

– Mais sérieusement, Hoftaller, vous êtes toujours pratiquant ?

– D'une certaine façon, cela ne finit jamais.

– Vous voulez dire que, pour toute notre vie, nous sommes tous dans le confessionnal ?

– La confession ne joue là-dedans qu'un rôle minime. Mademoiselle votre fille a certes changé de foi, mais les péchés, nos péchés, restent fidèles à eux-mêmes… »

Le lendemain, Fonty partit seul. Il commença par se rendre dans la Lychener Strasse Au Rendez-vous des quilleurs, établissement qu'il connaissait sans en être un habitué. Debout au comptoir devant un demi, il trouva bien gênants les appareils à sous récemment installés et la musique qui se déversait de tous les coins de la salle, à la fois sonore et sourdement rythmée ; seuls lui convenaient les plats mentionnés sur la carte – jambonneau, assiette de charcuterie, roulades au chou – et les prix point encore occidentalisés ; mais, pour un repas de noce, ces spécialités berlinoises n'étaient guère appropriées.

Promenant son regard, il s'attarda sur les célébrités locales épinglées au-dessus du bar, reconnut le Ferdinand de la pièce de Holtei, le joueur de limonaire et Julie-la-harpiste : le caricaturiste Zille dans son petit monde. Puis il lut, généreusement calligraphiés, les statuts régentant tous les joueurs de quilles – « Boule en tête et toutes les neuf ! », s'assura que les deux pistes étaient toujours en service en demandant au patron, qui répondit qu'elles étaient entièrement réservées « jusqu'après l'unité et tout le mois d'octobre ». Il se remémora un petit choix de citations tournant Berlin en ridicule – « les petits pains sont en carton, la viande sent la cave, et il n'y a pas un relieur qui travaille bien ; avec ça, une arrogance insupportable… » –, mais ensuite il but tout de même encore un schnaps avec sa dernière gorgée de bière, en se portant un toast à lui-même : « Non, pas question d'obliger Mete à fêter ici ses noces tardives ; mais dans ce quartier du Prenzlauer Berg, oui. »

Son quartier. On y connaissait Fonty. Jusqu'aux gosses dans les rues, qui l'appelaient ainsi. L'air y était particulièrement poisseux, saturé de secrets. C'est là, dans divers établissements, que le petit milieu se réunissait, plus par égocentrisme que pour conspirer. Dans un secteur comme celui-là, tout le monde était l'informateur de tout le monde et personne ne coupait à l'espionnage. On peaufinait des poèmes qu'on vendait comme des messages clandestins. La trahison avait ses entrées partout, et le soupçon circulait comme de la petite monnaie. Des gens de talent mangeaient aux deux râteliers. Et les endroits qui hier encore avaient servi de gare de triage aux génies sans attaches passaient déjà pour des lieux historiques : là, il s'est passé un truc… là un mouchard qui se vendait comme très doué… et encore un mouchard qui ne tenait pas sa langue… car ici se retrouvaient… se réunissaient toujours… il paraît même que… le temps passait… le temps a passé. Mais pour Fonty, qui était là chez lui, il n'était pas question que rien fût passé, tout était présent, à la demande. Au patron du Rendez-vous des quilleurs, il dit : « Berlin a colossalement changé. Nous devons cela surtout à l'asphalte et aux omnibus. » Puis il paya et s'en alla.

De là, il était à deux pas des murs de briques – emboîtées, couronnés de créneaux et de tourelles – de l'ancienne brasserie Schultheiss, qui fonctionnait depuis peu comme « Brasserie de la Culture » et trouvait un public à coups de prestations spectaculaires changeant tous les jours. Il prit la Sennefelder Strasse, puis à droite dans la Stubbenkammstrasse, où il connaissait au coin le restaurant Les Salons Offenbach, ainsi que leur patron qui, du temps de l'État des Ouvriers et Paysans, avait réussi à négocier avec le pouvoir encore absolu des camarades dirigeants, et à leur arracher l'autorisation d'ouvrir un restaurant privé ; on disait que des artistes de l'Opéra-Comique et du Metropol Theater avaient aidé à réduire un peu les habituelles chicaneries administratives. C'est ainsi que les murs étaient de toute part ornés de croquis de costumes pour les opéras d'Offenbach, par exemple *Barbe-Bleue* mis en scène par Felsenstein. Fonty se souvenait qu'à la fin des années cinquante on avait monté *Les Contes d'Hoffmann*, et plus tard, au Metropol, *La Belle Hélène* ainsi que *La Chaste Suzanne*. C'est cela qui faisait le succès des Salons Offenbach.

Le patron se plaignit quelque peu du bond que venait de faire son loyer, et de ce que les habitués bon payeurs de naguère se faisaient rares. Fonty, au comptoir, s'accorda un calvados et répondit avec esprit aux jeux de mots d'un serveur en fin de carrière. À sa question : « Quoi de neuf dans la plume ? », il répondit : « Il y aurait de quoi écrire un livre par jour ! » Et c'est seulement quand le patron lui eut passé la carte que Fonty évoqua le « mariage de Mete » en prenant tout simplement à contre-pied le proverbe qui dit « tôt mariée, bien mariée » : « Le contraire est tout aussi vrai. C'est le destin habituel des phrases de ce genre. »

Comme à la suite d'une décision soudaine, c'est dans le salon dit « de musique », dont la décoration murale consistait en quelques instruments anciens – mandolines, altos, violons – qu'il réserva une table de douze couverts, pour le 5 septembre à midi ; car c'est immédiatement après la cérémonie religieuse que les jeunes mariés et leurs invités déjeuneraient là, dans cette salle à part.

Du même coup, Fonty commanda le menu : trois plats principaux. Il ne voulait pas avoir l'air pingre. Déjà, il ne tenait pas compte de ce que son futur gendre avait souhaité un « bon italien », il n'était donc pas question de lésiner dans Les Salons Offenbach. En partant, il fredonnait : « Quand j'étais encore prince d'Arcadie… »

À propos de cette décision d'ordre pratique, prise encore juste à temps et non sans quelque caprice, il faut souligner une fois de plus que Fonty était fort capable d'agir en Wuttke. Si aux Archives nous le connaissions exclusivement comme Fonty, cela ne veut pas dire qu'ailleurs, par exemple comme appariteur dans la Maison des ministères, il ne jouât que ce seul rôle écrit d'avance ; au contraire, là-bas surtout, il se présentait comme Theo Wuttke et tenait à être appelé de ce nom. De même, du temps de l'État des Ouvriers et Paysans, il formulait son opinion politique directement en tant que « monsieur Wuttke » et se démarquait tout au plus en tant que Fonty de la ligne officielle du Parti. Ainsi, il fut d'emblée partisan de la réforme agraire – « les terres des seigneurs aux cultivateurs ! » –, mais il désapprouva la collectivisation forcée, la comparant aux expulsions d'autrefois. Et quand, après la construction du Mur, ses trois fils restèrent à l'Ouest, c'est plus Wuttke que Fonty qui en fut affecté. C'est pourquoi le refus de son deuxième fils Teddy – le premier étant mort en 1978 d'une péritonite – de venir au mariage de sa sœur a surtout blessé le père de famille ; l'acceptation du plus jeune, Friedel, ne put rien y changer.

Au début, dans l'église Sainte-Hedwige, Fonty observa encore avec la curiosité de Theo Wuttke le cérémonial catholique ; mais quand il vit qu'on ne balançait pas d'encensoir, que rien ne se passait en latin et que les mystères traditionnels n'y étaient plus, Theo Wuttke ressentit la déception de Fonty. Plus tard, il a dit à table qu'il avait regretté ces « envoûtantes simagrées » qui hantaient jusqu'à la dernière ligne le roman de l'Immortel *Le Comte Petöfy*, où la Madone, du haut de sa niche, promet la protection divine à la comtesse Franziska désormais veuve, bien que celle-ci ne se soit pas pressée de se convertir, à la différence de sa fille à lui, qui n'avait pas hésité d'abord à rompre les vœux qui la liaient au Parti hors duquel point de salut, et ensuite à réciter le credo de l'Église, hors de laquelle point de salut non plus. « Mais elle est comme ça, ma Mete, toujours colossalement convaincue. Enfin, qu'importe la façon dont on se marie. L'essentiel, c'est que le "oui" soit juste. »

14. Le mariage de Martha

Ils prononcèrent tous deux leur « oui » distinctement. Nous, des Archives, représentés par moi, nous fûmes bien plus impressionnés par la cérémonie que le père de la mariée, qui en avait attendu Dieu sait quoi. À peine était-elle terminée qu'il se mit à rouspéter, et lorsque ensuite, à table, il déchargea sa bile, il parla d'un « emballage bidon ». Quand j'objectai que même l'Église catholique doit marcher avec son temps, il me rit au nez : « Le pape fait comme les libraires, qui passent vite à autre chose, et le public avec eux. Rien ne tient plus de huit jours ! »

Fonty décocha encore davantage de flèches sur la place Bebel, où la noce dut se grouper, sous un ciel couvert, et, à la demande du marié, se placer comme ci et comme ça, pour les photos, et devant différents arrière-plans, jusqu'à ce qu'une averse chassât tout le monde. Non sans peine, on trouva quatre taxis et, « passablement douchés » comme le déclara Fonty, on gagna enfin le Prenzlauer Berg et Les Salons Offenbach.

La table y était dressée pour dix personnes seulement, qui y trouvèrent leurs places après quelques va-et-vient, grâce à des cartons manuscrits. Le professeur Freundlich et sa femme n'avaient pas pu venir ; ils étaient malheureusement retenus d'après leur télégramme, et au grand regret de Fonty, par des « obligations impératives à l'université ». Mais on avait livré à temps d'Iéna un somptueux bouquet de fleurs qui plut même à Emmi, d'habitude persuadée que les Freundlich étaient incapables de rien faire comme il faut.

Les cartons étaient une idée d'Emmi, réalisée de sa

main ; elle avait conservé depuis l'école une écriture inspirée de la ronde traditionnelle, dont les boucles appliquées impressionnèrent tous les convives. Quelqu'un s'écria « Que c'est mignon ! », et même Fonty plaça un compliment – « Merci à mon Emilie, qui sait faire front à toutes les vicissitudes de l'existence » – dans son petit discours, qu'il ne prononça néanmoins pas tout de suite, mais entre le hors-d'œuvre – saumon mariné maison à la crème et au raifort – et la première entrée, baptisée « à la Belle Hélène » – magrets de canard rosés à l'orange, accompagnés de légumes et de galettes de pommes de terre. Déjà à l'église, à la vue de « ce catholicisme colossalement dépouillé », il s'était senti en verve pour un long discours. À l'oreille de son fils Friedel – qu'il n'avait connu qu'enfant ou par des photos, et qui avait de toute manière décidé de faire la tête –, il glissa, comme ils étaient encore assis en famille à Sainte-Hedwige : « En face de ça, on ne peut que se taire, ou alors dire beaucoup de méchantes sottises. Vous ne perdez rien pour attendre : au repas, je trouverai bien quelques inconvenances à vous servir. »

Fonty aurait bien vu au menu un « Orphée aux enfers », à savoir du rôti de bœuf braisé aux quetsches avec des haricots au lard, mais Emmi était parvenue à le dissuader de cet Orphée et à faire valoir que l'occasion festive parlait en faveur de la Belle Hélène ; de sorte qu'il vint à Fonty, devant ces magrets bien grillés à l'extérieur mais juteux dedans, quelques allusions osées : « Belle Hélène, ça marche toujours. Mais le rose tendre ne va pas qu'aux rosières. La mariée, notre beauté qui s'est fait si longtemps désirer, comprend ce que je veux dire. »

De telles petites phrases rendaient Emmi soucieuse. Et comme elle n'avait jamais eu d'influence tempérante sur les discours de son Wuttke, elle redoutait des sorties du même genre ; lorsqu'il se leva en tapotant sur son verre, on allait en avoir beaucoup d'autres.

Le père de la mariée s'excusa d'abord assez coquettement – « Je sais bien bavarder, mais je sais mal parler » –, se donnant ainsi le champ libre pour ses audaces digressives, et aussitôt il qualifia de « douche écossaise œcuménique » le passage de sa chère fille du Parti à l'Église ; puis ce nouvel engagement lui permit de jeter quelques regards en arrière dans les ténèbres du Moyen Âge, « chasses aux sorcières comprises », et de prédire : « Le bûcher revient à la mode. » Dès lors entièrement Fonty, il passa en revue les personnages de ses romans et, ayant un peu laissé chercher les convives, il leur présenta la comédienne Franziska Franz, définie comme « une caillette, du reste originaire de Swinemünde ». Ensuite seulement il la flanqua du héros du roman, le vieux comte Petöfy, et évoqua leurs noces célébrées à Vienne – « au début du chapitre treize, naturellement » – comme un mariage à répétition : « Car les consentements furent échangés d'abord à l'église Saint-Augustin et ensuite au temple protestant de la Gumperdorfer Strasse. » Puis il revint à la mariée : « Franziska n'était certes pas toute jeunette, mais à côté de ce rejeton fatigué – et bientôt décédé – d'une vieille famille hongroise, c'était tout de même une jeunesse, avec toute la vie devant elle… »

Il n'était pas nécessaire de connaître ce roman aujourd'hui oublié pour comprendre l'allusion scabreuse à la différence d'âge entre les jeunes mariés – Martha trente-huit ans, et l'entrepreneur de travaux publics cinquante-six –, d'autant que Fonty, signalant la « fin prochaine de ce vieux viveur de comte », faisait intervenir la catastrophe finale du roman, la qualifiant en outre de « narrativement habile » : « L'auteur réussit de la sorte à laisser de côté le coup de pistolet, qui ne fait avancer l'action que par son résultat. Littérairement, le sang ne coule pas. Tout l'intérêt peut se concentrer sur la jeune veuve et son chagrin… »

Mais alors Fonty tira les mariés, les convives et lui-même de la fâcheuse posture où son bavardage irréfléchi les avait tous placés, comme l'avait craint Emmi, en exécutant une de ses pirouettes à nos yeux admirables : « Mais qu'est-ce que je raconte ! L'écart des âges n'écarte pas nécessairement ! L'avance en âge demeure un avantage ! Ou, comme l'escomptait déjà le vieux Petöfy, en viveur qu'il était et donc avec délectation : le surcroît de jeunesse et sa rapide usure peuvent être le viatique d'une vieillesse sereine.

Donc, encore une fois : l'essentiel, c'est que le "oui" soit juste. »

Et déjà le père de la mariée, qui entendait retarder un peu le service du plat principal, en revenait à l'autel et au catholicisme en général, dont il loua l'essence comme « une discipline séculaire de la longue haleine » et vanta la « magnificence haute en couleur jusque dans le péché originel », tandis qu'il attribuait au protestantisme un « graphisme plutôt linéaire », ne cessant de rechercher la faute « sur fond blanchi à la chaux et de la souligner en noir ». Cela ramenait l'orateur à la sœur du comte Petöfy, cette Judith aussi âgée que pieuse, à l'omniprésent père Fessler, puis en plein à cette funeste histoire de bague où il est question, vers la fin du roman, de devises gravées sur des sceaux.

Fonty, qui cherchait une belle chute à son allocution, prit son élan en regardant le prêtre qui avait célébré le mariage et était invité : « Monsieur le curé, je dois avouer que ce père Fessler, tout papiste qu'il est, et pourfendeur des hérésies tant luthérienne que calviniste, m'a cependant impressionné parce qu'en dépit de son obscurantisme il n'a pas craint d'orner sa chevalière d'une inscription protestante, la devise de l'illustre érudit Thomas Carlyle… »

L'orateur ménageant ses effets en marquant alors un temps, toute la noce – et le marié le premier – voulut naturellement savoir ce qui était gravé sur la bague. Heinz-Martin Grundmann s'écria :

« Assez de mystères ! Quelle est cette devise ?

– Renonce ! » répondit Fonty, citant comme toujours exactement, et il leva son verre.

Sur quoi tous les autres, en hésitant, finirent par lever leurs verres rougis par le médoc : d'abord Emmi Wuttke, qui ne voulait pas qu'un ange passe ; elle fut imitée par Friedrich, dit Friedel, le plus jeune frère de la mariée, dont le Mur avait fait un jeune déserteur de la zone voilà des décennies et qui maintenant dirigeait une maison d'édition à Wuppertal ; aussitôt après, le geste fut fait par la sœur, aussi maigre que boutonnée, de la première Mme Grundmann décédée cinq ans plus tôt ; c'est elle, cette Bettina, veuve von Bunsen, qui à Fribourg-en-Brisgau avait élevé les deux orphelins de l'entrepreneur ; en même temps qu'elle, l'un de ces enfants avait levé son verre : Martina, étudiante en lettres à Cologne et considérée comme jolie, ou mignonne ; puis Inge Scherwinski fit chorus, qui était invitée comme amie et voisine de la mariée, et ne laissait rien paraître de son dur destin de mère élevant seule trois garçons, mais affichait un sourire mutin qui découvrait ses petites dents de souris au-dessus de son verre de vin ; alors ce fut mon tour, moi le témoin prêté par les Archives, et qui avais été professionnellement très concerné par le discours du père de la mariée ; enfin le révérend Bruno Matull, vicaire à Sainte-Hedwige, qui avait aidé à la conversion de Martha et lui avait donné la bénédiction nuptiale, prit son verre des deux mains avec un geste aussi sacerdotal que pour l'élévation ; et alors seulement le marié et la mariée prirent les leurs. Heinz-Martin Grundmann, qui venait tout juste de réussir à ouvrir à Schwerin une succursale de son entreprise de Münster, leva son verre à hauteur des yeux et s'écria : « J'comprends. "Renonce" ! C'est original ! Mais, mon cher beau-père, c'est une devise que Martha et moi ne ferons sûrement pas graver dans nos alliances. Très amusant, "Renonce". Levons nos verres à ce "Renonce" ! »

Sur quoi Friedel Wuttke fit « santé » à son beau-frère en riant. Inge Scherwinski trinqua avec son amie de jeunesse avec un rire encore plus bruyant et plus communicatif. Le prêtre se permettant alors un petit sourire derrière son calice, la fille de Grundmann, Martina, se mit à pouffer, faisant rire à son tour Mme von Bunsen. Finalement le fou rire fit le tour de la table, car ni Emmi Wuttke ni moi ne pûmes nous retenir. Il ne resta plus aux mariés, dans le tintement des verres, qu'à trouver drôle ce simple mot qui avait déclenché tant de gaieté. Seul Fonty but aux mariés d'un air solennel.

Je remarquai alors seulement qu'au revers gauche de sa jaquette noire, devenue un peu trop grande avec les ans, Fonty portait une décoration pendante. C'était sa tenue de conférencier décoré aux temps de l'Union culturelle. Mais avec son gilet gris souris sous la jaquette et sa cravate bouffante à l'ancienne, ses cheveux blancs, sa grosse moustache pendant en mèches au-dessus de son verre de vin rouge, tandis qu'il buvait à la santé des mariés avec un regard qui se perdait au-delà, il aurait pu arborer sur sa poitrine, au lieu de cette distinction pour « services rendus au patrimoine culturel », une autre sorte de bimbeloterie tardivement honorifique : la croix des Hohenzollern, de première classe.

Nous nous sommes un peu disputés pour savoir si les Archives avaient le droit de bouleverser l'ordre chronologique des festivités et de commencer tout simplement par le discours de Fonty à table. Il eût été normal de commencer sinon par tous les détails liturgiques de la cérémonie dans l'église Sainte-Hedwige, du moins par le hors-d'œuvre : par le saumon, la crème au raifort et le chablis servi dans des verres anciens. J'aurais été partisan d'intégrer l'église à ce récit en évoquant les larmes de joie que versa Inge Scherwinski au moment de la bénédiction nuptiale, ensuite de quoi le patron des Salons Offenbach aurait accueilli les convives en leur faisant visiter chacun d'eux. Nous pouvons maintenant rattraper cette visite, car de fait on n'emprunta pas le couloir passant devant les cuisines pour accéder directement de la salle sur rue au salon de musique où, sur les murs, chaque instrument était assorti d'une légende et où attendait la table du banquet.

Un apéritif – « offert par la maison » – était prévu dans le déroulement des festivités. Et c'est avec des verres pleins à la main que les invités furent, par le patron, conduits de la salle aux trois salons situés sur l'arrière. Si la tapisserie du premier était vert tilleul, il émanait des suivants, tapissés en rouge d'Angleterre et en bleu-violet, cette atmosphère d'humeur frivole et de musique vocale entraînante que le nom du restaurant promettait à ses clients. Je me permis d'évoquer les efforts qu'avait déployés Karl Kraus en faveur de Jacques Offenbach, et je pris prétexte des sous-verre encadrés qui décoraient les murs – des projets de costumes pour la mise en scène de *Barbe-Bleue* par Felsenstein – pour faire quelques remarques d'histoire culturelle. « J'comprends, dit le marié, la muse de l'opérette, plus un zeste de contemporain. »

La salle sur rue était décorée de photos d'artistes que leurs dédicaces rendaient précieuses, certains étant encore connus. Et il y avait, marchant avec des pièces de monnaie dans une vitrine, un automate où des danseuses longues comme le doigt levaient la jambe sur la musique d'un cancan. Une pièce de collection que le patron ne faisait fonctionner que rarement, mais Fonty l'avait demandé pour le mariage de Martha. On applaudit lorsque le cancan s'acheva dans d'ultimes soubresauts.

Mais, si accueillants que fussent Les Salons Offenbach, avec leurs tables mises, ils n'en étaient pas moins presque vides. Le patron se plaignit : aussitôt après l'union monétaire, ses habitués avaient disparu. « Le soir, ça s'anime. Mais maintenant, à midi, c'est plutôt mort. Qu'y faire ? Ça ne peut que s'améliorer. »

Heinz-Martin Grundmann, qu'on m'avait présenté dès la mairie, avec sa demi-calvitie et son costume sur mesure, manifesta qu'il s'intéressait à tout, et même aux petits ennuis quotidiens : « À qui appartient donc cet immeuble d'angle en piètre état ? J'comprends ! Les propriétaires d'origine se sont manifestés depuis Munich pour augmenter le loyer, bien sûr. Ah, ils n'y vont pas de main morte. Ça suppose qu'on fait du chiffre. Cela ne sera pas simple.

– Je m'en sortirai », assura le patron, la quarantaine maigrichonne, qui avait rêvé de monter lui-même sur les planches, et qui était tout de même arrivé – « malgré le socialisme » – à avoir un établissement apprécié et – « jusqu'à la veille du changement » – plein comme un œuf. « C'était pas facile, quand on voulait rester privé. »

Grundmann lui souhaita bonne chance, et d'avoir un bon conseiller fiscal. Friedel avait un air distant et se tenait manifestement à l'écart de sa famille. Inge Scherwinski aurait bien voulu voir encore danser les marionnettes. Le prêtre avait l'air fatigué. Je tentai d'engager une conversation avec Mme von Bunsen. La mariée avait un air maussade. La fille du marié qualifia Les Salons Offenbach de « mignons ». Le père de la mariée se taisait. Enfin, le patron conduisit la noce dans le salon de musique, où Emmi Wuttke avait marqué les places à table avec ses petits cartons.

Les mariés et le couple parental se faisaient face sur les grands côtés de la table, de part et d'autre d'un bouquet. Emmi avait le prêtre pour voisin. À côté de Fonty, que le patron appelait d'ailleurs toujours respectueusement « monsieur Wuttke » – « Le chablis est frais, mais certainement, monsieur Wuttke » –, était placée Martina Grundmann, qui en était à ses premiers semestres d'études. Le marié avait près de lui son témoin, la sœur de sa défunte épouse. J'étais à côté de la mariée. Inge Scherwinski était en bout de table à droite, il restait l'autre bout de table pour Friedel Wuttke.

La plupart des convives ne se connaissaient pas ou, pour ce qui était du fils prodigue Friedel, ne tenaient plus à se connaître. Même lorsqu'on servit le hors-d'œuvre, le saumon coupé en tranches impalpables, les conversations ne démarrèrent qu'avec des ratés. Mme von Bunsen assura plusieurs fois à son ancien beau-frère qu'elle avait vraiment fait « tout son possible » pour faire sortir Thomas, le fils dont on apprit avec quelle facilité il faisait son droit, du trou « où il boudait » :

« Il était très attaché à sa mère.

– Chez nous, il n'y a rien eu à faire non plus, opina Emmi de l'autre côté de la table. Notre Teddy continue à penser qu'il n'a pas le droit de venir ici, vu qu'il est fonctionnaire à Bonn, au ministère de la Défense. Pourtant le mariage aurait été l'occasion de parler une bonne fois ensemble, après si longtemps…

– Cela se fera un jour, dit le prêtre. C'est que nous sommes devenus des étrangers les uns pour les autres, même au sein des familles. »

Inge Scherwinski, parlant fort pour une autre raison encore que sa gêne, voulut savoir de Friedel, à l'autre bout de la table, s'il se souvenait encore de son enfance dans la Kollwitzstrasse. « C'étaient de belles années, avoue, dans cette vieille baraque et dans la cour. Et le petit réduit, tu te rappelles, Friedel ? » N'obtenant pas de réponse, elle manifesta sa compréhension : « Vous avez quand même eu raison de rester de l'autre côté, tous les trois, quand ils ont tout bouclé ici. Mais on t'a regretté… »

Enfin, le commercial d'édition, quoique déjà chauve, consentit à se souvenir « du marronnier de la cour » : « Mais nous n'avions pas le temps d'avoir le mal du pays, Teddy et moi. Et Georg encore moins, à l'armée et ensuite à Aurich dans les Starfighters… Fallait se défoncer… Vous n'avez pas idée… Mais laissons cela. »

Heureusement que le marié vint à la rescousse : « Le passé, c'est le passé. Aujourd'hui, soyons gais ! » Car la fin brutale de la carrière d'officier du capitaine Georg Wuttke n'aurait pas été un sujet pour les convives, et moins encore pour Emmi et Martha, qui s'efforçaient anxieusement de ne pas entendre les allusions de Friedel au point faible de la famille et se rabattaient sur leur saumon et leur toast.

Martina Grundmann était plus à l'aise : parlant d'abondance à Fonty, elle lui exposait les problèmes des étudiants de l'Ouest dans leurs amphis bondés, et ses phrases en rangs serrés ne laissaient place à aucune question. Le père de la mariée avait la tête ailleurs, ce que la mariée et sa mère virent avec inquiétude. Emmi se pencha vers l'oreille de son voisin : « Il se concentre, monsieur le curé. Dès que les assiettes seront vides, mon Wuttke se mettra à parler. Je connais ça d'autrefois. C'était généralement terrible. Pourvu qu'il ne fasse pas d'impair. »

Mais Fonty se tut encore un petit moment. Il avait presque l'air d'écouter le babillage de l'étudiante, qui était non seulement jolie, mais toute vêtue de turquoise et avec chic. Je tentai de calmer par une plaisanterie la mariée que j'entendais respirer avec peine à côté de moi : « Parions qu'il va nous servir la noce du *Stechlin*, avec tous ses convives, jusqu'aux chiens ! »

Mais Martha avait l'oreille collée à une autre porte : « Pourvu qu'il ne se mette pas à parler du professeur d'architecture qui a épousé sa Mete, et n'aille pas confondre ce Fritsch avec mon Grundmann. Je ne supporterais pas ça. En tout cas pas aujourd'hui. »

Nous nous trompions tous les deux, car lorsqu'on desservit les restes du hors-d'œuvre et que le patron fit en personne goûter le médoc au père de la mariée, que Fonty manifesta son approbation et qu'on remplit les verres des deux côtés de la table – seul Friedel couvrant son verre de la main et demandant de l'eau minérale –, Theo Wuttke se leva pour prononcer un discours qui était déplacé, mais dans une tout autre direction : dans son cours tantôt digressif, tantôt revenant au sujet délicat, c'est une œuvre mineure de l'Immortel qui prenait de l'importance, celle qui avec le comte Petöfy et sa sœur concernait le catholicisme austro-hongrois ; mais, comme nous le savons déjà, Fonty parla avec tant de fantaisie des valeurs échangées en matière de conversion et frôla les écueils avec tant de virtuosité qu'Emmi, craignant toujours le pire, ne tenta que rarement d'intervenir – « Mets le point final, Wuttke ! » – pour tenter d'endiguer le flot de paroles. À son soulagement et celui de Martha, le marié avait su prendre avec humour le secret finalement révélé de la bague catholique, la devise nettement protestante « Renonce ! ». Lorsque les rires se furent calmés et que tout le monde leva son verre de médoc – Friedel, d'eau minérale –, Grundmann dit : « J'comprends ! Nous devrions en somme faire notre cuisine en mettant le gaz en veilleuse. Mais ce n'est pas une devise pour entrepreneurs. Nous prenons tout ce que nous pouvons prendre. Nous n'y allons pas par quatre chemins, beau-père, nous fonçons ! »

À peine le discours achevé, on servait les magrets baptisés « Belle Hélène ». Cela aurait aussi bien pu être, on l'a vu, le bœuf braisé dit « Orphée aux enfers » d'après Offenbach aussi, certainement pas le filet de saumon « Barcarole » avec un beurre manié aux herbes, mais pourquoi pas la « Magie de Popolani », à savoir un civet de lapin au bourgogne, ne fût-ce qu'en souvenir de l'éleveur de lapins socialiste Max Wuttke.

Quand tout le monde saisit fourchette et couteau, le père de la mariée dit : « En fait, j'avais choisi le bœuf braisé, mais mon Emilie a été absolument contre Orphée. Et le filet "Barbe-Bleue" lui déplaisait aussi, pourtant cette histoire de meurtrier à répétition aurait permis bien des allusions, par exemple aux chambres interdites qui existent dans tout ménage, quel qu'il soit. »

Les magrets d'Hélène offraient moins de ressource, d'autant que les traits de la mariée semblaient sans cesse se contredire entre eux et excluaient la beauté classique. Aussi longtemps que le discours de son père avait été menacé par des trous d'air, la petite bouche anxieuse de Martha semblait vouloir convaincre son regard, rivé sur son assiette vide, de s'embuer de larmes. Mais à présent, elle n'avait rien à craindre. Les propos, autour de la table, n'étaient qu'éloges du canard et, plus encore, de la sauce à l'orange. Les galettes de pommes de terre étaient qualifiées d'originales. Mme von Bunsen parlait « d'influence saxonne sur la cuisine berlinoise », et Inge Scherwinski s'écriait : « Y a pas longtemps, chez nous, ça s'appelait encore "garniture rassasiante", je parle sérieusement ! » Et chacun de se souvenir de canards qui avaient été des délices comparables. Martina Grundmann évoquait avec enthousiasme un week-end à Amsterdam, où elle avait récemment fêté son vingtième anniversaire avec des amis devant un « canard laqué à la pékinoise super croustillant ».

« Qu'est-ce qu'il y avait à ton mariage, à l'époque ? demanda Emmi à son fils. C'est que j'ai jamais eu l'autorisation d'aller là-bas, toutes ces années. »

Friedel Wuttke ne voulut pas revenir sur le début d'un mariage entre-temps dissous. « Laissons les vieilles histoires ! Mais peut-être pourrions-nous apprendre comment un riche Allemand de l'Ouest a pêché ma sœur Martha, pauvre petite souris de l'Est. Raconte, beau-frère ! Mais la vérité. Rien ne nous plaît autant que des histoires émouvantes, interallemandes en plus, et qui finissent bien. »

La question du commercial de Wuppertal, directeur d'une maison d'édition protestante dont le programme ne comportait pas seulement tout ce qui va de la littérature édifiante jusqu'aux traités théologiques, mais se consacrait aussi au tiers-monde et à sa noire misère, n'était pas posée sans arrière-pensée ni, je le soupçonnais, sans une roublardise très piétiste ; car les débuts de la relation amoureuse entre l'entrepreneur de l'Ouest et la prof de collège socialiste étaient classés secret de famille, et donc inconnus de certains des convives ; même à moi, son témoin, la mariée n'avait pas confié de détails. Seules des allusions me permettaient de deviner un peu ce qu'avait été cette liaison, risquée à l'époque, et qui avait duré avec ses secrets pendant des années. Les parents de la mariée eux-mêmes savaient peu de chose. Le père Matull, confesseur de Martha, était peut-être le seul à savoir.

« Pourquoi pas ? dit le marié. À présent, on peut en parler ouvertement. Je conçois que mon cher beau-frère éprouve, disons, le besoin de combler une certaine lacune. J'espère qu'il ne sera pas déçu si nous n'avons rien d'équivoque à raconter.

– Juste la vérité…

– Tu vas l'entendre. C'était il y a six ans environ. Notre rencontre interallemande, comme tu l'as dit, a eu lieu en juillet, et par une chaleur terrible, dans un hôtel d'une plage de la mer Noire, région où j'allais souvent en voyage d'affaires à cause de nos chantiers, mais où j'étais cette fois en famille, bien que ma femme déjà…

– Est-ce vraiment nécessaire, Heinz-Martin ?! Je t'en prie ! En plus, ça ne regarde pas Friedel. Jamais il ne m'a posé la question. Pas une lettre, rien…

– Et moi, je te prie, chère Martha, de ne pas m'interrompre. Ton frère veut absolument tout savoir dans le moindre détail. Il va savoir. Juillet quatre-vingt-quatre, en Bulgarie. La côte près de Varna, assez envahie par les vacanciers. À l'époque, la région n'était pas seulement très appréciée des gens qui, sinon, étaient enfermés dans cette zone soviétique que tu as eu la chance, cher Friedel, de pouvoir quitter dès l'adolescence, mais aussi des Allemands de l'Ouest, de simples citoyens d'Allemagne fédérale comme ma famille et moi – les enfants étaient là, n'est-ce pas Martina ? – venaient y passer des vacances, même si dans mon cas j'avoue que j'y étais aussi pour quelques projets qui sortaient à peine de terre. En tout cas, nous cherchions la détente, et moi certainement aussi le dialogue avec nos compatriotes coupés par ailleurs de l'Occident, parce que le partage arbitraire de l'Allemagne m'apparaissait depuis toujours comme une situation qu'on ne pouvait accepter comme ça ; au contraire, je croyais dur comme fer à la réunification…

– Et Martha, dans tout ça, quand apparaît Martha ?

– Patience, beau-frère. Ça vient. Pas d'histoire sans fondations. Si on est du bâtiment, on comprend ce que je veux dire. D'où cette référence, qui peut te sembler superflue, à l'injustice du partage de l'Allemagne. En tout cas, les tables des Allemands de l'Ouest – séparées des autres, c'était alors l'usage – étaient servies d'abord, bien sûr à cause de nos devises. Nous étions placés – je veux dire ma femme, qui devait mourir hélas dès l'année suivante, les enfants et moi – assez au bord du secteur réservé aux Allemands de l'Ouest, et nous mangions déjà – je ne sais plus quoi exactement – sans doute des filets de poisson…

– Erreur, Papa ! Il y avait du poulet rôti avec des frites, tout ça plein de gras…

– J'comprends. Martina a meilleure mémoire, pour ce qui est de la nourriture. En tout cas, dans le secteur réservé à l'Est, mais plutôt au bord, il y avait une jeune femme seule qui était toujours devant son assiette vide alors que nous en étions déjà au dessert. Maintenant ça me revient : les enfants avaient du poulet et nous du chachlik. En tout cas, je n'ai plus supporté de voir Martha, car c'était elle, devant son assiette vide…

– Avoue, beau-frère, que c'était le coup de foudre !

– Mon cher Friedel, toi qui édites des livres qui sont religieux à cent pour cent, la charité chrétienne devrait te…

– Mais, Papa ! C'est Maman qui nous a fait remarquer comment les touristes de l'Ouest étaient scandaleusement privilégiés.

– J'comprends ! Vous voyez, ma fille se rappelle encore – quel âge avais-tu, Martina ? même pas quinze ans ! – à quel point cette brimade manifeste nous avait révoltés. Aussi, sans plus attendre, je me suis levé et je suis allé vers la table…

– Tu fais encore erreur, Heinz-Martin. Je tiens de ma sœur que c'est Thomas qui a eu ce geste chevaleresque,

que tu envisageais certainement, et ma sœur Cordula m'a dit aussi…

– C'est vrai, Papa ! C'est Thomas qui est allé chercher Martha, parce que Maman le lui a dit ; n'est-ce pas, Martha ?

– Peu importe qui est venu. Je sais que j'étais assez gênée. Et quand votre père, à peine j'étais assise, a fait signe au garçon, qui s'est amené tout de suite, j'étais encore plus gênée.

– En tout cas tu as été servie tout de suite : potage, plat principal, dessert, ça n'a pas fait un pli. Moyennant pourboire, bien sûr. Et notre conversation à table s'est déroulée – je ne sais pas comment le dire autrement – sans aucune crispation, comme des Allemands devraient parler à des Allemands, bien qu'à l'époque Martha ait été encore extrêmement partisane, parlant de "notre république" et n'évoquant que très prudemment "certaines difficultés dans l'édification du socialisme". Entre Martha et Cordula aussi, ça se passait très bien. C'était hélas le dernier voyage de ma femme à l'étranger. Elle était seule à savoir à quel point elle était malade, et jusqu'au bout elle n'en a rien dit. Mais c'est Cordula qui, sentant sa fin proche, m'a engagé instamment à ne pas perdre contact avec Martha. "Vous allez bien ensemble, elle a l'esprit pratique, plus que moi", me disait-elle avec un sourire… Mais ce n'était pas simple, de se rencontrer à Berlin-Est… Toujours en secret, et beaucoup trop brièvement… C'était risqué, en plus. On était sûrement espionnés… Mais en Bulgarie, chaque été, nous avons pu… Ça a duré longtemps… Nos grands chantiers… Mais même là, nous avons mis du temps à… N'est-ce pas, Martha ? »

Tout le monde se tut. Le commercial protestant Friedel Wuttke se taisait de façon particulièrement marquée. Mme von Bunsen se taisait en braquant sur la mariée un silence glacial plein de conservatisme méfiant. Que Martha se tût ne surprenait personne. Nous en aurions volontiers appris davantage sur la première femme de Grundmann, qui était morte d'un cancer et qui était née von Wangenheim : sur sa compréhension, son indulgence. Aussi le silence de Fonty incluait-il le souvenir de Christine von

Arne, au château de Holkenäs, qui avait appris chez les frères moraves un altruisme du même genre. J'aurais pu, en qualité de témoin, en dire quelques mots, citer *Irréparable*, ou même me lancer dans un discours, en commençant par le personnage de Holk, qui à vrai dire eut à souffrir des vertus de Christine ; mais je me tus, comme tout le monde se taisait jusqu'à ce qu'enfin Inge Scherwinki eût le mot qui convenait : « C'est bien comme ça que c'était, chez nous, à l'Est. Sans marks Ouest, on était moins que rien. À Prague c'était pareil, où j'ai été avec mon ex-mari Wolf : j'ai bien vu plus d'une fois qu'on nous regardait de travers. C'était comme ça dans tous les pays socialistes frères. Mais à présent, tout va aller mieux, avec l'unité : l'Allemagne, une et indivisible ! Voilà à quoi je veux trinquer, je vous jure. Bois donc un peu, Martha ! Ça rend gai ! »

Je n'aurais pas su porter un tel toast. Tout le monde y répondit. Même Mme von Bunsen eut pour la mariée un sourire qui n'était plus qu'à moitié glacial. Et une fois lancé le mot « unité allemande », il y avait de quoi alimenter la conversation. Tout le monde avait là-dessus une opinion, qui concernait aussi la nouvelle monnaie fournie à titre d'avance.

Le père Matull dit : « L'argent seul ne fera pas tout. Il manque encore la volonté de nous accepter mutuellement tels que nous sommes devenus. » Le marié mit en garde contre de trop grands espoirs : « Il va falloir que vous travailliez dur, sacrément dur, sinon il ne se passera rien, ici, et la dégringolade continuera. » Et Friedel Wuttke réclama que l'on mette implacablement au grand jour la culpabilité : « Cela vaut pour tous ceux qui, ici, ont coopéré. Par exemple, j'aimerais bien savoir – même si ce n'est pas un sujet de conversation pour une noce – comment ma famille, oui, Martha, je pense à toi, peut vivre avec le souvenir de cet énorme mensonge. Dans le discours de Papa, en tout cas, je n'ai pas entendu les paroles claires que j'attendais, mais seulement des propos ambigus. Ce n'est pas comme ça que nous pourrons nous retrouver réunis. Ce dont nous avons besoin, c'est que la culpabilité soit clairement mise en lumière. C'est pourquoi ma maison va sortir, pour la foire du livre de cet automne, un livre qui, sous le titre *Comment nous sommes devenus coupables*, rassemble des témoignages-confessions bouleversants, et de l'Est comme de l'Ouest. Une telle confession, j'aimerais bien l'entendre, sinon de la bouche de Martha, du moins de la tienne, Papa, et sans les "mais" et les "si" que tu affectionnes d'habitude. »

Personne n'osait regarder Fonty, qui avait écouté son fils avec attention, mais aussi avec quelque amusement. « Tout ça est terriblement juste ! s'écria-t-il. Mais la culpabilité est toute une histoire, et l'unité une question plus vaste encore, sans parler de la vérité. Mais si tu veux avoir des choses écrites, pour ta maison d'édition, je pourrais te dépanner avec un choix de mes conférences pour l'Union culturelle ; je n'y confesse certes pas de culpabilité, ni je n'y déverse des vérités, mais néanmoins elles traitent de la vie, qui est tantôt comme ci, tantôt comme ça. Et pour ce qui est de l'unité, nous sommes fidèles à cette bonne vieille habitude allemande qui fait que, quand un Saxon du Nord reçoit une gifle, ça fait rigoler le Saxon du Sud… »

Cette fois, c'est Martina Grundmann qui sauva la situation en résumant son peu de goût pour l'unité par cette constatation : « Moi, Dresde, ça ne me dit rien. De Cologne, on est beaucoup plus près de Paris, ou d'Amsterdam. » Sur quoi Fonty dit une seconde fois : « Terriblement juste » – pour plonger ensuite dans le silence, bien que sa voisine fît d'incessants efforts pour l'initier à la vie universitaire d'Allemagne de l'Ouest et aux séminaires d'études allemandes qu'elle fréquentait. Sans la moindre gêne, Martina Grundmann avoua n'avoir à peu près rien lu de l'Immortel, mais avoir tout de même vu le film tourné par Fassbinder d'après *Effi Briest*. « Mais on nous fait de l'histoire littéraire, en tout cas assez pour qu'on ait une vue d'ensemble et qu'on puisse le situer, comme dit notre prof, à peu près entre Wilhelm Raabe et Gottfried Keller… »

Quand Fonty finit tout de même par évoquer le *Stechlin*, il put constater quelle assurance peut se fonder allégrement sur l'ignorance : « Je sais que c'est votre idole. Martha me l'a dit. Mais pour être franche : j'ai juste commencé quelques trucs courts, quelque chose sur des “tourments”, et puis “Schach von...” je ne sais quoi. J'arrive pas à continuer : ces éternelles promenades, et ces dialogues qui n'en finissent pas. C'est quelquefois assez astucieux, c'est sûr. Et c'est possible que ce soit sa technique narrative particulière, comme dit notre prof. En plus, j'aime pas trop les grands écrivains, ou les immortels, comme vous les appelez. Ah, je vous dis “tu” et “Pépé Wuttke”, tout simplement, je peux ? C'est que je serais plutôt pour le minimalisme, si tu vois ce que je veux dire. Ben, le fragmentaire ou, en art en général, comme le conceptuel. Mais même des types secondaires peuvent être tout à fait intéressants. Notre prof en a déterré quelques-uns. Il y en a qui étaient assez célèbres, dans le temps. Paul Heyse, par exemple, je sais pas si ça te dit quelque chose. Il a même eu le prix Nobel, ensuite. Aujourd'hui, personne le connaît plus. Et c'est pour ça qu'on le trouve intéressant, parce que... Ben, parce qu'on peut le redécouvrir. Notre prof veut faire un séminaire rien que sur Heyse, et quelques autres... Naturellement, on n'est pas obligés de lire tout ça, juste des versions abrégées... Et puis il y a la littérature secondaire... »

En fait, j'aurais voulu intervenir et proposer à Martina une visite des Archives, et puis je n'en fis rien, d'abord parce qu'il était urgent de parler à la mariée, ensuite parce que Fonty prenait plaisir aux jacasseries de sa jeune voisine. Il lui citait quelques vers de Heyse au Tunnel, dont ceux pour l'accueillir : « Silence maintenant ! La Fontaine récite ! » – et tentait de lui faire admettre qu'il pouvait être profitable de lire les textes eux-mêmes.

Mais Martina et son prof n'en étaient plus là : le texte lui-même n'était que prétexte à ce qui constituait véritablement la littérature, à savoir le discours à perte de vue sur tout ce qui n'est pas écrit dans le texte et permet d'aller au-delà du texte, le rendant accessoire et finalement sans objet, et promouvant ainsi le discours au point que c'est lui qui devient le véritable texte premier. « Je trouve ça vachement intéressant ! » s'écriait l'étudiante de quatrième semestre. Et Fonty voulut juste savoir encore si tous ces discours sur la littérature n'étaient pas « colossalement arides ». Puis il ajouta, non pas résigné, mais plutôt amusé : « Si l'on veut, mon enfant, la plus longue histoire peut se résumer très brièvement. Par exemple dans le *Stechlin*, le truc c'est qu'à la fin un vieux meurt et que deux jeunes se marient ; c'est à peu près tout, en cinq cents pages. »

Sans doute le père Matull prit-il cette remarque pour une allusion à la tablée qu'il avait sous les yeux ; en tout cas la pause jusqu'au dessert – le patron, une fois desservis les restes de la Belle Hélène, avait promis un choix de glaces sur le thème de *La Vie parisienne* – parut au prêtre un bon moment pour prononcer un discours ; déjà il faisait tinter son verre à l'aide de sa petite cuillère, déjà il se levait de sa chaise comme s'il luttait contre des résistances, déjà on était tout ouïe.

15. Pourquoi la mariée pleura

« Enfin, chuchotai-je à Martha, nous allons avoir droit à la bénédiction apostolique. »

La mariée, plus grande que moi, dut se pencher un peu pour me répondre :

« Ne vous attendez surtout pas à des merveilles. C'est un prêtre qui a des problèmes.

– Ce sont les risques du métier.

– Il est particulièrement malheureux.

– Ça se voit… »

Dès que je regardai bien Bruno Matull, qui était assis et maintenant debout en face de nous, et dès que je ne me laissai plus distraire par les parents de la mariée ni par l'assez jolie étudiante, je fus frappé par le physique du prêtre, par ses grosses mains cherchant fébrilement une cachette, son crâne massif sur un cou trop court et son menton à fossette qui avait l'air cabossé, et tout cela me rappela les tourments et les joies de mon enfance enfouie en Thuringe, dans l'Eichsfeld, région plus catholique que nulle autre et qui débordait d'ailleurs la frontière entre les deux États, car, comme l'ensemble de l'Allemagne, l'Eichsfeld était coupé en deux ; mieux encore, mon verdoyant pays de forêts voyait passer en son milieu la coupure entre les deux Europes, et son couloir de la mort surveillé à grands frais.

Et il y avait là-bas un curé qui avait le même genre de difficultés avec ses mains, et un menton semblablement cabossé. Je crois bien que je lui ai porté un amour d'enfant, même une fois que le foulard rouge des Jeunesses communistes me fut devenu plus important que de servir la messe comme il était d'usage dans notre famille.

Ce curé s'appelait Konrad. Je ne me rappelle plus son nom de famille. Il avait des cheveux noirs frisés et sentait l'après-rasage. Je lui restai attaché jusqu'à ma confirmation ; mais au cours de ma carrière, au début fulgurante, dans les Jeunesses communistes, qui ne se ralentit qu'à l'université, pour connaître au départ du professeur Hans Mayer sa fatale péripétie – on m'envoya extraire la lignite –, les prestiges du catholicisme pâlirent ; seul le curé Konrad, entre-temps nommé chez les mineurs de Bischofferode, resta pour moi comme présent ; à l'arrière-plan, il était là qui regardait par-dessus l'épaule du bibliothécaire de Cottbus, et plus tard du collaborateur des Archives de Potsdam ; et voilà qu'il était assis en face de moi sous les espèces de Bruno Matull.

Ou plutôt, voici qu'il était là debout, géant mal dégrossi, qu'il se massait menton et fossette après avoir tapé sur son verre et qu'il se recueillait avant de parler : il ouvrait et refermait sa bouche au dessin délicat et mou, la rouvrait puis pinçait à nouveau les lèvres comme pour les pétrir et les préparer à un long usage. Un poisson qui se serait entraîné à parler. Un homme qui, pour le dire comme Martha, avait des problèmes.

Je fus incapable de regarder plus longtemps cet effort. Je reportai mon attention sur Fonty, dont le malaise du prêtre piquait la curiosité. Peut-être s'attendait-il à voir Matull exorciser le démon ou exhiber quelque relique miraculeuse, car tout ce qui touchait à « l'ancienne foi » était à ses yeux aussi exotique et d'un charme aussi mystérieux que, par exemple dans *Irréparable*, les objets rapportés d'Extrême-Orient dans la maison de la veuve du capitaine Hansen à Copenhague, ou que cette tombe du Chinois qui, à Kessin en Poméranie, terrifiait la pauvre Effi au point qu'elle en perdait le sommeil. Et comme l'Immortel, c'était toujours sous un jour ambigu qu'il voyait les personnages qui avaient du catholicisme dans la doublure de leur costume, personnages principaux comme Grete Minde, ou secondaires comme Roswitha, la bonne d'Effi ; aussi étais-je sûr que Fonty, tout comme moi mais pour des raisons tenant à une enfance toute différente, attendait de la bouche du prêtre sinon une petite révélation apocalyptique, du moins quelque chose de « colossalement hérétique ». Ah, si seulement il avait pu prendre enfin la parole et cesser de se préparer en se pétrissant les lèvres ! Nous espérions tous deux que le poisson allait se mettre à nous parler.

Bruno Matull était de ces prêtres peu nombreux qui renoncent au perpétuel sourire d'indulgence par lequel la plupart font disparaître le moindre doute sous un maquillage de certitude ; ou plutôt, il ne parvenait pas à se coller ce masque. Devant nous, nous voyions un homme à l'air plutôt sombre, d'une stature qui était presque d'une brute, debout là, cherchant ses mots, en trouvant quelques-uns pour les écarter aussitôt, en examinant d'autres sans les trouver valables, ravalant des phrases entières et en mâchonnant de longues bribes, rougissant jusqu'aux pommettes, pour enfin se jeter à l'eau en disant : « Chers nouveaux mariés, chers témoins, chers amis… », plongeant du même coup dans les turbulences de l'actualité qui dehors, à l'extérieur des Salons Offenbach, ne laissait pas oublier leurs journalières parités.

Empoignant le bord de la table comme s'il s'apprêtait à la renverser, il dit : « Rien ne dure. De toutes parts s'écroule ce qui, hier encore, croyait être solide. Mais comment en est-on venu à cette chute du Mur ? Oh non, il n'a pas suffi de respirer un grand coup et de souffler dessus, il fallut davantage. Mais rares étaient ceux qui, de l'intérieur, étaient prêts à ébranler l'enceinte. Or voilà qu'elle vacilla, bascula, s'écroula et ne fut plus que dérision. Alors seulement, beaucoup accoururent et dirent : cet ébranlement, c'était nous. Cette victoire est la nôtre ! Ils portaient là un faux témoignage. Or, en vérité, dans le petit nombre de ceux qui secouèrent sans relâche, il s'est trouvé des prêtres de l'autre confession, tandis que mon Église restait silencieuse, estimant sans doute que les contraintes de ce monde n'étaient pas de son ressort. Moi-même, je restai muet, toutes ces années durant. Moi aussi j'acceptai l'inacceptable. Je fus sans courage. Le pasteur perdit ainsi son troupeau, mais il se consolait et trouvait réconfort dans sa foi. C'est alors, mes amis, qu'une femme vint à moi, qui ne croyait pas mais cherchait un appui. Sa foi, qui devait avoir été grande naguère, et forte d'une espérance à balayer tous les doutes, l'avait quittée. Elle blasphémait, l'accusant d'être trompeuse et aveuglément partisane. Elle parlait d'une foi qui ne faisait plus que se singer elle-même, perpétuant ainsi le mensonge. Oh oui, elle me fit le compte de ce qu'il lui en avait coûté de croire ainsi, et aux dépens de qui. Elle vint à moi pliant sous un fardeau et me priant de l'en décharger ; mais je doutai si ma foi, ma foi de silencieux, pourrait lui être l'appui qu'elle cherchait. Car moi aussi j'avais senti le sol se dérober sous mes pas. Aussi fus-je avare de réconfort, lui disant que moi aussi j'avais perdu la certitude ultime, que c'était un champ dévasté, envahi de chardons, qui s'étendait devant moi. Or, elle m'obligea à assumer les restes desséchés de ma foi et me demanda avec insistance : "Prêtre, où est ta perspective ?" Oui, mes chers amis, c'est ainsi qu'elle parlait, et elle ne me lâchait pas. Si forte était sa demande qu'aujourd'hui c'est moi qui dois dire merci à la mariée, car le véritable converti, c'est moi. Sa force de foi, qui ne demandait qu'une inversion de pôles – et le pasteur n'a aucun mal à ouvrir à la brebis égarée la porte la plus proche –, son énergie au fond imperturbable dans la foi, à moi m'a appris à douter. Mieux encore : sa faim d'une perspective claire, dessinée d'avance par la foi, m'a donné le courage de porter comme vêtement de tous les jours l'envers de la foi, le doute banal ; c'est pourquoi, tout à l'heure, le père de la mariée a exprimé ma vérité dans une comparaison littéraire, réconfortant ainsi mon âme qui doute. De même que le père Feissler, dans un roman – inconnu de moi, je l'avoue – qui s'appelle *Le Comte Petöfy*, fait sienne une maxime protestante qui dit catégoriquement "Renonce !", de même c'est Martha qui, par sa volonté, m'a incité à renoncer désormais à la foi. Oui, j'entends être sans foi ! Plus encore : ce "renonce !" me commande en vérité de ne plus servir que le doute et de semer de tous côtés le doute. Car, chers amis, dans ce pays, n'a-t-on pas cru trop de choses et trop longtemps ? La foi ne fut-elle pas vénale comme une prostituée ? Et ne voyons-nous pas qu'une foi nouvelle – dorénavant, la foi en la toute-puissance de l'argent – est à son tour vénale et pourtant très cotée ? Est-ce qu'une fois de plus on ne nous trace pas des perspectives qui promettent à qui les suit pieusement un rapide profit et le trompe-l'œil d'un paysage luxuriant, là où dominait la grisaille ? Or, pour moi je ne puis donner à nos chers jeunes époux que bien peu de chose en viatique, mais tout de même ce conseil au moins : ne croyez pas aveuglément ! Laissez enfin Dieu hors de cause. Dieu n'existe que dans le doute. Renoncez à lui ! Fatigué de toute adoration, il vit de la négation. Il n'a soif de rien. Il y a longtemps que la foi aurait achevé Dieu et l'aurait précipité dans un trou noir, si le cri de celui qui doute – "Dieu n'existe pas !" – ne lui avait été un aiguillon, un baume et une manne… »

À ce point de sa profession de foi, le prêtre se vit retirer la parole. Le marié du Münsterland, en entrepreneur qui estimait que son environnement proche et lointain était du terrain à bâtir par la volonté de Dieu, et le frère piétiste de la mariée, en éditeur d'ouvrages religieux qu'il diffusait jusque dans le tiers-monde et dont il escomptait des profits sur la terre comme au ciel, crièrent en même temps : « Ça suffit, mon Père ! Nous avons compris ! » et : « Ce sont des sophismes de jésuite ! »

Tant d'opposition ne suffit pas, néanmoins, à désarçonner le profès. Il demeurait debout, toujours dangereusement cramponné au plateau de la table, un roc au milieu des flots tumultueux. Inge Scherwinski, placée en bout de table à la demande de la mariée à cause qu'elle avait encore la foi du charbonnier, faisait signe de croix sur signe de croix, en criant : « Mais où suis-je ? Franchement, Martha, madame Wuttke, où sommes-nous ?! » En revanche, Bettina von Bunsen avait une certitude : celle d'avoir entendu « un tas d'incongruités », proférées par un « crypto-communiste ». La fille de Grundmann riait jusqu'au suraigu, mais savait très bien que penser de l'agitation qui secouait la tablée :

« Je trouve ça marrant, follement marrant ! » Il ne me vint que « fort de café ». Et la mariée murmura : « Je sentais ça venir. Il ne laisse rien passer. Pour lui, seuls les faits comptent. Mon Dieu ! Il a vraiment un problème. »

Quand Heinz-Martin Grundmann et Friedel Wuttke eurent vainement exhorté l'inébranlable ecclésiastique : « Maintenant, asseyez-vous, monsieur le curé ! », « Nous avons assez entendu de sottises ! », Emmi Wuttke, voyant Bruno Matull prêt à poursuivre son discours et peu disposé à desserrer sa double prise, dit à son mari : « Eh bien, dis quelque chose, Wuttke, dis enfin quelque chose ! »

Mais Fonty s'obstinait dans son silence, en dépit des coups de coude de sa femme. Il fallut que le marié et son beau-frère obligent le prêtre à s'asseoir, et même l'y contraignent *manu militari* ; ils lui ôtèrent les mains de la table, non pas tout doucement, mais en en détachant les doigts l'un après l'autre, avec des craquements : deux hommes à moitié chauves s'affairant sur un troisième qui avait les cheveux clairsemés comme les miens. Le prêtre se retrouva assis, et alors Martha Grundmann, née Wuttke, se mit à pleurer.

Nous n'entendîmes aucun sanglot. Ce fut un flot de larmes silencieuses qui débordait. Comme Martha, étant donné son passé – des fiançailles deux fois rompues, d'abord avec son directeur, ensuite avec Zwoidrak, le lieutenant de l'Armée populaire –, s'était mariée tête nue, en tailleur gris, et non en blanc avec un voile, nous aurions pu compter les larmes ; et toute la tablée se tut à la vue de ce débordement goutte à goutte, contemplé bouche bée comme une curiosité de la nature.

Grundmann, marié plein de sollicitude à présent, lui passa son mouchoir. Mais elle ne voulut rien essuyer ; elle voulait couler, rien que laisser couler. Ainsi s'imposa le tableau de la mariée en pleurs que nous regardions en silence ; et je m'aperçus que j'étais même un peu ému.

Mais ce qui fit durer le silence des convives, c'est que Martha était capable de sourire en pleurant. En fait, cet air de joie noyé de larmes et coulant sur ses bords était beau.

Un éclat émanait d'elle. La mariée rayonnait. Elle qui montrait rarement au monde un visage affable, qui affichait tous les jours une gravité plutôt maussade, voilà qu'elle souriait gauchement à toute la tablée, nous offrant l'un après l'autre son sourire oublié de toute jeune fille : d'abord, pleurant encore à chaudes larmes, à son conjoint Heinz-Martin, puis à son père et à sa mère, aux témoins, le frère et l'amie d'enfance, à l'étudiante amusée l'instant d'avant et à présent troublée, enfin au valeureux prêtre, manifestement vexé d'avoir été assis de force, et qui, par contraste avec la mariée embellie par ses pleurs, n'était pas sans ressembler à cet illustre moine augustin qui jadis, devant toute la Diète d'empire assemblée à Worms, avait rendu proverbial son : « Je ne peux pas faire autrement. »

Alors, la mariée parla. Restant assise, elle dit : « Écoutez, vous tous, et toi aussi, Friedel. Et ne vous faites surtout pas de souci : je pleure de bonheur. C'est ça que je voulais entendre, et pas un pieux ronron. Ah, comme je suis heureuse que ce soit sorti, au lieu de formules toutes faites. Je vous remercie, père Matull. Je me doutais bien d'avance, en principe, que ça ne se passerait pas tout seul, de sortir du Parti pour entrer dans l'Église. J'ai été assez longtemps convaincue dur comme fer pour ne pas me faire d'illusion là-dessus. Heinz-Martin le sait, hein, que je croyais que notre république était la meilleure des deux. Même nos objectifs révolutionnaires, j'y ai cru assez longtemps... Plate-forme idéologique, discipline... Esprit de parti, évidemment nécessaire... Tu peux me croire, Friedel, il n'était pas question de douter. C'est pour ça que j'ai dit dès le début à Heinz-Martin, dès que c'est devenu sérieux entre nous, quand nous nous sommes revus en Bulgarie, ou ailleurs à l'hôtel : si effectivement je me convertis, ce ne sera pas parce que ta famille y tient absolument, ce sera uniquement parce qu'il faut que j'apprenne enfin à douter de façon positive. Car l'autre truc, hein, cette fichue foi jusqu'au-boutiste qui nous a foutus en l'air, jusqu'au moment où notre république n'a plus rien été qu'une garderie, je la connais. Cette sorte de foi, on me l'a inculquée, je la connais par cœur, inutile d'en rajouter. Exactement !

Je la sais comme la table de multiplication que j'apprenais aux gosses année après année. Mais en matière de doute, j'ai besoin de leçons particulières, en principe ; j'ai beaucoup à rattraper, encore aujourd'hui. Et c'est peut-être pour ça que je suis si heureuse maintenant. Car jamais je n'avais entendu dire les choses aussi clairement que monsieur le curé tout à l'heure, même pas quand il m'apprenait le catéchisme. "Dieu n'existe que dans le doute !" Je vous le dis, tous : si nous avions permis à temps quelque chose comme ça à notre socialisme, hein, une bonne dose de doute, eh bien peut-être qu'il en serait tout de même sorti quelque chose. Tu ne penses pas, Friedel ? Toi qui d'habitude es si friand de vérité. Tu ne penses pas, Papa ? Il a bien dit cela, monsieur le curé. Tous tes pasteurs, Niemeyer, le pasteur Petersen et le surintendant Schwarzkoppen, ou encore le pasteur Lorenzen, prétendu socialiste, ils n'auraient pas fait mieux, ils n'auraient su mieux dire. Exactement ! Même Schleppegrell, dans *Irréparable* encore, et pourtant c'est quelqu'un ! Non ? »

Friedel avait le visage fermé, visière baissée. Mais sans doute Fonty voyait-il devant lui les pasteurs qui venaient d'être énumérés. Tous, en terminant par ce Danois de Schleppegrell qui avait tout de même repoussé l'amour de trois princesses, il les détachait des romans et des nouvelles, en rameutait encore d'autres, et les faisait tous défiler comme une garde plus ou moins protestante, les passait même en revue, et il dit enfin : « Grands ou petits, ils étaient tous las de prêcher, quoique, en bons luthériens, ils eussent pour eux les deux Testaments et les Proverbes de Salomon. Il n'y a que Lorenzen qui aurait peut-être eu la même franchise que ton prêtre… Non, lui non plus… Chapeau ! Encore une fois, chapeau ! Ce qui est sorti là était terriblement juste, et carrément dit, comme j'aime ça. Je dois dire que monsieur le curé, qui Dieu merci n'a rien d'un "monsieur", me rappelle colossalement – s'il m'est permis de comparer – ce petit groupe perdu de bonnes sœurs illégales qui donnent une sépulture décente à l'amant de ma Grete Minde, alors que le pasteur Roggenstroh, avec une dureté de cœur dont sont seuls capables les chrétiens durs de cœur, a refusé de bénir le corps… Eh bien, buvons aux larmes de bonheur de Mete, et une gorgée supplémentaire à la santé du doute. Que jusqu'au bout il soit notre sentinelle ! Le doute est toujours judicieux ! »

Il leva son verre en direction de sa fille, puis du prêtre mal dégrossi, but d'un trait et s'écria : « Patron ! Maintenant, qu'on nous apporte vite le dessert, et qu'il rafraîchisse un peu les esprits échauffés par cette querelle religieuse. Sinon, on croira qu'on festoie après avoir tué le cochon, et il ne nous restera plus qu'à avaler votre Barbe-Bleue ! »

Les glaces variées dénommées « Vie parisienne » firent l'effet qu'en attendait Fonty. Les tensions artérielles baissèrent. Les mots durs, et plus encore les règlements de comptes, furent ravalés ou remis à plus tard. Les conversations s'engagèrent sur d'autres voies, aux pentes moins périlleuses. Même le beau-frère et le marié reprirent leur sang-froid. Grundmann en vint finalement à exposer sa science d'entrepreneur. Sur de « solides fondations », il entendait développer à Schwerin une filiale qui serait « un point d'appui », comme il disait : « Le marché foncier au Mecklembourg est totalement sous-développé. Je comprends bien qu'après le grand chambardement on ne sache par quel bout prendre les choses, mais nous allons y aider, il faut que nous y aidions. Tout est complètement à l'abandon, depuis la fin de l'économie caporaliste. Nous sommes tout de même parvenus, avec l'aide de quelques collaborateurs connaissant la région, à avoir une première vue des choses. Mais j'estime à vrai dire que, dans la solution primordiale des questions de propriété, il va falloir agir de façon non conventionnelle, sinon rien ne marchera. Silence radio du côté des investisseurs. Stagnation. Le marasme continuera… »

Friedel ne put qu'approuver : « Tu ne soupçonnes pas, cher beau-frère, à quelles difficultés nous nous heurtons. Mon affaire, dont la maison mère avait jadis son siège à Magdebourg, peut certes faire valoir là-bas des droits de propriété, mais on refuse de les reconnaître. Pour l'instant, nous négocions assez patiemment, mais il va bien falloir un jour qu'on arrête ce cinéma avec la prétendue "propriété du peuple". En tout cas, il faut dès maintenant commencer à dégraisser côté ressources humaines, tout simplement pour rester concurrentiels ; le marché des ouvrages de théologie est étroit. C'est pourquoi nous voulons ouvrir notre collection "Missions d'aujourd'hui" en direction de l'Europe de l'Est, en nous branchant sur les remarquables activités des frères moraves... »

Mme von Bunsen voulut alors, elle aussi, se pencher sur les questions de propriété. Elle évoqua des « biens épouvantablement mal gérés » de la famille de son mari, dans la partie orientale de l'ancienne Marche, parla de « propriétés légitimes depuis des générations » dans la région de Rathenow, qu'il n'était pas question d'abandonner aux « kolkhozes et autres équipes ». « J'en suis comptable envers feu mon mari ! » Elle s'apprêtait à en venir au fief de la famille von Wangenheim, mais elle fut détournée de ces quelque douze cents hectares de terres seigneuriales expropriées par une question que Fonty posa soudain.

Le père de la mariée voulait savoir si son défunt mari était apparenté à Karl Josias von Bunsen, ce conseiller de l'ambassade de Prusse en poste à Londres « avant le comte Bernstorff », dans les années cinquante du siècle dernier : « Il ne fut anobli qu'en cinquante-neuf. Il passait pour libéral et bouffait notoirement du Manteuffel. » En outre, Fonty était intéressé par la famille von Wangenheim : « Ils étaient violemment partisans de l'ancienne foi. Nettement antiprussiens. La vieille Mme von Wangenheim alla jusqu'à m'affirmer, de l'air le plus catholique du monde : "Une Allemagne prussienne ne promettrait rien de bon."... »

Mme von Bunsen, s'agissant de son mari, nia toute parenté directe avec quelque libéral que ce fût, et ne voulut pas causer avec Fonty des ramifications de la noblesse prussienne, mais en rester comme Grundmann et Friedel Wuttke aux « légitimes revendications de propriété » ; mais à ce moment Inge Scherwinski, qui jusque-là expliquait au prêtre ses tracas avec ses « trois gamins » – « Je vous assure, c'est tuant ! » –, se comporta de façon tout à fait inconvenante, mettant fin aux divers combats locaux autour de titres de propriété en posant une question à la mariée : « Tu te souviens, ma petite Martha, quand on partait toutes les deux faire les moissons ? Toutes ces gigantesques fermes coopératives ! C'était tout de même rudement bien, des fois, non ? On portait le foulard des Jeunes Pionniers ; et plus tard la chemise bleue… Tu te mettais quelquefois au piano… Et quand on était toutes les deux dans la chorale… Franchement, ça me manque, par moments… »

Et voilà que déjà l'amie de jeunesse de Martha entonnait de sa petite voix : « Tu as un but devant les yeux… », et la mariée chantait à son tour : « … pour que dans ce monde tu saches où tu vas… »

Elles chantaient toutes deux à présent avec plus d'énergie, comme emportées par le flot de leurs souvenirs. Qui aurait soupçonné chez Martha ce timbre grave et chaud ?

Elles enchaînèrent aussitôt avec le *Chant de la solidarité* : « En avant, n'oublions pas ce qui fait notre force… », et sans doute en auraient-elles volontiers chanté toutes les strophes si Friedel Wuttke n'avait pas élevé une bruyante objection en criant : « Arrêtez ! »

Mais ni la sœur ni son amie n'entendaient se taire sur ordre. Elles entonnèrent une chanson émouvante, au point que je fus tenté de la chanter avec elles : « Le ciel d'Espagne est plein d'étoiles… », et sans doute fredonnai-je doucement « Le pays est loin, mais nous sommes prêts… » lorsque Martha et Inge chantèrent si joliment leur résolution de combattre pour la liberté et de vaincre. Mais si, nom d'un chien, je chantais avec elles ! Moi aussi, on m'avait inculqué chaque strophe. Je m'entendais chanter et je m'étonnais que ma mémoire eût emmagasiné tout ce qui, depuis l'enfance, a fait que nous y avons cru.

Mais quand les deux amies, comme deux chemises bleues montées en graine, se mirent en plus à chanter « Construis, construis ! Construis, construis ! » en se regardant droit dans les yeux, appelant ainsi avec insistance les Jeunesse communistes à édifier cet État des Ouvriers et Paysans désormais plus que promis à la démolition, alors il n'y eut plus trace de l'effet rafraîchissant du choix de glaces dénommé « Vie parisienne ».

Friedel Wuttke se sentit à cent lieues de la patience piétiste. Ce ne fut pas un frère morave, mais un forcené qui bondit sur ses pieds et tapa sur la table dans un bruit de vaisselle. Il ne cria pas, il rugit : « Assez ! C'est terminé ! "Pour un avenir meilleur", laissez-moi rire ! Plus jamais, je ne veux plus jamais entendre parler de ça ! Ces criminels ! Ils vous ont mis dans la merde ! C'est définitivement terminé, vous entendez ! »

Mais pas moyen d'arrêter le chant des deux amies. « Je ne sais pas ce que tu as, s'écriait Martha entre deux strophes. Tu as été, à ce qu'on m'a dit, un soixante-huitard assez enragé… Hein, avec le Petit Livre rouge et tout… Avant de faire dans la piété, tu as même vendu des posters du Che… Qu'est-ce que vous chantiez, à ce moment-là ?… »

Et le chant célébrant la construction du socialisme continua. L'explosion de Friedel fit long feu. Martina Grundmann trouva qu'un aussi bruyant accès de colère était de toute façon exagéré : « C'est rigolo, voyons ! » Et la voilà qui essayait de chanter aussi : « Construis, construis ! »

Quand Grundmann en sa qualité de père et Mme von Bunsen qui avait élevé Martina la rappelèrent à l'ordre – « Arrête, Martina, veux-tu ! », « La plaisanterie a assez duré » –, Emmi Wuttke les incita tous deux, et surtout son gendre, à l'indulgence : « C'était comme ça, chez nous, pendant toutes ces années. Presque tout le monde chantait ces chansons, y compris Friedel et ses deux frères, quand Martha était encore petite et avant qu'ils restent de l'autre côté. C'était plein de bonnes intentions, à l'époque, ce perpétuel "construis, construis", même si ça n'avançait pas vraiment. Mais les garçons chantaient ça, et ils le pensaient aussi, au moins au début. Et toi, Friedel, tu étais particulièrement remonté, jusqu'à ce que… Toujours très fanatique… Il fallait faire vraiment attention à ce qu'on disait… Mais tout ça est terminé, maintenant qu'on nous annonce l'unité, pour que ça aille mieux, toujours mieux. Et il faut que ça aille mieux, il faut ! Mais se rappeler comment c'était avant, quand on était encore entre nous, on a le droit… Hein, Wuttke ? »

Plus de chant. Autour de la table, des étrangers ; Friedel

inspectait le plafond à la recherche de je ne sais quoi ; peut-être des affiches qu'il collait en soixante-huit. Entre les mariés, un trou. Inge Scherwinski, soudain, n'avait plus l'air tout émoustillée, mais seulement harassée. J'aurais voulu être aux Archives, l'étudiante peut-être à Amsterdam, et Mme von Bunsen en Toscane : elle en avait dit monts et merveilles à table. Seul le père Matull eut une parole qui convenait : « Nous ne nous connaissons pas. Nous ne nous reconnaissons pas. »

Et Fonty ? Il était assis, correct mais comme absent. Une fois seulement, tandis que la dispute animait la tablée, on l'entendit qui disait : « Dommage que le professeur ne soit pas là. Freundlich trouverait tout ça colossalement chouette. Il aurait sûrement des anecdotes en réserve. Il nous raconterait par exemple ce que chantaient les émigrés au Mexique, à l'époque… »

Puis il s'était tu de nouveau, mais on pouvait supposer qu'il se recueillait en vue d'un assez long discours. Emmi voyait la chose avec inquiétude. Mais avant qu'il ait pu exposer ses pensées perpétuellement rétrospectives, dénoncer l'époque des lois antisocialistes, citer les discours de Bebel à la Diète, condamner le flicage prussien et évoquer l'espoir que plaçait l'Immortel dans la classe ouvrière – « Tout l'avenir appartient au quatrième état » –, c'est le souvenir en personne qui entra ; et aussitôt nous nous vîmes sous un autre jour.

Juste comme on servait le café, Hoftaller fut là, à l'improviste, dans le salon de musique. Non : il fut sur le seuil, souriant. Son costume gris pigeon devait s'accommoder d'une cravate très jaune. Il n'apportait pas de fleurs, mais tenait à la main un petit paquet noué comme un cadeau d'un ruban de soie rouge dont les boucles artistiques suggéraient quelque confiserie. Son excuse pour être venu sans être invité ne s'adressa qu'à Fonty : « Je ne pouvais pas ne pas en être. »

Donc, on lui servit du café, à lui aussi. Il y eut du cognac et des liqueurs, même des chocolats fourrés. Un peu épuisé par le long repas et par toutes ces paroles, on n'accueillit cet étranger qu'avec un médiocre intérêt ; seul Friedel dit à son père : « Est-ce que cette inconvenance ne pouvait pas être évitée ? Je connais ce type. Il s'est pointé quelquefois chez Teddy et chez moi, déjà à la fin des années soixante-dix. Et j'ai su par Georg… Je ne te comprends pas, Papa, de laisser une telle racaille… »

Fonty dit : « Il nous a fallu vivre avec ses semblables. » Rien d'autre.

Hoftaller passait avec aisance d'un invité à l'autre, arborant un sourire et se présentant comme un ami de la famille. Lorsqu'il posa son petit paquet sur une desserte avec les autres cadeaux et les bouquets, il dit en s'inclinant légèrement vers la mariée : « Je ne voudrais pas manquer de présenter mes vœux de bonheur, à savoir pour cette nouvelle tranche de vie, si l'on peut dire. Ceci n'est qu'une petite marque d'attention… »

Martha avait épuisé son bonheur, sa beauté passagère avait disparu. Elle avait l'air pincé, maussade ; elle tripota brièvement ce ruban rouge à l'éclat soyeux, mais résista à la tentation de le dénouer ; ses lèvres émirent tout juste un « merci », puis elle se mit à tirer sur son alliance comme si cet anneau flambant neuf la gênait déjà.

Hoftaller se mêla de nouveau aux convives, écoutant leurs conversations et échangeant même quelques mots avec Friedel, qui venait d'entreprendre sur la religion le prêtre mal dégrossi. À un moment, Fonty me prit à part : « Écrivez ce que vous voulez, mais ne m'arrangez pas le Grundmann en caricature. Il est tout de même allé jusqu'au bord de la mer Noire pêcher ma Mete… » Ainsi mis en garde, je répondis par le mot du marié : « J'comprends ! »

Ensuite, je fus accaparé par Martina, l'étudiante, qui sirotait un petit verre d'amaretto en racontant de façon amusante les libertés particulières dont on jouit à Amsterdam.

Aux Archives, nous avons essayé de deviner. Le petit cadeau rectangulaire de Hoftaller invitait à faire des suppositions. L'un de mes collègues paria pour le Schott, le livre de messe qu'on m'avait offert pour ma première communion. Un autre estima que Hoftaller était bien capable d'avoir le mauvais goût d'offrir à la mariée un livre intitulé

Troïka, dont l'auteur avait fait partie de l'état-major de la Stasi et mettait à présent ses « souvenirs » sur le marché. Une collègue fit une allusion narquoise au surnom des membres du Parti : « Aussi bien, il lui aura fait présent d'une paire de chaussettes rouges ! » J'en tenais pour mon premier soupçon : « Mais voyons, le paquet était plat. Il se sera fendu d'une boîte de chocolats. » Et puis, lors d'une visite qu'il nous fit aux Archives, Fonty nous éclaira, avec une bonne humeur presque excessive.

Vers la fin du repas de noce, il avait dû satisfaire un besoin pressant. Aussitôt Hoftaller lui avait emboîté le pas, manifestement pour le même motif. En faisant pipi, ce qui prit tout naturellement quelque temps à ces vieux messieurs, ils avaient eu une conversation, engagée par Hoftaller – qu'il faut se représenter devant la porcelaine voisine – dès le début de leur coude à coude ; Fonty nous raconta que son ombre-diurne-et-nocturne, comme à son habitude, était allé droit au fait, en l'occurrence l'inquiétant paquet, disant : « Me suis permis d'offrir à la récente Mme Grundmann les vestiges de son appartenance politique, à savoir son dossier désormais clos de cadre du Parti, assorti à vrai dire d'une annexe portant sur la période de ses fiançailles. Beaucoup de propos chuchotés dans des hôtels… Parfois des détails gênants… Il ne faut pas que ce genre de choses tombe en de mauvaises mains. »

Fonty aurait alors répondu : « Terriblement gentil de votre part. Ma Mete prendra un plaisir mitigé à cette lecture sans doute peu édifiante. »

Hoftaller, dont nous pouvons supposer qu'il n'avait pas filé aux toilettes derrière Fonty uniquement parce que sa vessie était pleine, se fit rassurant : « Rien d'extraordinaire. Vous connaissez votre fille, c'est une personne à principes, ceux-ci déviant tantôt à gauche, tantôt à droite. Mais rien de bien grave dans tout ça. Quelques escapades vers le révisionnisme. Mais chaque fois suivies d'autocritiques. Il n'y a que son ancien fiancé, le camarade Zwoidrak, qu'elle tient en dehors de tout. Et même dans un lit d'hôtel, elle dit que le socialisme est en principe une bonne chose. Pour ajouter un peu de gaieté à l'austérité du dossier, j'ai d'ailleurs eu recours à un relieur. Ça fait assez joli, en demi-peau, avec pages de garde marbrées. »

Fonty nous dit avoir ri : « Colossalement délicat ! En ouvrant le paquet, Mete va croire que c'est un album de poésie pour jeune fille, et ensuite elle va trouver le contenu aussi dur sous la dent que la couverture ! Nom d'une pipe ! Ça doit être le chablis. »

Déjà devant le lavabo, Hoftaller aurait soupiré : « Vous vous moquez, Fonty. Mais vous devriez vous aussi avoir envie d'un cadeau aussi substantiel. J'ai peur que le relieur ne soit obligé de me facturer plusieurs volumes. Il s'est accumulé bien des choses, à commencer par le club Herwegh, sans oublier Dresde, ensuite les années à Londres...

– Épargnez-vous ces frais ! » prétend s'être écrié Fonty, les mains sous le robinet. Mais en les essuyant, il s'est tout de même enquis de l'adresse du relieur : « Il y a longtemps que mon Marwitz a besoin d'une nouvelle reliure, et aussi mon originale d'*Effi Briest*, que Friedel a éditée en l'an quatre-vingt-quinze... Les dos sont en piètre état... J'aimerais bien aussi les Journaux, surtout la liasse de Londres... Mais pressons, Tallhover ! ne traînez pas comme ça. Les invités nous attendent. »

Il s'en fallut de peu que la fête ne se terminât tout de même par une dispute. Heinz-Martin Grundmann, qui avait descendu plusieurs cognacs, haussa le ton et voulut absolument régler la note : « Tout de suite, et pour tout le monde ! » Déjà il agitait en l'air sa carte de crédit et réquisitionnait le patron : « Et l'addition détaillée, avec date et tampon ! »

Quand le père de la mariée fit objection – « C'est mon affaire ! » –, le marié se montra vexé : « Mais enfin, mon cher beau-père, qu'est-ce que c'est que ça ? J'comprends que vous vouliez... Mais pour moi c'est une broutille, en somme...

– C'est le père de la mariée qui paie !

– N'en faisons pas toute une affaire...

– Ce qui est convenu est convenu.

– Mais par ces temps difficiles, les vieilles règles ne sont pas…

– Les temps difficiles ne sont pas rares, ma Mete en revanche ne se marie qu'une fois… »

Fonty, alors très ferme sans élever la voix, mit un terme à la querelle de principe : « C'est une affaire d'honneur. À moins que mon gendre ne prétende se battre en duel avec moi ? »

Après avoir fait un signe au patron, qui opina avec un fin sourire, Fonty fut sûr que l'addition lui reviendrait. Vite réconcilié, il mit son bras sur l'épaule de l'entrepreneur rondouillard et lui déclara, un brin condescendant, qu'après une longue maladie il avait de nouveau joué du crayon et que maintenant ses années d'enfance et celles de l'Immortel se trouvaient couchées sur une bonne trentaine de feuillets : « Avec l'aide de mon Emilie, qui depuis toujours met tout au propre. Cela m'a valu d'honnêtes honoraires. Je suis de nouveau en fonds. Je le serai encore davantage si cela donne une conférence. En outre, Friedel, quoique son programme éditorial aille plutôt du côté des traités, publiera prochainement un petit volume où cette conférence, légèrement abrégée, pourrait trouver sa place. C'est plutôt une causerie qu'un texte fait pour l'impression, mais ce genre de choses trouve néanmoins des lecteurs. Rien de grandiose, juste ce qui reste de nous : des souvenirs, quelques cicatrices, des odeurs, des petites images coloriées. Et puis les actualités parlantes de la Fox. Des larmes, aussi. La main de la mère qui punissait, les propos du père à table. Après, il s'agit d'élevage de cochons et de lapins. Et puis toujours du lac, de l'église de Schinkel, des granges en flammes à la porte de Rheinsberg. Du monument, du bronze assis. Au demeurant, tout ça commence à Neuruppin. »

LIVRE TROISIÈME

16. Direction Stralsund et au-delà

Ses villégiatures d'été, ses séjours en cure, ses refuges à prix moyens ; pas toujours dignes de son statut social, mais toujours avec des manuscrits dans son bagage ; des nouvelles encore laissées en plan, des articles pour Rodenberg, des premières épreuves. Nous lisons des récriminations contre des chambres mal aérées, des clients qui font du tapage nocturne, des chiens qui aboient contre le temps qu'il fait. De partout, il adresse des lettres à des éditeurs, à des rédacteurs, à des amis comme Hertz, Stephany et Friedlaender ; lorsqu'il est parti seul, à sa femme et à sa fille : « Ici je vais bien tout à coup, comme chaque fois que je tourne le dos à Berlin… »

Peu avant que sa nouvelle *Schach von Wuthenow*, esquissée peu après l'impression du premier roman, ne paraisse en feuilleton dans la *Vossische Zeitung* au cours du mois de juillet 1882, il écrit de Thale, sur les contreforts du Harz, à son fils Theodor, dont les grands principes l'ont souvent fait monter au créneau, surtout en matière politique, une lettre qui met les choses au point : « Les Alsaciens ont fait partie de la France pendant deux cents ans, et si maintenant ils disent "Erwin von Steinbach ou pas, les Français nous plaisent plus que les Allemands", il n'y a pas grand-chose à dire là-contre… »

En août 1883, après *L'Adultera*, cet homme de soixante-trois ans termine dans l'île de Norderney une autre histoire d'adultère, le roman *Le Comte Petöfy*. Il écrit à Emilie : « Tu te plains de ma prolixité. Mais la prolixité que je pratique est pourtant tout à fait liée à ce qui fait mes qualités littéraires. Je traite les petites choses avec le même amour que les grandes… »

S'agissant des misères d'autrui, il sait donner des conseils : « Quand on a la goutte, mieux vaut Berlin que Krummhübel. » Il n'empêche que les monts des Géants ne cessent de l'attirer, même dans ses moments de « faillite nerveuse ».

Il commença là-bas de travailler à un manuscrit intitulé *Quitt*, sur un sujet que son correspondant et ami Friedlaender lui a proposé pour une histoire de forestiers et de braconniers en Silésie, et il écrit au début du mois de juin 1885 à Emilie, restée à Berlin : « J'ai esquissé la nouvelle, pour autant qu'on puisse esquisser une chose où le matériau vous manque de toute part. Pour la première moitié, ce n'est qu'à demi vrai, puisqu'elle se passe dans cette région-ci ; mais c'est tout à fait vrai de la seconde, qui se situe chez les mennonites en Amérique… »

Au reste, le juge Friedlaender habitait Schmiedeberg, tout près de Krummhübel ; on se voyait souvent. « Avec un Silberstein, on peut débattre de problèmes ; avec un prince Reuss, non. Donc, vive Silberstein ! Ou Friedlaender… »

Lorsque, sous la forme d'épreuves d'imprimerie, les ennuis professionnels viennent troubler sa villégiature – « Relire une fois de plus ce qu'on a soi-même écrit, non seulement c'est harassant, mais cela rend stupide » –, sa mauvaise humeur transparaît dans une lettre du 18 juillet 1887 à Friedrich Stephany, qui veut republier en feuilleton *Errements et Tourments* et qui, en plus des désastreuses épreuves de la *Vossische Zeitung*, doit lire ce commentaire de l'auteur : « Si ce que je demande cause double travail, eh bien ce sera un double travail ! »

En 1891, l'année précédant sa maladie nerveuse, il est tout le mois d'août à Wyk, sur l'île de Föhr dans la mer du Nord : « Je n'ai encore rencontré personne avec qui je puisse échanger cinq mots », se plaint-il à sa fille Martha. Malheureusement, les Archives n'ont pas les lettres qu'elle adresse à son père ; ce n'est que par des citations – « … ton expression "des dispositifs polyphoniques de tricherie" est une trouvaille… » – que nous savons que le style épistolaire de

Mete était accordé au sien. Lorsque Fonty disait de Martha Wuttke : « Elle est meilleure à l'écrit qu'à l'oral », nous soupçonnions qu'il s'agissait d'une citation perdue.

Lettres de Bad Kissingen, et à maintes reprises de Karlsbad où, en cure pour la dernière fois avec sa femme et sa fille – c'était début septembre 1898 –, il répond à son fils Friedel, qui depuis *Stine* et *Madame Jenny Treibel* édite les livres de son père : « J'ai lu, ou plus exactement survolé, les critiques que tu m'as envoyées. J'ai trouvé à mourir de rire, par endroits, Otto Leixner dans la *Tägliche Rundschau.* Il écrit à un moment : "Il [Th. F.] fut obligé d'attendre cinq ans sa petite fiancée." Cela me fait penser que Leixner doit être saxon… »

Au retour à Berlin, ce sont enfin les fiançailles de Mete avec l'architecte Fritsch. Le critique Paul Schlenther, qui lui est tout acquis depuis des années, rapporte : « Pour fêter les fiançailles de cette fille dont il se sent si proche, on avait préparé un petit repas fin. Le vieux monsieur, dans sa magnifique et aimable beauté de vieillard, fut le centre et l'âme de la conversation… » Quatre jours plus tard, le vieux monsieur – ou, comme nous sommes accoutumés de dire, l'Immortel – était mort.

Après le mariage de Martha Wuttke avec l'entrepreneur Heinz-Martin Grundmann et le repas subséquent – qui, le professeur Freundlich et sa femme s'étant décommandés, n'avait réuni que dix convives, onze avec Hoftaller –, les jeunes mariés partirent aussitôt en voyage, obéissant à la devise du père de Martha : « Même s'il est bref, il faut un voyage de noces. »

Ils partirent dans la BMW de Grundmann et, via Schwerin, où ils firent une brève halte pour visiter leur future demeure avec vue sur le lac, ils gagnèrent Lübeck et Puttgaden sur l'île de Fehmarn, d'où ils prirent le bac pour Rødby. Deux heures plus tard ils étaient à Copenhague, avec trois jours devant eux qui devaient suffire à épuiser les curiosités de la ville. Ensuite, ils allèrent loger, comme prévu et retenu, à l'hôtel Praestekilde de Keldby, dans l'île de Møn.

Mais les parents de la mariée ne s'attardèrent pas longtemps non plus dans la ville, où il faisait encore très chaud. L'appariteur à mi-temps de la Maison des ministères avait droit à un congé de convalescence à plein traitement ; il était prévu que sa femme l'accompagne. Et comme leur fils Friedel ne fit qu'une brève visite dans la Kollwitzstrasse et se montra extrêmement pressé de regagner Wuppertal, le départ n'eut pas à être repoussé.

L'entretien ne fut ni une explication, ni encore moins une réconciliation. On s'assit raides dans le salon Poggenpuhl, on se fit face. Chacun avec sa susceptibilité. Les échanges furent prudents. Les parents ne furent pas invités à venir, par exemple, faire une cure dans le Sauerland. Leurs questions concernant Teddy, sa femme, les enfants qu'elle avait eus d'un premier mariage, ne reçurent guère de réponses. Friedel fuyait tout rapprochement familial. Seul l'éditeur en lui était loquace : après l'ouverture des marchés, il fallait désormais que son programme éditorial prît une orientation planétaire. Une histoire des frères moraves et de leur activité missionnaire dans le monde entier était en préparation. En effet, après la débâcle de la doctrine matérialiste, l'humanité avait soif du sens que la religion donne à l'existence. « C'est notre heure ! » s'écria-t-il.

Quand le fils fut parti en laissant seulement un prospectus de sa maison d'édition, Theo Wuttke dit à sa femme : « Je crois qu'il est perdu pour nous, lui aussi. Au fond, on n'a pas avec ses enfants des rapports différents d'avec les autres gens. Des prodiges d'éducation n'y changeraient rien. Enfin, peut-être fera-t-il tout de même l'effort de publier les conférences de son vieux père, prononcées en des temps difficiles. Mais je n'en suis pas certain, lorsque j'entends monsieur mon fils pontifier avec une telle assurance. Qu'est-ce que ça veut dire, "État de non-droit" ? Au sein de ce monde d'insuffisances, nous vivions dans une dictature assez arrangeante. Crois-moi, Emilie : de l'autre côté, que ce soit à Wuppertal ou à Bonn, on ne fait pas non plus d'omelette sans casser des œufs. »

Emmi pleura pendant une demi-heure, puis elle se mit à faire les bagages. Nous soupçonnons que ce fut elle qui préféra la destination dès lors arrêtée à tous les autres lieux de cure que dut mentionner Fonty. Krummhübel dans les monts des Géants, petite ville qui s'appelle aujourd'hui Karpacz parce qu'elle se trouve depuis la fin de la guerre en territoire polonais, et Karlsbad, aujourd'hui Karlovy Vary, méritaient d'être brièvement envisagés ; maintenant, avec de l'argent occidental, on y était les rois. Thale, près du Harz, fut écarté, et pas seulement par Emmi. Bad Kissingen, Norderney et Wyk en Föhr étaient exclus pour des raisons de prix. Mais Emmi et Theo Wuttke étaient d'accord sur un point : l'air marin était primordial. Même si beaucoup de choses étaient modifiées à la suite du changement politique, la Baltique était toujours à portée de main ; et puis la longue maladie et les préparatifs fatigants du mariage parlaient en faveur d'un séjour sur la côte.

Avec l'insistance qui lui restait, Hoftaller, voulant absolument apporter son aide, estima que la longue activité de Fonty au service de l'Union culturelle lui donnait le droit de prétendre à un « lieu choisi » pour passer son congé. Il allait se rendre utile, par relations. Il disposait encore de contacts. Et déjà il en posait pour preuve, sur la table de la cuisine, une lettre : « Je me suis permis, sans vouloir être importun, de prendre d'avance quelques dispositions. Je suppose que vous aussi, chère madame Wuttke, vous serez satisfaite de cette Capri de la Baltique. »

La missive venait de l'île de Hiddensee, et disait que derrière la villa Seedorn, près de la maison Hauptmann, un gîte était libre, avec coin cuisine et pièce de séjour agréable, juste derrière les hêtres. On se rappelait fort bien que l'honorable M. Wuttke y avait déjà passé plusieurs fois la nuit, la dernière fois après avoir quelque peu surpris son nombreux public par des allusions piquantes aux pratiques de la censure prussienne. On se réjouissait de le revoir. L'arrière-saison, comme le savaient tous les amoureux de l'île, avait ses charmes bien particuliers.

Sans mentionner le service discrètement rendu par Hoftaller, la directrice de ce mémorial très fréquenté écrivait : « L'œuvre du grand écrivain survivra aussi à cette époque de changement. Si perceptible que soit la situation nouvelle, si surpris que nous soyons par ce qui atterrit ici depuis quelque temps en manifestant l'envie d'acheter, nous n'en restons pas moins dévoués à l'action culturelle commune. Une cordiale bienvenue sur notre île ! »

La maison Hauptmann était pour nous une adresse familière. Nous avions reçu de là plus d'une lettre interrogeant nos Archives. Des collègues avaient maintes fois combiné des vacances brèves ou longues dans l'île avec un séjour de travail. On avait là-bas l'esprit plus libre. Depuis cette île de rêve, nous voyions s'ouvrir au moins l'horizon. C'était une destination proche avec vue sur le lointain. Et comme nous avions l'habitude de le faire, Theo et Emmi Wuttke prirent le train jusqu'à Stralsund, et de là le bateau.

De Berlin-Lichtenberg, via Pasewalk. La Reichsbahn ne s'appelait encore pas Bundesbahn. Ne constituant pas une bonne affaire à court terme, la reprise de ce vestige des temps présocialistes allait tarder encore longtemps ; et comme le conférencier de l'Union culturelle avait emprunté des années durant la voie ferroviaire, il pouvait passer lui-même pour un élément de la Reichsbahn, tant il avait l'air en retard sur son époque, tant il se sentait ralenti et usé jusqu'à être miteux : « Je ne suis pas bon pour sauter d'un train dans un autre ; cela vaut dans les gares comme en politique. »

Économes par habitude, les Wuttke voyageaient en deuxième classe. Le train arriva en retard de Leipzig. Jusqu'à Stralsund, ils eurent le compartiment pour eux seuls. Nous aurions bien aimé les y rejoindre, mais nous y étions indirectement, car Emmi nous fit plus tard revivre ce trajet en chemin de fer : « Le paysage : assez ennuyeux, toujours le même. Mais c'était tout de même bien, de se trouver enfin en rase campagne. Cette chaleur, en ville, toujours davantage de voitures, et ce qu'on raconte partout sur l'ozone. En plus, le mariage nous avait pas mal fatigués : Wuttke, mais moi aussi. Tout le tintouin, et le fait que notre Friedel, à la maison, n'avait pas eu un seul mot gentil. Se contentant de nous regarder de haut. C'était déjà comme ça au mariage. Sont carrément prétentieux, tous. À la fin, ça a encore failli tourner au vinaigre, à propos de l'addition. Mais, comme dit Martha, Papa n'a pas voulu en démordre. Pour qui nous prennent-ils, de nous traiter tout le temps comme des minables ? Ce Grundmann ! Faut voir comme il parle ! Comme s'il fallait tout nous expliquer trois fois. Aimable, avec ça. Il me dit "chère madame" et "très chère Emmi". Il est capable de parler de tout, il sait même des choses qu'il ne peut pas savoir. Pourquoi ça, c'était grave, et ça, pas tellement grave, et comment c'était en réalité à l'Union culturelle, et que des fois c'était – Martha l'a toujours dit – d'un niveau international, et pourquoi mon Wuttke s'est donné tant de mal et a rendu de si grands services qu'on l'a plusieurs fois décoré. Mais ce Grundmann ne sait dire que "j'comprends", même quand il ne pige rien de rien, et qu'il voudrait surtout nous entendre dire qu'on souffrait du matin au soir et qu'on se sentait comme dans un camp de concentration. Et sa fille, qui est drôlement délurée, elle n'a pas non plus sa langue dans sa poche. Elle débite à mon Wuttke, qui n'a jamais eu le droit d'aller à l'étranger à l'Ouest, tous les endroits où elle a été : bien sûr à Paris, et à Rome, et dans un tas d'îles grecques. Et plusieurs fois à Londres, une fois même jusque là-haut en Écosse. Et vous vous rendez compte ? Même à Bali, elle est allée, cette gamine, à Bali ! Mon Wuttke n'en revenait pas, mais il s'est empressé de réciter son poème, eh bien oui, sur les Balinaises, de la première à la dernière strophe. Mais après, quand ils ont tous été enfin partis – la noble aussi ! – il a dit : "Tout à fait gentils, ces gens de l'Ouest, mais colossalement fatigants." Et quand on a pris le train, on a commencé par rigoler, tous les deux, parce que mon Wuttke n'arrêtait pas de me donner du "chère madame" et de répéter des trucs marrants que sortait la Bunsen, du genre : "Tout à fait correct, ce vin…", ou : "Vraiment charmante, cette Mme Scherwinski ! Tellement nature ! Il y a longtemps que nous n'en avons plus de comme ça, à l'Ouest…" En tout cas, on s'est bien amusés. C'était tout de même un beau mariage ! Même si ce Grundmann m'a passablement tapé sur les nerfs avec ses dix chantiers géants et ses plaisanteries sur nos immeubles comme des jeux de construction. Comme s'ils n'avaient pas construit des horreurs aussi, à l'Ouest ! Même que ça se voyait de loin : à Britz, à Buckow, et partout ! Il n'y a qu'à voir à quoi ressemble la Potsdamer Strasse, maintenant ! Non, vraiment, non. Mon Wuttke avait beau dire que Martha allait lui remettre les idées en place, à son Grundmann, maintenant qu'elle est catholique et qu'elle a son mot à dire, n'empêche qu'il se faisait du souci : "Tous ces grands projets qu'ils ont à Schwerin, ce trafic de terrains, et ce qu'il a encore en vue, parc de loisirs et d'industrie mêlés dans une symbiose économico-écologique, tout ça ne me plaît pas du tout. C'est de la frime ! Ça me rappelle colossalement l'an soixante et onze, quand les louis d'or français ont donné un coup de fouet à la gloriole prussienne. On a appelé ça les 'années des fondateurs'. Tout pour la façade, et par-derrière c'étaient des cages à lapins. Scandales et faillites. Suffit de relire la *Vossische* : le krach boursier de soixante-treize. Toute la ville n'était qu'un gigantesque chantier. Et ça grouillait de Grundmann, même s'ils s'appelaient Treibel, qui étaient de respectables notables et faisaient dans le bleu de Prusse..." Vous savez comment il parle, mon Wuttke, quand il commence avec son idole. Ce que l'autre a dit colle toujours. Même que parfois ça colle vraiment ! Vous avez bien vu comment il s'est arrangé pour glisser son vieux Petöfy dans son discours, à table. "Renonce !" Et ça à un mariage ! Mais dans le train, jusqu'à Pasewalk, c'était le tour des Treibel. Ce que j'ai pu rire, quand mon Wuttke m'a fait les manières de Berlin et celles de Hambourg ! "Qu'est-ce qui est plus beau, l'Alster près de l'Uhlenhorst, ou la Spree à Treptow ?" Et il faisait la voix flûtée de cette prétentieuse de Mme Treibel : "Cet affreux chant d'oiseau m'a oppressée comme un cauchemar..." Pour ça, il est formidable. Et toujours absolument comme s'il avait lui-même écrit tout ça la veille, au crayon, et qu'il venait de me le donner à taper. Mais je dois dire que j'ai bien ri. Il n'y a qu'une chose, c'est qu'il n'arrêtait pas de comparer cette Corinna Schmidt du roman, en fait une petite dévergondée, avec notre Martha : j'ai trouvé ça assez déplacé, ça n'arrange pas les choses. Toujours

Corinna par-ci, Mete par-là. Avec ça, il paraît que cette Mete, qui était la préférée de son idole, a mis fin à ses jours en se jetant du balcon, la pauvre fille, parce que son mari était beaucoup plus âgé qu'elle et qu'elle l'a perdu, tout simplement, et parce que de toute façon elle avait les nerfs malades, un peu comme notre Martha... En tout cas, j'ai dit : "Qu'est-ce que ça va donner, Wuttke ?" Mais je pensais à tout à fait autre chose, à savoir à l'unité, dont tout le monde parlait et que ce frisé de Krause négociait pour nous. Mais lui a cru que je lui demandais ce qu'allait donner le mariage avec Grundmann. "Qu'est-ce que tu veux que ça donne ?" il a dit. "Ça ira son petit bonhomme de chemin comme n'importe quel mariage, et ça marchera à peu près. Dans mon discours, à table, qui était sans doute quelque peu hors sujet, je voulais évoquer l'adultère qui guette à chaque tournant. Je voulais commencer par *L'Adultera* et tirer un fil partant de la vaillante Mélanie, passant par la fragile Cécile et arrivant à la pauvre Effi, mais ensuite j'ai eu égard à ta sensibilité, ma chère Emmi, et j'ai tenté de montrer à ma fille fraîchement convertie, par ce 'Renonce !' fort protestant, la vanité de ses éventuels désirs d'un bonheur catholique. Mais revenons à ta question. Qu'est-ce que ça peut donner ? Des crises, des scènes, l'adultère ! C'est un sujet inépuisable. Dès demain, j'en parlerai dans une lettre à Mete. Je lui conseillerai de faire sienne la profession de foi de son curé, qui n'est pas si mal, et de douter vaillamment. Je n'en démords pas : le doute est toujours judicieux !" Et puis mon Wuttke s'est tout de même rendu compte que j'avais posé une tout autre question. "Ce que ça va donner ? Si tu pensais à la mère patrie, aucune idée. Il te faut demander cela, dès que nous serons rentrés, à mon vieux compagnon : lui a toujours su d'avance comment ça tournerait mal, chaque fois. Il a l'œil, comme on dit aujourd'hui, et il est colossalement au courant. Moi, j'ai tellement souvent tapé à côté ! Mais Hoftaller, lui, a le flair qu'il faut. Déjà quand il était Tallhover, et que ce train emportait Lénine à travers l'Allemagne..." Je l'ai laissé parler et je n'ai plus rien dit ; je regardais juste par la fenêtre, en m'ennuyant pas mal. Car tout ça, je connaissais. Non, pas seulement le paysage, aussi ces histoires d'autrefois. Quand on s'est arrêtés à Pasewalk, je lui ai rappelé que c'était là qu'il aurait pu devenir secrétaire d'arrondissement ou quelque chose comme ça ; mais alors j'aurais voulu que vous l'entendiez : "Pasewalk ? Jamais ! C'est là que ce caporal autrichien, étant hospitalisé, a décidé de faire de la politique. C'est là qu'a commencé ce qui est loin d'être fini. Même mon vieux compagnon n'est pas arrivé à me persuader. Pasewalk ? Jamais, lui ai-je répondu. Alors il n'a plus insisté, il m'a même compris..." Là, j'ai pas pu m'empêcher de rire : "Non, Wuttke. La compréhension, il ne sait pas ce que c'est. Regarde-le qui a de nouveau ses entrées partout." Et qu'il se soit même pointé au mariage de Martha, ça fait partie de son plan. Débarquant tout d'un coup en costume et cravate, porteur d'un petit paquet avec un ruban, et disant : "Pour la camarade jeune mariée", avec le sourire moqueur de qui en sait plus qu'on en sait soi-même sur soi. J'en ai eu des frissons, de le voir tout d'un coup près de Friedel en train de jacasser comme s'il ne s'était jamais rien passé de grave... Comme s'il n'avait pas espionné nos garçons, et aussi Martha, quand elle rencontrait Grundmann en cachette à l'hôtel... En tout cas, quand on est arrivés à Stralsund, il faisait toujours beau, mais pas si chaud qu'à Berlin, parce qu'il y avait un petit air qui venait de la mer. Vraiment, on respirait... »

En gros, ce sont plus de sept mille lettres qui ont été rassemblées, et dont une partie a été de nouveau perdue ; en effet, près d'un millier de documents de sa main figurent parmi les pertes que nous a causées la guerre.

De temps à autre, tel de ces manuscrits autographes resurgit et se vend aux enchères pour une somme rondelette, mais il est rare que nous puissions nous mettre sur les rangs. Par bonheur, on a retrouvé dans un coffre-fort – appartenant à des Juifs, naturellement – quelques Journaux, dont celui de Londres, qui est plus qu'un simple carnet de travail. Mais d'autres choses restent perdues, comme la correspondance avec Wolfsohn, et les lettres de jeunesse à la fiancée ;

peu après la mort d'Emilie, la famille s'est conformée à la volonté qu'elle avait exprimée et les a toutes brûlées.

À cela s'ajoute l'avarice des services culturels de l'administration prussienne ; car lorsque, en 1935, les héritiers jugèrent nécessaire de vendre aux enchères une partie du fonds, déjà une quantité – difficilement appréciable – de pièces précieuses se trouva dispersée, par exemple des brouillons ; perte particulièrement déplorable pour la recherche, car beaucoup des lettres, y compris celles qui se lisent comme une rédaction spontanée pleine de trouvailles du moment, ont été travaillées jusque dans les détails les plus primesautiers, même celles qui semblent inspirées par la colère politique, comme cet accès de mauvaise humeur déclenché le 6 mai 1895 par l'anniversaire du *kronprinz*, qui Dieu merci ne devait jamais accéder au trône : « Ma haine de tout ce qui retarde les temps nouveaux ne fait que croître, et la possibilité, voire la probabilité que la victoire des temps nouveaux doive être précédée d'une épouvantable bataille ne saurait me retenir de souhaiter cette victoire… » À un autre endroit, on peut lire ce commentaire : « Mes propos ont souvent frisé la haute trahison… »

L'un de ses biographes, Hans-Heinrich Reuter, qui entretint pendant des dizaines d'années avec nos Archives des relations empreintes d'un capricieux entêtement, a mis délibérément en relief tel ou tel passage des lettres, et leur extrémisme politique lui a permis de conclure que l'existence du premier État allemand des Ouvriers et Paysans ressortissait à une continuité historique – sans toutefois préciser plus que nécessaire ; il entendait sans doute conforter notre patrimoine culturel. À la manière du conférencier Wuttke, qui ne manquait jamais de conclure sans évoquer les « conquêtes culturelles », Reuter, qui du reste entretint avec Fonty une correspondance amicale, s'est bricolé une passerelle vers le XIXe siècle, sur laquelle l'un et l'autre – au besoin à coups de citations choisies avec ruse dans les lettres – faisaient parader le Progrès, l'Humanisme, la « victoire des temps nouveaux ».

Et c'est Reuter qui n'a pas peur de dire de notre épistolier : « Il ferait partie de la grande littérature allemande même si nous n'avions de lui que ses lettres. » Il le place au-dessus de Storm, de Keller et de Hebbel, et parle de « lettres d'un Européen », comparables à Voltaire et Diderot, à Lessing ou à Swift et Scott.

Aux Archives, nous en sommes volontiers d'accord, nous qui soulignons avec Reuter ce style de causerie porté au sommet de l'art, par exemple lorsqu'il écrit le 12 mai 1884 à sa femme depuis l'Entrepôt de Hankel, où il s'est cloîtré pour travailler, et qu'il se plaint au passage de « tous ces petits grumeaux » qui gâtent son encre : « De quoi ne dépend-on pas ? Tout le plaisir d'écrire est gâché. Ma chambre est charmante, et la vue me ravit, sur le petit jardin, le fleuve agité, la lande au-delà. L'air est plus riche en ozone qu'il ne faudrait et me rend fiévreux ; il souffle une forte brise de l'est, néanmoins je sens que mes nerfs se remettent. Il n'y a que l'encre ! Si ça continue, *all the perfumes of Arabia* ne pourront me guérir. Et puis la nuit m'inspire à l'avance d'angoissants pressentiments – tout a un air très morne… »

Et c'est avec la même spontanéité apparente qu'il commente en causeur les esclandres politiques, comme quand, dans une lettre à Mete, il habille d'une anecdote le conflit de l'empereur avec Bismarck, qu'il voit comme un « tricheur », et conclut : « Il a la plus grande ressemblance avec le Wallenstein de Schiller (celui de l'histoire était différent) : c'est un génie, c'est le sauveur de l'État, et c'est un traître sentimental. Toujours moi, moi, et quand l'histoire s'arrête on se plaint de l'ingratitude et l'on écrase une larme de sentimentalité nordique… »

Jugement repris par Fonty dans une lettre à Martha Grundmann, née Wuttke ; car, à peine arrivé à Hiddensee, il se sentit, tandis qu'Emmi défaisait les bagages, d'humeur irrésistiblement épistolière ; de surcroît, un journal qui traînait provoqua son irritation politique : « Je tends rarement l'oreille en direction de Bonn, mais quand l'actuel chancelier des Allemands monte sur ses grands chevaux unitaires et laisse mettre sa masse sur le même plan que Bismarck, je ne puis accepter ce rapprochement que dans la mesure où je les vois tous deux comme de colossaux tricheurs… »

Cette lettre à sa fille, qu'il appelle « ma Mete », dit encore : « Les hêtres, devant notre logement, sont encore intacts, et d'ailleurs sur toute l'île on ne voit rien qui annonce l'unité, sinon que la réclame pour des cigarettes – "Go West !" – sur la jetée de Kloster prend une portée générale, d'ailleurs effectivement pertinente pour cette lettre que je t'écris de fort bonne humeur et que, comme convenu, j'adresse à Stege sur l'île de Møn, afin que tu la trouves poste restante.

« Entre-temps, vous aurez "fait" Copenhague, la glyptothèque, les froides splendeurs marmoréennes de Thorwaldsen et, par contraste, le très vivant Tivoli. Grundmann s'intéresse sûrement davantage aux bâtiments, mais toi, je soupçonne que tu es sur les traces de ce charmant instable de comte Holk, et d'Ebba Rosenberg à la langue de feu, qui n'a rien d'une Rosenberg-Gruszczynski, mais qui est la petite-fille du Juif du roi de Suède, Meyer-Rosenberg, et qui a tous les charmes et les défauts juifs, de sorte que le pauvre Holk n'est pas à la hauteur, d'autant qu'il a été troublé au passage par l'attitude lascive de Brigitte, fille de capitaine et familière de la police secrète. En tout cas je suis curieux d'apprendre de toi si Copenhague est toujours un lieu de perdition, et si les Danois sont toujours aussi bons vivants que jadis. (Au fait, *Irréparable* a paru en danois sous le titre *Grevinde Holk*.)

« Maman et moi sommes arrivés à Stralsund – ou à ce qui reste de cette cité jadis belle, et que même Wallenstein ne parvint pas à prendre – au bon vieux rythme de la Reichsbahn, de sorte que d'une part nous avons eu tout le temps de commenter votre mariage et ses invités, et que d'autre part nous attrapâmes de justesse la vedette *Île de Hiddensee* ; de mon temps, on traversait sur un petit vapeur poussif, le *Swanti*. Pressés comme nous l'étions, nous n'avons pas vu grand-chose de la cité au bord du Stralsund, dont le sourire, en dépit de quelques dents en or, nous a paru bien bréchu : nous appareillions à quatorze heures trente précises. Nous laissâmes derrière nous quelques entrepôts vétustes. Bientôt Altefähr surgissait tout près de nous, qui est déjà dans l'île de Rügen.

« Par ce temps splendide et cette mer presque étale, Maman a aimé la traversée entre les bouées vertes et rouges, et la vue sur la bande du Gellen. De leurs fanions noirs, puis noir et jaune, les premières nasses nous saluaient, sur lesquelles étaient perchés des cormorans. Au bout de deux heures tout juste, nous touchâmes Neuendorf, et bientôt Vitte, en suivant le chenal. Entre Vitte et Kloster, je montrai à Maman, dans ses collines boisées, le château de Lietzenburg, plus connu par la créatrice de poupées Käthe Kruse que par le sculpteur Oskar Kruse. Et sans cesse de nouveaux cormorans, en escadrilles aux formes changeantes qui, sur le fond de la longue île basse, nous ravissaient. Même chez Maman, en général hostile aux traversées et qui redoute les tempêtes même par temps calme, ils provoquaient une joie enfantine. "Regarde, mais regarde !" s'écriait-elle en n'ayant d'yeux que pour ce spectacle.

« À l'accostage à Kloster, nous ne trouvâmes certes pas sur la jetée un petit-fils de ce vieux Jau de la pièce de Hauptmann que – s'il te souvient de ta visite dans l'île avec Zwoidrak – ils ont nommé Schipperöbing, mais c'est un fils de pêcheur peu bavard qui emporta nos bagages sur un chariot jusqu'à la maison Hauptmann, bâtisse bourgeoise trop massive à mon goût, mais abritant du vent la chambre d'hôtes où nous nous installâmes, suffisamment à l'écart de la curiosité des touristes. C'est du reste la chambre pour deux personnes où, au début des années soixante-dix, j'ai passé non sans mal un week-end pluvieux, après avoir récolté des applaudissements timorés avec une conférence sur "Littérature et censure en Prusse, avant et après l'abrogation des lois antisocialistes", que je m'étais permis de compléter par une comparaison entre *Les Tisserands* de Hauptmann et *L'Émigrante* de Heiner Müller. Lors du débat qui suivit, avec un public comptant quelques personnalités de l'île, on échangea quelques clins d'œil appuyés, mais enfin on ne tira pas à boulets rouges.

« Les deux pièces sont toujours aussi sobrement meublées, avec leur coin cuisine pour les tisanes de Maman, leurs rideaux à carreaux bleus et blancs, et un fauteuil de cuir qui aurait des choses à raconter sur bien des hôtes de l'île, certains illustres et qui aujourd'hui ne se rappelleront sans doute pas volontiers les certificats d'immortalité qu'ils décernaient naguère à un socialisme déjà bien malade. On peut consulter là-dessus le livre d'or. Quelques hommages mis en rimes rigolotes. En feuilletant, j'ai aussi retrouvé ma dernière contribution, datée de mai soixante et onze : "Hauptmann agaçait l'empereur, nous nous avons Heiner Müller." J'aimerais ajouter que, dans les deux cas, je songeais à ces personnages dans leur version première et extrémiste, au Hauptmann des *Tisserands* et au Müller des premières pièces ; leurs productions ultérieures tombèrent souvent dans la grandiloquence : beaucoup de cris mis en spectacle, et peu de substance.

« En tout cas, à peine les valises défaites, je me suis senti arrivé. Seule Maman a trouvé que ces petites pièces ne convenaient pas et affirmé qu'elles sentaient le renfermé. Tu sais que ses paroles dépassent souvent sa pensée, et qu'elle a une tendance à voir les choses en noir qui m'agace souvent, n'étant pas pour ma part abonné au pessimisme. Je ne suis pas friand de ce qui est triste, je m'efforce plutôt de tout laisser dans les proportions et les pourcentages que la vie elle-même donne à ses divers aspects, le mariage y compris. C'est pourquoi j'espère qu'à l'église Sainte-Hedwige tu as dit à ton Grundmann un "oui" qui n'était ni exalté ni morose. S'accommoder des circonstances, c'est une leçon que Maman et moi n'avons apprise que sur le tard, quand la vie nous a eu donné des cours supplémentaires fort déprimants. C'est un art difficile : savoir fermer les yeux tout en restant honnête ; nous espérons que ton Grundmann aussi s'en souviendra, lorsqu'il en sera à spéculer en entrepreneur qu'il est sur les terrains du Mecklembourg et à se tailler partout, comme on dit à présent, sa part du gâteau. Comme j'ai cru l'entendre au passage, à la table de ta noce, il a jeté son dévolu sur un faubourg de Schwerin, il parlait de "projets du plus vif intérêt".

« Enfin… On débite du mieux qu'on peut ses sages conseils paternels, mais finalement cette sagesse est sotte elle aussi. Je mets simplement en garde contre la gloutonnerie !

« Ici, les gens se montrent au demeurant d'une gentillesse qui fait plaisir, y compris avec Maman. La directrice du mémorial se souvient de mes efforts en faveur du patrimoine culturel. Elle me paraît être quelqu'un qui ne se laissera pas facilement manger la laine sur le dos. Est-ce que, par les temps qui courent, on pourra continuer à avoir une certaine tenue ? Ce n'est pas certain.

« L'île n'a pas beaucoup de visiteurs. Quelques gens de l'Ouest, qui regardent par-dessus les clôtures d'un air concupiscent. On continue de rencontrer ces vieilles dames à moitié fixées ici depuis leur jeunesse, coiffure à la garçonne et béret sur l'oreille. Et naturellement il y a des Saxons, toujours soucieux de prouver au monde entier à quel point ils sont increvables.

« Par bonheur, le professeur Freundlich et sa femme, qui n'ont malheureusement pas pu venir à ton mariage, sont logés à Vitte. Je sais que tu ne l'aimes pas particulièrement, et Maman encore moins. Moi, je lui trouve de l'esprit, un esprit cosmopolite qui m'a toujours beaucoup apporté. Ces émigrés – le vieux Freundlich était alors au Mexique – ont su garder un horizon très vaste. Et quand les Freundlich, le père d'abord, le fils ensuite, avaient encore de l'influence à l'Union culturelle, mes efforts en faveur du patrimoine ont toujours reçu leur appui. Pour finir, ils ont eu tous deux des difficultés avec le Parti. Mais, comme tu sais, c'est ce qui arrivait à quiconque se respectait. Freundlich senior en est mort, mais Freundlich junior, qui va maintenant sur ses soixante ans, a réagi à son exclusion par des sarcasmes et avec grandeur, sans pourtant m'en vouloir de rester, au fond lâchement, à l'Union culturelle : au contraire, il m'a approuvé. Son conseil a été : “Continuez, Wuttke, ça ne pourra pas être pire que maintenant.” Et lorsque je me suis amusé à le comparer à Friedlaender et que, m'appuyant sur notre correspondance, j'ai exploité cette comparaison dans une conférence – “Amitié répétée avec des juristes” –, il m'a écouté avec plaisir, lors de la fête donnée par la société Pirckheimer pour son cinquantième anniversaire, à Iéna. Les ennuis qu'eut Friedlaender avec l'armée, tout simplement parce qu'il était juif, sont d'ailleurs du même ordre que ceux de Freundlich avec le Parti ; mais en ce moment, ce sont les professeurs de l'Ouest qui lui causent quelque souci ; ils prétendent évaluer son niveau scientifique. On veut se débarrasser de lui ; on a toujours voulu se débarrasser de lui.

« Nous allons maintenant faire, Maman et moi, une première petite promenade dans l'île. Et naturellement d'abord jusqu'au cimetière voisin, où ne reposent pas seulement Schluck et Jau, mais aussi, à sa demande, sous une pierre dressée, l'auteur de *Avant le lever du soleil*… »

Nous ne pouvons que donner raison à Reuter, le biographe, lorsqu'il énumère tout ce qu'a fait pour le jeune Hauptmann l'épistolier et le critique de théâtre : personne n'a, en effet, entendu mieux que lui qu'il y avait là un ton nouveau, mais aussi le risque de glisser vers un mysticisme compassé, ou vers l'ennui de ces drames historiques pleins de traîneurs de sabre comme *Florian Geyer*. Donc, lorsque Fonty se rendit sur la tombe de Hauptmann, qualifia la pierre dressée de « colossale, mais tout de même à sa place », apprécia le lierre sur le tertre, critiqua quelques couronnes desséchées, enregistra à gauche un pyracantha et des petits ifs, à droite une aubépine, trouva que l'inscription cunéiforme gravée dans la pierre, qui donne le nom sans dates de naissance et de mort comme si c'étaient là des fioritures superflues, exprimait une « fière prétention à l'immortalité », nous pouvons supposer qu'il aurait aimé avoir à la main – conformément à ce qu'écrit Reuter – une couronne d'immortelles séchées ; mais cette décoration funéraire ne se trouvait plus dans le commerce depuis longtemps, parce que, vu l'état du monde, beaucoup de plantes, dont les immortelles, sont menacées, et que par-dessus le marché la notion d'immortalité est devenue problématique.

Emmi et lui suivirent les allées légèrement vallonnées du cimetière, au pied des collines qui commencent là. Ils longeaient des haies d'ifs, quelques arbres tassés par le vent. Les gens du pays côtoyaient ceux qui étaient venus d'ailleurs. Emmi lui a fait remarquer qu'il y avait beaucoup de Gottschalk, Jau, Schluck, Witt, Schlieker, Striesow. Devant une stèle mince et pointue, au nom d'une Sabine Hirschberg que l'inscription faisait mourir en 1943 à vingt-deux ans, Fonty savait que la jeune fille avait appartenu au mouvement de résistance de la Rose blanche et s'était donné la mort pour échapper à une arrestation.

Nous voyons les Wuttke se donner la main devant diverses sépultures. Tous deux aimaient bien les cimetières. D'une pierre à l'autre, Fonty se remémorait beaucoup d'anecdotes : sur Gustavs, le vieux pasteur de l'île, sur Solting, ainsi nommé parce que ses deux vaches paissaient dans les prés salés. Lorsque Emmi admira près de l'église la tombe de la famille Felsenstein, Fonty trouva son « énorme luxe » et surtout sa bordure décorative en fonte dignes d'une pièce de théâtre plutôt médiocre. Il s'écria : « Gloire à ce grand homme de théâtre ! Mais son ultime mise en scène est un ratage colossal. » Puis il regarda autour de lui comme s'il cherchait une tombe ouverte.

17. Visiteurs dans l'île

Le marcheur, tel qu'on le voit dans les livres. Nous voyons Fonty en route vers Vitte depuis Kloster, par le Plattenweg, longeant des haies d'églantiers et d'argousiers en fruit, puis passant sous les quelques pins maritimes tordus par le vent qui poussent du côté de la mer. Comme beaucoup de visiteurs de l'île que chasse l'agitation urbaine, nous connaissons quelque peu l'endroit, pour en avoir parcouru même la lande, mais lui connaît chaque plante et se rappelle, depuis sa précédente visite, l'aubépine, les saules, le sureau jadis luxuriant et aujourd'hui plutôt rabougri, avec ses quelques grappes rares.

Il marche avec une canne, sous son chapeau d'été bulgare, et porte sur un pantalon clair une veste de lin jaune paille, les deux un peu fripés. Ses chaussures hautes à lacets, dans lesquelles il parcourt d'habitude et toute l'année le parc de Friedrichshain ou, depuis peu, le Tiergarten, sont de toute façon des chaussures de marche. Nous savons qu'il en a en réserve une deuxième et une troisième paire ; récemment encore, sur l'un de ces marchés des Polonais qui changent rapidement d'emplacement, il a acheté « pour une misère » une paire de robustes bottes provenant des stocks militaires soviétiques. « Pour être bien chaussé, il ne faut pas marcher sur la semelle intérieure », dit l'une de ses devises, que nous avons d'abord collectionnées pour nous amuser, puis systématiquement.

Il avance d'un bon pas. À main droite, on remarque une bâtisse avec un escalier à vis extérieur, dont on dit qu'elle a été dessinée par l'architecte Adolf Loos. Le village de Vitte commence par les maisons couvertes pour une part de tuiles, pour une part de chaume. Çà et là, des propriétaires encore renommés, ou bien entre-temps oubliés. Sur la gauche, la maison qu'habita naguère la star du muet Asta Nielsen. Comme avant lui le poète Ringelnatz, le chanteur Ernst Busch a passé ici des étés. Einstein a pris là le soleil, et même Freud. Quand Thomas Mann voulut s'établir ici avec sa famille, il trouva l'île trop exiguë pour deux grands hommes. Partout, des noms auxquels des histoires insulaires s'accrochent comme du lierre.

À l'extrémité nord de Vitte, Fonty reconnaît une grande et accueillante maison de plain-pied où, peu après la fin de la guerre, ont été tournées des scènes du film désormais classique de la DEFA sur le suicide du grand acteur Gottschalk, qui ne voulait pas se séparer de sa femme juive : *Mariage dans l'ombre*, en noir et blanc.

Maintenant, Fonty fait des pauses. Il s'arrête plus ou moins longtemps, mais ce n'est pas pour se reposer, c'est à cause de la vue : à gauche sur le Bodden jusqu'à Rügen, à droite vers la haute mer.

Ceux qui le croisent se retournent sur son passage. Mais d'autres étrangers qu'il rencontre ont une allure tout aussi peu actuelle que la sienne : certains ont l'air costumés, par exemple dans le style des années vingt, ou dans des tissus faits main chers aux anthroposophes. Quelqu'un surgit comme un ouragan, mais, crinière de lion au vent et regard de braise, il est déjà passé, déclamant aussi bien que sur scène : peut-être des vers de Däubler, ou quelque chose d'expressionniste signé Becher. Mais la plupart du temps, ce sont des visiteurs pour la journée, avec le look habituel exigé par les loisirs. Des moitiés de phrase teintées de saxon. Un jogger halète, le dépasse.

Dans Vitte, village dépourvu d'église et de centre, Fonty s'arrête devant une maison à petites tuiles sombres, d'allure bourgeoise. Le médecin de l'île – qui peu après la construction du Mur suivit, avec sa femme et de faux papiers, ses trois filles parties à l'Ouest – lui a prescrit un jour ici des cachets avec de la valériane et des extraits de houblon et de gui. Bons pour les nerfs. Peut-être avaient-ils de l'effet, quand il se sentait de nouveau « abattu » : en tout cas ils calmaient.

Fonty se souvient, ou a l'air de quelqu'un qui s'est laissé rattraper par ses souvenirs. L'une des filles du docteur, qui étudiait la musique à Greifswald, travaillait l'orgue pendant ses vacances, dans l'église des pêcheurs de Kloster : toujours du Buxtehude. On ne voyait, sur la galerie, que son dos étroit et ses cheveux, d'un blond insulaire, attachés haut en queue de cheval et retombant en boucles par côté. Elle se donnait tellement à ces préludes et à ces fugues ! Elle aurait pu être la petite-fille du pasteur Petersen d'*Irréparable* ; mais cette Elisabeth Petersen jouait du piano, en chantant « Plaignons celui qui hait, mais presque plus encore celui qui aime… » Fonty ne supportait pas l'orgue. Ses nerfs étaient rigoureusement contre l'orgue. Contre la musique en général, c'est pourquoi le piano de la Kollwitzstrasse avait été réduit au silence… Mais le souvenir de la fille du docteur qui lui avait prescrit de la valériane mettait l'orgue tellement en sourdine que seule restait l'image : la lourde chevelure, un long cou – et un regret poignant qui ne s'atténua que lorsqu'il repartit pas à pas, obéissant à une autre devise : « Les histoires d'amour, mieux vaut les fuir… »

Quand il ne marchait pas vers Vitte et plus loin vers Neuendorf à travers la lande, Fonty parcourait les collines qui commençaient juste derrière Kloster. Il passait sur les petites bosses arrondies des pâturages à moutons, montait parmi les buissons qui se resserraient pour devenir forêt, jusqu'au phare et à la côte à pic, d'où par temps clair l'horizon était barré par les falaises de craie de l'île danoise de Møn. Image qui promettait Dieu sait quelles merveilles : pendant longtemps, l'Ouest, sa prospérité télégénique, et de surcroît la liberté. Quelques fils de l'île ont tenté, de nuit, d'atteindre ce but à la pagaie. Tous n'y sont pas arrivés. Soudain le bulletin météo était faux, la tempête brassait la mer et faisait que, conformément aux consignes des gardes-côtes, nul ne s'en sortait, nul n'échappait à l'État des Ouvriers et Paysans, nul n'atteignait les falaises de craie de Møn, ce mirage de la liberté ; par la suite, les corps des pagayeurs étaient poussés vers la côte sud de la Suède, et ramenés très légalement : histoires insulaires.

Or, quand Fonty fut debout au bord de la falaise, il ne put que deviner les murailles de craie, quoique le temps fût clair ; mais il était certain que, là-bas ou à peu près, la jeune mariée attendait la lettre de son père – Poste restante, Stege – et pouvait compter sur toutes les libertés que l'Ouest avait à offrir, selon le prix qu'on veut y mettre.

Emmi ne l'accompagnait jamais dans les collines, mais jusqu'à mi-chemin vers Vitte, et jusqu'aux brise-lames de la plage. Et aussi pour prendre le café dans la localité voisine de Grieben, où à l'auberge du Dernier buisson l'on pouvait s'installer dehors, sous les parasols récemment offerts par une marque de glaces soucieuse de son marketing.

À deux, on avançait lentement. Un couple qui s'était déjà tout dit, mais qui se surprenait néanmoins à bavarder dès qu'Emmi, à peine assise sous l'un des parasols multicolores, lançait le sujet : « Plutôt salés, les prix, ici ! » Ou bien : « Regarde, Wuttke, ils ont du flétan frais… » Ou bien seulement : « Savoir comment va notre Martha ? Si loin… »

Mais la plupart du temps nous voyions Fonty marcher seul. Ou nous l'imaginions à pied et seul ; car personne n'était témoin quand, du haut des collines, il embrassait du regard, jusqu'au Gellen, l'île dont on dit qu'elle a la forme d'un hippocampe, et quand ensuite, regardant vers Stralsund, dont les clochers à l'horizon semblaient dessinés à l'encre de Chine, il criait vers le paysage découpé par le Bodden et la mer, et traité par tant de peintres : « Effi, viens ! Viens, Effi ! » en mettant ses mains en porte-voix.

Le troisième jour, encore sur le chemin de Kloster à Vitte, il rencontra comme convenu le professeur Eckhard Freundlich, et désormais il eut à ses côtés dans ses promenades quelqu'un à qui parler de choses et d'autres, en vieilles connaissances, comme si, depuis leur dernière rencontre – « C'était encore du temps du Mur » –, il ne s'était pas écoulé de temps. Parler de leurs familles – « Mes filles lorgnent à présent du côté d'Israël, comme si là-bas on pouvait passer des loisirs particulièrement variés » –, parler de la situation générale – « Pourquoi faut-il que ce type qui négocie l'unité pour nous ait ce nom un peu ridicule » – et aussi des ragots de l'île – « Voilà que les gens de Hiddensee sont allés se chercher un maire à Helgoland, en somme un maire qu'on leur prête » –, ou encore du temps – « Il ne pourra pas faire plus beau » – et enfin sur l'époque où ils étaient tous deux à l'Union culturelle : « Je me rappelle encore la conférence lucide, et téméraire grâce à quelques pièges, que vous avez donnée chez nous à Iéna : "Pourquoi Effi Briest n'est pas une madame Bovary allemande". Ça devait être juste avant l'affaire du chanteur : un ergotage auquel personne n'a rien gagné, il n'y a eu ensuite que des pertes… »

Ils dialoguaient comme deux instruments accordés, sans guère de temps morts. Chaque phrase appelait la réplique suivante. Mais, si familiers qu'ils fussent, Fonty et Freundlich se vouvoyaient tout de même : « Je vous en prie, monsieur le professeur, préparez-vous à la victoire du parti de Stöcker, qui vient d'inventer le truc du ronron chrétien-social, d'autant que son antisémitisme, comme nous savons aujourd'hui, n'était pas une mode passagère. J'aurais dû déjà critiquer beaucoup plus sévèrement le roman de Freytag *Doit et Avoir*… »

Et le juriste Freundlich, qui connaissait pourtant à la citation près les rapports qu'entretenait Fonty avec l'immortalité, ne lui disait jamais Fonty, mais : « Mon cher Wuttke, suivre vos sauts dans le temps entretient certes l'agilité d'esprit, mais c'est à attraper des courbatures… » Ou bien : « Avec votre thèse sur le retour des "années des fondateurs", vous posez une addition typiquement wuttkienne : vous faites la somme de sorte que les Treibel et autres nouveaux riches encaissent du profit même quand ils font faillite. »

L'un disait, lors de leur première rencontre près de Vitte : « Je suis en général contre les choses recherchées, mais vous rencontrer ici, c'est une trouvaille convaincante. » Et l'autre répondait : « Vous réussissez, cher ami Wuttke, à rendre supportable même à moi cette île lourdement interdite aux voitures. Prenons un café à la maison. Les dames seront ravies, tout en regrettant que vous ayez laissé votre Emmi près de quelque brise-lames, voire enfouie dans le sable. Et ensuite, après la goutte de gnôle qu'on prend pour mieux tirer au but, nous nous remettrons en route, par exemple, si vous voulez, vers Neuendorf en passant par la lande… »

L'accueillante maison se trouvait à la pointe nord du village, en face de Puting. Le père de Freundlich, qui avait été quelque temps ministre, s'était fait accorder le permis de construire au début des années cinquante, et livrer les matériaux. Cela donna une construction plutôt simple en dépit de ce privilège, et qui entre-temps ne sentait plus guère son notable. Dans la véranda, le café promis leur fut servi par Mme Elisabeth, une biologiste à l'air décidé et aux cheveux courts ; les filles, Rosa et Clara, étaient sur la plage.

Nous savons peu de chose sur le spécialiste de droit constitutionnel qu'était Freundlich : le peu que Fonty était disposé à nous dire. Il passait pour très fort, faisait partie des cadres autorisés à voyager et était, semble-t-il, très demandé même dans les pays non socialistes, jusqu'au jour où l'on évoqua à mots couverts certaines difficultés qui, faute d'autocritique, entraînèrent son exclusion du Parti.

La petite heure de visite chez les Freundlich ne donna pas grand-chose. On partagea les inquiétudes de la maîtresse de maison quant à l'avenir de l'île, étant donné la hausse déjà amorcée des prix des terrains ; on agita les dernières rumeurs insulaires – qui allait bien pouvoir mettre la main sur le foyer du syndicat des chantiers de Stralsund, à qui allaient finalement échoir les maisons de vacances des usines d'État Simson-Suhl ? On fit une brève mention de la situation universitaire à Iéna et ailleurs – est-ce que l'université Humboldt allait bientôt passer tout entière sous la tutelle de celle de Berlin-Ouest ? –, mais alors Theo Wuttke et Eckhard Freundlich se mirent en route, longeant les refuges couverts de chaume d'anciennes vedettes du théâtre : sous des régimes successifs, l'île avait accueilli même ceux qui n'avaient eu qu'une heure de gloire. Encore dans le village, Fonty dit : « Cette petite maison de sorcière, là-bas, appartient sans doute toujours à la veuve d'Adolf

Reichwein, le social-démocrate assassiné avec qui mon père, lui-même un révisionniste grand teint, a correspondu dans les années trente. L'un pédagogue réformateur, l'autre du mouvement coopératif. Deux émules de Bernstein, qui se réclamaient avec joie du congrès d'Erfurt. Tout ça n'est pas d'hier, et pourtant, mon cher professeur : ces histoires n'en finissent jamais ! »

Ils parvinrent au sud du village, aux prairies et à la lande. Deux promeneurs en grande conversation. Ils se taisent rarement tous les deux en même temps. Freundlich était un robuste quinquagénaire, déjà chauve mais pas complètement. À côté de Fonty, il faisait l'effet d'un bis mélancolique, bien qu'il s'efforçât toujours de mettre quelques étincelles d'esprit même dans les perspectives les plus tristes. Il s'écoutait volontiers parler et, même à partir de détails minimes qui n'avaient de sens que pour l'île, comme la bruyère déjà fanée ou un bosquet de bouleaux, il savait à merveille faire des rapprochements avec le monde et leur donner de la valeur par de vastes comparaisons. Enfant de l'émigration, Freundlich était partout chez lui, et nulle part.

Son père avait joui, pendant toute une époque, de beaucoup de considération. Après l'incendie du Reichstag, ce député communiste avait échappé de justesse à l'arrestation et, avec sa secrétaire, qui allait devenir sa femme, il avait pu gagner Prague, puis Moscou, où Eckhard Freundlich était né « en passant », comme il disait ; car c'est en Amérique centrale qu'il avait grandi. La famille avait été autorisée à repartir dans cette direction, juste avant le début des grands procès. Mais le voyage avait duré longtemps. On attendit près d'un an, à Shanghai, les visas d'entrée aux États-Unis. Finalement, ce fut le Mexique qui donna asile aux réfugiés. Se retrouvèrent là-bas des émigrés que leur engagement politique rapprochait, encore que bientôt on dût s'apercevoir que le climat politique et mexicain exacerbait les conflits de fractions jusqu'au meurtre et à l'assassinat.

Nous savons aujourd'hui quelle hostilité a pu régner entre les émigrés et leurs groupes au pied du Popocatepetl et de l'Ixtaccihuatl ; mais Freundlich ne parlait jamais de ce côté sombre de sa jeunesse que de manière allusive ou superficiellement touristique, comme s'il n'y avait eu là-bas ni Trotski et son pic à glace, ni Anna Seghers et son accident. Pas un mot du renégat Regler, ni de Janka, le surveillant du Parti. Il disait tout au plus : « Imaginez-vous, mon cher Wuttke, que ma mère ne pouvait plus voir les palmiers et les cactus, et que même en face des pyramides aztèques, elle ne rêvait que de bruyère et d'églantiers en fleur ! À Acapulco, où nous allions l'été nous mettre au vert – si l'on peut dire –, elle avait la nostalgie d'un bosquet de bouleaux comme celui-ci. »

Quand la famille rentra en Allemagne et n'y trouva que des ruines, le père de Freundlich y rapportait avec lui sa foi communiste encore intacte et exempte de doutes ; mais bientôt il misa davantage sur une foi de substitution, celle en un « humanisme unissant les peuples », et c'est pourquoi il fut parmi les membres fondateurs de l'Union culturelle ; même plus tard, quand on lui eut retiré son portefeuille ministériel, il demeura actif dans ce domaine.

Lorsque les deux promeneurs, peu avant Neuendorf, passèrent du chemin sablonneux à la chaussée dallée, Fonty dit : « Un grand orateur, monsieur votre père. À Berlin, en mai quarante-sept, au premier congrès fédéral, son discours respirait une conviction colossale. J'étais à l'époque un enseignant débutant, provisoirement concerné, et je me suis laissé entraîner sur la voie qu'il traçait ; il n'y a que l'adhésion au Parti dont je n'ai jamais voulu. Je n'ai jamais été fait pour me plier à ce schéma élitiste. J'ai toujours été versatile, et politiquement peu sûr. Vous savez bien que je n'étais ni un partisan juré de la *Kreuzzeitung*, ni un libéral exalté ; et la *Vossische*, excusez-moi, ne pouvait pas davantage être mon truc. Et si certains passages de mes lettres à Friedlaender peuvent être à la rigueur d'un sympathisant de la social-démocratie, cela ne veut pas dire, loin de là, que mon père, lithographe de métier et naturellement socialiste, ait fait de moi un tenant de la ligne Bebel. L'humanisme, oui ; le Parti, jamais ! »

À quoi le professeur Freundlich répondit : « C'est précisément à l'usage de cette position plus ou moins bourgeoise qu'il y avait l'Union culturelle : une aire de jeu, avec peu de retombées, mais beaucoup d'activité. Chacun pouvait y enfourcher son dada, on lui laissait plus ou moins la bride sur le cou : c'est comme ça que vous avez pu y cultiver des années durant votre petit jardin de la Marche de Brandebourg, et nous servir le brouet socialiste en l'allongeant de quelques ingrédients prussiens. D'autres y chantaient, comme moi jadis à Mexico, des chansons enfantines ou d'impérissables chants populaires. Même les philatélistes avaient le droit de venir cultiver à l'Union culturelle leur humanisme au format de timbre-poste ; n'ayant pas le droit de voyager, ils correspondaient avec des confrères du monde entier. J'ai d'ailleurs moi-même collectionné les timbres, au milieu des palmiers et des cactus. Notre courrier s'ornait d'affranchissements très internationaux. Hélas, l'album s'est perdu. Mais qu'est-ce qui ne s'est pas perdu ? Franchement, Wuttke ! Qu'est-ce qui compte encore ? Comme je vous l'écrivais récemment : rien ne reste ; au bout du compte, nous nous retrouvons tous les mains vides. »

Fonty n'eut pas que Freundlich comme correspondant. Nous savons qu'il a échangé des lettres avec Bobrowski jusqu'au milieu des années soixante, un certain temps avec Fühmann et avec d'autres écrivains, vraisemblablement même avec Johnson, avant son départ et après. Il paraît qu'il y aurait des lettres à Hermlin et à Strittmatter. Hermann Kant ne voudra sûrement pas se souvenir des jérémiades que lui adressa Fonty tout le temps que durèrent les conséquences de l'affaire Biermann. Il aurait même écrit des pages entières à Anna Seghers ou au dramaturge Müller, pour leur offrir à l'un comme à l'autre d'exploiter l'histoire de Katte : le châtiment à fin pédagogique infligé au prince héritier Frédéric surpris en train de fuir et condamné non pas à mort, mais à assister à l'exécution de son ami, demandait d'après Fonty à être réinterprété d'un point de vue socialiste, dans l'esprit de *La Décision* de Brecht, afin que les vertus prussiennes trouvent enfin un écho progressiste. Mais ces correspondances, comme d'ailleurs celle avec

Hans Joachim Schädlich, l'auteur de *Tallhover*, ne sont pas attestées et restent hypothétiques. Aux Archives, nous déplorons l'existence de ces taches aveugles. Néanmoins, nous tenons pour assuré que Freundlich et Fonty se sont écrit des lettres, et qu'ils y entremêlaient le tout-venant quotidien avec le souci du patrimoine culturel.

Étudiant, le futur professeur s'était déjà entiché du conférencier Wuttke. Ils s'étaient connus par Freundlich père, qui déjà n'avait plus à l'époque que des fonctions honorifiques. Considéré comme déviationniste et toléré tout au plus au titre de ses « services rendus à l'antifascisme », il avait vu son fils autorisé à poursuivre ses études. Celui-ci fit, comme accessoirement, carrière dans le Parti et enseigna dès le milieu des années soixante la philosophie du droit et le droit constitutionnel, d'abord comme chargé de cours, puis comme professeur à Iéna, où Fonty, qui n'était ni complètement en disgrâce ni en train de faire la moindre carrière, lui a adressé lettre sur lettre : quand il était en déplacement, en tournée de conférences, mais aussi lorsqu'il était appariteur et rédigeait alors ses épîtres quasi dans le paternoster.

Nous soupçonnons que Freundlich, à qui rien d'excentrique n'était étranger, se délectait de ces manifestations d'immortalité personnifiée, et qu'il voyait son correspondant comme une curiosité monumentale en même temps qu'ambulante ; Fonty, pour sa part, appréciait chez le professeur l'alternance des traits d'esprit et des accès de mélancolie, alternance qui s'accentua encore après que la carrière de Freundlich en eut pris un coup : traduit devant les instances du Parti pour subjectivisme et déviationnisme, l'accusation classique, le fils de l'antifasciste avait finalement été exclu et n'avait conservé que sa chaire à l'université. Ils s'étaient rencontrés pour la dernière fois sur l'Alexanderplatz le 4 novembre, quand Fonty avait prononcé son grand discours et, à la faveur de divers sauts dans le temps, avait mis en garde contre la révolution de 48 et la gueule de bois qui y avait fait suite. « Une révolution douce n'en est pas une ! » avait-il crié. Mais la foule innombrable ne faisait qu'applaudir, et personne ne l'écoutait.

Il fut aussi question de cela à Neuendorf, où l'on vit les deux marcheurs s'arrêter à l'Hôtel de la Mer de Franz Freese ; nous constatons rétrospectivement qu'ils n'étaient ni en sueur ni fatigués, mais qu'ils avaient soif, car Freundlich commanda aussitôt deux bières pression bien fraîches.

Ils étaient assis à la terrasse, ombragée de trois tilleuls. Il ne passait que des cyclistes, par deux ou en bande, puis vint une vieille courbée par les ans, marchant péniblement, un foulard sur la tête et un panier au bras, vers les petites maisons de pêcheurs toutes blanches qui s'alignaient non loin de là. « Voilà un motif, dit Fonty, qu'on connaît par les peintres de Worpswede. Mais chez Liebermann aussi on trouve des choses de ce genre : songez à sa femme à la chèvre. Et l'une de ses élèves les plus douées, Luise Büchsel, s'est fait connaître en particulier par des scènes de Neuendorf comme celle-ci. Regardez : on dirait que cette vieille ne bouge pas et reste dans le tableau. »

Quand la bière fut sur la table, Freundlich demanda à la serveuse :

« Qu'est-ce qu'il y a de bon à la cuisine, aujourd'hui ?

– Ce qui est sur la carte, rien d'plus.

– Et où est la carte, je vous prie ?

– Elle arrive. »

Lorsque, après consultation de ladite carte, ils eurent choisi des harengs frits avec des pommes de terre au persil, la dame en corsage blanc à nid d'abeilles dit, sur ce ton de solidarité revêche qui caractérisait l'État des Ouvriers et Paysans : « Y'en a pas. » On tomba donc d'accord sur ce qu'il y avait : du cabillaud bouilli avec des pommes de terre au persil.

Lorsque Fonty eut dit ce qu'il pensait des tics de langage berlinois, et collé sur l'employée du lieu la citation « mélange typique de comtesse, de soubrette et de serveuse de brasserie », Freundlich dit, penché déjà sur son assiette : « Toutes les Berlinoises sont comme cette serveuse : mécontentes de naissance. Ma chère maman, par exemple, sortie tout droit des faubourgs de Berlin, était capable, au Mexique – qui est pourtant connu pour sa bonne cuisine –, de faire la tête devant les plats les plus délicieux, comme cette spécialité de Puebla, le *Pollo con mole*, et de grogner : “J’aimerais mieux un cabillaud sauce moutarde.” C’est pourquoi les tilleuls, comme ceux de cette agréable auberge, lui venaient immanquablement à l’esprit dès que nous étions assis sous les palmiers les plus magnifiques, comme à Guadalajara, ou quand nous étions reçus chez le peintre Diego Rivera, à qui elle chantait alors *Le Tilleul* de Schubert… »

Aussitôt, Fonty répondit en évoquant Effi qui, à Kessin au fond de la Poméranie, ne cesse de revoir le Hohen-Cremmen de son enfance : « Le parc, le cadran solaire ou les libellules presque immobiles au-dessus de l’étang… Ajoutez cette malheureuse union avec Innstetten, un homme d’honneur sans doute, mais terriblement à cheval sur les principes… Eh oui, sans cet honneur érigé en idole, Crampas serait encore en vie… Et la pauvre Effi aurait… Au fond, voilà : nous aimons tous les comparaisons où les paysages lointains ne font pas le poids : le Mexique, Kessin, même les plus déserts des lacs d’Écosse par rapport à ceux de la Marche. Et notre Mete, sera-t-elle plus contente à Schwerin que sur le Prenzlberg ? Ce n’est pas sûr. À lui seul, le mariage n’y suffira pas. »

Du coup, les sujets de la conversation étaient jalonnés assez amplement pour qu’y trouvent place le Mexique de Freundlich, la passion de Fonty pour les landes d’Écosse, l’union malheureuse d’Effi et la noce de Martha : de quoi passer à causer sous les tilleuls le début de l’après-midi. Par intervalles, la serveuse donnait l’occasion de rappeler qu’il n’est bon bec que de Berlin. On passait au peigne fin le proche et le lointain. Tantôt il s’agissait du classement menacé du F. C. Carl Zeiss de Iéna, dont le professeur était un supporter acharné ; tantôt l’un ou l’autre des chanceliers, traité de tricheur, en prenait pour son compte : « La célébrité n’est que le produit des journaux ! » Mais la politique ne restait pas longtemps sur le tapis. Deux messieurs dans la demi-ombre qui tournait, et qui eux-mêmes ne s’appesantissaient pas volontiers sur le même sujet. Nous les laissons s’attarder là-bas, car tous les propos que nous aurions pu surprendre se trouvent dans une lettre à Martha Grundmann, née Wuttke.

« Le trajet jusqu'à Neuendorf, par le chemin de sable sur la lande, ne fut qu'innocence et que paix ; mais cette promenade d'hier ne fut pas solitaire, elle se passa au contraire toute en une causerie plus d'une fois spirituelle et qui mélangeait tout, car à mes côtés marchait d'un bon pas quelqu'un dont le nom est "Aimable" et qui l'est en effet, Eckhard Freundlich. Je le connais par des années de correspondance et j'ai avec lui, comme avec personne à part Friedlaender, une intimité qu'on pourrait résumer par la formule : "On se comprend." Aujourd'hui l'on parle de "la même longueur d'onde" ; mais au fond cela tient sans doute à la facilité avec laquelle les choses amusantes nous viennent sous la plume ou, comme hier, à la bouche.

« En tout cas, nous nous retrouvâmes bientôt par la voie des airs loin de Hiddensee, atterrissant d'abord à Mexico, où Freundlich a des souvenirs d'enfance très vivaces ; ensuite nous visitâmes Kessin et sa plage poméranienne, endroit dont Roswitha, la plus catholique des servantes, se plaint en ces termes : "Toujours rien que les dunes et la mer au-delà. Et ce bruit des vagues, qui n'arrête jamais, mais rien d'autre" ; puis nous évoquâmes les humeurs changeantes d'Effi, ses peurs dans la maison hantée, son ennui qui la rend vulnérable, sa nostalgie à la fois avouée et secrète – fuir cette Poméranie étrangère, retrouver sa petite région de Friesack – pour mettre tout cela en balance avec les apaisements en eux-mêmes raisonnables que lui prodigue Innstetten. Nous ne nous lassions pas, tantôt dans une tonalité, tantôt dans une autre, parfois même dans celle du vieux Briest : "C'est tellement difficile, de savoir ce qu'on doit faire ou ne pas faire. Cela aussi, c'est toute une histoire."

« Tu le sais, mon style m'entraîne toujours loin du sujet que je traite. Et comme, après tant de malheurs liés à notre statut, ton union m'a donné à réfléchir, et comme je ne puis guère en causer avec Maman, j'ai parlé terriblement à fond du mariage, pas seulement à propos d'Effi, mais en visant aussi les épousailles tardives de Mete et de l'architecte

Fritsch, qui était dans la construction comme ton Grundmann. À Waren, il a su acheter à un prix avantageux les maisons donnant sur le lac. Et les transactions immobilières de l'époque nous ramenèrent aussitôt à l'actualité, sans nous obliger pour autant à entrer dans le détail du trafic qui se poursuit à Berlin en matière de terrains.

« Freundlich est inquiet pour sa chaire à Iéna. On a l'intention, dit-il, de soumettre toutes les universités à une évaluation selon les critères de l'Ouest, autrement dit de déterminer leur valeur, ce qui aboutira, comme à la suite de l'union monétaire, à la fixer à zéro. Il dit en outre – et je lui donne raison – que, conformément aux règles de l'unité prochaine et pour justifier qu'elle est une victoire du capitalisme, il faut nécessairement montrer que non seulement tout produit de notre fabrication, mais tout savoir de l'Est ne vaut rien.

« Néanmoins, en même temps qu'il prédisait cet effondrement unilatéral des valeurs, Freundlich n'était pas à court de plaisanteries. C'était tordant de l'entendre parodier le ton des professeurs de l'Ouest, leur bonne volonté condescendante, leur sollicitude colonisatrice, leurs palabres sur les congrès scientifiques, les résidences secondaires et les mariages tertiaires ; mais je sentais là-dessous une grande amertume rentrée. Comme tu sais (et comme tu l'as souvent relevé sur le mode critique), il est enclin à faire parader en costume de bouffon tout ce qui l'afflige. Ainsi hier, en revenant de Vitte, il s'est mis un mouchoir noué aux quatre coins sur sa calvitie, qu'il a toujours luisante comme si elle était astiquée, et c'était du reste un mouchoir rouge vif. Et dans cet appareil comique, il s'en est tiré en racontant d'horrifiques histoires de l'île, et des ragots insulaires toujours amusants. Et comme il parle parfaitement le dialecte du plat pays, il pouvait faire revivre le vieux Jau et son voisin Puting, mais aussi le vieux pasteur de l'île, qui était capable de crier en plein culte : “Les harengs arrivent !”, sur quoi l'église des pêcheurs se vidait en un moment, et toutes les barques sortaient. Mais ensuite, quand nous eûmes traversé le petit bois de bouleaux en passant en revue tous les surnoms du cru – de Schipperöbing à

Wichting en passant par Solting –, brusquement c'est sorti : "Évalués pour être dévalués ! Il s'agit qu'il n'y ait plus de traces, que tout n'ait servi à rien ! Tout n'est plus bon que pour la ferraille, comme si on n'avait rien enseigné ni rien vécu ! Comme ces petites miettes qui restent sur le papier quand on a passé la gomme !"

« J'eus beau m'efforcer de dissiper ces idées noires, il resta sombre, contrairement à son habitude. Soudain, il s'immobilisa, comme si on l'avait appelé. Il essuya la sueur de son crâne avec le mouchoir aux quatre nœuds et, avec un regard qui m'évitait plus qu'il ne m'ignorait, il prononça quelques phrases si terriblement justes qu'elles résonnent encore en moi : "J'ai toujours été plus marxiste que communiste. Au milieu des ennuis, ça m'amusait encore. Mais j'étais aussi un Allemand, comme mon vieux père, qui tout en étant communiste, aussi bien au Mexique qu'à Berlin, était allemand, ou à vrai dire plus prussien qu'allemand. Mais à présent je suis ce que j'avais presque oublié que j'étais : un Juif. En premier lieu et en fin de compte : juif ! Depuis qu'on prétend m'évaluer, et que mon savoir est censément nul et non avenu, je suis un intellectuel juif, avec en plus une petite tare, consistant à être encore vivant. Donc, un Juif laissé pour compte. Et depuis quelque temps, c'est ce qu'on vient me dire en face : en tant que Juif, vous devriez comprendre qu'on n'a pas le droit de refouler tout simplement le passé, par exemple votre appartenance au Parti, ou que vous soyez encore marxiste… Il ne faut pas que la fâcheuse erreur que nous avons commise à l'Ouest, par rapport au passé nazi, se reproduise à l'Est. À vrai dire, vous devriez nous approuver, cher collègue, sinon comme communiste juif, du moins comme Juif survivant, car c'est ce que vous êtes…"

« Après cette explosion – ou devrais-je dire : cet épanchement ? –, il m'a regardé et, souriant de nouveau, il a cherché à reprendre son ton habituel : "Tout ça est terriblement juste, n'est-ce pas, Fonty ?" Lui qui m'appelle toujours "Wuttke" ou "mon cher Wuttke", qui commence même ses lettres par "Cher et vénéré monsieur Wuttke", voilà qu'il m'appelait comme tout le monde le fait, au grand dam de Maman et au tien. Et je lui répondis aussitôt en puisant dans mon expérience prolongée : "Tout cela n'a rien de nouveau, mon cher et estimé Friedlaender ! Tout ce qui tient aujourd'hui le haut du pavé, ou s'attend à le tenir demain, me fait immensément horreur : cette oligarchie bornée, égoïste et rapace, ce clergé fourbe et obtus, cet éternel officier de réserve, ce byzantinisme immonde…" Et déjà il repartait à rire et me rappelait, sûr comme il l'est de ses citations, que dans ce grand réquisitoire d'alors j'avais épargné Bismarck et les sociaux-démocrates, tout en indiquant qu'ils ne valaient pas grand-chose non plus. Mais à toi – et à toi seule – il faut que j'avoue combien me pèsent, et d'un poids qui dure, certains propos sur le judaïsme, sur les Juifs d'argent, sur la judéité en elle-même et sur l'enjuivement général, surtout ces passages impardonnables qui se trouvent – elle aimait ça – dans les lettres à Mlle von Rohr. Freundlich sait cela et il n'en dit mot ; et je vis avec ça en ravalant ma honte.

« En prenant le café à La Rose de la lande – nous étions les seuls clients –, nous sommes arrivés à retrouver notre belle humeur pour évoquer avec une incurable nostalgie les temps anciens de l'Union culturelle. Il fut question de feu Johannes R. Becher et de feu Bredel, et naturellement du camarade Kurella, terreur de tous les congrès. Mais aussi du fait que, dès l'assemblée de fondation, sur proposition du comédien Paul Wegener, on avait fait appel pour être président d'honneur au vieux Gerhart Hauptmann, qui, au fond de la Silésie sous occupation polonaise, attendait qu'on autorise son transfert ; et Hauptmann, un an avant sa mort, répondit positivement à cet appel. Ce qui amena notre conversation sur ses obsèques, c'est-à-dire sur le transport tragi-comique de la glorieuse dépouille : il prit des jours, depuis les monts des Géants, par Berlin et Stralsund, jusqu'à Hiddensee. Aux côtés de son père, Freundlich adolescent avait assisté à la cérémonie "avant le lever du soleil".

« Tu vois : ce fut une promenade instructive, et cette lettre à ma Mete s'en est trouvée allongée outre mesure. Le climat insulaire convient à ton père ou spécialement à ses nerfs.

Je dors sans rêver. Maman aussi va bien, ou mieux. Elle a retrouvé de vieilles connaissances que je préférerais fuir : rien que des Saxonnes à petits gâteaux, terriblement gentilles. Mon professeur Freundlich me suffit et me comble. Lui fait le brave, mais sa famille tremble pour sa chaire. Il reste à espérer que ton Grundmann ne va pas pareillement t'évaluer selon l'échelle de l'Ouest. Depuis la côte haute, j'ai aperçu les falaises de craie de Møn au soleil levant, et je me suis senti alors plus proche de toi qu'il ne devrait être permis à un père pendant le voyage de noces de sa fille. Pour un peu, j'aurais crié : "Mete, viens ! Viens, Mete !"… »

Rappelons ce qui s'était passé « avant le lever du soleil ». Les obsèques de Hauptmann et ses premières pièces firent l'objet d'une conférence que Fonty put prononcer au milieu des années soixante, pour le vingtième anniversaire de la mort de l'écrivain. Seul notre ancien directeur des Archives, M. Schobess, était parmi les auditeurs.

Certes, l'Immortel estimait que *Les Tisserands* et *La Pelisse de castor* étaient ce que Hauptmann avait fait de mieux, avec un petit nombre d'autres pièces, et sûrement pas *L'Assomption de Hannele* ; mais le conférencier Theo Wuttke fut touché par la mort de l'octogénaire et par les tribulations qui s'ensuivirent pour transférer le cercueil en zinc ainsi que les deux livres de plâtre pour le masque mortuaire ; aussi vit-il un vivant symbole d'une époque ravagée par la guerre dans le fait que la dépouille du grand écrivain fût exposée en robe brune de franciscain et corde blanche, un petit sac de terre silésienne posé sur la poitrine, et que l'on se disputât à propos du train spécial, finalement composé de huit wagons de marchandises et deux wagons de voyageurs. Hauptmann était mort quand la paix avait à peine plus d'un an.

Dans sa conférence, Fonty ne fit l'économie d'aucun détail. Ainsi, il n'omit pas de souligner les mérites du colonel soviétique Sokolov, le plaçant sans cesse devant le corps exposé dans la maison Wiesenstein – le domicile silésien de Hauptmann –, afin d'écarter les pillards polonais, s'entend. Et comme il avait fait de cet officier de l'Armée rouge un héros, et de surcroît un passionné de littérature, sa position toujours menacée à l'Union culturelle s'en trouva renforcée ; il put prononcer cette conférence à titre commémoratif d'abord à Forst, sur la rive ouest de la Neisse, puis au foyer de la Berliner Volksbühne, sur la Luxemburg-Platz, puis à Stralsund, enfin à Kloster dans l'île de Hiddensee le 28 juillet 1966. Et partout elle rassembla un public étonnamment nombreux. À toutes les étapes du dernier voyage de l'écrivain disparu, Fonty parla à guichets fermés. Et chaque fois l'on apprit quels meubles, grâce au colonel Sokolov, avaient été déclarés pièces de musée, par exemple la gigantesque table de travail, qui avait malheureusement dû rester longtemps à la pluie lors d'un transbordement. Le différend avec les autorités polonaises à propos du nombre des machines à coudre faisant partie du déménagement ne fut que brièvement mentionné, ainsi que le risque de pillage encouru par les wagons de marchandises et de voyageurs du fait de bandes de jeunes, lesquelles purent toujours être repoussées par un lieutenant de l'Armée rouge nommé Léo, qui au besoin dégaina son pistolet.

Lorsque ce train spécial, dont les compartiments de voyageurs n'étaient du reste vitrés qu'à peine ou provisoirement, eut laborieusement parcouru la Basse-Silésie depuis Agnetendorf, il put enfin franchir le poste-frontière de Tuplice, anciennement Teuplitz, sur la Neisse, et quitter la République polonaise, que la guerre avait décalée d'est en ouest. Dès qu'il arriva dans la petite ville-frontière de Forst, les cérémonies funèbres commencèrent, dans l'Allemagne rapetissée. Fonty énumérait les permanents du Parti et les officiers de l'armée d'occupation qui attendaient le convoi. Les actualités cinématographiques avaient planté leur caméra. Des comédiens, metteurs en scène, professeurs et journalistes du monde entier étaient rassemblés, et une forte délégation de l'Union culturelle rendait hommage à Hauptmann, son président d'honneur. Lectures déclamatoires et musiques funèbres figuraient au programme. Des discours étaient prononcés, en allemand, en russe.

À Berlin-Schöneweide, l'accueil réservé au train spécial fut plutôt succinct, ce que Fonty, dans sa conférence, commenta laconiquement en disant : « Ici, le saint local est toujours, un siècle après, le Badaud Ferdinand de la pièce de Holtei. » Pourtant, il décerna à la Volksbühne, salle dont la guerre n'avait laissé que des ruines calcinées, le titre de « lieu idéal pour le dramaturge disparu », et il qualifia sans restriction ce dernier d'immortel.

À Stralsund, on attendait avec des flambeaux. Le cercueil en zinc, qui avait subi en cours de transport de légers dommages – mais réparables –, fut exposé dans la salle de l'hôtel de ville. Quelques professeurs d'université, plusieurs activistes du Parti et une poignée de rapatriés de Silésie se chargèrent de la veillée funèbre. Lors de la cérémonie, les orateurs continuèrent la tradition des louanges dont l'écrivain, de son vivant, avait bénéficié à toutes les époques : encensé sous l'Empire parce que le pouvoir lui était hostile, fêté tant que dura la République de Weimar, érigé en idole par le peuple et son Führer pendant le IIIe Reich, voilà que sa gloire posthume était mise en scène sous la domination soviétique.

Le conférencier Fonty a résumé en une image cette tradition ininterrompue : « Hauptmann n'a cessé de tirer toutes les carrioles auxquelles il s'est trouvé attelé, de gré ou de force. » Mais comme, dès la phrase suivante, il mettait en relief l'éloge funèbre prononcé par le poète expressionniste et président de l'Union culturelle Johannes R. Becher, tout en se référant astucieusement aux résolutions du XIe plénum récemment mises en application, le service qui avait la haute main sur ses conférences, s'il lui a bien fait supprimer par la suite cette image de la carriole perpétuelle, ne lui en pas tenu autrement rigueur.

Lorsque, en conclusion, après suffisamment de références à l'amitié germano-soviétique et à l'humanisme unissant les peuples, il ne s'agissait plus que de l'enterrement à Hiddensee, Fonty se permettait quelques remarques sur l'inhumation de l'autre immortel, qui avait eu lieu à Berlin le 24 septembre 1898, au cimetière de la communauté réformée française de la Liesenstrasse : « Le cortège funèbre, par un temps ensoleillé, partit de la maison des chevaliers de Malte de la Potsdamer Strasse et emprunta l'Invalidenstrasse, où habitèrent Stine et la veuve Pittelkow. Il était conduit par le pasteur Devaranne, et suivi par des amis, des parents. Le critique Karl Frenzel parla sur la tombe. C'est tout. La noblesse prussienne brillait par son absence ! »

Il fut aussi question de cela, en marchant et en prenant le café. Fonty s'attarda encore un peu sur le cimetière huguenot, et décrivit son état actuel, plutôt désolant ; mais comme Eckhard Freundlich avait assisté en compagnie de son père à l'enterrement dans le cimetière de Kloster, ce furent ses souvenirs qui passèrent bientôt au premier plan, sous forme de détails photographiques précis : l'image de la bière sur la proue du vapeur *Hiddensee* ; le voile de la veuve solitaire, Margarete Hauptmann, que le vent faisait flotter dans le même sens que la fumée du bateau funèbre ; et, cliché après cliché, les six pêcheurs de Hiddensee qui portaient le cercueil.

Si Fonty, qui n'était pas présent, disait un peu vaguement qu'on avait « mélangé un peu de terre de Silésie », Freundlich savait pour sa part qu'après chaque truelle de sable insulaire, une pelletée de glaise d'Agnetendorf – trésor sauvé par les réfugiés – avait « assez bruyamment » roulé dans la fosse. Fonty tenait à l'heure qu'avait souhaitée l'écrivain : « avant le lever du soleil ». Freundlich était certain qu'on avait inhumé avec quelque retard : « Nous marchions déjà sur nos ombres, mon cher Wuttke, tellement la boule de feu était déjà haut sur l'horizon de la Baltique. Je me souviens avoir vu pareil spectacle au Mexique, étant enfant : c'était magnifique ! » Il savait même pourquoi l'on avait pris du retard : « Eh oui, les pêcheurs se sont fait attendre. Ils avaient un coup dans le nez et tenaient le cercueil tellement de guingois qu'il en trébuchaient, parce que le banquet des funérailles avait été anticipé dès la veille. Arrosé de schnaps, il y avait eu saucisses, jambon, œufs durs, poulet froid, salade de pommes de terre. Et comme les Jau, les Striesow, les Schluck et les Gottschalk avaient aussi faim que soif, ils s'en étaient mis jusque-là, et aussi plein les poches. Quelle fête, mon cher Wuttke ! Pas étonnant que les porteurs aient eu les jambes lourdes. »

Lors de ce banquet, il paraît qu'un comédien venu de Saxe, et connu pour des films où il incarnait à s'y méprendre Frédéric le Grand, avait ainsi fait plus de provisions que les autres ; ce détail piquant ne fut toutefois pas rapporté par le professeur Freundlich, mais le lendemain par un autre visiteur de l'île.

18. En piétinant dans l'eau

Nous nous sommes demandé, tout le temps qu'a duré son oppressante présence et par la suite : pourquoi est-il venu ? Pourquoi si soudainement et sans s'annoncer ? Estimait-il ne pouvoir plus longtemps être tenu à l'écart des conversations entre Fonty et Freundlich ? Avait-il en vue des promenades à trois ? Ou avait-il tout simplement l'intention de se détendre, de façon anodine, en touriste ?

Quelqu'un paria pour la jalousie. Un autre soupçonna que c'était de la déformation professionnelle. Ce dont nous étions tous sûrs, c'est que Berlin ne le retenait pas. La ville devait forcément le dégoûter. La chaleur écrasante, la solitude dans la foule, l'absence de son sujet à observer : tout cela était insupportable. Il était en manque, car sans Fonty il se sentait abandonné, voire perdu. Personne ne pouvait le remplacer, et certainement pas les cas mineurs du Prenzlauer Berg. Nous comprenions que l'ombre-diurne-et-nocturne connût quelque chose qui ressemblait à de la nostalgie.

Voulait-il simplement être à proximité ? Souhaitait-il suivre au moins de loin les deux correspondants quand ils faisaient leurs marches ? Après tout, le cas Freundlich, d'après le dossier, était de sa compétence : non seulement la procédure qui avait jadis concerné le professeur au sein du Parti, mais aussi l'actuelle précarité de sa situation étaient prises en compte. On se connaissait depuis toujours, car dans notre État prudemment délimité, personne ne pouvait longtemps éviter personne. Et comme, dans la perspective de Fonty, le juge Friedlaender revivait en Freundlich, Tallhover était en jeu en même temps que Hoftaller.

Il se peut, de surcroît, qu'il ait cherché un peu de détente. Ce qui parle pour cela, c'est qu'à peine arrivé il déclara à la directrice de la maison Hauptmann : « J'ai cruellement besoin de quelques jours au calme dans l'île. Vous ne soupçonnez pas comme Berlin est devenu fatigant. C'est une épreuve, c'est à peine supportable. »

Nous dûmes nous contenter, sur le chemin de Grieben, d'un petit salut de la tête. Nous n'avions pas d'intérêt, nous étions hors du périmètre de ses vraies préoccupations. Plus tard, nous échangeâmes quelques mots dans la bibliothèque qui fait partie de la maison Seedorn : « Comment se portent les Archives ? » – rien de plus. Mais il restait obstinément sur les talons de Fonty, haletant sur les chemins sablonneux qui montent vers la lande, le suivant jusqu'au phare et presque jusqu'au bord de la falaise. Son allure s'était nettement américanisée : avec une casquette de base-ball et un T-shirt, Hoftaller portait non seulement un short, mais aussi des chaussures adaptées à l'île, avec semelle de mousse, des *sneakers* de marque New Balance, comme il devait le préciser à notre demande.

Et comme, ainsi chaussé, il ne lâchait pas son sujet d'observation Wuttke dans toute l'île, comme en plus un incident eut quelques suites – Emmi se foula le pied gauche en allant jusqu'au Lietzenburg – Fonty estima avoir suffisamment de matière pour une troisième lettre à sa fille. Il noircit feuille après feuille, même si, en dépit de la proximité à vol d'oiseau, il ne pouvait escompter de réponse ; c'était le moment où toutes les frontières étaient enfin ouvertes, mais dans le vétuste État des Ouvriers et Paysans la poste ne se montrait pas à la hauteur de cette ouverture nouvelle. Fonty écrivait par goût, et parce qu'il en éprouvait le besoin :

« Le temps reste splendide ! Des petits nuages d'été, d'une côte à l'autre. Mais comme de tels signaux nébuleux ne sauraient suffire, si bien emballés qu'ils soient dans la ouate, ton vieux père entend se fendre d'une lettre, qui cette fois n'arpentera pas tout de suite l'île de long en large, mais te parlera d'abord de Maman, qui s'est foulé le pied, le gauche naturellement. C'est tantôt une racine sournoise dans les collines, tantôt une méchante pierre sur la plage qu'elle accuse de ce malheur, qu'elle déplore désormais à grands cris en position couchée, et en en faisant trop comme d'habitude. Cela me rappelle fâcheusement ces temps anciens, où ce qu'elle appelait sa "maladie d'orage" tournait de la désolation muette au lamento. Nous devrions pourtant, après nos longues maladies, nous astreindre à éviter soigneusement de créer une atmosphère d'hôpital et de tomber dans la pleurnicherie, qui n'est – je le sais – pas plus ton genre que le mien.

« Par bonheur, Mme Freundlich et ses filles s'occupent constamment de la malade, qui est aussi causante que gémissante. Elles lui posent des compresses rafraîchissantes et s'exercent à être de patientes auditrices. Toutes trois – mais la mère plus que ses filles – sont suffisamment intelligentes pour aborder tous les sujets, même les plus scabreux comme la situation précaire au Moyen-Orient, qui est toujours un bon thermomètre en matière de tolérance ; il n'y a que les abrutis – qui ne manquent pas, même sur cette île plus paradisiaque qu'aucune autre – pour faire des embarras.

« Avec ça, sous son air de gaieté sereine (ou alors d'objectivité forcée), Mme Freundlich me semble être extrêmement inquiète, et pas seulement à propos de son mari. Outre la situation à Iéna, il y a depuis peu le fait que les deux filles, étudiantes à Leipzig, veulent émigrer, mais pas au Canada comme le leur conseille leur père : en Israël. De vilains incidents seraient à l'origine de cette décision soudaine. Ce qui est longtemps resté dissimulé, ou qui était tout au plus toléré sous couvert du Parti comme mot d'ordre antisioniste, explose à présent violemment, en se réclamant de surcroît avec arrogance de la liberté de parole et de cette stupide fierté nationale qui est toujours allée de pair avec la violence : en pleine rue, une bande s'en est prise aux deux filles et les a grossièrement insultées. Et tu te souviens sûrement que Rosa et Clara ont les boucles blondes les plus nordiques qui soient. (Même toi, avec tes préventions contre les Freundlich, tu serais révulsée par des manifestations aussi brutales d'hostilité.)

« Moi, en tout cas, cette histoire m'a atterré ; le professeur, lui, est d'excellente humeur et – même si je vois cela d'un œil assez critique – demeure prisonnier de ce qui fait sa personnalité. Il n'y a que ce qu'il a vécu, à savoir ce qu'on lui fait actuellement à l'université – et c'est passablement grave –, qui le touche et l'intéresse. Par-dessus le marché, on en revient toujours à la fâcheuse procédure dont il fit l'objet au sein du Parti, et au cours de laquelle je lui conseillai, comme jadis à l'ancien combattant de soixante-dix-soixante et onze Friedlaender comparaissant devant un jury d'honneur, de dire à tous ces petits provinciaux de permanents du Parti, comme aux officiers imbus d'eux-mêmes et à moitié ratés du régiment de Friedlaender, de leur dire qu'il envoyait tout promener, comme je l'ai fait moi-même quand j'en ai eu assez de l'Union culturelle, ou jadis déjà de l'Académie ; mais non, il y allait, pour ce qui est du juge, de l'honneur insulté d'un lieutenant de réserve juif et de ses souvenirs de guerre, fort bien tournés mais un peu trop subjectifs, qu'il défendait avec plus d'acharnement que les Français n'avaient défendu Metz ; et il y allait, bien sûr, du point de vue de classe qu'un Juif professeur de droit entendait absolument asseoir sur une argumentation scientifique et pas seulement idéologique. Récemment encore il m'écrivait : "L'erreur de Marx a été de jeter les perles de ses découvertes aux cochons d'un parti." Il a peut-être raison, encore que je doive ajouter cette restriction : c'est que, même quand Marx et moi fûmes simultanément à Londres, je me souciai de lui comme d'une guigne ; Dickens en disait plus long.

« Mais, si combatifs que soient parfois ses propos, Freundlich n'en est pas moins spirituel et relativement ouvert dès que, au cours de nos longues randonnées – hier, par Neuendorf, jusqu'au petit phare, sinon jusqu'à la pointe du Gellen –, nous en venons à parler du vieux couple Briest ou bien d'Innstetten, aussi correct que froid. Il écoute bien, il sait de quoi il retourne, il est capable d'imiter les vantardises du commandant Crampas, que c'est un délice. Mais quand, par exemple, je rattache la maison hantée de Kessin en Poméranie aux fantômes du Swinemünde de l'enfance, il saisit l'occasion pour faire des comparaisons plus téméraires. Ainsi, partant de souvenirs de son enfance au Mexique, il en arrive à parler de la maison de Trotski, vainement transformée en forteresse, comme d'un château hanté, pour se livrer ensuite à de longues spéculations sur les entrailles insuffisamment hermétiques des services centraux de la Stasi dans la Normannenstrasse : “Une cuisine de sorcière ! Avec les poisons qui y sont stockés, il y a de quoi assaisonner la soupe allemande pendant dix ans et plus.”

« Finalement, il a même qualifié notre Maison des ministères, pourtant bien anodine en elle-même, de maison hantée. Je devine en lui je ne sais quelle peur, car mon professeur d'habitude abonné à l'ironie est aux aguets, la sueur au front, depuis qu'est arrivé dans l'île quelqu'un en qui je reconnais mon vieux compagnon. Entendons-nous bien : il est ici en vacances ; les ombres-diurnes-et-nocturnes ont parfois besoin de dételer, elles aussi.

« Inutile que j'explique à ma Mete combien ces Tallhover et Hoftaller peuvent colossalement s'attacher à vous. C'est sous les hêtres, qui dressent en groupe la lisse innocence de leur écorce devant notre gîte, qu'on m'a informé qu'on voulait juste me faire une petite visite en passant, sans déranger surtout, mais qu'on devait tout de même me rappeler qu'il se préparait de grandes choses, et que même la plus belle insularité ne mettait pas à l'abri d'événements aussi historiques.

« Laisse-moi rire. Il parlait de l'unité allemande, qui va avoir pour effet, j'en suis sûr, que les pantalonnades jusqu'à présent limitées vont se dérouler sur des terrains de chasse désormais agrandis. Le rendez-vous est pris. Dans quinze jours, on y sera. Le trois octobre va se voir attribuer un chiffre rouge sur les calendriers. Or, je ne connais que trop bien ces moments qui se donnent pour historiques, et je sais qu'on ne peut en attendre que cohues et bousculades. En règle générale, ça donne ceci : le reportage est mieux que la chose elle-même. Ce sera plutôt un truc pour la télévision. Mais j'ai promis d'y jeter un coup d'œil quand les cloches sonneront.

« Car, sans aucun doute, pendant que le peuple sera bouche bée et ne verra rien, il se passera de petites choses méritant tout à fait d'être vues, parfois insolites : quelqu'un mâche le petit pain au beurre qu'il a apporté, un autre cherche dans la foule le bouton qu'il a perdu, un troisième a reçu un grain de sable dans l'œil et frotte, frotte… Ou comme dans le temps, à l'hôtel Zehnpfund de Thale, quand j'étais sorti sur le balcon juste pour regarder la pente de la Rosstrappe, et qu'à deux ou trois pas de moi sont sortis à leur tour deux petits Anglais, frère et sœur, et la petite fille, plus jeune, était habillée comme plus tard Effi : robe droite en coton rayé bleu et blanc, ceinture de cuir, col marin…

« Ah, la pauvre Effi ! Peut-être que si elle est si réussie, c'est parce que tout a été écrit rêveusement "avec le psychographe". D'habitude, on se rappelle toujours le mal qu'on a eu, les inquiétudes à chaque étape : pas dans ce cas. C'est venu tout seul. Et jamais plus je n'ai connu ça. En tout cas, ici, pas la moindre "fille des airs", parmi tous ces gens qui rencontrent mon regard de promeneur en éveil ou qui croisent mon chemin comme des dératés. Méritent un regard, mais pas plus, les gens de l'Ouest : très à leur aise, pleins de convoitise et d'euphorie unitaire, ils sont en quête de terrains. Sinon, rien que les insulaires dérangés dans leurs habitudes, eux que la nouveauté a toujours rendus méfiants – et naturellement mon vieux compagnon, que j'éviterai difficilement.

« Aujourd'hui, il a tenu à parcourir quelques chemins de randonnée à mes côtés, et sans Freundlich dont j'aurais souhaité l'assistance. Il faudrait que tu le voies, avec son look de loisirs : un personnage sorti de la galerie des originaux berlinois, coiffé d'une casquette de base-ball américaine et attaquant le sol de ses baskets bariolées. Une culotte courte et une chemisette trop petite qui fait des plis partout, avec, en gros caractères, une publicité pour une boisson qu'on connaît de toute façon. Il n'y a que sa serviette toujours pesante qu'il a cette fois laissée chez lui. On ne peut pas vraiment le prendre au sérieux, si insistant que soit son attachement. (Aussi je te conseille, pour ce qui est de son cadeau de mariage certes mal choisi, de prendre ça comme une broutille. Une mauvaise plaisanterie, c'est tout !)

« Mais je dois dire qu'il est parfaitement informé : il sait qui a construit aux meilleurs endroits sans autorisation, quels propriétaires anciens sont inscrits ou non au cadastre à Bergen, dans l'île de Rügen, et pourquoi. Il m'a même indiqué les maisons de vacances de la Stasi, et de son propre service, qui ont été construites au mépris de toute interdiction à flanc de colline au milieu des années quatre-vingt, et il m'a fait l'historique des chantiers : ce serait un chapitre à lui seul.

« Et quand nous – je dis bien "nous" – nous sommes trouvés devant la tombe de Hauptmann, la langue du vieux Tallhover s'est déliée : il était à l'enterrement. Son service avait été en contact, depuis Agnetendorf en Silésie, avec le camarade Léo, dont il ne fallait pas croire qu'il fût un simple lieutenant de l'Armée rouge. Il avait remarqué au cours du banquet funèbre ce comédien au profil historique (fixé par Menzel) qui s'était fait un nom en jouant le "vieux Fritz" dans divers films, et qui était là en train de dérober des denrées alimentaires : saucisses et œufs durs. Il se rappelait fort bien ces films, raison pour laquelle il ne fit pas de rapport. Prouesse d'acteur, incarnation de la volonté de tenir bon, et tout ça. Pour finir, il m'a fait un clin d'œil et a tendu son gros doigt vers la pierre colossale, disant que bien des choses de Hauptmann étaient encore jouables. Mais que le côté subversif du jeune dramaturge, l'Immortel avait été le seul à le discerner aussitôt. Qu'il avait eu le mérite de percevoir, outre le savoir-faire, le ton nouveau, provocant, révolutionnaire. Et que certainement, de la même façon, l'Immortel aurait senti – comme j'avais moi-même su le faire – ce qu'il y avait de dangereusement nouveau dans les premiers essais rageurs du jeune dramaturge Heiner Müller, et l'aurait signalé aux services compétents dès les répétitions de *L'Émigrante*.

« C'est à peu près exact, dans un cas comme dans l'autre. À propos de Hauptmann, tous les écrivassiers, les Landau et les Lindau – sauf le critique Frenzel – se sont contentés de faire de l'esprit, de façon aussi superficielle que méchante. Ridicule, d'exécuter ce jeune type d'une formule passe-partout comme : "Il a un petit talent." Tout aussi stupide de prétendre mettre en bas de l'échelle le Müller des débuts. À part moi, Hacks et Bunge ont été les seuls confrères favorables à cette pièce encore mal dégrossie, mais bien vue. Ça n'a servi de rien ! "Un talent, mais pas de perspective", et "manque de parti pris", voilà les platitudes qu'on a entendues, tant à l'Union des écrivains qu'à l'Académie. Mais le talent, ce n'est rien. Tout le monde a un petit talent. "Croyez-en un vieux bonhomme", ai-je écrit jadis à Stephany, et plus tard à la camarade Seghers, "un homme capable d'écrire ça a de la ressource…"

« Au demeurant, mon vieux compagnon en short et baskets, après avoir ôté sa casquette devant la tombe de Hauptmann, m'a assuré, le temps d'aller jusqu'à l'église, que ni Gustavs le pasteur ni Ehrhardt le médecin n'avaient participé, lors du banquet, à la razzia sur le buffet. "Il n'y a que les pêcheurs, avant de porter le cercueil, qui ont raflé tout ce qu'ils pouvaient, et puis cet acteur qui a une gueule !" s'écria-t-il ; et une fois dans l'église, il m'a raconté en long et en large les scénarios pleins de batailles de quelques films de la UFA comme *Le Chœur de Leuthen* et *Fridericus Rex*. Des films qui en prennent à leur aise avec l'histoire et que je connais bien, Dieu sait, pour les avoir vus, jeune cinéphile, avec un enthousiasme coupable ; car cet acteur, du nom d'Otto Gebühr, y mettait les stéréotypes d'usage : le roi tordu par la goutte, son regard bleu, sa citation terriblement royale : "Chiens ! Vous prétendez vivre éternellement ?" Mais pas question de Katte, qui tend son cou au bourreau tandis que le roi oblige le prince héritier à regarder. Ç'aurait été un sujet pour Müller, ne fût-ce que pour répondre à *La Décision* de Brecht.

« Curieusement, le professeur Freundlich, présent à douze ans lors de l'enterrement de Hauptmann parce qu'il était fils d'un camarade dirigeant, m'a confirmé les descriptions de mon vieux compagnon jusque dans leurs détails alimentaires. Mais, sinon, ces deux-là ne peuvent pas se sentir. Hoftaller ne saurait se ranger à ma thèse selon laquelle ce sont toujours les Juifs qui se sont montrés les meilleurs Prussiens, lui qui voyait déjà le juge Friedlaender à travers les lunettes (qui reviennent à la mode) de l'antisémitisme à la Stöcker. Maman, pareil : elle n'aime guère voir le professeur à son chevet. "Je le trouve trop ironique !" C'est ainsi qu'elle s'exprime. Mais comme elle a pour mon ombre-diurne-et-nocturne une formule de rejet tout aussi laconique : "Je l'ai toujours trouvé trop ambigu !", j'estime que son jugement n'est certes pas juste, mais qu'il est équilibré. Et quant à moi, ils me sont l'un et l'autre si familiers, et depuis si longtemps, que je ne puis nier un certain attachement, même quand il tourne à la dépendance.

« Voilà que la petite lettre, une fois de plus, est quand même devenue bien longue. Dis à ton Grundmann que j'avais sur le feu, pour le repas de noce, un long discours sur l'adultère, mais que j'ai craint que Maman n'y fasse objection : de même que dans le roman, par crainte d'équivoques inévitables, le discours de Briest au mariage est prudemment passé sous silence ; seule Mme von Briest indique que ce qu'a raconté le vieux monsieur n'était pas très "malin". Alors, dis plutôt à ton Grundmann que l'art de passer les choses sous silence fait partie de l'écriture comme il fait partie du mariage. Ou plutôt, ne dis rien. Maman, qui te salue, dort déjà. Il n'y a que le petit bruit d'un papillon de nuit. Sinon, il règne ici un silence colossal… »

Au cimetière, d'autres visiteurs les virent devant la pierre dressée. Le couple semblait fait pour se présenter devant un arrière-plan imposant. Plus tard, ils furent assis côte à côte dans l'église des pêcheurs : Fonty tout plein de connaissances, Hoftaller un peu gêné et presque puérilement étonné au spectacle de la voûte en berceau bleu azur, avec son firmament entouré de guirlandes de roses. De son doigt court, il montrait l'ange rose et charnu qui volait devant le chœur, et l'étoffe bleue dont les plis couvraient habilement la nudité propre aux anges eux-mêmes. Ensuite, sa curiosité alla vers une barque à voile brun-rouge suspendue à gauche de l'autel, un type de bateau jadis utilisé sur le Bodden par les pêcheurs de Hiddensee. Le drakkar suspendu à droite l'intéressa moins, mais il se fit expliquer en détail par Fonty une marine accrochée sous la galerie de l'orgue et représentant un navire en difficulté dans la tempête. Cela exigea des deux hommes, sur leur banc bleu et blanc, de se tordre le cou pour regarder par-dessus leur épaule. Tout en commentant pour son voisin ce tableau de péril en mer, sans omettre l'activité des naufrageurs, Fonty cherchait des yeux, au clavier de l'orgue, la fille aînée de l'ancien médecin de l'île. Mais il n'y avait personne. Rien qu'un maigre souvenir. Rien que le reste de nostalgie d'un vieil homme.

Ensuite, il n'y eut plus rien à regarder. Ni les fonts baptismaux en bois ni la sacristie, avançant dans le chœur à droite et ressemblant à un petit salon, n'attiraient le regard. Ils se parlaient en chuchotant. Bientôt, seul Hoftaller chuchota à l'oreille d'un Fonty qui demeura longtemps silencieux. Il était affalé sur lui-même, condamné à écouter, sans chuchoter en réponse.

Nous quittâmes trop tôt l'église des pêcheurs, mais nous vîmes encore Fonty s'extraire du banc et aller se mettre, comme s'il cherchait une protection, sous l'ange rose et charnu qui volait de ses ailes dorées. Puis il montra du doigt un ornement baroque couronnant la sacristie et cita d'une voix sonore la parole qu'y brandissaient des angelots en bois sculpté : « Saint, saint, saint est le Dieu Zebaoth ! »

Il invoqua ainsi plusieurs fois l'instance vétéro-testamentaire, puis dit d'une voix moins forte : « Vous devriez avoir au moins ce respect-là. Nous nous trouvons ici en terre d'Église, et pas dans la Normannenstrasse. Ce lieu n'est pas une succursale du palais Prinz-Albrecht. Dites-le bien à votre préfet de police, M. von Puttkammer. Pigé, Tallhover ? Vous n'avez rien à faire ici. On ne chante pas, ici, des procès-verbaux en langue de bois. Je suis certes coupablement mécréant, je n'en jouis pas moins ici d'une protection spéciale. »

Quand, après un moment d'attente qui ne donna rien, Fonty quitta lui aussi l'église des pêcheurs, Hoftaller ne le suivit pas tout de suite, mais plutôt en tardant nettement. Nous étions sûrs qu'ils ne pouvaient pas se perdre. L'île était trop petite, leur mémoire trop farcie de petites fiches, leur écheveau trop plein de nœuds.

On les a revus fréquemment l'un près de l'autre : derrière les genêts du plateau et sur la langue de terre délimitant le vieux bassin, qui dessine elle-même ce qu'on appelle le nouveau bassin et qui sert de plage naturiste. Nous les vîmes de loin. Pour finir, ils étaient les pieds dans la Baltique, là où entre Kloster et Vitte elle lèche le bord sablonneux ou – vers la dune – caillouteux de l'île. Mais même à une telle distance, quelque brise nous apportait des bribes de mots, des exclamations, des débuts de phrases, tout ce qui nous permet d'étayer de simples suppositions concernant leurs dialogues ; bien sûr, la brise tombait parfois, et nous les voyions seulement parler : des bulles vides, libre à nous de les remplir.

Un tableau bien anodin, en lui-même, les deux hommes dans cette eau plate et d'un froid supportable. Fonty sous son chapeau de paille, les jambes de son pantalon retroussées ; Hoftaller coiffé de sa casquette de base-ball et en short. Au loin, d'autres visiteurs de l'île profitaient de l'été de la Saint-Martin pour prendre aussi un bain de pieds. On voyait même des nageurs au-delà du dernier banc de sable. Et c'est à peu près en ces termes que Hoftaller avait dû vaincre l'hésitation de l'objet de sa surveillance : « Vous êtes bien partisan des cures du docteur Kneipp, Fonty ? Juste une petite demi-heure de marche dans l'eau. Ça fouette le sang. Et en même temps, on est bien pour bavarder. »

Ils avaient posé quelque part la canne, la veste, un sac en plastique, leurs chaussettes, les chaussures montantes à lacets et les *sneakers* à semelles de mousse. Tous les cent mètres, des pieux de bois partaient en épi dans la mer, pour fixer le sable de la plage, et formaient ainsi des bassins ; l'un d'eux était tout aux deux hommes. Au début, ils piétinèrent sans dire mot, jusqu'à ce que Hoftaller, jamais en reste, en lance un dont nous savons qu'il en usait volontiers et qu'il l'a plus d'une fois abattu comme une carte : « Vous vous rappelez, à l'époque, à Dresde ? »

Fonty, qui connaissait et redoutait ce piège depuis leur dernière conversation sur le canapé, s'efforça sans doute de se rappeler le passé le plus proche : « Vous pensez au congrès de l'Union culturelle de février cinquante-quatre. C'est comme si c'était hier. J'y étais en tant que délégué de Berlin. C'était la première fois que nous étions élus par des conférences d'arrondissement. Je suis monté au créneau, à Dresde, pour dénoncer le train-train associatif qui nous gagnait dans tout le pays…

– Quand je dis Dresde, nous sommes dans la période d'avant quarante-huit, mon cher. Un certain pharmacien stagiaire est adepte de certain poète du nom de Herwegh. Toute la Saxe est la proie des démagogues. À Leipzig existe même un club où l'on conspire studieusement contre le pouvoir. Et de ce club fait partie le pharmacien stagiaire… »

Nous sommes certains que Fonty, tout en marchant dans l'eau, a continué de se cramponner à l'Union culturelle, et non sans succès, car quand il insista en disant : « Et ce congrès de Dresde, le quatrième du reste, avait une certaine importance… », Hoftaller ne put pas esquiver : « Rien de surprenant. Après l'échec de la contre-révolution, l'année précédente, on comptait qu'une reformulation des tâches fondamentales apporterait une certaine stabilisation. Mais quand je dis "à l'époque, à Dresde", je ne pense pas aux interminables motions des philatélistes et des amateurs d'aquariums, et certainement pas aux revendications de la section "Littérature et patrimoine culturel", qui ne visaient par principe que les places dans le foyer de vacances de l'Union culturelle à Bad Saarow, comme vous-même d'ailleurs, Fonty. Rien que des désirs petits-bourgeois, sous couvert d'objectifs révolutionnaires, ce qui me ramène directement à l'agitation démagogique d'étudiants désœuvrés de Leipzig, avec lesquels un certain pharmacien stagiaire, qui devait rencontrer un peu plus tard dans la pharmacie Salomon…

– C'est bien ce que je dis. La tendance générale, parmi les délégués assemblés, était de laisser chacun chevaucher son dada, pourvu qu'on se conformât au dressage du Parti. J'ai polémiqué là-contre. Tout ça est dans le procès-verbal. Vous devriez le savoir. Mais je subodore ce qui intéresse le Tallhover en vous : nos rêves de liberté tout habillés de métaphores, nos rimes sur les espions et la police, nos vers satiriques contre les libéraux de café du commerce, notre conspiration finalement dérisoire contre le pouvoir. Wolfsohn et moi, moi et Wolfsohn. Je lui écrivais des terrasses Brühl à Dresde… Sentiments douloureux… Laissons cela. Qui s'en soucie encore ?

– Pour vous donner raison : nous aussi, nous considérions cela comme des enfantillages. Dossier relativement mince, depuis longtemps classé. Et si un autre enfantillage, se répétant des années plus tard, n'avait pas donné naissance à des enfants, je n'aurais pas à vous rappeler Dresde avec cette insistance. Cette fois, vous y êtes ? »

Hoftaller avait promis qu'on serait bien pour bavarder, en piétinant dans l'eau. Sans doute Fonty avait-il deviné, dès le début de ce traitement à la docteur Kneipp, où l'on voulait en venir en le forçant à se souvenir de Dresde : il savait fort bien, depuis la conversation sur le canapé dont ils avaient fêté au vin rouge le nouveau rembourrage, que son ombre-diurne-et-nocturne détenait une liasse de lettres d'amour que nous aurions bien aimé pouvoir mettre en sûreté aux Archives. Aussi la phrase qu'il eut pour se défendre fut-elle d'un homme désemparé : « On va de nouveau tourmenter celui qui fut père malgré lui. » Il se concentra sur son exercice d'hygiène, piétina l'eau moelleuse de la Baltique, sentit monter de la plante des pieds son effet vivifiant, et essuya sans répondre un long discours : des dates de naissance, la fâcheuse lettre à Lepel, des versements de pension alimentaire et des épanchements cités à la lettre dont la destinataire était une fille de jardinier nommée Magdalena Strehlenow, et puis des parties de canotage sur l'Elbe et la mort du second enfant, emporté par la diphtérie, enfin les anniversaires de la fille survivante, Mathilde, tous fêtés sans cadeau paternel, tout cela et d'autres détails gênants constituaient un brouet auquel

Fonty n'avait pas envie de goûter : serrant les dents, il frappait la mer du pied.

Mais lorsque Hoftaller commença de servir un mets supplémentaire, l'ignorance où avait été tenue à l'époque la fiancée, Emilie, née Rouanet-Kummer, et où elle était restée toute sa vie, l'accusé s'arrêta de piétiner dans l'eau : « Je n'ai pas le goût des aveux qu'on fait platement. Tout cela a été surmonté par un travail qui en a fait de la littérature. Aussi, j'en reviens encore au quatrième congrès de l'Union culturelle, parce qu'à l'époque déjà, lors d'une conversation de couloir, et avec un véritable connaisseur de la matière, l'excellent biographe Reuter, j'ai défendu la thèse que ce sujet pénible a été épuisé dans les romans et les récits : dans *Ellernklipp* et dans *Grete Minde* comme dans le *Stechlin* – songez à la petite Agnès, enfant illégitime, mais qui aide le vieux Dubslav à affronter la mort. En outre, dans *L'Adultera*, il s'agit de l'enfant né de l'infidélité conjugale et – si vous voulez prendre pitié de la pauvre Effi – de l'enfant qu'à cause de cette infidélité avérée l'on arrache à sa mère. Néanmoins, je le sais bien, la question de la culpabilité reste posée, car enfin la position de la morale varie. Qui, en la matière, s'arroge le droit de juger ? Qui prétend prononcer la sentence ? À part les petits-bourgeois qui portent tantôt un nom, tantôt un autre… »

Hoftaller resta un moment silencieux. Peut-être espérait-il que l'irritation de Fonty allait se calmer grâce au docteur Kneipp. Nous les vîmes tous deux feindre de ne plus s'occuper que de leur santé, tant ils mettaient de soin à plonger régulièrement leurs pieds dans l'eau. Une pause s'ensuivit, assez longue pour se livrer à des spéculations. Mais lorsque nous passâmes en revue les diverses références possibles, il manquait un titre littéraire ; et nous fûmes aussitôt certains que cette lacune allait être comblée.

À voix basse, trop basse pour nous dans les dunes, mais d'une façon qu'il est tout de même possible de citer, parce que notre ouïe, fine par profession, en eut vent, Hoftaller déclara : « Mais je suis bien de votre avis. Seul l'Immortel a porté autant d'intérêt à l'enfant naturel. Rien d'étonnant : son Emilie ne disait mot de son vrai père, un médecin militaire du nom de Bosse, et préférait porter celui de son père adoptif, Kummer, ce qui hélas veut dire “chagrin”. Et votre Emilie souffre aussi d’une tache aveugle du même genre. Mais je m’étonne que dans votre bilan vous ayez omis *Errements et Tourments*, décrié à l’époque comme le roman d’une fille perdue, comme si vous ne vouliez pas reconnaître Lene Nimptsch, présentée dès la première page comme la pupille d’une vieille femme, sans que par la suite – à part quelques allusions faites par cette commère de Mme Dörr – nous n’apprenions rien sur les père et mère de cette beauté qui ne se plaint jamais, et dont les aimables qualités sont décalquées sur une certaine Magdalena Strehlenow, de même que les parties de canotage se répètent ; sauf que cette fois c’est la Spree et non l’Elbe…

– Erreur, Hoftaller ! On canote partout, et le seul modèle de Lene, c’est la fille de l’administrateur de l’Académie des arts, que j’avais vue à sa couture pendant le peu de temps où je fus secrétaire…

– … et qui était une beauté brune, alors que les cheveux blond cendré d’une fille de jardinier et d’une couturière nous rappellent une troisième chevelure blond cendré, celle d’une personne qui fut menée en bateau – mais par qui ? – sur d’autres eaux…

– Est-ce indispensable, Tallhover ? Je vous en prie…

– Une personne qui, disons, s’attacha tragiquement à l’aviateur de première classe Wuttke : pendant la guerre, en France. Lyon, printemps quarante-quatre. Mais cette fois, c’était une fille de cafetier qui était dans la barque…

– Vous ne pouvez absolument rien oublier ?…

– … et qui répondait au nom de Madeleine. Et cette Française, qui n’était même pas particulièrement jolie…

– Je commence à trouver l’eau trop froide !

– … fit assez vite triste figure, parce que…

– D’ailleurs je vois Emilie qui arrive, là-bas sur la dune…

– … Eh oui, parce que certain aviateur…

– Mais regardez ! Mon Emilie approche, appuyée sur les dames Freundlich, qui partent demain, à ce qu’on m’a dit…

– Eh bien, soit, soyons magnanime. Il n’empêche : Dresde et les conséquences, Lyon et les conséquences…

– Et du reste nous aussi, nous partons demain, plus tôt que prévu… Sommes inquiets d'être sans nouvelles de notre fille. Mete nous aura sûrement écrit à Berlin. Comme moi, ma femme se fait du souci… »

C'est ainsi que s'acheva le bain de pieds dans la Baltique. Le traitement du docteur Kneipp fut interrompu en même temps que le pénible interrogatoire. En repartant, nous vîmes Fonty se réfugier le premier sur la plage, les pieds violets et décapés. Avec une dernière phrase – « Nous y reviendrons » –, Hoftaller le suivit, les pieds rouges jusqu'aux mollets. Sans parler, ils allèrent tous les deux – Fonty toujours avec ses jambes de pantalon retroussées – à la rencontre des dames Freundlich et d'Emmi Wuttke, qui orienta aussitôt la conversation : son pied foulé était un sujet inépuisable.

Theo Wuttke se voyait sauvé par les femmes. Il se mit aussitôt à plaisanter avec les filles – jumelles au demeurant, et donc d'un charme redoublé.

Sur le départ des vacanciers le lendemain matin, rien à dire, sinon qu'il commença gaiement. Le travail nous rappelant aux Archives, nous partions nous aussi, et nous fûmes donc aux premières loges.

Pour un peu, les Wuttke auraient raté le bateau, car Emmi, en dépit de ses maux, avait voulu retourner encore sur la tombe de Hauptmann, et seule, pour déposer une rose au pied de la pierre dressée.

Fonty, qui attendait avec les Freundlich sur la jetée, au milieu des bagages, nous dit sans regarder Hoftaller :

« Les Emilie sont comme ça. Déjà la Rouanet-Kummer préférait un jeune loup à l'Immortel qui était à ses côtés. "Mon mari, disait-elle, n'est qu'un journaliste, bien qu'il se prenne pour un véritable écrivain. Mais dans le Hauptmann des *Tisserands*, il y a un vrai écrivain." C'était comme ça. Et elle préférait lire *Le Pasteur de la faim* de Raabe, ou les choses de Storm sur son Husum. Il n'y a que Mete qui croyait en moi. »

Nous, des Archives, confirmâmes l'anecdote. Fonty se mit à rire. Le professeur Freundlich se mit à rire. Ils riaient encore tous les deux quand Emmi Wuttke, boitant légèrement, atteignit l'embarcadère. Et elle se mit à rire aussi lorsque Eckhard Freundlich lui expliqua le pourquoi de cette gaieté. La femme du professeur rit à son tour, ainsi que ses deux filles aux bronzages identiques. Nous eûmes un sourire distant quand nous vîmes que Hoftaller riait également. Que de gaieté ! Bientôt, pourtant, personne n'allait plus avoir envie de rire.

19. Seul en bateau

De fait, pareille bonne humeur aurait dû marquer le départ jusqu'à ce que tous aient embarqué, car tous auraient pu prendre le bateau qui, par Vitte et Neuendorf, allait à Stralsund, comme le firent les Freundlich et nous-mêmes ; mais lorsque le *Hiddensee* accosta et appela ses passagers d'un coup de corne, Hoftaller s'adressa au groupe en brandissant des billets, pour les Wuttke et lui-même, sur le bateau partant une demi-heure plus tard pour Schaprode, sur l'île de Rügen : « Il faut absolument que je fasse à notre ami une petite surprise. Il serait dommage que cela bouleverse vos projets. En tout cas, bon voyage. Nous vous ferons au revoir de la rive. »

Il dit cela en arborant un sourire d'enfant et, quand Fonty se récria, et Emmi plus encore, parce qu'elle ne voulait « en aucun cas » aller à Schaprode, il n'ajouta qu'une phrase, mais cette fois sans sourire : « Je ne crois pas qu'on ait le droit de me refuser ça. »

L'une des formules péremptoires propres à Hoftaller, dont nous avons dressé la liste, conservée dans une chemise à part. Il aurait pu dire aussi : « Cela m'attristerait », ou : « J'espère avoir été compris. » Cette fois-là, il n'eut pas besoin de se faire plus menaçant.

Certes, Emmi fit valoir qu'elle n'était pas en état de courir les chemins de l'île de Rügen, et qu'elle ne renoncerait pour rien au monde au plaisir de faire le voyage en chemin de fer avec la famille Freundlich : « Et d'ailleurs, personne n'a le droit de décider du bateau que je dois prendre. C'est terminé, tout ça, définitivement. À présent, nous avons la liberté ! »

Mais Fonty avait déjà avalé la couleuvre : « Je regrette, il faut que je m'incline. Guère moyen de faire autrement. »

Nous restâmes sans rien dire. Et Eckhard Freundlich, habitué lui aussi à avaler, commenta en ces termes la séparation prescrite : « Mais voyons, cher Wuttke, nous avons appris à vivre avec de petites chicaneries ou, disons, avec certaines contraintes en matière de voyages. Quelle signification plus haute se cache là-derrière, nul ne le sait. Votre Briest disait, dans une situation tout aussi difficile à apprécier : "Toute une histoire, Louise !", n'est-ce pas ? »

Lorsque ensuite le professeur, empoignant déjà ses valises, décocha tout de même : « Quand mon père, en son temps, quitta le Mexique pour l'Allemagne, il croyait à quelque chose qu'il appelait, en famille mais aussi en public, "la bonne cause" ; il aurait dû compter avec les gens de votre espèce… », Hoftaller avait déjà retrouvé ses fossettes rieuses : « C'eût été raisonnable, d'autant que monsieur votre papa retenait déjà notre attention sous les cocotiers et qu'aussi bien, à Veracruz, nous embarquâmes autant dire avec lui. Mais trêve de plaisanteries. Comment ça se présente, à Iéna ? Abominables, ces procédures d'évaluation. Je pourrais, si vous le souhaitiez, me rendre utile. Nos contacts… Vous comprenez… Je ne tiens pas à préciser… Mais je peux aussi faire autrement… »

Les Freundlich devaient embarquer. Nous avec. Leurs filles étaient tout apeurées. La femme du professeur dit à plusieurs reprises : « Quelle ordure. » Quand le *Hiddensee* partit, Hoftaller agita longuement un mouchoir à carreaux blanc et noir. Les Wuttke restèrent les bras ballants. Emmi pleurait un peu.

Pendant la traversée jusqu'à Stralsund, nous nous demandions déjà quelle indispensable surprise allait bien pouvoir sortir du chapeau à Schaprode. Que pouvait leur réserver Hoftaller, à part son habituelle sollicitude ? Un petit voyage en Écosse, sous sa surveillance évidemment ? Nous pensâmes à tout, même à la direction des Archives, à titre honorifique ; mais jamais l'idée de ce véhicule naguère convoité et désormais accablé de railleries, de cette petite voiture fabriquée à Zwickau, ne nous aurait effleurés.

À peine furent-ils à bord tous les trois que Fonty fut pris à part. Il devait dire plus tard : « Mon Emilie ne voulut à aucun prix demeurer sur le pont. Pas moyen de l'en persuader. Elle passa tout le voyage dans la cabine enfumée. J'eus au contraire plus que mon comptant d'air frais. »

Les deux hommes étaient debout dans le vent, sur le pont arrière. De nouveau les fanions noir et jaune, les nasses où étaient perchés les cormorans, les bouées le long du chenal. Les oiseaux migrateurs essayant diverses formations de vol. La longue île sans voitures s'étendait à distance, de ses collines aux bords plats du Gellen, qu'on pouvait deviner. Au coude à coude, ils se taisaient. C'est seulement à hauteur de Vitte que Fonty fut mis au courant de « la petite surprise ».

Hoftaller n'avait pas emprunté la Reichsbahn, il était venu en voiture. Et, comme d'autres visiteurs de l'île, il avait laissé son véhicule sur le parking de Schaprode, près de l'embarcadère. Il dit : « Ma voiture personnelle vous attend. Je me permets d'inviter le couple Wuttke à faire un voyage en ma compagnie. Par Rügen, la digue de Rügen et Stralsund, nous aurons vite rejoint l'autoroute. Je suis du reste un automobiliste passionné, et ce depuis mes toutes premières années de service. Je conduisais une DKW. Ne craignez rien. Vous pouvez faire confiance à mes qualités de conducteur. De plus, nous serons à Berlin bien plus vite que par le tortillard de la Reichsbahn. »

C'est alors seulement que, trop tard, Fonty refusa. Il n'avait pas l'intention de se laisser tarabuster, ni fourrer dans pareille caisse à savon. On l'avait déjà empêché de prendre le train avec les Freundlich, eh bien il continuerait seul avec son Emilie, comme autrefois, quand les trajets en chemin de fer jusqu'aux monts des Géants ou à Warren sur le lac de Müritz étaient encore des aventures : « Les locomotives Borsig, oui, mais pas ces chaises à roulettes… »

Il plongea dans le passé, évoquant les tribulations qu'avait connues l'Immortel pour rejoindre ses lieux de villégiature ou de cure ; mais Hoftaller était lui-même présent, indicateur en main, sur les plus anciennes liaisons ferroviaires, et coiffait Fonty dès avant quarante-huit sur toutes les correspondances : « Vous ne teniez pas en place. Sans arrêt, c'était Leipzig ou Dresde. Ces allées et venues me rappellent – nous en avons déjà parlé – les fréquentes missions d'un certain aviateur de première classe. Il sillonnait toute la France pour rejoindre Lyon. Donc plus un mot – c'est promis ! – sur Dresde et sur la fille de jardinier aux cheveux blond cendré, mais parlons un peu des crochets répétés que faisait un utilisateur des chemins de fer français pour rallier une ville où il s'est passé beaucoup de choses. Elle est située sur deux fleuves. Ce fut toujours une métropole commerciale : elle est riche. Et il y avait là une fille de cafetier, fort active devant et derrière le comptoir, si bien qu'un soldat d'humeur voyageuse fut bientôt, dans ce bistrot, une sorte d'habitué. Cela ne fut pas sans conséquence, car le frère de l'accorte serveuse était dans la Résistance. Mais par ailleurs aussi, ce qui débuta au printemps eut au bout d'un certain temps, disons, des conséquences hivernales. En effet, une fois que le soldat eut été obligé de battre en retraite dès l'été… et comme cette Madeleine, abandonnée pour des raisons certes purement militaires, ne pouvait plus compter sur l'aide de son frère… et comme partout après le débarquement, mais en particulier à Lyon, on faisait les comptes… voilà pourquoi – cric, crac – l'on rasa les cheveux blond cendré de la pauvre Madeleine… Eh bien, Fonty, nous y sommes ? Ça a commencé tout gentiment par une partie de canotage, un peu à l'extérieur, sur un lac de cette région poissonneuse où il y avait des tas de grenouilles. J'en sais bien davantage. Pendant des heures, je pourrais… Je me suis tu longtemps, peut-être trop longtemps… »

Des bouées vertes et rouges guidaient le bateau vers Schaprode. Un vol de mouettes était du voyage. Fonty s'abandonnait à la brise et, avec son chapeau et sa légère écharpe d'été, il avait l'air d'un autre âge. Contre le bastingage, il aurait pu être l'une des vedettes de *L'Écart de conduite*, le film réalisé par Gustav Gründgens pour la UFA d'après *Effi Briest*. Si proche qu'il fût du vieux Briest, c'est une tout autre histoire qu'il entendait là, en regardant une formation de cormorans, ces objets de haine pour tous les poissons, qui volait en direction du Gellen et changeait de cap selon l'oiseau qui prenait la tête.

Fonty restait avare de mots, mais Hoftaller n'était pas à court. Avant que le bateau ne s'immobilisât entre Rügen et l'île d'Oehe, il se montra dangereusement soucieux : la longue fréquentation et l'abondante correspondance échangée avec le professeur Freundlich pouvaient avoir des conséquences fâcheuses. Un dossier encore enterré pouvait au besoin accabler ce savant. Fonty était invité à faire confiance aux renseignements accumulés : « Lorsque les conditions changent, certaines amitiés sont peu recommandables. Nous ne voulons tout de même pas être compromis de la sorte. Ou bien si ? »

Il ne restait plus rien du flash-back du film de la UFA. Lorsqu'ils débarquèrent, Fonty n'eut pour Emmi qu'une phrase : « Ce sera mieux de voyager en voiture ; mieux pour ta jambe, j'entends. »

Emmi dit : « J'entends aussi. »

Lorsque, sur le parking, coincé entre des carrosseries occidentales, ils trouvèrent le petit symbole automobile de l'ancien État des Ouvriers et Paysans, Hoftaller dit : « J'ai pris soin de l'acheter peu avant l'union monétaire, sortant d'usine. Elle roulera longtemps. Croyez-moi, Fonty : unité ou pas, ça va être de nouveau chic, en Allemagne, de rouler en Trabi. »

Le trajet s'effectua sans que le deux-temps tombe en panne. Nous aussi, à l'époque, nous nous propulsions encore dans cette valise en carton sur roulettes dont on s'est tant moqué. Emmi nous a dit : « Ils n'ont pas beaucoup parlé, tous les deux. Mon Wuttke était forcément devant, à côté de lui. Derrière, il n'y avait pas beaucoup de place. En plus, avec ma patte folle. Mais sinon, rien à dire. Il n'y a qu'après avoir pris la digue, non, une fois sur l'autoroute, que ce balai-brosse, comme dit Martha, a voulu fumer un de ses trucs infects : alors je me suis mise en rogne. Pour ça, je plaisante pas. “Dans le train, on se serait mis en non-fumeurs !" que j'ai crié. "Arrêtez ! Je veux descendre !" Il a fait disparaître cette horreur et s'est vite excusé. "C'est mon péché mignon, il a susurré, j'aurais dû y penser." Mais mon Wuttke n'a pas pipé mot. Il n'y a que quand on a vu des épaves, d'un côté ou de l'autre, les roues en l'air ou qui avaient brûlé, qu'il a dit : "Voilà ce que c'est, de foncer comme des fous. Pourquoi faut-il qu'on imite l'Ouest en tout ? Pour arriver en retard, on a bien le temps. » Mais l'autre n'a rien répondu. Cramponné à son volant comme un abruti. Il râlait de ne pas avoir son cigare... Ceci dit, il ne roule pas trop vite. Faut dire qu'il aurait du mal, avec une Trabi. On était sans arrêt doublés par des Mercedes et autres bolides. Non, on ne peut pas dire que mon Wuttke ait eu l'air abattu, mais il était incapable de parler comme il fait d'habitude. L'ambiance était plutôt lourde, dans la voiture, même s'il faisait beau dehors. Je me suis dit : il a sûrement dû lui passer un savon, mais je ne sais pas sur quoi. Tout de même pas sur notre Teddy, parce qu'il est à Bonn et détient des sortes de secrets ? Ou toujours à cause de l'Union culturelle, parce que mon Wuttke y allait des fois un peu fort ? Non, pas directement contre les camarades dirigeants, mais par la bande, comme il fait toujours. J'ai repensé à Bad Saarow, où il y avait un foyer de vacances de l'Union culturelle, mais aussi une espèce d'université, et où mon Wuttke a raconté des trucs impossibles à propos de cette Lene Nimptsch. Elle s'appelle comme ça par admiration pour le poète Lenau. En tout cas, il y avait à l'époque un club Lenau, dont son idole était membre, avant d'entrer dans cette association Herwegh, qui était interdite. Ce qui fait qu'ils étaient tous espionnés, pas seulement Herwegh, qui lui s'est tiré à temps. C'est de ça que mon Wuttke avait parlé, et puis de tas de pharmacies à Leipzig et à Dresde. Disant que l'espionnite n'arrête jamais, parce qu'elle ne peut pas. Et que les espions sont immortels, comme les poètes qu'ils espionnent. Mais que quelquefois il y a des poètes qui sont de vrais espions, et du coup doublement immortels. Et en plus il a dit, devant le public, que cet espion chef, qui espionnait voilà cent cinquante ans Herwegh et son association, continuait de rôder et d'espionner, bien sûr sous un autre nom, mais que c'était tout de même une preuve d'immortalité. Déjà on murmurait dans la salle. Certains riaient. Mais ensuite, à Bad Saarow, où on aimait bien passer les vacances quand Martha était encore petite, mon Wuttke a lâché des choses qui n'étaient pas dans son manuscrit – c'est moi qui l'avais tapé –, à savoir que l'espion d'autrefois était là quelque part dans la salle, qu'il écoutait tout ce qui se disait, et qu'il notait tout comme dans le temps. "Il n'oublie rien, il ne peut rien oublier !" qu'il disait. – Quand c'était ? Milieu des années soixante, quand une fois de plus la culture en prenait un coup. En tout cas, après la construction du Mur, parce que les garçons étaient déjà… Et Georg déjà pilote… Mais Friedel faisait encore son apprentissage de libraire… Ce qui est sûr, c'est que mon Wuttke s'est fait mal voir. Ils l'ont convoqué plusieurs fois. il a bien essayé de s'en tirer en disant : "L'ennemi de classe ne dort jamais !" et : "Méfions-nous toujours des agents de l'Ouest", ça n'a servi de rien. Il n'a fait qu'aggraver son cas. Plus question de vacances à Bad Saarow. Ni d'y prendre la parole, jusqu'à ce que ça rechange. Mais ils n'ont pas oublié. Non, ils n'oublient jamais rien. C'est pour ça que je crois que ce balai-brosse, comme dit notre Martha, a encore dû faire du chantage à mon Wuttke, sinon jamais il ne serait monté de lui-même dans cette Trabi, alors qu'il se faisait une joie de voyager dans le même compartiment que les Freundlich… Moi, pas tellement, parce que… Ben, c'est pas des gens dont je me sens proche… Et notre Martha dit toujours, elle aussi,… Mais ça n'a rien à faire ici. Car en fait ils ont été très gentils, quand j'ai eu cette histoire avec mon pied, parce qu'en voulant grimper jusqu'au phare, une racine sournoise m'a… C'est-à-dire qu'avec Mme Freundlich, ça va. Et les filles sont aussi très gentilles. Il n'y a qu'avec le professeur que je peux pas… J'ai jamais pu. Quand il dit "Merhico" et pas Mexico comme nous autres, ça me donne de l'urticaire. Mais mon Wuttke, il aurait bien bavardé encore quelques heures avec son "cher correspondant", comme il l'appelle. "La Reichsbahn est mieux que l'*autobahn* !" qu'il disait. Toujours est-il qu'on est bien arrivés à Berlin, sans qu'il se passe rien. Il nous a amenés jusque devant chez nous dans sa Trabi – elle est vaguement jaune –, et quand on lui a eu dit “merci pour le détour” ou quelque chose comme ça, il a dit d’un ton très sérieux à mon Wuttke : “L’affaire Lene Nimptsch reste d’actualité !” Et il a ajouté quelques phrases ambiguës sur la France – “Lyon et ses conséquences !” –, mon Wuttke y a été soldat, mais il n’aime pas en parler. Même quand le balai-brosse a eu filé, il n’a pas desserré les dents. Je peux m’imaginer qu’en France il y a quelque chose qui a dû aller de travers, parce que ses lettres, par la poste aux armées, étaient un peu bizarres… C’est seulement quand on a eu monté nos trois étages, avec nos valises et nos sacs, et que dans le courrier on a trouvé les lettres de notre Martha, une de Copenhague et une de cette île danoise, c’est ça, Møn, que mon Wuttke a changé de figure. Il a ri, fait des plaisanteries sur les voyages de noces, et tout. Avec ça, Martha ne racontait rien de bien extraordinaire, juste qu’elle avait beau temps et que son Grundmann avait emporté trop de travail, rien que de la paperasse, et qu’elle avait par moments le mal du pays et qu’on lui manquait. Ah oui, et que tout était cher au Danemark, surtout à Copenhague. Mais mon Wuttke ne se tenait pas de joie. Il est très attaché à Martha, il la met sur un piédestal, tandis que moi… Mais c’est pas la question, parce que moi je me fais du souci… Ce serait si bien qu’elle soit heureuse… Exactement. Il n’y a que ça qui compte. En tout cas, mon Wuttke sautillait dans la cuisine en criant : “J’aurais bien envie de faire une promenade en barque ! Quitte à ramer en rond, mais être en barque ! Tu n’as pas envie, Emilie ? Ce serait pourtant bien, de s’embarquer ensemble. On peut louer des barques au Tiergarten. Comme jadis à Stralau. Non, sans que ça balance terriblement. Pas de raison d’avoir peur. On se laisserait dériver tout tranquillement…” Et comme il n’arrêtait pas d’en parler, j’ai fini par faire le rapprochement. Parce que dans les lettres qu’il m’envoyait de France par la poste aux armées, à la fin, il était aussi toujours question de promenades en barque, et comme c’était bien, le canotage, et même un poème…

Je me suis dit : tiens, tiens, c'est louche, il y a anguille sous roche... »

Emmi Wuttke ne voulut plus entendre parler d'une promenade en barque. Et Fonty dut attendre le lendemain après-midi pour satisfaire son envie. Auparavant, il se fit confirmer son congé de convalescence à la Maison des ministères : beaucoup de paperasse. Au service du personnel, on lui dit : « Pas de problème, Fonty. Pourquoi vous n'êtes pas resté plus longtemps ? Pour nous, vous pouvez faire une pause, tant que ça vous chantera. De toute façon, il ne se passe plus grand-chose, ici. On range, on débarrasse, on fait le ménage, vous comprenez ? On continue à nous payer pour finir de nous rendre inutiles. Mais repassez nous voir une fois que vous serez tout à fait d'aplomb. Ce n'est pas le travail qui manque. Rapport à la patrie réunifiée, faut tout expédier vite fait. Mais ça va prendre du temps, c'est sûr. Allez vous promener, Fonty. Vous inquiétez pas, on vous laisse sur la liste d'émargement jusqu'à ce qu'il n'y ait plus de sous, ensuite y aura autre chose. Forcément. Peuvent tout de même pas la laisser vide, cette baraque... »

Cette perspective d'avenir était rassurante. Comme pour ne pas perdre l'entraînement, Fonty fit quelques tours de paternoster. On le salua, il salua lui-même, et d'étage en étage fit des brins de causette : « Veinard ! Des vacances à Hiddensee ! Pour nous, ça n'a jamais été qu'un rêve. C'était quasi réservé aux grosses légumes. Quoi ? Vous avez été à Neuendorf ? À la terrasse de l'hôtel de Franz Freese, sur la mer. Ah, du cabillaud bouilli. Et les tilleuls, ils y sont toujours ? »

D'un seul coup, peut-être parce que l'envie le reprit d'aller se promener en barque, Fonty abandonna le paternoster. Ou peut-être que c'est nous qui voulons le voir se hâter avec impatience et se trouver enfin sur l'eau ?

C'est vrai qu'à l'extérieur il nous est plus accessible que dans un lieu clos. Nous le voyons, comme s'il était là, franchir d'un pas juvénile le portail du bâtiment colossal, tourner dans la Leipziger Strasse et, la canne sur l'épaule, traverser l'immense futur chantier de la Potsdamer Platz pour se retrouver sans obstacle à l'Ouest. Nous le voyons, plein d'assurance au milieu des voitures, interrompre pour quelques secondes l'intense circulation de la bretelle de dégagement, nous l'entendons siffloter une musique martiale et conquérante, comme *Preussens Gloria*, avec bonne humeur car il approche à présent du Tiergarten, son lieu de promenade préféré depuis toujours, que ce soit vers l'Amazone près de l'étang aux poissons rouges, ou vers l'île Rousseau et son vieux banc favori, ou comme aujourd'hui en traversant la Hofjägerallee pour prendre, en passant devant les bronzes représentant la battue au lièvre et la chasse au renard, le Grand Chemin, balançant maintenant sa canne qui frappe le sol tous les deux pas, jusqu'au Nouveau Lac, dont l'effluent est grossi par le Landwehrkanal en bordure du Jardin zoologique, et ce grâce aux pompes de la Lützowufer. Le voilà qui tourne vers le Café du Lac, mais ce n'est pas pour s'asseoir à la terrasse sous les marronniers.

Là où il se rendait s'éleva, encore longtemps après la guerre, la masse du gros abri antiaérien dont les oubliettes de béton sauvèrent la vie à des gens et à des amas d'œuvres d'art. Dès 1840, le Nouveau Lac figurait comme lac artificiel dans le troisième projet de grand jardin à l'anglaise. Lenné avait conseillé de ne pas assécher à grands frais cet endroit marécageux, mais d'y creuser une pièce d'eau qui serait ensuite reliée au nouveau canal et inviterait au canotage. Les travaux, ponts compris, coûtèrent plus de trente mille thalers : jolie somme pour un roi économe et passant même pour avare.

Et là où, à partir du milieu du XIXe siècle, un M. Alexandre avait loué des barques, on voyait, alignées le long d'un ponton accessible par le côté gauche de la terrasse, deux douzaines d'embarcations en matière plastique, mais dont les bancs, les caillebotis et les rames étaient tout de même en bois.

Pour ce plaisir naguère ridiculement bon marché, l'on paie aujourd'hui vingt-deux marks de l'heure ; mais lorsque Fonty, au bureau, s'enquit du prix de location, la vue de sa tenue un peu fripée – veste légère, pantalon de lin, chapeau de paille et canne – lui valut cette réponse : « Pour toi ce sera dix marks, Papy ! »

Il dut laisser sa carte d'identité en gage. Après quelques questions qui se devaient d'être drôles dans le ton berlinois – « Mamie n'est pas du voyage ? Et où sont donc les chers petits enfants ? » –, il sauta d'un petit bond dans la barque, rangea sa veste et sa canne au fond de la poupe en plastique, s'assit sur le banc de bois et, tandis que le loueur donnait une poussée au bateau en criant « oh, hisse ! », plongea tour à tour les rames qui étaient déjà dans les tolets et, en peu de brassées, s'écarta de la rive. L'un des bras d'eau allait jusqu'au café et menait jusqu'au milieu du lac et à ses îles, mais celles-ci, comme l'indiquait un écriteau sur l'embarcadère, étaient interdites : « Réserve ornithologique ! »

Fonty était excellent rameur. Il tirait à fond sur ses rames, régulièrement, ni trop à plat ni en les enfonçant trop. Dès l'enfance, il avait été comme chez lui sur le lac de Ruppin. Plus tard, il avait ramé sur le Dianasee envahi de roseaux, lorsqu'il rendait visite à son père ; le parc de la villa, au coin du Hasensprung et de la Königsallee, allait en pente jusqu'à la rive. Il n'y avait pas de quoi faire de grandes virées en barque, mais il aidait à lever les nasses à anguilles et devait écouter Max Wuttke expliquer à maintes reprises à sa taciturne compagne que les coopératives sociales-démocrates étaient l'avenir du monde.

Fonty, sur le Nouveau Lac, goûtait sa promenade solitaire, même dans cette barque en plastique ; mais toutes ses promenades antérieures, y compris du temps de guerre, sur des rivières et des lacs polonais, entre les îles danoises ou sur de calmes étangs français, étaient littérairement marquées, car elles suivaient des événements romanesques : par exemple cette partie de barque sur la Spree près de Stralau par laquelle débute l'intrigue de *Errements et Tourments*. Lene Nimptsch s'y laisse entraîner « parce que Lina Gansauge en avait envie » et le jeune Rudolf, frère de celle-ci, s'installe à la barre.

C'est alors que, comme nous savons, le bateau à vapeur arrivant de Treptow provoque de telles vagues que Rudolf, par peur et par bêtise, perd le contrôle de l'embarcation, « qui se met à tourner en rond ». Lene et Lina poussent des cris, car le vapeur vient sur elles. Et à coup sûr « il nous serait passé dessus si, à cet instant, l'autre barque avec les deux messieurs ne s'était pas portée à notre secours… » Crochetée à la gaffe et prise en remorque, la barque des deux filles fut écartée du tourbillon, et il n'y eut plus « qu'une grosse vague, dans le sillage du vapeur, qui faillit encore nous faire chavirer… »

C'est ainsi que, seul sur le Nouveau Lac du Tiergarten, Fonty n'en avait pas moins, à chaque coup de rame, d'autres eaux sous sa coque, parce c'était en barque qu'avait débuté la triste et belle histoire d'amour entre la repasseuse et couturière aux cheveux blond cendré Lene Nimptsch et le baron Botho von Rienäcker, qui en dépit de ses six bons pieds de haut était un faible. Et il y eut ensuite une autre partie de barque, qui eut lieu loin de la ville et sans que cette fois Mme Dörr jouât le chaperon.

Ils prirent ensemble le train de Görlitz jusque vers l'auberge de l'Entrepôt de Hankel, sur la Spree. La rivière invitait au canotage, et c'est seulement après la promenade en barque qu'ils prirent une chambre ensemble. Ce qui se passa dans la nuit n'est pas dit dans le texte, qui indique tout juste que l'aubergiste est un peu gêné. C'est l'une de ses nombreuses ellipses – ou faudrait-il dire : lacunes ?

Dans une lettre de 1883 à Otto Brahm, l'Immortel avoue : « Je sais certes décrire ce qui précède une histoire d'amour et ce qui y fait suite, je suis peut-être même assez doué pour ce second aspect, mais jamais je ne réussirai les scènes d'amour elles-mêmes… » Devant nous, Fonty défendit le passage sous silence de ces « fameuses descriptions » qu'il qualifiait de « comble du mauvais goût », en évoquant les billets compromettants de Crampas à Effi : « Cela suffit à tout dire ! » Il en voulait pour preuve supplémentaire les lettres de Lene : ces témoignages d'amour, avec leurs fautes d'orthographe, Botho les qualifie certes de « raisonnables et passionnées à la fois », mais il les brûle finalement sans rien en citer d'intime, et moins encore de passionnel.

Il ramait le long de la berge, frôlé par les branches pendantes, puis de nouveau en plein milieu du lac artificiel et autour de l'île aux oiseaux, en évitant habilement les autres embarcations. L'île attirait beaucoup de monde, mais personne n'y abordait : on respectait l'interdiction.

Fonty ramait à grands coups tranquilles. Sur le miroir lisse de l'eau d'un vert de mousse, un canard, puis un cygne traçaient des sillages triangulaires. Par moments, il tenait les rames à l'horizontale au-dessus de l'eau, les laissant s'égoutter tandis que la barque dérivait. Il avait posé son chapeau derrière lui. Nous le voyions se tenir bien droit, le dos un peu raide, prenant un peu la pose ; et pourtant nous étions ravis de ce profil authentique à s'y tromper. Le vieillard restait immobile, le regard au-dessus du lac et de son agitation. Le soleil de l'après-midi qui déclinait embellissait sa chevelure.

Peut-être est-ce aux branches tombantes des arbres de la berge et à ce ciel de septembre déjà un peu automnal que l'on doit ces quatre vers, composés par le rameur lors d'une pause de ce genre ; ils ne nous parvinrent que dans une lettre ultérieure, pour que nous les mentionnions ici :

Je ramais, et voilà que les branches d'un saule,
En me frôlant, m'ont fait nous revoir en bateau :
Tous deux nous dérivions, épaule contre épaule,
Sans savoir que l'amour allait finir bientôt.

Puis il replongea ses rames dans l'eau et, d'un coup énergique, prit une nouvelle direction. Sur l'un des bras latéraux qui, après un long détour sinueux, ramenait vers le milieu du lac, il longea d'épais fourrés et des arbres noueux aux troncs tordus, dont les racines plongeaient dans l'eau. L'obscurité tombait, un peu inquiétante. Sur des pierres de la berge, le reste d'une robe déchirée faisait un signal écarlate. Soudain, sur un banc dans l'ombre, un homme qui se masturbait. L'eau dormante sentait. Des lentilles d'eau. Aucune barque en vue. Un silence d'embuscade… Rien ne réjouissait… Sans citation qui vînt en aide… C'est seulement une fois ressorti sur le plan d'eau que Fonty retrouva sous sa rame des parties de barque qui se déroulaient sous une lumière favorable et sont imprimées sur papier.

Nous supposons qu'il a revécu celle qui s'était déroulée sur la Spree : deux barques étaient amarrées à l'embarcadère, au choix, quand Lene et Botho se furent installés à l'auberge. « Laquelle prenons-nous, dit Botho, *La Truite* ou *L'Espérance* ? » Et Fonty de citer la réponse de Lene, d'une voix forte, comme pour annoncer un programme : « *La Truite*, bien sûr. Que ferions-nous de l'espérance ? »

Relevant encore les rames, il écouta résonner la citation, s'essuya le front du dos de la main, ramassa derrière lui son chapeau et s'en coiffa, regarda vers la rive d'un air inquiet, chercha des bancs et une prairie en pente jusqu'au bord, vit des couples et des gens seuls, vit un garçon qui faisait sauter interminablement sa balle blanche sur sa raquette de tennis, vit des familles nombreuses turques et des groupes de cyclistes ; mais c'est seulement en souquant vers le café qu'il vit ce que le présent lui réservait : quelqu'un était debout sur l'embarcadère du loueur et lui faisait des signes en brandissant sa casquette de base-ball.

Hoftaller voulait faire un tour aussi ; non, il voulait qu'on lui fasse faire un tour. Mais Fonty était fatigué. Il paya avant que l'heure fût écoulée et récupéra sa carte d'identité : « Eh bien, Papy, on en a assez ? »

Hoftaller insista : « Juste une petite demi-heure. À mes frais, ça va de soi.

– On verra ça demain.

– Entendu. »

Puisque apparemment il n'avait plus le choix, Fonty haussa les épaules et les laissa retomber. S'il n'y avait pas moyen d'y couper, autant que ce fût de bonne heure. Il fit remarquer que le lac était peu fréquenté dans la matinée. Et qu'il aimait aller seul en barque, mais qu'il acceptait cette invitation, exceptionnellement. Ils s'éloignèrent, leur paire d'ombres à leurs pieds.

On peut supposer qu'en gagnant la station Zoo toute proche, ils ont échangé des propos plutôt anodins. Ou bien faut-il les voir sur le pont Lichtenberg, au-dessus du Landwehrkanal ? Ils prirent par ce pont parce que la Trabi était garée sur la Lützowufer. Ce fut encore Fonty qui dut suivre Hoftaller.

Sur la berge qu'ils suivirent pour rejoindre la voiture, une plaque commémorative arrêtait le passant pour l'informer que, dans la soirée du 15 janvier 1919, la socialiste Rosa Luxemburg avait été assommée et jetée dans le canal par des officiers et des soldats de la division de la cavalerie de la garde, et que cent mètres plus loin, là où le canal débouche dans le Nouveau Lac, Karl Liebknecht aussi avait été assassiné.

Ils se tenaient devant la rambarde, où de grandes lettres en fonte voulaient honorer la mémoire des victimes. Hoftaller fit remarquer qu'une inscription également métallique précisait que tout cela avait été fondu en 1987 par les forges d'État VEB-Lauchhammerwerk, et il savait aussi que l'État des Ouvriers et Paysans avait favorisé cette tardive initiative occidentale : « Cela a transité par nos contacts à Berlin-Ouest... » Fonty dit alors : « Les services n'ont jamais fait rien à moitié. Ce que commencent les Tallhover, les Hoftaller le continuent, ne serait-ce qu'en incitant les meurtriers d'hier à ériger aujourd'hui des monuments à leurs victimes. 1919, c'est du reste notre année de naissance ; moi, en tout cas, j'ai l'impression que nous étions là. »

Hoftaller ne répondit rien. Ses yeux vieillis ne cillaient pas, son sourire était figé. Ensuite, lorsqu'ils furent assis dans la Trabi, pas un mot non plus. Il fallut attendre la Kollwitzstrasse, où ils se rendirent directement, pour que l'ombre-diurne-et-nocturne de Fonty reprenne du poil de la bête : « Vous avez raison une fois de plus, Wuttke. Rien n'est passé. Il traîne partout de fâcheuses omissions. Pas étonnant, que le biographe de Tallhover énumère échec sur échec... Par exemple, la Luxembourg aurait dû être suivie sans interruption... Kautsky également... En 1913, Lénine est de nouveau chez lui... Et chez la Luxemburg, dans la Cranachstrasse... Nous aurions dû intervenir, agir à temps, il est certain qu'alors l'histoire aurait pris un tout autre cours... Ah, Fonty, parfois je me demande comme votre Immortel : "À quoi bon tout cela ?" Je sens la fatigue... Je perds pied… C'est comme une crise spirituelle… J'ai absolument besoin d'aide… Mais si, il faut que nous ayons une explication, d'homme à homme ; le mieux serait demain, en barque… Mais je ne veux pas anticiper. Reposez-vous, Wuttke. Ce sera sûrement éprouvant… »

20. Échange de places

Mais il ne trouva pas le repos. Toute la soirée, et jusque tard dans la nuit, Fonty usa le tapis chinois rouge de son bureau, refusant d'écouter Emmi, qui ne cessait de venir de la cuisine pour frapper à la porte : « Mais arrête donc de tourner comme un tigre en cage. Viens plutôt manger quelque chose, Wuttke. Y a des tartines et de la salade de tomates. »

Il poursuivait ses allées et venues. Depuis le récit thérapeutique de ses années d'enfance, jamais il n'était resté en mouvement avec autant de ténacité. Certes, quelqu'un d'autre l'avait récemment emmené en voyage : la pauvre Effi, dont la vie rapidement consumée n'avait paru en prépublication qu'en 1894 et s'était répandue l'année suivante sous forme de livre, d'abord au pitoyable nombre d'exemplaires habituel, mais ensuite tirage sur tirage – il en était déjà au *Stechlin* –, et à présent il avait l'impression d'être refoulé vers le passé, comme si le tapis avait rajeuni. Les vieux souvenirs faisaient remonter leurs dessins. Et tout exigeait d'être nommé : « Pommade de Chine et pastilles à l'ammoniaque. La pharmacie Salomon de Gustav Strude. Les lettres à Wolfsohn. Avec Richard Kersting derrière le comptoir. Et un beau jour entra cette jeune personne, la fille de jardinier du faubourg neuf, qui venait chercher de l'huile de foie de morue pour son petit frère… Ah, Lena Strehlenow… Tout ça dans la plus grande confidentialité… Recoins dans les roseaux… Des baisers, si brûlants… Mais pas un secret qui résiste à ce chien de chasse, dont la truffe n'avait pas lâché la trace depuis le club Herwegh de Leipzig jusqu'à l'aimable Dresde… Tout, il a tout débusqué, même son grain de beauté au-dessous du cœur, et que sa chevelure blond cendré n'était pas très épaisse. Ah, Lena !

« Ses mains étroites, toujours crevassées à force de rempoter les plantes et d'arracher la mauvaise herbe. Elle aimait bien chanter, même si ce n'était que d'une voix fluette, dès que, sur les prairies de l'Elbe ou en barque, nous avions le cœur à la liberté et au chant. Que sont devenus, hélas ! les amis révolutionnaires ? À Leipzig, nous étions faibles de six ou huit hommes. Deux – Blum et Jellinek – ont été plus tard fusillés à Vienne. Deux ont périclité en Amérique. Deux autres sont devenus des philistins saxons. Seul Wolfsohn est resté. Et Max Müller, le fils du poète de *La Belle Meunière*, est allé trouver la gloire sur le sol anglais. Il savait le sanscrit, donnait des cours à la reine, conseillait l'Empire pour tout ce qui touchait à l'Inde, si bien qu'aujourd'hui encore les instituts culturels qui, ailleurs, portent le nom de Goethe, s'appellent là-bas Max Mueller Bhavan. En tout cas, il devint quelqu'un – le seul, si l'on ne tient pas compte du proverbial “fusillé comme Robert Blum” ni de l'Immortel, qui avait su se retourner et qui survivait à tous ses amis ivrognes de liberté, tant bien que mal mais plutôt mal que bien. Avec lui hibernaient la pauvre Effi et naturellement le vieillard qui ne portait qu'à regret le prénom de Dubslav. Les Treibel repoussaient toujours, comme le chiendent. Mathilde Möhring, indestructible. Avec Schach a survécu la peur du ridicule. Quelques ballades, inexpugnables. Mais il restait aussi Lene, cet écho toujours retentissant, malgré l'omission de toute confidence sur l'oreiller, du bref – non, du bonheur de Dresde chaque fois prolongé, qui traversa six ou sept ans ou tout au moins s'épanouit à plusieurs reprises et fit même son affaire, comme accessoirement, des fiançailles avec Emilie, s'y aiguisa – fût-ce par peur de la fin –, si bien qu'il faut attribuer au bonheur des prairies de l'Elbe deux enfants tenus secrets, dont seule la première née, Mathilde, survécut à toutes les maladies, tandis qu'Ernestine ne tarda pas à mourir, au bout de deux ans à peine de pension alimentaire : diphtérie… Mais pour la mère, vérifiable, mais si, elle s'appelait Magdalena Strehlenow et avait dix-huit ans quand je l'ai prise, quarante bonnes années plus tard et de son vivant même – vieille femme, elle fut entourée de soins par sa vaillante fille Mathilde à Konitz, en Prusse occidentale – il fut possible de la rajeunir et de la faire renaître, par une cure littéraire, sous le nom de Lene Nimptsch dans *Errements et Tourments* ; car l'anecdote qui parle de la fille du concierge de l'Académie, qui du reste avait les cheveux noirs, est une pure absurdité répandue par la famille, Mete comprise, hélas ! – mais d'abord par les fils. Un mensonge intentionnel dans lequel n'a évidemment pas donné mon espion favori : il a tout farfouillé, l'allusion onomastique, les chlorotiques vers de clair de lune, car nous avions toujours Lenau dans la barque, celui qui s'appelait en fait Nikolaus Niembsch, chevalier de Strehlenau, qui partit en Amérique, revint, désespéra de son époque et devint fou, mais dont les vers sont immortels, de sorte qu'en ramant, ses *Chansons des roseaux* et plus tard *de la forêt*… Oui, nous ramions sur des eaux calmes, presque dormantes. Parfois nous laissions dériver le canot. Il n'est pas impossible qu'ait été engendrée dès alors une enfant littéraire qui vint au monde sous un titre éternel. Un roman plutôt mince qui me coula de la plume tandis que je travaillais encore à *Cécile* ou à *Stine*, ou qu'elles étaient dans les tiroirs, et les huit premiers chapitres à l'Entrepôt de Hankel, justement, où ce diable de canotage se poursuivit, car il en va de la Spree comme de l'Elbe… Mais ce n'est que trois ans plus tard que parurent en prépublication, peu après *Cécile*, les *Errements et Tourments*, de fin juin à fin août dans la *Voss*, car j'estimais d'une part que seul le public averti de ce journal qui se déconsidérait par ses idées libérales était à même d'apprécier ce qu'il y avait là de berlinois ; et d'autre part je me disais : Mon Dieu, qui va lire des nouvelles par une telle chaleur ? De fait, ce fut un échec retentissant. Bourgeois et aristocrates au coude à coude dans l'hypocrisie. Comme si j'avais prévu les Treibel et leur suite. Jusqu'à un propriétaire associé de la *Voss* qui manifesta son indignation : "Cette épouvantable histoire de catin va-t-elle enfin cesser…" Ils l'ont proprement liquidée, ma Lene, cette bande de philistins. Ces prêcheurs de beaux principes !

Ces moralistes d'après-déjeuner ! Et pourtant, à la différence de Zola, dont la lecture se situait pour moi, à l'époque, entre l'horreur et l'admiration, j'ai même laissé de côté toute laideur, toute scorie de la passion, même la misère sociale, je les ai même évitées presque trop soigneusement, parce que… Ce n'est que quand le livre a paru que, trop tard, bien trop tard, Schlenther et Brahm ont exprimé leur respect, de sorte que ma Lene, si elle ne m'a pas rapporté d'argent, m'a du moins valu un succès d'estime, et rien de plus… Et voilà qu'arrive cet espion de toujours qui fouille dans les cartons, qui ouvre un dossier depuis longtemps prescrit et qui dit : "Selon mes documents il s'agit…" Qui chuchote : "Selon le rapport des informateurs, on a vu à plusieurs reprises, jusqu'au cœur du mois de septembre, les deux personnes concernées ramer sur les eaux calmes de bras latéraux de l'Elbe, à l'occasion de quoi on entendait des poèmes qui n'avaient cependant rien de révolutionnaire et ne pouvaient en aucune façon être rapportés à la cible Herwegh. S'y exprimait plutôt une certaine décadence bourgeoise…" Et maintenant cet espion veut monter dans la même barque que moi… Prétend aller sur l'eau volontairement… J'aimerais bien savoir s'il sait nager… »

C'est sans doute avec cet appétit de souvenirs et peut-être bien de vengeance que Fonty – malgré les objurgations d'Emilie – s'épuisait sur son tapis et se préparait au canotage du lendemain. Mais il en alla autrement. C'était dans la mauvaise direction que son voyage pédestre l'avait fatigué. Une fois de plus, son ombre-diurne-et-nocturne le prit de vitesse.

Au Café du Lac, il n'y avait guère de clients de si bonne heure, mais l'homme ponctuel qu'il était attendait déjà sur l'embarcadère, après avoir payé d'avance pour ne pas laisser de pièce d'identité. Il était bariolé comme un touriste. Fonty l'aida à monter dans la barque vacillante. Et Hoftaller, qui normalement était capable de tout, dit : « Je regrette de ne pas savoir ramer, à vous l'honneur, Wuttke. À vous de vous atteler. Mais prudence, hein, je ne sais pas nager. »

L'un à la poupe, l'autre sur le banc du rameur. Ils étaient

assis face à face, et cependant leurs genoux ne se touchaient pas. Fonty tenait le cap dans le chenal étroit qui menait au lac. Toujours l'été indien, une lumière oblique. Dans les buissons de la rive, où la rosée du matin restait plus longtemps, scintillaient de vastes toiles d'araignées, chacune pour soi, tendue vers son propre centre, et cependant entretissées les unes aux autres, comme si le fil n'avait pas de fin, comme si l'application des araignées mise en lumière par la rosée humide voulait dire quelque chose au rameur et à son passager : regardez donc ce travail inlassable ! Admirez notre compétence pleine d'art, notre utile beauté. Et jamais nous n'abandonnons. Sans cesse nous cherchons le défaut du système. Toujours une lacune à combler. On peut se fier à nous. Et pourtant nous traînons après nous une mauvaise réputation. Notre récompense, c'est l'insulte. Seule la proie qui se prend dans notre toile éprouve sans conteste de l'intérêt pour nous. Même la mouche à excréments, par ailleurs objet de mépris, a droit a des vers rimés…

Nous ne conjecturons pas, nous savons : peu après cette partie de canotage, Fonty a griffonné un quatrain et l'a mis au propre, à l'encre, dans une lettre au professeur Freundlich qui, à Iéna, était pris à la gorge :

> Dans la toile aux mailles extrêmes
> bourreau et victime s'enfoncent ;
> si près, sont-ils frères, heureux même ?
> Belle question, mais sans réponse.

Peut-être est-ce en raison de la trop grande proximité de cette métaphore scintillante que Hoftaller a demandé au rameur de s'éloigner de la rive et de mettre le cap sur le milieu du lac : « Là, nous pourrons nous laisser dériver un peu. Fantastique, Wuttke, la manière dont vous faites ça. Z'avez de l'exercice. Chapeau ! C'est vrai qu'enfant, déjà, sur le lac de Ruppin, et puis plus tard sans cesse… »

Après avoir donné quelques puissants coups de rames, Fonty rentra celles-ci, les égoutta et dit, lorsqu'ils furent à une distance suffisante aussi bien de l'île qui servait de réserve aux oiseaux que de la rive du lac : « Allons au fait ! Commençons l'interrogatoire. Où en étions-nous restés la dernière fois ? Dresde, été quarante-deux ? Ou bien faut-il réitérer l'opération destinée à circonscrire, observer, espionner, tirer la substance, isoler, conduire, dénicher ? Wolfsohn et Müller vous ont filé entre les doigts, mais Blum, collé au mur, et Jellinek aussi, un pauvre petit étudiant. L'araignée n'est-elle toujours pas satisfaite ? Eh bien, allez, Tallhover, pressurez, pressurez-moi. Je suis heureux qu'il me soit permis de donner mes dernières gouttes de jus. »

Par-dessus le rebord de la barque qui dérivait doucement, Hoftaller, tant était visible le plaisir que lui procurait cette partie de canotage, laissait glisser sa main gauche dans l'eau : « Mais mon cher ami ! Qui irait prendre les choses de manière aussi personnelle ? Leipzig, Dresde ! Une bagatelle ! Il y a longtemps que ce dossier est clos et n'intéresse plus que l'histoire littéraire. Avec ça, on pourrait tout au plus combler une lacune aux Archives, pas plus. Mais il en va tout autrement des sorties en barque d'un deuxième classe, puis première classe de la Luftwaffe nommé Theo Wuttke, que plus tard, beaucoup plus tard, tout le monde appelait Fonty, raison pour laquelle, aux temps de l'Union culturelle, nous l'avons utilisé comme informateur sous ce pseudonyme. Et ce soldat ne ramait pas sur les eaux de l'Elbe, qui coulaient tranquillement, mais au début sur les flots un peu trop puissants du Rhône, tandis que la ville de Lyon se dressait fière et dédaigneuse dans son dos, et plus tard dans une région très riche en lacs au nord-est de la ville. Et comme j'ai déjà eu l'occasion de le suggérer, ce n'était pas, au printemps guerrier de l'année 44, une fille de jardinier qui était assise en face de lui, mais bien la fille du cafetier Marcel Blondin. Comme moi, elle laissait glisser sa main dans l'eau, visiblement comblée. On canotait souvent. La Dombes, voilà le nom de la région où se trouve cet ensemble d'eaux poissonneuses. Quelquefois le fils de l'aubergiste, Jean-Philippe, était de la partie, non pas comme chaperon, mais… Laissons ça de côté. Bavardons un peu, parlons plutôt de Madeleine, qui, au passage, était blond cendré depuis le sommet du crâne. Qu'est-ce qu'il y a, Wuttke ? Arrêtez donc de balancer la barque ! Vous avez toujours raffolé du blond cendré. Mais arrêtez ! Je vous l'ai dit, je ne sais pas nager. Et si ça continue à balancer comme ça… Je ne veux pas finir noyé… »

Fonty, certes, mit fin à sa protestation sauvage, mais la peur, à grands coups, actionna ses rames jusqu'à la berge, à la retombée des saules pleureurs, aux toiles d'araignées dans les buissons, et il criait entre les coups de rame : « Je ne veux rien entendre… Je l'ai remâchée cent fois, cette histoire… À Hiddensee déjà, j'ai dit… Mais si, juste un petit flirt… Ça se faisait à l'époque, surtout à l'arrière… Aussi gentil qu'inoffensif, en fait… Un peu de canotage… Quelques excursions à Chalamont, où on pouvait louer une barque de pêcheur… Du reste l'invasion nous a interrompus… Et puis en août le soulèvement de Lyon… Trop tard pour le frère de Madeleine… Et moi, ordre de marche… Partout la retraite… Fait prisonnier… Plus tard le camp de Bad Kreuznach… »

Quand Fonty, comme pour y chercher refuge, voulut garer la barque sous les branches retombantes d'un saule pleureur qui se trouvait non loin de nous, Hoftaller se fit plus sévère et menaça avec sa formule bien connue : « On peut aussi faire autrement ! » Puis il ordonna de s'éloigner de la rive. Ce qu'il avait à dire n'était pas fait pour des oreilles comme il en traînait sur tous les rivages, mais seulement pour l'ancien première classe Wuttke : « Nous n'allons pas nous mettre une affaire sur le dos, si ? »

À nouveau au milieu du lac, Fonty rentra les rames, les égoutta, ôta son chapeau, le posa à côté de lui, s'essuya le front : « Bon, oui. Elle s'appelait Madeleine Blondin. Son frère, qui suivait un apprentissage d'électromécanicien, devait faire partie de la Résistance. En tout cas, il a été arrêté. Non, pas par les nôtres, c'est la gendarmerie de l'endroit qui l'a emmené. Comme sa sœur, il s'intéressait à la littérature. Je leur faisais la lecture à tous les deux, si, dans le bateau. Exact, *Errements et Tourments*. Mais aussi Raabe : *La Galère noire*. Une belle époque, mais courte. De temps en temps sur un autre lac. À la fin, près de Bourg-en-Bresse. Quelques mois plus tard, déjà, il a fallu évacuer Lyon. De plus, j'étais certes envoyé à Berlin, mais, comme je l'ai dit, j'ai été fait prisonnier. Mission terminée. Point final à tout. Bon, oui, des souvenirs, des moments de bonheur, mais ça, je demande l'autorisation de ne pas en parler. »

Hoftaller prit son temps en allumant avec solennité un cigare de ses réserves cubaines. Dérivant avec la barque, il suivait des yeux la fumée : « Bien, bien, Wuttke. Ou préférez-vous que je vous appelle Fonty, puisque c'est sous ce nom qu'on a réclamé Theo Wuttke, il y aura bientôt un an, le quatre novembre, sur l'Alexanderplatz – "Fonty ! Fonty !" ? Un bon discours, du reste : confus et adapté aux circonstances. Donc, mon cher Fonty, je cède. Mettons fin à notre promenade en barque. Passons pour l'instant sous silence vos excursions illégales dans les Cévennes, ne mentionnons que par allusion les contacts avec la Résistance, ne touchons que brièvement, puisque vous le voulez, à vos moments de bonheur, mais je ne peux faire autrement que de signaler, et je fais appel à votre compréhension, que votre brève amourette, d'un point de vue purement humain, n'a pas été sans conséquences. Ni l'invasion – que l'ennemi appelait le "Débarquement" –, ni la retraite précipitée, encore moins votre captivité, ne sauraient effacer un témoignage qu'il a fallu quelque temps pour porter à terme ; en tout cas, peu avant la fin de la guerre, une petite fille a vu le jour à qui sa mère a donné le joli nom de Cécile. Non, pas Mathilde cette fois. Mais je vois qu'il faut vous épargner. Faisons une petite pause, Wuttke. Laissons-nous dériver un peu. Savourons le mois de septembre. Pas de plus belle saison que cet arrière-été ou ce début d'automne, selon la manière dont on voit les choses. Une idée géniale, de ramer et de bavarder en ramant, à propos de tout et de rien. Une enfant en bonne santé, du reste, la petite Cécile, elle a superbement grandi, bien que la mère… Elle a été rasée en public… Et promenée dans les rues… C'était honteux, Fonty… Mais, cher ami, je ne voudrais pas vous attrister… »

Là-dessus, plus que les bruits de l'eau vert mousse. Des autres barques venaient, par salves, des éclats de rire déformés. Dès qu'il soufflait un petit air, cela sentait les brochettes. Sur la pelouse-solarium, un couple ou un solitaire avait mis au maximum le volume de son transistor, qui couvrait tout le secteur. Dans la barque, les deux hommes se taisaient. Comme le soleil commençait à monter, Fonty remit son chapeau. Son visage, dans l'ombre, n'exprimait rien. Et tandis que le temps passait, Hoftaller regardait s'allonger la cendre de son havane, comme si elle pouvait livrer quelque chose d'important, quelque chose de chiffré, un mot de passe.

Mais à peine sa main droite, tenant le cigare, avait-elle franchi le rebord que, prouvant qu'il fumait avec une soigneuse tranquillité, et soit par suite de sa longueur excessive, soit sous l'effet d'un léger tapotement, le chiffre tomba à l'eau en même temps que le morceau de cendre en faisant un bruit de friture. Après avoir poussé un petit soupir, Hoftaller dit : « Ah, l'Allemagne », pour se montrer sans transition bien décidé : « Échangeons donc nos places, Wuttke. Maintenant, c'est moi qui vais ramer. Vous pouvez vous reposer un peu et m'écouter un petit moment. Mon Dieu, quels temps vivons-nous ! Tous les jours l'Histoire se fait ! Dans une bonne semaine, ça y est, la patrie est unifiée. Ça va mal se passer, à coup sûr ! » Et il était déjà debout : Fonty rentra les rames et se leva aussi.

Il nous semble avoir entendu le bruit de friture de la cendre. Après quoi les choses se passèrent en silence. Vue de la pelouse ou de bancs installés à l'ombre, mais aussi des autres canots, une image angoissante s'offrait : l'échange des places entre deux vieux messieurs dans une barque chancelante. Pour l'instant, ils restaient dans l'expectative, comme s'ils attendaient un ordre. Ils étaient debout face à face, l'un grand et maigre, l'autre trapu sur ses petites jambes, tous les deux les bras ballants comme dans une position suspensive, de vraies statues, jusqu'à ce que la barque retrouvât l'immobilité. « Allez », chuchotai-je.

Vu de la berge, l'échange des places se déroula sans un mot ; et nous renonçâmes à donner rétrospectivement un texte à cette pantomime, bien qu'il restât encore beaucoup de choses qui n'avaient pas été dites. Hoftaller par exemple, après s'être encore une fois – et celle-ci non sans quelque angoisse – déclaré incapable de nager, aurait pu ouvrir son tiroir secret et rappeler que lors de bien des parties de canotage sur les lacs du nord-est de Lyon, on avait aussi changé de place, et Fonty aurait dû concéder qu'il quittait le banc du rameur et, installé à la poupe, distillait d'une voix claire à un magnétophone soustrait aux magasins de la Wehrmacht de bonnes paroles en faveur du rameur Jean-Philippe et de sa sœur Madeleine. Tout cela sur des eaux tranquilles. Quasiment pas de bruits parasites. Mais ce secret ne fut révélé que plus tard, quand Fonty reçut une décoration.

Toujours est-il que les deux hommes se faisaient face en silence. On n'entendit aucun commandement déclencheur ; à moins que ce ne soit mon chuchotement qui leur ait donné le coup de pouce : voici qu'ils se mirent à changer simultanément de territoire. À petits pas glissés – du moins était-ce la simple conjecture qu'on pouvait faire de la rive –, ils se déplacèrent d'une semelle et puis d'une autre, les mains libres d'abord, les bras toujours ballants, puis en association, s'accrochant l'un à l'autre parce que la barque commençait à vaciller et eux-mêmes avec la barque. Les mains de Fonty reposaient sur les épaules agrippées de Hoftaller, tandis que ce dernier se tenait aux hanches de Fonty.

Ce que l'on entendait maintenant de la berge, c'étaient les indications que recevait Hoftaller, et qu'il suivait parce que sa cible avait une certaine expérience en matière d'échange de places dans un canot. Le couple entrelacé se poussait et tournait dans le sens des aiguilles d'une montre. Danse solennelle de plantigrades. Ou cérémonie d'une gravité rituelle. Ou embrassement comme ceux qui reposent sur la certitude bien connue d'être dans le même bateau.

C'était vrai à tous les égards, et Fonty aurait pu en concevoir un nouveau quatrain ; comme rime à « chavirer », il aurait eu « se noyer ». Mais, en ce moment, il n'avait pas la tête à fabriquer des vers.

Enfin ils avaient échangé. L'enlacement se défit. Nous respirâmes. J'avais envie de les voir rester ainsi un instant encore ; et comme pour exaucer mon souhait, les deux hommes qui avaient survécu à cette épreuve du feu se tinrent à nouveau debout, les bras ballants.

Lorsqu'ils prirent leurs distances, tâtèrent du pied le sol derrière eux, s'installèrent à leur nouvelle place, on put noter de la rive que Hoftaller, maintenant assis sur le banc du rameur, avait gardé tout le temps de l'échange, au milieu de la figure, son cigare réduit à la dimension d'un mégot ; et le havane tirait encore, car il émettait des signaux de fumée que nous autres des Archives étions incapables d'interpréter, puisque aussi bien, quand il s'agissait de Hoftaller, nous en étions réduits aux conjectures, à moins que l'ombre-diurne-et-nocturne ne parlât.

Fonty était assis dignement à la poupe, rectifiant la position de son chapeau de paille qui avait un peu glissé. Le rameur aux forces rafraîchies passa les rames dans les tolets et fit dès le premier coup la démonstration de sa maladresse. Les pales allaient bien trop profond, puis pas assez, ou trop verticalement, faisant jaillir des gerbes d'eau. Tout cela avait l'air pitoyable. Tant d'efforts pour si peu de résultat ! Tant d'énergie bien exercée à l'inutilité ! Tant de mouvement à vide !

Mais il ramait. Bariolé, en manches courtes, il ramait en rond et expulsait à chaque coup de rame, par salves ou isolément, des mots, des exclamations, des éclats de rire, des phrases ramassées ou d'une certaine longueur, souvent incomplètes, qui toutes avaient pour cible l'Allemagne, étaient frappées au coin de son unité et retentissaient pardessus les eaux du lac jusqu'aux berges et même bien audelà de la pelouse-solarium et du transistor déchaîné.

Pour nous, son discours fut une sorte de dictée : « Manteau de l'Histoire ! À saisir ! Pas d'hésitation… Fallait faire vite, pour que rien ne puisse… Il y a longtemps que nous concoctions ça… Mais ils ne voulaient rien savoir, les vieillards de Wandlitz, ah… Projet sur projet depuis quatre-vingt-cinq… Pour rien, toujours pour rien… Et bientôt plus moyen de compter sur les Russes… Plus que glasnost et perestroïka… Mais sans être adossés à la puissance soviétique… Rien ne venait plus, que du bla-bla… Qui arrive trop tard… punition… Dans le principe, c'est juste. Mais bientôt plus moyen de les tenir. Plus que des cris : Nous sommes le peuple ! Certes, du vent, mais dangereux… Nous a fallu agir, hein, parce que cette histoire de troisième voie, encore plus dangereux… Ça n'existe nulle part : troisième voie ! Ni chez nous ni dans le capitalisme. Ceux de l'Ouest voyaient les choses pareil. Alors on l'a ouvert, n'est-ce pas, le Mur… Bim, bam, boum ! Et voilà, c'est ouvert. Mais si, c'était nous ! Voulions créer une situation nouvelle. Z'avaient bonne mine maintenant, avec leur troisième voie… Pouvaient la mettre au panier. Et nous avons juste fait une petite correction encore… Il suffisait de changer un seul petit mot… D'abord à Leipzig, puis partout… Vous voyez, Wuttke, ce que peut faire un simple mot… Non plus *le* peuple, mais *un* peuple – un seul ! Minuscule différence ? Exact ! Mais elle a permis – tout ! Et l'Ouest, il n'en a d'abord pas cru ses oreilles, mais il a vite compris et prêté la main. Y a que chez nous qu'y avait de petits espoirs. Tout simplement ridicule, table ronde ! Voulaient mettre la Propriété du Peuple sous séquestre, la protéger des griffes capitalistes, une mesure démocratique ils appelaient ça… Naturellement que l'Ouest n'en voulait pas, parce qu'à bien regarder c'étaient que des valeurs isolées, immeubles ou installations industrielles, qu'on pouvait maintenant avoir tous à la fois… Des milliers de coups de dents, et plus… Mais pas sans nous. On a notre mot à dire, telle était notre devise. Ceux d'en face voulaient naturellement tout avoir pour une bouchée de pain et ont commencé à chipoter. On a vite changé de devise… Pas question de monnaie de singe ! Si le mark ne vient pas à nous, nous irons le chercher en face. Ça a marché. Ils paient à ne plus savoir où ils en sont, maintenant… Ce sera de plus en plus cher… Et tout ça à crédit ! Je vois venir une gigantesque montagne de dettes… Mais allons, Wuttke, ce n'est pas notre affaire ! On va les faire réduire à petit feu, bien cuits, jusqu'à ce qu'ils soient aussi petits et aussi laids que nous. Ha ha, des Germains-nains, ça, c'est une unité à notre goût. Encore quelques jours, et il n'y aura plus moyen de revenir en arrière… Parce que s'ils ne paient pas, il y a encore d'autres tonneaux à ouvrir… Ah, la Normannenstrasse ! Y a suffisamment de quoi dans la cave, des quantités, des kilomètres de dossiers… Enquêtes opérationnelles, bave d'informateurs, confidences sur l'oreiller, exploité, tout ça… Et dans les deux Allemagnes… Il faut bien que ça paye, à la fin… Et nous ? Nous, on n'est plus là, mais on se rend utiles, on sait exactement où se trouve quoi et ce qui fait doucement tic-tac… Ah, partout maintenant on veut de la transparence ! Nouvelle sincérité ! La vérité toute nue pour ainsi dire. Eh bien, allons-y : mettons le passé en lumière… Ha ! ils vont l'avoir ! Sans problème ! Gratis et argent comptant… En grandes et petites portions. Non, pas tout à la fois. Nous allons les nourrir bouchée par bouchée… Puisque ça les excite… C'est parti, Wuttke ! C'est parti. Unie et propre ! Ha ! Et même régime à l'Est qu'à l'Ouest. C'est ce que nous avons toujours voulu, d'ailleurs… Enfin notre Allemagne sera propre… »

Nous nous arrêtons là, parce qu'à cet endroit de son discours, à moins que ce ne soit un peu plus tard, le rameur Hoftaller laissa plonger les rames et dériver le bateau. Conjecture ou fait avéré, la sueur coulait de son front. Il ôta sa casquette : piques de cheveux couvertes de sueur. Son cigare, il l'avait craché, mégot froid, peu après le début de son discours. À présent, il cherchait les restes de son barreau de chaise cubain dans les fentes du caillebotis qui couvrait le fond de la barque. Il cherchait, cherchait. Nous pariâmes sur un épuisement momentané.

Fonty, qui, dans une attitude immuable, avait impassiblement joué les auditeurs, se leva, rentra les rames, qui brimbalaient dangereusement dans les tolets, et se rassit à la poupe. Il se taisait, mais il aurait pu applaudir ou hocher la tête et défendre la troisième voie ; mais il se taisait.

Vu de la rive, l'essentiel avait déjà eu lieu. Quand Hoftaller eut enfin trouvé son mégot et se donna du feu, la barque était tranquille et ne dérivait presque plus. C'est alors seulement, après avoir enlevé son chapeau, que Fonty prit la parole : « C'est ce qui va se passer, ou à peu près. Il n'y a pas de victoire impunie. C'était la même chose en soixante-dix-soixante et onze. L'unité allemande, c'est toujours l'unité des requins et des malfrats. Sinon qu'à l'époque existait le "quatrième état", la classe ouvrière. On pouvait mettre en elle un espoir. Du moins on en avait l'impression. Et pourtant, il faut nous féliciter, même aujourd'hui, que les choses se soient passées comme elles se sont passées, même si la vieille Mme de Wangenheim disait… »

Puis il se leva à nouveau et suggéra à Hoftaller, qui était toujours en sueur, un autre échange de places. L'ombre-diurne-et-nocturne obéit. Comme exercés, ils furent debout face à face, s'enlacèrent, changèrent de rameur, lentement, d'un pied sûr, car la barque gîtait à peine.

Puisque cette danse sur place était pour nous une image connue, nous cantonnâmes notre intérêt, depuis la rive, à d'autres barques. Nous entendions du bruit et des rires dont le vaste écho recouvrait la surface du lac, voyions au loin le couple de cygnes, et plus près grand nombre de canards. Et puis nous nous divertîmes au spectacle d'un rameur solitaire que Fonty eût lui aussi trouvé original, car ce jeune homme – il portait des lunettes, c'était peut-être un étudiant – avait fixé à la poupe de son canot un appareil avec déclencheur. Il s'estimait digne de multiples instantanés où il figurerait, rameur à lunettes, sur des arrière-plans infiniment divers. Il nous semblait entendre les déclics.

Entre Hoftaller et Fonty, il n'y eut plus de confessions. Rien ne voulait remonter du passé. La partie de canotage touchait à sa fin. Fonty, à coups de rames tranquilles, mit le cap sur l'embarcadère. J'avais espéré qu'il gagnerait l'un des bras silencieux du lac et y trouverait l'endroit ombreux où, hier encore, une robe déchirée, qui plus est écarlate, témoignait d'un possible meurtre ; mais Fonty voulait garder ce secret d'avance sur son ombre-diurne-et-nocturne.

À peine eurent-ils débarqué que Hoftaller dit, souriant à nouveau au-dessous d'un front sec : « Du reste, il y a une surprise. De la visite. Vient de France. Vous avez droit à trois réponses. Alors ? Ça ne vient pas ? Pour ne pas vous mettre plus longtemps à la torture, c'est votre mignonne petite-fille qui pour ses études, mais aussi pour des raisons privées… J'ai été ravi de la retrouver après une assez longue correspondance. Son nom est en fait Nathalie, mais elle veut qu'on l'appelle Madeleine, comme sa grand-mère, naturellement. Elle a l'intention de faire une visite aux Archives, mais avant, elle voudrait absolument rencontrer son Papy. Elle a apporté quelque chose, un cadeau peut-être. Qu'est-ce qu'il y a donc, Wuttke ? Pourquoi tremblez-vous comme ça ? Si vous voulez, j'organise une rencontre demain. Mais ne soyez donc pas si anxieux. Votre Emmi n'a pas la moindre idée – comment d'ailleurs… ? »

Fonty, debout, était pétrifié, comme s'il avait été touché par un archange. Rien, même une allusion plaisante à des preuves littéraires du bonheur tardif, aux romans d'Eugénie Marlitt par exemple, n'aurait pu faire fondre sa torpeur. Soudain, il décida qu'il allait payer la promenade en barque, mais Hoftaller avait déjà réglé les énormes frais : « Ça porte intérêt, Wuttke. Eh bien, alors quoi ? Ah, enfin nous parvenons à un petit sourire. Il était temps. Disons demain matin vers dix heures. Même endroit, même motif. Elle aime bien ramer, c'est sûr, la petite. Et d'après ce que j'ai entendu, le temps restera stable. »

Et puis ils ont encore pris une bière sous les marronniers du Café du Lac. On ne sait pas qui a offert la bière à qui. Nous, cela ne nous regardait plus.

21. Papotage sur l'eau

Toutes ces filles : Magdalena, Lene, Madeleine. En fait, cela dépasse notre compétence, car les Archives ne donnent de renseignements que sur la blanchisseuse-repasseuse qui se transforma en livre ; pour ce qui est de Dresde et de ses suites, nous sommes obligés de signaler des lacunes : la famille, Mete la première, a soigneusement effacé toute trace, s'il en existait. On voulait livrer à la postérité un Immortel impeccable. En dehors de la lettre à Bernhard Lepel où sont déplorées « une trop grande vigueur des reins » et une pension alimentaire, nous n'avons aucun document.

Et, dans le cas de Lyon et de ses suites, nous ignorions absolument tout. Mais Theo Wuttke traînait un poids sur la conscience, sans quoi Hoftaller n'aurait pas pu aussi longtemps le tenir au collet ; et comme, en tant que Fonty, il était des nôtres, mieux encore, qu'il était la manifestation vivante de notre matériau de papier, les Archives se virent chargées d'une mission qu'il était impossible de mener à bonne fin en restant assis à son bureau. Il nous fallut nous mettre au vert. Comme Hoftaller, nous fûmes envoyés en service extérieur. Comme des braconniers, nous étions accroupis dans les buissons ou dissimulés derrière des troncs de hêtre à la peau lisse. On se relayait. On répercutait le contenu des écoutes : des notes pour plus tard. Le matin qui suivit, c'était moi qui étais de service.

Pour résumer, on pourrait dire que la rencontre annoncée avec la petite-fille nous a plus surpris qu'elle n'a surpris le grand-père, dont le visage, quand il entendit parler de la dernière en date des Madeleine, ne laissa pas paraître grand-chose. Tout au plus pouvait-on, après le premier effroi, présumer une joie légère. Après tout, ses fils n'avaient pas de descendance, et de Martha, avec son tardif Grundmann, on ne pouvait guère espérer d'enfants. Il n'y avait pas de petits Wuttke. Et voilà qu'on avait des nouvelles d'un pays lointain, mais non pas étranger. Fonty aura sans doute ressenti d'abord une démangeaison qui l'aura ensuite submergé. À nous, il dit : « Au début, mon cœur s'est serré, mais bientôt, comme dans le conte, le cerceau de fer a sauté. »

Il s'est donc représenté Madeleine. Tandis qu'il allait et venait sur le tapis chinois, elle lui sera, en des formes changeantes – tout au long de la moitié de la nuit –, devenue tangible ; ou bien il la voyait à la table de la cuisine, au petit matin, assise à la place où Emmi lui faisait face sans se douter de rien, mais en remarquant peut-être que Wuttke avait son regard spécial : « Il voit parfois des choses qui ne sont même pas là. »

On peut concevoir qu'il l'ait fait venir d'une nostalgie mêlée et l'ait vue s'approcher tantôt en blond cendré, tantôt en blond insulaire, mais toujours en robes de coupe surannée et au drapé fort simple, pas de ruchés, rien d'endimanché à quoi il eût pu trouver à redire.

Peut-être a-t-il, devant sa petite-fille imaginée, fait l'essai de sa grande amende honorable et aligné intérieurement les phrases d'une confession exhaustive, qui aurait commencé à la Florence pécheresse de l'Elbe et aux faux pas précoces de l'Immortel, demandant l'indulgence parce que les méandres d'une époque conditionnée par le manque de liberté n'avaient pas conduit qu'en politique à des chemins erronés. Il lui aurait été possible de passer, dans un bond centenaire, du club Herwegh de Leipzig avec ses déclamations subversives aux grommellements des officiers dans les garnisons de France, et de là à sa correspondance avec la haute noblesse prussienne, les von Witzleben, Yorck, Schulenburg, et donc à l'attentat manqué. Et dans les subordonnées lui auraient échappé des allusions intentionnellement lyriques aux promenades en barque : à l'instant encore, quelques bras latéraux de l'Elbe au doux écoulement auraient porté la nacelle des amants, pour se transformer ensuite en lac tranquille près d'Ambérieux.

Fonty en avait le pouvoir. Les siècles lui étaient perméables. Selon sa géographie intérieure, la Spree se jetait dans le Rhône. Et grâce à l'écluse temporelle qui était en permanence à sa disposition, il aurait pu à maintes reprises faire animer une chevelure blond cendré par les souffles du printemps et tomber des rames, goutte à goutte, les susurrements d'amour du temps jadis. Sans aucun doute, il aurait réussi un quatrain : Qu'un fleuve ou un lac nous portât/ Ce fut l'amour qui nous frappa… Ou bien les citations auraient vu leur sens redoublé, vibrations du cœur et leur écho, errements, tourments une fois encore.

Ce ne serait pas dans la facilité et la complaisance qu'il aurait réussi cette confession séculaire, mais dans l'hésitation, comme s'il avait voulu s'attirer la confiance ; car, mon Dieu, avec quelle modestie, quel altruisme, sans jamais se plaindre, d'un cœur toujours serein, se contentant de suggérer parfois la mélancolie, les deux Madeleine, Magdalena Strehlenow et Madeleine Blondin, la fille de jardinier et la fille de cafetier, se sont données à l'aide-pharmacien, au première classe, et se sont confiées à l'Immortel ou à son revenant, afin que l'une devînt un modèle pour la postérité et que l'autre fût capable d'égaler celui-ci ; aussi bien Lene Nimptsch disait-elle à la fois en souriant et avec gravité : « Crois-moi, te posséder, posséder cet instant, voilà tout mon bonheur. Ce que cela deviendra, je ne m'en soucie guère. » Et Madeleine Blondin a tout pris au pied de la lettre.

Continuant à courir au-devant de sa rencontre avec sa petite-fille, Fonty aurait pu prendre sous son chapeau toutes les conséquences de la promenade en barque et solliciter l'indulgence. Mais comme, ignorant les détails accablants qui avaient fait suite au bonheur de la garnison française, il avait fait un saut par-dessus le temps, sa supplique se serait peu à peu enlisée dans les bégaiements. Que savait-il donc de l'affaire de Dresde, sinon qu'il fallait payer une pension alimentaire ? Et l'autre bonheur, il lui avait survécu dans une ignorance totale.

Seul Hoftaller, anciennement Tallhover, était au courant des conséquences qui avaient vu le jour à Lyon : il était et restait sur la piste. Pour lui, aucune affaire n'était jamais close, aucun dossier jamais classé. Et si Fonty paraissait tomber des nues, son ombre-diurne-et-nocturne apportait aussitôt des faits.

Son savoir aurait pu lui permettre de combler quelques lacunes de nos Archives, puisque aussi bien il se considérait comme un collectionneur prêt à compléter un fonds et comme un ami des mots couchés sur le papier, lesquels, recouverts ici, retouchés là, livraient quand même toujours des enseignements, fût-ce sous le vernis le plus épais ; Hoftaller raffolait du littéral, imprimé ou parlé. Il suffisait parfois d'une demi-phrase, par exemple la remarque lâchée au fil du bavardage, dans *Errements et Tourments*, par l'aussi beau que faible baron Botho s'apercevant que sa Lene était « en fait une petite démocrate », pour mettre en mouvement le Tallhover d'alors et – à son instar – l'Hoftaller d'aujourd'hui, sur une piste qu'il ne quitterait plus.

Nous pouvons témoigner que la cible Fonty, à des occasions convenables – dans le paternoster ou en faisant du pédalo à Hiddensee –, s'est vu rappeler quelques vérités que son ombre-diurne-et-nocturne appelait « faits » : « C'est un fait que le modèle de la Lene Nimptsch littéraire était une démocrate plus coriace que son amant, assez papillonnant et qui a changé aussi facilement de style que de convictions. Jusque dans la grande vieillesse – Magdalena Strehlenow est morte en 1904 – elle est restée fidèle aux idées de quarante-huit. C'est un fait qu'à l'époque des lois contre les socialistes, elle a été arrêtée quatre fois pour avoir contrevenu à l'interdiction des réunions non publiques. Mais elle n'en a pas démordu. Il n'y avait pas qu'en Saxe qu'elle était très demandée comme oratrice. On la disait en relation avec Clara Zetkin, sinon même son amie. Morte sans les consolations de l'Église. Et c'est un fait que sa fille Mathilde était rouge elle aussi, plus modérée, certes, tendance Bernstein, typique révisionniste, adversaire au Congrès d'Erfurt de l'aile révolutionnaire, ce qui la rendait d'autant plus dangereuse. Et même encore quand son mariage avec un étudiant dans la débine… »

Tous ces faits-là, et d'autres encore, Hoftaller les tenait prêts dès Hiddensee, mais ce n'est qu'après la partie de canotage sur le lac du Tiergarten qu'il en vint des détails saxons aux détails français. Ils étaient assis sous les marronniers de la brasserie en plein air. Fonty fit remarquer l'abondante maturité des fruits, les bogues éclatées, et dit : « Les premiers ne vont pas tarder à tomber », mais il voulut ensuite en savoir davantage sur l'étudiant dans la débine et la révisionniste Mathilde ; Hoftaller ne se laissa cependant pas détourner : « Ça, nous en parlerons plus tard, peut-être. Aujourd'hui, nous allons nous préparer à recevoir cette visite de France. Vraiment, une fille mignonne. Je n'ai pas fait trop de promesses. Son allemand est remarquable. Parle comme un livre. Pas d'angoisse, Fonty, vous n'aurez pas besoin d'aller chercher votre français de garnison. Elle vous fera plaisir, votre petite-fille, en secret peut-être, mais elle vous fera plaisir. Dès demain, Wuttke, votre cœur va faire boum… »

Nous aurions dû prendre plus de distance pour savourer la chose ; mais quel qu'ait été l'éloignement – Nathalie Aubron, qui se donnait cependant le prénom de sa grand-mère, était réellement charmante. Petite ou même délicate, tantôt vive et délurée, tantôt calme et tout ouïe, avec cela d'une naïveté non feinte et cependant d'une intelligence avenante qui invitait à la conversation et que Fonty ressentit immédiatement comme une invitation au canotage ; nous-mêmes, des Archives, nous nous serions bien assis dans une barque avec Madeleine, tant la manière avec laquelle elle supprimait les distances était sympathique, non, attirante.

Lorsque Fonty arriva, un peu en avance, à la location de canots, il profita de l'intervalle pour donner un drapé plus avantageux à la légère écharpe d'été qu'il portait normalement sans s'en préoccuper : il fallait mettre en valeur le motif écossais. Puis il se mit à faire les cent pas et à parler tout seul en marchant, à mi-voix, comme pour faire l'essai de ses mots d'accueil, ceux-ci par exemple : « Nous nous voyons bien tard, mais point trop tard. » Ou bien : « Me permettez-vous de voir dans notre surprenante rencontre un présent de l'automne ? » ou bien : « Mademoiselle, le fait que vous portiez le prénom de votre aimable grand-mère Madeleine éveille en moi de beaux, mais douloureux souvenirs. »

Mais quand Hoftaller fut soudain devant lui et que, à côté de l'intermédiaire qui avait permis cette rencontre familiale, « la Petite » apparut comme une personne qui venait instantanément à bout de toutes les craintes préalables et qui du reste, avec un « Bonjour monsieur ! » d'une clarté sonore et trois baisers posés comme le plus naturellement du monde sur ses joues, ne lui laissait placer aucun des mots de bienvenue concoctés, Fonty ne trouva rien d'autre, à plusieurs reprises, que : « Te voilà donc, mon enfant. » Après quoi il scruta son visage, et elle le sien.

Hoftaller ne tarda pas à devenir superflu. Certes, il resta quelque temps encore à traîner aux alentours, et son embarras nous réjouissait fort, mais il s'éloigna comme au commandement quand la petite-fille de Fonty lui donna congé avec autant de politesse que de détermination : « Je vous suis très obligée, monsieur Offtalère, de m'avoir ouvert le chemin qui menait à mon grand-papa. Et je sais tout le prix qu'il faut attacher à votre discrétion : à Montpellier, on ne soupçonne rien. C'est parfait. Il faut épargner Maman, qui a encore un peu de chagrin. On n'est pas obligé de – comment dit-on ? – de publier les choses à tous les vents, n'est-ce pas ? Mais je voudrais maintenant solliciter votre compréhension. M. Wuttke et moi-même avons beaucoup de choses à nous dire. »

Nous sommes d'avis que Hoftaller s'en alla de bon gré. Il en savait assez, de toute façon. En s'en allant, il ne laissait aucun vide ; et Fonty était heureux de pouvoir être seul avec sa petite-fille.

Comme s'il n'y avait pas eu d'autre choix possible, par exemple une promenade à travers le Tiergarten jusqu'à l'île Rousseau, il invita d'un geste à une partie de canotage. Et Madeleine, qui sauta la première dans la barque, lui offrit sa petite main enfantine pour l'aider à monter. Il l'en remercia avec un geste d'homme du monde légèrement teinté d'affectation théâtrale.

Madeleine était déjà installée au banc du rameur lorsqu'elle demanda comme une écolière : « S'il vous plaît, monsieur, je peux ramer ? Je le fais très bien. »

Belle image, peinte de la rive. La lumière changeait sous un ciel aux nuages intermittents. Touches de couleur, jeux d'ombres, transitions diluées, comme à l'aquarelle. De temps à autre, une rafale de vent ridait la surface, puis à nouveau les reflets. Les premières feuilles, coloriées, tombaient. Des libellules sur les lentilles d'eau. Déjà le lac s'ouvrait. À deux dans la barque qui glissait comme dans un rêve et qui, à n'y pas croire, rencontra un couple de cygnes. Et les buissons de la rive offraient des tableaux sans cesse renouvelés.

Ce que l'on voyait, outre les motifs peints, c'était que Madeleine n'était pas blond cendré, mais d'un châtain tourbillonnant ; ses cheveux courts contrastaient vivement avec la chevelure effilochée et blanche de Fonty, qui avait posé à côté de lui son chapeau, surtout lorsque la barque glissait à travers des ronds de lumière. Sa robe à petites fleurs, une vaste tunique où se dissimulait sa silhouette de petit garçon, envoyait un signal essentiellement bleu. Ses seins ne se mettaient en avant que lorsqu'elle tirait sur les rames, à peine suggérés. Elle ramait sans manches, les genoux serrés, comme si un entraînement l'avait accoutumée à cette attitude sportive. Ses bras maigres étaient vigoureux et musclés. De profil, son nez était pointu, un peu turbulent, dis-je à mon collègue.

Elle arpentait la rive en un large arc de cercle. Au début, Fonty tenta de mettre en œuvre son français plutôt clairsemé. Comme Madeleine parlait couramment, plus encore, avec une excessive correction qui semblait sortir d'une grammaire allemande surannée, le grand-père pourrait tout d'abord avoir demandé à sa petite-fille d'où venait la sûreté de ces connaissances qui cultivaient même le subjonctif imparfait, car dès le premier coup de rame, elle avait dit : « Si je n'eusse pas été certaine que tout cela se produit positivement et au grand jour, il m'eût fallu penser que je rêvais des choses bien merveilleuses. »

Madeleine répond en remontant loin dans le passé : l'amour mélancolique de sa grand-mère morte peu d'années auparavant, qui englobait tout ce qui était d'Allemagne, puis l'interdiction par la mère de mentionner à table quoi que ce fût d'allemand, jusqu'à une Volkswagen ou un coucou de la Forêt-Noire, ensuite la résistance assemblée, et qui ne prenait pas fin, contre l'ancienne puissance d'occupation, mais aussi le secret autour de l'amant disparu de la grand-mère, dont tout le monde se souvenait comme d'une canaille et personne comme d'un héros antifasciste – c'était tout cela, mais surtout l'amour introverti de la grand-mère, qui l'avait poussée, enfant déjà, par défi d'abord, puis par inclination, à apprendre cette langue difficile et souvent éloignée de toute logique, à la prendre finalement pour objet de ses études et – depuis la mort de la grand-mère – à se spécialiser dans la littérature allemande du XIXe siècle. « Monsieur peut me croire, ce n'a certes pas été un jeu d'enfant. »

Puis Madeleine se mit, tandis qu'elle ramait en direction de la berge, à brosser un tableau idyllique : dans un village des Cévennes, à peine habité encore, où la grand-mère avait dû aller vivre contrainte et forcée avant même la fin de la guerre et la naissance de son enfant, elle avait, elle, la petite-fille aimante, hérité d'une maison faite de pierres des champs, petite certes, mais pleine de livres, dont certains provenaient du grand-père envolé sans laisser d'autre trace : ni photo, ni lettre, ni même une carte postale. Et dans cette maisonnette cévenole aux murs épais et aux profonds souterrains – « Monsieur doit savoir que jusqu'au cœur du XVIIIe siècle, les huguenots y ont cherché refuge » – elle avait pu, aux vacances, lire quantité de récits de Storm, Keller et Raabe, mais aussi se mettre à étudier *Errements et Tourments*, le livre de chevet de sa grand-mère. C'était très tôt qu'elle avait rencontré l'Immortel : « Je n'avais pas seize ans quand Grand-mère m'a fait connaître Lene et Botho. » Aujourd'hui encore, elle était capable de réciter le début de cette belle histoire triste, mais un peu niaise :

« Au point d'intersection du Kurfürstendamm et de la Kurfürstenstrasse, presque en face du Jardin zoologique, se trouvait encore au milieu des années soixante-dix une vaste entreprise d'horticulture qui s'enfonçait dans les champs... »

Madeleine, à coups de rames, continuait à rapprocher son grand-père de la rive. On voyait distinctement les muscles de ses bras et de ses avant-bras. Elle ramait avec endurance. Les genoux serrés, elle avait le dos bien droit. Au-dessous de l'angle aigu de son nez, sa petite bouche souriait en parlant, tandis que ses yeux, qui paraissaient grands dans ce visage étroit, restaient graves et sombres de tant d'intelligence et de savoir précocement amassé ; un regard toujours attentif qui ne se laissait pas détourner des mystères se déroulant au bord du lac – sur les allées de la berge, derrière les sureaux –, et qui cependant ne nous excluait pas, puisqu'elle dit : « Attention, monsieur ! Ici, tout a des oreilles, même la nature. »

Fonty, qui écoutait avidement sa petite-fille, comme après un long jeûne, ne posait que de temps à autre des questions précautionneuses, tâtonnant en quête de détails : la gare de Perrache était-elle toujours en service au centre de Lyon ? Il avait lu qu'il existait maintenant des trains qui filaient à une vitesse folle et qui permettaient d'atteindre Paris en deux heures. Y avait-il toujours, à Limonest, le Café de la Paix où M. Blondin, derrière son comptoir, servait pastis sur pastis au soldat sans attaches ?

Et c'est seulement après, en repoussant anxieusement le terme, qu'il voulut savoir quelles terreurs, malgré la joie de la victoire, avait engendrées la fin de la guerre, si Madeleine Blondin était restée toute seule avec son enfant dans ce village isolé des Cévennes et pourquoi l'enfant – « On m'a dit que ma fille s'appelait Cécile » – n'avait pas ensuite pris sa mère avec elle à Montpellier et mis fin ainsi à son bannissement.

La petite-fille assura que la gare lyonnaise avait conservé son excellente situation et était toujours en service. Le chagrin et les problèmes avec les autorités, et pour finir la maladie avaient obligé à vendre, dans la banlieue, le Café de la Paix. On avait porté en terre dès les années cinquante le patron devenu veuf. Juste après que « la Terreur » avait régné sous la forme de l'« épuration », la grand-mère, rasée, avait fui dans les Cévennes, la nuit, en secret. La maison isolée était vide, et elle appartenait à la famille. Et c'était là qu'elle avait accouché, assistée seulement par une vieille femme qui cherchait des herbes.

« Mais non, monsieur Wuttke, s'écria Madeleine, jamais plus Grand-Mère n'a approché un homme, tant sa blessure était profonde. Et pourtant, elle parlait sans cesse avec amour d'un soldat que sa mémoire lui présentait comme un peu rêveur et vraiment pas militaire, dont elle ne voulait rien dire de mal, même si, après ce court bonheur, il l'avait tellement fait souffrir. Mais non ! Elle ne voulait pas partir de là. On pouvait lui dire ce qu'on voulait. Maman, qui dès l'âge de dix-sept ans, était partie pour Aix, puis pour Montpellier, et aussi mon père, M. Aubron, n'ont pas cessé de l'inviter : "Viens, Maman ! Nous allons aménager les combles rien que pour toi !" Mais elle ne voulait pas, elle ne voulait voir personne. Et c'est ainsi qu'elle est restée dans la maison de pierre dont les fenêtres sont étroites comme des meurtrières. Je suis sûre, monsieur Wuttke, que la forteresse de Grand-Mère vous plairait. Tout y est mystérieux. Il y a des hiboux. Sur la colline, derrière la maison, sont alignés des cyprès sombres. On les voit de très loin. Exactement ! Un vieux cimetière huguenot. Et derrière la colline, d'autres collines, de plus en plus bleues. Des chênes verts, des forêts de châtaigniers. Nous pourrions aller aux champignons ou faire des excursions vers Saint-Ambroix, Alès, et même plus loin, jusqu'en Ardèche. j'ai même réussi à y emmener Grand-Mère. Avec ma deux-chevaux, nous sommes allées jusqu'à Barjac et au-delà, voir les grottes, dont l'une s'appelle même "Grotte des Huguenotes", parce qu'il paraît que les réformés s'y cachaient pour se protéger de la milice catholique, des fameuses dragonnades. Elles étaient horribles. Les dragons, on les appelait "les missionnaires bottés". Oh oui ! La Terreur, en France, a une longue histoire... »

Puis nous n'entendîmes plus rien. Madeleine engageait

la barque dans ce bras latéral du Nouveau Lac qui, comme une eau morte, sentait le moisi, et où, dans l'un des tournants de la rive, était étalée sur les pierres la robe écarlate déchirée. Mais Fonty nous a assurés par la suite que quelqu'un avait dû enlever cette loque aux relents de meurtre, que rien d'effrayant n'était venu troubler l'atmosphère et que ce sombre bras d'eau n'avait nullement mis sa petite-fille mal à l'aise. Je peux le confirmer : à peine la barque était-elle de nouveau en vue que nous aperçûmes la petite papotant de plus belle.

Longtemps encore elle peignit à son grand-père les Cévennes solitaires, la maison de Madeleine Blondin, pareille à une forteresse, mais aussi la misère des huguenots envoyés aux galères, et lui raconta comment une femme vieillissante cherchait son amour si brièvement vécu au centre des livres laissés là dans une langue qui restait étrangère, même si elle l'avait apprise, d'abord seule et avec peine, puis plus tard, bien plus tard, avec sa petite-fille qui grandissait, qui apprenait vite pendant ses séjours de vacances et qui même, quand ses yeux, les dernières années, vinrent à faiblir, était devenue capable de lui faire la lecture à la lueur de la lampe : encore et toujours la triste histoire de la pauvre Effi ; les mots avec lesquels la pâle Stine justifiait son renoncement ; mais aussi la détermination avec laquelle Lene Nimptsch commandait à son cœur de garder le silence…

Au contraire de sa grand-mère, qui partout – fût-ce entre les lignes – cherchait une consolation et la trouvait, Madeleine Aubron était une lectrice critique. Quand elle ramena son grand-père du bief sinistre sur les eaux éclatantes du Nouveau Lac et se rapprocha une fois de plus de la rive, elle le pria de lui expliquer pourquoi l'Immortel, qu'elle n'appelait jamais par son nom, mais dont elle prenait possession comme de « notre auteur » ou qu'elle mythifiait sous le nom de « Monsieur X », permettait chaque fois, dans ses romans, que la conscience du rang social vienne tuer l'amour, et pourquoi la Raison offrait tant de victoires à l'Ordre.

« Bien sûr ! s'écriait-elle. Vous allez me dire que les lois d'une société divisée en castes sont certes arrogantes, mais justifiées, et prendre parti, comme notre Monsieur X, avec regret certes, et plein de compassion pour les malheureux amants, prendre parti pour l'ordre établi des castes sociales ; mais cette tendance à la résignation m'a souvent indignée : incroyable ! Enfant déjà, quand ma grand-mère me lisait son livre de chevet, j'étais furieuse que cet ennuyeux baron Botho ait épousé non pas Lene, mais cette sotte péronnelle de Käthe, simplement parce qu'elle était noble. Et non content de cela, il faut encore qu'il brûle dans la cheminée, pour qu'il ne reste rien, les lettres et même les fleurs séchées qui racontaient encore l'histoire de l'Entrepôt de Hankel et qui étaient attachées avec un cheveu de Lene. Grand-Mère riait toujours quand j'étais furieuse après notre auteur. Mais une fois elle a dit : "C'est bien, que Théodore ne m'ait jamais envoyé de lettre. Pas un mot ! On les aurait trouvées quand on m'a emmenée. Et ils ont crié : 'La pute à boches !' Et ils auraient brûlé ses lettres, c'est certain, comme ils m'auraient brûlée moi-même s'ils avaient pu. Mais traverser Lyon le crâne rasé, c'était encore pire que le bûcher." Quand Grand-Mère disait ce genre de choses, elle était un peu amère. Mais d'habitude elle parlait de vous avec tendresse, en souriant. Une fois, alors que je passais les vacances d'été chez elle, elle a dit, pendant que nous étions assises dehors, sur le banc de pierre, devant la maison : "Bien sûr, mon Théodore était un séducteur, et un rêveur en plus. Il parlait de cet écrivain qui avait ses origines chez les réformés français avec tellement de sympathie qu'on aurait dit qu'il cherchait à revivre chaque phase de sa vie. Souvent, je ne savais pas qui me parlait quand il me racontait la sienne, par exemple son enfance. L'autre était toujours en train de regarder par-dessus son épaule, si bien que, malgré toute sa jeunesse en fleur, il me semblait venir d'un autre temps, être très vieux. C'est peut-être pour cela que les émissions de radio qu'il faisait clandestinement avec nous avaient tant de succès. La Résistance lui doit beaucoup, oh oui. Mon frère, qui haïssait pour de bon les Allemands, était complètement amoureux de Théodore. Ils étaient jeunes tous les deux, et moi plus jeune encore.

Comme des enfants, aussi bêtas. Et pourtant, nous avons travaillé très sérieusement pour cette radio de partisans. C'était bien, tous les trois dans une barque. L'une s'appelait 'La Truite', mais nous les appelions toutes 'Le Bateau ivre'. Par sécurité, il nous fallait souvent changer de lac, ce qui était facile parce qu'on trouvait partout des étangs tranquilles. Et quand nous étions dans la barque, où que ce soit, Théodore lisait des extraits de livres, de sa voix peu puissante, mais tout à fait allemande. Et Jean-Philippe enregistrait tout avec son appareil. Moi, on me permettait de ramer. Ah, ce que c'était rigolo – jusqu'au moment où on nous a trahis et où ils ont enfermé notre Jean-Philippe et aussi les autres qui faisaient la radio clandestine au fort de Montluc, où ils les ont torturés jusqu'à la mort. Théodore est le seul à en avoir réchappé, par bonheur... Mais plus tard, personne n'a voulu me croire quand j'ai dit que j'en faisais partie, personne, ni mes sœurs, ni même mon père. J'étais la pute d'un boche, voilà, la collaboratrice horizontale !" Elle m'a dit tout ça, Grand-Mère, et davantage encore. Ce genre de choses fait mal, n'est-ce pas ? Mais ce n'est pas seulement pour ça que je suis venue, monsieur Wuttke ! Est-ce que vous me permettez de vous appeler Grand-Père, non, Grand-Papa ? »

On lui permit. Et ce fut à Fonty de prendre la parole. Mais comme, tandis qu'il parlait, sa petite-fille avait mis le cap sur le centre du lac, nous restâmes à une distance qui ne cessait de croître. Elle fit plusieurs fois le tour de la réserve aux oiseaux, sortait de notre champ de vision, était à nouveau là, repartait derrière des arbres et des buissons, puis revenait dans l'image avec son Grand-Papa.

Ensuite, de la rive, nous vîmes Madeleine Aubron rentrer les rames. Fonty parlait toujours, avec peu de gestes. Dans la barque qui dérivait doucement, elle l'écoutait. Nous devinions le sourire de sa petite bouche, ses yeux graves et trop intelligents pour son âge. Après avoir longtemps écouté, elle se leva lentement de son banc, se dirigea, non, flotta dans sa tunique bleue jusqu'à la poupe où était installé Fonty, légèrement penché à présent. Elle l'enlaça. La petite-fille se mit à genoux et enlaça son grand-père assis. J'aurais dû faire une photo, mais les instantanés n'étaient pas notre méthode ; quoique nous ayons vu Fonty, à la fin de son long compte rendu accompagné de gestes précautionneux, enlacé par Madeleine qui lui remit ensuite une minuscule boîte, il n'existe aucun témoignage de ce moment solennel où l'ancien première classe et correspondant de guerre Theo Wuttke, avec quelques dizaines d'années de retard, dans une cérémonie dépourvue de tout caractère officiel mais tout à fait familiale, reçut une décoration française.

Il a sans doute raconté à sa petite-fille ce que Hoftaller a confirmé : Fonty faisait partie de la Résistance, non, il avait été temporairement du côté de la Résistance, ou plutôt le première classe Theo Wuttke se laissa utiliser à partir du printemps 44 par un petit groupe de partisans. Non qu'il ait, avec des explosifs, fait sauter des trains de munitions ou démoli des ponts, mais il a alimenté, avec des demi-heures de lecture, une radio de la Résistance qui fonctionna pendant trois mois et demi et qui était destinée aux troupes d'occupation. Il lisait surtout des extraits des livres de l'Immortel, non seulement des romans, mais aussi du petit volume *Prisonnier de guerre – Expériences de 1870*, dont les chapitres équilibrés expriment autant sa critique du chauvinisme français que son amour pour la France.

Ces émissions du matin, qui s'abstenaient de toute propagande maladroite, avaient du succès, paraît-il, surtout après le début de l'invasion. Le rapport était le suivant : la voix du soldat-lecteur brillait dans les passages dialogués, donnait aux subordonnées une signification ironique, passait, dans le ton de la conversation, de la sécheresse à la digression détendue, pouvait être agréablement tendre, mais aussi d'un coupant bien prussien, ramenant tout à la brièveté. Et comme ce soldat interrompait ses lectures – de *Schach von Wuthenow* par exemple – par de courtes nouvelles du front de Normandie ou de l'attentat au quartier général du Führer, le « Repaire du Loup », des nouvelles non tendancieuses, plutôt objectives, reliant les combats de Caen à l'origine normande de Charlotte Corday, de son attentat réussi, et l'attentat manqué de la noblesse à l'histoire glorieuse de la Prusse, il réussissait, par des réserves exprimées comme au passage, à saper davantage encore le moral déjà affaibli de la Wehrmacht, tout au moins dans le secteur d'occupation de Lyon.

Hoftaller nous a assurés qu'on avait attribué avec certitude ce mérite, au bout de longues recherches, à un soldat allemand initialement anonyme. Mais son service avait pu mettre son savoir à disposition et retrouver enfin le caporal de la Luftwaffe qu'on recherchait. Ce n'était cependant qu'à partir du milieu des années 80 qu'on aurait été disposé, du côté français, à envisager le nom de Theo Wuttke.

C'est Hoftaller lui-même, assurément, qui voulait voir sa cible nommément reconnue ; grâce aux possibilités que lui offrait sa firme, il avait des contacts avec le Parti communiste français. Et, depuis quatre ans déjà, il était entré en relation avec Madeleine Aubron, en partie grâce à des intermédiaires, en partie directement, à l'occasion d'un déplacement pour le service, dont tous les deux nous ont confirmé la date de mai 1987. Au moment où l'État des Ouvriers et Paysans s'apprêtait à fêter son quarantième anniversaire et lorsque fut fixé l'objectif de solennités confortant sa pérennisation, Theo Wuttke devait faire l'objet, dans le cadre des réjouissances, d'un hommage officiel ; mais lorsque tout fut conclu, quelques scrupules se firent jour du côté français parce que se dessinait déjà à l'horizon l'effondrement de l'État paré à son autocélébration.

Nous ne pouvons nous expliquer qu'ainsi la remise du minuscule écrin, effectuée lors d'une promenade en barque au moment où la petite-fille agenouillée décora le grand-père assis et lui donna même un diplôme, accrédité, il est vrai, par la seule écriture de Madeleine, et non par quelque tampon officiel.

Toujours est-il que Fonty portait depuis lors au revers de sa veste, dans les grandes occasions, un ruban large comme l'ongle du petit doigt. Lorsque nous lui demandions la signification de cette petite tache rouge comme un signal, il gardait un silence éloquent ou se sortait d'affaire en parlant de Corot, dans les tableaux verts duquel se dissimulait toujours avec raffinement une goutte de sang ; tout au plus disait-il : « Les compagnons de la Résistance ont cru devoir honorer mon talent d'orateur. Mais c'était une capacité dont on faisait déjà l'éloge très tôt, au Tunnel sur la Spree, Merckel par exemple, quand je mettais le feu à la *Tower* aux accents de la ballade et que les frères du Tunnel n'étaient jamais rassasiés de l'incendie allumé par mes vers. "Da capo !" s'écriaient-ils ; alors que nous savons bien que le feu n'a pas entamé la Tour… »

Nous n'avons rien entendu de ce qui a pu encore faire l'objet de récits, de comptes rendus ou simplement de papotages entre la poupe et le banc du rameur. À une seule occasion, alors que Madeleine ramenait encore une fois son grand-père à proximité de la rive, nous attrapâmes quelques lambeaux de phrases dont on pouvait conclure qu'il s'agissait d'*Errements et Tourments*. Il était question d'un trajet en calèche à Berlin, à travers la « Hasenheide », jusqu'au cimetière, et d'immortelles sur la tombe de la vieille Mme Nimptsch. Plus tard, Madeleine parodia la stupide Käthe : « Ah, c'est trop drôle… le crapaud ! » Et Fonty clama la dernière phrase du roman : « Gédéon vaut mieux que Botho ! »

Sur l'eau, sa voix portait. La Petite reprit cette affirmation, sur quoi le grand-père et la petite-fille éclatèrent d'un seul rire et la bouche en fait petite de Madeleine prit une taille clownesque. Puis ils se mirent à s'exclamer, tantôt en alternance, tantôt à l'unisson : « Gédéon vaut mieux que Botho ! » Cela rendait un son parfois joyeux, parfois désespéré, et même, pour finir, sarcastique. Encore et toujours, comme s'il avait fallu rendre un verdict ou conjurer un destin inexorable, tous deux criaient en mettant leurs mains en entonnoir devant leur bouche : « Gédéon vaut mieux que Botho ! » Des réponses ne tardèrent pas à venir des autres barques et de la pelouse qui jouxtait la rive : « Qu'est-ce qu'y vaut mieux ? – T'as un problème, Pépé ? »

Nous comprîmes tout de suite le double sens, à la portée considérable, de cette évaluation conclusive. Madeleine Blondin avait certes refusé un deuxième choix à la manière de Lene Nimptsch, préférant rester seule dans les Cévennes avec son amour muet ; mais sa fille Cécile, s'échappant dès quatorze ans du désert montagnard de sa mère, avait fui à Montpellier et dans le mariage légitime avec un mécanicien automobile du nom de Gilles Aubron, qui, sensiblement plus âgé qu'elle, fut un soutien pour l'enfant des Cévennes et lui promit une fidélité prolétarienne aux principes. Plus tard, un atelier à son compte leur donna même un peu de confort.

Quand l'enfant unique de ce couple heureux, en ramant, eut raconté tout cela à son grand-père et lui eut peint une vie familiale sévèrement gardée, jusqu'aux manières de table et aux consignes d'économie, nous entendîmes le grand-père dire plus à mi-voix que dans un écho retentissant : « Eh oui. Même un Gilles vaut mieux qu'un Théodore. »

Puis ils échangèrent leurs places. Cela se passa très vite, d'un pied léger. Dès que Fonty s'attela aux rames comme un as de l'aviron, Madeleine s'écria : « Bravo, Grand-Papa ! » Repliant les genoux qu'elle tenait embrassés, elle était blottie sur le banc de la poupe et nous présentait l'angle aigu de son nez. Le vieux rameur travaillait sans doute intérieurement à un quatrain que l'on retrouve plus tard, mis au propre, dans une lettre à sa fille Martha :

Nous nous étions trouvés dans une même barque,
portant, sur l'eau précoce, un si léger amour !
À présent nous voici qui dénombrons les marques,
les blessures du cœur – et autres coups des jours.

Ce n'est que quand le grand-père eut trouvé toutes les rimes et qu'il ressentit, comme il l'exprima, « une petite envie de café-cognac » qu'il conduisit sa petite-fille, laquelle, selon ses dires, allait « se siffler une bière, une vraie », vers l'embarcadère et le bistrot en terrasse où j'étais déjà assis sous les marronniers devant une eau de Seltz, en train de prendre quelques notes tout en regardant dans une autre direction. La Petite but une deuxième bière.

22. À trois dans un bateau

Ils étaient beaux à voir, tous les deux, qui partaient maintenant : le vieillard marchant à grands pas avec sa canne et la jeune fille suivant le rythme, les soixante-dix ans de l'un et les vingt-deux de l'autre, lui vigoureux dans son costume de lin froissé, elle mignonne et frêle dans la tunique bleue à petites fleurs qui la dissimulait, lui la chevelure blanche flamboyant au soleil de midi, elle avec sa tignasse qu'aucun peigne n'était capable de lisser, le grand-père et la petite-fille sur le pavé de la ville – et nous derrière.

De l'Alexanderplatz, où ils gardèrent pour plus tard la tour de la télévision et son panorama circulaire, jusqu'au Palais de la République qui, par ordre administratif – pollution à l'amiante ! –, était fermé, en passant par la Französische Strasse devant la cathédrale, puis à gauche dans la Behrenstrasse où avait habité la fière Mme de Carayon avec sa peu reluisante fille, et où le bellâtre Schach von Wuthenow était tombé dans le piège du mariage ; Fonty, tout en marchant, faisait une conférence sur la puissance du ridicule. Et maintenant, dernier bout de l'Otto-Grotewohl-Strasse jusqu'à la place de Paris, où Max Liebermann avait son atelier, puis traversée de la Porte, celle des poèmes consacrés aux défilés victorieux, non cités cette fois, et au sommet de laquelle manquait le quadrige, en restauration depuis le début de l'année ; ils se dirigeaient vers le Tiergarten.

En face du Mémorial soviétique, dont faisait partie, symbole maintenant suranné de la victoire, un char d'assaut plus vrai que nature, ils prirent à gauche. Il la conduisait par des chemins éprouvés. Elle s'accrocha à son bras, se dégagea à nouveau, sautilla d'un pas alterné de danseuse, comme une petite fille, en le devançant un peu, pour revenir prendre son bras à la manière d'une jeune femme.

Il désignait avec des gestes secs, parfois dédaigneux, des monuments et des groupes plastiques. Elle faisait semblant d'écouter.

L'automne à son début donnait sa couleur au Tiergarten, mais les marrons ne voulaient toujours pas tomber. Passons devant Frédéric-Guillaume III, dont nous avions appris à imiter la manière de parler, laquelle hachait tout en petit bois d'allumage – mais Fonty fut le meilleur : « Se reposer un peu… Ou préférez coup d'œil à Louise… Suffisamment de bancs là-bas… »

Non, ils n'avaient pas besoin de souffler. Mais quand ils se furent engagés dans la Grande Allée, puis, par des chemins secondaires, quand ils tombèrent sur la plus belle vue de l'île Rousseau, Madeleine voulut s'asseoir à côté de son grand-père, et sur le banc préféré de celui-ci. Elle s'amusa avec lui des acrobaties du grèbe huppé qui apparaissait et disparaissait à l'improviste, d'un seul coup, selon ses humeurs et ses caprices ; et à chaque remontée, son élégante coiffure triomphait, indemne. Madeleine criait : « Bravo ! »

Même cela était un plaisir : rester assis sur un banc et faire des commentaires aussi spirituels que méchants sur tous ceux qui passaient, une famille turque, des dames d'un certain âge, et de temps à autre un jogger haletant. Entre-temps, il parlait de l'Écosse et des clans écossais, et elle, elle emmenait son voyageur de grand-père à travers le calcaire des Cévennes jusqu'à la maison verrouillée de la grand-mère où, sur la fraîcheur du seuil, une tortue de terre attendait soir après soir. Madeleine avait la clef, Madeleine savait où il y avait des champignons, Madeleine était, comme sa mère, une enfant des Cévennes.

Ils s'interrogeaient l'un l'autre, voulaient tout savoir avec exactitude, plus d'exactitude encore. Quelles conditions techniques avaient-elles été nécessaires pour ces lectures en barque ? « Et les bruits de l'eau, les oiseaux au mois de mai, les nombreuses grenouilles ? »

Était-on toujours à trois lors des enregistrements sur

magnétophone ? « Est-ce que Grand-Mère connaissait d'ailleurs quoi que ce soit à la technique du son ? »

Qui avait proposé de lire pour la radio des partisans des chapitres du livre *Prisonnier de guerre* ?

« Est-ce vous, Grand-Papa, qui avez voulu rappeler aux soldats allemands la *Pucelle* de Schiller ?

– Non, mon enfant, c'est Jean-Philippe qui a tenu à ce que je ne saute pas une seule étape, de Domrémy à la forteresse d'Oléron. Et les voix de la nature ne nous dérangeaient pas le moins du monde. Je laissais même la place, entre les phrases de mes lectures, à un infatigable coucou. »

Puis la question de la trahison : « Qui avait bavardé ? L'une des sœurs ? Et qui est venu, la nuit ? La Gestapo ou la gendarmerie ? »

Les réponses à voix basse : la mort avait été donnée au frère de Madeleine par des mains allemandes, au fort de Montluc. Personne n'était resté du groupe de résistants, que Madeleine. Fin août, la prison avait été prise d'assaut et les survivants libérés. Madeleine Blondin, puisqu'il ne restait aucun témoin à décharge – tous étaient morts, Théodore avait filé –, Madeleine avait été tondue et promenée à travers les rues de Lyon dans la chemise de la honte, parce qu'elle était enceinte d'un soldat allemand.

Plus tard, quand elle était installée, solitaire, dans les Cévennes, on l'a même soupçonnée de trahison. Et seul le procès contre Barbie a mis accessoirement au jour – « trop tard pour Grand-Mère » – toute l'injustice qu'elle avait dû subir. « Bien sûr, je n'ai pas lâché jusqu'à ce que tout ait été éclairci et que tous les journaux en aient fait une héroïne. Oui, même la décoration pour mon grand-père si longtemps disparu, c'est moi qui l'ai demandée, et il m'a fallu me battre quand le PCF s'est encore une fois mis en travers du chemin. On n'a autorisé la remise qu'après l'ouverture du Mur. En tout cas, je me croyais bien placée pour une petite cérémonie. Non, je ne suis pas membre du Parti, bien que ce soit de tradition dans ma famille. Je me sens plutôt trotskiste, mais ce que ça signifie, le véritable communisme, je n'en sais toujours rien ; peut-être est-ce la même chose que pour le véritable christianisme… »

Ils restèrent longtemps assis à l'ombre sur le banc préféré de Fonty. Dans leur dos, les oiseaux se disputaient des baies de sureau plus que mûres. Comme chaque fois qu'il était question du communisme, Fonty revenait au projet des Likedeeler que l'Immortel avait abandonné en route, dont il voulait faire une épopée dans le ton de la ballade et qu'il aurait aimé – si possible – achever : « Accusés de piraterie, ils se dirent partageux, jusqu'à l'échafaud… »

Mais Madeleine désigna le petit ruban rouge qu'elle avait fixé au revers de son grand-père et dit : « Ça, on ne peut pas le partager. Ce n'est pas tout le monde qui le mérite. Je suis très fière de mon Grand-Papa. »

Fonty fit mine de se défendre : « Je me suis contenté de faire la lecture et je ne savais même pas exactement pour qui, je n'étais pas un héros ! » À cet aveu, son visage exprimait un embarras amusé.

Un moment, ils ne firent rien d'autre que regarder le grèbe huppé. Et comme cet oiseau aquatique incarnait de façon bien stimulante l'art de disparaître, ils ne tardèrent pas à revenir dans les Cévennes, aux huguenots et aux dragonnades, et par là aux adeptes de la foi calviniste qui avaient fui et devaient se cacher tantôt ici, tantôt ailleurs. Et déjà la maison verrouillée de la grand-mère, derrière laquelle se dressait gravement, sur la colline arrondie, une haie de cyprès, attendait de la visite : « Un pareil refuge pourrait vous plaire, Grand-Papa. Et puis l'immensité, le vide, où l'on se perd facilement. Du reste, tous les Blondin, même s'ils se considéraient comme de fidèles communistes, étaient strictement réformés, et les Aubron le sont encore, et même moi un petit peu. »

Puis ils s'en allèrent. Le grand-père et la petite-fille firent demi-tour en direction de la Reine-Louise et poursuivirent jusqu'à la Kemperplatz. Là, près de la Philharmonie en surplomb qui ressemblait à un bateau échoué, mais retardés sans cesse, arrêtés par les nombreuses files de voitures, nous les aurions perdus si nous n'avions été sûrs que Fonty ne pouvait avoir qu'une chose en tête : il voulait trouver l'endroit où se situait autrefois, sur l'ancien tracé de la

Potsdamer Strasse, la maison à trois étages des chevaliers de Malte, le 134 c. Près de la façade postérieure de la Bibliothèque nationale, à un peu plus de cent mètres de la Einhornstrasse, il montra quelques tilleuls qui subsistaient encore. Il n'y avait là rien d'autre qu'un terrain clôturé où une association de cynophiles dressait des chiens. Aboiements, ordres, poussière, un désert, et à l'intérieur de ce désert quelques grands immeubles dans une imposante déréliction. Ils n'avaient rien à faire ici.

C'est sans doute pour cette raison qu'il suggéra à sa petite-fille une petite illusion volontaire – il parla de « vérité qui cligne de l'œil » – et qu'il s'écria en remontant la Potsdamer Strasse jusqu'à la hauteur d'une succursale de Bolle et d'une vaste vidéothèque : « L'essentiel, c'est que le numéro soit le bon ! »

Selon la nouvelle numérotation, l'ensemble de bâtiments 134 c se trouvait entre Photo Porst et la pharmacie Bülow. De peu appétissantes constructions d'après-guerre que seul le caractère historique de l'adresse pouvait affubler d'une quelconque importance. Quelle absurdité, à notre sens ! Mais Madeleine entra dans le jeu et se laissa facilement convaincre par Fonty : « À mes esclaves pourvoyeurs de notes de bas de page, dussent-ils arborer leur sourire de papier, je dis que c'est un subterfuge parfaitement licite. Le château de Wuthenow et l'église de Tempelhof n'ont jamais existé non plus. Il en va ainsi en littérature. La poésie peut tout. Même la tromperie est permise, si elle est réussie. C'est pourquoi n'importe quel escroc, vu sous l'angle novellistique, est un dieu – et n'est un monstre que pour tout le reste. Au moins le 134 c nous inspire-t-il autre chose qu'un savoir de fichier sans âme. »

De l'autre côté de la rue, ils étaient tous les deux tellement perdus dans leurs pensées qu'il semblait que la circulation et son rugissement ne pouvaient ni les y déranger, ni les ramener au présent. Fonty gesticulait largement dans le vide pour désigner tout ce que la spéculation était seule capable de faire sortir de terre, et il anima tout de suite l'insignifiant bâtiment neuf : « Et ici, mon enfant, il y avait, selon notre convention-clin d'œil, la maison des chevaliers de Malte du Brandebourg, avec l'appartement mansardé au troisième étage, le petit jardin devant et le balcon au-dessus de l'entrée de la maison, les toilettes sur la cour. À l'époque déjà, elle avait besoin d'être rénovée. Démolie fin des années vingt. Rien n'en garde le souvenir. La barbarie berlinoise habituelle. D'accord : nous étions à l'étroit. Et contents quand les garçons sont partis. En comptant la chambre de Mete, quatre pièces seulement. Mais c'est ici, on peut l'affirmer, que des livres difficilement vendables, des gros et des petits, ont posé les fondations de l'immortalité. En l'an soixante-douze, peu après la captivité et le deuxième voyage en France, à peine l'essai sur Alexis était-il publié en bonnes feuilles, ce fut – le 3 octobre, du reste – l'emménagement. Auparavant, il avait fallu changer d'appartement sans cesse. Au retour de Londres, nous logions Potsdamer Strasse 33, puis Tempelhofer 51. Après le premier volume des *Promenades*, l'adresse, plutôt minable, était Alte Jakobstrasse. Déménagement sur déménagement. Ce n'est que six mois plus tard que le premier roman a commencé, Hirschelstrasse. Les choses ont traîné, car il a fallu quinze ans pour qu'ici même, là-haut, disons, dans la turne mansardée, *Avant la tempête* reçoive son point final. Et c'est ensuite, mon enfant, que les choses ont démarré pour de bon, dès que nous avons été débarrassés du poste de secrétaire à l'Académie. C'est là-haut – mais aussi en villégiature ou dans une clôture solitaire, par exemple à l'Entrepôt de Hankel –, qu'a été engrangée la récolte tardive d'un vieil homme : de *Schach von Wuthenow* au *Stechlin*. Tantôt cela coulait de la plume, et tantôt cela trottinait doucement. J'étais souvent accablé pendant des heures par une toux nerveuse. Cela m'irritait colossalement, quand la famille gémissait sur "notre triste situation". Et puis la critique. Une suite de camouflets. J'ai écrit à mon éditeur Hertz : "Tout de même, cinq cent dix exemplaires vendus pour soixante millions d'Allemands…" En tout cas, il y a cent bonnes années, *Errements et Tourments* était là. Et *Stine*, ma pâle préférée, venait à peine de paraître qu'a été publiée la première édition de mes œuvres en douze volumes, bien que l'essentiel fût encore dans l'encrier. L'an prochain déjà, *Irréparable* pourra fêter ses cent ans tout rond. À l'époque, le manuscrit de la Treibel, qui d'ailleurs pourrait être tout à fait d'aujourd'hui, était pratiquement prêt. Ah, mon enfant, c'est ici, où il ne reste rien, que tout cela a été couché sur le papier, avec un crayon de plus en plus court. La politique restait à l'extérieur, mais elle s'infiltrait par toutes les fissures. Non, je n'ai pas voté pour les élections au Reichstag, et jamais nous n'avons pavoisé pour l'anniversaire de Bismarck. Le juif Neumann non plus, en face de chez nous. J'ai écrit à Brahm ou à Friedlaender : "Au coude à coude avec Neumann, je provoque mon siècle en duel !" Puis la maladie est venue. A commencé avec *Effi*. Anémie cérébrale, ont dit les médecins. Billevesées, ces électrochocs à Breslau. Les *Années d'enfance* ont enfin apporté la guérison. Se sont bien vendues, pas seulement au marché de Noël de Swinemünde. Mais qu'est-ce que ça veut dire, "bien" : deuxième tirage. Juste après, conclusion d'*Effi*. D'un seul trait. Mon Emilie arrivait à peine à suivre pour la mise au propre. Car avant même qu'*Effi* parte en voyage sous forme de volume et trouve un nombre étonnant d'amateurs, le vieux Stechlin, qui n'était pas si vieux que ça, frappait déjà à la porte. En tout cas il était bien plus jeune que moi à cette époque… Mais maintenant, mon enfant, il faut que je m'asseye. »

Fonty laissa tomber la main qui montrait un fantôme. Aussitôt, le vacarme de la circulation d'après-midi donna le coup de grâce au sortilège né des mots. Aux questions de Madeleine, formulées d'une manière scientifiquement correcte, il répondit dans un café proche, qui s'appelait d'ailleurs « snack-bar ». Ils trouvèrent près de la fenêtre une table pour deux et commandèrent un thé qui leur fut servi par le patron, un invalide grognon qui boitait, dans des sachets de papier pour le faire infuser, et puis un cognac.

Fonty avait l'air plutôt fatigué. Madeleine essaya de ne pas afficher sa préoccupation sur son visage. Mais quand la petite-fille commença à caresser la main de son grand-père, celle qui lui servait à écrire, naturellement, et dit avec une voix tout aussi douce : « Est-ce que je peux poser des questions ? », il acquiesça de la tête : « Pose donc, mon enfant, pose donc… Espérons que je ne vais pas tout confondre… Car le pire, ce n'est pas d'oublier, mais de confondre, de dire Moltke quand on pense Bismarck ou inversement… »

Mais les questions de Madeleine Aubron ne se jetaient pas sur la politique ou l'histoire militaire prussienne. Pendant deux heures et demie, ils restèrent dans le snack-bar, presque en face de l'immeuble fameux. Elle aurait mieux fait de nous poser les questions à nous, car lorsqu'elle voulut explorer *Les Poggenpuhl*, et plus exactement connaître la fonction de la parcimonie du mobilier dans le logement de cette famille d'aristocrates appauvris, les Archives auraient pu la gratifier d'une réponse plus circonstanciée ; Fonty dit de cette indigence de meubles que c'était « un miroir de la pauvreté conforme à ce rang ».

Nous aurions pu lui mettre sous les yeux un inventaire commenté. Et si cet entretien avait eu lieu, sinon aux Archives, du moins dans la Kollwitzstrasse et donc dans le séjour des Wuttke, que nous appelions le « salon Poggenpuhl », Fonty, devant la « psyché », aurait donné des réponses plus évocatrices ; mais non, il fallut que ce fût le snack-bar de la Potsdamer Strasse et une table pour deux personnes toute branlante.

Puis il fut question de la ballade tardive sur les *Balinaises de Lombok*, ensuite des sources en général et en particulier du matériau d'*Effi*.

Nos réponses auraient peut-être été trop froides, trop distanciées ; car Madeleine interrogeait avec une passion tout immédiate, comme si c'était elle, personnellement, que les journaux avaient attaquée après les protestations des coloniaux hollandais, et comme si l'Immortel venait à peine de lui raconter l'histoire de cette Élisabeth von Ardenne qui avait fourni le modèle d'Effi, mais qui avait survécu à la publication du roman jusqu'aux années cinquante du nouveau siècle.

Non sans envie, nous devons reconnaître que la petite-fille était du même bois que le grand-père. À son exemple, elle n'avait aucune peine à être d'un autre temps, comme d'avant-hier. Leur jeu était parfaitement accordé, et il est peu probable qu'ils nous auraient aperçus ; mais non, nous autres, des Archives, nous n'étions pas à notre place, et nous aurions sans doute eu un accès de jalousie puérile si nous avions vu les partenaires de ce couple si proches l'un de l'autre.

De plus, Fonty a entretenu pendant des années avec le modèle d'Effi, cette antique Élisabeth von Ardenne, une correspondance qui aurait commencé grâce à l'entremise du physicien Manfred von Ardenne, lequel travaillait pour l'État des Ouvriers et Paysans. Fonty rêvait même de rencontres, à une époque où l'on avait encore le droit de voyager avec le passeport interzones. Là, les Archives ne pouvaient pas entrer en concurrence. Madeleine fut contente d'apprendre qu'Effi avait survécu ; la vie semblait être plus indulgente que la littérature.

Quand son grand-père lui parla d'une conférence qu'il avait faite pour l'Union culturelle sur le thème « Sources, matériau et fiction » – « Ce devait être en décembre soixante-cinq, juste après le XIe plénum, quand une fois encore le parti a repris la littérature en main » –, il concéda qu'il avait utilisé le cas de Lene Nimptsch, dans *Errements et Tourments*, avec une parfaite fidélité aux sources : « Toutes les deux, l'original et la copie, ont pu survivre ; mais on ne pouvait pas sauver Effi, à moins qu'elle n'ait brûlé les lettres de Crampas… »

« Surtout pas, Grand-Père, nous n'aurions pas eu de quoi pleurer ! s'écria Madeleine. Et si votre fiction n'avait pas été conforme à l'original, Lene serait peut-être morte de chagrin. Une fin absolument pas naturelle ! Tous les enchaînements de motifs, tout cela aurait été perdu, ou, comme on dit, pour le roi de Prusse, et ma maîtrise aussi, parce que je rédige un mémoire sur l'art des entrelacs de thèmes, par exemple la couronne d'immortelles, le feu dans la cheminée, la répétition des parties de canotage. Ça me plaît beaucoup, parce que ce sont toujours des détails accessoires et non pas de bons gros leitmotive. Excusez-moi, Grand-Papa, si je vous rappelle que c'est à la demande de Botho que Lene – avant même qu'ils ne passent la nuit dans la même chambre à l'Entrepôt de Hankel – lie le bouquet de fleurs des champs avec un de ses cheveux blond cendré, mais que plus tard, vers la fin, cet imbécile de Botho jette au feu le bouquet de fleurs séchées en même temps que les lettres de Lene, les réduit tout bonnement en cendres. Oh là là, ce que j'ai pleuré, Grand-Papa ! Je pleurais pour de bon quand j'allais voir Grand-Mère dans les Cévennes et que je lui faisais la lecture. Et je pourrais encore pleurer à cet endroit-là… »

Quand ils partirent, ils se séparèrent à la première station du métro aérien. Le temps se maintenait. C'était les derniers jours de septembre. Toujours le Tiergarten, le banc favori. Souvent ils montaient et descendaient l'avenue Unter den Linden, ne fût-ce que pour trouver l'endroit où les arrogants officiers du régiment Gendarmes, à l'époque de Schach, avaient répandu un énorme chargement de sel pour simuler – par un été caniculaire – une sortie en traîneau.

Puis ils allèrent voir la cathédrale française et, dans la tour, le Musée huguenot où l'on pouvait admirer, derrière une vitrine, le siège de La Rochelle, ailleurs le masque mortuaire d'Henri IV, en plâtre, deux carreaux de faïence des Cévennes qui représentaient la croix huguenote, un grand nombre de gravures et de tableaux, entre autres des eaux-fortes de Chodowiecki, la terrible nuit de la Saint-Barthélemy et la célèbre peinture qui montre le Grand Électeur recevant les réfugiés, et puis aussi un plan de la ville marchande de Lyon, une harpe hors d'usage, un tronc de fer-blanc pour la quête et des sabliers pour les prédicateurs de l'élection calviniste.

Et une ballade en ville conduisit même le couple à un endroit particulier : ils prirent le tram jusqu'à la station de métro « Stade de la Jeunesse mondiale », qui devait s'appeler simplement plus tard « Schwarzkopffstrasse », pour rendre visite, non loin de là, au cimetière de la paroisse française. Ce qu'il y avait d'intéressant, outre la tombe de l'Immortel, c'étaient les vestiges du Mur, surtout là où, toujours intact, il enserrait le cimetière catholique de la paroisse Sainte-Hedwige.

Ils restèrent longtemps face à la pierre tombale restaurée devant laquelle Madeleine déposa une couronne d'immortelles sèches qu'elle avait apportée dans ce but. « En France, ces fleurs séchées sont encore d'usage. » D'autres bouquets, tantôt frais, tantôt fanés, gisaient devant la tombe signalée par les deux noms. Un jour venté. De la poussière volait depuis les terrains vagues qui étaient jusqu'à peu de temps auparavant la frontière imparable de la mort.

Quoi qu'ils aient eu à se dire, une chose est certaine : le grand-père et la petite-fille parlèrent – lui sur un ton sarcastique, elle avec compassion – d'Emilie, née Rouanet-Kummer, ainsi que de la vie conjugale de l'Immortel, d'un côté difficile, mais d'un autre tenable ; Fonty, cependant, évita de faire des comparaisons avec sa vie familiale bourgeoise, de même qu'il laissa soigneusement de côté, dans le programme des visites de la ville, le quartier où habitaient les Wuttke.

Il conduisit certes Madeleine à la Maison des ministères, monta et descendit avec elle en paternoster, franchissant même les points de retournement, mais jamais ils ne remontèrent la Schönhauser Allee, jamais ils n'allèrent Kollwitzplatz, et jamais il n'emmena sa petite-fille, en passant devant l'ancienne brasserie Schultheiss, maintenant Brasserie de la Culture, aux Salons Offenbach pour lui offrir un verre de vin.

Il ne l'emmena dans aucun des bistrots artistiques. Nous aurions pu nous proposer et lui susurrer, dans notre demi-savoir, quelques histoires d'espionnage plus ou moins poétiques, mais nous nous en abstînmes sagement ; les Archives ne devaient pas faire parler d'elles.

C'est ce qui explique que Fonty et sa petite-fille ne soient pas allés plus loin que la Volksbühne et la place Rosa-Luxemburg. Là, il redevint aussitôt historien. Et Madeleine put satisfaire sa curiosité. Elle ne s'informa qu'en passant du Prenzlauer Berg et de son importance dans la politique culturelle : « On lit tellement de choses abominables là-dessus. Je n'arrive pas à y croire. Toutes ces mises en cause, Grand-Papa, est-ce qu'il y a quelque chose de vrai ? »

Fonty eut une réponse : « À Prenzlauer Berg, personne n'était sûr de soi-même. »

Sa vie conjugale ne faisait toujours pas l'objet de questions.

Rien de ce qui portait le nom de Wuttke n'apparaissait, pas même Martha et son mariage. Inversement, le grand-père ne jugeait pas nécessaire d'interroger Madeleine sur sa liaison avec un professeur marié, même s'il soupçonnait que l'étudiante, qui ne parlait de son professeur que rarement et sur un ton neutre, était impliquée à Paris dans quelque chose qu'elle avait appelé une « relation difficile ».

Nous, nous en savions davantage ; mais ailleurs, le pot aux roses avait éclos plus vite.

« Ben ma foi ! s'écria Emmi. Comment je ferais pour pas voir qu'à peine on est revenus de la mer, mon Wuttke va faire du canotage tous les jours ? Et il arrête pas de dire que c'est bon pour la santé. Au début, je pensais qu'il y avait pas grand-chose derrière – mais après ? Quand il a commencé à parler du canotage en général et de ce qu'il y avait là-dessus chez son idole, là je me suis dit : c'est comme autrefois, non, tout au début, quand il est revenu de captivité et qu'il était au trente-sixième dessous, même s'il faisait de grandes phrases sur l'ère nouvelle qui commençait. Hein, la reconstruction et la société socialiste, parce qu'enfin la classe ouvrière… En tout cas on était déjà fiancés, depuis quarante et un déjà, mais pas mariés, parce que mon Wuttke était pas là quand notre Georg est arrivé. Mais quand il est revenu de la guerre, je me suis dit : il y a anguille sous roche. Déjà, ses lettres qui arrivaient par la poste militaire jusqu'à l'été quarante-quatre, elles étaient plutôt bizarres, encore plus bizarres que d'habitude. Je les ai toutes brûlées, malheureusement, quand la rage m'a vraiment prise parce qu'il n'a pas voulu accepter le poste à l'Union culturelle, comme secrétaire de district à Oranienburg, ou même à Neuruppin, et pourquoi pas à Pasewalk. Impossible. Pas question, il a dit. Je pouvais bien répéter dix fois : Wuttke, ça peut pas continuer comme ça. Et c'est comme ça que quand il a bazardé le fatras de la culture, j'avoue que je le regrette, j'ai fourré toutes les lettres dans la cuisinière… Plus de trente, ou davantage… Mais je l'ai vu tout de suite : là, il y a quelque chose qui ne va pas, quand il parle sans arrêt du canotage en France et qu'il a toujours dans la barque cette Lene du roman. Qu'est-ce qu'il voulait dire quand il écrit : "On peut aussi ramer sur les rivières et les lacs de France" ? Avec qui donc, que je me suis demandé. Et pourquoi il reste aussi longtemps en bas, à Lyon, alors qu'il a surtout écrit sur la région du mur de l'Atlantique, sur tous ces bunkers, et juste à la fin un tout petit peu sur la victoire finale ? À partir du milieu quarante-quatre, il n'envoyait plus rien pour le ministère de l'Air, alors je me suis dit : Ça y est, il a été pris dans l'invasion. Mais c'était pas ça. Il était bien tranquille installé à Lyon et alentour. Il paraît que c'est beau, là en bas. Et quand il est arrivé, enfin, maigre, tout tremblant et avec sa "faillite nerveuse" comme il appelle ça, j'ai pas trop cherché à savoir. Je voulais pas envenimer les choses encore plus. Déjà, seule avec notre Georg… Et toutes ces bombes la nuit… Et rien pour se chauffer… Mais ç'a été une chance qu'on ait eu deux pièces chez ma tante Pinchen et qu'on se soit mariés avant qu'elle meure, comme ça on a pu garder l'appartement pour nous, et puis y avait notre Teddy qui arrivait. Son petit souvenir de France, hein, ce qui était resté des promenades en barque, il avait déjà dix-huit mois, un petit peu plus jeune que notre Georg. Il aurait pu tout simplement me le dire, qu'il s'était passé quelque chose peut-être. Juste, il le savait pas non plus, ce qui est venu après. Je l'aurais quand même épousé, mon Wuttke. Mais non, il faut toujours qu'il cache tout, jusqu'à ce que ça devienne de pire en pire. Vous le connaissez. Fais des recherches, je lui aurais dit, c'est sûr, s'il m'avait seulement dit la moindre chose. Mais la mère non plus, elle a pas bougé le petit doigt. Ça se comprend, au moment où en France tout le monde était contre nous, la pauvre fille – elle avait le même âge que moi pendant la guerre –, elle a dû en voir de toutes les couleurs pendant quelques années parce qu'elle s'était mise avec un soldat allemand… Elle aurait pu réclamer, je me dis, une pension alimentaire. Peut-être qu'elle s'est dit : il est mort. Ou bien elle l'a cherché qu'à l'Ouest, et pas chez nous, parce qu'on était socialistes. Ou bien parce qu'elle a pas voulu remuer les choses de ce temps-là. Ou bien alors elle a trouvé quelqu'un pour se marier. C'était possible, quelques années après. Ou alors elle avait sa fierté. Je peux la comprendre, même. Et l'enfant, quand il a grandi, il ne voulait rien savoir du tout, par défi en somme. Moi ça a été pareil, parce que mon père, celui qui a épousé ma mère à Oppeln, ça n'était pas mon vrai père, mais il avait le cœur sur la main. Y a que ça qui compte. Non, je suis pas Hering de naissance. Et si vous me demandez qui était mon vrai père, je peux vous dire qu'une chose : il était professeur de piano – et puis basta, n'en parlons plus ! Qui sait ce que la mère, la Française, là, aura raconté à son enfant plus tard : rien du tout, ou la moitié, ou rien que des choses fausses, comme ma mère, qui tournait toujours autour du pot quand je posais des questions. Et maintenant tout d'un coup, pas plus tôt le Mur est tombé et y a plus de communisme, sa petite-fille s'amène et elle dit : Bonjour m'sieudames, c'est moi ! En tout cas c'est comme ça qu'il l'a raconté. Non, pas le matin à la table de la cuisine, et pas spontanément ni de lui-même non plus. J'aurais pu attendre longtemps. Mais quand j'ai commencé à trop me méfier, je lui ai dit : "Tiens, Wuttke, il me vient l'envie de faire une petite promenade en barque avec toi." Il a pas voulu, alors qu'autrefois, quand ça a commencé, toute son histoire de canotage, il voulait. Là c'est moi qui voulais pas, d'accord. Mais j'en ai pas démordu : "Allez, Wuttke, tous les deux dans la même barque. Je veux avoir vécu ça avant que l'unité arrive, et elle va pas tarder à arriver." Et quelques jours après, avant que ça commence avec les cloches et tout le bazar, eh ben on est allés avec l'aérien jusqu'à la gare du Zoo, puis sur le quai Lutzow on a longé le Landwehrkanal et on a passé le pont pour entrer dans le Tiergarten. De suite on a eu une barque. Un temps de rêve. Et c'est moi qui ai ramé, parce que lui il voulait pas. C'était vraiment bien. Des tas de canards, et même quelques cygnes. Et partout des jeunes qui faisaient aussi du canot. Ça devait avoir l'air comique, nous les deux vieux. Mais mon Wuttke a pas desserré les dents, il esquivait sans arrêt. Et puis quand enfin – on était juste au milieu du lac et j'avais rentré les rames, pour souffler un peu – quand il a ouvert la bouche tout d'un coup – "Du reste, Emilie…" –, là j'ai su tout de suite où il voulait en venir. Parce que quand il dit Emilie et pas Emmi, la plupart du temps y a quelque chose de mauvais qui se prépare. Bon, il me faisait pitié en fait, le voir comme ça avaler sa salive et sa pomme d'Adam qui arrêtait pas de monter et de descendre. "T'as pas besoin de me dire grand-chose, Wuttke, que je lui ai dit, y a eu un petit cadeau d'autrefois, c'est ça ?" Déjà il a eu un petit sourire et puis il s'est mis à vider son sac d'un seul coup, comme il fait, vous le connaissez. D'abord la jeune personne, bon, la petite-fille, et puis tout de suite la guerre et ce qui se passait à Lyon à l'époque, effrayant tout ça. Et pourquoi il avait ce truc rouge à la veste, maintenant, non, pas pour le communisme, pour de vrais mérites. "Mais ne va pas croire que j'aie été un héros !", il a dit. Et puis évidemment son idole est venue une fois de plus mettre son grain de sel, parce qu'il paraît que cette Marlène – sa petite-fille s'appelle aussi comme ça – rappelait un certain personnage de roman, cette fameuse Lene Nimptsch. Et que l'histoire de cette Lene remonte jusqu'à Dresde et à la révolution de ce temps-là, où ils chantaient des chants libertaires et où ils faisaient du canotage ensemble sur l'Elbe. Mais quand j'ai vu que mon Wuttke voulait plus parler que de cette époque et plus du tout de sa fiancée pendant la guerre, là je lui ai dit : "C'est pas grave, Wuttke. À la révolution ou à la guerre, il se passe tellement de choses ici ou là qu'on aurait pas voulues. Tu aurais simplement pu m'en toucher un mot avant, c'est des choses que je sais avaler. J'en ai déjà avalé beaucoup. Mais est-ce que notre Martha… ou quand je pense à Friedel, lui qui est si moral… ou Teddy avec sa carrière de fonctionnaire… Je vais régler ça. Et peut-être que ça vaut mieux comme ça, que ça sorte que maintenant. Mais ça, je veux la connaître, ta Marlène, ta petite-fille, fais pas cette tête… »

Emmi était intarissable ; et pour nous, cela ne manquait pas d'intérêt. Au début, nous collectionnions plutôt par amusement ou par habitude, mais ensuite ce fut intentionnel. À l'époque de l'État des Ouvriers et Paysans, les Archives nous donnaient quelque chose à quoi nous accrocher, mais maintenant, depuis la disparition de cet État, ce qu'elles contenaient nous paraissait douteux. Nous nous enfoncions de plus en plus dans l'histoire de Fonty. Il était plus vivant à nos yeux que l'original mis en fiches. Ce n'était pas seulement à lui, mais à sa famille que nous nous livrâmes pieds et poings liés.

Et Emmi était contente de pouvoir parler aussi franchement. Depuis que j'avais joué le rôle de témoin au mariage de Martha, elle se confiait à nous, et plus particulièrement à moi. Qui, à part nous, aurait eu envie de l'écouter avec tant de patience ? À une époque de mutation rapide, nous étions, sinon partie intégrante de la famille Wuttke, du moins son oreille et son entrepôt ; nous avons conservé jusqu'à d'infimes détails, par exemple le fait qu'Emmi, dans la barque, comme il était de plus en plus souvent question de Madeleine, s'était soudain mise à chanter *« Wie einst, Lili Marlen ! »,* sans aucun doute pour irriter un peu Fonty, qui recommençait à prendre tout cela à la légère.

Toujours est-il que quarante-huit heures plus tard, l'après-midi du 2 octobre, eut lieu une promenade en barque familiale. Fonty avait lancé l'invitation en tant que Theo Wuttke. Au début, on sentait une certaine raideur. C'était Madeleine qui ramait, et elle ne quittait pas des yeux – ses yeux rapides et scrutateurs – le couple installé sur le banc de la poupe. Tantôt elle fixait son grand-père, tantôt la femme de celui-ci. Et comme, dès qu'elle avait tiré sur les rames, elle se renversait très légèrement vers l'arrière, elle les voyait tous les deux en même temps : Fonty gêné et ému, avec une tendance au larmoiement, mais droit comme un piquet, comme s'il avait avalé, malgré toutes les dénégations, la trop fameuse baguette de chargement prussienne ; Emmi indifférente à son obésité, qui occupait bien plus de la moitié du banc. Elle ne semblait toutefois nullement embarrassée, se montrant plutôt maîtresse de la situation. Lui coincé contre le plat-bord, elle le débordant, lui comme pris en faute, mais restant digne, elle incarnant une menaçante bonté. Une image qui devenait, encadrée, l'icône même du bourgeoisisme indestructible : monsieur et madame Wuttke.

Et mademoiselle Madeleine ? Nous sommes obligés d'accuser ses yeux d'une légère coquetterie, qui passait franchement au strabisme lorsqu'elle prenait son élan pour le prochain coup de rame et devait alors se pencher en avant, de sorte que le couple assis se rapprochait trop d'elle et perturbait par là ses yeux ordinairement exercés à une vision nette.

Au début, on ne parlait guère. Aussi chargée que fût la barque, la génération intermédiaire faisait défaut ; des questions restèrent dans l'ombre que Fonty n'osait pas poser, car s'il avait demandé des nouvelles de Cécile Aubron, née Blondin – « Et comment va ta maman, ma fille ? » –, il n'aurait été répondu à son intérêt rétrospectif que d'une manière tout au plus courtoisement insignifiante. Madeleine aurait pu parler de l'activité socio-pédagogique de sa mère dans un orphelinat dirigé par l'Église réformée et, allusivement, des crises nerveuses – disposition manifestement héréditaire – de celle qui avait atteint le milieu de la quarantaine, guère davantage. Il était impossible de faire monter dans la barque le rejeton lointain, et, si Mme Aubron avait été de la partie, elle aurait brutalement refusé toute tentative d'approche paternelle, peut-être même en l'insultant : Boche ! Et pire encore.

C'est pourquoi Fonty se taisait, et Emmi, qui se taisait également, nous dit ensuite pourquoi elle était restée si longtemps muette : « Je voulais laisser mon Wuttke mariner un peu. C'était à lui de commencer. D'habitude, il parle volontiers, hein ? » Et puis elle concéda : « C'est quand même moi qui ai commencé, par bonté pure. Il fallait bien que quelqu'un se risque. »

Tout à coup, alors que Madeleine faisait une fois de plus longer la rive à sa cargaison familiale, Emmi demanda à la rameuse des nouvelles de son mémoire de maîtrise en cours de rédaction, comme si ce sujet présentait pour elle un intérêt brûlant : « Et de quoi il y est question ? Tu as déjà été à Potsdam, Marlène ? Ils sont très gentils, les gens des Archives. C'est fou tout ce qu'ils savent ! »

Et l'étudiante de quatrième année dit qu'il s'agissait dans son mémoire d'enchaînement des motifs, de lieux et de structure narrative, particulièrement dans *Errements et Tourments*, qu'elle incluait aussi dans son étude *Stine*, le roman de jeunesse berlinois *L'Adultera* et les tardifs *Poggenpuhl*, et qu'elle avait de plus l'intention de s'intéresser à l'arrière-plan huguenot des œuvres de son auteur. Qu'elle correspondait depuis quelque temps déjà avec les Archives de Potsdam. « Grâce à la recommandation de mon professeur, j'ai pu nouer des contacts avant même la chute du Mur », et naturellement elle avait mis à profit son séjour berlinois pour aller faire une visite Dortustrasse : « On y est très avenant, et pas du tout maniaque. Vous pouvez être sûre, madame Wuttke, que la motivation très personnelle de mon actuel séjour ne me fera pas négliger mon étude. »

C'est seulement alors que Fonty intervint. Il parla du quartier de Wilmersdorf, qui donnait autrefois sur les champs et sur le Jardin zoologique, bien pitoyable à l'époque, et fit quelques remarques techniques concernant la circulation berlinoise à propos du trajet en calèche qui mène Botho von Rienäcker, à travers la Hasenheide et la Jungfernheide, jusqu'au cimetière et à la tombe de la vieille Mme Nimptsch. À cette occasion, il se mit à bavarder, à dépeindre avec ironie et bonne humeur le thème des immortelles, et il s'écria : « Dans *L'Adultera* au moins, tout finit bien pour Melanie et Rubehn ! » Il dit : « Voilà les Juifs, on avait de l'argent ou on n'en avait pas, mais il n'y avait pas de barrières entre classes sociales ! », et il commença sans transition à meubler le logement des Poggenpuhl : « Quelques pièces de famille, avec lesquelles était bien obligée de s'accorder la psyché laquée de blanc, incrustée d'une bordure dorée, acquise lors d'une vente aux enchères... » Il fut interrompu par Emmi : « Oh ben, c'est pas mieux chez nous, dans la Kollwitzstrasse, que chez ces gens-là dans la Grossgörschen. La plupart des choses sont encore là depuis le temps de tante Pinchen. Et notre miroir, il a même des taches. »

Quand Emmi eut déploré d'autres insuffisances, ainsi que l'état de la maison de rapport du quartier de Prenzlauer

Berg, qu'elle eut défini le tout comme « encore pire, et même pire que le pire », elle changea brutalement de sujet et demanda à Madeleine ce quelle pensait, elle la Française qui ramait avec tant de concentration, de l'unité allemande prévue pour minuit : « Peut-être qu'on pourrait y aller, quand tout ça commencera avec les cloches. »

Madeleine fit semblant de ne pas remarquer le changement de sujet. Tout en ramant – et sans être essoufflée le moins du monde – elle assura qu'une semaine auparavant elle avait comparé la Hasenheide actuelle, avec ses brasseries en plein air, à la description du roman, qu'elle était allée au Zoo, avait fait des comparaisons entre les gravures coloriées de l'époque et le quartier de Wilmersdorf, qui avait pris des allures de grande ville, et que naturellement elle avait trouvé, à Kreuzberg, la Grossgörschenstrasse. Pour ce qui était de l'appartement des Poggenpuhl, elle reviendrait à une autre occasion sur le grenier servant de logis à la vieille servante Friederike, et donc à la question sociale laissée de côté par l'auteur. « Je sais que Monsieur X voyait tout cela – comme tout ce qui était laid –, mais qu'il n'aimait pas appeler ces choses par leur nom. » Et c'est alors seulement qu'en déplaçant son regard, elle répondit à la question d'Emmi : « De l'unité allemande, je ne peux dire qu'une chose : du point de vue français, c'est un événement tout à fait normal, et même s'il n'est pas précisément souhaitable, on peut du moins l'accepter. Au contraire de Grand-Papa, qui est plein de réticences, je suis contente de l'unification. J'espère que vous aussi, madame Wuttke, vous vous estimez heureuse. Un grand jour ! »

Vu de la rive, tout cela semblait se passer sans effort. On pouvait s'étonner de la facilité avec laquelle cette frêle personne faisait mouvoir la barque passablement enfoncée. La cargaison familiale, avec elle, ne risquait rien. Avec autant de plaisir que d'habileté – deux coups de rame à gauche, un à droite – elle évitait les autres embarcations. Souvent, des manœuvres risquées étaient nécessaires, car le trafic était devenu assez intense sur le lac artificiel. Le ton était donné par la joie de l'unification imminente. Dans certaines barques dangereusement surchargées, des jeunes gens, en fin d'après-midi, taquinaient déjà la canette. L'unité se faisait en trinquant. De barque à barque, des voix enrouées échangeaient des toasts à l'Allemagne. On se rapprochait, se rapprochait encore, et même trop dans le cas de deux barques où l'on se balançait vigoureusement pour imiter la houle.

Madeleine n'était pas la seule – nous aussi, nous l'avions vu venir : après un choc violent, l'une des embarcations de plastique à fond plat faillit chavirer, et de l'autre tombèrent trois jeunes femmes qui, téméraires, restaient debout sur le banc du rameur, se tenant enlacées comme les trois Grâces, l'une tirant l'autre par-dessus bord, au milieu de grands cris naturellement.

Nous nous mîmes à rire, car cela, au début, était drôle, et il s'ensuivit dans les autres embarcations ainsi que sur la pelouse des éclats de rire et des vivats renforcés à l'Allemagne. Puis il apparut que seule deux des femmes savaient nager. La troisième avait quelque peine à dissocier ses appels à l'aide du beuglement de l'allégresse unifiée. Déjà, elle resta quelques secondes sous l'eau. Chacun étant occupé de lui-même, personne ne s'en aperçut. Un malheur semblait suivre son cours dans l'ignorance générale, car nous, nous étions loin, très loin. La femme en train de se noyer restait seule avec son cri déjà muet.

Voilà à quoi ressemblaient les choses. Et si Madeleine Aubron ne l'avait pas rejointe en quelques coups de rame, ne lui avait pas tendu la rame gauche pour lui permettre de s'y accrocher et ne l'avait pas remorquée, presque morte, jusqu'à proximité de l'autre barque, celle qui avait failli chavirer, dont l'équipage, quatre jeunes hommes plus tout à fait à jeun mais décidés, put tirer à bord la jeune blonde à la coiffure dévastée, la joie de la réunification patriotique aurait été responsable d'un malheureux accident ; de cette manière, cependant, les occupants masculins de la barque purent entourer la jeune rescapée comme un cadeau. On aurait presque dit qu'ils allaient se partager la proie. Les deux autres femmes avaient nagé jusqu'à la rive. Personne ne s'occupait d'elles.

Sur toutes les embarcations qui, attirées par l'accident, étaient venues plus près, le sauvetage fut bruyamment applaudi. Mais Fonty n'y trouva aucun plaisir : « Faut toujours qu'ils exagèrent colossalement ! Ils n'ont pas la moindre idée de ce que c'est que l'unité, mais ils font la fête. Comme si la commémoration de Sedan était encore dans le calendrier ! »

Emmi le calma : « C'est des jeunes, Wuttke ! »

Il grommela pour lui-même :

« Rien que des officiers de réserve contrariés ! Démesure ! Démesure *über alles !*

– Ça s'est bien terminé, finalement, parce que notre Marlène a eu l'œil.

– C'est bien ce que je dis : il faut avoir l'œil ! »

Et Madeleine, qui laissa passer la variation de son prénom avec un petit sourire, dit : « Moi, j'ai trouvé ça drôle. Ça peut arriver n'importe où, non ? En France aussi, par exemple le 14 juillet, quand ils se sentent tous des ailes et se croient encore à la prise de la Bastille. Oh là là ! Pas seulement à Paris, partout dans les rues. »

Le lac ne portait déjà plus trace de l'accident évité de justesse. Partout il y avait encore des canettes de bière. L'allégresse s'égosillait de nouveau à qui mieux mieux. Vue du milieu du lac – car nous avions entre-temps loué une barque, nous aussi –, la frêle mais énergique enfant, comme tous avaient pu le constater, transportait le couple Wuttke à proximité de la rive. Non, elle transportait ses grands-parents, car il lui arrivait de plus en plus souvent de dire Grand-Père et Grand-Mère. Mme Wuttke n'y voyait pas d'inconvénient.

Nous appelions cela « la bonté d'Emilie ». Ou mieux : nous mettions tout ce qu'elle acceptait depuis des années sur le compte d'une complexion affective surdimensionnée. « Eh ben, si Marlène cherchait à tout prix une nouvelle grand-mère, ma foi, pourquoi pas ? Naturellement, mon Wuttke et moi, on tutoyait la petite. Mais elle, elle en démordait pas : toujours "vous". Plutôt démodé, non ? Mais c'est comme ça en France, on vouvoie son papy et sa mamie. »

À trois dans un bateau. Papotage sur l'eau : il s'agissait maintenant de choses inoffensives, la persistance du beau temps, les Turcs à Berlin et les Algériens à Paris, et plus généralement les immigrés, officiels et clandestins. C'est ainsi qu'ils en vinrent aux huguenots, ceux qui avaient émigré vers le Brandebourg et la Prusse, ceux qui avaient dû se cacher longtemps encore dans les Cévennes. Et déjà voilà que l'« idole » de Fonty, « Monsieur X », qui pouvait se prévaloir d'une double ascendance huguenote, se retrouvait dans le bateau à parler de la Gascogne et de son fanfaron de père – « Un causeur de la vieille école » – qui connaissait par leur nom tous les maréchaux de Napoléon. « Ma mère, en revanche, était une enfant des Cévennes du sud, une femme mince et frêle, aux cheveux noirs, aux yeux comme du charbon, énergique… »

Madeleine tenait cette citation toute prête, mais lorsque la conversation se rapprocha dangereusement du Rhône et de la Saône, puis de la Dombes riche en lacs, permettant de passer avec trop de pertinence d'une promenade en barque à une autre partie de canotage, comme Fonty s'apprêtait une fois de plus à résumer la situation, Emmi déclara : « Ça va, Wuttke. Marlène et moi, on sait maintenant tout ce qui peut se passer dans une barque. »

À point nommé, autre chose apparut dans le paysage. Quand, sur l'allée qui longeait la berge, un monsieur imposant passa en tenant en laisse un grand chien, Madeleine dit : « Regardez, Grand-Père, un terre-neuve. J'ai consacré un exposé au rôle que jouent les chiens, et particulièrement ceux-là, dans les romans de notre auteur. Par exemple, il était question d'Hector au château de Hohen-Vietz dans *Avant la tempête*. Et de Boncœur dans *Cécile*. Et naturellement de Rollo et de la pauvre Effi, jusqu'au bout, quand Mme von Briest dit : “Rollo est encore couché devant la pierre tombale. Il est encore plus profondément touché que nous…” Et sur Sultan, le chien attaché à sa chaîne, qui n'était pas, il est vrai, un terre-neuve, j'ai rédigé un texte exhaustif : la façon dont il suivait des yeux Botho et Lene quand ils allaient se promener, comme s'il savait déjà ce que c'est que la vie…

– Un chien comme ça, ça comprend plus qu'on ne le sait, dit Emmi. Début soixante-deux, juste après la construction du Mur, quand nos garçons étaient tous restés à l'Ouest et qu'on était seuls avec notre Martha, on en a pris un aussi. C'était un basset. Un vrai chien de ville, quoi. Mais un petit bonhomme bien futé. Mon Wuttke l'appelait toujours, je ne sais pas pourquoi, "Ézéchiel". Mais pas comme on prononce ce nom-là d'habitude, non, comme dans la Bible, "É-zé-chi-el". Mais en fait il répondait mieux à "Fifi", et quand il n'était pas en déplacement pour l'Union culturelle, le soir, il allait encore le sortir. Parce que nous habitions au troisième étage. Quelques tours de la Kollwitzplatz, jusqu'à ce qu'il en ait assez et qu'il aboie trois fois. Martha, de toute façon, elle aimait pas les chiens. Mais les garçons, c'est certain que… Surtout notre Georg – partout on l'appelait Schorsch… Et puis ils l'ont fait piquer, Fifi, en soixante-sept c'était… Sale époque, quand on y repense… Comme tout ce qu'on a dû passer, d'ailleurs… »

Fonty donna quelques explications sur l'homme de la *Kreuzzeitung* dont le nom prononcé avec l'intonation biblique ne faisait pas réagir le basset : anecdote sur anecdote. Tous, même Emmi, rirent de l'ultraréactionnaire de l'époque du Tunnel, qui n'était pas si mauvais. Et c'est dans cette unité, et en bavardant toujours, qu'ils abordèrent enfin au ponton du loueur de barques. La petite-fille y parvint encore sans difficulté, comme avec une adresse congénitale.

Nous aurions volontiers mis fin ici à la partie de canotage familiale, mais sur l'embarcadère se tenait quelqu'un qu'il n'était pas possible d'éviter. Nous, nous l'avions aperçu à temps, bien que la discrétion fût pour lui une vertu. Il était là comme à point nommé, et la vue des trois personnes dans la barque approchante le réjouissait. Patience inépuisable. Être toujours là au bon moment faisait aussi partie de ses vertus. Il était là, debout, le cigare au milieu de la figure, et il les accueillit en ôtant sa casquette de base-ball américaine. Ah, si le professeur Freundlich avait été sur le ponton ! Mais il était retenu à Iéna pour se faire évaluer.

Pendant que Fonty réglait deux heures de canotage et récupérait la pièce laissée en garantie, sa carte d'identité au nom de Theo Wuttke, Hoftaller déclara : « Nous avons tout le temps devant nous. On peut encore aller chercher quelques vêtements chauds. Va peut-être faire frais devant le Reichstag. Les masses affluent déjà. Mais on trouvera à coup sûr une petite place. Ça va être un grand spectacle. Si vous voulez bien vous donner la peine, ma Trabi attend au Landwehrkanal. »

23. Joie ! Joie !

Avant que notre trèfle à quatre feuilles, ce carré issu du mélange de divers jeux de cartes, se mette en route pour participer aux festivités, pousser des cris d'allégresse, être simplement là ou jouer tristement des coudes dans la foule, il nous faut procéder à quelques adjonctions, pour éviter que ce changement subit de théâtre – à pied d'abord, puis en Trabi – laisse quoi que ce soit sur le carreau. Les cartes doivent être rebattues – ou pour le dire simplement : il nous plaît de faire attendre un peu l'unité de l'Allemagne.

Fonty nous avait rendu visite avec sa petite-fille avant même la partie de canotage familiale. Et peu après l'annexion que l'on appela « adhésion », Madeleine vint aux Archives sans son grand-père, de même qu'elle nous avait rendu visite pour ses études avant la date historique. Ces contacts étaient en relation avec la correspondance entretenue depuis deux bonnes années avec l'étudiante, qui ne sortait pas, comme nous l'avions supposé, de l'École normale supérieure, cette institution élitiste où Paul Celan a enseigné jusqu'à la fin des années soixante, mais qui suivait tout de même les cours de la Sorbonne et en était au beau milieu de son mémoire de maîtrise.

On pourrait dire que Madeleine Aubron faisait partie du noyau dur de notre clientèle : comme dans les lettres écrites à l'époque où l'État des Ouvriers et Paysans était dans sa phase terminale, il ne s'agissait après la destruction du Mur que de l'Immortel et de son environnement littéraire, c'est-à-dire du club Platen, Lenau, Herwegh, des sociétés littéraires du Tunnel et du Rütli, ainsi que de Theodor Storm et de son séjour à Potsdam ; elle s'intéressait aussi à des hommes de plume à moitié ou totalement oubliés comme Alexis, Scherenberg ou même Wildenbruch. Elle voulait en savoir plus sur la noblesse prussienne – à commencer par Marwitz – que nos archives ne pouvaient en dire. Elle posait des questions sur l'influence de Tourgueniev et de Bürger, un peu moins sur celle des modèles déclarés, Scott et Thackeray. L'Angleterre était passée sous silence, l'affaire William Glover, par exemple, et le journal corrompu *Morning Chronicle* ; ce qui lui importait, en revanche, c'étaient les amitiés avec Wolfsohn, Lepel, Heyse, de même que la raillerie infligée par Gottfried Keller aux manières prussiennes des versificateurs rassemblés dans le Tunnel sur la Spree.

Au début, elle posait des questions sur les poèmes de jeunesse écrits à l'époque de Dresde, et qui ont disparu, comme nous le savons maintenant ; puis ses questions écrites et par la suite orales se concentrèrent sur son mémoire de maîtrise auquel ceux que l'on appelle les « romans berlinois » apportaient suffisamment de matière. Nous admirions, concédons-le, le sérieux de la jeune fille, sa rigueur scientifique, qui faisait un effet légèrement démodé au jour d'aujourd'hui, mais aussi son jugement pénétré de logique et dont l'acuité était quelquefois adoucie par des réticences sentimentales – non, par l'intervention soudaine du sentiment qui disait son mot. Il ne faut pas omettre de dire que son charme, dès la première visite, enchanta les Archives. On pourrait dire que Madeleine a apporté un peu d'esprit dans notre boutique que rétrécissait encore, malgré toute la correspondance internationale, le socialisme réel. Dès qu'elle entrait, un peu de l'esprit de l'Immortel nous submergeait ; parmi les filles du comte Barby, c'était moins la comtesse Armgard qui parlait par sa bouche que la comtesse Mélusine, et de la même manière elle faisait l'effet, lorsqu'elle parlait, de la citoyenne révoltée Corinna. Elle parlait comme un livre et ses citations étaient presque aussi sûres que celles de notre ami Fonty ; aussi ne fûmes-nous pas particulièrement étonnés quand elle vint à son bras faire une visite aux Archives.

C'était l'un des derniers jours de septembre. Elle portait comme une bure élégante sa robe de soie sauvage d'une coupe simple et serrée par une ceinture. Lui, comme toujours, il arriva avec un bouquet de fleurs : des dahlias en boutons et d'autres qui s'ouvraient délicatement.

Fonty trahit une fierté incontestable, quoique dissimulée par le jeu de l'ironie, lorsqu'il nous présenta l'étudiante que nous connaissions comme « la petite-fille qui ne m'a été donnée que sur le tard », en ajoutant : « Mais attention, mesdames et messieurs ! Madeleine n'est pas seulement intelligente et cultivée, elle est aussi d'un charme un peu âpre – pour vous faire saliver – comme un chocolat doux-amer. Je parie que vous y avez déjà goûté. »

Quand elle nous eut été présentée sous cette solide étiquette – Fonty, plus tard, alors que sa petite-fille était repartie depuis longtemps, réclama vivement la « jeune personne douce-amère » qui lui manquait –, Madeleine Aubron eut un sourire qui n'entamait pas la gravité de son regard et dit : « Mon Grand-Papa a tendance à tout ramener à un seul principe, un peu comme Botho von Rienäcker ramenait des sentiments qui troublaient sa conscience de caste au principe : "L'ordre, c'est le mariage !" Voilà – si l'ordre peut aussi rapidement se résumer à cela, je veux bien être votre jeune personne douce-amère. »

Rivalisant avec son grand-père, elle fit d'autres citations de cet acabit. Un jeu bien rodé et matois où nous ne voulions pas être en reste. Si Fonty s'exclamait : « Le palmier, c'est toujours bien ! », Madeleine y allait de : « Toutes les horloges de couvent retardent. » Nous, nous trouvâmes « Plus on emporte de choses, et plus il vous en manque » et la maxime du cocher anglais de Barby : « *Widow* est plus que *virgin.* » Une collègue sortit : « La morale, c'est bien, l'héritage, c'est mieux ! » J'apportai ma contribution avec cette sagesse traditionnelle des vieillards : « Quand la vie se tait, le désir aussi… » Et le directeur des Archives mit la plupart des rieurs de son côté en rappelant que « La poitrine de veau, c'est toujours du cartilage ». Pour finir, ce fut tout de même Fonty qui, en allant cueillir une citation dont nous-mêmes ne reconnûmes pas tout de suite le contexte, fit en sorte que ce jeu jusque-là plutôt drôle rejoignît le présent :

« Mais les Allemands – dès que quoi que ce soit commence – se divisent toujours en deux parties. »

Et voilà que nous étions revenus à notre sujet. Il s'agissait de la patrie qui s'agrandissait, de ce joli cadeau qui nous avait été fait mais qui devait bientôt se révéler bien peu pratique et bien encombrant : qu'en faire ? Que faire de nous-mêmes ? Comment vivre avec cette taille-là ?

Une dispute générale ne s'ensuivit certes pas, mais l'opposition entre le grand-père et la petite-fille était nette. Dans la perspective française, unité et nation étaient des faits irrévocables. « Un point, c'est tout ! » s'écria Madeleine.

Fonty, ennemi déclaré du « borussisme de cuir », était toutefois suffisamment prussien pour couper en petits morceaux toute tentative d'unité et pour préférer au concept de nation, qu'il écartait comme « chimère » d'un revers de main, une véritable constitution, si possible fondée sur la raison : « Il ne fait pas de doute que nous avons besoin d'une constitution qui ne soit pas faite que pour l'Ouest. »

Elle reprochait aux Allemands une folie masochiste, lui reprochait aux Français un chauvinisme prétentieux. Si elle s'exclamait : « Vive la France ! », il répondait « Que vive le Brandebourg ! » L'atmosphère était chaude, plus amère que douce. Et nous qui nous trouvions devant l'imminence de l'annexion, nous gardions le silence.

Qu'aurions-nous bien pu trouver de nouveau ? Assurément, des citations auraient pu illustrer les contradictions de l'Immortel – « L'Allemagne n'est plus seulement un concept, mais une puissante réalité » –, mais il devint vite impossible de mettre son grain de sel. Dans la chaleur du débat national, Madeleine Aubron revenait à sa langue maternelle ; et Fonty nous surprit par son éloquence welche. Cela ne ressemblait guère à un « maigre français de garnison ».

Nous restions stupéfaits du discours si fluide qui s'échangeait par-dessus nos têtes. Nous pouvions tout au plus lui faire pièce avec une langue qui avait été obligatoire pour tous les écoliers à l'époque de l'État des Ouvriers et Paysans : notre russe sur ordonnance, dont nous ne songeons pas à renier la beauté. Après un temps de blocage, vite surmonté, nous tentâmes une sortie. L'un de nous savait, par cœur, citer Pouchkine dans l'original. Chacun apporta à l'improviste sa contribution, l'un Tourgueniev, l'autre Tchekhov, moi-même Maïakovski. L'une de nos collègues maîtrisait le polonais et fit l'aumône d'un poème de Tadeusz Rozewicz, l'autre avait gardé de ses études interrompues un peu de chinois – elle disait « mandarin » – et déclama un bref poème du grand président Mao. Le directeur des Archives eut recours au latin : Ovide ou Horace. Nous parvînmes finalement, en moultes langues étrangères, à enterrer le débat sur l'unité et la nation. Bientôt tout le monde riait, y compris, au bout d'un moment, le grand-père et la petite-fille, mais c'était à nouveau en allemand.

Ils s'incrustaient. Il y avait naturellement du café et des biscuits pour accompagner tout cela. Nous avions suffisamment de temps pour nous expliquer les connaissances linguistiques de Fonty autrement que par son séjour militaire en France ; comme il se confondait totalement avec la biographie de l'Immortel, il partageait également les efforts que celui-ci faisait pour rédiger les pétitions qui, pendant sa captivité sur l'île d'Oléron, devaient au même titre que toutes les lettres à sa femme être écrites en français, sur ordre de la censure. À cela s'ajoutait que Fonty, sous le nom de Theo Wuttke, avait su tirer un profit personnel de son séjour en France imposé par la guerre ; son amour pour Madeleine Blondin l'y avait sans doute aidé.

Alors que, vers la fin de leur visite, le sujet n'était plus que la levée de l'internement, un conflit éclata à nouveau. Le grand-père et la petite-fille disputaient comme des avocats. Pour nous – le public –, ils actualisaient une affaire que nous avions abondamment illustrée de notes infrapaginales. Tandis que Fonty se disait sûr que le cardinal-archevêque de Besançon, grâce à l'entremise de la famille catholique von Wangenheim, était venu à la rescousse, l'étudiante Aubron affirmait que c'était la lettre de Bismarck à l'ambassadeur des États-Unis en France, Mr. Washburne, qui avait été d'une importance décisive : l'ambassadeur avait immédiatement pris contact avec le ministre des Affaires étrangères, Jules Favre. Les menaces contenues dans la lettre du Chancelier avaient fait leur effet. Si l'on ne libérait pas l'« inoffensif savant » qui était présenté comme « sujet prussien et historien bien connu », il fallait compter sur l'arrestation d'« un certain nombre de personnes qui se trouvent dans une situation similaire en différentes villes de France ». Madeleine s'écria : « Notre Monsieur X a été libéré par Bismarck ! »

Fonty ne voulait pas en convenir. Sa petite-fille osa l'exclamation : « Absurde ! » et joua sur le mot favori de l'Immortel, « ridicule ». Nous intervînmes dans la discussion et fîmes remarquer que l'écrivain Moritz Lazarus, qui, comme l'Immortel, appartenait aux sociétés de poètes du Tunnel et du Rütli, s'était mis en liaison avec le ministre de la Guerre Crémieux et avait ainsi fait positivement avancer les choses ; que Crémieux était président de l'Alliance israélite universelle, pendant que Lazarus l'était du Synode israélite. Je me risquai même à cette affirmation : « En Prusse comme en France, seuls les Juifs sont intervenus efficacement en faveur de l'Immortel. »

À l'inverse, le directeur des Archives était d'avis que « la libération n'avait pu avoir lieu que le 24 novembre 1870, lorsque que fut dûment signé l'engagement de ne rien dire ou faire imprimer “contre la France” ».

Ce renseignement, qui constituait plus une adjonction qu'une objection, ne mit pas fin pour autant au conflit entre la petite-fille et le grand-père. Les propos échangés étaient vifs, jusqu'au moment où Fonty esquiva et s'exclama : « L'essentiel, c'est qu'on était libre ! » Puis il se tourna vers nous : « Je réclame votre approbation pure et simple : voilà comment elle est, notre Madeleine, silhouette douce, rigueur amère. »

Nous aurions eu tendance, dans ce débat, à donner raison à l'étudiante. Mais quand, peu après la réalisation de l'unité, elle se présenta seule aux Archives, nous défendîmes, après avoir passé au peigne fin tous les documents qui étaient à notre disposition, la thèse selon laquelle il aurait été impossible à Fonty d'accepter comme libérateur ce Bismarck même qu'il qualifiait en toute occasion d'« effrayant pleurnichard ». Nous convînmes avec Madeleine de ceci :

« Monsieur X s'est exprimé, s'agissant de sa propre cause, avec une désinvolture appuyée : "Peu importe qui m'a fait libérer. C'est soit le parti catholique, soit le parti juif, soit le parti du gouvernement…" »

Pour le reste, le petit texte *Prisonnier de guerre* témoigne que l'Immortel a tenu parole et a rédigé les souvenirs de son séjour forcé sans se laisser aller à aucune récrimination contre « la France ». En Prusse, cela déplut parfaitement. Une fois proclamée l'unité allemande, il ne fallait guère espérer de tolérance. Même son fils George, qui était en France avec son régiment, devant Saint-Denis, ne se montra pas disposé, dans une lettre convoyée par la poste militaire, à tolérer le petit livre : « Je dois, mon cher Père, ainsi qu'au nom de tous nos officiers, te faire le petit reproche de brosser dans tes mésaventures un portrait aussi flatteur des Français… »

L'étudiante Aubron regrettait cette chamaillerie familiale, mais quand nous lui posâmes des questions sur sa promenade en barque avec son grand-père et la femme de celui-ci, elle dit : « Notre petit tour en famille s'est déroulé dans la plus parfaite harmonie. Je me suis merveilleusement entendue avec Madame. Vraiment, une femme au grand cœur. Nous sommes tombées d'accord sur Grand-Papa d'une manière amusante. Quand j'ai donné à entendre que M. Wuttke avait obtenu cette décoration honorifique plutôt pour le principe, parce qu'il n'avait pas été un héros, mais qu'il s'était du moins montré utile, elle a ri de très bon cœur et elle a dit : "C'est ce que je me suis dit tout de suite. Mais il fait un joli effet, ce petit ruban." »

Pouvait-on attendre autant de compréhension de la part d'Emmi Wuttke ? Tout ce qui avait été douloureux pour elle était-il enfoui sous des tonnes de bonté ? Était-elle vraiment aussi naïve, ou toute une vie l'avait-elle habituée à l'indulgence envers son Wuttke ? Est-il possible qu'elle ait su avant Fonty quelle surprise allait venir de France ?

Interrogée, elle répondit : « Je ne l'imaginais pas si mignonne, la petite. Quand je pense à notre Martha, les caprices qu'elle peut faire, et vouloir toujours avoir raison.

Vous n'avez qu'à lire ses lettres : comme si Schwerin était au pôle Nord. Rien que des lamentations, toujours. Et pourtant, ce Grundmann lui a offert une vraie villa, avec femme de ménage, terrasse et vue sur le lac. Enfin, à côté de Martha, qui trouve toujours à redire, la petite, elle est vraiment rafraîchissante. Comme elle nous regardait avec ses grands yeux pendant qu'elle ramait ! Et toujours de bonne humeur, et spirituelle, mais pas coquette pour un sou, avec ce qu'on dit des Françaises. Non, moi je me dis : Marlène, elle réfléchissait, en nous voyant assis, là, les vieux. Mais le moment venu, elle devenait enragée. Et c'est juste quand elle a donné la réplique à mon Wuttke parce qu'il ne voulait pas croire à l'unité et qu'il ramenait toujours soixante-dix-soixante et onze, parce que là aussi ça s'est mal passé, il disait. Qu'est-ce que vous voulez, il est comme ça, mon Wuttke. Il faut qu'il compare tout, les requins de l'époque et les requins de maintenant, les culottes de peau et les lieutenants de ce temps-là avec les crapules qui sont en haut maintenant, ces marchands de canons et ces chevaliers du pourcentage, comme il les appelle. Avec lui, c'est toujours les m'as-tu-vu à la Treibel qui arrivent d'abord, et puis il attrape ce petit futé de Krause, qui nous a tranquillement fichu l'unité sur le dos. Mais la petite, Marlène je veux dire, elle a pas sa langue dans sa poche et elle lui a expliqué que tout ça, c'était normal, qu'il y avait des petits trucs qui collaient pas, c'est comme ça dans la vie, et en France pareil. Mais alors la vraie rage l'a prise quand ça a démarré, tout ce cinéma devant le Reichstag. Elle a crié, mais alors fort, pour que mon Wuttke soit obligé d'entendre, qu'il faut pas toujours s'occuper des petites choses, mais des grandes. Et que l'Allemagne tout entière devait enfin apprendre à devenir une nation. “Sans une Allemagne forte, la France s'endort”, qu'elle a crié. Et vous savez qui c'est qui a dit : “Exact, exact à cent pour cent !” ? Pas mon Wuttke, naturellement. Tout juste ! La tête de balai-brosse, comme l'appelle Martha. Il est venu nous chercher au lac et nous a ramenés à la maison pour qu'on puisse prendre nos manteaux et puis un gilet pour Marlène. Et ensuite on est tous montés dans sa Trabi et en avant pour le Reichstag ! On est arrivés jusqu'à la Glinkastrasse. Le reste, on l'a fait à pied. Et le balai-brosse toujours avec nous. Impossible à semer. Et il sait toujours tout avant tout le monde. Parce que bien avant qu'il soit malade, mon Wuttke, il m'avait fait des allusions comme ça, un voyage à l'étranger, en bateau, là-haut en Écosse. Enfin, vous le savez, c'était en été, quand on a eu la nouvelle monnaie... Et puis une fois encore quand on est revenus de Hiddensee... Il arrive tout simplement comme ça, il s'incruste et il vous chante : "Chère madame Wuttke, c'est un peu difficile pour moi, mais nous venons d'avoir des informations comme quoi votre mari..." Il y avait anguille sous roche, mon mari traînait une casserole depuis la France, qu'il a dit en chuchotant, et il y mettait du suspense, tout en m'accompagnant faire mes courses au KaDeWe, il y a tenu absolument. D'abord je lui ai dit qu'il pouvait se carapater, mais il est resté en faisant un sourire de merlan frit. Laisse-le parler, que je me suis dit. Y a certainement quelque chose de politique, on le connaît. Mais la peur bleue que j'ai eue, et d'abord j'ai cru à quelque chose d'affreux, une exécution de résistants peut-être. Alors j'ai été sacrément soulagée quand finalement ça n'a été que cette histoire d'enfant. "Et alors ?" que je lui ai dit quand on a fini par sortir du rayon alimentation et qu'il m'a invitée à la cafétéria. "Et alors ? C'était la guerre, après tout. Il peut se passer beaucoup de choses. Et qu'on était déjà fiancés depuis longtemps, en quarante-quatre, ça, je suis la première à le savoir. C'est bien à vous de venir me le dire ! Et s'il y a quelqu'un qui arrive, même pas sa fille, mais sa petite-fille, ça vaut mieux qu'une jambe cassée, puisqu'il y a si longtemps que cette petite cherche son grand-père, y avait encore le Mur à l'époque et tout le monde pensait qu'il était éternel. Eh ben, je lui ai dit, si elle a cherché qu'à l'Ouest, c'est pas étonnant qu'y ait pas eu plus de Wuttke que de beurre en broche." Et lui, il a dit : "Nous avons donné un petit coup de pouce..." Soi-disant que le balai-brosse, on lui aurait fait signe officiellement d'en haut, à l'Ouest. Et il était aussi au mariage de Martha... Et récemment à Hiddensee, quand je me suis foulé le pied... L'allure qu'il avait ! On aurait dit un Américain en vacances. Et il s'est mis à dégoiser tout ce qu'il pouvait. Oh, toujours les mêmes histoires : ce que mon Wuttke faisait à Lyon. Et puis ce qu'il y avait dans ses articles pour l'aviation du Reich, sur les huguenots et tout ça. Et que dans un des articles on pouvait lire quelque chose sur des promenades en barque, une fois sur tel lac, une fois sur tel autre. Et que dans cette région on produit pas seulement des cuisses de grenouille, mais qu'ils font vraiment de la pêche… "Et alors ? que je lui ai dit. Tout ça, je le sais." La plupart des articles, c'est moi qui les ai tapés. Mais, dans ses lettres, y avait davantage. Il s'est passé beaucoup de choses pendant la guerre. Et puis en plus je lui ai dit : "C'est pas vos oignons, ça vous regarde pas, c'est une affaire privée." Ça lui en a bouché un coin pendant un moment, et puis l'autre jour, chez nous dans le quartier, je descendais la Schönhauser pour faire les courses, il est revenu me faire ses discours : "Juste un petit moment, madame Wuttke. Ça va vous intéresser. Elle est là, la personne en question. Y a pas de doute, c'est bien sa petite-fille. Elle veut absolument parler à son grand-père. Elle a d'ailleurs apporté quelque chose pour lui. Je ne trahis pas un secret si je vous dis en confidence qu'il s'agit d'une distinction, une décoration en quelque sorte." Et puis il a dit aussi : "Une personne intelligente, du reste, et qui ne revendique rien, financièrement par exemple." Il a été très poli, ultrapoli même : "Chère, très chère madame Wuttke" et tout ça, parce qu'il voulait mon consentement, si, pour la rencontre grand-père-petite-fille. Eh ben mon colon, je me suis dit, des fois qu'y deviendrait humain, ce lèche-bottes. Et à lui je lui ai dit : "De mon côté, c'est avec plaisir, je ne voudrais pas déranger." Mais j'étais quand même curieuse de voir la petite. Naturellement, mon Wuttke a été soulagé quand je lui ai proposé une promenade en barque à trois. Il a retrouvé tout de suite sa bonne humeur. "Le canotage, c'est toujours bien", qu'il a gueulé. Et puis encore : "Ça dispense de parler beaucoup." C'était drôlement bien d'ailleurs l'après-midi sur l'eau. J'avais pris des petits pains, avec du jambon entre. Eh ben la petite, elle a pas craché dessus, qu'est-ce qu'elle a boulotté. Elle est en or, notre Marlène. Moi, elle m'appelait Grand-Maman, mais quand même elle me vouvoyait. Et elle regardait comme ça avec ses grands yeux noirs tout ronds… Mais je trouve que mon Wuttke, elle lui ressemble pas du tout. En tout cas, après, quand on a été passer prendre à la maison quelque chose de chaud à se mettre sur les épaules, on a encore fait une petite balade en buvant un café de temps en temps, parce que mon Wuttke, il voulait pas rentrer tout de suite dans la bousculade, il a voulu tout nous expliquer en faisant l'aller-retour sur Unter den Linden, tout ce qu'y avait là autrefois, le café Kranzler et puis rien que des restaurants et des pâtisseries tout ce qu'y a de plus chic. Mais on avait toujours le balai-brosse sur le dos, et lui aussi il savait des tonnes de trucs sur l'ancien temps. Pas moyen de s'en débarrasser. Moi, ça m'allait pas, et à notre Marlène encore moins. "Mossieu Offtalère, qu'elle lui a dit comme ça tout miel, tout sucre, ayez l'obligeance de comprendre que nous voudrions passer cette nuit historique en famille, tout à fait entre nous, et que pour l'instant nous n'avons pas besoin de vos services…" On était déjà tout près du Reichstag quand elle a voulu le faire partir. Mais y a pas eu moyen. "Moi aussi, je fais partie de la famille !" qu'il a dit, avec un de ces sourires… »

Quand nous interrogeâmes par la suite l'ombre-diurne-et-nocturne de Fonty, voici ce qui se fit jour : « C'est quand même normal qu'on veuille être avec ses protégés quand on fête l'unité de l'Allemagne. Du reste, les Services ont donné un coup de main quand il s'est agi de la décoration, et ensuite d'une remise la plus discrète possible. C'était classé "Regroupement familial", la grande mode à l'époque. J'ai même eu l'autorisation de déplacement dans un pays non socialiste. Je connaissais Lyon d'autrefois, certes, mais depuis, la ville s'est "colossalement embellie", comme dirait notre ami. Une ville riche, tout marche bien, c'est propre. Quand je suis arrivé, c'était juste le moment du procès Barbie. Grand remue-ménage médiatique autour d'un vieillard, mais, en sous-main, c'est de l'ancien chef de la milice qu'il s'agissait, Paul Touvier, et d'un certain

Bousquet, qui dirigeait la police sous Pétain. Sont assez susceptibles là-dessus, les Français, même les camarades étaient légèrement embarrassés quand nous avons à peine effleuré le sujet Jean Moulin. Aussi, on n'a pas insisté. Finalement, c'est nous qui avions quelque chose à leur demander, juste une petite chose. Le dossier classé depuis longtemps sous le nom de code "Fontaine" avait besoin d'une petite révision. Mais non, mais non ! Aucune raison de contester que Mlle Aubron m'est connue depuis ma visite à Lyon. Finalement, c'est sur sa demande qu'a été accordée l'aide officielle. Totalement incompréhensible pour nous, qu'on ait hésité si longtemps du côté français. En réalité, c'était une simple question de forme, il s'agissait de savoir si celui qui était à l'époque le caporal Theo Wuttke avait soutenu la Résistance en toute connaissance de cause ou innocemment. Les associations d'anciens combattants ont été assez pinailleuses de ce côté-là. Mais nous avons dit que l'essentiel, c'était que ses lectures diffusées depuis les bandes enregistrées étaient suffisamment subversives pour avoir eu un effet déstabilisateur sur quelques-unes des unités stationnées dans la région de Lyon, surtout après le début de l'invasion. Qu'est-ce que ça veut dire dans ce cas-là, manque de preuves ? En tant qu'archivistes, vous devriez savoir ce que c'est que le pouvoir des mots. Approbation à cent pour cent : on appelait ça "saper le moral des troupes". Pourquoi ? Votre question m'étonne. Vous ne savez vraiment pas combien les mots peuvent être dangereux, non ? La littérature en général… et certains livres… Il suffit quelquefois d'une seule phrase… Et à cela s'ajoutait l'effet de mots prononcés d'une manière suggestive, de la voix insinuante de celui qui lisait, qui donc, c'est établi, sapait le moral des troupes. Chaque fois, ça faisait l'effet d'une bombe quand il passait sur les ondes. Le nombre des déserteurs dans le secteur de Lyon en est une preuve suffisante. Mais les camarades français faisaient objection sur objection. Mlle Aubron était furieuse et s'est exprimée – ce qui n'a pas vraiment arrangé les choses – en termes plutôt trotskistes. Voilà pourquoi l'hommage est malheureusement arrivé trop tard. Nous, nous aurions bien vu une cérémonie publique, pour le quarantième anniversaire de notre République. Tribune d'honneur ! Gare principale ! Les camarades dirigeants ! Parce que la remise privée, ça manquait un peu de formes, et le diplôme, oui bon… Dans une barque… simplement impossible… Mais il a quand même été content de la décoration… Il n'aime pas trop quand il y a trop de monde… les grands rassemblements… C'est sans doute pour ça qu'il était de si mauvaise humeur quand on a célébré l'unité de la patrie devant le Reichstag. Voulait rentrer à la maison. Sans attendre les cloches. Mais nous l'avons persuadé, et la plus vive c'était Mlle Aubron. Elle, il l'écoute. »

Ils n'arrivèrent pas loin, juste avant la Porte, parce que les masses s'entassaient partout. On devinait à peine le véritable endroit où cela se passait, le Reichstag et la tribune devant la façade, où les orateurs commençaient déjà à parler, et l'événement de minuit avec ses phrases bien grosses ou subtiles, à conserver en lettres d'or. Mais ils sont quand même restés jusqu'à la volée de cloches, parce que ce qui se passait devant le grand décor, l'apparition des orateurs, les cris de joie de la foule qui accueillaient chaque phrase, la musique entre-temps, tout cela venait des haut-parleurs, à moitié emporté au gré du vent et par lambeaux, mais compréhensible tellement le contenu en était simple, et même entraînant ; en tout cas, il se répandait une atmosphère comme de quelque chose de sacré, et la solennité produisait quelque chose comme le sentiment d'être unis.

Et cependant, ce que Hoftaller nous a dit n'est pas faux : Fonty, dès le début, ne voulait pas aller à cet endroit où, bien que juste au bord, ils étaient maintenant coincés. Et quand ils furent absorbés par la foule, il ne voulut plus que partir, partir, ou, comme il disait : « Sortir à toute allure de cette colossale bousculade ! »

Mais Emmi tenait absolument à rester, parce que la petite-fille voulait, au moins jusqu'aux cloches, pouvoir être de la fête : « Je vous prie, Grand-Papa, d'avoir quelques égards pour Grand-Mère, et aussi un peu pour moi. Nous, en tout cas, l'unité de la nation allemande ne peut pas nous être indifférente. N'est-ce pas ? Nous voulons nous réjouir et exprimer notre joie. Il est possible, pour quelque raison que ce soit, que vous estimiez l'Allemagne incapable de faire son unité, mais chez nous, en France, la nation, la France est au-dessus de tout. "La Grande Nation", nous disons. Les uns d'une manière pathétique, comme s'il leur fallait absolument imiter le général de Gaulle, les autres avec un rien d'ironie, mais tous le pensent sérieusement. Moi aussi, naturellement, moi, une petite trotskiste éventuellement moqueuse, qui se laisse aller d'un côté à ses rêves internationalistes et qui espère toujours un petit peu de communisme, mais qui demande très gentiment à son grand-père de ne pas nous gâter, à Grand-Maman et à moi, la joie que nous procure cette nuit. »

Donc, ils restèrent. Fonty s'appuyait sur sa canne et souffrait presque en silence. Hoftaller, qui tenait à faire partie de la famille, s'efforçait de rester à l'arrière-plan. De toute façon, la sonorisation qui envahissait la place n'en laissait guère aux conversations intimes. Ce qui parvenait fragmentairement des discours solennels, faits pour la répétition, avait le charme de formules conjuratoires : « Unis en cette heure sacrée… Un profond sentiment de gratitude… Enfin vont grandir ensemble… En cette heure historique… C'est avec une profonde satisfaction… Ce qui a vocation à être uni… C'est pourquoi nous voulons… Unis et pleins de gratitude… Une profonde… Le sentiment profond de… Mais avant tout une joie pleine de gratitude… »

Une musique adéquate arriva enfin. Annonçant le grand jour, des accents retentirent qui versaient le courage au cœur du citoyen ou l'élevaient aux cimes, mais ne laissaient personne indifférent. Oui ! Un chant s'éleva. Déchaîné, choristique, le corps caverneux du lyrisme allemand se mit à résonner.

Et ce chant était si communicatif qu'il ne se contentait pas d'être entendu ; car lorsque, depuis le Reichstag, tous les haut-parleurs firent retentir le chœur final de la Neuvième et que – comme un phénomène naturel – il submergea la foule aux centaines de milliers de têtes, Madeleine Aubron elle-même, d'une voix fluette mais qui ne portait pas moins, entonna les paroles d'une façon si claire et si exacte qu'immédiatement après Emmi la rejoignit dans un alto non négligeable. Aussitôt certains des proches, dont nous autres des Archives, s'efforcèrent de chanter aussi *L'Hymne à la joie*, quoique avec moins de clarté et de justesse que n'en mettait la jeune personne douce-amère, laquelle semblait – aussi modeste que fût la taille de « la Petite » – prendre une dimension inattendue.

Bien que protégé au sein de sa famille, Fonty se tenait à l'écart. En manteau automnal de demi-saison, il gardait sur la tête son léger chapeau d'été, tandis que Hoftaller, qui observait une distance réservée, enleva sa casquette de base-ball dès que la Joie fit jaillir ses étincelles divines et enflamma ce qu'elle devait enflammer. Mais l'ombre-diurne-et-nocturne sans couvre-chef ne chantait pas. Chanter en chœur, cette fois, n'était pas son affaire, ce qui ne l'empêcha pas de commenter à sa façon, en brefs intercalaires, la proclamation récurrente de la joie, les millions d'humains à embrasser, les hommes qui devenaient des frères et le doux séjour de la Paix : « Mais oui, soyez joyeux, les gens de l'Ouest ! – On vous tient, on vous coince ! – Nous, les griffes, on connaît. Celui que nous embrassons, il ne nous échappe pas. – Plus jamais vous ne nous échapperez. – Et comment, des millions ! – Des milliards, ça va vous coûter. Vous le vouliez à tout prix ? – L'unité ! La joie ! Mais ne vous réjouissez pas trop vite. – Ça vous passera rapidement. La joie ne sera pas sans mélange. – Tout a marché selon les plans. – Le Mur ouvert : joie ! – Plus de monnaie de singe : joie ! – Le mark est là : joie ! Mais l'addition ne va pas tarder. – De la ferraille tout ça, vous avez dit, on l'aura pour une bouchée de pain. – Ah tu crois ça ! Allez, réjouissez-vous. – Entre frères, mais oui, réjouissez-vous, nom d'un chien ! – À partir d'aujourd'hui, heure zéro, rien que de la joie ! »

La moustache de Fonty tremblait. Sa canne cependant lui donnait un appui. Peut-être n'écoutait-il pas les épanchements de Hoftaller, qui emportaient tout sur leur passage, mais tendait-il l'oreille en direction de sa tardive petite-fille, dont la petite voix claire était en correspondance avec la voix chaude, la voix pleine de cœur, disons-le, de la bonne Emmi. Il avait plaisir à écouter une telle harmonie familiale, un tel unisson. Peut-être aurait-il aimé que sa fille Martha, qui autrefois ne jouait pas seulement du piano, mais chantait souvent et avait encore tonitrué lors du repas de mariage « Construisons ! Construisons ! », fournît la troisième tessiture du chœur de la Joie ; ordinairement plein de préventions contre la musique, il aimait ce chant-là.

Ce n'est qu'au moment où Hoftaller, amplifiant par des bruits de succion le baiser adressé au monde entier à travers les haut-parleurs, s'écria : « C'est ça ! Allons-y ! Léchons la gueule au monde entier ! Vive la globalisation du baiser ! » et pour finir élargit *L'Hymne à la joie* au cri de « Bisou, bisou *über alles !* », que Fonty essaya d'arrêter son immortel voisin : « Maintenant ça suffit, Tallhover ! Vous avez fichtrement raison. Colossale foutaise, tout ça. C'est clair pour moi, dès maintenant : cette unité est infectée par le champignon de la division. Cessez donc ces bruits répugnants. C'est à vous faire vomir votre salive. Partons, Hoftaller, allez, partons ! »

Mais aussi bien Madeleine et Emmi que l'ombre-diurne-et-nocturne étaient indéracinables. Les deux femmes s'envolaient sur leur voix jusqu'au firmament, et l'autre criait : « Allons, allons, Wuttke ! Une joie pareille, ça se savoure, ça ne va pas durer longtemps. Et si nous sommes tous frères, eh bien tant mieux. Il faut qu'ils le sachent, en face, que nous sommes contagieux. Ils nous appellent ferraille, nous, de ces gens-là, on en fera de la ferraille. Ils payent, nous, on remboursera en virus de l'Est, hé, hé ! Eh oui ! nous sommes contagieux – comme la joie. Une fois bien agrippés, bien embrassés – viens par là, mon frère ! – ils seront tous infectés, là-bas. Ils veulent nous occidentaliser, on les orientalise, tout simplement. Un petit baiser par-ci – smac ! –, un petit baiser par-là – smac ! – et ils partent déjà de la caisse – comme nous. Il suffit d'une petite étincelle, pourquoi pas étincelle divine, ma foi. Moi, je suis tout feu tout flammes… je ne connais plus de partis, je ne connais que des Allemands, partout des Allemands… »

Hoftaller n'en finissait pas. De nouvelles maladies, des épidémies même, la peste, le choléra, ne cessaient de lui venir à l'esprit pour faire l'unité dans une utile contagion – conséquence de l'embrassement fraternel. Il irradiait de l'énergie. « C'est maintenant que ça démarre ! C'est maintenant que ça démarre pour de bon ! », s'écria-t-il.

Quand le chœur final de la Neuvième s'éteignit et avant que ne pût lui succéder l'allégresse de la brève pause ménagée à une brève émotion, Fonty mit ce délai à profit – on n'entendait que quelques cloches au loin, car toutes les églises ne suivaient pas le mouvement – pour dire, plus à sa propre intention qu'à celle de la famille : « Trop de joie tue la joie », et, d'une voix plus forte : « Je n'espère pas grand-chose de cette patrie unifiée. »

Il n'attendit pas l'explosion de l'allégresse, se dégagea de la foule et descendit Unter den Linden d'un pas si décidé qu'Emmi et Madeleine, qui avaient commencé par s'exclamer « Reste encore un peu, Wuttke ! » et « S'il vous plaît, Grand-Papa, deux petites minutes ! », furent obligées de le suivre, et avec elles Hoftaller.

Ils ne tardèrent pas à rattraper Fonty. Emmı prit son bras droit, la petite-fille s'accrocha au gauche. Hoftaller resta en arrière jusqu'à l'angle de la Glinkastrasse. Quand la famille refusa de rentrer à la maison dans la Trabi qui y était garée, et que Madeleine donna congé à « monsieur Offtalère » avec un bref « Cela devrait quand même vous suffire », il se sépara de Fonty et de ses femmes : « Malgré tout, merci bien de m'avoir permis d'être là. Ce sont des choses qu'on savoure en commun. Est-ce qu'il n'y a pas un proverbe qui dit : Joie partagée, joie redoublée ? »

Mais avant de s'en aller, il montra d'un index épais le ciel qui surmontait la ville. Son geste était si impérieux qu'on ne pouvait faire autrement que de le suivre du regard. Quand Emmi et Madeleine levèrent les yeux, Hoftaller s'exclama : « Notre Chancelier réussit décidément tout ! Il ne se doute pas de ce qui va lui tomber sur la tête, mais la pleine lune juste au moment de l'unité, ça, il sait le faire. »

Nous n'étions plus là quand tous les yeux étaient ainsi fixés sur le ciel. Nous les perdîmes avec la dispersion de la foule, mais Emmi Wuttke répondit plus tard à nos questions : « Non mais, vous vous rendez compte, cette histoire de lune ! C'est vrai que mon Wuttke, une fois que le balai-brosse était enfin parti, il lui a crié : "La pleine lune c'est bien, mais le dernier quartier c'est mieux !" Qu'est-ce que vous voulez, il est comme ça. Il faut toujours qu'il ait le dernier mot. Quand je lui apporte une tasse de café frais, il dit : "Le café chaud, c'est bien, mais tiède, c'est mieux." Et ç'a été exactement la même chose pour la lune au moment de l'unité. Il faut qu'il mette son grain de sel partout… Y peut pas faire autrement… Comme son idole. Et puis après on est allés raccompagner notre Marlène jusqu'au métro aérien. Parce qu'elle logeait de l'autre côté, à la cité universitaire d'Eichkamp. Mon Dieu, la cohue dans la Friedrichstrasse et sur le quai ! Ça se bousculait ! Mais avant qu'arrive la rame pour Wannsee, mon Wuttke, il fouillait tant qu'il pouvait le fond de ses poches. Pour trouver quoi ? Vous devinerez pas. Faut se lever tôt. Deux marrons. "Tout frais, qu'il a dit. Les premiers." Et il les lui a offerts. Ils venaient de notre cour, y a longtemps qu'y a un marronnier. Elle était aux anges, notre Marlène, et quand la rame est arrivée et qu'il a fallu qu'elle joue des coudes pour monter, elle a crié : "Ils resteront toujours ensemble, Grand-Papa, puisqu'ils m'ont été offerts le jour de l'unité allemande." Mais mon Wuttke, c'est tous les ans qu'il en a dans les poches, des marrons. Même que ça les déforme toutes. Bon, et puis nous aussi on a pris le métro aérien par l'Ostkreuz jusqu'à la Schönhauser Allee. Les rues étaient complètement vides. Dans notre quartier, personne ne faisait la fête. Juste dans quelques bistrots où la télé marchait. Elle montrait plus de cloches que dans la réalité, parce qu'il y avait plein de pasteurs qui voulaient pas les sonner, à l'Ouest comme à l'Est. Mais l'histoire de la lune, c'est vrai. Même chez nous, on la voyait bien nette au-dessus du Prenzlauer Berg. Elle avait vraiment belle allure. Et mon Wuttke, il a dit : "Notre république est morte. Mais celle-là, là-haut, personne ne peut nous la prendre." »

LIVRE QUATRIÈME

24. De pont en pont

Puis commença le quotidien. Sur son déroulement, soumis au calendrier, régnaient les pénibles contraintes de l'immortalisme réel. Devant les exigences de notre travail aux Archives, dont faisait également partie, en dehors des petites affaires habituelles, la prise en charge parfois intéressante des visiteurs nationaux et étrangers, il ne restait plus de temps pour le service extérieur, par exemple les parties de canotage et les promenades ultrasecrètes sur les rives du lac du Tiergarten ; il nous fallait être ce que nous sommes par métier, mais aussi par inclination : des casaniers à complications dorsales pour qui l'odeur du vieux papier doit remplacer tous les parfums que l'on attribue à la nature, tant par écrit qu'oralement ; un spectre qui va du pin de Prusse et du fumier brandebourgeois au lilas du pont de la Reine-Louise, qui offre en prime les échappements de la Potsdamer Strasse et qui annonce, ici des effluves, et là des puanteurs.

C'est avec son parfum propre – celui, doux-amer, d'une probable essence d'amande – que Madeleine Aubron, jusqu'à la veille de son départ, venait aux Archives pour consulter la correspondance avec Mete, avec les fils, avec la famille. Familière du texte comme elle l'était, elle évitait, dans sa réserve, toute question privée ; même face aux lettres à Emilie, illégitimement née Rouanet, et Kummer de son nom adoptif, elle ne se permit aucune allusion à Emmi et aux Wuttke. À sa dernière visite seulement, elle devint laconique, mais nettement personnelle : « Permettez-moi d'espérer, je vous prie, que vous continuerez dans l'avenir à vous sentir tenus de surveiller le bien-être de Grand-Papa.

Il a une tendance aux décisions soudaines. Il lui arrive de tomber dans un état qu'il dit "abattu" ou "nerveusement à plat". Bien sûr ! Sa mission, qui concerne exclusivement Monsieur X, l'oblige à marcher sur un terrain difficile et souvent obscur, et il ne m'a pas échappé plus qu'à vous qu'il peut alors se trouver en très mauvaise compagnie. »

Puis – à peine « la Petite » nous avait-elle quittés, non, avait-elle quitté les Wuttke et nous-mêmes – Hoftaller nous fit une visite, comme pour jeter un contrepoids dans la balance. « J'avais comme une petite envie d'Archives, aujourd'hui. Excusez-moi de débarquer comme ça. »

Alors qu'il ne s'annonçait jamais. Il venait, et il était là. Son apparition en tant qu'individu pouvait être dite atypique, atypique dans le contexte de l'État des Ouvriers et Paysans, dont les gardiens se manifestaient en général par deux, l'un surveillant l'autre. Mais puisque son biographe a fait de Tallhover un héros ostensiblement solitaire, il nous était et il nous est toujours impossible de dédoubler Hoftaller ; tout au plus parvenons-nous quelquefois à le voir multiplié, aligné en rang d'oignons ou regroupé dans un rassemblement, mais toujours avec sa cible. Seul Fonty abrogeait sa solitude.

Mais aux Archives, il venait seul. Nous faisions partie, en tant qu'accessoires, de l'environnement de sa cible. Mieux encore : puisque son ombre tombait sur nous, nous étions, comme tous ceux qui nous avaient précédés aux Archives et qui, eux aussi, s'étaient mis au service de l'Immortel, nous étions sous sa garde, d'autant que ses recherches recoupaient les nôtres ; le quotidien des Archives, c'était aussi être sous surveillance.

À cela s'ajoutait que Hoftaller se considérait comme un collaborateur en service extérieur. De là ses nombreuses paraphrases de la citation de Briest devenue proverbiale : « Notre matériau, c'est toute une histoire. Aussi ne devrions-nous pas nous perdre dans des opérations isolées… »

Dieu soit loué, il ne venait pas souvent. Il s'agissait en fait de visites de routine. Lui interdire l'entrée aurait eu des conséquences ; nous acceptions donc vaille que vaille ce qui faisait partie du quotidien. Seuls d'anciens collaborateurs se souviennent de visites plus fréquentes : à l'époque de la Reconstruction, quand le socialisme ne nous allait pas droit au cœur que sur les banderoles, vers la fin des années quarante et au début des années cinquante, il fréquentait régulièrement les Archives et se rendait utile. Je m'en souviens : il ne cessait d'apporter des lettres que l'on croyait disparues depuis la fin de la guerre et qui, selon son expression, étaient parvenues « en des mains non habilitées ». De plus, il a sauvé ou, pour reprendre ses termes, « déniché quelque part » des pages de manuscrits recto verso, des notes pour le projet des Likedeeler, de vrais trésors dont on croyait qu'ils avaient brûlé et étaient perdus depuis longtemps, de même que l'unique lettre à Wolfsohn en original ; car jamais n'était mentionné le lieu de l'invention, tout au plus renvoyait-il, quand nos questions se faisaient insistantes, à l'ennemi de classe et au risque d'« accaparement capitaliste » ; ou bien il se remettait à invoquer « toute cette histoire », dont le champ devait être arpenté, mesuré, tant il ne cessait de grandir et menaçait même de se perdre dans l'insondable ; « Formons un collectif d'archivage » – telle était sa proposition dans le goût de l'époque, à laquelle nous ne tentions d'échapper qu'en gagnant du temps et, vu d'aujourd'hui, avec bien trop de timidité. Mais nous sollicitons la compréhension, car il se présentait alors en collègue, plein de connaissances, du reste ; refuser son aide aurait été courageux, certes, mais, dans l'esprit de l'Immortel, « colossalement bête ».

À la retombée de la phase de reconstruction, quand tout allait « sa marche socialiste », il resta longtemps sans venir. Seul son biographe a tenté de nous expliquer la cessation de sa présence à la fois angoissante et utile. Toujours est-il qu'après l'agitation de 1953, les Archives ne bénéficièrent plus de nouvelles découvertes. Déjà nous avions l'espoir et regrettions en même temps d'être sortis de son champ d'observation. Il sembla aussi pendant quelque temps, après la construction du Mur, que grâce à l'érection de ce rempart protecteur la période d'observation était révolue. Nous nous trompions, comme son biographe s'était lui-même donné le change à l'aide d'un avis de décès fictif. Son ombre ne tarda pas à peser à nouveau, surtout après le XIe plénum, lorsque furent ruinés tous les espoirs ; et après la chute du Mur, quand beaucoup crurent avec nous que cesserait désormais toute contrainte au travail collectif, nous nous trompâmes encore.

Pour Hoftaller, il n'existait ni ruptures ni heures zéro – rien que des transitions fluides. Il parlait volontiers au pluriel : « Nous sommes en train de définir une nouvelle orientation… » Il disait : « Les services se retrouvent. » Et : « Notre projet d'actions opératoires commence à prendre. »

Tout continuait à aller son train, sinon sa marche socialiste désormais ; et comme, après l'unification, l'activité de Hoftaller à la Maison des ministères ne cessa nullement, mais au contraire s'engagea dans des voies nouvelles liées à cet édifice, il resta, lorsque après la fête le quotidien reprit ses droits, sur les talons de Fonty et donc aussi sur les nôtres.

Il vint aux Archives en début de matinée. Il n'apportait pas de fleurs pour nos dames. Il fumait, ce que nous ne voyions pas d'un très bon œil, l'un de ses cigares cubains. Il dit : « Je viens dans un intérêt supérieur. Il faut absolument que certaines incohérences soient levées. Toujours à propos de notre ami commun. Lyon et ses conséquences, nous en avons déjà parlé récemment, quand les Services ont pu se rendre utiles dans la perspective du regroupement familial. Mais, touchant à l'internement sur l'île d'Oléron, située sur l'estuaire de la Gironde, et à la libération du correspondant de guerre et sujet prussien, il y a une foule de choses à clarifier. Ce n'étaient ni le parti catholique ni le parti juif, ni même, malgré l'intervention au plus haut niveau, le parti gouvernemental, qui ont lutté pour l'élargissement de l'intéressé, non, c'était nous. Naturellement en collaboration avec les services français. La guerre ne fait pas que séparer, la guerre valorise les relations existantes dans la mesure où l'on peut en attendre des informations spéciales. Nous en avons fait l'expérience à de nombreuses reprises. Par exemple après la dernière campagne de France. Rarement les Services ont abouti à une collaboration aussi facile, surtout à Lyon. Je ne cherche aucunement à nier les efforts du parti catholique, du parti juif ni de celui du gouvernement, mais il faudrait compléter par quelques éléments les certitudes de vos Archives : dans tous les cas, c'est notre intervention qui a été décisive. Nous sommes entrés en action. Et nous le ferons encore à l'avenir… Je vous prie de consigner ce fait. Ce n'est qu'un petit détail, mais il contribue à la mise au jour de la vérité. »

Il nous parlait avec un sourire que les phrases les plus dures ne modifiaient pas, un sourire pétrifié, pétrifié comme ses informations spéciales. « Je sais, je sais, dit-il, ces messieurs ne veulent pas me croire. Il ne faut pas la moindre crotte de mouche sur l'image de l'Immortel. On n'apprécie pas nos contributions. On attend impatiemment la fin de ma visite. Et pourtant je suis très attaché aux Archives. J'aimerais mieux être installé ici que partout ailleurs. J'en ai assez de traîner mes guêtres. C'est un métier de chien : qu'il pleuve ou qu'il vente, service extérieur… »

Jamais encore nous n'avions vu Hoftaller envahi par un tel sentiment de la perte du sens ni aussi las de son service. Brusquement, il se lamentait de tout : l'ingratitude, le mépris constant, la mauvaise réputation, les efforts inutiles. Son propre rôle, si modeste, et l'existence marginale qui lui était assignée lui apparaissaient maintenant dans toute leur vanité. Il commençait à douter du sens même des services spécialisés dans la sécurité de l'État : « Tout ça, c'est une fiction ! » Et puis il déplorait les caprices de sa cible, les départs soudains de Fonty et ses interminables promenades au hasard. Il nous demanda de l'aider – juste retour – à ne pas perdre Fonty de vue : « Pensez à Domrémy, quand il a imprudemment quitté les troupes prussiennes pour aller juste dire un petit bonjour à la Pucelle d'Orléans. Ou à Lyon, quand il se mettait en danger par ses promenades en barque. Ou récemment encore, sa dernière tentative pour disparaître et se perdre quelque part dans la lande écossaise. Croyez-moi : notre ami est un sacré numéro… »

Pour l'heure, le service extérieur de Hoftaller ne souffrait pas du mauvais temps : la douceur automnale persista après le 3 octobre ; et les promenades de Fonty restaient limitées, car il avait repris du service. Dès la proclamation de l'unité, il se vit accaparé par la banalité du quotidien. On se mit certes à appeler « territoire adhérent » l'État des Ouvriers et Paysans, mais, à l'ancienne Maison des ministères, le collaborateur Theo Wuttke était demandé dans tous les couloirs et tous les bureaux de l'édifice aux nombreux étages, car c'est à ce moment qu'entra dans l'usage l'expression « développer le processus ». De pièce en pièce, du haut en bas et du bas en haut du paternoster, il fallait « développer le processus » pour les ministères désormais sans tête. L'expression commençait à faire sens. L'activité de l'appariteur ne connaissait pas de trêve, car développer le processus, cela voulait dire vider, et vider, cela voulait dire faire de la place pour une autorité nouvelle : aux termes du traité d'unification, la loi instituant la Treuhand entrait en vigueur, et cela faisait revenir en grâce un mot qui avait déjà revêtu autrefois une considérable importance – pendant toute la durée du IIIe Reich, qui partout avait mis les biens et la fortune des Juifs d'Allemagne sous *Treuhand*, sous administration fiduciaire.

Depuis des mois déjà cette autorité existait, mais elle était à l'étroit dans ses locaux de l'Alexanderplatz. Selon les vœux de la table ronde, elle devait protéger la « Propriété du Peuple ». Mais à présent – et depuis que la « Propriété du Peuple » avait été déclarée chimère – la Treuhand se voyait assigner de nouvelles tâches. Elle devait développer le processus et par là prendre des dimensions insoupçonnées. Il lui fallait de la place pour trois mille collaborateurs auxquels on avait fixé comme objectif de privatiser dans les meilleurs délais possibles tout ce qui, sous un vocable dévalué, se trouvait à présent sans maître ; un mot qui, dans l'usage linguistique de la Treuhand, résultait de l'activité consistant à « développer le processus ».

L'ensemble du territoire adhérent devait être intégré comme masse annexée. De l'Oder à l'Elbe, de la Baltique aux monts Métallifères, il fallait faire l'inventaire du passif hérité. Une tâche de géants, d'autant que cette obligation légale devait se traduire partout, et surtout dans les entreprises industrielles qui s'intitulaient encore « propriétés du peuple », par un dégraissage radical et exigeait donc un organe de direction pour mener à bien le « développement du processus », la destruction du centralisme jusqu'alors en vigueur. Il fallait une Treuhand, une « main fiduciaire » capable de prendre les choses à bras le corps.

Il allait quasiment de soi que l'ancien ministère de l'Air sous le Reich, devenu ensuite Maison des ministères, était le siège idéal. Avec ses deux mille bureaux, le colosse emporta les enchères. Mais avant que la Treuhand ne pût emménager et y prendre ses aises, il était nécessaire de le vider, c'est-à-dire, là aussi, de « développer le processus ». Fonty y participait, et c'était donc maintenant dans le développement du processus que Hoftaller était son auxiliaire, comme autrefois dans ses tâches quotidiennes.

Comme la Treuhand reprenait une partie des salariés en place, le personnel de base, il n'était pas étonnant que l'appariteur en fît partie ; malgré son grand âge ou à cause de lui, les nouveaux maîtres des services lui proposèrent une activité de conseil. Le raisonnement était le suivant : puisqu'il était familier, par-delà tous les changements historiques de régime, de l'édifice situé à l'angle de la Leipziger Strasse, il incarnait la permanence ; il en faisait partie, la Tradition et l'Histoire parlaient par sa bouche, et sans lui on courait en quelque sorte le risque de ne plus avoir de sol sous les pieds.

Cette position très spéciale fut offerte à Fonty au plus haut niveau, confirmée sur le papier par le chef du nouveau service du Personnel et rendue appétissante par Hoftaller, qui fut lui aussi intégré à un rang moyen, comme responsable du service extérieur. Son talent pour les transitions fluides avait assez souvent fait ses preuves, de sorte que sa devise « Sans nous, pas de changement de système » appartenait aux vérités éternelles.

Et quand Hoftaller persuada l'ancien appariteur d'accepter ce nouveau poste, il déclara, pendant un trajet en paternoster qui méprisa longtemps les virages : « On ne peut pas dire non, Wuttke. C'est quand même quelque chose. Naturellement, c'est payé au tarif de l'Ouest. Du coup, nous faisons partie de l'administration fédérale et ne dépendons que du ministère des Finances. Personne ne viendra plus fourrer son nez. Que nous, Wuttke, que nous. Et puis il nous restera suffisamment de loisirs. »

C'est ainsi que, bientôt, Fonty substitua à son activité d'appariteur d'étage en étage celle, bien rémunérée, de conseil. On lui promit même pour plus tard dans l'aile nord, qui donnait sur la Leipziger Strasse, un bureau pour lui tout seul, suffisamment éloigné des affaires désormais quotidiennes : du dernier étage, il devait pouvoir regarder le ciel et l'une des cours intérieures refermées sur elles-mêmes. Fonty se réjouissait à l'idée de ce bureau.

Mais, pour l'instant, le vacarme des travaux accompagnait le développement silencieux du processus. Avant le déménagement de la Treuhand de l'Alexanderplatz vers l'Otto-Grotewohl-Strasse, le bâtiment vidé dut souffrir une rénovation totale, capable de chasser tous les remugles qui y stagnaient. On nettoya. On fit table rase. Tout devait s'accorder à l'optique de l'Ouest. Mais, dans sa fonction de conseiller, Fonty fit en sorte que quelques petites choses pussent survivre à la grande lessive. Une partie des plantes vertes restées dans les deux mille bureaux et plus, entre autres des sparmanias et des caoutchoucs, mais aussi des fatsias, des taccas et des saxifrages tricolores, devaient être entreposées et soignées dans des locaux appropriés pour les futurs amateurs de décoration botanique. Dans ses fonctions de conseiller, il écrivit : « L'amour de l'administration pour le cyclamen et la primevère est transallemand. Ce qui unit les Allemands que nous sommes, c'est l'impatient à floraison permanente. Ce qui doit prendre fin doit prendre fin, mais gardons-nous de soumettre au développement du processus des plantes vertes qui ont tout de même survécu tant au Mur qu'aux barbelés. »

On dégagea aussi dans tous les couloirs, suivant en cela les conseils de Fonty, le linoléum qui avait été posé au temps de l'Aviation du Reich et qui était resté impeccable au-dessous du revêtement socialiste fatigué. C'est ainsi que les couloirs, lorsque, au bout de trois ou quatre mois de réhabilitation, le standard occidental fut atteint partout, retrouvèrent l'éclat du neuf. Mais avant qu'on n'en fût là, le conseiller de la Treuhand Wuttke trouva le temps de quelques tournées extraprofessionnelles.

L'après-midi et le week-end, Hoftaller l'invitait à des excursions en Trabi. On allait faire un saut par ici, un grand trajet par là. Au programme, les châteaux, les jardins du prince Pückler-Muskau, les monuments et autres curiosités. Même par le temps variable qui régnait maintenant, il n'y avait pas de limites. Et Fonty, que tenaillaient depuis le départ de sa petite-fille pour la France les élancements douloureux d'une nostalgie du lointain, acceptait les invitations.

Ce carrosse autrefois si convoité et désormais livré à la moquerie générale, cette pollueuse nauséabonde décriée dans toute la République fédérale – c'est dans ce symbole ambulant de la pénurie, dans ce modèle en cours de liquidation, dans l'un de ces milliers de produits condamnés à la casse, un deux-temps, c'est dans l'inégalable papiermobile, que l'on ne pouvait obtenir autrefois qu'après de longues années d'attente, que Hoftaller au volant et Fonty sur le siège du passager quittaient Berlin-Centre et franchissaient les limites de la ville pour aller par exemple à Oranienburg, dont le château, peu aimé de toutes sortes de princesses, avait dû subir pendant les années de Mur le cantonnement de gardes-frontière. Leur destination pouvait être aussi Cottbus, mais les flâneries en ville n'étaient pas suivies d'une excursion dans le proche Spreewald. Et ils partirent pour Neubrandenburg où ils arpentèrent les remparts subsistants en rêvant de faire leur domicile de telle échauguette, puis d'une autre ; leurs années de service faisant d'eux des retraités, Fonty et Hoftaller mettaient volontiers en relief leur droit à une résidence de vieillesse ; mais rien ne leur était plus étranger que l'idée d'une sédentarité lentement végétative.

D'un endroit à l'autre, les souvenirs remontaient. Incollables en citations, ils s'interrogeaient l'un l'autre sur les conférences de l'Union culturelle, par exemple l'inoffensif exposé qui avait eu lieu à Cottbus sur le peintre Karl Blechen, originaire de cette ville, mais aussi sur les passages épineux de l'exposé que Fonty avait fait à Neubrandenburg, puis à Rathenow, et intitulé « Que nous dit Katte aujourd'hui ? », dont les thèmes subversifs – prince héritier contre roi, tentative de fuite, exécution – heurtaient le besoin de sécurité de l'État des Ouvriers et Paysans. Ils rirent tous les deux des suppressions méticuleusement opérées dans le manuscrit, que l'un avait imposées et l'autre souverainement méprisées dans son libre discours. Pendant tout le trajet du retour, ils conservaient leur bonne humeur et projetaient de nouvelles sorties.

Cette fois, ils n'étaient pas partis bien loin. Sous une pluie fine, on alla vers Potsdam, mais pas à Potsdam même. Leur destination n'était ni le château ni les Archives, on connaissait tout cela par cœur. Non, il n'y avait au programme rien qui relevât du service de l'immortalité, moins encore quoi que ce fût de frédéricien ; peu avant la plus célèbre ville de garnison de Prusse, ils firent halte.

Nous ne savons pas au juste qui avait proposé d'aller visiter l'important point de passage de l'ancienne frontière qu'était le pont de Glienicke. C'est sans doute Fonty qui voulait faire une amabilité à Hoftaller, car il savait bien que l'intérêt de Hoftaller pour ce but d'excursion n'était pas architectural, mais de l'ordre des sentiments. Ce lieu d'échange des agents de très haut niveau l'attirait. Ce fut avec admiration, mais aussi avec jalousie que Hoftaller contempla le pont de Glienicke sur lequel, peu avant la chute du Mur encore, des espions hors pair, des agents de perspective ayant de longues années de service, et même parfois de grands noms du renseignement spécial étaient transférés d'Est en Ouest et d'Ouest en Est.

Peu avant le pont qui franchit le rétrécissement des deux lacs formés par la Havel, la Trabi fut garée pour ainsi dire sur le territoire de l'Ouest, à côté de l'allée qui mène au château de Glienicke. Hoftaller nous a confirmé plus tard ce que Fonty n'avait fait que suggérer : le pont l'avait fait descendre à la troisième classe. Pour les gens comme lui, cette écluse à agents secrets n'était accessible qu'en rêve. « Glienicke ! s'écria-t-il. Ça n'existait que pour l'élite. On n'y échangeait que des cadors. Nous autres, ce qu'on appelait le milieu de gamme, il n'en était pas question. Nous n'étions bons que pour la sale besogne : service extérieur, observation de cibles, relations avec les informateurs, rapports de routine, paperasse, de temps à autre un déplacement. Je ne me plains pas. Il fallait bien que quelqu'un le fasse. Mais le pont, c'était le rêve, l'aboutissement, l'accomplissement ultime. Ça fascinait. C'était tout de même quelque chose. Beaucoup de cinéma, d'accord. Mais, en secret, chacun de nous gardait cet idéal au fond du cœur : un jour, moi aussi… »

En disant aujourd'hui que devant nous Hoftaller s'enflammait pour le pont de Glienicke, nous n'exagérons pas. Et il est compréhensible que Fonty ait voulu faire plaisir à son ombre-diurne-et-nocturne plongée dans la souffrance. Aussi est-ce probablement lui qui avait proposé cette éminente destination. Et cette fois, ce fut lui qui prit les choses en main, tira des plans et, dès qu'ils eurent quitté la Trabi, invita Hoftaller à jouer sur le pont un échange d'agents.

« Il faut que vous fassiez ça physiquement, une bonne fois.

– Pas question. Je ne suis pas fait pour ça.

– Allons, pas de jérémiades d'infériorité ! Vous êtes quelqu'un, bon sang ! Un Tallhover a finalement observé Herwegh. Le train spécial de Lénine, c'était vous, et même plus tard le cerveau de Lénine…

– Quand même, je ne fais pas tout à fait le poids…

– Allons donc ! Qu'est-ce que j'étais, moi, en soixante-dix-soixante et onze ? Et on m'a quand même sorti de l'île d'Oléron pour m'échanger contre des cadors, comme vous dites : trois officiers français de haut rang, alors que je n'étais qu'un petit gratte-papier…

– … qu'on avait pris pour un numéro un. On a failli vous fusiller pour espionnage. Non, je ne mérite pas ces comparaisons. Il faut au moins être d'ascendance huguenote et s'appeler Guillaume, par exemple…

– Ne gâchez pas le jeu, Tallhover. Ce n'est pas pour rien que vous avez si rapidement trouvé un biographe. Si quelqu'un a montré son talent de la perspective, c'est bien vous.

Ce n'est pas sans raison que vous avez mûri jusqu'à devenir le symbole d'une immortalité consacrée à ma personne. Alors, relevez la tête ! Aujourd'hui, c'est votre tour.

– Et que dois-je faire, camarade commissaire ? »

Fonty fixa les règles. Hoftaller acquiesça de la tête : compris. Et c'est ainsi qu'ils jouèrent sur le pont le point d'intersection de toutes sortes d'histoires d'espionnage réelles ou inventées qui avaient fait l'objet de films, de documentaires, et qui avaient été emballées dans d'innombrables romans. On se souvint de scènes au petit matin, dans les lueurs et le brouillard de l'aube. Lumière froide des lampes à arc. Tension, suspense dans la bruine et à distance correcte de la caméra. Approche pas à pas de deux hommes à chapeau, le col du pardessus relevé, et dont un seul venait du froid, même si l'autre se gelait aussi. Échange d'agents entre l'Est et l'Ouest. Au cinéma comme dans la réalité. Et le monde entier regardait.

Par un temps adéquat, ils jouèrent sous l'élégante courbure des arceaux le rituel bien connu. Au début, l'ombre-diurne-et-nocturne promue au rang de super-espion avait voulu déployer son parapluie, mais Fonty était contre : « Non, ça ne va vraiment pas dans le paysage. » Ils s'exposèrent donc à la bruine sans vent.

Seuls les trottoirs leur étaient autorisés. Ils dédaignaient la circulation automobile qui s'écoulait dans les deux sens, tantôt fluide, tantôt bloquée. Hoftaller, qui, sur les indications de Fonty, était parti en avant et se trouvait sur le côté est, arrivait par le trottoir réservé aux piétons, pratiquement inutilisé, et cela du côté droit, avançant pas à pas en direction de Glienicke ; Fonty, sur un signal gestuel du lointain objet d'échange, s'était mis en mouvement d'ouest en est. Pas après pas. Sans précipitation, sans ralenti. Au milieu du pont sous lequel deux lacs de la Havel se rétrécissaient en un mince goulet d'étranglement, ils se croisèrent sans un regard, chacun se dirigeant vers le poste désigné par les instructions.

Voilà qui réclamait d'être recommencé. Aller et retour au-dessous des arceaux s'élançant avec grâce de pilier en pilier. Au début, c'était sur l'ordre de Fonty, et maintenant à la demande de Hoftaller. Sous le pont circulaient des canoës à une ou deux personnes, puis une barcasse à moteur ; personne ne s'en souciait. C'était tantôt Fonty qui, cible orientale, était échangé contre le gage occidental, tantôt l'ombre-diurne-et-nocturne qui, venant de l'est, approchait pas à pas tandis que Fonty laissait l'ouest derrière lui, jusqu'au moment où ils étaient au même niveau et se figeaient alors l'espace d'un instant pour la photographie, sans un regard, sans un mot, avant de repartir pas à pas vers chaque système, puissance mondiale, ennemi mortel et garant de la sécurité, l'ennemi de classe et le péril rouge, afin de rentrer dans le giron de son propre camp.

Un jeu qui offrait peu de variantes. Fonty contre Hoftaller, Hoftaller contre Fonty. Ils se valaient. L'un n'existait pas sans l'autre. On jouait en s'impliquant tout autant, et pour tous les deux le pont de Glienicke était d'une longueur cauchemardesque. C'était plutôt monotone. Comme après un travail préparatoire qui traîne un peu trop, la tension commençait à faiblir quand d'autres variations leur vinrent à l'esprit. Fonty, venant du froid, clignait de l'œil droit lorsqu'ils arrivaient au même niveau, et Hoftaller, livré par l'ennemi de classe, clignait du gauche. À la fin, les deux objets de l'échange s'adressaient même un petit mot. « Bonne chance ! » disait l'un. « Bonne chance à toi ! » disait l'autre.

On peut s'en étonner. Ils auraient pu aussi, en conformité avec leur appartenance à chacun des systèmes, échanger des injures, plus crachées que lancées : « Valet du capitalisme ! » – « Vermine rouge ! » mais non, ils se souhaitaient une bonne réussite. Deux professionnels qui avaient une éthique du métier, deux réalistes éloignés de toute idéologie, deux spécialistes de même rang qu'une expérience inaccessible à la péremption assurait de leur immortalité, même si Hoftaller, lorsqu'ils furent de nouveau dans la Trabi, renouvela l'affirmation de son inutilité relative :

« À côté des cadors, je suis très moyen...

– Allons, allons, Tallhover. Vous étiez toujours colossalement au courant, vous saviez tout à l'avance...

– Mais c'est vous qui aviez le vrai pouvoir, les livres, toute une armée de mots alignés derrière vous…

– Qui se frottaient, et parfois s'usaient à la censure dont vous étiez le pourvoyeur. Sans la censure…

– Il est possible, Fonty, que nous nous complétions en quelque sorte. Mais nous ne sommes égaux que dans les dossiers. »

Après quoi il exprima ses remerciements. Mieux encore, il se sentait tenu à la gratitude. Il aurait presque embrassé Fonty, mais il n'y eut qu'une poignée de main et des balbutiements : « Vous ne soupçonnez pas combien je suis déprimé… Je me sentais superflu… Je ne faisais plus qu'une triste figure… Ça m'a fait du bien, ce petit jeu stupide… Je sais de nouveau ce que je savais autrefois et que j'avais oublié… Ah, ce que c'est facile, un changement de système… On reste qui on est… Des deux côtés du pont… Merci, Fonty. »

Il lui lâcha la main et reprit son sourire bien connu. Hoftaller était maintenant de si bonne humeur qu'il n'aurait pas détesté franchir le pont de Glienicke en voiture pour entrer dans Potsdam et aller jusqu'à la Dortustrasse, mais Fonty n'était pas prêt à renouveler ses amabilités. Il repoussa l'idée d'une visite aux Archives avec une telle brusquerie que Hoftaller céda, assurant, il est vrai, à nos dépens : « Ça ne fait rien. De toute façon, ça n'apporte pas grand-chose. Il n'y a rien d'autre dans leurs fichiers que de l'ennui. On sait tout ça. Même le chapitre "Les souffrances de Storm à Leipzig" est déjà traité. Nous sommes les seuls à pouvoir venir en aide à celui qui cherche les véritables arrière-plans. C'est ce que je disais : sans nous, rien n'est possible… »

Le retour à travers Berlin-Ouest demanda un certain temps, car ils tombèrent dans le trafic de l'après-midi. Des embouteillages ne cessaient de les bloquer. On avait l'impression d'être tout petit dans la valise en carton, objet de toutes les plaisanteries, coincé entre les limousines apparemment puissantes de la production occidentale. C'était l'époque où la mode était aux plaisanteries sur les Trabi, dont les chutes semblaient être empruntées aux histoires de

Frisons de l'Est qui étaient en vogue auparavant ; mais le chauffeur et son passager trouvaient une consolation à observer que la densité de la circulation établissait une parfaite justice : Mercedes ou Trabi, on se traînait. Fonty commenta : « Colossal foutoir ! Et voilà le capitalisme qu'on réclame à cor et à cri ! »

Depuis que Madeleine était loin, il trouvait à nouveau le temps d'écrire de longues lettres où il passait tous les événements du jour à la moulinette du papotage, il y consacrait même des matinées entières au snack-bar de la Potsdamer Strasse, presque en face du numéro 134 c ; il y avait laissé un encrier en dépôt.

Le professeur Freundlich, à qui il n'avait pas parlé de la petite-fille récemment tombée du ciel, dut à son humeur épistolière un compte rendu travaillé de l'« échange d'agents prêt pour la caméra » sur le pont de Glienicke, qu'il appelait « La Mecque de tous les agents secrets mûrs pour la retraite ». Et Martha Grundmann, née Wuttke, reçut de nouveau du courrier. Elle lut ce que nous eûmes à exploiter beaucoup plus tard : « … Voilà pour le temps, qui nous fut longtemps clément mais qui a ensuite tourné à la pluie ; je ne doute pas que le ciel du Mecklembourg ait été d'humeur tout aussi nationale dans la nuit du deux au trois. En tout cas, nous avons réussi à surmonter le tohu-bohu de l'unité et ses cloches plutôt clairsemées, avec courage et grâce au rafraîchissement de la famille. Maman t'aura sans doute fait savoir, de son propre point de vue, qui me stupéfie souvent, que Mlle Aubron a su conquérir nos cœurs en un tournemain ; et il en a probablement été de même pour ma chère Mete ; car, à ce que je lis dans une lettre de Friedel plutôt glacée par ailleurs, cette jeune personne aussi frêle que résolue s'est présentée à Schwerin, à Wuppertal et même à Bonn-Bad Godesberg avant de poursuivre son voyage vers Paris. Je ne peux m'empêcher de rire en pensant à messieurs mes fils – surtout à Teddy – et je présume que la rigidité de ses principes a plusieurs fois fichu le camp au galop en face de la jeune personne que j'ai ressentie comme douce-amère. Il me faut maintenant, pour ce qui est de mon péché de jeunesse bien chargé d'ans, laisser ma famille porter le verdict définitif, mais je suis sûr que ma Mete ne me clouera pas au pilori ; peut-être ton catholicisme d'acquisition récente t'aidera-t-il à voir ton vieux père sous un jour plus indulgent. "L'homme n'est qu'humain", comme disait déjà le général von Bamme dans *Avant la tempête*.

« J'ai été surpris par la générosité de Maman dans cette affaire. Je redoutais une situation délicate à la maison. Au début, elle a paru être effectivement sidérée, mais ensuite sa curiosité a pris le dessus : elle a absolument voulu faire une promenade en barque, et à trois. Mais pour ce qui est de cette partie de canotage familiale, qui t'a sans aucun doute été abondamment décrite jusqu'à l'héroïque opération de sauvetage dirigée par Madeleine, tout ce que je peux ajouter, c'est qu'il m'est alors venu le quatrain ci-joint, car les coups de rame ont remué des souvenirs à la fois angoissants et vivifiants, certains qui sont tombés dans l'abîme du temps, d'autres qui se sont transformés en livres : au total, ce sont les vivifiants qui l'emportaient en fin de compte.

« Et figure-toi que, littéralement rajeunis par cette impulsion française, Maman et moi avons fêté le seize notre quarante-cinquième anniversaire de mariage, aux Salons Offenbach, cela va de soi, d'autant que notre union conjugale avait été plutôt chichement célébrée à l'époque, avec des pommes de terre à l'eau pour accompagner le civet de lapin (grâce à la collaboration de l'éleveur Max Wuttke). Cette fois, pour répondre aux vœux raffinés de Maman, il y eut le "Chevalier Barbe-Bleue", ce qui signifie, si l'on traduit l'offenbachien : filet de bœuf dans son nid de légumes – et ensuite crêpes aux griottes chaudes. Après de pareilles agapes – et rendue loquace par le vin –, Maman m'a avoué ce que je ne te communique que sous le sceau du secret épistolaire : elle aussi, pendant la guerre, avait trouvé le temps long. Ses fiançailles s'étaient essentiellement passées à attendre. Bref, elle a fait allusion à un lieutenant servant dans les bureaux de l'aviation du Reich. Eh oui, les alertes continuelles. Et dans l'abri, on s'était de plus en plus rapprochés.

« Toujours est-il que nous voilà à égalité dans la comptabilité du péché, bien que les errements et tourments guerriers de ta mère soient, eux, restés sans conséquence, a-t-elle juré, déjà pompette. Mais il me reste (comme punition ?) la dent rongeuse de la petite souris, le doute inlassable en ce qui concerne notre pauvre Georg qui pouvait témoigner, c'est ce que j'ai cru fermement jusqu'au jour du mariage célébré aux salons Offenbach, depuis ma permission d'octobre quarante-trois, de la vigueur de mes reins. Mais laissons cela. Qu'existe-t-il d'indubitable ?

« En ce moment, nous donnons un nouveau sens, porteur d'avenir, à l'édifice insidieusement labyrinthique de l'Aviation du Reich, qui est devenu historique en même temps que nous : c'est là que, dans quelques mois, la Treuhand va prendre ses quartiers. L'avant-garde est déjà là. Et ton vieux père en fait partie au titre de conseiller, avec une bonne solde. Il s'applique en ce moment, au moyen d'un éloquent rapport, à sauver de la modernisation, c'est-à-dire de la démolition brutale, l'indéracinable paternoster. Ici, l'expression “développement du processus” est à la mode ; mais tant que ce n'est pas mon tour d'en faire l'objet, on a beau jeu de plaisanter, ce que l'on fait consciencieusement.

« Pour le reste, je savoure la meilleure moitié de mon travail à mi-temps. Nous, c'est-à-dire mon vieux compagnon (que ma Mete, ce qui est compréhensible, trouve repoussant) et ma modeste personne, nous faisons depuis peu des excursions dans sa Trabant tout droit sortie de l'usine. À Cottbus, où aux temps du socialisme éternellement victorieux j'avais parlé du peintre Blechen, que j'estime, et à Neubrandenburg, où ma conférence sur Katte et, exprimés en aparté, quelques refus d'obtempérer selon la lecture de Marwitz m'avaient valu certaines difficultés ; et récemment, notre destination fut le pont de Glienicke, qui invite aux flash-backs. Mon camarade ne se lassait pas de débiter comme une litanie les noms d'agents secrets de première classe dont la valeur augmentait avec les échanges.

À la fin, il se voyait lui-même si pitoyablement médiocre que j'ai dû lui remonter le moral. S'il n'était pas tombé une pluie si triste, nous aurions mieux fait de passer sur la rive de Potsdam. Il y a là, quand on prend à droite juste après le pont, un point de vue superbe et immense sur les eaux, jusqu'à l'île aux Paons.

« Pour en venir enfin à ton Grundmann : tu écris qu'il est "très indulgent" avec toi, ce qui est d'un côté la preuve de son bon cœur, mais ce qui m'apprend aussi qu'il trouve dans tous les recoins de la maison des occasions de l'être. Je peux certes comprendre que la villa avec vue sur le lac soit trop grande pour toi, mais c'est sans doute mieux que la mansarde de la Potsdamer Strasse où il ne restait à ma Mete qu'une minuscule chambre. L'art est sans doute de savoir aussi s'accommoder du grand.

« Mais revenons quand même à mon employeur, la Treuhand : sa succursale de Schwerin ne va pas manquer de faire à ton Grundmann des propositions taillées dans le filet. Espérons qu'il n'aura pas les yeux plus grands que le ventre... »

Désormais, Hoftaller et Fonty n'avaient plus l'intention de mêler la peu reluisante Trabi à la densité de la circulation ouest-berlinoise. Ils ne voulaient pas entendre de moqueries, ni même en supposer. Des excursions à Spandau – visite de la citadelle – ou à Tegel, au petit château de Humboldt, furent retirées du programme. Mais, par l'autoroute, ils se risquèrent, en partant de l'est de la ville, jusqu'à Francfort-sur-l'Oder, pour jeter par-dessus le fleuve un coup d'œil vers la Pologne, mais aussi pour explorer le principal théâtre du premier des romans en espérant y découvrir des traces.

Dès le trajet d'aller, Fonty s'épancha sur ce thème. Et Hoftaller, au volant, faisait comme s'il avait précisément une envie folle d'entendre ce qui pouvait avoir amené un presque sexagénaire – à peine délivré de ses obligations de secrétaire et des intrigues de l'Académie – à plonger, en voulant vivre de sa plume, sa famille dans l'insécurité et à produire un pavé qui, comme les marécages de l'Oder, s'enfonçait dans des ramifications interminables.

« Pendant que j'étais en train d'écrire *Avant la tempête*,

j'avais déjà autre chose à l'esprit. La décadence intérieure de la Prusse juste avant que Napoléon ne sorte de sa boîte : *Schach von Wuthenow*, une petite nouvelle. Tandis que dans le premier-né, qui pesait plutôt lourd, la défaite prussienne était déjà consommée, le Corse, en Russie, a lui aussi trouvé son maître. Tout annonce la tempête. Libération du joug étranger ! Réformes, meilleur marché à la douzaine. Et pourtant : cela aurait dû mener à un État populaire néanmoins fidèle au roi. Stein, Hardenberg, Gneisenau et Scharnhorst ! "Du *Landsturm* à l'Armée populaire", tel était le titre de l'une de mes conférences, prononcée à Jüterbog. Mais les vôtres, ceux que l'on a appelés plus tard les "camarades dirigeants", étaient contre. Depuis le début, avant même la tempête. Tous ces vils courtisans. À peine le peuple s'était-il libéré, et avec lui le roi trop hésitant, que déjà voyaient le jour les Décrets de Karlsbad, de manière que vos pareils puissent mettre sur pied, depuis la chasse aux "démagogues" jusqu'à la toute récente espionnite, un État policier, en élargir sans cesse la toile, la rendre plus dense, la perfectionner. Et cela jusqu'à aujourd'hui. Hier encore le slogan était : Nous, nous seuls sommes le peuple ! Mais voilà que la tempête a encore fait long feu. Ça n'en finit pas. "Le nouvel État policier..." j'ai déjà écrit des choses sur ce thème, quoique sous un pseudonyme, dans la *Dresdner Zeitung*, en quatre-vingt-dix. Vous ne dites rien, Tallhover, mais votre silence est éloquent... »

Fonty aimait ces raccourcis qui télescopaient les époques. Et quand ils eurent garé la Trabi parmi les vestiges du centre historique et trouvé sur la promenade au bord du fleuve-frontière un point de vue propice aux longues dissertations, il dit : « C'est regrettable, mais c'est un fait : c'est ici que l'Allemagne doit finir, unité ou pas. Exact, souterrainement, ç'a toujours été infesté de Wendes, mais c'est quand même dommage, parce que certains romans ont maintenant perdu leur arrière-pays. La meilleure part de *Quitt* se passe en Silésie. Il n'y a plus de Swinemünde pour le Kessin de ma petite Effi. Et après l'attentat manqué du pont sur l'Oder à Francfort, le jeune comte Vitzewitz était enfermé à la forteresse de Küstrin. Où l'on a raccourci Katte d'une tête...

Tout a disparu ou porte des noms polonais… Pour ne rien dire de la Prusse occidentale, où l'étudiant décavé de Mathilde Möhring est tout de même devenu maire. Rien n'est resté. Et de l'ancien pont de bois, il ne subsiste, comme vous voyez, pas l'ombre d'un reflet… »

À tous ces mots, Hoftaller se taisait, ou il se tenait debout à côté de Fonty comme en silence commandé. Quand l'un, d'un long index, montrait le nord, Küstrin et, plus loin, Swinemünde, le sud-est en direction de la Silésie et des monts des Géants, puis, d'un doigt absolument oriental, le pays perdu de la Vistule, l'autre restait les bras croisés : un Napoléon sombre à qui la retraite depuis les immensités de la Russie avait définitivement coupé la parole.

À main droite, le pont du chemin de fer enjambait le fleuve-frontière. À main gauche, le pont construit après la guerre pour les automobiles et les piétons était ouvert. Tandis qu'il esquissait des positions stratégiques avec des gestes dignes de Clausewitz, Fonty pensait d'abord au champ de bataille de Kunersdorf – la débâcle de Frédéric –, non loin de là sur la rive orientale du fleuve, puis à la situation précaire de la Grande Armée après l'incendie de Moscou et la défaite de la Bérésina – « Là se sont étranglés les pitoyables restes de la puissance française, poursuivis par les cosaques » ; et il vit à la fin la ligne de front de mars 45, au moment ou l'Armée rouge, prête à faire le saut, se rassemblait à portée de vue sur la rive orientale. « Celui qui tient Francfort-sur-l'Oder tient Berlin ! » s'écria-t-il afin de sceller définitivement la frontière avec la Pologne : « C'est un fait ! personne n'y touchera plus ! »

C'est alors seulement, quand toutes les batailles eurent été livrées, que Hoftaller décroisa les bras et dit, plus incidemment que pour apporter la contradiction : « Allons, Wuttke. Aucune frontière n'est éternelle. Avant-hier encore, tout était étanche : mur, rempart de la paix, rideau de fer, mines, barbelés, couloir de la mort… Et aujourd'hui ? Tout fond. Rien n'est plus sûr. Nous n'avons déjà plus besoin de visa ni de passeport pour aller de l'autre côté, paisiblement bien sûr. Vous verrez : même les Services deviendront simplement européens. Il faut voir tout ça tranquillement. Les frontières ne font que retarder. »

Puis il tendit lui aussi un doigt certes court en direction de l'est : « Malgré tout, il faut que ça puisse se surveiller. Il nous faut protéger, c'est-à-dire mettre en sécurité ces vastes espaces avant que le grand assaut ne soit donné. Je vois la Pologne comme une sorte de marche frontière, ou mieux, comme une fortification avancée, car ce qui va nous arriver de là-derrière est un vrai défi. L'Orient est vaste ! »

Fonty, d'une part, en convint – « Il y a toujours dans ce qui est national quelque chose d'étroit » –, mais à peine commençait-il à s'accommoder de cette ouverture sans limites que ses anciens scrupules remontèrent : « À Deetz, en 1806, on a battu à mort un Français comme on enfonce un pieu dans la terre, ou avec encore moins de raisons. Et maintenant ce sont les Polonais et les Vietnamiens, selon ses goûts, qu'on lynche sans plus de façons. Je connais mes habitants de Deetz ; en Allemagne, rien ne change… »

Ces paroles et d'autres encore tombaient dans l'oreille de l'Oder, qui, avec un étiage encore bas après un été sec, n'avait aucune raison de se presser. Hoftaller essaya de faire bondir sur l'eau quelques galets de la berge qu'il lançait horizontalement. Invité à faire de même, Fonty fut plus adroit. Il nous avoua plus tard : « J'étais heureux comme un enfant quand j'ai réussi trois ricochets d'un coup. »

Nous ne trouvâmes rien d'étonnant à ce qu'ils n'aient pas visité le musée Kleist, pourtant proche, puisque aussi bien l'Immortel estimait déjà trop excentrique cet autre Prussien, malgré tout le respect que lui inspirait la permanence de sa grandeur et aussi imposant qu'il trouvât le « colossal chant de haine », *La Bataille d'Arminius*. Il dit : « Les villes natales, que ce soit Neuruppin ou ce trou, donnent en général une impression de pitoyable retard. » Et Hoftaller dit en passant : « Ce Kleist aurait été un cas pour nous. Mais il était difficilement observable, parce que trop agité, trop imprévisible… »

Au lieu de cela, ils visitèrent les Archives municipales. Ils restèrent longtemps devant un tableau de facture naïve qui représentait le pont en flammes à l'époque des Français et le reflet du feu sur le fleuve. Devant cet embrasement pictural, Fonty ne put s'empêcher de parler des incendies dans divers romans et ballades et de rappeler en même temps une conférence sur ce thème qu'il avait donnée à Francfort-sur-l'Oder dans les années soixante. « C'était peu avant le XIe plénum… » Il s'échauffa, passa de l'incendie de Tangermünde dans *Grete Minde* à celui du château dans *Irréparable*, se garda d'oublier la destruction de Neuruppin par le feu et la grange en flammes des *Années d'enfance*, en arriva à la vaine tentative pour éteindre le grand incendie au domaine de M. von Vitzewitz, et y alla ensuite d'une assez longue citation sur le pont embrasé d'*Avant la tempête* : « … la clameur d'un étonnement général retentit. Sur l'autre rive du fleuve, la ferme de bois et la réserve de poutres étaient en feu, tandis que les flammes dévoraient le pont en direction de la droite. De l'autre côté, elles montaient, hautes et claires, dans le ciel de la nuit, mais au-dessus du pont qui, en raison de l'humidité du bois, se consumait plus qu'il ne flambait, la fumée et la vapeur stagnaient en épais nuages d'où l'on ne voyait jaillir que de temps à autre une sombre ardeur… »

Fonty restait un peu soucieux devant le tableau : « Ça ne s'est pas passé comme sur cette peinture. Dans la réalité, les choses sont toujours plus banales. Elle a d'ailleurs complètement raté, l'insurrection populaire. Les Français ont tenu. Les voltigeurs n'ont eu besoin que d'un petit quart d'heure pour mettre en place le pont mobile. En avant ! Au surplus, le corniste de Protzhagen, peut-on lire, “le cœur plein d'angoisse, sonna la retraite au lieu de l'assaut”. Il n'était bientôt plus possible de tenir. »

Le trafic frontalier étant réduit, ils n'eurent à présenter que leur carte d'identité. Il se pourrait bien que Fonty ait fixé dans un quatrain rimé la visite au pont de Glienicke et la promenade finale sur le pont de l'Oder jusqu'à la rive polonaise ; il avait la rime facile. Comme en barque, quatre vers lui étaient venus le jour de l'unification. Mais ce n'était pas l'événement historique qui l'avait incité à la poésie, c'étaient les deux marrons qu'il avait tirés de la poche de son manteau et offerts en cadeau d'adieu à sa petite-fille. Dans une lettre à Madeleine Aubron qui racontait par le menu la visite aux deux ponts et où les citations visaient Potsdam et Francfort, on ne trouve certes pas de rimes sur les ponts, mais il a dédié après coup à la jeune personne douce-amère un quatrain d'automne :

Juste ces deux marrons pour te flatter la main.
La teinture d'octobre, enfant, c'est le châtain.
Humides, farineux, sortis de leurs cocons,
ils sont bien réussis – pas pour les seuls cochons.

Et comme, dans son humeur épistolière, ceci ou cela ne cessait « du reste » de lui venir à l'esprit, Fonty est allé jusqu'à prier Madeleine d'offrir l'un des marrons – « même s'il s'est un peu ridé entre-temps » – à sa mère à Montpellier, sa propre fille, encore pleine de rancune : « … avec l'espoir d'un sourire de pardon. »

25. Au bord de l'abîme

Pourquoi ces détours ? Pourquoi seulement des localités de deuxième ordre ? Quelle raison y avait-il de laisser de côté l'endroit central, au demeurant proche ?

Nos suppositions étaient justes : Fonty aurait volontiers inséré dans les projets de Hoftaller une excursion d'une demi-journée à Neuruppin ; droit vers la statue de l'Immortel qui le représente tout entier. Pendant le retour, déjà, du lieu de naissance de Kleist, la ville-frontière sur l'Oder, dès qu'ils eurent passé la sortie vers Müllrose, il proposa comme destination de la prochaine virée en Trabi la région de Ruppin, riche en lacs, et la petite ville qui était indiquée sur la carte d'identité de Theo Wuttke comme son lieu de naissance : « Ça, ce serait quelque chose. Nous deux devant le bronze assis. »

Hoftaller resta évasif – « Plus tard peut-être, non, certainement » – et il justifia ces atermoiements en parlant de l'immeuble situé à l'angle de la Leipziger et de l'Otto-Grotewohl-Strasse : la rénovation progressait. Il fallait se montrer, s'en occuper. Le mot d'ordre, c'était de manifester sa présence pour que rien n'aille de travers : « Ils sont capables d'enlever le paternoster en un clin d'œil. »

Et de fait, il y avait des réflexions, et même des devis présentés par des firmes ouest-allemandes qui proposaient, à la place de ce transport des personnes en cabines individuelles, prétendument dangereux, des ascenseurs express « dans le sillage d'une urgente modernisation ». Des prospectus établissaient statistiquement qu'un abondant personnel nécessitait un transport adéquat. On affirmait de plus : « La tranquillité du paternoster, en soi fort sympathique, déteindra sur l'éthique du travail et poussera à la flânerie, à un train-train anachronique ; les statistiques apportent la démonstration d'un déficit de productivité. »

Mais Fonty, qui avait senti le danger avant Hoftaller même, s'activait déjà. Dans un rapport, il se référait à la pérennité d'un ascenseur qui avait survécu à tous les systèmes et méritait donc d'être protégé au titre du patrimoine. Il soulignait l'utilité d'une mûre réflexion permise par un mode de transport point trop rapide, appelant cela « pause de réflexion mobile ». Il faisait l'éloge du dialogue d'entreprise dans les cabines à deux places. Il résuma le nombre ridiculement faible d'accidents dus à l'utilisation du paternoster dans la maxime : « Mieux vaut arriver lentement au but que rapidement dans l'au-delà. » Il jouait avec le nom de cet ascenseur démodé, en se posant la question, ainsi qu'à tous les utilisateurs : « Qui voudrait ou pourrait, en un temps comme le nôtre, se passer d'un Notre Père quotidien ? » Il évitait certes de parler des camarades dirigeants qui, récemment encore, y avaient éprouvé dans leur chair leur ascension ou leur descente, mais il évoquait « l'odeur saturée d'histoire » des cabines au revêtement de bois, qu'il disait « digne d'être conservée » ; en réalité, ces caisses montantes et descendantes sentaient la cire, et quelque chose entre le renfermé et le rance.

Fonty rédigea une pétition en forme de supplique, et Hoftaller s'occupa de faire circuler cet appel. Les signatures individuelles et de groupes donnèrent au document un poids supplémentaire. Lorsque même le patron de l'autorité qui étendait maintenant son emprise sur tous les étages se prononça pour le paternoster et accorda pour la publicité une photo qui confirmait comme utilisateur de l'ascenseur à cabines cet homme imposant dont la carrière fulgurante était une garantie de succès – on voyait sa robuste stature, des pieds à la tête, y dominer une frêle secrétaire –, l'appareil semblable à un moulin à prières put être considéré comme sauvé des convoitises des barbares, du moins jusqu'à nouvel ordre.

De toutes parts, on reconnaissait le succès de Fonty. Dans les couloirs, dans l'ascenseur, et même dans les toilettes, on entendait : « Vous vous y êtes pris comme un chef ! » – « Ne lâchez surtout pas ! » – « Notre paternoster est finalement un morceau de notre identité. » – « C'est sûr, on ne se le laissera pas faucher. » – « C'est quelque chose, Fonty ! » – « Continuez, Fonty ! » – « Qu'est-ce que vous diriez d'un petit baiser pour votre initiative ? »

Tout cela se passait malgré le bruit des travaux. L'écho de cette opération de sauvetage et de son succès résonna jusqu'au début du mois de novembre. Lors d'une conversation entre le rez-de-chaussée et le dernier étage, Hoftaller exprima sa certitude que la pétition victorieuse avait même renforcé sa position. Il le devait à Fonty. Sa conclusion, « Puisse désormais le paternoster continuer à nous rendre ses services sous l'aile de la Treuhand ! » avait trouvé le ton juste. C'étaient des choses qu'on aimait à entendre. On appréciait une telle confiance et une aussi confiante demande de protection. Le patron – en toute occasion on le soulignait – ne voulait que le bien de tous. « Ça, Wuttke, vous l'avez parfaitement saisi. »

Si nous avions remarqué les dernières semaines chez l'ombre-diurne-et-nocturne de Fonty la progression d'une pâleur piquée de petits points gris, il retrouvait à présent sa stature. Un jour ouvrable comme les autres, il dit : « Nous pourrions nous offrir de nouveau une petite excursion. Nous ne faisons que gêner les artisans, ici. Ça peut encore durer des semaines, des mois avant qu'on puisse s'installer dans les premiers bureaux et que le grand déménagement de l'Alex ait commencé. Avec augmentation du personnel, ça va de soi. Plus de trois mille offres d'emplois sont autorisées. Aujourd'hui, j'ai eu six entretiens d'embauche. Ce qu'on demande surtout, c'est la compétence. On manque de gens qui connaissent le boulot de l'intérieur. J'en ai déjà quelques-uns sous la main. J'en suis sûr ; ce sera une affaire gigantesque. »

Alors qu'ils partaient, il cria, à distance convenable, en direction du portail colossal : « Toujours prêt ! » Puis Hoftaller baissa la voix : « C'est comme ça, mon cher Wuttke. Notre cri de guerre de l'époque est toujours valable, même si les grandes tâches d'aujourd'hui se présentent tout autrement. La propriété figée du peuple va se transformer en propriété privée mobile. Si ! Si ! Mais pas sans nous, Fonty ! Nous mettrons notre grain de sel. »

Ils allèrent en Lusace. Ils partirent le matin de la Kollwitzplatz. Lorsqu'ils firent le plein, Fonty, qui était maintenant en fonds, en paya la moitié. Emmi, que l'on avait sollicitée pour la forme, avait décliné : « Dans une Trabi, plus jamais ça ! » Et ils partirent sans nous, mais dans le principe, nous y étions.

En Trabant vers la sableuse Lusace. C'est à la fin de la deuxième semaine de novembre que cette excursion eut lieu. Emmi en avait même rajouté sur son refus : « Et encore moins pour aller dans cette région… cette comment... cette… plus crasse. » Puisque les sièges arrière restaient libres, notre savoir de principe se limitait à l'ouï-dire ; tout au plus nous fut-il permis de donner place à quelques visions imaginables par vue brouillée.

Hoftaller ayant jugé prématurée une excursion à Neuruppin, occasionnellement au lac du même nom, et l'ayant repoussée au printemps à venir, il voulut faire une amabilité à son « cher Wuttke » en lui permettant un voyage dans la Lusace des Wendes. Ils partirent le 9 novembre par l'autoroute en direction de Dresde jusqu'à la sortie Ruhland. Nous connaissons cette région si digne du soutien de l'ancien État des Ouvriers et Paysans, et nous sommes même plus ou moins versés dans la littérature wendo-sorabe.

Ils quittèrent l'autoroute du Reich, qui au temps du Führer ouvrait des voies nouvelles, mais n'était plus maintenant qu'un tissu de plaques de béton tant bien que mal raccommodé, et ils continuèrent en direction de Senftenberg jusqu'au moment où ils arrivèrent dans cette partie de la Lusace qui sera marquée longtemps encore par l'exploitation à ciel ouvert d'immenses gisements de lignite, mais qui, quand nous étions étudiants, nous était familière comme menace constante : « Celui qui ne suit pas idéologiquement, on l'enverra dans la production. Là, la classe ouvrière vous apprendra ce que c'est que bosser. » C'est ainsi que vers le milieu des années soixante, au moment où une bise plus fraîche s'était remise à souffler, une année de lignite a été pour moi une expérience acquise à la sueur de mon front.

Ils prirent des petites routes qui les amenèrent juste au bord des mines à ciel ouvert. Partout la croûte terrestre était crevassée, et au bord des carrières, ils virent les vestiges de villages abandonnés et déjà condamnés, dont les maisons restantes allaient être démolies. Ce 9 novembre, sous un ciel plombé, la vue était dégagée jusqu'à l'horizon.

Ils regardaient un paysage qui s'approfondissait par étages, des déblais de scories en forme de cônes, des chaînes de collines délavées autour de lacs phréatiques, et des cônes pointus marbrés de charbon. Tout en bas, ils voyaient des surfaces planes et des Mittelgebirge enfoncés dans les profondeurs, rien d'autre, pas un arbre, pas un buisson, pas un oiseau au-dessus ; mais sur le bord des carrières et devant les pentes charbonneuses étaient juchées des excavatrices monstrueuses attaquées par la rouille. Leur bruit aurait été le signe du travail et de l'œuvre de l'homme.

Nous pourrions apporter des chiffres : extraction en mètres cubes, quantités produites, plan de production atteint ou dépassé, brigades maintes fois distinguées, collectifs qui faisaient des heures supplémentaires pour la paix, le progrès, la bonne cause. Nous le pourrions, mais cela n'aurait pas correspondu aux souhaits de Fonty.

Dès l'autoroute, il avait commencé à geindre pour se mettre ensuite, à la vue des cheminées et des tours de refroidissement, alignées dans le lointain, du combinat « Pompe noire » – qu'il connaissait grâce à des conférences pour l'Union culturelle à Hoyerswerda –, à ériger un barrage avec des cascades de mots. « Je n'y vais pas. Je déteste cette région, depuis toujours. C'est la même chose pour moi que pour Emilie : ce n'est pas ma région. Letschin, l'Oderbruch, oui, le petit pays de Friesack, tout ce qui est autour du bassin des lacs de Ruppin, avec plaisir, Rheinsberg, quand vous voulez, et même Mittenwalde, où Paul Gerhardt était chanoine, et s'il faut aller chez les Sorabo-Wendes, alors à Lübbenau, dans le Spreewald, et continuer en barque dans cette région au charme ensorcelé, bénie de cornichons et de nourrices – mais ici, non. Je ne veux pas la voir, la revoir, Spremberg peut-être et toujours plus loin jusque de l'autre côté à Bitterfeld et en Saxe. Non ! en dépit de l'Union culturelle et des meilleurs souvenirs, je n'irai pas. Je le concède : le public était remarquable, les salles pleines, les discussions intéressantes et même pas verrouillées idéologiquement. Par exemple sur les personnages féminins comme Melanie van der Straaten, Ebba von Rosenberg et Mathilde Möhring, ainsi que Corinna Schmidt et la veuve Pittelkow, qui ont toutes quelque chose d'émancipé. Elle a eu du succès, ma conférence. Suivie d'un débat animé. J'ai cité *La Femme dans le socialisme* de Bebel, naturellement aussi quelque chose de Clara Zetkin. Ça passait bien, surtout chez les camarades dirigeants. Donc, je n'ai rien contre l'Union culturelle à Hoyerswerda, mais tout contre cette région-ci. Retournée comme un gant, vidée de son contenu. La laideur mise en tas. Rien où l'œil puisse se reposer. Des abîmes et des montagnes lunaires. Ç'aurait été quelque chose pour Zola : *Germinal* à ciel ouvert, mais moi, le monde du travail, si nécessaire qu'il soit à notre existence, m'a toujours fait horreur. À quoi bon, Hoftaller ? Vous voulez m'énumérer tous les villages disparus en même temps que leurs églises, me tuer à coup de chiffres de production et de rendements à la Hennecke ? Est-ce que je dois apprendre la prière : Seigneur, pardonne-leur, car ils savent très bien ce qu'ils font ? Qu'ai-je à faire ici ? Oh, ce n'est pas par hasard. Un Tallhover ne part pas à l'aveuglette, et tel que je le connais, un Hoftaller encore moins... »

Aucun argument n'était capable de stopper la Trabi ou de la détourner vers une région pleine de charme, accueillante malgré toute la tristesse de novembre. Nous non plus, rien ne nous aurait attirés vers le lignite ; les Archives étaient du côté de Fonty. Mais qui s'en souciait ?

Hoftaller s'accrocha au volant et ne démordit pas de son projet. Il faut croire qu'il faisait une fixation sur l'anniversaire des anniversaires, cette date tragique, sombre, sanglante, aussi funeste que maudite, que le faiseur de calendrier responsable de l'Allemagne avait affublé, un an auparavant, d'une signification supplémentaire promettant cette fois la liberté. Le chauffeur semblait stimulé par cette profusion d'événements historiques. Sur de petites routes défoncées auxquelles sa Trabant jaune sable semblait être assortie, il ne cessait de trouver au beau milieu de cette désolation de nouveaux accès menant au bord de carrières qui étaient ici proprement dégagées, ailleurs utilisées comme décharges sauvages.

Ils descendirent de la Trabi. Hoftaller obligea Fonty à descendre et, lui aussi, à plonger le regard dans l'abîme comme dans la révélation d'un destin. Il l'amena devant l'entrelacs noir de tapis roulants hors d'usage qui s'entassaient à côté de l'entrée d'une carrière et que Fonty appela plus tard, dans une lettre à Martha Grundmann, « vomi de tripes de dragon ». Et même Hoftaller avait l'impression de voir autre chose qu'un simple matériel technique fatigué : d'un doigt épais, il montra le lointain et désigna l'une après l'autre des excavatrices et des pelleteuses qui s'étaient figées comme des insectes sur le bord des carrières ou étaient à genoux au plus profond des fosses. Apparemment sans vie, elles n'en étaient pas moins en service, déplaçaient d'un endroit à l'autre, exploitaient, fournissaient des tapis roulants intacts, étaient insatiables ; et le vent qui soulevait les petits grains de sable apportait leur bruit à titre de preuve.

Quel panorama ! Ils voyaient tout depuis Pritzen, dont les dernières maisons, évacuées, attendaient la démolition sur le bord de la mine, ils voyaient, par-dessus la fosse et ses terrils montant du niveau le plus bas, jusqu'à Altdöbern, une bourgade avec église et château. « C'est là que nous allons, s'écria Hoftaller. Tout de suite, et de là nous irons jeter un coup d'œil en direction de Pritzen... »

Certains d'entre nous se souviennent de cet endroit tranquille. Tout y semblait arrêté, endormi. C'était avant que l'on ne fasse baisser le niveau de la nappe phréatique. Dans le parc du château, les vieux arbres, dont certains exotiques, se dressaient comme pour l'éternité ; seules les saisons apportaient un changement. Du travail à suffisance : des scieries, une distillerie de grain en service. Altdöbern était entre des champs et des forêts.

Maintenant, on ne travaillait plus le bois. La cheminée de la fabrique de schnaps était bouchée par un nid de cigogne. Ils garèrent la Trabi devant l'entrée du château dont la façade s'effritait derrière un échafaudage oublié. Fonty écrivit à Martha : « Un de ces jours, à coup sûr, un quelconque héritier de la noblesse prussienne dispersée va se présenter et venir, même ici où il n'y a plus rien à prendre, frapper à la porte d'un doigt sec… »

À quelques pas seulement de la place de l'église et du cimetière, toujours entretenu, où étaient enterrées trois douzaines de soldats de l'Armée rouge tombés à la fin de la guerre, juste derrière la clinique gynécologique et son jardin automnal de novembre où s'alignaient des rangées de choux, lorsqu'on avait fait encore quelques pas à l'écart des arbres qui subsistaient au bord de la chaussée, la croûte terrestre prenait fin. Leur regard rebondit sur des marches de géants jusqu'au fond de l'exploitation, vit la surface noire et lisse de lacs phréatiques tantôt vastes, tantôt de la taille d'une mare, qui reflétaient des regroupements de déblais. Ils auraient pu compter des chaînes de montagnes étagées, mais aucun sommet conique des Mittelgebirge ne dépassait le bord de la fosse que Hoftaller et Fonty occupaient à l'endroit même où finissait la route étroite, mais asphaltée qui reliait autrefois sur quatre kilomètres de long, entre les champs de seigle et de betteraves, la petite ville d'Altdöbern à un village du nom de Pritzen.

Ils auraient pu se mettre ailleurs sur le bord de l'excavation. L'abîme était partout. Ici, ici comme là-bas nous voyons ce couple démultiplié, en rangs serrés et l'un derrière l'autre, en manteaux et chapeaux, de statures différentes, cent ombres-diurnes-et-nocturnes avec leur cible, et davantage encore, dangereusement bousculés et poussés jusqu'au bord ; mais cet amoncellement n'était que de principe, en vérité ils étaient seuls. Sur tout cela pesait un ciel bas dont les nuages semblaient saturés, car dans le lointain, où ils pendaient comme des sacs, tombaient des rideaux de pluie ; il ne se passait rien d'autre.

« Vous voyez, Wuttke ! Les quelques maisons qui restent. C'est Pritzen, je vous l'avais promis. Vu d'ici, on devine un peu ce que ça veut dire, la mine à ciel ouvert, le lignite, le boulot. Vous avez eu une chance éhontée qu'en 54, juste après le congrès de l'Union culturelle, on ne vous mette pas à la production parce que vous aviez cru devoir dire votre petit mot, sur les événements du mois de juin de l'année précédente, avec des formules réactionnaires qui dataient de la révolution de quarante-huit : "Les démocrates, qu'on les mate !" Et autres provocations pour lesquelles vous auriez dû écoper au moins d'un an de lignite. Oui, regardez donc, Wuttke ! Quand on regarde bien, on ne voit pas que de l'or noir, c'est tout un avenir qu'on voit. On regarde dans le trou et on pressent ce qui sera, enfin, ce qui vient. Voilà tout ce qui reste de nous, rien d'autre. Libérés du produit, extraits jusqu'au tréfonds et passés au tamis, exploités, nous serons des scories humaines, des petits et des grands terrils qui ont le droit de se refléter un peu, là, vous voyez, Wuttke, sur la nappe phréatique qu'aucun courant d'air ne ride tout en bas, même quand ça souffle ici en haut. Et cela jusqu'à l'horizon : proprement entassés, en rangs d'oignons. Résidus classés, scories de l'histoire. Ah, Wuttke, qu'a-t-on fait de nous ? Qu'avons-nous laissé faire de nous ? De tristes reliquats. Nous ne sommes plus que des vieux restes, tout juste bons pour la décharge. Le passif, on nous appelle. Allez, Fonty ! Regardez donc. Ce n'est pas tous les jours que la vue est aussi claire. Qu'est-ce que ça veut dire, voir tout en noir ? C'est bien vous qui avez dit : Peu d'espoir est toujours une bonne chose… »

Hoftaller se tenait juste au bord de l'arête. Comme s'il voulait toucher un terril ou un autre, son doigt épais au bout de son bras court montrait le fond de l'excavation. C'était sa nouvelle musique : macération, contemplation morose de soi, imprécations de fin du monde, que les choses aillent à leur perte, condamnation et acquittement simultanés. Sur le moignon de la route de Pritzen qui restait, il se tenait jambes écartées dans son manteau qui flottait au vent, chapeau sur la tête, de même que Fonty se tenait chapeau sur la tête dans son manteau qui volait.

Et nous les revoyons déjà en grand nombre, serrés dans la motte d'un groupe. Si miraculeusement multipliés, leurs manteaux obéissent au vent raide qui souffle parfois par rafales. On pourrait croire qu'il va les emporter, voiles gonflées, par-dessus l'abîme, les lacs phréatiques, les terrils, jusqu'à l'horizon et au-delà. Mais quand ils redevinrent pour nous un couple isolé, quelque chose avait changé dans leur attitude à l'extrême bord de l'arête.

Fonty s'était détourné. Il ne voulait pas plonger le regard dans l'abîme, écarquiller les yeux sur l'excavation et voir plus qu'on ne voyait. Ce n'était pas fait pour Fonty. Même lui ne pouvait pas faire vivre ce paysage résiduel. Non, il n'aurait pas exilé la pauvre Effi dans ce désert aux allures de taupinière. Dans tout son abandon, même la pâle Stine n'aurait pas été concevable ici. Ce n'était pas un endroit pour la maladive Cécile. Jamais il n'aurait permis à Lene Nimptsch de canoter sur ces eaux noires avec un sous-lieutenant amoureux. Aucune exaltation poétique ne serait venue à Mme Jenny Treibel devant ce panorama de déjections. Et même à la prosaïque Mathilde Möhring, âpre au gain par le travail, il n'aurait pas voulu imposer un lieu de production aussi privé de vie. À Martha, sa Mete, il écrivit : « Je ne suis pas Zola ! Je n'ai jamais été abonné à la misère. Impossible de regarder une minute de plus tant de laideur sans âme. C'était le vide, abandonné non seulement de Dieu – ce qui pourrait passer – mais de quelque beauté que ce fût, c'était le vide qui me soufflait son haleine au visage… »

Or la mine à ciel ouvert d'Altdöbern, même si cela ne crevait pas les yeux, vivait. Soudain triompha une voix humaine, amplifiée par des haut-parleurs, qui, avec une coloration saxonne, faisait savoir que – on ne savait où – les tapis « teux, sanq, houit » étaient en service. L'annonce fut répétée. Et on entendait à présent de loin, mais apportés tout près, le grincement, le miaulement et les soupirs des tapis sur leurs rouleaux. À nouveau – et maintenant avec une mauvaise humeur marquée – la voix tint à répéter l'annonce, comme pour s'imposer face à l'esprit du temps qui ne songeait en tous lieux qu'à la cessation des activités, comme pour dire : Nous continuons à extraire ! Pas de développement du processus ! Vous ne nous écraserez pas !

Car la mine, tous les jours, couche après couche – sans qu'on lui permît de rester Propriété du Peuple –, produisait toujours du lignite. À l'endroit où, comme le disaient les cartes, se trouvait autrefois le village de Pritzen, on extrayait du lignite en maigre proportion – 9 % seulement – à plus de cinquante mètres de profondeur, à l'aide de copies de monstres antédiluviens spécialement fabriquées, ces dinosaures d'acier qui recrachaient sur des tapis roulants le produit final de résidus organiques. Hoftaller parlait de batailles de production passées, d'heures supplémentaires et de primes, du combat des héros du Travail contre la pénurie de charbon et d'énergie, du plan outrepassé ; mais Fonty ne voulait rien entendre.

Nous le voyons détourné en direction de la clinique gynécologique et du clocher de l'église. Comme s'il voulait penser à autre chose, nous l'entendons parler du château d'Altdöbern. Joli, mais délabré. On pouvait tout au plus en deviner la façade datant du baroque tardif. À l'intérieur, encore utilisable, était venu faire son nid l'un des partis de la coalition, celui qui « n'avait pas honte de se dire libéral ». Aussi faudrait-il compter sur les normes occidentales. Des héritiers, il y en avait toujours. Mais on aurait des difficultés avec le parc, inspiré par ceux du prince Muskau. Les essences anciennes et exotiques avaient déjà souffert : « À cause de l'abaissement du niveau de la nappe phréatique. C'est ce qu'on fait pour les mines à ciel ouvert. Il n'y a pas un arbre qui survive à cette agression. Mais qui s'en soucie… »

Fonty a déversé cette préoccupation dans sa lettre à Martha : « … tandis que j'étais juste derrière mon vieux compagnon, et donc dangereusement près du bord de l'excavation, n'osant guère regarder en bas, j'ai eu soudain la tentation de mettre fin à tout cela et pour ainsi dire de rejeter le fardeau qui me pèse depuis des années, de le faire tout simplement basculer dans l'Orcus, où de toute façon ne se trouvaient déjà, jusqu'au tréfonds, que des déchets et des immondices, et même un cheval mort ou sa tête en décomposition. Quelle puanteur ! Quelle épouvante ! Assurément, ce n'était qu'une chimère, mais tu sais bien tout ce qui est devenu pour moi une torture. Je voulais à tout prix en sortir – et juste à temps encore –, échapper aux contraintes, au répertoire monotone et paralysant des souvenirs rances, qui ne peut tout au plus offrir que des monstres grimaçants. Mais la constatation qu'aucun abîme n'est assez profond ne m'a pas permis d'accomplir, malgré la tentation qui me démangeait, l'acte qui aurait découlé de cette pensée meurtrière. J'aurais pu tout aussi bien me jeter moi-même dans la fosse – ou lui moi… Mais laissons cela ! »

Pour ce qui concerne Hoftaller, nous n'aurions pas été si pusillanimes et n'aurions eu de blocage que dans le principe. Combien de fois l'envie qui démangeait Fonty de se risquer au petit coup de pouce – hop là ! et on n'en parle plus – avait fait plaisir au cercle des collègues ! Mais il fallait songer aux conséquences : Fonty était-il concevable sans son ombre-diurne-et-nocturne ? L'absence de celle-ci n'aurait-elle pas mis fin immédiatement à une histoire dont les pointes vivaient de l'écho et, avec plus ou moins de dissonances, demandaient à être chantées à deux voix ? Que resterait-il, nous demandions-nous, si Hoftaller n'était plus là ? Theo Wuttke, assurément. Mais son existence aurait-elle suffi à faire avancer les choses ? Non, Hoftaller n'était pas mortel ! Nous savions que sa disparition ne ferait tout au plus qu'accélérer sa renaissance ; même Tallhover n'avait pas réussi à faire une fin.

On lit encore dans la lettre à Martha Grundmann : « Celui qui fixe toujours le regard sur le néant est pétrifié. C'est pourquoi je me suis dit : on ne peut pas rester éternellement au bord de l'abîme. Pour finir, il s'est mis à pleuvoir. Des nuages défilaient depuis le nord-est au-dessus de la croûte terrestre et de ses poteaux télégraphiques, de ses arbres au bord de la route et de ses clochers lointains. On aurait presque dit que les sacs de nuages qui pendaient voulaient enfermer et emporter tous les buissons qui se pressaient au bord de la fosse. Une pluie fine tombait et éteignait les miroirs des lacs phréatiques qui brillaient à l'instant encore. Déjà mes vieux os redoutaient un début de rhume suivi d'une toux colossale en forme d'aboiements de chien, quand j'eus l'assurance de ne pas être seul. Mon vieux compagnon était toujours à mon côté. Avec sollicitude, il sortit un parapluie de la poche de son manteau et le déploya au-dessus de nos têtes. Nous aurions dû partir, tout de suite… »

Hoftaller avait, par une pression, avant de l'ouvrir, allongé et déplié le parapluie nommé Knirps. Non, ils ne partirent pas. Au contraire, on aurait dit qu'ils avaient pris racine au bord de l'excavation, serrés l'un contre l'autre en une ombre chinoise compacte. De la main gauche, Hoftaller tenait le parapluie à une hauteur suffisante pour la grande taille de Fonty. Il ne pouvait plus se détourner. On ne pouvait pas échapper à la fosse, au trou. Son regard s'enfuit trois, quatre terrasses plus bas, mais il était obligé d'entendre ce que Hoftaller dévidait sous le parapluie. Le trou fournissait des répliques.

« Exact ! C'est de ça que tout avait l'air à la fin. Faillite d'un État, terminus ! Plus que du passif à la fin du bilan. C'est du moins ce qu'il y avait dans nos rapports aux camarades dirigeants : plus rien, exploité jusqu'à plus soif. Oui, bon, encore quelques résidus, là-bas au fond, au-dessous de Pritzen. Et les plaques de béton aussi, nous aurions pu continuer éternellement… Sortir la Trabi en masse des chaînes de montage… Et les médailles olympiques autant qu'on veut… À travers le KoKo et l'ITA, le marché des armes comme l'Ouest… Et le camarade Schalk, avec toujours plus de devises, aurait… »

Nous le laissâmes à ses jérémiades. On connaissait tout cela. Il était beaucoup plus drôle de le multiplier magiquement avec sa cible, sans parapluie et avec. Mais même comme production en série, il n'abandonnait pas ses jérémiades ; nous entendions un chœur bien entraîné : « Ceux d'en face nous ont rétamés. Pas étonnant ! C'est eux qui imposaient le rythme, il nous a fallu suivre. Nous n'y étions pas obligés, nous avons simplement cru y être obligés, allez, le concours, la course aux armements, jusqu'au moment où on s'est retrouvés à bout de souffle, lessivés, ratissés. Et maintenant toute cette belle Propriété du Peuple, c'est pour le roi de Prusse… Tout ce sur quoi la Treuhand a mis la main, qu'elle veut brader… Ils appellent ça n'en faire qu'une bouchée. C'est une honte… On vaut pas un clou… Parole, Wuttke, c'est exactement ce qu'il y avait dans nos rapports : l'ennemi de classe veut nous envoyer à la ferraille… Eh bien ils l'ont, leur ferraille. Ils sont assis dessus, ils y mettent la main, leur “main fiduciaire”… »

Ce lamento montait du bord de la fosse comme un choral de Passion. Nous alignâmes sur des kilomètres le couple sous son parapluie : un galon noir tout le long de l'arête tantôt arrondie, tantôt rectiligne – multiplié comme un bénéfice, selon la dernière théorie de la plus-value. Malgré le rétrécissement dû à la perspective et se fondant, dans le lointain, aux nuages chargés de pluie, chaque unité, normalisée, était assemblée à la suivante, et chaque parapluie était déployé en vrai produit de masse.

« Vous pariez qu'ils n'arriveront pas à s'en débarrasser ? Ça leur restera sur le dos – un boulet au pied. Qu'ils nous avalent donc ! Ils vont s'étrangler. N'en ont jamais assez. Toujours plus. Eh bien maintenant, ils auront tout, et gratis. Parole d'honneur, Wuttke ! C'est pour ça que nous avons dit aux camarades dirigeants : “Il faut ouvrir, ouvrir tout grand !” Mais à Wandlitz ils n'ont pas voulu, jusqu'à ce que de lundi en lundi, la pression… parce que nous regardions bien à travers nos doigts… jusqu'à ce qu'il n'y ait plus moyen et que ceux de Wandlitz basculent. Il n'est resté que quelques nuls qui souriaient bêtement comme ça, jusqu'à ce qu'enfin, il y a exactement un an aujourd'hui : “Ouvrez la Porte !” Et c'était ouvert… »

Telles étaient donc ses intentions. C'était ici, par-dessus la fosse, l'abîme, qu'il voulait célébrer le 9 novembre, rien que celui de l'année passée, naturellement : « Enlevé, le Mur, comme par un fantôme… » Qu'est-ce que Hoftaller et ses pareils avaient à faire de la Révolution de novembre 1918, de la marche d'Hitler sur la Feldherrnhalle à Munich en 1923, de la Nuit de Cristal en 1938, de tous les morts de novembre…

« Non, Wuttke, nous, ç'a été paisible. Pas de sang versé. Il fallait qu'ils nous aient vivants et au complet. C'était notre heure. Jamais nous n'avons enregistré plus de succès que depuis la chute du Mur. On nous a insultés pendant des années, haïs, ou pire encore… On nous appelait la Maison Œil, Oreille et Poigne. On faisait des gorges chaudes de la Stasi, des rimes à nos dépens, surtout ce braillard que, sur les conseils de la camarade suprême, nous avons toléré bien trop longtemps. Et tous ces gens qui ont fait des chansons dans son genre, primitives, toujours la même litanie, toujours le même cliché : chapeau mou, manteau de cuir… Elle va leur passer, l'envie de rire, quand nous aurons ouvert notre sac. Ces crapules vont être étonnées du sérieux de notre travail, et du nombre de gens que nous y avons formés. Des tas de noms, un par un et par douzaines. Nous fournissons à la demande et à domicile. Des vérités, rien que des vérités ! On va calmer leur appétit. Qu'ils se liquident les uns les autres, on les aidera volontiers. On n'est pas au bout ! Loin de là, parce que nous et notre mémoire – hein, vous le savez, Fonty, jusqu'où remonte tout ce que nous conservons sans rien jeter – parce que nous avons développé une méthode tout à fait spécifique d'archivage. En plus, nous sommes les seuls à avoir toujours cru, comme nos collègues d'en face, à une Allemagne une et indivisible. Et nous l'aurons, pas de doute. Parole d'honneur, Wuttke ! C'est avec notre aide que la Treuhand y arrivera : une Allemagne pauvre, mais égalisée dans la pauvreté, une Allemagne unie dans la pauvreté, qui est déjà affamée d'ordre nouveau et de sécurité, car si l'Est déborde parce que les frontières ne sont pas étanches… Ou alors un bon infarctus écologique… Quelque chose comme Tchernobyl puissance trois… Et quand il n'y aura plus dans le monde que des crises, des massacres, des flots de réfugiés… alors on viendra nous chercher. C'est avec de toutes nouvelles méthodes, dans l'étanchéité, globalement, sans bruit, dans le monde entier… Mais pourquoi je dis tout ça. C'est cette fosse, ce trou qui fait parler. C'est une occasion, tout de même, cette vue sur des couches toujours plus profondes. Je veux dire, sur tout ce qui s'est déposé au-dessous de la surface, pas seulement du point vue géologique, ce petit peu de charbon, non, dans un sens plus profond, métaphysique en quelque sorte… Parce que ce dont nous avons besoin, Wuttke, c'est d'un nouveau sens. Du reste, c'est il y a un an jour pour jour que tout d'un coup le Mur s'est ouvert. Et c'est nous – parole d'honneur ! – qui avons tiré le verrou… »

Fonty attendit un instant, mais Hoftaller n'émettait plus rien, sinon le bruit du souffle qu'il reprenait en s'ébrouant. Le ciel se liquéfiait jusqu'à l'horizon. Tout gris, finement strié. « Il pleuvait vaillamment », pouvait-on lire dans la lettre à Martha Grundmann ; et, de fait, le parapluie restait ouvert.

Comme pour venir en aide à l'orateur maintenant silencieux, Fonty donna quelques répliques : « Vous cherchez encore une fois l'immortalité, n'est-ce pas ? Laissons cela. Le lignite est suffisamment éternel. Comme en son temps tante Pinchen, mon Emilie en garnit un poêle en faïence et le poêle en fonte de mon bureau ; cela signifie que, hiver après hiver, elle doit monter des briquettes de la cave à charbon, deux pleins seaux. C'est vrai, il y a une histoire pitoyablement longue entre son apparition aux temps géologiques et maintenant, jusqu'à l'utilisateur. Mais qu'est-ce que ça veut dire, la fin, quand tout ce qu'on peut imaginer s'envole dans les airs pour se souvenir, d'une hauteur passable et sous une forme nouvelle, de notre planète bleue. En tout cas, notre produit digne d'extraction a commencé à se développer au crétacé ou même avant, quand les plantes mortes… Des années-lumière… Mais maintenant on y va. La Trabi nous attend. Elle non plus, elle ne date pas d'hier, mais elle n'est certainement pas immortelle… »

Tout cela était trop rapide pour les Archives. Nous aurions trouvé d'autres variations sur le thème de l'immortalité. Par exemple, nous aurions pu apporter des compléments aux explications de Fonty sur les poêles chauffés au lignite ou avec une poussière de charbon de moindre valeur. On ne chauffait pas ainsi dans la seule Kollwitzstrasse, mais partout dans l'arrondissement de Prenzlauer Berg. Tout Berlin-Est était assuré de ce feu-là ; et même les Archives devaient la chaleur de leurs salles à un combustible tantôt à disposition, tantôt peu abondant. On aurait pu parler d'une surchauffe permanente dans l'État des Ouvriers et Paysans, car celui-ci n'aurait tout bonnement pas été concevable sans lignite, ce qui veut dire sans les mines à ciel ouvert de Lusace et d'ailleurs ; mais ce n'est pas parce que ses nuisances nous survivront qu'il faut lui tresser des couronnes d'immortelles.

C'est pourquoi les deux personnages sous le parapluie, quand Hoftaller tint son discours de novembre, étaient à la place où ils devaient être. Et c'est au bon moment que Fonty applaudit, des deux mains, parce qu'elles étaient libres, tandis que Hoftaller, dont l'index droit ne cessait de désigner la fosse et l'immortalité qui y était déposée, devait tenir le parapluie de sa main gauche.

On pouvait lire dans la lettre à Martha que ses applaudissements s'adressaient à un « Discours sur le bord de l'abîme ». « Aucun de mes pasteurs n'aurait fait mieux, peut-être Schleppegrell, mais celui-là était danois et – pour ce qui est de l'Allemagne – un peu loin de la cible. Ou Lorenzen, qui se serait peut-être laissé emporter, au moment où l'on met Dubslav von Stechlin en terre, à des imprécations visionnaires. Mais assurément pas le pasteur Seidentopf quand, vers la fin d'*Avant la tempête*, la vieille sorcière, Hoppenmarieken, entre dans la fosse avec son crochet et ses bottes. Non, mon vieux camarade a été insurpassable. Il n'en finissait pas. J'ai été obligé de l'arrêter par mes applaudissements prématurés...

– Excellent, Tallhover ! s'exclama Fonty. C'était parfait. Il n'y a pas que l'Allemagne qui ressorte de là pauvre, mais propre, vous avez même réussi à faire ressusciter la Stasi. Nous pouvons attendre tranquillement les catastrophes finales. Jusqu'au bout, nous serons en “sécurité”. Félicitations, Hoftaller. C'était terriblement juste, tout ça. Mais le parapluie, vous pouvez m'en donner un peu. Encore un peu plus. J'ai déjà pris la douche. »

Alors seulement, ils partirent. Notre présence de principe nous permet une image finale ; c'est l'avantage de ce qui est de principe : on a toujours le dernier mot, il reste toujours, au milieu de l'effondrement général, le principe, le bon, naturellement.

En s'en allant, ils reproduisaient à nouveau l'image fixée depuis la visite de Fonty au cimetière français, que nous avions notée. La fois où il s'était tenu près de la tombe de l'Immortel, où il était attendu à la porte du cimetière et où, parce qu'il pleuvait, on était venu le chercher avec un parapluie déployé : deux vieillards sous un parapluie.

Cette fois, ce fut une série d'images. Le couple qui s'éloignait de la mine de lignite se décomposait en fragments d'images. Devant la clinique gynécologique d'Altdöbern passait une colonne qui marchait par couples, chacun avec un parapluie. Vers l'avant, ils prenaient un format de plus en plus petit. Vus de derrière, ils étaient – chétif contre large d'épaules – à distance l'un de l'autre, mais en allant vers la pointe de la colonne, les dos se fondaient les uns aux autres. Les manteaux noirs gonflés par le vent latéral, les chapeaux noirs sous les parapluies noirs pâlissaient au fur et à mesure qu'ils se rétrécissaient en direction de la place de l'église : un cortège funèbre qui ne suivait aucun cercueil.

Nous restâmes sur leurs talons, passant devant le cimetière bien entretenu et les pierres tombales luisantes sous la bruine, où étaient gravés, sur la partie visible, les noms de trois douzaines de soldats de l'Armée rouge. Nous nous joignîmes à la procession jusqu'au moment où elle se dispersa, ou plutôt se volatilisa devant l'entrée du château. Nous n'étions assurés que d'un seul couple lorsque Hoftaller secoua son parapluie de marque et le rapetissa, sur quoi les deux hommes montèrent dans la Trabi.

On peut lire encore dans la lettre à Martha : « Au retour, les essuie-glaces ne se sont pas arrêtés. Nous étions bien au chaud côte à côte. Et puis, à peine sur l'autoroute, mon copain s'est mis à chanter. Une rengaine vieille comme l'an quarante, "Maman, voilà l'homme au charbon", et il chantait avec ardeur sous des flots de pluie. "J'ai pas d'argent, t'as pas d'argent, qui a commandé l'charbon maint'nant..." Tout au long des chantiers et malgré la circulation dans l'autre sens, nous avons fini par chanter à deux jusqu'à Berlin ou presque : "Maman, voilà l'homme au charbon..." »

26. Pièce avec table

Sa lettre à Martha se concluait par des plaintes sur son début de rhume et sa toux sèche en forme d'aboiements, une faillite nerveuse qui s'annonçait depuis la visite en Basse-Lusace, et elle prenait pour finir une parfaite tonalité de lamento : « … en outre hurle depuis peu à la maison une chaîne de télévision de toutes les couleurs qui saute d'une chose à l'autre, et devant laquelle Maman tombe en contemplation. Pire encore : la Scherwinski vient d'à côté avec ses mioches pour regarder. On jacasse gaillardement et le vacarme agressif parvient jusque dans mon bureau. Impossible d'y rester. Mais où acquitter mes dettes épistolaires, par exemple à l'égard du professeur Freundlich ? Par le temps qu'il fait, je n'ai guère envie de remonter la Potsdamer Strasse pour m'installer au snack-bar avec mon nez qui coule. Ce qu'il me faudrait, c'est une pièce tranquille… »

Et quand il vint nous voir aux Archives, il se plaignit dans les mêmes termes de l'énervant programme de télévision, du bavardage de la voisine, du manque de tranquillité pour son humeur épistolière. Hoftaller, qui nous rendit également une visite « purement humaine » pour vider son sac de jérémiades – « Récemment, nous étions pour ainsi dire au bord de l'abîme » –, confirma la détresse de Fonty : « Oh, le petit rhume, ça passera. Mais ce dont notre ami a un besoin absolu, c'est un bureau avec un support solide pour écrire. »

Cela resta un vœu pieux. Certes, Theo Wuttke fut loué pour son mémoire, certes, il avait réussi à gagner le maître de maison de la Treuhand au sauvetage du paternoster, et il figurait déjà, bien que le déménagement ne fût prévu que pour fin février, sur la liste des salariés de cette administration, mais il n'était pas encore possible d'emménager dans le bureau qui lui avait été promis. Peut-être ce retard était-il dû au fait que l'ancien appariteur avait trop manifestement dépassé l'âge de la retraite et n'était donc employé que comme « contrat à durée déterminée » ; l'ombre-diurne-et-nocturne, tout aussi mûr pour la cessation d'activité, n'était tenu à se mettre au service de la Treuhand que par un contrat de travail non moins limitatif.

Mais cela, Fonty ne s'en plaignait nullement. Une libre collaboration était tout à fait dans ses goûts ; seuls lui manquaient les quatre murs. Et il était plus que satisfait du fixe de deux mille marks qui lui était versé tous les mois. Au surplus, Hoftaller était parvenu, grâce à ses fonctions à la direction du personnel, à obtenir pour lui-même et pour Fonty ce qu'il appelait « le bric-à-brac social qui est d'usage à l'Ouest », prime de Noël, indemnité de vacances, etc. Fonty avait suffisamment de raisons de « faire une figure positive » et de confirmer aux Archives : « Hormis l'absence de bureau et la consommation de Kleenex, je vais bien mieux que ne devrait le permettre la police. »

Et quand on éteignait la télévision quelques instants, le beau fixe s'annonçait même à la maison ; pour Emmi Wuttke, le salaire fixe mettait un beurre considérable dans les épinards de sa propre retraite. Elle se voyait sur la première marche de l'escalier de la prospérité et disait de la Treuhand qu'elle était « extrêmement correcte ». À Inge Scherwinski, elle put annoncer : « Mon Wuttke est maintenant à la Treuhand. » Ou encore : « La Treuhand n'a pas pu se passer de mon Wuttke. »

Dès qu'elle répondit à nos questions de manière plus exhaustive, nous apprîmes ceci sur la bienfaitrice Treuhand : « ... à l'époque où il était encore appariteur, on pouvait pas se payer une télé. Simplement impossible. Du reste, mon Wuttke était contre. Mais là j'ai rien demandé – à crédit... Couleur naturellement... Simplement, le câble, on est pas près de l'avoir... Mais moi ça me suffit, ces quelques chaînes. Et notre voisine, la Scherwinski, la pauvre fille avec ses trois mioches, elle en profite aussi. Non, mon Wuttke, lui, il regarde toujours pas. »

Nous aurions dû répondre : « C'est pire que cela, bien pire », car l'écran chassait Fonty de la maison même par mauvais temps. Comme, cependant, tous les bancs du Tiergarten aussi bien que ceux du parc de Friedrichshain étaient déjà occupés par l'humidité de novembre, c'est la Treuhand qui devenait son véritable domicile, même s'il n'y trouvait guère de travail.

À l'occasion, il devait piloter des groupes de parlementaires arrivés de Bonn à travers la boue et les couloirs, ou commenter devant une commission de contrôle spécialement constituée par la Cour des comptes sa supplique « Pour la conservation du paternoster », développée maintenant en un mémoire. On souriait quand le vieil homme, respecté en raison de sa digne apparence, disait que l'ascenseur sempiternellement en fonction était un « symbole de l'éternel retour » ou faisait allusion à Sisyphe. Il aidait les visiteurs apeurés à entrer dans les cabines montantes ou descendantes. Il séduisait par son charme suranné les jeunes femmes qui craignaient, si elles oubliaient de sauter, de redescendre du septième étage la tête en bas, et il parvenait à les convaincre de tenter avec lui l'aventure d'un trajet sans fin. Enfin ses penchants de viveur, qu'il mettait volontiers en relief dans ses jeunes années, pouvaient être mis à profit, quand par exemple il décrivait le retournement au sous-sol ou sous le toit comme une expérience à la fois inoffensive et d'un piquant inoubliable : « C'est comme ça – il y a bien longtemps – que j'ai rencontré Emilie, qui devait devenir ma femme. Si nous faisions un tour de plus, chère mademoiselle ? Jamais un sans deux. »

Ce service après-vente restait une occupation accessoire. Et comme Hoftaller était souvent envoyé à l'extérieur par la direction du personnel, nouait des contacts ou conduisait des entretiens d'embauche, il ne manquait pas à Fonty que le bureau promis. Il cherchait donc refuge ailleurs et, puisque le Tiergarten ne pouvait pas entrer en ligne de compte, il remontait malgré le mauvais temps la Potsdamer Strasse, marchait avec sa canne, mais sans parapluie jusqu'à ce disgracieux bâtiment moderne situé entre la crèmerie Bolle et Photo Porst et qui, ne fût-ce que par l'exactitude du numéro, l'incitait à des excursions rétrospectives. Dès qu'il s'asseyait près de la fenêtre dans le snack-bar d'en face, qui lui servait d'*ersatz* pour ses quatre murs toujours en attente, son regard ne s'adressait qu'à ce numéro.

C'était ici qu'il avait étalé sa vie antérieure aux yeux de Madeleine Aubron. C'était ici que – comme le confirme son biographe Reuter – la main de « l'homme des longues lettres » avait laissé couler de nombreuses épîtres. Sur une table en Formica tout égratignée, Fonty, avec un verre de cognac et beaucoup de thé en sachets, s'acquittait de ses dettes épistolaires. Mais avant de se tourner vers le professeur Freundlich, puis vers sa petite-fille, enfin vers son fils Friedel et, dans l'intervalle, de nous rembourser par quelques rectifications écrites – « pour prouver aux Archives que les vérités qu'elles découvrent sont toujours un peu boiteuses » – ses mots partirent une fois de plus en direction de Schwerin, de la villa avec vue sur le lac.

« Je ne parviens que maintenant à chercher une réponse aux inquiétudes de ta lettre, et, à cette occasion, ta tendance (que tu partages avec Maman jusqu'à tomber dans le ridicule) à toujours et en premier lieu redouter le pire est un obstacle semblable à un mur hérissé de tessons de verre. Il faut donc que je saute en prenant mon élan et que je prenne pour ainsi dire un départ arrêté afin de surmonter le barrage qui t'est propre, et d'affirmer sans ambages : les choses sont ainsi. Celui qui se marie reçoit souvent une dot peu agréable et, dans ton cas, non désirée. En épousant Grundmann, tu as épousé un entrepreneur du bâtiment, et il s'avère que, comme s'il voulait absolument illustrer son patronyme, "homme du sol", c'est un marchand de terrains, et même "habile", écris-tu.

« Il faut sans doute qu'il le soit. Celui qui spécule doit avoir le nez qu'il faut. Songe à Fritsch et au bas prix pour lequel il a obtenu à l'époque trois terrains à Waren-sur-la-Müritz. Tous avec vue sur le lac ! Et c'est parce qu'il en a toujours été ainsi que ton Grundmann cherche des terrains à bâtir au bord des lacs. Il met la main dessus avant que les autres ne l'y mettent, car maintenant que tout ce qui, hier encore, portait le sceau de l'État des Ouvriers et Paysans ne vaut plus un clou, les marchands de biens poussent comme du chiendent : ils ont les pieds sur terre et la croissance rapide. Il n'est guère étonnant que ton entrepreneur finalement spéculateur, qui n'a pas honte de se dire libéral, entretienne les meilleures relations avec la succursale de la Treuhand à Schwerin, y ait ses entrées permanentes et – parce qu'il est bien informé – achète des morceaux de filet au centre d'une ville en ruine, des rues entières, et trouve en plus des trésors au bord des lacs du Mecklembourg. Du point de vue de la liberté nouvelle, il n'y a rien là de répréhensible, c'est au contraire le programme. Ton vieux père, lui aussi, gagne désormais son pain grâce à cette toute-puissante centrale, mais il lui faut attendre, pour l'instant, son déménagement du bâtiment de la Berolina sur l'Alex, devenu trop exigu, au colosse datant du Reichsmarschall.

« Tu te plains des "chevaliers brigands motorisés", mais c'est ainsi que va le monde, auquel ma Mete, malgré son attachement zélé aux principes, aurait dû s'adapter depuis longtemps. À y bien regarder, rien de grave : ce qui n'avait pas honte, hier encore, de se dire Propriété du Peuple et de ce fait n'a été conservé qu'avec négligence doit maintenant passer en des mains privées et se faire ravaler la façade. En revanche, je suis obligé de partager ton souci de savoir si Grundmann, par des contacts trop étroits avec certains cercles, ne pourrait pas s'en faire le complice, d'autant plus que je sais à quelle vitesse insoupçonnée ces toiles d'araignées se transforment en nasses.

Ici aussi, ce qui, il y a un an, s'est empressé de plonger au fond de l'eau pour attendre sous forme de dépôt remonte maintenant à la surface, frais comme l'œil, et l'on peut observer la rapidité avec laquelle les cadres de l'Ouest – des deuxièmes ou troisièmes couteaux pour la plupart – font affaire avec les maquignons d'ici. Seuls nos braves révolutionnaires et orateurs du lundi sortent de tout cela les mains vides, ce qui les honore, assurément, mais leur donne bonne mine – si cela ne les ridiculise pas.

« Mais cela aussi, ma chère Mete, fait partie de l'ordre du jour de ces temps où se fait l'histoire. Ce n'était pas différent, ou pas mieux, après soixante-dix-soixante et onze. Il y aura toujours des Treibel et leur famille, de la tribu d'Empoche. Ces canailles de l'ordre du Commerce qui, par-devant, entonnent les fanfares dominicales des valeurs supérieures et du bien commun, et par-derrière font leurs coups tordus ; et les Grundmann – y compris Mme von Bunsen, et aussi westphalo-catholiques qu'ils soient – ont une tendance au treibelisme. Ce comportement de famille m'a déjà frappé à la célébration de ton mariage. (Mme von Bunsen, déjà, n'avait-elle pas l'œil avidement fixé sur les terres des *junker* dans la Vieille Marche de l'Est ?)

« Du reste, je ne serais pas étonné si ton Grundmann, jetant par-dessus bord toutes les maximes libérales, ne tardait pas à faire carrière dans le parti qui a pris la succession des chrétiens-sociaux de Stöcker, celui de la coalition et des prédicateurs de la Cour, au niveau communal s'entend, par exemple comme adjoint aux travaux publics. Sois gentille et lis-lui s'il te plaît à l'occasion, au moment où il prend sa bière après le dîner par exemple, quelques passages bien sentis. Je verrais bien la sortie au Halensee, avec les abris à cygnes sans cygnes. Ou mieux encore, celui où Jenny Treibel rend visite aux Schmidt et lance son défi à Corinna. Car c'est ce que tu es aussi, ma Mete, toujours un peu Corinna, même si ce personnage se réfère plus à son origine calviniste qu'à ta vendange tardive de vin de messe catholique. Mais pour ce qui est de Grundmann, dis-lui qu'adjoint aux travaux publics aujourd'hui, ça ne vaut pas mieux que "conseiller du Commerce" à l'époque ; pour ne rien dire du sous-lieutenant de réserve Vogelsang, qui renaît de ses cendres.

« Mais parlons de Maman. Depuis que je suis à la solde de la Treuhand, elle se voit en haut de l'échelle. J'irais presque croire qu'en dehors de l'argent qui tombe tous les mois, c'est le mot "Treuhand" qui lui procure tant de plaisir. Avec la Treuhand, estime-t-elle, rien ne peut arriver de mal. Sans aucun doute – la Treuhand est plus que l'Union culturelle ! Je suis à ses yeux (ainsi qu'à ceux de ton amie de jeunesse toujours aussi naïve, la petite souris Inge) pour ainsi dire réévalué, anobli, élevé au rang de Main fiduciaire. Dans le fond, elle n'a pas tort. Pendant des dizaines d'années, la surveillance idéologique n'a cessé de me chercher des noises. Je devrais dater la naissance du réalisme socialiste des tableaux industriels de Menzel *(La Fonderie)*. Avec constance, la pinaillerie partisane a anéanti les meilleurs passages de mes conférences. Ta période précatholique t'a permis de connaître ce zèle des curés rouges. Inconciliable avec le point de vue de classe, disait-on. Ou encore : trop conciliant ! Ou le sommet : réactionnaire.

« Rien de tout cela à la Treuhand. Mon mémoire en faveur du paternoster, auquel on voulait à tout prix substituer un *lift* express, a eu droit à des louanges en haut lieu. Et prochainement, je devrais même avoir un bureau à moi tout seul et, en plus, une mission. Quelque chose dans le genre des relations publiques, m'a chuchoté mon vieux compagnon, dont on sait qu'il sait tout avant tout le monde. On entend par là, bien sûr, la propagande. Du reste, il m'a chargé de te donner le bonjour. Tu peux en rire !

« Tout récemment est arrivée une charmante petite lettre de France que je ne veux pas laisser sans réponse. Le professeur Freundlich doit se voir lui aussi rembourser aujourd'hui sa dette longtemps remise. De même Friedel, dont les derniers projets éditoriaux, selon les règles des frères moraves, représentent désormais la globalisation des missions. Pas de nouvelles de Teddy. Il me reste à dire que l'appareil de télévision qui loge depuis peu chez moi comme sous-locataire me transforme en promeneur bien au-delà de mon penchant naturel – et malgré le mauvais temps ; mais comme, de toutes les formes de religion, l'adoration du soleil m'est la plus étrangère, cette éternelle grisaille ne me rend pas très malheureux.

« Du reste, je t'écris depuis mon petit café où j'ai déjà mes vieilles habitudes et d'où l'on voit la Potsdamer Strasse ; seul le numéro de l'immeuble presque en face est authentique… »

Dans la marge de cette lettre à Mete, tout autour, était griffonné : « Friedlaender écrivait toujours dans un style évocateur. Même quand sa plume ne distillait que des ragots mondains, il restait spirituel et juste. C'est pourquoi j'appréciais dans les articles de Nordau l'acuité juive de l'expression. Et il en va de même pour Freundlich, qui, lorsqu'il était encore communiste, faisait une consommation d'esprit plus importante que ne le permettait le Parti… »

Devant nous, simplement, Fonty déplora que les lettres écrites par le professeur au cours des mois d'automne rendissent un son « bien grincheux au-dessous de la surface, artificiellement gaie ». « Scs filles sont parties pour Israël, ce qui est évidemment douloureux pour un antisioniste aussi résolu. Je lui ai conseillé la patience : à la longue, ses filles – gâtées comme elles le sont – trouveront le climat trop chaud… »

Pendant le mois de décembre, nous le vîmes souvent aux Archives, sans son ombre-diurne-et-nocturne, Dieu soit loué ; mais sa petite-fille était présente, au sens figuré, en même temps que Fonty.

Madeleine correspondait avec lui comme avec nous. Après ses dernières questions sur l'Entrepôt de Hankel, son intérêt se concentrait maintenant sur les origines huguenotes de l'Immortel. Comme elle envisageait d'élargir son mémoire dans ce sens, elle nous submergea de questions qui touchaient pour la plupart à Emilie Rouanet, dont la double origine, la France et la Marche, a souvent été commentée par son époux : « Aujourd'hui, Maman est plus de Beeskow que de Toulouse… »

L'étudiante Aubron collectionnait ces traces, que l'on trouvait le plus souvent dans les lettres. C'est pourquoi, dès que Fonty arrivait avec son bouquet de fleurs obligé, il était question de sa petite-fille et de son appétit de savoir. Non sans fierté, il nous communiquait des passages de ses lettres, rédigées d'une écriture d'écolière, qui témoignaient d'une insatiable soif d'apprendre ; et au passage, Madeleine nous donnait des indications sur le système d'enseignement français, où était relativement présente une rigueur prussienne qui n'avait plus cours ici depuis longtemps.

Comme j'avais été chargée par mes collègues de sexe masculin de m'occuper de la correspondance avec l'étudiante, c'était généralement moi qui avais le plaisir de bavarder avec notre visiteur, Fonty, l'ami des Archives, ce qui pouvait être assez fatigant, surtout quand il jouait les jolis cœurs et s'écartait du sujet pour se livrer à des compliments équivoques. Il n'y avait qu'un moyen d'y faire échec : j'amenais la conversation sur l'époque londonienne, délicate pour lui, et je tentais de savoir ce qu'il pensait des relations entre le gouvernement Manteuffel et la *Kreuzzeitung*, en même temps que des tâches de la « Correspondance de presse anglo-allemande » et du rôle de l'agent danois Bauer. Mais notre ami restait la plupart du temps à couvert, détournait la conversation en renvoyant aux résultats – aussi bons qu'il était « humainement possible » – qu'avaient donnés les recherches de Mme le professeur Jolles, tout en signalant avec des mines de conspirateur que certaines pistes accessoires n'avaient pas encore été explorées. « Il ne peut s'agir que de bagatelles. Mais je comprends : rien n'est plus excitant pour les archivistes et les agents secrets, qui se nourrissent les uns et les autres de choses secondaires. »

Puis nous en vînmes à la soif de savoir de sa petite-fille. Nous étions assis autour d'un thé et de biscuits Bahlsen qu'il avait apportés en même temps que des asters d'hiver. Même s'il regardait la correspondance entre Madeleine et les Archives avec une indulgence teintée d'ironie et réduisait notre travail, par référence à sa visite du bassin minier de Lusace, à un dénominateur commun en forme de citation – « Beaucoup de scories et peu de charbon » –, ma correspondance avec l'étudiante Aubron était pour lui une source de plaisir. Il ne répondait certes aux questions directes de sa petite-fille que d'une manière évasive : « Il y a beaucoup de choses dont je ne me souviens pas. Il manque le détail important. Cela m'arrive de plus en plus souvent, de ne plus retrouver l'essentiel, parfois à cause de la distraction due à l'âge, souvent par calcul. »

Une lettre que m'avait adressée l'étudiante demandait pourquoi, puisque aussi bien on disait partout que les huguenots prussiens étaient de solides travailleurs et avaient le sens des affaires, il était avéré que le père de l'Immortel faisait des dettes, n'était pas sérieux et avait toujours eu un penchant à ruiner son existence. Fonty me présenta d'abord ses biscuits Bahlsen, puis me dévisagea comme s'il voulait me faire la cour et dit : « Original, la manière dont vous soignez votre coiffure ; j'ai l'impression que vous avez tout à fait le caractère d'une maîtresse de prince d'autrefois. » Alors seulement il en vint à Madeleine : « Ah, cette jeune personne qui me fait un effet doux-amer ne laisse décidément rien au hasard. Même une vie achevée est pour elle un jeu d'épreuves tout frais sorti de l'imprimerie, qu'il faut labourer sans relâche. Ce qu'il y a entre les deux couvertures d'un livre ne suffit pas. Il n'y a que les lettres. Dans la prochaine, je viderai mon sac, ou plutôt – entre nous soit dit – je tirerai mon épingle du jeu. Le volume pour l'instant très limité de mon travail à la Treuhand me permet une correspondance exhaustive. Mais dès que j'aurai mon bureau personnel… »

Celui-ci se faisait attendre. Le snack-bar de la Potsdamer Strasse était toujours forcé de servir d'*ersatz*. C'est ainsi que sa fille de Schwerin, sa petite-fille étudiante à Paris, le professeur entre-temps envoyé à la retraite par évaluation et, après son fils Friedel plongé dans ses activités éditoriales à Wuppertal, son autre fils Teddy fonctionnaire à Bonn reçurent plus de courrier qu'ils ne pouvaient ou ne voulaient lui donner de réponse ; la tentative de Fonty pour reconquérir le cadet par ses lettres soucieuses échouait à chaque fois, et il n'obtint pas de réponse à la question de savoir si, en tant que fonctionnaire du ministère de la Défense à Bonn, Teddy avait eu dans les années passées des contacts avec certaine personne.

Theo Wuttke ne put faire autrement que de continuer à s'inquiéter pour ce fils rétif, traître à la famille, et qui était peut-être sous la menace de machinations. Pas un mot là-dessus dans les lettres au frère et à la sœur. Fonty s'entendait à garder les choses pénibles sous le boisseau ; mais il s'exprima sans aucun frein, devant un cognac et un thé, dans une épître d'une considérable longueur dont nous ne pouvons pas reproduire l'intégralité.

Comme, début décembre, il se passait quelques petites choses en politique, il écrivit à son correspondant d'Iéna à propos de l'issue des élections législatives : « Ce résultat, auquel j'ai absolument refusé d'apporter ma contribution, non seulement confirme les chiffres des petits comptages de voix qui ont précédé, mais aussi la situation qui prévaut en matière d'argent, c'est-à-dire de pouvoir, qui s'installe dans l'ensemble de l'Allemagne ; on devrait en fait confier le gouvernement à la Bundesbank. »

Une chose bien plus digne de commentaires lui semblait être l'objectif de sa nouvelle mission : « Figurez-vous, cher Freundlich, qu'il existe ici un service des relations publiques, et celui-ci m'a confié une mission fort intéressante en soi, la description de l'arrière-plan historico-architectural de la Treuhand. Cet écrit de ma plume doit servir à la réclame. Depuis, des expressions comme "Public Relations" et "That's the message" franchissent mes lèvres avec la plus grande facilité. Je dois rendre présente l'histoire du complexe architectural qui se trouve à l'angle de la Leipziger et de l'Otto-Grotewohl-Strasse. Peut-être votre retraite involontaire vous permettrait-elle de me donner une idée ou une autre. Ne voyez bien entendu dans cette proposition que l'expression de notre longue amitié. Mais pour ce qui est de vos filles qui font une fixation sur Israël (et leurs contraintes de jumelles), je suis tout à fait de l'avis de votre femme, dont le conseil – "Attendre et mettre son mouchoir dessus" – me paraît terriblement judicieux… »

Juste après cela, il se remit à sa nouvelle tâche. On demandait à Fonty, à qui le colosse bientôt prêt pour l'emménagement avait été ouvert au long de diverses phases de l'histoire allemande, de témoigner du passage du temps. Dans la brève lettre de mission, signée par le patron de la Treuhand, et dont il joignait une copie à sa lettre à Freundlich, on pouvait lire : « Rien ne doit être refoulé. En refusant de se soustraire au poids du passé et aux passifs qu'il comporte, la Treuhand plaide pour la transparence. Dès lors que, connaissant les éléments de votre biographie, nous sommes certains que vous êtes, très cher monsieur Wuttke, le mieux placé pour mener à bien cette tâche, nous vous prions de rédiger le document d'information projeté. »

Fonty commença par faire quelques manières. Dans sa lettre à Madeleine Aubron, il aligna les scrupules : « Tu sais, ma chère enfant, que mon intérêt ne va pas aux grands événements, surtout ceux qui grondent de fanfares. Je vis de détails insignifiants, de déchets en quelque sorte. Ce qui me stimule, ce sont les anecdotes riches de plusieurs sens bien plus que les visites d'État et les discours solennels en cuir de Russie, ainsi que les commérages amusants et – je l'avoue – les brouilles familiales. À l'époque, comme tu le sais, la religieuse de Dobbertin, Mathilde von Rohr, ma correspondante, en était une source inépuisable : tout ce que l'on ne pouvait pas dire sur la noblesse de la Marche coulait sans ambages de sa plume. Cette dame chargée d'ans fournissait à profusion du matériau de romans et de nouvelles. De la même façon, les lettres de Friedlaender étaient des mines, au fond desquelles ne brillait certes aucun joyau, mais où l'on trouvait toute sorte de verroterie bien utile. Ce que l'on appelle des actions secondaires, qui sont toujours l'essentiel. Car même pour des événements tragiques, meurtres, échanges de coups de feu, par exemple dans *Sous le poirier* ou dans *Quitt* – un sujet que je dois d'ailleurs à Friedlaender –, le sang ne prenait que peu de place, tandis que la faute, partout présente, même dans la lointaine Amérique, et dont on entendait à peine le tic-tac, déterminait toujours le cours du récit. (Qu'est-ce que l'action ? Ce n'est souvent qu'un léger déplacement de chaises, rien de plus.)

« Et voici que je dois commenter des dates historiquement décisives, c'est-à-dire bien épaisses. Je préférerais m'étendre largement sur des affaires toutes récentes, comme celle du pasteur Brüsewitz, qui s'est, pour protester, suicidé par le feu, ou la tragédie de la famille Wollenberger, ou la double vie lucide et littéraire d'Ibrahim Böhme, et coucher sur le papier, ici le conflit entre le pasteur et ses fidèles, là le cordon de l'époux aimant, informateur ponctuel, tendu entre les intérêts de la sécurité de l'État et l'épouse conspiratrice ; et dans le cas d'Ibrahim Böhme, il faudrait montrer comment quelqu'un qui, au sens propre, vit la littérature depuis les profondeurs de Dostoïevski jusqu'à la tessiture moyenne de la ruse brechtienne est en même temps fêté comme héros et devient traître à sa propre cause ; une tentation qui, du reste, ne m'est pas étrangère. Bien des choses déjà vécues se répètent d'ailleurs, raison pour laquelle le cas de mon ami d'Iéna – nous avons parlé du professeur Freundlich quand tu étais parmi nous – me touche plus que n'importe quelle grande mise en scène politique, car si Israël – ce qui n'est pas encore fait – venait à lui faire perdre ses filles, qui s'appellent résolument Rosa et Clara, il serait effroyablement seul. (Si seulement son club de football pouvait enfin gagner un match à l'extérieur et lui redonner courage !)

« Voilà pour tous ces conflits moraux. Moi, je dois suivre le morne cours de l'histoire et retourner, comme celui d'un gant, l'intérieur d'un horrible bâtiment vers l'extérieur ; on appelle cela la transparence. Ah, que n'ai-je à mes côtés une jeune personne douce-amère ! Nous saurions sans aucun doute quel voyage nous pourrions entreprendre en bavardant. Mais je lis que ta "relation de plus en plus difficile" exclut au moins jusqu'après Noël une visite éclair dont la foudre me serait salutaire… »

C'est avec autant d'éloquence qu'il nous a révélé, aux Archives, une partie de ses soucis et de sa morosité. Il m'a même confié qu'il se sentait vidé par l'écriture. « Non, non, s'est-il exclamé, même s'il vous plaisait de venir me rendre visite dans mon bureau bientôt prêt, par pur caprice féminin et en muse à la coiffure exemplaire, je serais obligé de passer mon tour. Mon sac de mots est vide. Je ne peux en ce moment rien donner de plus long que les trois pages et demie en faveur du paternoster. Et comme vous voyez, je ne peux même pas jouer l'homme à femmes notoire. J'ai d'ailleurs toujours eu du mal. »

Et pourtant, Fonty – plutôt sans muse qu'avec – dut trouver moyen de s'y mettre, car il écrivit à son fils Friedel : « Depuis hier, mon crayon n'a pas le temps de refroidir. La naissance reste cependant difficile. Et il est certain que mon tout dernier griffonnage ne saurait entrer en concurrence avec tes productions éditoriales, dont la base commerciale est assurée de la grâce des Moraves et des Missions. Chez moi, il ne se passe pas grand-chose d'édifiant, ce sont au contraire bien des méfaits qui viennent sur le papier. Des carrières militaires et politiques ruinées, depuis le bombardier longue distance jusqu'au chômage partiel, des traîtres héroïques et des héros couards… On pourrait faire revivre, en écrivant la suite de ces histoires, les images de Neuruppin autrefois si prisées ; mais même la plus colorée des histoires à deux sous n'entrerait pas dans votre programme éditorial ; comme tu le sais, mon fils, je ne suis pas fait pour les traités… »

Malgré tout, il se mettait à écrire. Il est possible que Hoftaller, sinon en faisant allusion au bureau promis, du moins avec une effrayante résolution, ait tranché le nœud gordien et donné le petit coup de pouce nécessaire à l'exécution de la tâche demandée. Quand le CDD Wuttke exprima l'intention d'esquisser au début l'affaire Wollenberger et de reprendre comme en passant une action secondaire d'*Irréparable*, il y aurait eu une confrontation.

Les arguments de Fonty sont facilement imaginables : « Si la veuve du capitaine Hansen et sa fille Brigitte, cette séductrice et lascive beauté à la Rubens, étaient en cheville avec les services secrets danois, ce qui n'a pas échappé au pauvre Holk lui-même, puisqu'il dit à Pentz : "Et cela me donne quelques angoisses. Sont-ce réellement des relations entre la fille et un inspecteur de la Sécurité, ou entre la mère et le chef de la police en personne ?" – il se pourrait alors que le cas de la famille Wollenberger, dans l'éventualité où la Normannenstrasse aurait mis en action une agente tout à fait à part… »

Hoftaller aurait répondu : « Écoutez, Wuttke, le roman *Irréparable*, pour ce qui est des Services de sécurité danois, laisse la voie libre à toutes sortes de spéculations, mais il y a un moment où la plaisanterie doit cesser, même pour un certain Fonty. N'allons pas jouer avec le feu. L'affaire Wollenberger existe en autant de variations qu'on veut. Il y a par exemple suffisamment de matériau qui pourrait peser sur votre famille le moment venu, car de même qu'un certain sous-lieutenant, pilote de Starfighter, nous donnait encore des informations alors qu'il était capitaine, de même il existe à Bonn un conseiller ministériel dont le savoir a pu pendant des années faire notre profit sans que les parents de ces messieurs-là en aient eu le moindre soupçon. Mais cela peut changer, Fonty. Vous le savez : on peut aussi faire autrement ! »

Avec une impulsion aussi nette, le « CDD » Theo Wuttke, à peine avait-il, quelques jours avant Noël, emménagé dans son bureau rénové avec table, commença à prendre sa mission au sérieux.

Comme promis : au septième étage. Le numéro de la pièce était l'un des derniers des deux mille et pouvait se lire comme un anniversaire chargé de signification, même si Fonty, devant nous, avait plaisir à mettre en relation l'année 1819 avec la reine d'Angleterre et impératrice des Indes, la reine Victoria : « Une année royale. Avec elle commençait l'ère victorienne, dont on ne vit pas grand-chose à Neuruppin, il est vrai, où peu avant la Saint-Sylvestre quelqu'un vint au monde qui avait aussi un nom. Là, comme dans toutes les villes de garnison, on ne connaissait que la Prusse. »

Bientôt, le bureau 1819, avec l'aide de Hoftaller, qui procura des rayonnages à livres et une lampe dans le style des années trente, fut chichement aménagé. De l'unique fenêtre le regard tombait sur la cour intérieure nord. À droite de la table, qui était à la lumière du jour, était fixé au mur peint en blanc un grand tableau d'affichage où des punaises retenaient un premier matériau, des copies en petit format des plans de construction de Sagebiel et des photographies : des soldats présentant les armes dans la cour d'honneur et – juste à côté – les ouvriers en grève dont on dit que, le 17 juin 1953, toujours dans la cour d'honneur, ils avaient conspué le ministre Selbmann. Puis, comme des avis de recherche, les portraits de résistants de l'« Orchestre rouge », qui avaient quelque temps déployé leur activité au ministère de l'Aviation du Reich. Et puis encore les photographies de bâtiments voisins faisant partie du quartier des ministères, tous détruits à la fin de la guerre : l'ancienne et la nouvelle chancellerie, l'hôtel Kaiserhof, le palais du Prince-Albrecht avant que sa réputation ne fût entamée par la Gestapo.

Peu de temps après vint s'y ajouter une photo datant de l'époque de Tallhover et dénichée par Hoftaller. Elle représentait l'aviateur de première classe Theo Wuttke, âgé d'environ vingt-deux ans, le calot incliné, avec sa sacoche de messager. Sur ce cliché de petit format aux bords dentelés, il se tient devant la grille en fer forgé qui séparait autrefois la cour d'honneur de la Wilhelmstrasse et remplit par la suite sa fonction vis-à-vis de l'Otto-Grotewohl-Strasse. Derrière, on voit – plat comme un décor de théâtre – le colosse revêtu de calcaire coquillier et le portail colossal. À y bien regarder, Fonty, en jeune Wuttke, paraissait plutôt insignifiant.

Le rayonnage à livres restait pour l'instant pauvrement approvisionné : quelques annales statistiques, deux volumes d'illustrations où étaient rassemblés des échantillons architectoniques des différentes phases de la construction, un livre sur les grands travaux et l'urbanisme sous le IIIe Reich, quelque chose sur le but et l'organisation de la Luftwaffe, la biographie, écrite par un Anglais, du *Reichsmarschall* d'alors, et une biographie d'Ulbricht en livre de poche. Sur une étagère par ailleurs vide se trouvaient deux volumes de la coûteuse édition Hanser des *Œuvres, écrits et correspondance* de l'Immortel, que Fonty venait d'acheter parce qu'il n'avait sous la main, à son domicile de la Kollwitzstrasse, que l'édition de l'Est chez Aufbau, incomplète, et les volumes de poche de chez Nymphenburger ; il lui semblait en effet que sa position de CDD à la Treuhand lui permettait maintenant de s'offrir peu à peu les volumes en papier bible. Deux autres devaient bientôt s'y ajouter : les écrits sur l'histoire de l'Allemagne – tout ce qui concernait les guerres de 1864 et de 1866, puis la guerre subséquente avec la France –, et un choix d'écrits sur l'art et l'histoire de l'art accompagné de critiques littéraires – témoignages poussiéreux du travail de toute une vie, au commentaire desquels les Archives ont eu l'honneur de collaborer.

On vient de dire que la table était éclairée par la lumière du jour : il faut maintenant ajouter que Fonty, avec l'aide de Hoftaller, passa beaucoup de temps à déplacer dans un sens et dans l'autre le meuble sobre qui constituait cette nouvelle acquisition. Tantôt la table devait être au-dessous du tableau d'affichage, tantôt Fonty voulait être assis derrière un plateau posé de biais et faire face à la porte. Deux déménageurs au travail. Une table qui cherchait sa place. Pour finir, Fonty et la table s'immobilisèrent devant la fenêtre.

Nous ne lui avons jamais rendu visite en ces lieux, mais nous savons que, assis, il avait une vue extérieure ; et qu'il tournait le dos à la porte et, à côté de la porte, à un lavabo datant des années trente. À sa demande, Hoftaller avait réussi à échanger la chaise de bureau pivotante et moderne contre une pièce de mobilier dans le style des chaises de bistrot du début du siècle, avec des accoudoirs en bois courbé. Pour ce qui était de son siège, Fonty bénéficiait de la même position que dans son bureau de la Kollwitzstrasse.

Pas de tableaux pour orner les murs, mais sur le plateau de la table la famille se dressait dans des cadres : Emmi, Martha, les trois fils et, en photo d'identité, sa petite-fille. Pour Friedel et Teddy, il avait fallu avoir recours à des photos de jeunesse : les deux garçons peu avant la construction du Mur, Friedel en uniforme des Pionniers. On avait trouvé dans les papiers de Georg un instantané qui le représentait en civil ; cette photo-là portait un crêpe. Le visage de Madeleine était serti dans un ovale de goût Biedermeier. Emmi et Martha avaient un air, l'une douloureux, l'autre grognon. Il n'y avait aucune photo de l'Immortel, mais elle était remplacée, sans cadre, par une carte postale dont le sujet était la statue de bronze sous les arbres du parc de Neuruppin, appuyée contre une brique creuse qui fournissait l'équivalent de la brique sur le bureau de la maison. Ici aussi, les instruments nécessaires à l'écriture étaient fichés dans les trous d'aération de la brique, entre autres deux plumes de cygne et une demi-douzaine de crayons de marque Faber-Castell. Et le pèse-lettre de cuivre jaune avait eu le droit de déménager.

Fonty commençait à remplir une page après l'autre. Les premières notes destinées à une commande qu'il appelait péjorativement devant nous « la réclame ». Hoftaller ne le pressait pas, mais il apparaissait de temps à autre sur le seuil après avoir discrètement frappé. Il restait très peu de temps. Comme on avait oublié d'installer un appareil dans la pièce, aucun téléphone ne stridulait. Fonty ne s'interrompait dans ses notes que pour faire son courrier de Noël. Pour les lettres, il passait du crayon à la plume d'acier, et parfois même à la plume de cygne.

Après Noël, qui ne se passa pas trop mal en dépit de la télévision, dans les jours calmes qui précédèrent la Saint-Sylvestre, où même à la Treuhand l'activité était somnolente, il écrivit à nouveau à Freundlich, à qui il essaya de « rafraîchir le moral », puis à Mete, dans une lettre où il la remerciait pour de magnifiques cadeaux, « surtout la robe de chambre orientale », et enfin, dans la meilleure humeur épistolière, à Madeleine :

« Quelle idée profonde et pleine de sollicitude à la fois que de me mettre un béret basque ! Il ne me va pas mal, mais je reste abonné aux chapeaux. Ah, si je pouvais relever en français le défi de ma jeune personne douce-amère avec autant de clarté et de fluidité qu'elle en a récemment mis à me jeter le gant dans l'allemand le plus vif, disant qu'il ne fallait pas que, par ce temps froid et humide, je me promène le manteau ouvert et l'écharpe défaite dans le Tiergarten et sur l'Alexanderplatz ; que je ne devais pas induire Grand-Maman en erreur par des gasconnades fanfaronnes ; que son grand-père devait faire attention au monsieur si plein de prévenances à son côté ; que Grand-Père était prié ne pas transformer en apocalypse les menaces de guerre dans la région du Golfe, même s'il ne fallait pas sous-estimer l'ultimatum…

« Et autres exhortations. C'est promis, mon enfant ! Je jure de m'améliorer, sinon rétroactivement pour Noël, du moins pour la nouvelle année. Le commandement touchant au manteau et à l'écharpe, par ce froid mordant, quoique sans neige, n'est pas difficile à respecter – avec même le béret à l'essai. À la maison, depuis que, malgré mes sept fois dix cycles annuels – plus un prochainement – j'ai un emploi rémunérateur, il règne une trêve charmante, d'autant que je ne suis plus obligé de faire mes grimaces à la maison ; tout récemment (et enfin) m'a été attribué un bureau personnel où je t'avoue maintenant dans le secret épistolaire la douleur lancinante, non sans rapport avec le mal de dents, que me cause ton absence.

« Et pour en venir aux menaces de guerre, que l'on peut certes ne considérer que comme une note au bas des pages de l'Histoire, mais qui peut aussi, comme autrefois la guerre de Crimée, prendre des proportions : pendant les fêtes de Noël, hélas ! et juste à côté du petit sapin, tonitruait un programme de télévision où les chœurs d'enfants et les informations en direct du désert arabe se faisaient une telle concurrence que je sentais grandir de minute en minute mon désir d'être seul et de planter mes choux ou de cultiver n'importe où des prunes en espalier.

« Mais pour ce qui est maintenant de M. Hoftaller, que tu as rendu moins dangereux en le privant, d'une manière aussi charmante qu'impitoyable, de H majuscule pour en faire M. Offtalère, souvenons-nous que c'est à sa médiation que nous devons notre rendez-vous tardif, et que, sans lui, cette lettre n'aurait ni motif ni adresse.

« Assurément, la prudence est toujours de mise. Hoftaller et Tallhover sont des pestes l'un et l'autre. (Comme sur *L'Adultera* celle du commissaire Reiff, l'ombre d'un inspecteur de la Sécurité et de ses machinations plane sur *Irréparable*.) Mais en fin de compte, il est également vrai qu'il doit rester un peu de mystère. La lumière ne doit pas tout éclairer.

« Du reste, Hoftaller vaut mieux que Tallhover. Et à cela s'ajoute que je suis familier depuis toujours, de mémoire d'homme, de la surveillance de l'un et de l'autre pour la sécurité de quelque État que ce soit. Je suis lié aux deux pour ainsi dire par une double couture. Je connais leurs stratagèmes. Le savoir qu'ils emmagasinent, et qui n'est en règle générale qu'un demi-savoir, est un fardeau auquel mes épaules sont habituées, même s'il est vrai qu'il a doublé au fil de ma gymnastique culturelle pour l'État des Ouvriers et Paysans. Mes tournées de conférences ont souvent croisé sa route. Autant il a pu faire obstacle au libre flot de mon discours, autant, quand le péril menaçait, il a su tendre le filet de sécurité : par exemple à la chute du gouvernement Manteuffel ; par exemple après l'attentat manqué de Stauffenberg ; par exemple après le soulèvement des ouvriers du 17 juin, auquel j'avais inconsidérément attribué une conscience de classe, et de même après la normalisation tant attendue de la Tchécoslovaquie, quand – tu avais à peine un an, mon enfant – à l'occasion d'un congrès de l'Union culturelle à Bad Saarow (très joliment située sur le Scharmützelsee), j'avais quasiment mis ma tête sur le billot en déclarant : "Depuis l'époque de Frédéric II, l'invasion de la Bohême est une spécialité prussienne qui a été affinée par Bismarck et Moltke, puis portée à sa perfection par un simple caporal de la Première Guerre mondiale, appelé en un mot notre Führer ; et le camarade Ulbricht a tout récemment fait honneur à cette vieille tradition prussienne…"

« Oui, comme partout, le sens de l'ironie était peu développé à Bad Saarow. Je reçus un blâme. Et si ce M. Offtalère que tu vois d'un si mauvais œil n'était pas intervenu en faveur de ton grand-père, j'aurais pu compter sur quelques années au pénitencier de Bautzen – qu'on appelait ici "la Misère jaune". Tout cela parce que j'ai une certaine tendance aux vastes raccourcis. De la guerre de Crimée jusqu'à aujourd'hui, aussi compliquée, aussi inextricable qu'elle soit, on peut embrasser l'histoire du regard, si bien qu'une guerre dans la région du Golfe, si elle devait se produire, n'aurait rien pour m'étonner.

« Mais en dehors de cela, la tâche à laquelle je m'attelle en ce moment correspond à ma prescience. Comme tu le sais (et peut-être à l'admiration des Français), les Allemands ont un penchant et peut-être un talent pour l'œuvre d'art totale. Avec le même génie (et en contrepoint à Bayreuth), on a créé ici, dans la foulée de l'unité, la Treuhand, un Walhalla qui pourrait servir de modèle aux dieux, aux demi-dieux et à leurs manigances. Et pour cet organisme universel, dont le programme à venir est le crépuscule des dieux, je suis chargé, en tant que contrat à durée déterminée, d'un texte informatif, c'est-à-dire publicitaire. Il s'agit de mettre en valeur toutes les phases historiques qu'a connues l'immeuble dont tu as pu, à l'occasion de ta trop brève visite, aller rapidement renifler l'atmosphère. J'en suis déjà à répertorier le matériau. Déjà ton grand-père, qui se croyait pressé comme un citron, a trouvé du pain à se mettre sur la planche. Déjà – fût-ce à l'aide de trajets du souvenir en paternoster – je sonde toutes les profondeurs.

« Le bureau avec table que l'on m'a accordé au septième étage échappe à tout le vacarme de la rénovation. Il suffit de fermer les yeux pour que des images s'imposent aussitôt. Comme soldat, j'étais, tu le sais, un familier des lieux. La dernière fois, c'était à l'époque où ta si bonne grand-mère m'avait déjà pris en affection et où j'étais si heureux que je ne voulais pas rentrer. Ah, la France ! Quand ce n'est pas vers les hautes landes écossaises, c'est vers elle que m'appellent mes désirs. Ils explorent, en quête de souvenirs, les berges du Rhône et le plateau de la Dombes, riche en étangs et en lacs, ils s'enfuient sur les hauteurs des Cévennes, ils cherchent refuge, comme autrefois les huguenots persécutés, dans les gorges de l'Ardèche déchiquetées par le vent, ils frappent depuis peu à la porte d'une maison devant une colline couronnée de cyprès, que tu m'as ouverte sous le nom de Madeleine…

« Et voilà qu'une humeur légère d'épistolier m'a déjà amené au dernier objet de ton ardeur de chercheuse, et, d'autre part, rapproché de ton professeur, et donc de cette relation que tu subis, comme le trahit ta dernière lettre, comme “de plus en plus difficile”. Les deux choses, l'influence des huguenots sur la littérature de langue allemande et la liaison avec un homme marié, père de trois enfants, sont une trop vaste histoire : il va te falloir en labourer le champ à la sueur de ton front.

« Avec tout cela, ma jeune personne douce-amère ne devrait pas seulement être fixée sur les gasconnades de l'Immortel, dont Schlenther disait du reste qu'il était “de Neuruppin et vieux-français”, mais avoir l'œil aussi sur l'excellent Chamisso comme sur Fouqué. Et tu devrais peut-être en attendant négliger un peu ton professeur ou en changer, si ton cœur t'y autorise. Permets-moi en outre de te recommander – aussi totalement oublié qu'il soit – un certain Willibald Alexis, dont la chronique familiale à la coloration huguenote a toujours été pour moi une corne d'abondance…

« Il reste à espérer que la nouvelle année – advienne que pourra – nous rapprochera à nouveau. Quelle que soit la violence avec laquelle je m'abandonne au calme de mon bureau, je n'en démordrai pas : tu me manques beaucoup… »

Toutes les lettres de Noël n'étaient pas de cette longueur et ne faisaient pas autant ployer le pèse-lettre. Comme Fonty ne couchait aucune de ses lettres sur le papier sans en avoir fait un brouillon au crayon de graphite, nous sommes bien pourvus en ce qui concerne les témoignages écrits ; et comme, entre-temps, beaucoup d'originaux sont parvenus entre nos mains et que – nous en sommes pleins de gratitude – tout ce qui touche à la famille est exploitable, il est possible de faire des comparaisons qui permettent de constater avec quelle fréquence il retravaillait l'expression spontanée et pour terminer – fidèle à sa devise – « rafraîchissait le style », par exemple dans le passage où il assimile la Treuhand et la colline du festival de Bayreuth dans l'œuvre d'art totale : la visite de l'Immortel à Bayreuth – « On donnait *Parsifal* » – n'est citée que dans le brouillon.

Dans les lettres à Martha, c'est l'aspect suranné de l'écriture qui frappe : « Ne verse pas une larme, je t'en prie, sur l'abjuration de ta foi de camarade… » Ou encore : « Il est possible de vouer aux gémonies les faits et gestes de Grundmann… » Et même le Tiergarten, dès qu'il revit dans l'écriture, n'apparaît jamais qu'avec l'ancienne orthographe *th*.

Dans d'autres lettres, il renonce à cette orthographe d'avant-hier et, concis, va droit à ses attentes ou même à ses réclamations, comme lorsqu'il incite une fois de plus son éditeur de fils à jeter enfin un coup d'œil sur les conférences prononcées par son père pour l'Union culturelle : « Crois-moi sur parole quand je te dis que mes exposés sur le patrimoine culturel sont encore d'une fraîcheur intacte… »

Les Archives auraient pu confirmer l'attrait de cette lecture, mais elle n'a pas trouvé place dans l'édition de ses écrits qui a été établie par nous, car nous avons dû en définir la conception dans des limites scientifiques rigoureuses. Nous l'aurions volontiers aidé – fût-ce par notre avis d'experts – à réaliser son désir de les voir publiés, mais Fonty refusait toute assistance ; il misait sur son fils. Bien qu'il se moquât de ses productions éditoriales, qu'il traitait de « bouillie piétiste », il lui écrivit lettre sur lettre, et même, à la fin de l'année, cette supplique :

« … Cela peut tout à fait se limiter à un mince volume. Je ne demande qu'un choix de sept conférences dans leur intégralité. Devrait en faire partie le petit tableau d'époque *Comment un pharmacien s'essaie à monter sur les barricades*. J'ai rédigé cette conférence à l'automne 53, encore sous le coup des événements de juin. Rien d'étonnant que la censure ait opéré de larges coupes, qu'il faudrait restituer maintenant à l'impression. Il faut qu'il reste quelque chose de ce temps-là ! Ce n'est pas au fils, c'est à l'éditeur que je le réclame.

« Ici, la situation des maisons d'édition est plus que précaire. On les a placées, aux fins de privatisation, sous la férule de la Treuhand, une entreprise aussi gigantesque que l'édifice qui lui a été attribué, et que je sers maintenant avec un œil qui rit et un œil qui pleure. On m'a tout de même accordé un bureau, d'où le panorama est une triste cour intérieure. Cette vue me force précisément à revenir au fait dans cette lettre de fin d'année.

« Mes conférences, que Maman a bien proprement tapées, sont pratiquement bonnes pour l'impression. Je ne verrais pas d'inconvénient à ce que tu publies l'abondante sueur de ton père en livre de poche. Tout n'est pas obligé d'arriver sur le marché entre deux couvertures de carton. Comme, dans ma conférence “En quoi les Esquimaux nous concernent-ils ?”, je touche au passage *Irréparable*, et donc les Missions de Herrnhut, il ne devrait pas être difficile pour toi de me glisser en contrebande parmi tes traités visant à la conversion des païens du monde entier ; à Holkenäs, la comtesse Christine elle-même, attachée à la foi morave, devait souffrir quelques objections, que ce fût dans le sens des vieux-luthériens ou des calvinistes. Tout le reste, il est vrai, elle le condamnait comme superstition… »

Cette lettre achevée, Fonty risqua un regard sur la cour sans vie, puis il posa sa plume d'acier pour prendre un crayon.

27. Au service de la Treuhand

Ni à la mi-novembre, ni fin décembre, ils n'allèrent au McDonald's. Leur soixante et onzième anniversaire n'avait pas assez de substance pour justifier des « festivités » ; Fonty nous l'assura juste après le nouvel an : « Ce n'est pas qu'une formule si je dis que je suis fatigué de la société, je le suis réellement. Fêter le soixante-dixième était déjà ridicule. »

Les félicitations rétrospectives des Archives ne lui en firent pas moins plaisir. Nous lui offrîmes le cahier 42 de notre collection « Feuilles », où devait l'amuser une critique récemment retrouvée du roman *Quitt*, même si elle n'était certainement pas nouvelle pour sa mémoire ; nous l'avions suffisamment entendu se moquer de l'« hyperintelligence » des critiques, en l'occurrence celle de Julius Hart : « En fait, il sait toujours à l'avance ce qu'il aura à dire… » Au surplus, depuis *Errements et Tourments*, il s'en tenait au verdict général qui touchait juste : « Toutes les critiques sont rédigées comme par des criminels. »

La petite feuille lui procura tout de même quelque joie, encore que les lettres commentées, qui étaient adressées à Moritz Lazarus – lequel, parce qu'il faisait partie du cercle du Rütli, était appelé « Très cher Leibniz » –, le missent d'humeur pensive : « On se rencontrait de temps à autre en privé avec les Rutlions, entre autres chez Lazarus, qui habitait place Royale, aujourd'hui place de la République. Quel dommage que cette amitié ait fini si lamentablement… »

Quand Fonty mit ses lunettes de lecture pour survoler un bref article sur l'ami de jeunesse Friedrich Witte, nous apprîmes au passage que son ombre-diurne-et-nocturne avait fait son bonheur en lui offrant le sixième volume de l'édition Hanser – *Ballades, chansons et poésies de circonstance* : « Une vraie mine, où certaines pièces, rimées à la va-vite, sont tout de même blâmables » ; lui, en revanche, n'avait eu d'autre idée pour le cadeau de Noël, comme l'année précédente, que ce jouet pour les grands et les petits, un puzzle : « Non, le sujet n'en est aucun des paysages en fleur qui nous sont promis, mon cadeau représente, en mille morceaux, le château royal que l'on a fait sauter après la fin de la guerre. Pour mon camarade, ce n'est pas un problème. Je parie qu'il n'a mis que quelques heures à reconstruire la façade de l'édifice de Schlüter. Il fait ça par passion, au chronomètre, plusieurs fois. Une belle illusion qu'il ne cesse de mettre en petits morceaux pour en refaire une salade. Il faut parfois que je le refournisse. J'en ai vu un rayon colossal au KaDeWe. Beaucoup de choses prussiennes, la porte de Brandebourg naturellement, et Sans-Souci. Je lui aurais bien offert notre baraque au coin de l'ancienne Wilhelmstrasse. Ça, ce serait quelque chose : la Treuhand en puzzle ! Mais il n'y avait pas ça. »

Puis nous bavardâmes de son nouveau domaine d'activité et nous l'encourageâmes à jouer sur le nom de la firme qui l'employait. De la meilleure humeur, Fonty nous montra comment une main fiduciaire pouvait en un tournemain se transformer en haute main, une maintenance en main tenace ; jeu de mains jeu de vilains, un bon : « Main, tiens ! » vaut mieux que deux tu l'auras, et c'est l'en-deux-mains qui déchante, amen ! Levez l'amène-droite et dites je le jure ! Pour finir, ce fut un feu d'artifice de sottises : « Main fiduciaire cherche manucure ! » – « Gants fiduciaires à prix cassés ! » Et ainsi de suite.

Quand Fonty nous quitta, il réussit un résumé historique de ses activités. En manteau, il nous cria depuis la porte : « La Treuhand aujourd'hui, ce n'est pas mieux que Manteuffel hier, mais ça paie davantage. »

Nous avons fait le calcul et comparé le pouvoir d'achat du thaler avec la puissance du mark. C'est exact : l'Immortel ne pouvait guère se payer de fantaisies, ni à Londres ni à Berlin, tant la Prusse fut pingre dans la rémunération de son sujet.

Il faisait des heures supplémentaires. Le CDD Theo Wuttke voulait honorer ses émoluments et ne se limitait pas aux chapitres historiques de régimes chaque fois précipités dans l'abîme et de plus ou moins courte durée. Ni les tâches du ministère de l'Aviation du Reich, ni les activités de dix ou douze ministères pendant les quarante ans de vie de l'État des Ouvriers et Paysans ne pouvaient suffire au chroniqueur.

Il commença par l'historique des rues qui bordaient le complexe architectural. Après la Leipziger, qui n'avait pas eu à changer de nom, il arpenta la Prinz-Albrecht-Strasse, qui, jusqu'à nouvel ordre, était rebaptisée du nom de la communiste Käthe Niederkirchner. Il s'étendit longuement sur la Wilhelmstrasse : elle portait certes encore le nom de l'un des fondateurs de l'État socialiste éphémère, quoique bien réel pendant un certain temps, mais elle n'allait pas tarder à suivre à nouveau son cours sous celui d'un souverain prussien. Il se mit donc à jouer aux soldats de plomb et d'étain. Il fit revivre la Wilhelmplatz et ses transformations. Pour lui, ce qui avait été ne voulait pas prendre fin.

Son brouillon prenait la taille requise dans la Garde : à l'aide du plan de la ville de 1732, sous Frédéric, Fonty esquissa le champ de manœuvres de tous les régiments cantonnés à Berlin et les fit défiler, parader un par un, du régiment Alexandre à celui des Gendarmes. Il énuméra les statues des glorieux chefs de guerre érigées jusqu'à 1800, de Seydlitz à Zieten, réitéra la recomposition symétrique de la place par l'architecte Lenné, transforma ce Champ de Mars en grand chantier grâce à la construction du métro, commencée en 1908, identifia tous les hôtels particuliers qui bordaient la place ainsi que la Wilhelmstrasse, fit briller les noms de vieilles lignées prussiennes, brandebourgeoises, et arriva ainsi au palais Schulenburg, qui, à partir de 1875, servit de résidence privée et officielle au chancelier Bismarck. Il s'accorda alors un chapitre spécial où il s'attarda longuement dans les anecdotes et le jaune soufre

– la couleur du col des cuirassiers de Halberstadt que portait volontiers le grand homme dont il faisait monter ou descendre les mérites au gré de son crayon bien taillé ; il le vit même en cible d'attentats manqués.

Au surplus, des poèmes de commande voulaient être cités, par exemple celui qui célébrait le *junker* encore jeune homme, « Blonde et bouclée sa belle chevelure, à dix-neuf ans toujours sur sa monture… », ou le tardif « Où doit reposer Bismarck », que l'Immortel, réconcilié et lui-même au bord de la tombe, avait dédié le 31 juillet 1898, à la demande de son fils Friedel, au fondateur défunt d'un empire de courte durée.

Fondation de l'Empire, ère des fondateurs : de nombreux ministères eurent besoin de place et, recensés par Fonty, transformèrent la Wilhelmplatz et la Wilhelmstrasse en centre du pouvoir. Cela devenait trop long, il dut couper. Mais il ne voulait pas renoncer à l'hôtel Kaiserhof, référence d'événements ultérieurs ; car c'est dans l'extension de la chancellerie, réalisée pendant le bref intermède de la République de Weimar, que s'installa en 1933 le fondateur d'un autre Reich de courte durée, qui, en attendant, avait pris ses quartiers à l'hôtel Kaiserhof. En même temps, le ministre du Reich pour l'Instruction du peuple et la Propagande prit possession de l'ancien palais du prince Friedrich qui, dans les années suivantes, puisque la propagande était au-dessus de tout, fut agrandi en plusieurs étapes.

Il ne laissa de côté aucun détail de la toute nouvelle volonté de puissance. Lorsque, en 1935, fut collé à la chancellerie, sur demande, un « balcon du Führer » du haut duquel – selon le modèle italien – des masses populaires de plus en plus nombreuses devaient être saluées d'un bras tendu ou replié, le moment fut venu de bien plus grandes décisions architecturales. Fonty en arrivait enfin à son sujet.

Dans un vaste espace compris entre la Wilhelmstrasse, la Leipziger Strasse et la Prinz-Albrecht-Strasse commencèrent les travaux de dégagement pour le futur ministère de l'Aviation du Reich, auquel devaient être intégrés le bâtiment existant ainsi que l'ancienne Chambre haute et l'ancienne Chambre des députés de Prusse. D'autres projets de grands travaux furent réduits à néant par la guerre. Peu de choses résistèrent à ses coups. Elle rasa tous les bâtiments précédemment nommés, mais pas le complexe pétrifié du Reichsmarschall.

Nous nous efforçons de ne pas désigner nommément certains personnages incontestablement entrés dans l'Histoire. En cela, nous suivons Fonty, aux yeux de qui « le Führer » et « le Reichsmarschall », mais aussi des métaphores relatives à des chanceliers passés ou actuels, comme « le pleurnichard jaune soufre » et « la Masse au pouvoir », suffisaient ou même étaient plus parlantes. Si nous ne respectons pas une cohérence totale, cela aussi est dû aux caprices de Fonty.

C'est alors seulement que Fonty s'occupa du Reichsmarschall en maître d'ouvrage. Il qualifia l'ensemble du projet de « gigantesque pacte pour l'emploi qui procurait du pain à des milliers et des milliers de chômeurs, lesquels, en démolissant 260 000 mètres cubes de constructions anciennes, commençaient en même temps le bâtiment nouveau : sur huit sites différents, en équipes de jour et équipes de nuit ; d'où l'on peut conclure que les criminels à la tête d'un État cherchent volontiers à se légitimer par de bonnes actions ».

D'après les plans de l'architecte Ernst Sagebiel, qui construisit plus tard à des dimensions comparables l'aéroport de Tempelhof, ce labeur symbolique était l'expression de la volonté du peuple, de la volonté *völkisch* : table rase et reconstruction. Tout devait être réalisé en un temps record. À peine six mois plus tard, peu après la pose du toit, 1 000 bureaux étaient prêts. Et un an après le début des travaux, c'est l'ensemble du complexe architectural qui, avec une superficie de 25 000 mètres carrés – sans compter l'espace des Chambres de Prusse, transformé en « Maison des aviateurs » –, pouvait être mis en service.

Fonty s'abstenait d'exprimer une opinion personnelle. Il ne commentait qu'avec parcimonie l'histoire de la construction de ce ministère. Tout au plus se permettait-il un ironique « Du reste… » en faisant allusion aux possibles plans sociaux de la Treuhand à Zwickau ou Eisenhüttenstadt. Une seule digression renvoyait à la construction de la cathédrale de Cologne, qui avait duré des siècles. Mais les descriptions du bâtiment et de son utilisation étaient abondamment citées : « Le plan général de l'ensemble comprend quatre cours ouvertes sur le parc et quatre cours intérieures. Sur la Wilhelmstrasse, l'entrée principale est précédée d'une grande cour d'honneur. La colonne vertébrale du bâtiment en est le corps nord-sud ; du côté du parc, les quatre ailes de bureaux, agrandies, sont plus basses et forment un angle droit avec le corps principal ; les ailes se poursuivent du côté de la rue avec un plus grand nombre d'étages, celles du milieu délimitent la cour d'honneur… »

Comme il pensait que le texte qu'on lui avait commandé était à coloration historique, et puisque, devant nous, il parlait souvent de son « mémoire rétrospectif qui colle terriblement au détail », il allait de soi à ses yeux qu'il fallait faire ressortir les particularités typiques de l'époque, comme le grand nombre des emblèmes du pouvoir et le revêtement uniforme de la façade en plaques de huit tailles différentes, fournies à bref délai par une cinquantaine de carrières de Franconie. Il soulignait la quantité de « 30 000 mètres carrés de calcaire coquillier gris » et ajoutait entre parenthèses : « Aussi sottement monotone que le travertin, marbre favori du Führer, mais colossalement bon marché au mètre. »

Il ne s'attarda que quelques instants devant les colonnes du grand portail, mais il n'oublia pas les deux aigles de bronze qui étaient juchées sur deux piliers avec une croix gammée dans les serres et rythmaient la haute grille de fer forgée devant la cour d'honneur dont elles garantissaient la symétrie. Il percevait également l'importance d'un relief sur pierre du sculpteur Arno Waldschmidt, qui ornait pour le va-et-vient des affaires le portique précédant l'entrée et se voyait depuis la Leipziger Strasse : une colonne de porteurs de casques d'acier dans une marche mortellement rectiligne.

Dès le paragraphe suivant, Fonty relatait la destruction historique du relief et son remplacement par l'ornementation suivante : un tableau fait de carreaux de porcelaine, œuvre du peintre Max Lingner, longue de vingt-cinq mètres, dans laquelle un personnel nombreux et plein de gaieté exprime son enthousiasme.

Cette œuvre monumentale en petits morceaux lui offrait une transition pour passer du IIIe Reich à l'État des Ouvriers et Paysans, à la Maison des ministères. Il continuait à mettre en valeur les quantités, comme – « je dis bien » – « 1 715 carreaux de porcelaine de Meissen disposés sur 15 rangées ». Ce tableau où l'on voit des travailleurs, manuels et intellectuels, mais aussi des jeunes avec des accordéons et des guitares marcher vers l'avenir en brandissant des drapeaux monocolores tandis qu'à l'arrière-plan des échafaudages et des cheminées fumantes symbolisent le progrès, il le qualifia d'« expression la plus plate du réalisme socialiste ».

Puis il compara les soldats marchant à la mort du relief de Waldschmidt aux prolétaires rassemblés sur la porcelaine, passa sans transition à d'autres croûtes héroïques, par exemple le grand tableau du peintre de la cour de Prusse Anton von Werner avec son triomphe – la proclamation de l'Empire allemand dans la galerie des Glaces de Versailles –, passa en revue, pour finir, dans l'ordre chronologique, ces trois œuvres de commande et nota en marge : « Même si des travailleurs valent mieux que des soldats promis à la mort, il n'est sorti de tout cela que de la bouillie. Cela a commencé dans les cris de joie, et cela a fini lamentablement. À quarante-sept ans d'empire ont succédé treize ans à peine de République de Weimar. Et si l'on ajoute les douze ans et demi de IIIe Reich aux quatre décennies d'État des Ouvriers et Paysans, le résultat de l'addition, c'est que décidément les Allemands ne tiennent pas la distance. »

Ce bilan le ramenait encore au dernier régime cité. La fresque de porcelaine datait de 1952. Fonty souligna d'un trait épais la date du 7 octobre 1949. C'est ce jour-là que, dans la grande salle de réunion de l'ancien ministère de l'Aviation du Reich, où le Reichsmarschall donnait autrefois ses ordres depuis le fauteuil de cuir placé en hauteur devant le mur ornementé, c'est ce jour-là que l'État des

Ouvriers et Paysans avait été proclamé République démocratique allemande ; ce qui était un écho à la fondation, précédemment décidée à l'Ouest, de la République fédérale d'Allemagne, dans les bras de laquelle venait maintenant de se jeter de son plein gré, avec sa Propriété du Peuple, l'État partiel de l'Est.

« Un État vaut-il mieux que deux, c'est ce que nous verrons », griffonna Fonty entre parenthèses en marge de son mémoire à but publicitaire. Mais cela ne lui suffisait pas. Le bâtiment, certes, était debout, mais les deux mille bureaux et plus lui paraissaient sans vie. À titre d'essai, il fit apparaître des héros de l'aviation fraîchement décorés, la croix de fer avec feuilles de chêne suspendue au cou, les fit flâner le long des couloirs, monter et descendre dans le paternoster. Il leur permettait des apparitions fringantes dans le grand hall, les déplaçait comme des soldats de plomb, faisait le compte, lorsque c'étaient des chasseurs, des avions d'ennemis abattus, les présentait tantôt comme de sots bavards, tantôt comme de mélancoliques anges de la mort ; il en vint aux as glorieux comme Galland, Mölders, Rudel, sortit de sa poche une douzaine de types fracassants, explosifs, foudroyants, parla savamment des attaques légendaires de Stuka et de He-III, de la bataille d'Angleterre et des sauts en parachute sur la Crète, familier qu'il était de tous les appareils de chasse, du Me 109 jusqu'aux tout derniers modèles de chasseurs nocturnes, n'oublia pas le fiable transporteur Ju 52, ne dissimula ni le long conflit entre les généraux Milch et Udet, ni l'énorme consommation d'hommes et de matériel, pas plus que la perte précoce de la maîtrise aérienne dans le ciel du Reich. Il sema même dans son exposé débordant quelques plaisanteries qu'on se racontait sous le manteau et qui avaient le Reichsmarschall pour cible ; mais seules les funérailles des deux héros Udet et Mölders mettaient un peu de vie dans la boutique : la pompe des obsèques ne parvenait certes pas à dissimuler le suicide de l'un et l'accident de l'autre, mais au moins éprouvait-on des frissons exaltants.

Trop de matériau. Fonty supprima plus de texte qu'il n'en laissa subsister. Mais la description de la phase qui suivait à présent souffrit aussi du défilé des colonnes de chiffres. Les monstres composés aux formes génitives que l'État des Ouvriers et Paysans avait produits à la chaîne occupaient beaucoup de place. Il fallait illustrer les performances des divers ministères réunis sous le même toit par des chiffres d'exécution du plan, ennuyeux ou falsifiés. Banderoles de tel ou tel congrès du Parti. Discours en langue de bois du comité central. Notre mission principale est de... Le XIe plénum a décidé...

Et la phase qui venait à peine de commencer menaçait d'étouffer sous les chiffres : la Treuhand était garante de milliards. Son ombre s'étendait sur ce qui avait été « Propriété du Peuple », des milliers d'entreprises, de domaines, de biens du Parti, de terres d'aristocrates obérées par la réforme agraire, sur un nombre d'hectares infini, sept mille privatisations prévues et deux millions et demi d'emplois menacés. Même la formule lapidaire du patron de la Treuhand qui devait servir d'épigraphe au mémoire commandé – « Privatiser rapidement, assainir résolument, fermer prudemment » – était incapable, chaque fois que Fonty réfléchissait à ces mots magiques, de donner naissance à quelque chose de vivant ; tout, y compris l'espoir, se noyait dans les chiffres.

« Tout cela reste de bois ou me souffle au visage une atmosphère de morgue. » C'est ce qu'il écrivit à la mi-janvier, avec bien d'autres choses, au professeur Freundlich : « Cette fois, la fête a été plus coincée que bruyante. Il n'y a plus d'air. Qu'ils aient des jambes longues ou courtes, les mensonges de la Masse au pouvoir sont boiteux. L'ambiance était morose quand minuit a sonné ; aucune comparaison avec l'année dernière, à l'époque ou tout le monde croyait qu'il y avait lieu de crier d'allégresse, de mettre un tonneau en perce et d'illuminer le noir de la nuit par des feux d'artifice. À la place, la guerre du Golfe, mise en scène depuis hier, offre un spectacle qui, au moins sur les écrans de télévision, semble d'une drôlerie effrayante, mais qui doit paraître bien proche à vos filles en Israël. Tout le monde tue au nom de Dieu. Hélas ! cher Freundlich, comment voulez-vous que je rédige un mémoire en pareille compagnie ? »

Pourtant, il aurait pu se rendre la tâche facile. Son fameux ton de conversation, qui sautait avec le même élan par-dessus tous les égouts du monde, aurait facilement trouvé mille anecdotes à la chute assurée. Il lui aurait suffi d'ouvrir l'armoire privée : « À l'époque où, aviateur de première classe, j'étais familier des lieux… » Ou : « Au cours des longues années où je fus appariteur à la Maison des ministères… »

Il avait en effet libre accès partout et connaissait dans les antichambres quelques secrétaires qui, sans se soucier des tournants historiques, avaient servi des maîtres différents. Il aurait même pu introduire les récits d'Emmi Wuttke sur l'époque de l'Aviation du Reich et ses souvenirs d'expériences vécues dans les abris antiaériens. Ce n'était pas à lui, mais à la dactylographe Emmi Hering qu'il avait été permis d'assister de la fenêtre au service funèbre d'Udet et de Mölders dans la cour d'honneur ; et dix ans plus tard, Emmi vit les colonnes d'ouvriers en grève arriver de la Stalinallee et s'approcher du portail, car en tant qu'employée de bureau Mme Wuttke avait bien avant Fonty, dès le début des années cinquante, trouvé du travail à la Maison des ministères. Elle ne fut licenciée que fin 61, parce que ses fils étaient restés à l'Ouest ; « Fuite hors de la République » : c'était ainsi que l'on appelait ce délit condamnable.

Emmi ne nous l'a raconté que plus tard : « Nous étions sous pression et nous n'avions pas le droit de parler… » Et elle ne nous a montré que récemment la photo format carte postale du héros de l'aviation Galland, dédicacée : « Il avait pas du tout l'air militaire, il faisait plutôt bourreau des cœurs avec sa petite moustache. C'est pour ça que mon Wuttke a voulu déchirer la photo. Ben, parce qu'on était fiancés et qu'il était toujours jaloux… »

Oui, même cela aurait pu lui servir à donner un peu de relief à son mémoire : Emmi et lui-même se rencontrant pour la première fois dans le paternoster. Ce n'était pas en juin 40, au moment où le première classe Wuttke revenait de la France occupée avec son premier article plein d'atmosphère : « À Domrémy et à Orléans, nos soldats habitués à la victoire vont rendre visite à Jeanne d'Arc… », mais déjà en avril, alors qu'Emmi devait taper, première preuve de leur amour, le feuilleton de son récit de voyage dans le protectorat de Bohême-Moravie.

Quoi qu'il en soit, Fonty ne voulait pas faire état de sa vie privée. Pour l'instant, il était même incapable de suivre le conseil de son correspondant d'Iéna, qui lui avait recommandé dès avant la fin de l'année de prendre son célèbre ton de causeur si bien éprouvé. L'encombrant matériau se mettait trop en travers de son chemin. Trop lourd était le gris que le calcaire coquillier faisait peser sur toute chose. Le colosse enfermait Fonty comme un prisonnier. Mais dans une lettre sur le paternoster adressée au professeur dévalué, nous trouvons déjà l'esquisse de ce qui devait par la suite donner vie au mémoire :

« Je sens déjà, cher Freundlich, que vous allez encore une fois me suggérer de faire dans l'anecdote, en racontant par exemple l'histoire plutôt triste de ce nid de résistants à l'intérieur du ministère de l'Aviation du Reich, que la Gestapo appela au cours du procès "l'Orchestre rouge". Et je vais certes consacrer un petit chapitre de mon mémoire aux officiers Harro Schulze-Boysen et Erwin Gehrts, d'autant que c'est d'ici, de ce lieu même, qu'ils ont entretenu des liaisons radio, depuis les toilettes, avec d'autres groupes de résistants. Une imprudence, on allait le voir, puisque c'est peu après qu'ils ont été pris.

« Du reste, j'ai connu personnellement, au retour de mes missions, le colonel Gehrts. Dès que j'avais remis mes rapports au département dont je dépendais, il me restait un peu de temps pour bavarder une heure avec cet officier de bureau extrêmement typique, que personne n'aurait cru capable, jusqu'à sa cellule de condamné à mort de Plötzensee, d'une si grande résolution. Un homme réellement cultivé, au surplus : comme pour Liebknecht et l'historien Mommsen, *Avant la tempête* faisait partie de ses lectures de chevet. Comme je me laissais étourdiment – et pour ainsi dire accessoirement – utiliser comme courrier, j'avais souvent dans ma poche des lettres destinées à Gehrts. De même pouvais-je supposer que les lettres qui m'étaient discrètement confiées dès que j'avais ordre de retourner en France avaient pour expéditeurs le colonel Gehrts et le lieutenant Schulze-Boysen. Par bonheur, je n'ai jamais été pris par les contrôles. D'une manière générale, les dangers que j'ai courus quand j'étais soldat ne m'ont jamais été vraiment conscients, même quand, au moment des procès, j'ai été interrogé plusieurs fois au palais du Prince-Albrecht avec des méthodes plutôt gestapistes. Mais on ne pouvait rien retenir contre moi ; ou bien l'ange gardien qui m'accompagne depuis toujours – à l'époque sous le nom de Tallhover encore – a trouvé bon de me protéger.

« De quoi trembler. Le soupçon reste toujours. Vous connaissez ces petits jeux à la vie, à la mort, déguisés en hasards, pour les avoir vécus dans vos jeunes années au Mexique, à l'époque ou tout le monde pouvait traiter tout le monde de trotskiste. Mais malgré tous les périls dans lesquels a pu m'entraîner l'Orchestre rouge, je n'en démordrai pas : un homme irréprochable, ce colonel Gehrts, sans la morgue habituelle, et avec cela d'une distinction colossale.

« Hélas ! cet épisode entre aussi peu dans le cadre du mémoire que mes comptes rendus du front, qui se complaisaient plutôt à des tableaux d'atmosphère. D'un autre côté, il faut sans doute rappeler un bref événement qui, même si ce n'est qu'à la marge, a touché notre État des Ouvriers et Paysans, à ses débuts, quand nous étions pleins d'espoir et nous croyions sur le bon chemin. Je veux parler de cet attroupement sur la Stalinallee qui fut bientôt rejoint par une énorme affluence et dans lequel nos camarades dirigeants – mais vous aussi, mon cher Freundlich –, aveugles à la réalité, voyaient un putsch fomenté par l'Ouest ou – comme on disait à l'époque – une contre-révolution.

« Et ces ouvriers révoltés que l'Ouest a ensuite, pour mieux les laisser mourir, célébrés sous l'appellation fallacieuse d'"insurrection populaire", ces ouvriers qui, d'abord, faisaient tout simplement la grève – vous vous souvenez :

il s'agissait de l'élévation des normes –, mais qui ensuite se sont soulevés, ces manifestants estimés à plus de deux mille défilaient devant la Maison des ministères. Mon Emilie, qui, à cette époque-là, était encore employée de bureau à la MdM, mon Emilie a tout vu : la masse plus calme qu'enflammée de colère, les frusques d'ouvriers comme amidonnées. On voulait – par erreur – demander des comptes ici, dans la cour d'honneur, au secrétaire général du parti dirigeant. On l'appelait en chœur. Mais le Barbichu était ailleurs. Un seul ministre, Selbmann sans doute, osa se montrer à la foule, voulut parler, apaiser les esprits, mais il ne parvint pas à prendre la parole, fut conspué et bousculé du podium. À sa place, ce fut un transporteur de pierres du bloc C-Sud qui parla. Et il criait, se souvient mon Emilie : "Traîtres aux ouvriers !", "Baissez les normes !"

« Voilà tous les événements historiques. Tout de même, cette confrontation – ici des prolétaires en grève, là des ministres sans voix – devrait donner une accentuation à mon mémoire, bien que, dès que je vois sur le papier le 17 juin 53, le 18 mars de l'an 1848 vienne se mettre en travers de mon chemin. Vous connaissez le jugement lapidaire de l'Immortel dans ses souvenirs : "Beaucoup de bruits et peu de laine !" Et cela bien que le jeune pharmacien ait participé à la construction des barricades et ait même voulu pénétrer dans l'église Saint-Georges pour y sonner le tocsin. Mais le portail était verrouillé, ce qui l'amena à cette constatation tout aussi lapidaire, mais encore valable : "Les églises protestantes sont toujours fermées !"

« Voilà pour les souvenirs. Quand vous me racontez vos jeunes années à Mexico en payant volontiers un tribut aux curiosités du quotidien, j'entends une musique familière. Le regard de la vieillesse embroche avec prédilection les absurdités. Le ridicule gagne. Le héros devient un personnage comique. Mais à l'époque, mon "idole", comme dit Emilie, était perçue à la pharmacie Jung soit comme un révolutionnaire clandestin, soit comme un espion clandestin, et il était redouté de toutes les façons. Or c'était plutôt un rebelle qui regardait d'un point situé quelque part entre la curiosité et la fascination, ne perdait de vue ni la splendeur des barricades ni les ménagères qui faisaient la queue à la pharmacie pour venir chercher de l'huile de foie de morue, étant entendu que celle-ci était destinée aux enfants scrofuleux, mais servait essentiellement à alimenter les lampes. C'est ce qui a arraché cinquante ans plus tard au chroniqueur le cri fameux : "La liberté était possible, l'huile de foie de morue nécessaire !"

« Et les choses, mon cher Freundlich, ne se sont-elles pas passées de manière tout aussi banale il y a à peine plus d'un an, quand nous avons échangé le socialisme réel contre un capitalisme qui ne l'est pas moins ? Sinon qu'à la place de l'huile de foie de morue, c'était la banane occidentale qu'on nous offrait. Ne parlons pas du 17 juin. Là encore, certes, on proclamait la liberté comme suprême valeur marchande, mais après l'apparition des chars soviétiques, on avait le silence à aussi bon marché. Dans une conférence de l'Union culturelle qui, vous vous en souvenez peut-être encore, m'a attiré beaucoup d'ennuis, je partais certes des événements de mars 1848, en citant le rebelle mentionné plus haut : "... j'étais plutôt convaincu, pour ma part, de l'invincibilité la plus absolue d'une troupe disciplinée face à n'importe quelle masse populaire, fût-elle la plus intrépide...", mais j'établissais ensuite un parallèle avec les événements de juin. Car on allait un peu vite en prenant la diminution des normes pour un recul du pouvoir. Comme aujourd'hui, une fois de plus. Qu'on achète des bananes ou de l'huile de foie de morue, la liberté est toujours perdante à ce marché-là.

« C'est vrai, cher Freundlich. J'entends et j'admets votre objection. En 48 et en 53, en mars et en juin, il y a eu des morts ; cette fois, ce ne fut pas sanglant. "Révolution douce", a-t-on dit. Mais si le sang n'a pas coulé, c'est uniquement parce que l'État des Ouvriers et Paysans ne voulait plus être un État et a au contraire décidé de s'intégrer à l'autre, de manière que nous pesions désormais comme un boulet au pied de l'État occidental élargi – grâce à notre dot, la tare de notre biographie – jusqu'à ce que le communisme, responsable de son propre échec, entraîne avec lui dans la tombe son frère jumeau capitaliste, qui triomphe encore, pour l'instant, par sa vitalité.

« Ce pessimisme qui ne m'est pas habituel n'a évidemment pas sa place dans le mémoire. Mais je ne manquerai quand même pas de suggérer que le défilé des ouvriers en grève devant la Maison des ministères pourrait bien reprendre du service pour les nouveaux occupants des lieux. Il ne fait pas de doute qu'une colossale machine à privatiser va y être mise en marche. À la longue, ces choses-là ne passent pas. Et c'est pourquoi, en repensant à ceux qui sont tombés en mars 1848, il est devenu pour moi d'une clarté presque douloureuse qu'un peuple insurgé, même les mains nues, est en fin de compte nécessairement plus fort que la puissance ordonnée la mieux aguerrie ; si ce n'est pas aujourd'hui, ce sera demain.

« J'en ai fini. J'apprends par votre charmante lettre que le club de football Carl-Zeiss d'Iéna a conservé sa place (même si c'est tout en bas) et que vous commencez à prendre goût à votre situation, en soi pénible, puisque vous mettez à jour votre grand savoir jurisprudentiel et vous rendez utile en tant que conseil fiscal. C'est très bien ! Il faut des conseils fiscaux ! Nous n'allons pas nous laisser mettre sur la voie de garage. Bien que les temps soient télégéniquement à la guerre, nous n'avons pas le droit de capituler. Même vos filles doivent commencer à trouver Israël discutable, tant leur enthousiasme était grand lorsqu'elles sont parties pour la Terre promise. D'un autre côté, on ne sait jamais. Toute guerre se taille ses héros à sa mesure. Il ne nous resterait alors plus qu'une bonne cuillerée de résignation, laquelle peut cependant être tout à fait vivifiante…

« Pour les nouvelles que vous demandez si gentiment d'Emilie : elle va tantôt bien, tantôt moins. Hier encore, elle se sentait affreusement mal, mais ce matin, elle s'est mise à nettoyer toutes les vitres à la peau de chamois. De ma fille ne parviennent sous mes yeux que des désagréments mecklembourgeois. Le mariage ne réussit pas à Mete. Mais c'est là, comme vous le savez, toute une histoire, une vaste question. Le mieux est de s'y faire et de ne se plaindre que modérément. Il y a finalement, comme on dit à l'Ouest, beaucoup à faire : "Retroussons nos manches !" C'est dans cet esprit que je vais me remettre à mon mémoire, auquel il manque au total une image vivante ou, mieux encore, qui s'impose... »

Ainsi se passa le mois de janvier, un mois qui fit son apparition parmi les tempêtes, à partir du milieu duquel ne parlèrent plus que les armes de la région du Golfe, furent mis à l'essai des systèmes de destruction, s'embrasèrent des champs de pétrole, s'envolèrent les cours de la Bourse pour retomber ensuite, se retira un ministre-président considéré comme sagace pour aller se mettre au service de la Thuringe, entrèrent en Lituanie des chars soviétiques afin de calmer les protestations des habitants, commença à pâlir l'étoile de Gorbatchev et tomba la neige avec l'arrivée du froid. Mais début février, alors que la guerre du Golfe menaçait de s'enliser dans la quotidienneté et que les travaux de rénovation avançaient à vue d'œil dans l'édifice de la Treuhand – l'encadrement de marbre des plus de deux mille portes, maintenant repoli, brillait de tous ses feux –, Fonty réussit enfin à trouver l'image qui lui faisait défaut. Comme toujours lorsque manquait la vie, il suffisait de regarder.

Au moment où il voulait entrer dans le paternoster ascendant, mais ayant devant lui deux électriciens qui attendaient, il vit dans une cabine descendante quelqu'un dont il avait déjà vu des photos : le patron de la Treuhand.

Seul, mais remplissant la cabine de sa puissante stature, il apparut d'abord sous forme de jambes de pantalon, puis de flanelle grandeur nature, venant d'en haut, où il avait dû visiter le futur étage de la direction. Quelqu'un dont émanait la force d'une volonté. Un personnage pour lequel le succès semblait taillé sur mesure en même temps que son complet-veston. Un homme, un vrai, pour ainsi dire.

À peine le patron avait-il quitté la cabine d'un pied sûr, à peine était-il passé devant Fonty, qui fut salué et rendit le salut, et à peine les électriciens avec leurs boîtes à outils avaient-ils disparu vers le haut, que Fonty, qui n'entra pas, mais qui hésitait et suivait du regard le patron s'éloignant à la hâte avec sa suite, se vit ramené un demi-siècle en arrière. Il se revit en uniforme de la Luftwaffe, le calot incliné, attendant, toujours au rez-de-chaussée, l'arrivée de la prochaine cabine du paternoster, devant lui deux officiers.

C'était le Reichsmarschall qui descendait. Les bottes étincelantes arrivèrent les premières, puis en sortirent en bouffant les culottes ornées de passepoils maréchaliens. Enfin apparut le personnage dans toute sa plénitude, en dernier lieu le visage gras et son expression molle s'efforçant à la dureté. Son déguisement correspondait tout à fait au bon mot que l'on chuchotait dans ces années-là à Berlin : « De tous les côtés des médailles, et au milieu la cochonnaille. »

Fonty, ou plutôt le première classe Wuttke vit la poitrine couverte de décorations et l'ordre « Pour le Mérite » au-dessous du triple menton, il vit combattre sur ce visage connu par les actualités cinématographiques et les photos, comme deux comédiennes, la Faiblesse et la Folie des grandeurs ; il vit, malgré le fard, sur le masque affiché du Reichsmarschall, les traces d'une dépendance insatiable à la morphine.

Il est possible que l'œil rétrospectif de Fonty ait été fixé sur une photo qui était épinglée depuis peu à son tableau et qui montrait le Reichsmarschall, plutôt affaissé, sur le banc des accusés au procès de Nuremberg. Après la proclamation du verdict, il a avalé une capsule de poison. Il n'était vivant que dans le souvenir de Fonty.

Un aide de camp l'aida à sortir. Les cabines descendantes qui arrivaient transportaient la suite du Reichsmarschall. Les officiers qui se trouvaient devant Fonty laissèrent partir leur cabine ascendante et firent le salut militaire, Fonty le fit aussi, quoique avec moins de raideur, sa main rejoignant plutôt mécaniquement le calot incliné. Le film passait maintenant moins vite, ralenti, noir.

À peine cette bande était-elle achevée que Fonty, sous le même angle, mais avec une nouvelle pellicule, commença à tourner la transition historique. Après tant d'uniformes, il commanda des costumes civils d'après-guerre et fit apparaître dans une cabine descendante celui qui devait devenir plus tard président du Conseil d'État, Walter Ulbricht, que le peuple, à cause de son petit bouc, appelait « le Barbichu » : une petite bedaine et l'air pincé saxon.

Fonty se représenta le secrétaire du Parti le 7 octobre 1949, juste après la proclamation de l'État des Ouvriers et Paysans, arrivant dans le paternoster étage après étage et en sortant au rez-de-chaussée. Au tableau était fixée aussi une photo de lui, mais deux personnes étaient présentes sur cette image d'archives : à côté d'Ulbricht était assis Goebbels, le communiste à côté du nazi, le Barbichu à côté du pied-bot. Tous les deux étaient en train d'organiser au début des années trente la grève des transports à Berlin ; à leurs yeux, les sociaux-démocrates étaient l'ennemi n° 1.

Fonty ne savait pas très bien si le futur président du Conseil d'État descendait seul ou s'il y avait avec lui, plus grand que lui, son clown blanc Otto Grotewohl. Avec Wilhelm Pieck, le troisième camarade de la bande, la cabine aurait été trop exiguë. Fònty se limita au Barbichu.

Il fit entrer dans l'image l'administrateur de l'État fraîchement proclamé avec ses pantalons bien trop larges et le fit descendre d'un sautillement sûr. Lui aussi eut droit à une suite. Comme Fonty n'avait pas été le témoin oculaire de ce trajet en paternoster, il ne fut pas obligé de saluer ; mais quand le successeur d'Ulbricht, l'homme au petit chapeau que l'Est et l'Ouest appelaient « Honni », peu avant la liquidation générale et la chute du Mur, vint à la Maison des ministères, juste à temps encore et à l'occasion des festivités organisées pour célébrer les quarante ans d'existence de l'État des Ouvriers et Paysans, l'appariteur Theo Wuttke, dit Fonty, assista également à cette descente historique : les chaussures d'abord, le petit chapeau en dernier.

La série était complète. Pour l'instant, l'Histoire ne fournissait pas d'autres scènes, encore qu'il eût avec plaisir essayé d'insérer dans une cabine la Masse au pouvoir arrivée en visite de Bonn et dont il aurait montré la tendance à la descente. Fonty passa et repassa ce film à épisodes. Unis dans le paternoster. Du Reichsmarschall au patron de la Treuhand. Le mémoire tenait son image frappante, son raccourci saisissant. En même temps, il se voyait lui-même attendre sa cabine ascendante à différentes époques. Il comprenait la mécanique du changement sous la forme d'un ascenseur inlassable toujours prêt à offrir ses services. Tant de grandeur. Tant de descente. Tant de fin et de commencement. Mais il n'écrivit qu'avec concision à sa fille Martha, à Schwerin : « J'ai vu récemment le chef descendre du paternoster. Cet homme est trop exigeant envers lui-même. Un pouvoir colossal que personne, en fait, ne peut trouver bon. Des décisions ultimes sur les hommes et les biens auxquelles répondra – j'en suis certain – la haine. Dès le premier coup d'œil : un bonhomme à panache. Habitué au succès. Sait prendre les choses en main. A quelque chose d'attachant. Mais je n'aimerais pas être dans sa peau… »

28. Devant le monument

Le conseil de son père était : « Remonte la pente comme tu peux ! » À part cela, Martha Grundmann, née Wuttke, lut dans cette assez longue lettre : « … Maman, qui va étonnamment bien depuis des semaines, est depuis peu, plus exactement depuis qu'un appareil de télévision transforme notre cuisine en champ de bataille, de la meilleure humeur, un vrai feu d'artifice, même si devant les reportages bien ciblés de la région du Golfe elle ne cesse de répéter : "C'est quand même terrible, c'est quand même affreux", souvent d'une seule voix avec la Scherwinski, qui met chaque fois son grain de sel : "Franchement, on se sent tout faible. Toujours dans le mille !" Ses gamins viennent parfois regarder aussi, comme si c'était "Bonne nuit les petits" ou un conte de Noël à retardement. Et Maman tolère tout cela et elle aime tant les enfants qu'elle bourre les garçons de gâteaux.

« La précision des tirs lui en impose. Imagine : elle explique à ton amie Inge ce que sont des missiles d'interception. Elle parle du système "Patriot" et de coordonnées de cible comme s'il s'agissait d'un nouvel adoucissant. Elle est en pantoufles devant sa tisane pour la vessie, mais elle a l'impression d'être témoin direct en première ligne du front. Je ne l'ai entendue qu'une fois dire avec inquiétude : "Est-ce que ceux-là, dans le désert, ils ont aussi des abris comme nous à l'époque, quand c'était la guerre et qu'on tremblait dans la cave de l'Aviation ou ici en bas ?"

« Contre ma volonté et l'expression de mon désir, elle a d'abord installé cet écran en position centrale – naturellement un produit de l'Ouest, avec tout le tremblement – dans le séjour, puis, devant mes protestations, elle l'a évacué vers la cuisine, où maintenant, à la place de la jolie balance de naguère, il sert d'autel dans le coin autrefois réservé au bon Dieu. On ne tient pas compte de moi. Et quand je me suis élevé contre la schwarzkopferie et les baïonnettes téléguidées, on m'a lancé : "Toi qui as toujours été pour la guerre, le Blitzkrieg et tout ça ! Je m'en souviens très bien, le 2 septembre, pour toi, c'était le 'Jour de Sedan' !"

« Voilà pour le flot des images. Tu comprends bien, ma Mete, que ce sous-locataire jacasseur me chasse de la maison. Alors que la neige crissait encore sous les semelles, je parcourais le Tiergarten en espérant que j'allais rencontrer Ludwig Pietsch en train de patiner autour de l'île Rousseau. Mais maintenant il tombe un crachin interminable. Je ne veux pas attraper un rhume, mais d'autre part les champs de pétrole en flammes me sortent par les yeux, les tables rondes d'experts par les oreilles, et j'espère sinon la paix, du moins un armistice, dans notre cuisine en tout cas.

« Pendant des dizaines d'années, nous avons su ce qui se passait dans le monde sans avoir besoin de télévision. Certes pas grâce à une presse exhaustive, car même mon habituel *Wochenpost* faisait un régime strict. Mais à l'aide de notre récepteur radio qui méprisait les frontières, nous étions au courant. J'aimais bien écouter les discours au Bundestag. J'entends encore Erler et Carlo Schmidt. Ou quand nous écoutions tous les deux, malgré l'interdiction de ta FDJ, ta Libre Jeunesse allemande, quand nous écoutions Radio Berlin Libre ou la station de l'armée américaine, par exemple les causeries de Friedrich Luft sur le théâtre – "Mêmes ondes, même longueur..." C'était d'une actualité à couper le souffle. Je ne pouvais pas m'empêcher de penser à la place n° 23 du Théâtre royal. Ça a commencé avec *Guillaume Tell* et fini avec *Les Tisserands* de Hauptmann. Je n'ai pas manqué une première, ni celle de *Jeunesse*, de Max Halbe, ni la *Nora* d'Ibsen... Et s'il y avait eu la radio à cette époque, peut-être bien que moi aussi j'aurais, mêmes ondes, même longueur...

« Mais pour Maman, cela ne suffit pas. Il faut qu'il y ait des images, qui bougent, et en plus en couleurs. Depuis, je ne me sens plus à ma place, d'autant que les bruits de bottes viennent jusque dans mon bureau. Vivre dans ce monde-là est devenu dégoûtant pour un vieux petit garçon comme moi ! Aussi, j'ai écrit récemment à Freundlich : "La seule chose bien, c'est d'être assis au soleil en plissant les yeux... si seulement il brillait". »

Il fallut affranchir doublement la lettre à Martha qui, au fil des jours, n'avait cessé de prendre de l'épaisseur. Le mois de février s'y passa. Nous abrégeons un peu les lamentations de Fonty sur les nouveaux médias et reprenons à l'endroit où il remplit à nouveau les pages de souvenirs :

« ... C'était une autre époque, celle où les soulèvements en Pologne, la guerre de Crimée et les massacres qui partageaient l'Amérique en Nord et en Sud nous parvenaient, avec retard certes, mais pour nous dans toute la fraîcheur de la nouveauté, à travers les images colorées de Gustav Kühn. Mon père, dont les dernières années nous ont été enlevées par la funeste politique – tu avais à peine dix ans quand la construction du Mur t'a barré l'accès naturel au plus bouffon des grands-pères –, ce Max Wuttke pouvait raconter à n'en plus finir des histoires d'"images de Neuruppin", parce que depuis sa jeunesse, avant même son apprentissage chez Kühn, il avait montré une grande habileté à colorier les lithographies. J'entends d'ici ton objection. Mais qu'est-ce que cela veut dire ici, "travail des enfants" ? En tout cas, tout petit déjà il rapportait un peu d'argent à la famille Wuttke. Et moi, il ne pouvait pas me faire de plus grand plaisir, dans les années vingt, qu'en apportant, roulées, à la maison, à titre de feuilles de brouillon – manifestement sans rien dire au patron –, de vieilles gravures qui restaient en stock chez Kühn ou chez Oehmigke & Riemenschneider.

« Ce qui plongeait dans le ravissement le benêt adolescent que j'étais alors, je l'ai aujourd'hui encore sous les yeux. Par exemple une feuille qui représente l'entrée triomphale du prince Frédéric-Guillaume et de la princesse sous la porte de Brandebourg. Cela se passait juste avant la chute du gouvernement Manteuffel, quand l'Immortel put enfin entreprendre le voyage en Écosse qu'il projetait depuis longtemps. Tout cela se produisit à la date du 8 février 1858. Tout en bas était même imprimée l'heure, en petits caractères : "Deux heures moins cinq". Une photo de mariage ! On y parlait du tonnerre des canons et des volées de cloches et du discours de bienvenue du maire de Berlin, nommé Krausnick. Certes, le futur prince héritier n'eut droit ensuite qu'à quatre-vingt-dix-neuf jours de dignité impériale ; et même au peuple, tant de fastes n'ont pas apporté grand-chose, à part cette lithographie.

« Il me vient à l'esprit une feuille en noir et blanc, "Napoléon devant Moscou". Et une autre en couleurs est restée pour moi ineffaçable, avec la date du 19 mars 1848, celle qui faisait le récit du soulèvement de Berlin, des barricades et des drapeaux noir, rouge et or, avec l'arbre de la Liberté au premier plan et les soldats venant du fond dans la fumée de la poudre.

« Tout cela, dans mes années de vieillesse encore, est aussi frais que si cela sortait de chez l'imprimeur. Comme se sont imprégnés ces combats sur les barricades ! (C'est depuis que je suis pour la révolution.) Alors qu'aujourd'hui les images s'effacent les unes les autres à toute allure. Rien ne reste. Le flot des images emporte avec lui ce qu'il montre à la vitesse de la lumière. Car lorsque je demande à Maman après le dîner : "Alors, qu'est-ce que tu as vu d'intéressant ?", elle me répond : "Trop de choses à la fois. C'est terrible, tout ce qu'ils montrent. À la fin, on ne sait plus ce qui était le pire." Crois-moi, Mete, la télévision est la seule responsable de cet oubli des images… »

Si nous interrompons à nouveau la lettre de Fonty, que ses changements d'humeur allongeaient toujours davantage, c'est pour l'amener au fait, c'est-à-dire à Neuruppin, vers quoi ses pensées étaient tendues malgré toutes les digressions et la fixation sur les bruits parasites domestiques :

« … Aussi, je suis sûr que nous en saurions beaucoup moins sur la malheureuse révolution de quarante-huit et les victimes de mars s'il avait existé à cette époque cette télévision de cuisine dommageable à la mémoire. Mais par bonheur il y a eu, outre le tableau inachevé de Menzel, Gustav Kühn de Neuruppin ! Et je veux y faire une petite excursion. Très prochainement. Il faut que je sorte un bon coup de ce Berlin qui sent épouvantablement le renfermé et qui maintenant, malgré l'ouverture, ne sait que faire de soi-même. Dès que j'aurai terminé le devoir que je dois remettre à la Treuhand et que Maman m'aura tapé le manuscrit – elle s'imposera bien cela malgré l'étrange lucarne –, on partira. Une journée seulement, en espérant qu'il fera un temps qui annonce le printemps et que je n'aurai pas mon rhume habituel. Sans Maman, hélas ! Même si ces jours derniers elle est, une fois encore, plus de Beeskow que de Toulouse, la Marche ne l'attire absolument pas. Neuruppin ? Dieu préserve ! Tu connais son entêtement. Il est vrai qu'Alexander Gentz a dit des gens de Ruppin que c'étaient tous des philistins et des imbéciles, mais l'essentiel, c'est que non seulement Schinkel, mais aussi... Bon, enfin. Elle ne veut à aucun prix. Et du reste, madame refuse par principe de voyager en Trabi. "On me fera plus rentrer là-dedans, dit-elle, je préfère marcher à pied !"

« Non, tu es dans le même cas que nous : pas de nouvelles de Teddy. Mais avant-hier est arrivée une courte lettre de Friedel. Mes conférences de l'Union culturelle sont encore à l'étude pour un petit recueil ; c'était lui qui l'avait généreusement proposé par-dessus la table lors de votre repas de mariage, et cela devait me donner de l'espoir. Certes, je suis absolument contre les relations d'affaires entre père et fils – et je ne changerai sans doute pas –, mais j'ai accepté pour ne pas le blesser et j'ai fait quelques propositions. Mais voici qu'il me parle de "cure d'amincissement des programmes" et de "crise de débouchés interallemande" sur le marché du livre. Il s'exprime avec une langue de papier mâché colossale. Je préfère le professeur Freundlich ; même s'il a mal aux dents, il garde tout son esprit. Oui, oui, je sais : tu as toujours trouvé "énervant" l'esprit des Juifs, qui les fait s'exprimer avec tant d'à-propos et de saillies, mais tout ce que l'on peut tirer de la lourdeur du sang germanique, c'est la morosité.

« Ce qui nous ramène à toi. J'aimerais que ma Mete soit

plus lumineuse. N'y. a-t-il donc rien qui soit capable d'égayer un peu une vie de couple assurément difficile ? Et si je te confie dans le secret de la correspondance qu'à moi aussi, notre croix conjugale sur le Prenzlberg m'a laissé quelques marques, je te demande en même temps de jeter un regard sur la Potsdamer Strasse : là-bas aussi, la gaieté n'arrivait qu'à l'improviste et sans frapper à la porte.

« C'est ainsi que l'excursion subitement promise à Neuruppin est pour moi un rayon de lumière. Et c'est aussi ce qui m'est arrivé récemment quand une enfant – c'était une gamine maigrichonne qui avait à peu près l'âge où l'on entre à l'école –, au Tiergarten, alors qu'il n'y avait presque plus de neige, m'a demandé de lui renouer ses lacets défaits. Il a fallu que je me mette à genoux et que je plie mes vieux os. Ils ont fameusement craqué, mais cela a illuminé ma journée tout entière, et même la suivante ; raison pour laquelle je te dis : nouer des lacets vaut mieux que ruminer ses humeurs noires. Cela vaut aussi pour Schwerin, où, ai-je entendu dire, la succursale de la Treuhand est sérieusement en butte aux critiques ; ton grand bâtisseur de Grundmann sait peut-être pourquoi… »

Pour nous, pas de lettre. Une simple carte postale annonça aux Archives : « Vais après-demain présenter mes respects au bronze assis… » L'indication suffisait.

Évitant la moitié occidentale de la ville, ils prirent le périphérique, puis l'autoroute de Rostock, quittèrent celle-ci avant l'embranchement de Hambourg et se retrouvèrent après une bonne heure de trajet, car la Trabi n'était gênée dans son envol par aucun bouchon, au but de leur virée du samedi.

C'était l'un des premiers jours de mars. Depuis une semaine, la Treuhand était en train de déménager de l'Alexanderplatz et de s'installer avec documents et personnel dans le colosse rénové à l'angle de la Leipziger Strasse. À peine coincé derrière le volant, Hoftaller laissa entendre que la visite à Neuruppin devait être interprétée comme une récompense. Dès lors que « grâce à votre chère femme Emmi » le mémoire « Du progrès de l'Histoire » était enfin terminé, Fonty pouvait s'abandonner à la joie du voyage : « Pouvez attendre tranquillement les suppressions et les changements que proposera la direction. »

Ils roulaient par un temps variable, des grêlons vinrent même tambouriner sur la Trabi. La table de travail du bureau 1819 était restée, bien rangée, derrière eux. Les essuie-glaces devaient continuellement dégager la vue. Seule la copie du mémoire, à peine quarante pages, était posée devant la brique dans les trous de laquelle étaient plantés les crayons de Fonty.

Il était plein d'attente : au rythme des essuie-glaces, il fredonnait une marche ressemblant à la musique d'une parade. Le passage sur le paternoster, il l'avait d'une part concentré, de l'autre enrichi de quelques transports supplémentaires : le gratin montant et descendant. Il avait même accepté certaines suppressions proposées par Emmi, par exemple celle de l'anecdote selon laquelle un as de l'aviation couvert de gloire avait essayé de transformer les couloirs en pistes pour patins à roulettes.

Quand, blanc sur bleu, un panneau indiqua la sortie vers Kremmen, il commença à se répandre en long et en large sur la vie familiale des Briest, notamment sur ce qui concernait Louise : « En fait, c'est elle la coupable. Si elle n'avait pas jeté Instetten, son amourette de jeunesse, dans les bras de sa propre fille, cette petite chose aussi charmante que sotte... »

La pluie faiblissait. Au petit matin, même les femmes de ménage avec leurs seaux utilisaient le paternoster. « Aujourd'hui, je vois les choses autrement : Louise von Briest, cette mère pleine d'une effrayante sollicitude... » Et de même que le comte Ciano avait jadis visité le ministère de l'Aviation du Reich, un Arménien soviétique du nom de Mikoyan avait été reçu en son temps avec des sentiments mêlés à la Maison des ministères. Et de nouveau les essuie-glaces.

Puis Fonty tira ses citations des *Promenades à travers la Marche de Brandebourg* : le petit pays de Friesack. Tandis que des bolides occidentaux les dépassaient, de petites garnisons tranquilles lui parurent mériter quelques digressions : il savait que les hussards de Zieten du 3e régiment de hussards étaient cantonnés à Rathenow et quelques escadrons du 2e régiment de uhlans à Perleberg. Ils supportaient patiemment d'être sans cesse doublés. « Jamais, s'écria Fonty, jamais le camarade Mielke n'a utilisé le paternoster ! »

Puis le passager confia au chauffeur que sa mère appelait Effi, par allusion à la pièce de Wildenbruch, « Fille de l'air ». Effi sur la balançoire. Effi se balançant follement, comme dans la lithographie de Liebermann. « Alors que tout était arbitraire chez ce Wildenbruch. Et c'est ce que la foule stupide appelle génie… »

Mais Hoftaller ne se laissait distraire ni par les villes de garnison ni par le leitmotiv des premières pages du roman. La seule chose qui le préoccupait, c'était le patron de la Treuhand : malgré son air gaillard, dit-il, il donnait de plus en plus l'impression d'être inquiet et les scandales qui s'accumulaient le mettaient fortement sous pression. C'était lui, pendant qu'à Bonn le Chancelier se tenait tranquillement hors du champ, qui prenait tous les coups sur place. Même contre le vent, il flairait déjà la faillite. « Il n'est pas fait pour le rôle ! » s'écria-t-il.

Soudain, un éclat de rire intérieur secoua l'ombre-diurne-et-nocturne. Il agrippa le volant pour dominer la montée d'un tremblement qui ne cessait de s'amplifier. Hoftaller dut absolument s'exprimer, par à-coups : « N'y arriveront jamais. Ça les dépasse. Je le disais bien, qu'ils ne s'en sortiraient pas. Développer le processus, je t'en ficherai, c'est s'enliser qu'ils font. Et qui est-ce qui prend tout dans la figure ? Le patron, évidemment. Il n'y voit plus rien, le grand assainisseur. Partout se créent en sous-main des filiales qui sont – c'est tout de même clair ! – vidées de leur substance, ha ! La grande distribution est particulièrement rapace dans ce jeu. Et les assurances, toutes les banques, ha ! Qu'est-ce que c'est que ces jérémiades sur les comptes à l'étranger ? Ou sur les parkings d'autoroute ? Ça part comme des petits pains. La compagnie aérienne Interflug tout bonnement aplatie. Et ils feront pareil avec Wartburg à Eisenach. Ou à Zwickau avec les chaînes d'où est sortie notre Trabant. Surtout ne pas permettre de concurrence. C'est voulu. Privatiser à tout va. Eh ben on y va, on y est. Il va falloir qu'il démissionne bientôt, le patron de tout ça. Et s'il ne le fait pas, il est foutu quand même, je vous le garantis. Enfin, espérons qu'il aura le temps de signer votre mémoire. J'ai rapidement feuilleté, Fonty. Ça se lit bien. Joli, l'image du paternoster qui fait son travail sous tous les systèmes. Ça a quelque chose de philosophique, quand les trois patrons descendent à égalité... Fabuleux, ces portraits... L'Immortel n'aurait pas fait mieux... Ou son petit copain, ce Ludwig Pietsch... Un type pas très sûr, mais ce qu'il a écrit sur Menzel est grandiose... Et le Barbichu, et puis aussi Il-s'appelle-Hermann, vous les avez réussis, ha, les passepoils... Il n'y a qu'avec le grand manitou de la Treuhand qu'il y a quelque chose qui cloche. Un peu trop tragique, le coup de pinceau. Ha, ha ! Winkelried ! Mais il est ridicule, simplement ridicule, une tête de jeu de massacre ! »

Et autres expectorations au milieu d'un trafic fluide. Pas de chantier, pas de bouchon. Le deux-temps de Zwickau consommait sans états d'âme son mélange de carburant. Les essuie-glaces fiables gauche droite. Temps variable au fil d'un paysage jalonné de littérature.

Quand Hoftaller eut vidé son sac, Fonty data l'une de ses dernières visites à Neuruppin : il y avait tout juste quinze ans, pour l'enterrement de sa mère, qui n'était morte que longtemps après son père, ç'avait été toute une histoire pour y aller par le train. « Avec Emilie bien sûr, qui avait pour ma maman une vénération sans bornes, du reste avec un parti pris au détriment de mon impossible, mais si aimable père... »

Lorsque, passant devant des casernes, ils entrèrent dans Neuruppin, le ciel s'éclaircissait. Les essuie-glaces se reposèrent. Le soleil transparaissait par petites portions.

Une petite ville dans les murs de laquelle, pour compléter les Archives de Potsdam, nous aurions volontiers installé une antenne, dans le musée consacré à la localité, petit mais digne d'une visite, que Hoftaller et Fonty allèrent voir tout de suite ; car à Neuruppin n'était pas né seulement le grand architecte Karl Friedrich Schinkel, qui a discipliné la Prusse avec une simplicité pleine d'équilibre, mais aussi le poète de la Marche, celui qui a chanté le Brandebourg prussien, mieux encore, le souverain de la prose inventeur d'un style bien au-delà de la Prusse et le créateur d'immortels personnages de romans, un maître à l'école duquel s'était formé l'auteur des *Buddenbrook*, Thomas Mann, et – concédons-le – Uwe Johnson, l'auteur d'*Une Année dans la vie de Gesine Cresspahl*, dont la boutique littéraire était aussi riche que chipoteuse sur les détails.

Tous les deux auraient sans aucun doute, par exemple dans une lettre à Schlenther, obtenu de lui dix-neuf sur vingt, avec quelques restrictions naturellement ; de même que Keller, ce « Suisse effrayant », avait droit à son estime pour tout ce qui n'était pas le lyrisme. Lui, le pharmacien déconfit et le révolutionnaire félon, lui, « l'homme des longues lettres », l'ermite bavard dans son trou mansardé de la Potsdamer Strasse, lui que nous aussi, suivant en cela l'usage de Fonty, nous appelons l'IMMORTEL, lui à qui sont vouées nos Archives – il passa ici les premières et, à son retour de Swinemünde, les dernières années de son enfance ; de même vint au monde à Neuruppin, quoique dominé par l'ombre du grand nom, un peintre non négligeable de scènes orientales, Wilhelm Gentz, dont le fils Ismaël est du reste l'auteur d'un dessin conservé au musée local qui représente l'Immortel ; une feuille dont le modèle a jugé la qualité dans une lettre : « … moi, je la trouve très bien, les autres, ma fille et ma femme, la critiquent… »

Mais comme Fonty est pour nous plus vivant et – au titre de reproduction d'un dessin de Liebermann – nous était plus proche, il est nécessaire de souligner une fois encore – fût-ce avec l'insistance d'archivistes obsédés par les dates – que c'est ici, cent ans jour pour jour après l'Immortel, qu'est né Theo Wuttke, à l'angle du Klappgraben et de la Siechenstrasse, à quelques pas du lac et de l'embarcadère des bateaux à vapeur. C'est ici qu'il fréquenta le lycée Frédéric-Guillaume, de même que Schinkel fut élève dans cet édifice construit peu après l'incendie de 1787. Et l'Immortel, à peine revenu de Swinemünde, eut l'occasion pendant une bonne année, en quatrième, puis en troisième, d'étudier l'inscription latine au-dessus du portail – une sentence, du reste, qui a survécu à bien des régimes politiques ; raison pour laquelle Fonty, tout de suite après la visite du musée et dès que les deux hommes, depuis la place centrale, eurent le lycée dans leur champ de vision, traduisit cette dédicace pour Hoftaller, dont l'éducation avait été privée de latin : « Aux citoyens des temps à venir ».

Il faut dire ici que, pour les citoyens de cette époque de bouleversements, tout ne voulait pas relever du passé. L'ancienne Friedrich-Wilhelm-Strasse, qui traversait toute la ville de la porte de Fehrbellin à celle de Rheinsberg, s'appelait toujours Karl-Marx-Strasse, de même que la tête en bronze, plus grande que nature, du penseur aux si grandes suites regardait le bâtiment scolaire à deux étages et orné, au-dessus du portail, d'un clocheton.

Fonty et Hoftaller regardaient aussi dans cette direction en pensant aux citoyens des temps passés et des temps à venir.

Ils étaient là, comme convoqués à un rendez-vous pour la photo. Le bronze à la patine noire formait un arrière-plan surdimensionné et menaçant. Les cheveux et la barbe du penseur brillaient de la dernière averse. Mais alors que les deux hommes se tenaient dans une attitude si symbolique auprès de la tête de Marx, rien ne retentit du manifeste qui entraînait les peuples. Fonty, au contraire, voulut absolument citer *Mes années d'enfance* : « On avait résolu de me mettre au lycée de Ruppin. Le lendemain de notre arrivée était un beau jour de soleil, plus mars qu'avril. Nous nous dirigeâmes dans le courant de la matinée vers le grand bâtiment qui porte l'inscription : *Civibus ævi futuri*. C'est un pareil *civis* que je devais devenir moi aussi… »

Hoftaller, qui fixait moins le bâtiment scolaire que le buste de Marx, déclara, comme s'il s'agissait de dire adieu à la colossale barbe fleurie : « Je me demande si les citoyens des temps à venir vont être obligés de fondre cette vieille ferraille. Ça ne rapporte pas grand-chose. Et la rue si affectueusement nommée réclame à cor et à cri un nouveau nom.

C'est sans doute encore un quelconque Frédéric-Guillaume qui va écoper… »

Entre-temps, Fonty était parti sur les talons de ses expériences scolaires élargies, ceux du lycéen Theo Wuttke : « C'est ici que j'ai passé mon bac en trente-huit. Ça s'appelait à l'époque École supérieure. Ensuite, le Service du travail et le service militaire. Hein, Tallhover, vous savez bien comment j'ai atterri dans la Luftwaffe. C'était une planque. Toujours en garnison. Comme gratte-papier, je ne sentais pas l'odeur de la poudre. Je suis plein de reconnaissance, parce qu'en fait j'ai l'héroïsme en horreur… Mais laissons cela. Et à la libération, cette caserne pédagogique s'est appelée quelque temps lycée Schiller. Puis on a essayé pendant quelques années le nom de l'Immortel. Mais ça ne convenait pas aux camarades dirigeants. C'est Ernst Thälmann qui a écopé. Maintenant et pour les temps à venir, on se donne provisoirement du "Centre de culture et de formation" – laissez-moi rire ! »

Après avoir visité le monument à Schinkel sur la place du même nom et attendu la fin d'une averse sous le porche de l'église de Schinkel, ils flânèrent à travers la vieille ville, remontèrent la Siechenstrasse jusqu'à l'église de l'abbaye, puis allèrent jusqu'à la rive du lac et à l'embarcadère pour les bateaux à moteur qui, comme le promettait un plan de la ville, sillonneraient le lac à partir du mois de mai.

Au retour, ils cherchèrent et trouvèrent l'endroit où se trouvait jadis la pharmacie paternelle du Lion. Tout semblait étranger, aussi ne firent-ils qu'une brève halte. Mais il y avait non loin du musée une maison décrépite où étaient imprimées autrefois les planches lithographiées de Gustav Kühn. Ici encore, brefs commentaires seulement. Ils renoncèrent au café-gâteaux pour revenir – d'un seul trait cette fois – à la Trabi.

La Trabant jaune sable était stationnée dans la Franz-Künstlerstrasse à proximité du monument. Nous autres des Archives, nous devons concéder que cet espace vert bien soigné ne nous a pas vus souvent ; cette fois, nous jetâmes une ombre.

Comme ils s'y attendaient, ils trouvèrent l'écrivain en promeneur au repos, en bronze et assis, sur un banc sculpté dans la pierre. Il demandait à être vu de tous les côtés. À l'endroit où il s'appuyait du bras gauche, on avait fixé sur la moulure de l'accoudoir une plaque où l'on pouvait lire que ce monument au « Poète de la Marche » avait été érigé en 1907.

Depuis cette date, il est assis là, le manteau ouvert, la jambe droite sur la gauche, et il laisse sa main droite, qui tient le crayon massif, reposer près du genou relevé, tandis que la gauche pend nonchalamment de la moulure et tient ouvert de l'index un carnet de notes. À côté de l'homme assis qui, tête nue, regarde au loin, il y a assez de place pour le drapé métallique du manteau finalement assez vaste et pour le chapeau auquel les décennies ont donné une patine gris foncé, que le promeneur au repos a posé sur le banc et dont le bord relevé forme, tout autour, un fossé où s'est accumulée l'eau des dernières averses. Quoique haut, ce chapeau donne l'impression d'être plat parce qu'il est enfoncé. Le voyageur au repos a jeté sur l'accoudoir à l'autre bout du banc – qui porte également une plaque de métal où figurent le nom, le lieu de naissance et les deux dates délimitant la vie du poète de la Marche – sa célèbre écharpe qui ne présente cependant pas de motif écossais. Est appuyée en outre à l'accoudoir de pierre sa canne de promenade, fondue dans la plus grande fidélité à la nature. Le bronze brille sous l'usure des contacts, les chaussures de marche sont cirées. Soudain un moineau sur le chapeau figé dans le métal, qui est aussi un abreuvoir pour les oiseaux. Peut-être faudrait-il mentionner également le gilet que dégage le manteau ouvert – et dire qu'il fait des plis transversaux – et la cravate formant nœud papillon. Le regard pourrait encore se perdre dans d'autres détails – plus tard peut-être.

Comme nous le faisons nous-mêmes lors de nos visites occasionnelles, Fonty et Hoftaller levèrent aussi les yeux vers le monument, car il est en position surélevée, sur un petit monticule précédé de blocs erratiques de la Marche en partie recouverts de lierre. Au surplus, trois marches haussent encore le niveau où se trouvent le banc et le poète assis. Autour du monument, des arbres, dont beaucoup de bouleaux. Tandis que les deux hommes levaient les yeux vers l'image de l'Immortel, l'expérimentaient sous un angle, puis sous un autre, les crocus et les perce-neige épanouis devant les blocs de pierre indiquaient la saison.

Quoiqu'il fût représenté plus grand que nature, la question se posait : est-ce bien lui ? Nous savons que le sculpteur Max Wiese, originaire de Neuruppin, et qui ne s'était mis à travailler que dix ans après la mort de l'Immortel, avait eu recours pour les séances de pose au fils Theo, à l'époque officier d'intendance, en raison de la ressemblance, grossière il est vrai. Si nous citons ici une lettre de son père à Mete, ce n'est pas pour reprocher quoi que ce soit au fils, mais pour relativiser un peu la force d'expression du monument : « Theo ne change pas : brave, bon, tranquille, prévisible, matois et philistin, mais c'est une telle colonne de morale et de droit que je ne pourrais pas vivre avec lui… »

Fonty, qui en ces moments nous était plus proche que l'Immortel assis, car il était venu à Neuruppin avec chapeau, manteau, écharpe et canne pour faire la comparaison, Fonty souriait légèrement. Il pensait peut-être, en tant que Theo Wuttke, à son fils qui était conseiller au ministère de la Défense à Bonn, ce moralisateur qui n'avait fait parvenir depuis des années à ses parents ni lettre ni salut et qui, ayant officiellement accès à des documents confidentiels, s'était sans doute mis, Fonty pouvait le craindre, dans une situation difficile. Comme son ombre-diurne-et-nocturne se taisait, la cible dit : « Il me rappelle colossalement Teddy ; nous avons, par l'aimable entremise de Friedel, une photo de lui assis, que mon Emilie conserve comme une relique. »

Comme Hoftaller restait toujours muet, Fonty garda la parole : « Naturellement, ce n'est pas le romancier peu lu que mes braves gens de Neuruppin voulaient honorer quand le huit juin, par un temps splendide du reste, on dévoila le monument, mais par-dessus tout – on pourrait dire exclusivement – l'auteur des *Promenades à travers la Marche*, et aussi de poèmes coloriés en bleu de Prusse. Voilà comment cela s'est passé : quand le cortège venant du champ de Mars qui, comme nous l'avons vu, s'appelle encore place Ernst-Thälmann, a formé ici, tout autour, un rassemblement, on débita aussitôt les trois poèmes dédiés aux entrées triomphales de la victoire. Bien entendu, sous les étendards et les drapeaux noir et blanc, aux couleurs de la Prusse. C'était de la poésie de collégien ! Mon père qui, apprenti lithographe, était présent, m'a raconté cent fois ce concours de peuple, disant qu'il y avait là le fils éditeur et aussi un géant par la stature, le créateur du monument. Mais celle qui brillait par son absence, c'était la fille Martha, qui du reste, nous croyons maintenant le savoir – du moins c'est ce que dit le biographe Reuter –, se serait jetée de son balcon dix ans plus tard… »

Tandis que Hoftaller, comme si cet avis de décès lui signalait le moment de sa réplique, allumait un cigare de sa réserve cubaine, Fonty fit une brève pause pour diriger ses pensées dans le sens opposé : « Bon. C'était ses nerfs. Elle ne la supportait plus, cette vie. C'est pourquoi j'ai écrit récemment à ma fille Mete que même à Schwerin tout ne pouvait pas être abominable et qu'il ne fallait pas, même si son mari avalait de plus en plus de terrains, qu'elle perde pied et risque une faillite nerveuse. Je suppose que c'est pour cela que Martha n'était pas à l'inauguration. Mais pourquoi Theo n'est pas venu… Et pas le moindre signe de vie de Teddy… Mais ç'avait toujours été comme ça… »

Fonty, qui ne parlait en fait que pour lui-même et ne percevait guère la présence du fumeur de cigare à son côté, sinon comme ombre naturelle, sembla soudain se méfier de ses propres paroles. Il se raidit comme à un commandement : « En tout cas, tout le tintouin a commencé par des volées de cloches et la fanfare du régiment, naturellement sous la direction du gros chef Heinichen. Les chœurs des séminaristes et des lycéens ont chanté *La Chasse intrépide de Lützow* et *Un cri résonne comme le tonnerre*. Mais aussi, ce qui aurait correspondu à mes souhaits, un poème de Gerhardt. Si je me souviens bien du compte rendu qu'en faisait mon père, ancien apprenti : “Va-t'en, mon cœur, chercher la joie…” C'était beau… Ce genre de choses est toujours bien… Et après l'inévitable dépôt de couronnes, il y eut un véritable défilé des associations de Ruppin. On avait rarement vu autant de hauts-de-forme réunis. Les jeunes filles, charmantes, en blanc et avec des chapeaux ornés de rubans. Le soleil sur tout cela. Naturellement, il y eut ensuite une fête à la porte de Rheinsberg. Jusque tard dans la nuit, par un temps stable… Bien sûr, avec un bal… Et pas d'heure de fermeture policière… »

Hoftaller levait toujours les yeux vers le monument. Au-dessus de son menton en l'air, son cigare visait le bronze plus grand que nature. Le poète assis sur son banc de pierre regardait par-dessus la tête des deux visiteurs.

« J'aimerais quand même bien savoir ce qu'il regarde.

– Le lointain, quoi d'autre ?

– Je ne crois pas. Il fixe quelque chose de précis.

– Écoutez, Hoftaller, mon cher papa disait toujours : il regarde en direction de la gare. Et en plus, il présumait que le carnet ouvert dans sa main gauche était un indicateur où le poète venait de voir quand il pourrait prendre le prochain train pour s'éloigner de Neuruppin…

– Je comprends. Pour aller à Berlin. Où, sinon ? »

Tous les deux éclatèrent de rire. Nous nous serions bien joints à eux pour mettre à leur visite une conclusion pleine de gaieté. Cela aurait mieux valu pour Fonty, pour lequel nous nous faisions du souci et que nous aimions parce qu'il séjournait parmi nous dans sa beauté de vieillard, tandis que le bronze était bien loin sur son banc de pierre ; lui, il était vivant, tandis que l'Immortel ne faisait plus qu'exiger de nous des notes de bas de page, des renvois et de la sueur commentatrice.

Mais il était dit que leur visite ne s'achèverait pas gaiement sur une anecdote. Avant que Fonty ne déterrât d'autres souvenirs de son père apprenti chez Gustav Kühn se produisit ce que Hoftaller avait en tête, planifié comme le couronnement du voyage en Trabi à Neuruppin. Hélas ! pourquoi une trombe d'eau n'est-elle pas venue anéantir son projet ? Mais un soleil partial s'était mis du côté de l'ombre-diurne-et-nocturne.

La place libre y invitait. Hoftaller demanda à Fonty, non, il lui ordonna de grimper sur les blocs erratiques de la Marche et de gravir celles qui menaient au banc pour, une fois en haut, s'asseoir entre le poète et le chapeau de bronze posé un peu plus loin, céans et sans délai :

« Allez, Fonty !

– Qu'est-ce que c'est que cette plaisanterie ?

– Alors, ça vient ?

– Je n'y songe pas une seconde !

– Mais moi si, et depuis longtemps.

– Vous voulez que je me couvre de ridicule ? Dans ma ville natale ? Où j'ai souffert, pire, dans les murs de laquelle lui et moi…

– Allons ! Il n'y a pas un chat. Rien que pour comparer, juste un petit saut, monter et redescendre…

– Je ne veux pas !

– Je suis obligé d'insister…

– Non !

– Écoutez, Fonty : c'est le prix de l'immortalité.

– Non et non ! »

On allait croire que Fonty avait le droit de refuser. Hoftaller semblait être occupé avec son cigare : apparemment, il ne tirait pas bien. Ah, si le cigare ‹ ubain avait pu s'éteindre ! Mais il en lécha la cape d'une langue experte – professionnel dans tous les domaines –, et déjà il lançait à nouveau des bouffées de fumée.

« Ça m'attriste, reprit-il, puis : Bon bon, on peut aussi faire autrement. Je vais sans doute être obligé prochainement – et tout à fait contre ce que j'envisageais jusqu'ici – de faire allusion à des dossiers qui étaient stockés récemment encore Normannenstrasse, mais qui chuchotent maintenant à un autre endroit, rien que des choses gênantes…

– Vos menaces ne me font plus peur. Elles manquent leur but. On ne peut plus m'atteindre.

– Allons, allons. Qui parle de vous, Fonty ? Il s'agit d'un certain conseiller ministériel Wuttke, qui depuis dix bonnes années et de la Hardthöhe, à Bonn, nous est bien utile avec ses informations spécialisées…

– Laissez donc Teddy tranquille. Simplement ridicule. Ce moraliste ne se serait jamais…

– Et comment donc ! Rien qui bouleverse l'univers. Il n'est chargé à Bonn que des uniformes, mais enfin il nous a quand même… et contre reçu…

– Cette colonne de vertu ! Mais un petit malin, depuis toujours…

– Voulez-vous que nous le fassions sauter ? Là, maintenant, après la fermeture ? Qu'en dirait votre chère Emmi ?

– Ce fils-là, nous nous en fichons !

– Allez, montez, Fonty ! Plus de protestations ! »

Que lui restait-il d'autre à faire, sinon à obéir, en manteau d'hiver, avec chapeau, écharpe et canne, sous la légère piqûre du soleil de mars, puisqu'il savait bien que les menaces de Hoftaller ne s'aventuraient jamais sans provisions ; et nous-mêmes n'aurions pu que lui conseiller, dans ce théâtre au public peu nombreux, de jouer les bouffons.

29. Prononcé du haut du monument

Quel était le ressort, en dehors du caprice ? À quoi devait servir cette humiliation ? Nous avons longtemps réfléchi, tant il était manifeste qu'il agissait sur ordre.

En tant que témoins, et parce que Fonty était proche des Archives, nous souffrions avec lui, la victime de différentes machinations et services secrets. Notre soupçon n'allait pas seulement aux services de Pullach et de Cologne ; car nous étions certains que la Normannenstrasse, quoique depuis peu sous scellés, avait conservé ou repris ses activités. Le soupçon habituel aux temps anciens : « C'est un coup de la CIA » aurait assurément été un peu mégalomane et n'aurait pas permis de connotations littéraires ; que savait-on en Amérique, sinon que la moins bonne moitié de *Quitt* s'y déroule, qu'y savait-on de l'aristocratie de la Marche et du code de l'honneur prussien, de l'œuvre de l'Immortel ou de sa famille, et donc de cette relation tendue entre le père et le fils qui persistait chez les Wuttke ?

Pendant des années, il avait été possible de manœuvrer le levier du chantage. Par exemple pour le fils Georg, dont Fonty nous a esquissé un portrait d'enfance – « C'était un bon garçon, mais marqué au coin de la mélancolie. Tout petit, il se promenait volontiers les mains dans le dos, comme Napoléon, à travers le salon de tante Pinchen… » ; mais après que sa carrière eut été interrompue par un accident mortel, le capitaine d'aviation n'entrait plus en ligne de compte. Chez Friedel, que son père traitait devant nous d'« imbécile à convictions et marchand de vérités », on n'aurait rien pu trouver d'autre que des traités piétistes. Il ne restait, si l'on exceptait Martha – « cet oiseau de malheur ! » – et son banal dossier de cadre, que le deuxième fils, Teddy, qui, doublement attaquable, était soupçonné et – sur convocation discrétionnaire – présent devant le monument : d'une part comme conseiller ministériel figurant sur une liste d'informateurs, d'autre part comme officier d'intendance qui, à la place de son père, avait servi de modèle au sculpteur Wiese.

Nous finîmes par nous dire : ce ne sont pas les chicanes habituelles, mais le double des fils, Theo et Teddy, qui firent gravir à Fonty, par-delà les blocs erratiques, les marches qui menaient au banc ; et, à titre de conjecture seulement, il restait encore la question : était-il possible que Hoftaller n'ait voulu voir sa cible élevée à ces sommets que par vénération affectueuse ?

Fonty gravit donc le monument. « C'est ridicule ! » s'écria-t-il, tout en en acceptant l'opprobre. Précautionneusement, sans écraser la moindre plante, il traversa pas à pas les perce-neige et les crocus, puis il se hissa sur l'un des rochers couverts de lierre, sur le suivant, prit hardiment possession des trois marches et se retrouva debout, indécis, devant le banc de pierre dont le siège se terminait par un double profil. Il avait l'air bien frêle, non, d'une infamante petitesse à côté du bronze sédentaire plus grand que nature. Mais quelles que fussent les proportions, Fonty, sur ordre, avait fait l'ascension de son monument.

« Asseyez-vous ! Maintenant asseyez-vous ! » cria Hoftaller d'en bas. Il visait avec son cigare.

« Ça ne suffit pas ? Cette escalade !

– Asseyez-vous juste dans l'espace libre !

– Je me sens idiot…

– Allez, allez ! »

Fonty posa donc sa canne, plus courte, à côté de la canne de bronze.

« Maintenant le chapeau, enlevez le chapeau ! »

Il mit donc le chapeau, qui avait un peu glissé dans l'escalade, sur sa reproduction plus grande de quelques tailles. Il eut du mal à grimper jusqu'au banc trop haut pour lui, mais finit par y arriver.

« Vous voyez bien ! »

Il lui fallut quelque temps pour se retrouver assis sur le bord du manteau de l'Immortel, peu épais, certes, mais qui faisait des plis sur la pierre. Ses jambes, qui paraissaient trop courtes, se balançaient d'une façon comique.

« Maintenant la jambe droite sur la gauche ! »

Il copia donc cette posture croisée et attendit les ordres suivants.

« Le chapeau n'est pas droit. Rectifiez ! Maintenant, la canne un peu moins oblique. Voilà ! Et puis juste l'écharpe, enlevez-la du cou et passez-la sur l'accoudoir. C'est ça ! On y arrive. Excellent. »

Puis il reçut l'injonction, les jambes toujours croisées, de glisser légèrement vers la gauche, encore un peu.

« C'est bien, Fonty. Ça rend. »

Mais que faire des mains ? Il n'osait pas s'appuyer au genou d'airain ou saisir l'écharpe de l'écrivain posée sur l'accoudoir de pierre, car cela n'était pas dans le style. Pour finir, sans même attendre les ordres, il prit la pose préfigurée. Quoique sans crayon ni carnet de notes, il se ressemblait à peu près. Hoftaller semblait content.

Quelle présomption ! Maintenant, nous aurions pu crier : « Ridicule ! » Mais, bras contre bras, Fonty lui-même ressentait l'excès de grandeur. À côté de lui dominait l'original. La ressemblance ne faisait certes pas défaut, mais l'édition petit format faisait l'effet d'un modèle rétréci au lavage.

En bas, Hoftaller, campé sur ses jambes et le cigare au bec, lui demanda de regarder dans la même direction. « Pas seulement au loin, en direction de la gare ! »

À présent, tous deux regardaient vers l'endroit où, dans une gare qui s'appelait Paulinenauer Bahnhof, les trains partaient pour Berlin ou en arrivaient. La représentation aurait pu s'achever là si, en ce jour de mars d'abord pluvieux puis ensoleillé, le hasard n'était pas venu s'en mêler.

Du public venait du fond de l'espace vert. Un couple déjà d'un certain âge, lui nettement plus vieux qu'elle, approchait du monument. Elle maigre, grande et d'un charme gothique, lui petit et râblé. Ils étaient un peu surannés.

Malgré l'allure d'artiste à la recherche du motif qu'il se donnait ostensiblement, avec son béret basque, son attitude penchée et sa pipe, ce fut elle qui mit l'appareil photo en position. Une idée que nous aurions dû avoir fut réalisée par un couple qui, sans se soucier de la scène représentée, fait maintenant irruption dans notre compte rendu : perturbateurs, mais comme le plus naturellement du monde, ils se mirent en travers de notre histoire, pour ainsi dire le temps d'un intermède.

Elle déclenchait, il donnait les indications. Il manifestait un intérêt pour les détails qui le trahissait. Aussi grincheux que fût son regard par-dessus les lunettes légèrement de travers, il semblait être de bonne humeur : « Fantastique, ce moulage ! Tu vois, assis sur du granit. Ça tranche colossalement, comme aurait dit notre ami là-haut. Maintenant de face. Un peu plus loin. N'oublie pas la distance. »

Comme elle l'appelait « Vadding » et qu'il l'appelait « Mudding », ils semblaient venir de la côte, de Poméranie par exemple. Elle avait du mal à prendre les photos parce que ses longs cheveux, bouclés au surplus, retombaient sans cesse sur l'objectif. Il grommela sous sa moustache tombante : « C'est parce que tu ne veux pas porter de chapeau, même pas un bonnet. Maintenant, demi-profil, oui, de là. »

Fonty était assis, comme coulé dans l'airain ; Hoftaller lui aussi était comme pétrifié avec son cigare. Mais le couple ne voulait percevoir ni l'ombre-diurne-et-nocturne devant le monument ni la cible assise, sosie en position surélevée. Ils étaient pour eux aussi transparents que l'air. Et à titre de preuve, le fumeur de pipe s'écria : « Regarde, il y a beaucoup de place à côté de notre ami. Je parierais qu'aujourd'hui il était à Friesack, et qu'il va repartir tout de suite en direction de Rheinsberg. Voilà, plus que les inscriptions, et ça ira. »

C'est la moitié d'un film qu'elle dut prendre, petit cliché par petit cliché. La pipe de l'homme ne cessait de s'éteindre. « Fais attention à la cendre », dit-elle. Puis ils disparurent enfin en direction de la ville : un couple inégal qui vivait un tout autre roman.

Quant à nous, nous eûmes longtemps à réfléchir sur la fiction et la réalité, et Fonty, qui s'était admirablement tenu tranquille, se sera fait aussi sa petite idée ; lui aussi avait tendance à éviter de voir ce qui ne lui plaisait pas et à combler les lacunes des faits avec les enfants de son caprice.

Quand ils furent à nouveau entre eux, ils firent comme si rien ne s'était passé. Du point de vue où était placé Hoftaller, le bronze et Fonty présentaient comme auparavant leurs demi-profils respectifs. Aussi perturbante que fût la différence de taille, il était manifeste que le sculpteur et professeur Max Wiese avait réussi à styliser une certaine ressemblance soit avec l'Immortel, soit avec Fonty, d'abord dans la glaise, ensuite dans le moulage de plâtre, et enfin à l'exalter encore en ciselant le bronze fondu ; ce qui prouvait que le fils officier d'intendance qui avait servi de modèle, dans sa fonction d'expédient familial, avait rendu de bons et loyaux services.

Convaincants, le nez à l'arête tranchante, le menton disparaissant sous la moustache, le front qu'une certaine calvitie faisait paraître encore plus haut et le regard dont beaucoup de contemporains disaient tantôt qu'il était audacieux, et tantôt inquisiteur. Même si la chevelure du bronze, comparée aux mèches de Fonty ébouriffées sur les oreilles et rampant jusque sur le col du manteau, tombait en ondulations soigneusement peignées dans la nuque de l'écrivain, du moins pour ce qui était des côtelettes duveteuses, le détail pileux était bien rendu. Mais comme le bronze représentait le promeneur qui n'avait pas encore soixante ans, qui n'avait pas écrit de romans jusque-là et avait mis de côté *Avant la tempête* à peine l'avait-il commencé, Fonty faisait l'effet d'un vieillard sublimé par l'esprit, qui avait déjà, pour ainsi dire, *Effi Briest* dans la tête après une longue période de faiblesse nerveuse. Rien de robuste, rien de gaillard n'émanait de lui, mais bien plutôt une fragilité signalée par ses tressaillements nerveux. Son regard, lui aussi, était vague et mouillé, de sorte que nous ne pûmes éviter le mot peu appétissant de « chassieux ».

« Ça va, Fonty ! cria Hoftaller. Fantastique, la façon dont vous avez ignoré ces touristes. C'est une plaie. Ils ne veulent pas rater une photograhie, mais pour ce qui est de regarder, ils n'y arrivent pas. »

Puis, avec son cigare, il lui fit signe de descendre. Mais le vieil homme restait assis. On aurait dit qu'il avait pris racine, il ne bougeait pas. Invité à plusieurs reprises à abandonner enfin le monument et à descendre les marches, il n'en restait pas moins collé au bronze. Nous retenions notre souffle. Il refusait. Aucun ordre, aussi impérieux fût-il, n'était capable de le faire descendre du socle. Fonty ne se laissait pas commander, restait assis. Et puis, du haut du monument, il parla.

De manière décevante au début. Nous en aurions attendu davantage, ou autre chose, par exemple quelques épanchements sur l'immortalité, aromatisés de la transformation de Schiller en laurier permanent et lardés de sottises sur l'idole de Weimar. Et à défaut de méchancetés sur les autres, du moins aurait-on pu attendre, vue générale du haut du monument, un panorama de l'œuvre complet. Nous nous serions satisfaits d'une déclaration passionnée sur le droit imprescriptible de l'homme à l'ambiguïté. Ou d'un extrait du *Stechlin*, quand le vieux, à la place d'un discours de banquet à l'occasion du mariage de Woldemar et d'Armgard, bavarde pour lui-même : « Voilà qu'on vient de mettre le surhomme à la place de l'homme réel ; mais il n'existe plus en fait que des sous-hommes, et ce sont parfois eux, précisément, dont on veut faire des “sur”… »

Mais si ! N'aurait-il pas pu se lever, et, debout, lancer une malédiction définitive sur la noblesse prussienne, glorifier le « quatrième état », fondre l'Immortel et lui-même, et les remettre en position par cette fusion des mots ?

Nos espoirs tombaient à côté. Il est possible qu'il ait déçu jusqu'à son ombre-diurne-et-nocturne. Rien de théâtral ne se produisit – fût-ce quelque chose comme une pantomime. Car, s'agissant de Fonty, il fallait tout de même compter sur des clowneries. Il aurait pu, chaplinesquement, se hisser sur les genoux du bronze assis, prendre le promeneur dans ses bras, le couvrir de baisers en trépignant. On l'aurait cru capable d'un numéro de cirque ; public plongé dans l'angoisse et le ravissement, nous l'aurions bien vu en acrobate sur les épaules du promeneur.

Rien ne fut mis en scène. C'est sans aucune exaltation mimique, mais avec un ton plutôt offensé que Fonty commença par s'emporter contre le bronze assis à son côté. Vétilleux, il s'offusqua du fait pourtant connu que ce n'était pas l'Immortel, mais son fils, non, pas le libraire et éditeur Friedel, mais l'officier d'intendance laborieusement promu de grade en grade qui avait servi de modèle au sculpteur, de même que – avec une patience d'âne – pour le monument de marbre du Tiergarten. On voyait le résultat. Le bronze n'irradiait ni l'intellect ni le bel esprit. Tout cela avait l'air philistin, sec et froid. Le bonhomme était dans un costume d'emprunt.

« Un hobereau endimanché ! » s'écria Fonty, visiblement ému à présent. Mais aussi révolté qu'il fût, il n'en restait pas moins assis : « Avec cela, un éternel moralisateur. Et calotin en plus, monsieur mon fils, pour qui même un prologue rimé à la va-vite pour la fête de la colonie française représentait trop de travail. Tout me retombait dessus. Mais il se plaignait d'avoir manqué de véritable amour paternel. Comme si nous, nous avions eu la vie facile. Bien au contraire ! Mon vieux père se souciait de son fils comme d'une guigne. Pourquoi d'ailleurs l'aurait-il dû, comment l'aurait-il pu ? C'était lui-même une épave proverbiale. L'un comme l'autre. Mais tous les deux finalement en paix avec eux-mêmes dans leur engraissage de cochons ou leur élevage de lapins, quoique pleins de mépris pour Neuruppin, cette garnison du bout du monde, ce pénitencier à philistins, cette couveuse nationale-allemande pour peste brune. Le vieux Wuttke n'a jamais avalé d'être renvoyé d'en face, où on voit encore la cheminée d'Oehmigke & Riemschneider, simplement parce qu'il était socialiste. Jamais plus de travail par la suite ! Et le couple, à l'eau ! Et quand après la guerre, avec la section locale, il a voulu de nouveau être socialiste, les communistes l'ont traité comme un chien enragé, si bien qu'il ne lui restait plus que la fuite à l'Ouest. Neuruppin ! Un champ de manœuvre schinkelifié ! Et pourtant, tout a commencé ici. Les premiers poèmes de collégien. Et quand ensuite il a affirmé : Je suis poète, je veux être écrivain, le vieux lui a ri à la figure : "Ne te gêne pas !" Il a eu raison de se moquer : "Encore un esclave de la plume !" »

Tout cela éructé en position assise. Mais ensuite Fonty glissa du banc de pierre, ne voulant plus coller au drapé de bronze, froid et couvert d'une buée humide. Il se posta devant le moulage critiqué. Maintenant qu'il avait vidé son sac, il était prêt à parler librement. Devant lui, le parc du mois de mars, et en bas, à ses pieds pour ainsi dire, guettait Hoftaller, son public réduit au plus petit dénominateur commun.

Nous aussi, nous étions impatients et attendions la grande fresque, mais à peine en eut-il, dès les premiers mots, annoncé le sujet que nous fûmes déçus. Il mit en perce un article de 1891 intitulé « La position sociale des écrivains » et publié sous le pseudonyme de « Torquato » dans le *Magazine pour la littérature*, qui révélait en quelques pages toute la misère de la corporation écrivante, surtout allemande ; un scandale il y a cent ans, mais aujourd'hui ?

Fonty était d'avis que dans ce pays – il dit « dans le principe » – rien n'avait changé. C'est pourquoi il parlait du haut du monument, comme s'il s'agissait d'une actualité brûlante, des « existences catilinaires », faisant monter près de lui à la tribune, pour s'assurer d'être mieux compris et imaginant sans doute un plus vaste public, le conspirateur romain Catilina en tant que précurseur de la littérature, puis désignant avec sévérité le pied de la tribune où il débusqua l'antagoniste, « l'antipouvoir observateur, le principe Tallhover ». « Si fait ! s'écria-t-il. Que serions-nous sans censure, sans surveillance ? Vous êtes, cher monsieur qui ne vous faites remarquablement pas remarquer, vous êtes tout bonnement notre mauvaise conscience ! »

Après avoir accepté cette forme de division du travail comme propre à la corporation, il en vint à parler de la piètre réputation de celle-ci. Poursuivant l'introduction de son sujet, il cita une lettre à Friedrich Stephany : « La peur est là, mais non point le respect. Et le dernier employé des impôts est plus considéré dans la Prusse officielle que nous autres qui sommes simplement des "existences catilinaires". »

Il n'était plus immobile, mais allait et venait devant le bronze assis comme s'il avait eu sous les pieds le tapis chinois rouge de son cabinet de travail. Et c'est dans ces allées et venues que Fonty entreprit de brosser une fresque de la position misérable des écrivains : « Ceux qui font commerce de la littérature sont riches, ceux qui la font ou bien meurent de faim, ou bien se fraient un chemin. De cette misère financière résulte alors le pire : l'esclave de la plume est né. Ceux qui travaillent pour avoir la "liberté" ne sont pas libres et ont souvent un sort plus triste que les serfs du Moyen Âge. »

Puis il en vint aux grands noms de l'« aristocratie littéraire », mais après les avoir mentionnés dans le désordre, de Gustav Freytag à Erwin Strittmatter, du jeune Hauptmann au vieux Brecht, il était convaincu « que même la chance et les succès n'améliorent pas fondamentalement la chose ». Au bout d'une assez longue lamentation – « Le respect est quelque chose que l'on ne voit pratiquement jamais, toujours le blâme. Toute la profession a une tare. » –, il fit une concession : « La meilleure position pour un auteur, c'est d'être craint… »

Et, le regard fixé sur Hoftaller qui, avec son cigare maintenant éteint, levait toujours les yeux vers lui, il attribua alors cette crainte de la littérature à « un certain caractère de détective inhérent au métier ». D'un côté, il célébrait, parce qu'elle fondait la sécurité de l'État, la peur du « mot qui clarifiait, éclairait, montrait que le roi était nu », et de l'autre il s'apitoyait sur « l'état misérable des Lumières ». Il faisait pleuvoir sur Hoftaller, qui le guettait d'en bas, une douche écossaise d'états d'âme extrêmes, promettant à la censure, « institution funeste et vivifiante à la fois », la durée et, plus encore, « la forme inférieure de l'immortalité ».

Puis, soudain, et visiblement de bonne humeur – il se frotta les mains –, il fit une proposition pour corriger cet état de choses, que cependant il relativisa bientôt : « Il y a quelque cent ans, on pouvait encore dire, naïvement et le cœur sur la main : "Seul l'État peut y remédier, en faisant l'impensable et en proclamant un beau jour : ces fils mal venus ne sont pas aussi mal venus que vous le pensez. Eux aussi me tiennent à cœur, ils ont une importance, ils sont quelque chose..." Mais aujourd'hui, depuis que l'État des Ouvriers et Paysans s'est adressé à ses écrivains d'une manière aussi paternelle, les a serrés sur sa vaste poitrine, a failli les étouffer par sa sollicitude, les a couverts de bienfaits, les a protégés comme un bon forestier dans des zones interdites et les a placés sous la surveillance toujours en alerte des organes assurant la sécurité de l'État, de sorte que cette attention valait respect pour les écrivains autrefois objets de mépris, nous constatons aujourd'hui dans l'épouvante que la misère n'en est pas moins restée. Même la plus rebelle des plumes est soupçonnée de s'être vendue à l'écriture de cour. On lit dans l'appel le plus courageux une protestation de commande. Et s'il est arrivé que la vérité se montrât, son apparition passe aujourd'hui pour munie d'une "autorisation préalable". Des signes avant-coureurs nous avaient avertis très tôt. Qui a concocté l'audience accordée au pauvre Herwegh par le roi Frédéric-Guillaume ? "J'aime une opposition aux convictions solides !" a susurré Sa Majesté, en faisant aussitôt expulser de Prusse le poète roulé dans la farine... »

Fonty avait trouvé le ton. À nouveau immobile, il s'exclama dans un geste accusateur où son doigt désignait le bas de la tribune : « C'était votre œuvre, Tallhover ! C'est vous qui avez mené la danse. Vous et vos pareils vous êtes toujours bien occupés des déportations. Qui a mis, à Bautzen, le pauvre Loest derrière les barreaux ? Qui a fait fuir du pays les meilleurs, à commencer par Johnson, rebelle jusqu'au bout ? À qui votre biographe doit-il une sollicitude aussi intensive ? Qui a tant et si bien assuré la sécurité de notre Allemagne socialiste qu'elle était devenue une prison, et rabâché aux écrivains, dès qu'ils levaient le nez, le cynisme de Kant (Hermann) comme impératif catégorique ? C'était vous, sous de nombreuses formes, vous ! En tirages à succès, toujours plus gros : vous, vous et vous. Et toujours passionné de lecture, car votre amour de la littérature, que je ne conteste pas, se résumait à la censure que vous exerciez en volant les mots. Nous étions si près de votre cœur que ses battements nous empêchaient de dormir. Votre sollicitude s'appelait filature. Votre ombre nous suivait vingt-quatre heures sur vingt-quatre. Vous êtes des ombres-diurnes-et-nocturnes. L'ombre tombait sur nous nombreuse comme une armée. Prescrits au pays comme dispensateurs d'ombrage. Mais surtout à nous. Aussi l'essai d'autrefois devrait-il aujourd'hui s'appeler “La situation sociale des écrivains surveillés”, car des choses ont changé depuis, mais pas dans le principe. »

Fonty n'écouta qu'un instant l'écho de ses dernières paroles, puis il franchit les marches taillées dans la pierre et les blocs erratiques de la Marche pour descendre du monument, épargna les crocus et les perce-neige et n'oublia pas avant de descendre d'emporter son chapeau, son écharpe et sa canne, qu'il avait, conformément aux ordres, posés sur le chapeau d'airain, à côté de la canne de bronze ou ailleurs sur le banc. Lentement, avec réflexion, il tendit la main vers ses ustensiles, puis descendit.

En bas, Hoftaller accueillit un vieillard tremblant. Si vivement interpellé sur l'immortelle sollicitude de l'État, il reçut dans ses bras l'homme chancelant, et il le tint ainsi une petite éternité. Et comme le soleil était encore de leur côté, ils projetaient une ombre compacte. Puis Hoftaller aida l'orateur épuisé à s'asseoir sur un banc qui n'était pas taillé dans la pierre, mais qui, banc ordinaire, se dressait devant des buissons nus.

Tout était-il dit ? Restait-il quelque chose, après coup ? Nous autres, des Archives, nous n'avons pas l'intention de contredire dans son principe l'interprétation très personnelle de l'article publié sous pseudonyme, « La situation sociale de l'écrivain », mais nous sommes forcés, puisque les notes de bas de page nous sont interdites, de compléter dans le détail un discours rendu de manière un peu trop elliptique.

Du haut du monument, l'orateur a fait immédiatement suivre sa proposition – remédier à la « cendrillonité » de la littérature par son « étatisation » – d'un avertissement : « Peut-être le remède est-il encore pire que le mal actuel. » Et si une faiblesse ne l'avait pas contraint à descendre de la tribune monumentale, Fonty aurait assurément pensé, en conclusion, à la dernière phrase de l'article du 26 décembre 1891. Elle conseille en propres termes de renoncer, pour le bien de l'écrivain, à toute sollicitude de l'État. Il est écrit ensuite : « Le meilleur remède, c'est une plus grande estime vis-à-vis de nous-mêmes. »

Conseil bien intentionné ; mais il est possible qu'en ces jours de changement Fonty ne vît guère de raisons d'avoir de l'estime pour soi-même. À l'Est comme à l'Ouest, des écrivains clouaient d'autres écrivains au pilori. Ils accusaient pour n'être pas accusés. Celui que l'on portait la veille au pinacle était aujourd'hui traîné dans la boue. Ce qui n'était pas dit s'ajoutait à ce qui l'était. Une sainte fut proclamée putain d'État, et le chanteur que faisait jusque-là sangloter la douleur ne parvenait plus qu'à des cris d'autosatisfaction. De petits esprits s'érigeaient en juges. Le soupçon pesait sur chacun. Et comme les points cardinaux indiquaient toujours les orientations politiques, la valeur de la littérature de l'Est fut estimée au taux occidental : celui de la ferraille. Non, ce n'était pas l'époque d'une « plus grande estime vis-à-vis de nous-mêmes ». Fonty devait le sentir quand, tremblant, il était suspendu à Hoftaller, réduit qu'il en était à son embrassement.

Quand il eut, sur le banc, surmonté sa faiblesse, ils s'éloignèrent dans leur concorde habituelle. Nous connaissions déjà cette image : un attelage d'une sorte particulière qui rapetissait toujours en s'éloignant, jusqu'au moment où il disparut.

Puis le hasard, ou le caprice d'une mise en scène supérieure, voulut que le couple touristique, lui avec sa pipe, elle avec son appareil photo, revînt passer devant le monument, comme si tous les instantanés n'avaient pas été pris.

« Il manque quelque chose ! » s'écria-t-il. Mais elle dit : « Je ne vois pas. Encore une de tes hallucinations. »

Cela ne l'empêcha pas de mitrailler tout de même ce qui était là, laissant une fois de plus retomber ses boucles sur l'objectif tandis que lui inspectait le monument sous tous les angles à la recherche de ce qui manquait. Puis ils partirent.

Avant que nous ne quittassions nous-mêmes les lieux, il restait assez de temps pour aller jeter un coup d'œil, en face, sur le terrain de la fabrique dont subsistait la cheminée. Morts et déserts, les murs de brique ne donnaient pas à penser que peu après la Première Guerre mondiale, le père de Theo Wuttke y avait trouvé du travail en tant que lithographe. Comme la célèbre firme Gustav Kühn, Oehmigke & Riemschneider, pendant plus de cent ans, imprima directement avec la pierre les planches d'« images de Neuruppin » qui connurent tant de succès, ces gravures sont aujourd'hui des objets de collection.

Mais ce n'est pas pour cette raison que Fonty, lorsqu'ils furent tous les deux réinstallés dans la Trabi, déclara plus à sa propre adresse qu'à celle de Hoftaller : « Il faudrait faire revivre ce genre de productions. Ce devrait être possible avec l'aide de la Treuhand. On ne manque vraiment pas de sujets. Fabrication d'ampoules ou usines textiles, partout on ferme. Partout des existences filent à vau-l'eau. Typiques histoires pour images de Neuruppin... »

Et il aurait dit ensuite : « Mais pour le reste, à Neuruppin, il ne se passait pas grand-chose. »

30. Un meurtre de plus

Le char cultuel de l'âge du bronze, la main de fer de Götz et quelques autres trouvailles dont on aurait dit qu'elles avaient été déterrées par l'instituteur Krippenstapel et placées par Dubslav Stechlin dans son musée couvert de toiles d'araignées. Puis l'Abyssinien peint par Gentz, le buste de Voltaire, une coupe de la corporation des teinturiers et des planches d'images multicolores de l'atelier de Kühn. Et ensuite seulement les pièces impeccables, sans le moindre grain de poussière, comme le salon Schinkel où les meubles se détachaient sur le papier rouge, et la pièce-mémorial de l'Immortel, où des vitrines pleines de bric-à-brac, le bureau à abattant, une psyché et des chaises inutilisées rappellent l'époque, dans la Potsdamer Strasse, d'un appartement bien plus exigu et de sièges usés sur un tapis moins vaste.

De retour de Neuruppin, Fonty revécut la brève visite au musée local, qu'il qualifia dans une lettre à sa fille Martha de « capharnaüm instructif ». « J'ai tout de même regretté l'absence des lanterneaux et des girouettes… » Puis il en venait à la rencontre avec le monument, qu'il appelait invariablement « le bronze assis ».

« Il n'en est ressorti aucune découverte inédite, du bavardage seulement, en trop grande quantité, à propos de la ressemblance, parce que cette fois je n'ai pas pu passer seul (et comme pour une rapide visite) ni prendre plaisir à un dialogue qui n'est éloquent que pour nous. Tu sais que je parviens rarement à me débarrasser de mon ombre-diurne-et-nocturne et à prendre le large comme un nouveau Peter Schlehmil.

« Autrefois, il m'est arrivé d'avoir la chance de pouvoir m'éclipser pendant une tournée de conférences et d'aller passer une petite heure seul avec le bronze assis. Ou bien je choisissais moi-même le moment des rencontres, comme il y a sept ans et demi, quand je suis allé à Rheinsberg, dans les environs de Ruppin et, à l'occasion, dans la ville de garnison qui m'était devenue étrangère pour tenir la promesse d'un rendez-vous longtemps repoussé, dont la date, pour certaines raisons, était difficile à fixer. Tout cela était clandestin, pour ainsi dire “top secret”. J'espérais du moins, malgré, du reste, la canicule sèche du mois d'août, ne pas être protégé par mon ombre, quand s'est produite cette rencontre curieuse, qui reste encore une énigme pour moi. (Tu étais sans doute pour les vacances, comme tu l'as fait souvent par la suite, sur la côte de la mer Noire.)

« Pour l'instant, je te laisse deviner qui a pu me pousser, moi qui suis plutôt prudent, à cette rencontre de conspirateurs, en un lieu aussi éminent, qui plus est. Que la proposition soit venue de lui ou de moi, c'était entendu. À peine nous étions-nous rejoints que nous dûmes partager le spectacle du bronze assis avec des touristes isolés, des voyages de groupes et même une classe de Perleberg : c'était finalement un avantage ; assis sur l'un des bancs du parc, nous pouvions passer pour négligeables.

« Malgré la canicule, la curiosité m'avait poussé à être plus que ponctuel. Il arriva à la seconde près à notre rendez-vous, qu'avait rendu possible d'ailleurs, au moyen de petits billets, un membre de l'Académie qui nous voulait du bien à tous les deux.

« Tu te demandes sans doute : pourquoi précisément à cet endroit ? Eh bien, parce que je n'étais pas le seul à rechercher sans cesse la proximité de l'Immortel : lui aussi, mais lui d'une manière cérémonieuse et recherchée, en vaticinant par exemple qu'il avait simplement “les salutations d'Ossian” à transmettre.

« Je le connaissais de rencontres antérieures, quand je l'avais vu sous la forme d'un jeune homme monté en graine qui avait encore un duvet blond et était en bonne santé ; mais à cette époque déjà – au milieu des années cinquante –

j'étais troublé (et amusé) par sa raideur terriblement coincée. Alors, ma petite Mete, tes lèvres laissent-elles maintenant passer un "Ha ha !" de soupçon ?

« Je répète que j'étais déjà là quand il est arrivé. Peut-être était-il accablé par la chaleur. Toujours est-il qu'en s'approchant, il avait le crâne rouge vif et il était, je m'en aperçus vite, dans un état pitoyable. Imagine une masse informe, penchée en avant et ruisselante de sueur qui s'avance vers toi, habillée de noir des pieds à la tête, pas seulement la veste de cuir noir, mais même la cravate, et tout cela sous un soleil de plomb.

« On ne pouvait pas ne pas voir que sous cette silhouette épuisée se cachait, on m'en avait averti, un alcoolique avancé dont l'apparence extérieure, comme enflée, avait quelque chose de menaçant ; alors que tout ce qu'il disait était finement ciselé et parfois grotesque. Il me rappelait vaguement Storm et ses indécrottables husumeries, auxquelles correspondaient jusqu'à la bouffonnerie ses propres gustrowiades.

« À peine avions-nous abandonné le bronze assis aux touristes et nous étions-nous installés sur un banc proche qu'il s'empressa de me demander des informations sur les débuts de mes activités à l'Union culturelle. (Il ne manifesta pas le moindre intérêt pour l'appariteur Theo Wuttke.) Le pointilleux qui sommeillait en lui voulait savoir quand et où j'avais prononcé ma conférence "Melanie et Rubehn dans *L'Adultera* : un adultère à l'issue heureuse". Quand ma mémoire plus ou moins précise lui eut fourni ce renseignement – c'est à la mi-mai 52 que j'ai gratifié le château de Gustrow de mon étude de milieu berlinoise –, il me dit avec la gravité d'un archange qu'il lui était impossible d'accepter une conclusion aussi indulgente que celle de *L'Adultera*. Pour lui, écrit ou non écrit, le commandement de fidélité ne souffrait pas d'exception. "Un serment est un serment", telle fut la maxime qu'il exprima d'un air chagriné. En même temps, il semblait regretter de ne pouvoir être (comme moi) un peu laxiste sur les questions morales.

« Puis il donna des détails sur Gustrow, et, avec le verdict : "Le mépris du sculpteur Ernst Barlach a jeté définitivement l'opprobre sur les gens de Gustrow", il tira un trait et abandonna la ville qui lui était chère, dit-il, depuis ses années d'école. Cela voulait dire, bien sûr, qu'il avait une fixation sur cette localité et ses environs, sur le Mecklembourg en général. Aussi, je l'ai vu relativement heureux parce que malgré sa "fuite hors de la République" – il s'obstinait à parler de changement forcé de résidence – on lui permettait de venir de temps à autre, grâce à certains appuis et à certaines entremises, sans doute ; académicien jouissant d'un grand prestige, son confrère Hermlin croyait en ce temps-là avoir l'oreille du camarade suprême. (Je me suis naturellement interdit de parler de Friedel, encore plus de Teddy, qui n'ont jamais eu droit à cette faveur, sans parler de notre Georg.)

« Il me fallut ensuite informer mon voisin de banc sur le IIIe Congrès de l'Union culturelle qui s'était tenu à Leipzig – il en savait la date, le 19 mai 51, avec plus de précision que moi – et lui décrire les points culminants de la discussion sur le formalisme, très vive à ce moment-là. Quand il voulut m'engager d'une manière un peu trop sophistiquée – et avec des méthodes d'interrogatoire – dans un débat sur "Lukács et ses conséquences", je professai un manque de parti pris dans cette affaire, mais j'admis que je penchais plutôt pour la tendance inverse à celle de Brecht-Seghers. Puis je lui énumérai toutes les lois tendant à la promotion des écrivains, réunies sous le titre : "Notre gouvernement promeut l'intelligence".

« Nous rîmes de bon cœur de ces absurdités de bois. Car il n'était pas dépourvu d'humour, mais ce qui l'amusait était terriblement abscons, si bien que l'on n'était jamais sûr d'avoir compris la véritable chute. Mais comme j'avais pour lui, qui prenait volontiers des allures anglo-saxonnes, un certain *liking*, je riais avec lui sans savoir de quoi. Sur la morale, en revanche, il n'entendait pas la plaisanterie. Monsieur mains-propres au plus haut point, il revenait sans cesse aux effets de *L'Adultera* – ressentis à l'époque comme un scandale, mais en fait libérateurs si l'on voyait à plus long terme – et par là à l'adultère, qu'il voulait voir puni par principe. Je le laissai parler, mais je ne démordis pas du fait que le modèle bien réel de Mélanie, une dame de la société berlinoise, avait vécu heureuse en Prusse orientale jusque dans ses vieux jours, au milieu d'une foule d'enfants, aimée et estimée de son Rubehn, dont le nom extralittéraire était Simon. "Je sais", dit-il avec amertume, et il protesta contre une idylle de son point de vue imméritée.

« Entre-temps, le bronze assis se voyait contraint de subir une classe d'écoliers dont le maître célébrait le "patrimoine culturel" à un tel volume que l'on aurait pu se demander si l'État des Ouvriers et Paysans n'avait pas produit lui-même l'Immortel classé "bourgeois progressiste". Puis mon collègue aussi malheureux qu'aimable – alors, Mete, tu n'as pas une idée ? – me fit la surprise d'un cadeau. Il sortit de sa serviette de cuir (naturellement) noir un manuscrit qui, pris dans le quatrième volume de sa fatigante, mais remarquable *Journée dans la vie de G. C.*, a pour centre mon *Schach* ; un épisode de quelques pages seulement, mais une véritable pièce de collection ! Réussi, le professeur ! Terriblement bien vue, la question idéologique de l'époque.

« Pour te mettre l'eau à la bouche : il s'agit d'une classe du Mecklembourg qui lit en 50 le "planqué" *Schach*. On apprend dans quel nœud de vipères particulièrement pervers le professeur met ainsi le pied. Et puis il s'agit encore de la signification des noms de rue, mais aussi du mal que les mots étrangers donnent aux élèves ; je peux bien t'avouer entre quatre yeux que lorsque j'étais moi-même jeune professeur, il ne m'a pas été facile de renoncer à *"Nonchalance"* et à *"Embonpoint"*, en français dans le texte, d'autant que l'État des Ouvriers et Paysans m'avait prescrit comme une purge l'abandon du style de salon welche.

« Pour donner encore du poids à cette lettre déjà bien trop longue, je joins le manuscrit de mon docteur Conjectural, espérant par là te procurer davantage qu'un simple plaisir de lecture ; car il décrit d'une part avec ironie l'obligation pédagogique d'adopter la vision socio-critique, mais aussi, de l'autre, la partie de traîneau des officiers du régiment Gendarmes s'y reflète par référence à l'ennemi de classe : le sel, ce produit cher, remplaçant la neige en plein mois d'août, l'arrogance de messieurs les sous-lieutenants.

« Du reste, certaines lettres concernant *Schach* sont citées dans cet épisode, par exemple celle où, comme moi, l'Immortel se plaint d'être perpétuellement stigmatisé comme "promeneur de la Marche". On y trouve aussi l'éloge un peu trop superficiel de mon talent pour le concret ; quand on sait que tout, jusqu'au moindre brin de paille, que tout est inventé ! Je n'ai jamais mis les pieds dans l'église de Tempelhof, le château de Wuthenow n'a jamais existé, et dans une lettre à Maman, je me suis moqué d'une association d'historiens de la Marche qui, peu après la parution de la nouvelle, avait annoncé une excursion en bateau sur le lac, qui devait aller jusqu'au château. Le cas de *Schach* te montre avec quelle exactitude il faut mentir et avec quelle précipitation l'aimable lecteur avale n'importe quelle soupe, pourvu qu'elle ait été littérairement bien assaisonnée et aromatisée.

« Le hasard – si tant est qu'il existe – a voulu que la classe massée autour du bronze assis fût fixée comme nous sur le modèle et la victime du ridicule ; nous entendions le professeur tonitruer. J'ai évidemment remercié pour la copie extrêmement lisible un auteur que, du reste, on a lui aussi disqualifié et enfermé dans une petite boîte portant l'étiquette "Écrivains de l'Allemagne divisée". C'est ridicule, comme tous les poncifs. Non, c'était un grand de la littérature, et sans aucun doute un solitaire dont la mort terrifiante, annoncée peu de temps après, m'a laissé seul.

« Ah, ma Mete, comme il avait l'air exclu, s'efforçant de garder contenance ! La sueur couvrait ce crâne massif à qui plus un cheveu n'était permis. Que n'avais-je un laurier à portée de la main !

« Assurément, bien des choses choquaient chez lui, on était même repoussé par ce qu'il y avait d'effroyablement teutonique dans ses attitudes ; et pourtant, si jamais il m'était possible un jour de faire un voyage en Angleterre, j'irais à Sheerness-on-Sea, où il a trouvé une mort lamentable, déposer une petite couronne d'immortelles… Mais lorsqu'il était là assis à côté de moi, enfermé dans sa sévérité, on ne pouvait que le plaindre. On disait au surplus, au moment de notre “rendez-vous de conspirateurs” à Neuruppin, que sa vie conjugale était brisée.

« Quelle en était la raison ? La banale jalousie, je présume, qui dans son cas, il est vrai, avait produit des fleurs de marais si puissamment grossies par la fiction que tout le monde, même son éditeur, croyait à une légende qui faisait se dresser les cheveux sur la tête. Moi, en revanche, je n'ai jamais été convaincu par les plus sombres des rumeurs, quand bien même je savais et je sais toujours de quelles machinations était et est sans doute encore capable la Sécurité d'État qui nous est impartie. Il ne s'abandonnait que trop avidement à la confirmation de sa passion, la thèse de la trahison, qui prend toujours ; alors que ce n'était sans doute, comme le plus souvent dans la vie, qu'un petit écart ; mais la légende était littérairement plus plaisante.

« Pour des raisons manifestes, notre rencontre secrète ne pouvait le rester. (À peine de retour à Berlin, tel ou surtout tel autre était déjà au courant.) Avec bienveillance, mon ombre-diurne-et-nocturne a considéré d'un œil indulgent cette “prise de contact non autorisée” et noté dans le dossier “Johnson”, désigné par le nom de code “Ossian”, “comportement fautif par excès de zèle idéologique”. Récemment encore, alors que nous étions tous les deux devant le bronze assis, il a déclaré : “Ce talent peu commode aurait dû se décanter et se développer chez nous, pas de l'autre côté, où il a été laissé à lui-même et abandonné au marché. Nous pouvons nous reprocher un manque de sollicitude.”

« C'est bien ce qu'il a dit : “manque de sollicitude” ! Rien sur sa mort dans un exil que l'écrivain avait voulu extrême. Rien sur l'ignorance inhérente à la corporation ni sur l'impératif kantien de la lâcheté catégorique. Et naturellement pas un mot du mariage brisé.

« Ce qui nous ramène à toi-même et à tes horreurs schwerinoises. Tu ne cesses de te plaindre, mais crois-moi, il y a ailleurs des gens qui ont aussi des raisons de le faire. (Depuis des semaines, je suis inquiété par les cris de détresse de mon correspondant d'Iéna, quelle que soit l'ironie enjouée avec laquelle le professeur envoie son SOS.) Quand tu te lamentes sur le fait que ton Grundmann, en ce moment, ne ménage pas ses efforts pour mettre à l'abri, sous la houlette d'un chevillard bavarois, des pâturages au Mecklembourg d'une superficie de coopérative, et que cette vaste annexion de territoire a la bénédiction de votre succursale de la Treuhand, cela n'a donc rien pour m'étonner. Avec le déménagement de l'Alexanderplatz, des scandales beaucoup plus importants, venus de Dresde et de Halle, ont pris leurs quartiers au siège social, c'est-à-dire dans la Maison des ministères. Cela pue colossalement l'escroquerie légale. Mais comme cette odeur m'est familière depuis l'époque du Jaune-soufre, je fronce à peine les narines et je ne la sens guère dans ma cellule d'ermite au septième étage, où le vent ne parvient pas.

« De temps à autre, je me risque jusqu'au Tiergarten qui, en ce doux printemps, offre avec une excessive ponctualité les premiers boutons et m'a appris récemment que l'Allemagne n'est plus seulement un concept, mais une dure réalité ; car, alors que j'avais l'intention de bavarder un peu avec Pietsch sur mon banc favori – mais il n'est pas venu –, sont arrivés trois ou quatre voyous qui ne pouvaient pas supporter ma vue. On m'a visiblement pris pour un Turc qu'il fallait absolument faire déguerpir. Mais j'ai appris en langage de la Marche la discipline prussienne à ces malotrus et j'ai acculé à la fuite – comme Seydlitz à Rossbach – une petite troupe pitoyable.

« Après quoi le Tiergarten a retrouvé son avenante amabilité. Mais aujourd'hui, c'est jour de correspondance. Je veux ou je dois à tout prix écrire à Teddy, même si je n'ai guère l'espoir d'une réponse. Des bruits, mieux encore, des soupçons qui le concernent (et nous concernent donc) sont parvenus à mes oreilles. Cela n'aura donc jamais de fin !

« En France, puisque le courrier n'arrive qu'épisodiquement, c'est sur un autre papier qu'on s'applique. Maman essaie de surmonter ses problèmes chroniques de vessie, mais elle est pleine d'entrain pendant la journée : elle va au cinéma avec ta camarade à la langue bien pendue, ou elle court les magasins. Le KaDeWe, en tout cas, ne l'attire plus. Et même le programme de la boîte à images, selon ses propres mots, lui "sort par les yeux". On ne m'a, Dieu soit loué, pas mis de nouveau travail sur le dos, et le patron n'a jusqu'ici pas trouvé le temps d'examiner mon mémoire. Il court de réunion en réunion et il est, me semble-t-il, dans la mouise jusqu'au cou… »

C'était le cas. Tous les journaux en parlaient. On tirait à boulets rouges sur la Treuhand. On l'appelait « le moloch » ou « le monstre ». On disait qu'elle privatisait sans égards pour rien ni personne, que c'était une autorité coloniale, qu'elle n'était soumise à aucun contrôle parlementaire et qu'elle laissait partout, notamment dans ses succursales, l'empreinte de mafias anciennes et nouvelles. Comme ici et là s'étaient acoquinés des requins immobiliers de l'Ouest et des girouettes orientales, on parlait ironiquement de « magouille réunifiée ». Pour Halle, on entendit l'expression de « mafia souabe ». Même dans les commentaires les plus précautionneux, des points d'interrogation susurraient : Toute concurrence doit-elle être étranglée ? La devise « Enrichissez-vous » va-t-elle être le dernier cri du libéralisme ? Quand le patron de la Treuhand tirera-t-il les conséquences de la nécessité de sa démission, depuis longtemps établie ?

Mais il restait, et il fit dire : Raison de plus, maintenant. Il faut développer le processus à grandes enjambées et sans fausses pudeurs. C'est notre tâche, une tâche ingrate : développer le processus.

Et cette expression devait devenir l'expression de l'année. Une expression affreuse, comme faite pour franchir sans difficulté les lèvres des nouveaux coloniaux qui adoptaient ici une attitude patiente, là un comportement autoritaire. Une expression qui faisait s'évanouir l'être humain ; mais comme le développement du processus faisait augmenter de mois en mois le nombre des chômeurs, l'être humain rentrait par la fenêtre malgré toute l'application que l'on mettait à parler de dégraissages nécessaires ou de cures de santé. D'autres monstres linguistiques furent libérés dans les règles de l'économie de marché : il fallait écarter les obstacles aux investissements, accepter les risques résiduels, réduire les surcapacités, dénoyauter les entreprises, mettre à profit les avantages liés au lieu d'implantation.

Ce mot de « lieu » commença d'ailleurs à muer. Plus tard, par manque de nation, l'Allemagne devint un « lieu » ; et il s'avéra bientôt que tous ces mots, qui envahirent aussi l'Ouest, étaient le mastic interallemand au sens d'unité.

Au début, il ne s'agissait que de nous, de l'Est. La Treuhand et son dirigeant renommé se faisaient des ennemis. Et comme cette autorité placée au-dessus de tout le reste, avec son chef au centre, passait pour extrêmement active – elle développait le processus pour des installations industrielles, des biens immobiliers, des maisons d'édition avec leur contenu, des abattoirs et des centres de vacances, des coopératives agricoles et des châteaux « propriétés du Peuple », comme s'ils étaient tenus à un plan de production, et en habillant de communiqués de victoire l'efficacité qui leur valait des primes – elle se faisait beaucoup d'ennemis, et même quelques ennemis de trop.

C'est ce que dit Fonty, avec quelques autres choses, au patron de la maison quand ils se rencontrèrent par hasard dans une cabine de paternoster. Une conversation se noua aussitôt, à l'improviste. Ils montaient quand Fonty, avec des mots édulcorés, se montra préoccupé pour le chef.

Deux messieurs affables étaient tournés l'un vers l'autre. Bien que pas un mot ne fût prononcé sur le mémoire, ils avaient beaucoup à se dire. Quelque chose d'impondérable, qui était plus qu'une sympathie réciproque, se déplaçait avec eux. Et comme leur conversation n'en finissait pas, ils restèrent un bon quart d'heure dans le paternoster, plus proches l'un de l'autre que ne peuvent l'être un père et un fils.

Ils firent demi-tour dans les combles, au sous-sol, et trouvèrent, dès que Fonty se fut déchargé de son inquiétude, ce ton de bavardage qui se contente d'effleurer les choses mais ne laisse rien de côté. Assurément, ils auraient eu encore bien des sujets de conversation pour ce trajet circulaire ininterrompu, si des agents de sécurité n'avaient soudain perdu patience et fait ce à quoi ils avaient été entraînés.

Après Fonty, ils tirèrent le patron de la cabine. Celui-ci exprima ses regrets pour l'intervention et s'excusa : « Dommage, nous étions en bonne voie. Elle me convainc, votre théorie du roman. Il faut absolument que nous le reprenions, notre entretien, n'importe quand… »

Pour le reste, Fonty essuya une réprimande juste après qu'on l'eut sorti de la cabine et dûment fouillé. Mais il ne se souciait guère de cet avertissement des services de sécurité, car le bavardage avec le chef dans le paternoster était pour lui le début d'une amitié qui, malgré sa brièveté, alla jusqu'à un attachement plein d'affection.

« En fait, c'est un rat de bibliothèque contrarié par un activisme exagéré. » C'est ce que nous dit Fonty lorsqu'il parla en long et en large, aux Archives, de sa « rencontre tout à fait fortuite et pourtant comme prédestinée ». Au début, il avait essayé, dit-il, d'exprimer quelques scrupules quant à ce misérable développement du processus qui ne faisait qu'attiser les haines, et puis, comme il avait parlé de manigances et de cupidité « treibeliennes », on en était venu aux romans de l'Immortel. « C'est sans doute pour cela que le patron a souligné la curiosité intacte qu'il avait gardée pour la lecture. À nouveau protégé et déjà en route avec son escorte, c'est avec un enthousiasme presque juvénile qu'il m'a crié, au moment où j'allais monter dans une autre cabine : “Ce roman a pour moi un intérêt brûlant, par exemple la question de savoir pourquoi le braconnier est obligé de tuer le garde forestier…” Mais il n'a guère pu entendre ma réponse, parce que j'avais déjà à moitié disparu vers le haut. »

Comme nous ne soupçonnions pas la manière dont cette amitié allait se conclure, l'aventure littéraire de Fonty nous amusa. Mais sa visite aux Archives semblait cette fois ne pas devoir prendre fin, et nous voulions, avant qu'elle ne commençât à nous peser, nous en débarrasser en insistant sur le travail quotidien qui nous attendait. Quelqu'un conseilla de ne pas faire si grand cas de cette rencontre avec le patron. Que s'était-il passé de si exceptionnel ? La seule conséquence de ce bavardage dans le paternoster était que grâce à la simple curiosité du patron, éveillée par le récit *Quitt*, un CDD de la Treuhand, que tout le monde appelait Fonty, avait été confronté à l'un des individus qui lui causaient du souci.

Qui connaît *Quitt* ? Même nous, nous ne traitons cet ouvrage hybride que de manière accessoire. Nous avons tout au plus à répondre à des questions venant de l'étranger – France, Amérique – qui s'intéressent plus à la genèse qu'à la question de savoir « pourquoi le braconnier est obligé de tuer le garde ». Le plus souvent, il s'agit de l'influence de Möllhausen, l'auteur de romans d'aventures aujourd'hui totalement oubliés, du livre qui eut en son temps beaucoup de succès, *La Mormone*, et donc de la jonction de deux localisations très éloignées l'une de l'autre. Et comme l'Immortel a plusieurs fois rencontré Balduin Möllhausen au rendez-vous de chasse qu'était le château de Dreilinden, où le prince Friedrich Karl, au début des années quatre-vingt, réunissait des tables rondes de savants, d'écrivains, et surtout de militaires de l'aristocratie, ce champ de recherches s'avère passablement productif. Dreilinden apparaît dans *Cinq Châteaux*, qui a vu le jour à peu près en même temps que *Quitt*.

L'auteur de ce récit compta huit fois au nombre des invités, parmi lesquels se trouvaient des noms aussi sonores que von Schlieffen, von Caprivi, von der Goltz, von Bonin, von Wangenheim, von Witzleben… Mais, de même que les éventuelles influences de Bodenstedt, voire de Karl May, cela mènerait sans doute trop loin.

Fonty disait certes que *Quitt* était raté, mais il considérait ce récit comme intéressant, de même qu'il trouvait la nouvelle policière *Sous le poirier*, où il s'agit également de meurtre, réussie mais peu intéressante. Pour une meilleure compréhension de ce fait divers en réalité simple, résumons la situation : un meurtrier sympathique, mais qui défie l'autorité ; une victime qui est d'une autosatisfaction insupportable et a un penchant pour la chicane. Dès le début, le lecteur est du côté du braconnier, dont il est pratiquement impossible qu'il ne devienne pas assassin. Comme celui-ci, juste après le meurtre du forestier, réussit à s'enfuir en

Amérique, son acte reste longtemps impuni. Il recommence une nouvelle vie au milieu des mennonites et des Indiens, vit en communauté avec des membres de nombreuses religions, fait la connaissance d'un autre meurtrier, sent son amour s'éveiller pour une jeune fille mennonite et trouve pour finir le châtiment de la mort, après quoi le lecteur est ramené sur les lieux du crime, en Silésie, et dans la société d'estivants berlinois. Ainsi se termine l'histoire du forestier Opitz, au cœur de pierre, et du braconnier Lehnert Mentz, qui se révolte contre la loi et l'ordre. On aurait pu répondre au patron de la Treuhand : quand à la dureté répond la haine, le motif est tout trouvé.

Le matériau de *Quitt* fut procuré à l'Immortel en mai 85 par son correspondant Georg Friedlaender. Juge de paix établi dans les monts des Géants, les meurtres étaient pour lui monnaie courante. Les bonnes feuilles du récit parurent en 1890 dans la revue *Die Gartenlaube*, mais l'édition en volume publiée par Hertz n'eut que peu de lecteurs. Comme cependant l'Immortel, plein d'espoir au début, avait écrit à Friedlaender en faveur de la *Gartenlaube* – « … je n'ai aucune honte de manger dans l'assiette où se nourrissent 300 000 Allemands » –, Fonty ressentit le besoin, peu après la conversation dans le paternoster, d'écrire une lettre au professeur Freundlich. Après avoir longuement dépeint sa durable inactivité au septième étage, il en vint à parler de toutes sortes de questions familiales, puis de l'enfant qui lui causait le plus de soucis, *Quitt*, et donc de sa conversation avec le patron :

« … et cela sans discontinuer, pendant plusieurs tours de paternoster. Mon cher Freundlich, vous vous seriez tordu de rire si nos chuchotements paternostraux, tout à fait étrangers au service, étaient parvenus à vos oreilles. C'est sept, sinon neuf fois que nous avons brinquebalé des combles au sous-sol et de la base au sommet, sans crainte des virages – toujours un peu inquiétants, je l'avoue. Nous n'avons parlé au début que d'affaires internes, c'est-à-dire passablement précaires ; puis il s'est agi de meurtre. Vous allez vous dire : c'est bien naturel. Et de fait, ce passage d'un sujet à l'autre ne nécessitait pas de pont aux ânes.

« Quand nous eûmes plus effleuré que traité les meurtres de *Sous le poirier* et d'*Ellernklipp*, nous en vînmes au rapport contraint entre le forestier et le braconnier. "Il faut bien qu'il y en ait un qui y passe", dis-je à mon patron, qui a pas mal lu et qui est un amoureux déclaré d'Effi. Il a dit : "Il est vrai que des assainissements urgents n'ont jamais cessé de faire obstacle à mon plaisir de lire. Et ce qui se passe en ce moment étouffe complètement en moi l'ami des livres."

« "C'est ce que j'appelle un suicide intellectuel !" me suis-je écrié, passant aussitôt au grand nombre de suicides que l'on constate aujourd'hui, et dont la plupart peuvent être attribués à la détresse sociale. Mais j'en vins rapidement au suicide littéraire, que ce soit dans *Schach von Wuthenow*, dans *Le Comte Petöfy* ou dans *Stine*. Puis les duels ! L'échange de coups de feu entre Instetten et Crampas lui vint immédiatement à l'esprit. Comme il trouvait le code de l'honneur certes ridicule, mais "normal pour cette époque", je dus lui donner à plusieurs reprises l'assurance que des affaires de *pistoleros* comme dans *Cécile* ou *Effi Briest* auraient pu être évitées, sinon dans le principe, du moins si l'on s'en référait à la raison ; de même que van der Straaten, la grande gueule, le rieur de *L'Adultera* – laquelle, ai-je dit, montrait une certaine "grandeur bourgeoise" –, au lieu de tirer sur l'amant Rubehn, accordait à sa Mélanie, après quelque temps de rancune et de rage, l'amour qui lui était personnellement refusé. Certes, il y avait aussi la judéité, qui d'ailleurs a tout autant empêché le correspondant Friedlaender de se battre en duel dans une affaire d'honneur où l'adversaire était un aristocrate. Dieu soit loué ! nous exclamons-nous aujourd'hui. Mais j'ai dit à mon patron : "L'affaire forestier-braconnier est inéluctable. Tous les deux ont raison. Tous les deux ont des raisons plausibles de vouloir la vengeance. Peu importe qui tombe, mais l'un des deux doit tomber. Cela aussi, c'est une loi."

« Il fallut certes concéder ensuite que mon opinion n'est pas très arrêtée sur ce point. J'ai dit : "Je donne la préférence tantôt à la juridiction de l'État et de l'ordre, tantôt à l'anarchisme libertaire. Bien que je sois en principe pour l'ordre, le forestier de *Quitt* devait tomber parce qu'on ne pouvait faire supporter la faute qu'au braconnier, afin qu'il eût à traîner ce fardeau tout au long du récit et jusqu'en Amérique. Si c'était le braconnier Lehnert Menz qui était tombé mort parce que le forestier Opitz avait tiré le premier, l'histoire aurait vite pris fin, car le fonctionnaire de l'État ne voit que son propre droit, ne ressent jamais de culpabilité, ce qui fait qu'il ne cesse – dans une fonction ou dans une autre – d'offrir des raisons de le tuer : la loi, certes, est de son côté, mais non la vie." Lorsque j'ai dit cela, mon chef a ri de cette manière juvénile si courante comme échappatoire chez ces presque quinquagénaires aux dents longues qui refusent absolument de devenir adultes. (À l'Ouest, on les appelle les soixante-huitards, par allusion à une pseudo-révolution qui nous a été épargnée.) Après quelques plaisanteries sur ce qu'il appelait ma "logique assassine", quelque chose comme une pensivité l'a tout de même effleuré.

« Il se demandait sérieusement si la relation garde-braconnier telle que j'en évoquais les risques était transposable à sa propre situation. Je tentai de ramener notre conversation sur des chemins plus fictifs et littéraires, je mentionnai le communard L'Hermite, qui s'était réfugié lui aussi en Amérique et qui avait tué un évêque, plus exactement l'avait exécuté, et remâchait maintenant sa faute dans la communauté où vivait aussi le braconnier Lehnert. Mais cette diversion ne faisait qu'ajouter à la pluralité des significations et rendait les choses, comme dit si justement mon Emilie, "toujours encore pires".

« "J'ai compris, dit mon patron. Il n'est pas obligatoire que ce soit un forestier qui tombe. Pensez par exemple à la mort du banquier Herrenhausen ou à ce Sarrois au nom littéraire qui n'a dû de survivre qu'à un coup de chance. Mais moi aussi, on pourrait me prendre pour cible. Moi aussi, je représente la loi et l'ordre, j'incarne pour ainsi dire le pouvoir étatique. Même si vous considérez ce roman comme raté, l'affaire Quitt reste exemplaire. C'est clair :

dans ce jeu de rôle, je joue la marionnette à déquiller, mais je suis forcé d'agir aveuglément selon la loi…"

« Vous pouvez me croire, cher Freundlich, c'est ainsi que sont ces messieurs : charmants à fréquenter, mais impitoyables quand il s'agit du fait. Du reste, j'arrivais du septième étage quand il entra au quatrième et entama tout de suite la conversation avec un avenant "Vous permettez que je vous appelle Fonty ?" (Que pensez-vous, vous le juriste blanchi sous le harnais, de ces questions de droit ?)

« Oui, cher ami, bien des choses me rappellent souvent votre involontaire situation de "E. R". Car ce qui vous est arrivé à Iéna quand on vous a, vous, compétence scientifique de haut niveau, ramené sur les bancs de l'école pour vous soumettre à un examen selon les règles occidentales, ce qui vous est arrivé n'est pas très éloigné des processus qu'on développe ici. On met à l'encan une entreprise après l'autre pour une bouchée de pain, après quoi l'acheteur la ferme pour ne pas avoir lui-même de concurrence. C'est ce qui s'est passé pour la compagnie aérienne Interflug. La fin des Trabi de Zwickau va avoir pour écho la fin des Wartburg à Eisenach. La thèse interne développée dans notre maison est qu'à y bien regarder tout doit aller à la ferraille. Mais ce qui est tout aussi juste, c'est que dans une lumière pure, tout brûle.

« Et pourtant il s'agit d'êtres humains, n'est-ce pas ? (Cependant, avec quel mépris de la vie on vous refuse le peu d'oxygène que tous – gros ou petits poissons – nous essayons d'avaler !) Mais non, une constatation aussi simple est contraire à la loi de la Treuhand ; à ses yeux n'existe que la propriété. Aussi, je ne serais pas étonné si quelqu'un venait à être démangé par l'envie d'aider une autre loi à entrer en vigueur. Sans braconnier, point de garde, et inversement. Mais je vous en dirai prochainement davantage là-dessus… »

Dans la lettre de Fonty au professeur Freundlich, on trouve cette phrase insérée en marge : « Vous ne devez en aucun cas considérer l'émigration jumelle de vos filles en Israël – que ce soit une bonne ou une mauvaise chose – comme une décision qui aggrave encore votre position déjà difficile ; en tant que pères, nous devrions savoir que, d'une façon ou d'une autre, il nous faut perdre nos enfants. »

Cette vertu était l'objet à tous les étages d'un jugement positif : le patron arrivait le lundi matin à Berlin avec une ponctualité prussienne, restait pour la semaine jusqu'au vendredi soir, prenait le dernier avion et atterrissait dans la nuit à Düsseldorf où, sur la rive gauche du Rhin, il passait le week-end en famille, tranquillement, quand il n'avait pas emporté dans son attaché-case trop de processus à développer.

C'est ainsi que nous nous représentons cet homme dynamique, et Fonty confirma la mobilité de son rythme de travail. Ailleurs, de mauvaises manières se répandaient, qui voulaient que les dirigeants venus de l'Ouest ne se posent que le mardi, aux alentours de midi, à Berlin, Erfurt ou Schwerin, à Halle, Dresde ou Potsdam, pour refaire leurs valises dès le jeudi soir, ce qui leur valait le surnom de « marmerjeux ».

Ce n'était pas le cas du patron de la Treuhand. Sa furie de travail n'entrait dans aucun cliché sur les *Wessis*, les gens de l'Ouest. Il ne revenait souvent qu'en fin d'après-midi du samedi, et il restait fréquemment à sa table jusque tard dans la nuit ou parcourait tous les bureaux qui faisaient partie du corps de bâtiment à sécurité renforcée, raison pour laquelle leur accès central au quatrième étage était protégé par une vitre blindée.

Il pouvait cependant arriver que le patron quittât vers minuit le bâtiment en question, se défît de la garde personnelle qu'on lui imposait, rodât à toute allure dans le bâtiment désert, changeant d'étage sans répit et arpentant le linoléum des couloirs comme si c'étaient des pistes de compétition ; car il ne se déplaçait pas à pied, mais en patins à roulettes.

« Trop d'activité sédentaire et pas assez de mouvement » : telle était la raison de cet exercice sportif prescrit par le médecin. Puisque le paternoster – comme lui – ne prenait aucun repos nocturne, le patron de la Treuhand, sans avoir à détacher ses patins, pouvait sans difficulté changer d'étage, prendre un nouvel élan et agrandir son terrain de sport.

Et c'est ainsi que pendant une nuit du vendredi au samedi – ce devait être à la mi-mars – le CDD Theo Wuttke le rencontra au septième étage, par hasard, peu après minuit. Le patron roulait dans le couloir particulièrement long de l'aile nord comme un professionnel à l'entraînement. Il accéléra, garda un rythme régulier, repartit en glissant, fit de larges zigzags, roula dans la position d'un coureur de fond, fut poussé par l'ambition même en recherchant la détente recommandée par le corps médical, battit son record de la nuit précédente d'une fraction de seconde, et il devait avoir parcouru une demi-douzaine de kilomètres quand il vit venir à sa rencontre quelqu'un qui portait des chaussures à lacets et qui revenait des toilettes.

Même si nous savons que le patron, lors de la conversation en paternoster, avait familièrement appelé son collaborateur « Fonty », nous présumons qu'à l'occasion de cette rencontre à l'heure où tout dormait, il le salua de la formule « Alors, monsieur Wuttke, encore au travail ? », et cela sans poursuivre sa route ; bien au contraire, il interrompit aussitôt son entraînement.

Et Fonty pourrait avoir expliqué son zèle nocturne par la situation familiale de la Kollwitzstrasse : « Ma femme n'aime pas trop que je reste dehors la nuit. Mais le calme suffisant pour attraper une idée qui ne colle pas à l'actualité, il n'y a pas de doute que je ne le trouve qu'ici… »

Nous en sommes sûrs : pas un mot ne fut prononcé sur les patins à roulettes. Pas de coup d'œil en coin étonné, pas de « du reste… » Même si le chef avait filé dans les couloirs avec des ailes, Fonty ne l'aurait pas transfiguré en ange. Il constata seulement de façon lapidaire : « Je vois que vous non plus, monsieur, vous n'avez pas d'horaires. »

La discrétion ne remarqua pas les roulettes en caoutchouc dur, et de même le patron ne vit aucune raison d'expliquer son allure sportive, d'autant que ce n'était pas en survêtement, mais en civil, sans cravate ni veste, il est vrai, qu'il se débarrassait de son pensum gymnique.

Il trouvait normale son agitation de minuit et son rire

juvénile était tout prêt. Mais ensuite, les confessions lui échappèrent : « Me croirez-vous, monsieur Wuttke – à moins que je ne puisse, comme l'autre jour, vous appeler Fonty ? –, me croirez-vous si je vous dis que le travail que j'ai sur le dos… Et puis les responsabilités… En fin de compte, c'est à des êtres humains que nous avons affaire, pas seulement à des chiffres… Je veux dire que la moindre signature, au vu des quelques milliers d'existences qui… C'est terriblement dur chaque fois, ce qu'il faut s'imposer… J'aurais dû refuser quand ce job… Je suis en fait – ou comme on dit ici, dans le principe – plus ou moins social-démocrate convaincu… Comme secrétaire d'État au temps de la coalition socialo-libérale… Et c'est seulement parce que les grands défis m'ont toujours… Tantôt l'acier, tantôt le charbon en crise… Mais cette fois-ci la méthode forte malheureusement nécessaire… Du reste ça ne me plaît pas du tout, la façon qu'a le Chancelier de faire faire le sale boulot par… Tandis que lui… Enfin, ça se comprend… En bon historien, rester en dehors du coup… Ne veut pour ainsi dire pas avoir des casseroles à la queue… Son image dans les manuels scolaires… Chancelier de l'unité, plus haut que tous les autres… Pendant que moi… Mais ça ne sert à rien de se lamenter… La loi du marché, c'est comme ça… Il faut le savoir au moment où on… Quand le citron est pressé, on en change… »

Fonty, qui prenait à cœur la situation du patron et considérait de toute façon le Chancelier du moment comme un Bismarck au petit pied, pourrait alors avoir proposé son bureau – « ma modeste cellule » – afin d'y poursuivre la conversation. À moins qu'il n'ait consolé cet homme déçu, qui semblait fatigué des assainissements sans complexes, avec l'une de ses formules : « C'est souvent ce qui se passe : on veut tirer un faisan et on tire un lièvre – l'essentiel, c'est de toucher juste ! »

Toujours est-il que le chef accepta l'invitation. Sans avoir besoin d'enlever ses patins à roulettes, il fut bientôt assis sur ce canapé lie-de-vin qui avait eu les combles pour lieu d'implantation, quand ce n'était pas la chaufferie du sous-sol. Hoftaller n'avait réussi que peu auparavant à faire le bonheur de Fonty avec ce meuble que l'on croyait perdu. Et à l'endroit même où, un an avant, était installée son ombre-diurne-et-nocturne, était maintenant assis le patron de la Treuhand.

Celui-ci étendit les jambes attachées à leurs patins à roulettes, se vautra dans le coin du canapé et s'exclama : « C'est vraiment cosy chez vous ! Nous, ils nous ont collé plein de trucs design. Tout est fonctionnel. Il paraît que ces fauteuils en acier et ces chaises en fibre de verre, ça fait garder la tête froide pour les calculs. Possible. En tout cas sur votre canapé je me sens… »

Comme, au début, la vie intérieure de celui-ci dérangeait un peu par ses bruits de froissements, Fonty rassura son patron en lui racontant l'une des nombreuses anecdotes qu'il tenait prêtes pour les occasions les plus diverses : « Le rembourrage de ce meuble fait penser à l'oreiller crissant du poète Scherenberg, où étaient cachées les factures que sa femme n'avait pas payées… »

Et puis ils se mirent à bavarder. Les soucis du processeur en chef rencontraient de la compréhension. Dès qu'il menaçait de sombrer dans la résignation, Fonty lui remontait le moral par de nouvelles anecdotes, par exemple celle où il est question d'un criminel qui, avant que le bourreau ne se saisisse de la hache, avait eu le droit, selon son dernier souhait, de revoir sa femme en robe de mariée. Et quand le grand assainisseur, malgré tous les encouragements anecdotiques, se prit brusquement à douter de l'unité allemande, Fonty y alla d'une consolation qu'il avait maintes fois éprouvée sur Hoftaller : « Et pourtant, nous devons nous féliciter que ce se soit passé comme ça s'est passé… »

Pour finir, le maître des lieux offrit à son hôte un petit verre de marc de Wilthen, non sans lui faire remarquer l'étiquette datant de l'ère de la Propriété du Peuple. À présent, il ne s'agissait plus du braconnier Lehnert et du forestier Opitz, mais de la jeune incendiaire Grete Minde. Tandis que les heures se passaient ainsi à bavarder, la nuit avançait sérieusement. Non de son propre chef, mais pressé par un Fonty inquiet, le patron se remit enfin sur ses roulettes. À peine dans le couloir, il démarra avec élan, arpentant de ses grandes enjambées latérales toute la largeur de la piste, et les patins lui redonnaient une telle motivation que toute la Treuhand, jusqu'au fond du moindre bureau, reçut quelque chose de cette dynamique qui finit par aboutir au résultat que l'on sait.

Mais ce sujet est plus développé dans une lettre à la petite-fille de Fonty, une lettre qui, il est vrai, ne fut couchée sur le papier que trois semaines plus tard, après le meurtre.

Nous sommes contraints de ralentir par un appendice la pente des événements, car, avant de citer en abondance, il faut reprendre le détail. Ledit canapé, par exemple, était à gauche de la porte du bureau et l'on y avait une vue sur la table de travail et la fenêtre, d'où l'on pouvait plonger le regard dans la cour intérieure. Entre les deux s'étendait un tapis en fibres de coco offert récemment par Hoftaller.

Nous rapportons cela, et bien d'autres choses, pour les savoir par ouï-dire, car jamais il ne nous a été permis de rendre visite à Fonty dans l'immeuble de la Treuhand ; et il est certain que nous aurions eu peur de nous y présenter. « Ne pas se faire remarquer ! » a toujours été notre devise. Qu'auraient eu à offrir les Archives, sinon des dépenses courantes ?

Mais une chose est sûre : son patron lui a rendu visite deux autres fois. Le roller solitaire. Les heures de papotage au milieu de la nuit. Le canapé froisseur. Les résidus de la Propriété vinicole du Peuple dans les petits verres. Méditations et conjectures sur *Quitt* et ce qui s'ensuit. Regards rétrospectifs sur l'incendie de la ville de Tangermünde. Peut-être même quelques petits secrets à qui il fut permis de se donner de l'air à une heure aussi tardive que précoce. C'est ainsi, en tout cas, que vit le jour une amitié qui devait se vivre à un rythme accéléré. Même après coup, Fonty a toujours parlé avec chaleur du patron de la Treuhand. « Rien de pire que d'être condamné au succès », nous a-t-il dit pour relativiser aussitôt son jugement : « C'est sûr, il avait une disposition à la vitesse. Manifester de la dureté, il savait le faire. Mais il ne faudrait le juger que comme un homme parmi les hommes, et seulement selon ses propres critères… »

31. Les plantes de Mme Levto

« Mon cher enfant, il vient de se produire, l'acte qui n'est plus révocable. C'est dans l'exécution d'une idée qui cherchait son but avec trop d'orthodoxie que la balle est partie ; et cependant la vie continue, comme si cette perte avait été intégrée aux calculs, comme si c'était le prix qu'exigeait le libre marché ; la Bourse ne manifeste d'ailleurs aucune inquiétude.

« Naturellement, pour l'extérieur, on met en berne. Les larmes officielles rempliraient une piscine. Mais quelle que soit l'avidité avec laquelle mes doigts fouillent dans tous les torchons journalistiques en quête d'une bonne parole, rien ne vient parler au cœur, les formules de bois s'alignent à longueur de colonnes, l'assassinat doit être lâche ou déloyal, et les éditoriaux sont stupéfaits ou bouleversés. Le Chancelier, en revanche, me semble plutôt de mauvaise humeur, car maintenant que l'homme de paille qui concentrait toutes les haines n'est plus là pour prendre les coups, on ne peut pas ne pas voir que c'est lui le responsable ; il se sent probablement (comme l'empereur du conte) un peu déshabillé – un colossal strip-tease.

« Et pourtant je suis sûr qu'il ne lui arrivera rien ; il est méprisable, mais on ne peut pas le haïr. C'est la grandeur qui lui manque, malgré tous les efforts qu'il fait pour se gonfler. Voilà déjà une raison qui empêche de le comparer à Bismarck. Le génie costumé en jaune soufre – le col des cuirassiers de Halberstadt était de cette couleur – pouvait faire en son temps l'objet de nos blasphèmes : notre géant a le cœur petit. Mais je ne dénie pas à l'actuelle Masse au pouvoir, dont le génie repose avant tout sur des mensonges, la grandeur affective, simplement elle est en quantité si abondante qu'elle se dépose dans tout le pays, ou – comme dit la chanson – de l'Adige à la Baltique comme une couche de mildiou. Tout se qui se dit allemand est sous le règne de la médiocrité, dont "il" affiche l'expression la plus repue.

« C'est ce qui le protège. Crois-moi, mon enfant, personne ne lui fera rien. On n'a jamais pu atteindre ses pareils, ce qui est déjà bien effrayant. Quand on songe, hélas ! à tous ceux qui ont été la cible de la haine ! Les attentats ont toujours été de règle. On a tiré sur l'empereur, et même plusieurs fois. Le premier à le faire a été le couvreur Hödel, puis un certain docteur Nobiling, deux personnages falots ; mais dès que je quitte nos grands événements prussiens pour jeter un coup d'œil dans ta direction, vers la France, je suis aussitôt fasciné par un ange exterminateur au format du portrait. Je vois Charlotte Corday. Je vois le poignard et Marat dans la baignoire. Voilà qu'elle frappe. Quelle passion, quelle grandeur, quelle haine de même gabarit !

« Peut-être, non, à coup sûr, tu refuses ma comparaison et tu dis que l'on ne peut pas mettre sur le même plan nos petits soucis allemands, tout ce que nous avons trempé dans notre soupe de l'unité, et la Terreur, la guillotine et le règne de la Vertu établi par le Comité de salut public ; il me semble pourtant que si. Des millions d'ouvriers et d'employés sont soumis à un processus de décapitation qui ne raccourcit certes pas les individus d'une tête, mais dont le couperet lui enlève le pain qu'il gagnait, l'emploi qui lui était hier encore assuré et sans lequel, du moins dans ce pays, il est comme sans tête.

« Pour ne pas me perdre de réputation auprès des suffragettes d'aujourd'hui : quand je parle d'ouvriers, je veux dire aussi les ouvrières. J'ai appris, entre-temps, qu'on était obligé d'intégrer en même temps les deux sexes à des monstres linguistiques. Et comme ce sont souvent les femmes qui travaillent qui sont le plus touchées, que l'on maltraite le plus, je suis à peu près certain qu'une mère ou une jeune femme qui élève seule ses enfants et qui hier encore avait sa place à la chaîne, devant une machine à enlever les arêtes de poisson ou dans une usine d'ampoules électriques, se transformant en nouvelle Charlotte Corday, n'a certes pas pris un poignard, mais a mis en joue ; seules les femmes savent aller au but avec tant de méthode.

« Tu ne vas pas manquer de faire immédiatement ta mine douce-amère ou secouer la tête en vieille sage, en voyant le vieux grincheux que je suis prendre le mors aux dents, emprunter une meurtrière historique, l'attifer à la mode d'aujourd'hui et voir au surplus tout en noir ; alors que je suis le contraire même de celui qui voit tout en noir : je vois, tout simplement.

« On peut du reste, pour ce qui est des filles d'Ève, affirmer ceci tranquillement : nous avons réussi une douzaine de femmes à la forte volonté. Je n'en veux pour preuves que Melanie van der Straaten, Corinna Schmidt et son antagoniste Jenny Treibel, dans un certain sens même Lene Nimptsch et sans aucun doute Mathilde Möhring, dont l'énergie n'était pas de carton. Même les personnages faibles et moins bien armés sur le plan de l'esprit, que ce soit la pauvre Effi ou la maladive Cécile, gardent la tête haute, fût-ce quand on leur joue de mauvais tours. En Stine même, aussi pâle et peu réussie qu'elle soit – ou plutôt réussie dans sa pâleur –, il y a beaucoup de fierté doucement affirmée. Et c'est pourquoi je suis sûr que c'est une femme qui est passée à l'acte. Non, pas la veuve Pittelkow, dont les discours ne sont si extrémistes que parce qu'elle possède le “parlanisme” berlinois, mais Mme von Carayon, sans aucun doute, profondément blessée, aurait pu prendre les armes, de même que Grete Minde dans une folie née de la douleur. Et il est certain que Mathilde Möhring, ce profil de camée, cette sécheresse faite femme, aurait été capable de procéder à une exécution, bien planifiée, mais alors sans hésiter longtemps.

« Ce qui nous ramène à ta compatriote, au poignard et à Marat. Il y a bien des années, du reste, j'ai assisté non pas à la création berlinoise, mais à la mise en scène de Pertens à Rostock. Idéologiquement faussée pour ce qui est des rapports entre Sade et Marat, mais magnifique dans la scène de la baignoire : je vois encore la vengeresse abaisser lentement le couteau…

« Et moi qui, pauvre imbécile, ai essayé de mettre en garde le patron de la Treuhand, quand il est venu me voir à plusieurs reprises dans mon bureau du septième étage pour s'asseoir sur mon canapé, contre des assaillants masculins ! En confrontant le droit anarchiste à celui de l'État et de l'ordre, j'ai opposé l'éternel braconnier de *Quitt*, le récit accidenté, à l'éternel forestier. Je ne cessais de lui mimer la rencontre sur le chemin de la Hampelbaude : “À l'un la cartouche fit long feu, mais Lehnert visa et deux coups claquèrent…”

« Un meurtre de la plus belle eau, certes ! Mais cette fois, ce n'était pas un braconnier qui se vengeait d'un garde, ce n'était pas non plus la Normande décidée qui, quel que soit son nom, n'a pas agi par folie, assurément, c'est la plus insignifiante de ces femmes demandant l'action, un personnage à l'école de Mathilde Möhring, qui a cherché et trouvé sa cible. Ah, mon enfant, il ne se produit rien de nouveau !

« Notre conversation aurait pu mener plus loin et nous raccourcir bien des nuits. La dernière fois que le patron m'a rendu visite dans ma cellule – c'était la nuit qui précédait le jeudi saint, juste avant le 1er avril, nous avons bavardé du proche anniversaire de Bismarck et nous sommes moqués du cirque qui était de mise à mon époque dans la Forêt saxonne. Puis il fut question de la splendeur et de la décadence de la Prusse, du Kulturkampf, des lois antisocialistes, de l'antisémitisme, mais aussi des inconvénients tant du communisme que du christianisme, qui ne cessent de demander aux gens des choses que personne n'est capable de donner. Nous en vînmes pour finir, sans pouvoir contourner l'histoire de l'immeuble de la Treuhand, aux douze années fatales et au groupe de résistants du ministère de l'Aviation du Reich, censé faire partie de ce qu'il était convenu d'appeler l'Orchestre rouge, et donc à la petite part, plutôt involontaire, que j'y avais prise en tant que messager. Il ne dit certes pas un mot du mémoire que je lui avais remis depuis des semaines, mais il s'écria avec enthousiasme : “C'est fabuleux, que vous ayez toujours été dans les lieux. Vous faites partie du bâtiment. Moi, je n'y suis que jusqu'à nouvel ordre.”

« Et quand je lui ai raconté comment les choses se passaient auparavant et auparavant encore, en l'an soixante-dix, quand, alors que je revenais à peine de ma captivité en France, tous les officiers prussiens m'assuraient : “Chez nous, vous auriez tout simplement été fusillé comme espion”, il a ri comme un jeune homme qui ne connaît pas le danger.

« Je croirais presque qu'il était naïf. Il était capable de s'étonner là où il n'y avait rien d'étonnant. Il me manque beaucoup. Grand-Maman Emmi (qui me prie de te donner le bonjour) était comme hébétée quand je l'ai trouvée devant la télévision, mais elle est restée muette devant ces images qui ne disaient effroyablement rien. C'est seulement plus tard, alors que quelque chose d'autre passait à l'écran, qu'elle a insisté pour pleurer une minute. (Elle appelle ses larmes les “gouttes du docteur Hoffmann”.)

« Moi, il me manquera longtemps encore. Un homme qui ne prenait pas de grands airs. Cela l'excitait sans doute chaque fois de tirer la charrette de l'ornière, quelle qu'elle fût. Et imagine-toi, mon enfant, il n'était pas rare qu'à minuit – colossalement seul – on le trouvât parcourant les couloirs déserts en patins à roulettes, prétendument pour sa santé. Je serais plutôt tenté de croire que c'était une manière de prendre ses jambes à son cou.

« Et voilà que le destin l'a rattrapé. Que va-t-il se passer maintenant ? Une femme, dit-on, serait pressentie dans les discussions. Pour moi – si c'est une Charlotte Corday qui a tiré –, c'est une idée qui va de soi. Seule une femme pouvait hisser sa haine à ce niveau. Seule une femme peut manifester assez de dureté dans le développement du processus qu'on exige. Lui, à la longue, il aurait été trop faible, aussi robuste qu'ait été son apparence extérieure. Une femme en revanche aura suffisamment d'endurance… »

Fonty s'intéressait ensuite, dans sa lettre, aux études de Madeleine. Il ne faisait que brièvement allusion à la liaison de sa petite-fille avec le professeur marié – « Je suis soulagé de lire que tu le vois rarement et en prenant de plus en plus de distance » ; sa lettre ne revenait pas sur le meurtre ni sur la personne de la meurtrière, qui se fixait tantôt en un personnage, tantôt en un autre.

Il est probable que Fonty laissa tomber quelque temps l'idée d'une femme comme auteur de l'attentat, car lorsque Hoftaller, à l'occasion des obsèques qui se déroulèrent dans la salle des fêtes historique de l'immeuble de la Treuhand, vint s'asseoir à côté de lui, ses soupçons se dirigèrent ailleurs. Ils étaient assis au dernier rang. Le CDD Theo Wuttke dit d'une voix aussi basse qu'impérieuse : « Il faut absolument que je vous parle. »

Mais cela ne fut possible qu'après la cérémonie, dans le paternoster : « C'était vous autres ? »

Hoftaller répondit juste avant de descendre : « Pourquoi l'aurions-nous fait ? Ce système se détruit lui-même. »

Il suivit Fonty jusqu'à son bureau. Fonty désigna le canapé et dit :

« Il n'y a que quelques jours, il était assis dans ce coin-là et il avait des pressentiments.

– Compréhensible, quand on est au sommet.

– Et vous comme ennemis dans la maison, n'est-ce pas ?

– Jusqu'à présent, nous avons toujours été loyaux envers chaque système, et ce n'était que quand l'ordre était mis en péril que…

– … que vous avez…

– Et qu'un point faible apparaissait…

– … par exemple le patron…

– Pour lui, c'étaient les services de Pullach et de Cologne qui étaient compétents, tandis que nous, nous sommes spécialisés dans la transition fluide, raison pour laquelle certaines personnes sont pour nous…

– … mûres pour tomber. N'est-ce pas ?

– On peut voir les choses comme ça, Fonty. Quand on se met bien en vue et qu'on pense quand même pouvoir renoncer à notre protection, il ne faut pas s'étonner… »

C'est ce que j'ai pensé tout de suite : processus opérationnel, faille à combler dans la sécurité, votre signature !

« Vous êtes complètement à côté…

– C'est oui ou c'est non ?

– Tout à fait entre nous : nous pensons à la Fraction

Armée rouge. Il y a entre-temps une foule d'indices et même une confession écrite…

– Ça ne veut rien dire !

– Et le soin mis à la préparation en est un autre…

– Vous n'allez pas me faire un exposé de logistique. Vous n'êtes finalement pas des débutants et vous avez…

– Bon : il y a des têtes brûlées partout. Et les plus dangereuses, ce sont les idéalistes pour qui le système ne se dégrade pas assez vite.

– Nous y voilà : il était trop coulant, pour vous, hein ?

– Oh, il y a une femme qui est connue pour sa dureté et qui a les meilleures chances de s'installer dans le fauteuil du patron. Il y a longtemps qu'on se disait ici, dans cette maison : il faudrait que le processus se développe plus vite, parce que sinon, à ce rythme d'escargot, une certaine social-démocratie…

– Et vous avez donné le coup de pouce, en regardant un peu quels étaient les gens qui étaient assez bons pour le sale travail…

– Mais vous vous faites tout un roman, mon cher. L'un de vos *pistoleros* ! Venez, Fonty, asseyons-nous. Je suis fatigué, terriblement fatigué. Ça ne me plaît pas non plus, la façon dont tout ça s'est passé. C'était à coup sûr la Fraction Armée rouge, pour fonctionner de cette manière : typique produit du système capitaliste. C'était une méthode bien rodée. Au début, je me disais que ça devait être comme au printemps dernier, une folle avec un poignard sous un bouquet de fleurs, mais c'était trop professionnel… »

Ils ne tardèrent pas à reprendre leurs positions accoutumées et se retrouvèrent assis comme un an auparavant dans leurs angles de canapé. Nous autres, des Archives, nous n'étions là qu'au conditionnel, mais nous n'en affirmons pas moins que leur conversation a pu durer une heure ou plus. Qu'on se remette en mémoire le froissement intérieur du rembourrage. Qu'on imagine Hoftaller avec un havane. Et la fumée du cigare pourrait fort bien avoir éveillé tel ou tel soupçon pour le recouvrir à nouveau de sa brume.

Des assassinats historiques pourraient avoir été évoqués à titre de comparaison. Des références à des auteurs finalement arrêtés, parmi eux le docteur Nobiling, ce paquet de nerfs qui, en 1878, prit une carabine à plombs et en visant juste déclencha les lois antisocialistes. Et des citations nous vinrent à l'esprit avec lesquelles Fonty aurait pu animer des propos de table au cours desquels – que ce soit chez les Treibel ou à celle du vieux Stechlin – on en serait venu, en bavardant, à parler d'attentats, si possible réussis.

Le dernier meurtre en date resta inexpliqué. Quand Hoftaller quitta la place, Fonty fit entrer de l'air frais.

Ce n'est pas qu'il restât muet, mais il se repliait au fond de ses dernières certitudes. Dans une lettre au professeur Freundlich, on peut lire : « On végète. La vie devient de plus en plus ennuyeuse... » Et il écrivit à destination de Schwerin : « Je n'ai plus rien sur la planche. »

Ce qui nous frappa, c'est que, dans ses épîtres de plusieurs pages, il avait de plus en plus souvent devant les yeux la Mete historique et le juge Friedlaender. À la tournure « Chacun est tout et chacun n'est rien » succédaient des constatations comme : « Si l'on s'en tient aux mérites, chacun mérite d'être pendu ; mais nous devons dessiner le criminel de telle manière que nous puissions nous réconcilier avec son personnage... »

Depuis le meurtre, son état de résignation se reflétait à ses yeux cent ans en arrière : « Ma fuite est une réaction tout à fait naturelle chez un homme qui, dans toutes les situations imaginables, cherche à se démontrer que les désagréments n'existent pas, et va alors jusqu'à la limite extrême... »

Il lui restait toujours la rédaction des lettres. Fonty n'entendait que rarement le bruit parasite des affaires dont le processus se développait quotidiennement, cette lamentation enflant jusqu'à devenir un son perpétuel. Son bureau du septième étage faisait isolation. C'est là que – sans exclure les contributions sur canapé de Hoftaller – le passé se fit loquace, comme si le récent meurtre réchauffait des meurtres prescrits. Et comme, dans l'affaire devenue livre, le braconnier Lehnert s'était échappé pour se réfugier dans la lointaine Amérique, on avait l'impression que l'assassinat du patron de la Treuhand cherchait à correspondre au double coup de feu tiré sur le garde Opitz pour se développer plus avant selon le modèle romanesque : on a certes cherché le ou – comme Fonty se reprit vite à l'affirmer – la coupable, mais il ou elle sont restés inconnus ; les services de sécurité ne parvenaient même pas à en dresser un portrait-robot. Et comme on ne sut jamais qui était responsable de l'enquête, la police criminelle fédérale ne fut pas la seule à se retrouver nue : Pullach et Cologne se rendaient eux aussi ridicules, car tous les journaux que Fonty pouvait avoir à sa disposition, du *Wochenpost* au *Tagesspiegel*, prenaient un malin plaisir à bourrer leurs colonnes d'ironie. Même Hoftaller parla, lors d'une visite rapide, d'un « vide effrayant dans la sécurité ».

Partout on supputait, on spéculait, seul Fonty voyait clair. C'est-à-dire qu'il voyait une femme, au début de la trentaine, dont la volonté tendue vers son but était dissimulée sous une apparence ordinaire : « Je vois des cheveux blond cendré, un teint gris. Une silhouette maigre, mais toujours proprement habillée. Elle ressemble à beaucoup de femmes. C'est pour cela qu'il lui a été facile de s'évanouir dans la nature. »

Et il dit ensuite depuis son coin de canapé : « Il est possible que le profil ait quelque chose de particulier, une ligne qui puisse aider les services de recherche, s'ils ont l'œil qu'il faut : elle a un profil de camée. »

Hoftaller exprima son scepticisme : « Même si on peut accorder un certain crédit à une réédition de votre Mathilde Möhring, un coup de feu bien placé n'était pas son genre. Mathilde suit d'autres voies, plus lentes, la violence n'est pas dans ses cordes. »

Nous entendons le rire aigu de Fonty, simulant la gaieté. Rien ne l'amusait davantage que les compétences littéraires de Hoftaller : « Vous auriez dû devenir professeur, car pour un criminaliste, vous n'êtes guère perspicace. Vous n'êtes jamais arrivé à autre chose qu'au puzzle, la plus ridicule des preuves de patience. Vous avez la tête dure. Tallhover déjà, selon son biographe, tâtonnait pendant des mois sur une fausse piste. Vous êtes assurément une fine mouche, mais même moi qui suis en quelque sorte un livre ouvert, vous ne me percez pas à jour – ne parlons donc pas d'une certaine personne. Faites attention, Hoftaller : elle a un regard prosaïque, bleu comme l'eau, naturellement. Mais ce n'est pas une coquetterie diffuse dans le regard, c'est sa claire perception des réalités d'aujourd'hui qui l'a fait agir : pan ! Et elle a déjà disparu. Elle est partie, elle est ailleurs. On connaît cela : le bon vieux principe du grèbe huppé. Déjà elle se consacre, vaillante et propre comme devant, à une occupation utile, elle est employée au cadastre ou trie des oignons de tulipes dans une grande jardinerie. Institutrice serait trop naturel ou pas assez. Ça ne fait pas de doute, c'est dans cette maison même, peu importe dans quel service, qu'elle s'occupe, en personne compétente, de l'affaire qui prospère en ce moment, le développement du processus, et avec quel soin colossal ! »

Nous n'avons pas été les seuls à être convaincus par cette démonstration ; Hoftaller aussi, qui déclara : « C'est lumineux. Le coupable – la coupable, si vous voulez – pourrait se trouver dans le champ de la Treuhand. Elle ou il émarge au budget. Peut-être est-elle – s'il faut absolument que ce soit une Mathilde Möhring – au service édition, car lorsque je pense à tous les éditeurs d'État dont il faut développer le processus, aux compressions de personnel nécessaires depuis si longtemps, à toutes ces directrices de collection qui vont se retrouver au chômage... »

Fonty devint tout à coup désagréablement brutal. Il bondit du canapé, fit entrer de l'air, non pas en silence comme d'habitude, mais en criant :

« Je ne supporte plus que vous m'enfumiez avec vos cigares, même si vous prétendez que ce sont les derniers.

– Je m'en vais, je m'en vais. Une chose seulement : le coupable...

– Je vous ai déjà dit que c'était une femme, et qui avait disparu.

– Eh bien, la coupable...

– Écrasez ça ! Écrasez votre mégot !

– Si vous y tenez... »

Fonty reprit sa position assise. Et Hoftaller, qui économisait ses derniers havanes, se défit du mégot froid, après quoi il lui fut permis de voir dans la coupable une secrétaire ou une responsable de dossier : « Peut-être qu'il s'agit d'une personne qu'on a reprise Alexanderplatz. Certainement pas une ancienne camarade, plutôt une de ces punaises de sacristie protestantes qui tous les lundis, avec des bougies et des mines de martyre…

– Vous en venez à une femme qui soit en mesure de ressentir comme dans son propre corps les effets du développement du processus, qui pense donc représenter ses malheureux prochains et croie donc devoir agir d'une manière radicalement chrétienne…

– Excellent, Fonty ! Disparaître ne veut pas forcément dire partir pour le Liban, c'est peut-être ne pas bouger, rester sur place, faire son devoir sans lever le nez et continuer à apporter leur café aux dirigeants du service. Une petite plante de bureau, gentille, insignifiante, agréable…

– Pas absurde, votre thèse. Ce qui me soucie un peu, c'est son ami. Car elle a un ami, que je vois barbu, mais qui ne se doute de rien et n'est pas sans ressemblance avec les nombreux pasteurs à barbe qui font de la politique. Rêveur et indécis, c'est une “lavette”, comme le pensait Mathilde Möhring le jour où elle examinait Hugo Grossmann, rencontré dans la Georgenstrasse, comme futur sous-locataire. Quelqu'un qui manque de vigueur, mais que l'on peut aimer, même si elle dit à sa mère : “… barbe noire et pas mal bouclé. Avec ceux-là, il ne se passe jamais rien.” En tout cas, un ami de ce genre pourrait devenir dangereux pour elle, à la longue c'est certain, car l'enquête va prendre des années. Mais nous le savons, Hugo Grossmann n'a pas fait de vieux os. »

Quand ils eurent enrichi de nouveaux détails les portraits-robots de la coupable et de son fiancé barbu, Hoftaller s'en alla, et Fonty aéra la pièce comme d'habitude. Il regarda par la fenêtre ouverte la cour intérieure dont le puits carré n'avait pas d'issue. Puis il leva les yeux jusqu'aux toits en terrasse. Au-dessus de la Treuhand, il y avait tout de même le ciel.

Après avoir aéré la pièce, le CDD Fonty parcourut un

bon bout de chemin sur son tapis. Nous présumons qu'en regardant la cour et le ciel d'avril, puis sur le tapis et ensuite à sa table, il a essayé, sans papier ni crayon, de tracer les traits d'un profil de camée qui lui semblait charmant.

Avec la remplaçante du patron assassiné, c'est un ton nouveau qui fit son entrée dans la maison. La Propriété du Peuple fut soumise au développement du processus à plus vive allure et sous des formes plus aiguës : ce qui avait été l'Est devenait morceau par morceau propriété occidentale – qui se disait privée –, et seules les dettes, qui ne trouvaient pas preneur, restaient à la Treuhand.

La patronne veillait par l'intéressement à faire régner une bonne atmosphère, car la rapidité du développement était récompensée par des primes juteuses. On ne faisait plus guère de manières, chacun se dépêchait, et pour ce qui était aussi du fonctionnement intérieur, les questions en attente devaient être réglées. C'est ainsi que le mémoire historiquement stratigraphique que Fonty avait consacré à l'utilisation répétée de l'immeuble et dont l'ancien patron avait si longtemps repoussé l'examen fut enfin à l'ordre du jour et aussitôt refusé.

Ce n'était pas la patronne elle-même qui avait signé la décision ; cette affaire était du ressort de l'un de ses adjoints. L'exposé des motifs était bref : l'étude, très fouillée dans l'ensemble, s'attachait trop au passé. Il y manquait l'orientation positive vers les développements futurs. Quel que fût le mérite du travail sur les périodes historiques, il n'était pas possible d'admettre que celles-ci fussent mises sur le même plan que la troisième étape d'utilisation de l'immeuble. Parler de continuité était irresponsable, puisque la priorité était aujourd'hui à l'économie de marché. Par ailleurs, l'intégration du paternoster au texte considéré était assurément originale, mais elle se fondait sur un principe d'égalité, s'agissant surtout de personnages de haut rang, qui n'aurait su prévaloir désormais face à l'ordre démocratique en vigueur ; au surplus, la mort tragique du dernier président de la Treuhand, le lâche assassinat imposait hautement le respect ; le style généralement ironique tendait à la caricature et manquait de la révérence souhaitable envers les valeurs supérieures.

Après avoir énuméré tous les mérites du patron assassiné et signalé que l'immeuble situé à l'angle de la Wilhelmstrasse porterait dorénavant le nom de cet homme extraordinaire, il poursuivait : « Le moment venu, nous reviendrons sur votre intéressante étude afin de l'utiliser sous d'autres formes… »

Fonty était sans travail, mais il lui restait le bureau. Il écrivit à Iéna : « Je sais maintenant comment la censure travaille selon les méthodes occidentales. Depuis, je passe mes heures à attendre. C'est comme à la *Kreuzzeitung* d'Hesekiel ou à la Centrale de Merckel. Et le secrétaire perpétuel de l'Académie de Prusse n'avait lui aussi qu'à attendre en se tournant les pouces… »

Il se plaignit avec autant d'amertume face à son fils éditeur : « Mon cher Friedel, je pourrais maintenant te proposer le mémoire que l'on vient ici de censurer subtilement. Sous forme de brochure anglaise, elle trouverait assurément des lecteurs. Mais je comprends bien que ce serait une chose effrayante si la base saine d'une maison d'édition devait être un père qui écrit des livres. Continue à publier tes frères moraves, de même que je poursuivrai vaillamment pour mes tiroirs… »

Et il écrivit d'autres lettres, car il n'y avait rien d'autre à faire, sans que son inactivité se fît cependant remarquer. Il semblait presque que l'on eût oublié le CDD Theo Wuttke, quand il trouva un jour dans son bureau un pot de fleurs sur sa table comme entièrement balayée : des géraniums en pleine floraison. Le lendemain s'y ajouta une espèce particulière de pervenche. Le lundi, après un week-end épouvantablement long, un nouveau meuble se dressait à côté de la table, une étagère à pots de fleurs sur laquelle, à côté des autres, se trouvait un troisième pot : des bégonias.

Nous fûmes vite familiarisés avec son ornementation botanique, florale ou simplement sinueuse. Fonty nous a décrit le meuble. Lors d'une visite aux Archives, il dit : « Une invention colossalement pratique ! Sous la forme d'un escalier en colimaçon, des marches de plus en plus courtes montent dans un mouvement circulaire orienté vers la droite autour d'un axe haut d'un mètre, toutes proprement assemblées et soutenues par des équerres. Sept marches, et chacune chargeable des deux côtés. L'effet n'est pas mal dans la sobriété de ma cellule. Et hier, j'ai reçu en cadeau un cyclamen. » Puis il nous conseilla d'acquérir nous aussi pour les Archives une étagère semblable : « Commencez par du lierre décoratif. N'ayez pas peur : les plantes, ça se trouve. »

Après que, le mercredi, un sparmania fut venu s'ajouter aux autres fleurs en pot, le jeudi commença avec un pélargonium rose et blanc en train de s'épanouir, et le vendredi on frappa à la porte, ce qui ne surprit pas Fonty ; aussi bien se doutait-il que ces splendeurs florales de plus en plus luxuriantes devaient avoir un généreux donateur.

Ce ne fut pas Hoftaller qui entra dans la pièce, mais une femme de ménage, officiellement dite agente d'entretien. Conformément au règlement intérieur, un badge fixé à sa blouse de travail l'annonçait comme « Helma Levto ». Fonty portait aussi son nom sous plastique, au revers de sa veste, en tant que Theo Wuttke ; et même son ombre-diurne-et-nocturne avait à se signaler lisiblement.

Mme Levto n'arrivait pas les mains vides. Elle tenait dans ses bras une plante en pot d'une taille considérable et dit sans la déposer : « Alors, monsieur Wuttke ? Ça vous plaît, cette verdure ? Je me suis dit, ça fait tellement nu ici. Peut-être qu'il aimera ça, un peu de vert et de couleurs. Il en reste encore des masses d'avant. Ils les ont tout simplement laissées quand il a fallu qu'y partent tous parce qu'on vidait. Y avait des tonnes de caoutchoucs et de sparmanias. Moi j'aime pas, vous si ? Mais celle-là, elle fait de l'effet, non ? »

Fonty remercia, avec tout de même cette restriction : « Je ne suis pas habitué à avoir tant de fleurs », mais il ne put réfuter Mme Levto lorsqu'elle déclara : « Le palmier, c'est toujours bien », d'autant que cette citation était devenue proverbiale non seulement aux Archives, mais aussi comme titre d'une des ses conférences pour l'Union culturelle.

La femme de ménage au palmier toujours bien dans les bras était debout au milieu de la pièce : « Ben, monsieur Wuttke, soyez pas si modeste ! Vous, vous étiez là avant et on vous a repris, bon, comme nous, du collectif ménage. En tout cas, moi, je me suis dit : s'y a quelqu'un qu'a mérité des fleurs, c'est vous ! Mais si des fois vous êtes allergique, faut les enlever toutes. »

Fonty assura que ses allergies ne s'adressaient qu'à un certain type d'être humain, puis il fit quelques pas en direction de la porteuse de palmier. D'après sa description, Mme Levto pouvait être vers le milieu de la trentaine, tirant déjà sur les quarante ans. Avec elle, il chercha une place pour la plante d'intérieur exotique. La femme de ménage portait un foulard attaché sur le front par un nœud qui ne laissait dépasser que deux courtes pointes. Pour l'étagère, le pot et son contenu auraient été trop lourds. Elle était toujours là, supportant le palmier.

« Ici, contre le mur, dit Fonty, il y a parfois du soleil à partir de midi, regardez, beaucoup même. »

Il fallut quelque temps pour que le pot eût enfin sa place. « On va bien lui trouver un endroit, dit-elle, peut-être un peu plus près de la fenêtre. »

La conversation aurait pu s'en tenir là, mais Fonty, tandis que Mme Levto, qui avait à présent les mains vides, se tenait à côté du palmier, voulut en savoir davantage : comment cela allait, pas seulement dans le travail, mais aussi en général, en privé, s'il pouvait se permettre de poser la question.

« Mon Dieu, y faut se battre, dit-elle. Ils payent pas mal du tout ici, encore plus au quatrième étage, où c'est qu'y a le saint des saints et que la nouvelle fait la loi, maintenant. Mais là c'est d'autres qui font le ménage. Notre équipe a pas le droit d'y aller. Les autres, c'est la Sécurité qui les a amenés, peut-être à cause des bombes ou tout ça. Nous, on nettoie que l'aile nord. À partir de cinq heures du matin, avant que ça démarre pour de bon ici. Mon Dieu, en privé c'est comme ça a toujours été, sauf que Erich, mon mari, il a plus de vrai travail et y passe le plus gros de son temps à traîner à la maison. » Fonty voulut savoir si son mari portait une barbe et s'il était arrivé à Helma Levto, bien qu'elle ne fît pas le ménage dans le périmètre de sécurité, de rencontrer le patron : « Je veux dire, bien sûr, avant ce qui s'est passé. »

À cause des ses mauvaises dents, elle rit bouche fermée : « Comment vous savez donc qu'Erich, depuis que Narva l'a licencié, se promène avec une barbe ? Ça lui va très bien, d'ailleurs. Non, le chef, notre équipe en a pas eu une miette, rien que les traces de ses patins qu'il fallait effacer. C'était pas beau, partout sur le linoléum, surtout dans les tournants, même ici au septième. Partout des traînées. Et chez vous aussi il est venu plusieurs fois avec ses patins à roulettes. Un peu bizarre, non ? Il a dû s'asseoir sur le canapé. Vous saviez ça, monsieur Wuttke ? »

Fonty fit allusion à un « échange d'idées occasionnel » avec le patron – « quand son emploi du temps lui en laissait la possibilité, il s'intéressait à la littérature » – et il exprima une fois de plus ses remerciements pour le palmier d'intérieur : « Je ne connais ce genre de splendeurs que pour les avoir vues dans des serres, avec un air lourd et humide… Mais maintenant il faut que je me remette au travail… J'ai été très heureux, chère madame Levto… Un nom tout à fait parlant, puisqu'il vous faut être debout dès l'aube… »

Elle dit : « Je m'en vais, je m'en vais », puis dans l'entrebâillement de la porte : « Tiens, pt'êt' que demain je vous apporterai quelque chose de chic : des héliotropes, juste avant la fleur. »

C'est alors seulement, tandis qu'elle s'en allait, que Fonty aperçut son profil. Assurément, une femme insignifiante, vieillie avant l'âge, usée par le travail ou, comme on dit, fanée – et pourtant une femme qui possédait un profil de camée.

L'héliotrope resta une vague promesse, mais Fonty rendit présent à nos yeux le profil de camée en citant ses sources – un souvenir, chez Mathilde Möhring, de l'époque où elle était petite fille : « C'était à Halensee lors de son dix-septième anniversaire, que l'on avait fêté avec une tante célibataire. Elle s'était placée à quelque distance du jeu de quilles et son regard suivait la planche… » Puis Fonty convoqua comme témoin l'un des joueurs de quilles, qui concéda, avec des preuves, un tout petit peu de beauté au vilain petit canard : « Elle a un profil de camée. » Il répéta solennellement cette phrase et ajouta, sans sortir de la citation : « Depuis lors, ce mot la faisait vivre… »

Après le départ de la femme de ménage, Fonty resta longtemps assis à sa table nue et tenta de s'habituer au palmier d'intérieur, de même que les jours précédents, il s'était efforcé d'accepter comme faisant partie du passif hérité les autres plantes de la Maison des ministères. Il y était aidé par un peu de soleil d'après-midi. Les jeux d'ombres des palmes sur le mur blanc. Et l'étagère à fleurs et entrelacs projetait une ombre elle aussi.

Il est possible qu'il ait également imaginé sous forme d'ombre chinoise le profil d'Helma Levto – le front bombé sous le foulard, le nez qui dépassait à peine, la bouche fermée qui soulignait la lèvre inférieure, le menton particulièrement fort, dont la courbe, sans redoublement, glissait avec douceur jusqu'à la gorge droite comme une colonne –, car lorsqu'il écrivit peu après à sa fille, il plaça en exergue de sa lettre une citation de *Mathilde Möhring* : « Dans l'art, c'est la pureté de la ligne qui est décisive… »

Ce court roman est resté longtemps inachevé. C'est à soixante-douze ans – *Mme Jenny Treibel* venait juste de paraître – que l'Immortel en coucha sur le papier la première version. Au même moment, *Effi Briest* en était au stade de l'ébauche. Des dépressions et la grande crise nerveuse vinrent interrompre le travail. Pour finir, *Stechlin* l'empêcha de terminer cette histoire en soi brève. Après sa mort, on trouva certes avec le manuscrit, à peine lisible, des fiches portant des commentaires et des corrections, mais la première édition, publiée huit ans plus tard, mit sur le marché beaucoup d'erreurs et de déformations, voire de falsifications auxquelles porta seul remède notre collègue Gotthard Erler dans son édition de Weimar, très soigneusement établie ; depuis lors, cette petite œuvre, dont les lecteurs avaient longtemps été repoussés par l'héroïne éponyme, a de plus en plus de succès, notamment chez les féministes, pour lesquelles Mathilde Möhring est exemplaire. La lettre que Fonty envoya à Schwerin parlait aussi de cela. Il conseillait à sa fille de faire preuve enfin de volonté : « Ton but devrait être désormais d'arracher sans cesse à la vie des victoires quotidiennes… »

Le jour qui suivit gratifia le CDD de la Treuhand Theo Wuttke d'une plante nommée impatiente, et à partir de midi, il eut enfin – reçu par courrier intérieur – du travail sur sa table. Il était invité en peu de mots par le service Relations publiques et Communication à partir à la recherche de mots, à délimiter des champs sémantiques, afin de trouver une meilleure expression pour « développer le processus ».

Fonty plaça sur l'étagère l'impatiente en violente floraison, arrosa toutes les plantes en fredonnant – parce qu'il était de bonne humeur – quelque chose de prussien, puis il dit à part lui : « Qui aimerait devenir octogénaire et ne plus faire que hocher la tête, sans que personne sache si c'est en pensant à la vieillesse ou au monde tel qu'il va ? »

32. En quête d'un mot

Parfois ses citations étaient frappées au coin de l'actualité. Fin avril, « Le palmier, c'est toujours bien ! » fut au sommet de la cote, et un peu plus tard Fonty nous salua en faisant écho à un avis de recherche de l'Immortel : « Il me manque un mot. Mais lorsque je l'aurai dans mon armoire, le reste ne sera qu'un détail », et lorsqu'il repartit, une bonne heure après, il incita les Archives à lui confirmer que le titre d'un roman, comme s'il était flambant neuf, était une trouvaille : « *Effi Briest* est très joli, parce qu'il y a beaucoup de *e* et de *i* ; ce sont les voyelles les plus élégantes. »

En dehors de cela, après le meurtre, il n'apportait chez nous que son silence, oubliant même son bouquet assorti à la saison et restant assis là, perdu, ou, mieux, comme sorti du texte dans le fauteuil réservé à nos visiteurs. Il fallut que le directeur des Archives l'assurât de sa compassion pour qu'il dît : « On pouvait voir en lui un ami », et il appela aussitôt à la rescousse, comme cherchant un point d'appui, son idole écossaise : « Tandis que Walter Scott travaillait à *Woodstock*, lady Scott mourut ; il fit les cent pas dans le jardin pendant une heure, puis il rédigea un chapitre. Les choses sont ainsi. »

Fonty ne se trouvait pas devant un manuscrit inachevé. On avait refusé son mémoire. Il voulait toujours, certes, achever un fragment de l'Immortel, le projet des Likedeeler, sous forme de ballade épique, mais il en restait aux intentions. On l'avait chargé d'un unique travail, les investigations à la poursuite de quelque chose qui se cachait, dans la honte ou avec perfidie : à partir de la fin du mois d'avril, tout au long du mois de mai et jusqu'au cœur de juin, le

CDD de la Treuhand Theo Wuttke chercha un mot adéquat et en même temps plein d'indulgence, qui ne fût pas brutal, encore moins rébarbatif, mais porté par une euphonie qui flatterait l'oreille, un mot nouveau pour désigner l'activité prescrite par la loi : le développement du processus. Cette découverte était destinée à se répandre dans l'opinion publique. On ne demandait pas une flagornerie, mais un substitut capable de hisser ce processus si laidement nommé à des sonorités aimables.

« Il faut que ce soit joli, nous dit-il. Si c'est possible, les deux "voyelles élégantes" tant louées dans "Effi Briest" ne doivent pas manquer. »

Nous aurions volontiers fourni de l'aide à Fonty, d'autant que nous courions nous-mêmes le risque, à cette époque, d'être purement et simplement soumis au « développement du processus » en tant que reliquat non rentable ; mais nous ne trouvâmes aux Archives aucun mot de remplacement qui pût convenir, et les trouvailles récoltées dans les correspondances de guerre, « décimer » et « passer par les armes », n'auraient fait qu'aggraver encore le « développement du processus ». Il aurait tout au plus été possible de prendre en compte des citations provenant du domaine de l'horticulture. Non seulement dans l'exploitation horticole des époux Dörr, mais aussi dans l'ensemble de l'œuvre en prose, on aurait pu trouver des activités comme « élaguer », « émonder » ou – s'agissant de la mauvaise herbe – « sarcler ».

Lorsque, plus compétent que nous en citations, il fut rentré en lui-même et dut constater le peu de matière que les Archives avaient à lui offrir, il cessa de nous appeler à l'aide. Fonty passait assis dans son bureau ses heures de service ou faisait les cent pas entre le canapé et la table de travail, la tête baissée, comme si le tapis caca d'oie en fibre de coco allait lui livrer le mot manquant. Accessoirement et pour ne pas être totalement obsédé par le verbe rétif, il élaborait de son propre chef un antiprogramme, car lors de la visite au bronze assis, il lui était venu une idée qui l'inspirait à présent pour esquisser des planches d'images bariolées.

Il proposait à la Treuhand de répandre parmi le peuple, afin de l'éclairer, l'illustration de sa ténébreuse activité. De bons lithographes imprimeraient des histoires en images, simples, qui pourraient être diffusées à des tirages massifs. Sans en être chargé, il écrivit d'une mine ailée : « Revenons à Neuruppin ! C'est la seule manière de redonner un lustre, jusqu'à ce que se trouve un meilleur mot, au fatal développement du processus. Même l'ortie, bien préparée, est consommable. C'est la façon qui compte, et le media lui-même serait déjà tout un message. À l'aide des images de Neuruppin, on a finalement enjolivé des histoires bien pires encore. Il serait par exemple possible de concevoir une planche sur Zwickau où la Passion tragi-comique de la Trabi se déroulerait de station en station, pour trouver à la fin, grâce à un prince charmant nommé Volkswagen, une issue aussi heureuse que celle d'un conte de fées… »

Puis il repartait sur la piste du mot. Depuis la fenêtre, il parcourait à tâtons le ciel au-dessus de la Treuhand mais n'y trouvait que du nébuleux. De temps à autre, Helma Levto venait le surprendre avec des plantes particulièrement somptueuses, une azalée ou une saxifrage tricolore ; mais jamais elle ne lui fit la joie de l'héliotrope promis.

Vers la mi-mai, elle vint après la fermeture, non dans son rôle de femme de ménage, mais sans foulard, en jupe plissée tilleul, chemisier beige et veste tourbe, dont la carrure était de coupe masculine. Elle apportait un petit pot de primevères et resta le temps d'un marc de Wilthen qu'elle dégustait à petites lampées sur le canapé où elle avait été invitée à s'asseoir.

« Ben vous voyez, monsieur Wuttke, c'est pas mal qu'on ait sauvé comme ça cette verdure, parce que sinon elle serait partie à la poubelle. C'était bien de vous, hein, l'idée de mettre les plantes en réserve ? D'abord on était pas contentes, et puis après on les a arrosées comme y faut, de tout ce temps, là où y avait la cantine avant. On aurait dit une serre. »

Fonty parla à sa visiteuse de sa nouvelle activité jusqu'ici sans résultat : « Maintenant ils crient au secours et ils ne savent plus où ils en sont, ces messieurs les chefs de service et leur supérieure directe. Ils lancent un mot par le vaste monde et développent le processus pour une entreprise après l'autre, jusqu'à ce que ce soient eux qui soient enveloppés. Et voilà que "développer" ne va plus, a mauvaise réputation, fait un effet trop négatif. On continue à le faire, mais sous un autre nom. On débaptise, on rebaptise. Quand par exemple on parle de "personnel libéré" et qu'on veut dire des chômeurs, ça fait certes un effet positif, mais ça ne change rien au bout du compte. C'est du vin trafiqué et de la publicité mensongère caractérisée. Et maintenant c'est moi, moi qui ai souvent eu du mal à trouver le mot convenable, qui dois avoir la révélation de la planche de salut. Pour l'instant, je n'ai rien dans mes tiroirs, et je suis généralement contre les chichis, mais peut-être que vous, chère madame Levto, vous réussiriez à me convaincre d'une trouvaille. »

Elle tenait son petit verre du bout des doigts de ses deux mains et serrait les genoux sous sa jupe. Même en parlant, elle ne découvrait pas ses dents abîmées : « Ben, vous le savez, monsieur Wuttke, mon mari aussi on l'a libéré. Il était au combinat Narva dans la production des ampoules. Ils en ont plus besoin, ils en ont suffisamment à l'Ouest, Osram et tout ça. Mon Erich, ceux d'en haut, ils ont parlé comme ça d'"amincissement de personnel" et de "cure de sveltesse". Et puis maintenant il traîne à la maison. Mais je l'ai inscrit pour la formation : ordinateur et ce genre-là. »

Fonty prit son crayon : « Sveltesse est mieux qu'amincissement. Sveltesse est toujours à sa place. » Puis il nota sur une autre feuille l'histoire du combinat Ampoules électriques comme possible trame d'images de Neuruppin : « On pourrait, dans le style de Neuruppin, commencer avec Edison, l'inventeur de l'ampoule, puis, d'étape en étape, augmenter les Lumières éclairant le monde et menacées de court-circuit, jusqu'à ce que dans la Propriété du Peuple Narva, comme ailleurs, il fasse noir comme dans un tunnel – enfin, bon… »

Helma Levto sirotait son eau-de-vie. Plus tard, ils bavardèrent, sans poursuivre sérieusement la recherche lexicale. Fonty parla de sa fille et du maquignon foncier de Schwerin.

Il déclara que les « épouvantables yeux de veaux » des Mecklembourgeois lui avaient toujours fait horreur : « Mais sur leur fumier ont quand même poussé un inspecteur Bräsig et un maître ébéniste du nom de Cresspahl. » Puis il revint à la Treuhand et se demanda, en même temps qu'à Mme Levto : « Est-ce qu'il faut à tout prix que les choses soient aussi brutales et le mépris des hommes si grand ? »

Elle dit : « Sans doute que oui. C'est ce qu'on entend toujours : malheureusement, il le faut. Et si on demande : Mais on pourrait pas faire autrement ? On vous répond : Bien sûr qu'on peut faire autrement, comme sous le socialisme, c'est-à-dire descendre la pente. Ça, c'est vrai. Mais la remonter, monsieur Wuttke, c'est sûr que c'est pas comme ça qu'on y arrivera. »

Helma Levto était maintenant assise sur le canapé dans sa jupe trop courte d'une largeur de main, les jambes croisées, mais Fonty nous a assurés que ce n'est pas à cause de ses mollets – qu'il disait musculeux « à cause de son dur travail » – qu'il s'était détourné de la table pour la voir latéralement. Nous pûmes enregistrer selon notre habitude la raison qu'il donna : « Je voulais absolument la voir de profil. Ce n'était pas particulièrement difficile, car en fait elle présentait toujours son meilleur côté, quitte à devoir se déboîter le cou. »

Helma Levto avait des habitudes, elle fumait. Et l'une de ses expressions, quand elle passait pour une brève visite, était : « Je viens juste pour une petite tige. »

C'est ainsi que nous la voyons : profil de camée avec tige. Jamais elle ne s'asseyait dans un angle du canapé, elle en occupait toujours le milieu. Les genoux serrés ou les jambes croisées, elle soufflait la fumée en détournant la tête. Et elle levait son menton arrondi, un peu proéminent.

Fonty voyait dans cette exaltation de son profil une découverte et en même temps la confirmation d'une conjecture. Depuis l'étagère maintenant surpeuplée – récemment étaient venus s'y ajouter un cactus de Pâques et un aloès –, il dit :

« En tout cas ça ne peut pas continuer comme ça. Ils écrasent tout. Il faut qu'il y ait quelqu'un pour crier :

“Halte ! Ça suffit !” Sans quoi un autre coup de feu va éclater, comme il y a quelques semaines. Après, c’était la grande peur…

– Mais pas longtemps, monsieur Wuttke. Celle qui est arrivée ensuite, la nouvelle patronne, elle a mis son mouchoir dessus. Ça se voit : y a pas un cil qui bouge. S’y a une chose qu’elle connaît pas, c’est la peur. À propos : après le week-end où tout ça s’est passé, le mardi matin, très tôt, quand je suis venue nettoyer ici, j’ai trouvé les patins du patron sous votre canapé. Je les ai simplement embarqués. Ils y sont plus maintenant. Je me suis dit, deux sûretés valent mieux qu’une. »

Fonty nous a parlé de cette mesure préventive avec un certain amusement : « Des patins à roulettes ne prouvent rien », mais il tirait des conclusions à charge des discours de la femme de ménage, qui lui avait dit que lors de ce tragique week-end de Pâques, elle se trouvait chez sa sœur à Duisburg, donc à proximité du lieu du crime, et qui l’avait confirmé par l’information supplémentaire selon laquelle elle était « revenue très tôt le mardi matin et allée directement de la gare au travail ».

Puis il nous demanda de garder le silence et ajouta : « Il vaut mieux que je m’arrête là, car d’autres propos pourraient faire peser sur moi le soupçon d’association de malfaiteurs et de complicité d’assassinat. Mais il faudrait tout de même se demander si la fin du patron de la Treuhand ne pourrait pas inspirer une histoire en images, efficace auprès du peuple. On devrait commencer par l’enfance et la jeunesse, puis illustrer la carrière fulgurante, le montrer légèrement extrémiste autour de soixante-huit, peu de temps après secrétaire d’État social-libéral, puis restructurateur résolu, mettre ensuite en images les débuts de la Treuhand sur l’Alexanderplatz, le déménagement et le chef dans le paternoster, enfin laisser s’exprimer ses doutes et faire du meurtre un avertissement dans toutes les directions. Je rappelle la planche de Kühn qui raconte l’histoire de Frédéric le Grand depuis ses années de jeunesse, c’est-à-dire la décapitation de Katte, jusqu’au vieillard goutteux en passant par toutes les batailles. Et plus encore celle de Oehmigke & Riemschneider, massivement répandue, où est reproduite l'existence équivoque du docteur Nobiling jusqu'au coup de feu tiré sur l'empereur suivi d'un prompt suicide. Mais si ! C'est cela qu'il faut montrer ! L'assassinat du patron de la Treuhand est une typique histoire pour images de Neuruppin : tragique et édifiante à la fois. À quoi bon continuer à piocher en quête d'un vocable et venir en aide à des gens qui ne trouvent rien d'autre que "développer le processus" ? »

Mais Fonty ne cessa pas de chercher. En face de la « sveltesse » de Mme Levto, il mit « alléger ». La trouvaille « liquider » fut évacuée aussitôt, même si ce substitut, nous assura-t-il, contenait à suffisance « les jolis *e* et *i* d'*Effi Briest*, et donc les voyelles les plus élégantes ». Il cherchait, il cherchait, mais malgré tout ce qui arrivait sur sa fiche, « développer le processus » restait l'expression adéquate.

Ne sachant plus à quel diable se vouer, il écrivit des lettres, non seulement à sa fille, mais aussi au professeur Freundlich, et enfin à sa petite-fille, qui répondit la première mais se contenta d'aligner des mots du champ culinaire, comme « désosser » ou « passer au chinois ». Elle écrivait en outre : « Je crains, Grand-Papa, que vous ne vous abaissiez à quelque chose qui est au-dessous de vos capacités. Ah, si je pouvais ouvrir vos yeux à un paysage où les montagnes succèdent aux montagnes, du vert profond au bleu clair… »

Avec Freundlich, la réponse fut pleine d'amertume : « Je suis partisan d'en rester au développement du processus. Celui qui vous le dit en a déjà vu le bout. Du reste, j'ai recours depuis peu, comme vous depuis des années, à des citations : Je suis sur le point de lever le pied… »

Martha Grundmann ne répondait qu'indirectement à la demande d'assistance de son père en matière de formulation ; sa vie conjugale avec le spéculateur du bâtiment lui paraissait mériter le mot « divorce ». Elle écrivait : « Il est vrai que ma conversion m'interdit une scission aussi radicale, mais ce qui ne tient plus ensemble doit être séparé… »

Quand cependant Fonty voulut dériver d'un procès de ce

genre, qui traîne généralement en longueur devant la justice, des mots idoines, il s'aperçut juste à temps que le sens connexe de tous les vocables désignant la séparation pourrait jeter un doute sur la toute jeune unité de la nation.

Aucune de ces lettres ne venait à son secours. On en restait au développement du processus. Il abandonna sa table de travail, arrosa ses fleurs et ses ramures, et pour finir le palmier d'intérieur ; mais même les plantes vertes lui refusaient un mot potable.

Il alla donc le chercher à l'extérieur, le temps s'y prêtait : le mois de mai partout. Comme il n'était enchaîné à sa table que la moitié de la journée, il lui restait suffisamment de loisirs pour d'assez longues promenades à travers le Tiergarten et pour se rendre, comme il aurait dû le faire depuis longtemps, au cimetière de la Pflugstrasse, mais aussi pour des trajets sans but en métro aérien et souterrain dans toutes les directions berlinoises. Il était irrité par le fait que la ligne U 2 ne reliait pas encore les deux moitiés de la ville ; il ne lui restait pour ses errances à travers Berlin que le métro aérien avec sa lumière diurne qui donnait un nom à tout ; alors qu'en fait, son humeur était profondément à la disparition sous terre : le monde, semblait-il, n'avait plus rien à lui dire.

Il ne nous échappait pas que Fonty, depuis la mort du patron de la Treuhand, se trouvait dans un état qui oscillait entre un désespoir paralysant et une agitation désespérée. Que ce fût devant les géraniums et les impatientes ou dans le métro aérien entre l'Erknerstrasse et le lac de Wannsee, partout l'accompagnait la vaine recherche d'un meilleur mot, qui le bloquait dans la tenaille de sa propre situation, impossible à améliorer. Malgré l'habitude qu'il avait de Hoftaller, les cigares de celui-ci devenaient depuis peu nauséabonds, même quand le fumeur s'abstenait. La dévorante soif d'images d'Emmi, certes atténuée, mais toujours démesurément alimentée par la télévision couleur, le chassait de la maison de la Kollwitzstrasse. Tout le repoussait, même sa pièce d'étude. Au surplus, il se faisait du souci pour Martha, dont les lettres n'annonçaient plus que des désagréments conjugaux ; et l'amertume de Freundlich, déguisée en sarcasme, l'angoissait à un tel degré qu'il manifesta jusque devant nous sa crainte du pire : « Il ne tourne pas rond. Je connais ça. Il va finir par nous faire des bêtises. »

Un soutien plein de gaieté parvenait quelquefois de sa petite-fille, mais Madeleine était loin. Il ne lui restait donc que le profil de camée, qui cependant – en dehors de la pâleur sertie de lignes élégantes – ne donnait rien à lire. Il est vrai que Helma Levto répondait par un flot sans limites, mais Fonty n'y apprenait rien qui eût pu confirmer ses soupçons littérairement fondés. Que le mari au chômage, poussé par sa femme, fît des progrès dans l'apprentissage de l'ordinateur et se montrât de façon plus générale ouvert à tout enseignement n'avait rien pour le surprendre ; quant à l'endroit où se trouvaient les patins à roulettes ou à la nature du week-end à Duisburg, il n'osait pas poser de questions.

Pour lui, l'affaire était classée, le profil de camée n'avait plus de relief. Même le parfum que dégageaient les pots de fleurs sur l'étagère était devenu trop intense. Et quand Mme Levto, après avoir brièvement frappé – « Juste pour une petite tige » –, entra avec un pot de myrte en fleur, il fit comprendre à l'agente d'entretien que trop, c'était trop : « Ma très chère, vous êtes la bienvenue même si vous n'apportez pas d'autres plantes. »

Il dut en fait se réjouir lorsqu'il trouva, au cimetière de la paroisse française, la double tombe entretenue et le rosier couvert de boutons. La couronne d'immortelles que Madeleine avait déposée à l'automne précédent devant la pierre tombale avait bien traversé l'hiver. Et dès qu'il vit ces fleurs séchées particulières, il eut présent à l'esprit le souhait de la vieille Mme Nimptsch, qui aimait plonger le regard dans le feu, car enfin, par des voies littéraires, de douces exhortations étaient parvenues à convaincre Botho von Rienäcker, qui par ailleurs n'était pas bon à grand-chose, d'aller porter, au bout d'un long trajet en calèche, une couronne sur la tombe de la vieille. Mais dès que nous mentionnâmes cet usage autrefois à l'honneur comme leitmotiv d'*Errements et Tourments*, ou que nous parûmes y voir une allusion à sa propre existence, nos tentatives pour lui redonner courage furent écartées comme douteuses : « Je déteste opérer avec l'infini et l'immortalité. »

Voilà donc qu'il était devant la double tombe, ayant sous les yeux la couronne d'immortelles qui avait survécu et cherchant toujours le mot. Rien ne semblait accessible. Même le lieu de la fugacité était chiche de propositions. Comme, quelques rangées plus loin, des ouvriers étaient en action avec leurs pelles, un terme technique s'offrit, « réduire ». Mais il se demanda aussitôt s'il serait plus pertinent de dire « réduction » au lieu de « développement du processus » lorsque, prochainement, il faudrait faire subir à des entreprises « Propriété du Peuple », à Eisenhüttenstadt ou à Bitterfeld, la cure de sveltesse, le dégraissage, l'amincissement, la casse ou la braderie.

Quand s'approcha un groupe de lycéens accompagnés de leur professeur dont Fonty jugea qu'ils faisaient partie d'une classe de l'Ouest, il se cacha entre les tombes voisines afin de ne pas être reconnu, mais il put entendre le professeur évoquer le poirier des Ribbeck, en remontant jusqu'à Henricus de Ribeke, puis en disant du dernier propriétaire du domaine que ç'avait été une « victime du fascisme », en faisant l'éloge de la réforme agraire et de la conversion d'un millier d'hectares latifundiaires en une coopérative de production agricole nommée « Jeune Vie », pour en arriver enfin aux poires : « P'tit' fille, viens donc là que j'te donne une poire… » Mais même les joyeuses exclamations des lycéens qui célébrèrent ce poème indestructible, « hypermarrant » et « hachement sympa », comme le hit de l'année, furent incapable de remonter le moral de Fonty. Il partit sans se retourner.

Dans quelque direction qu'il pût s'enfuir, l'agitation désespérée et le désespoir paralysant, sa souffrance aux raisons générales et le souci du mot manquant ne le lâchaient pas. Même dans le Tiergarten en fleurs, les chants d'oiseaux et l'éclatement des boutons le faisaient souffrir. Sur ses bancs favoris, près du pont de la Reine-Louise ou de l'île Rousseau, guettait la fée Souci qui lui tricotait une écharpe sans fin et que ne venait animer aucun motif. À un endroit comme à l'autre, on aurait pu entendre ses soupirs, et même quand il convoquait de la compagnie pour se changer les idées, il ne parvenait pas à trouver le ton du bavardage.

À peine nouait-il la conversation, ce qui n'était certes pas difficile, avec le juge Friedlaender qu'il se voyait déjà forcé de se plaindre « avec la rage de la vieillesse, de cette aristocratie étroite et cupide, de ce cléricalisme borné, de l'éternel officier de réserve », pour ensuite, comme si son correspondant d'Iéna était effectivement à côté de lui, reconnaître dans les piliers de la société d'autrefois les actuels grippe-sous, beaux parleurs et vendeurs de morale : « Même quand ils ne savent rien, ils savent tout mieux que tout le monde. Et pourtant, mon cher Freundlich, vous ne devriez pas vous laisser chasser de la vie par l'abjection de ces gens de l'Ouest. Je ne suis pas non plus dans ma meilleure forme, mais on ne m'aura pas ! Courage ! J'ai lu du reste dans le *Tagesspiegel* que votre enfant chéri a fait honneur au vieux Carl Zeiss et a gagné un match à l'extérieur. Vous voyez bien ! »

Dès que Fonty crut avoir à son côté, sur le banc du Tiergarten, son correspondant anglais – mais il n'y avait à l'autre bout qu'un Turc moustachu de son âge –, il assura l'un et l'autre qu'il ne voyait « nulle part un progrès de l'humanité ». Ses sarcasmes furent si bruyants et si universellement globaux que son voisin de banc anatolien en cessa de jouer avec son chapelet : « Les canons et les fusils sont toujours meilleurs et semblent encore pouvoir, pour l'instant, garantir la pérennité de la civilisation européenne dans le style de Pizarro… » Et dès la phrase suivante, il servait la « guerre du Golfe et son catalogue de la destruction perfectionnée » : « Ce massacre des plus chrétiens servait en même temps, et à moindre coût, de programme de télévision. Même mon Emilie a fini par trouver que c'était trop. »

Le Turc semblait l'approuver. Morris, en revanche, continuait à défendre les contributions que l'Angleterre avait autrefois apportées à la paix, que ce fût aux Indes, au Soudan ou dans l'île de Zanzibar ; il pensait de même que c'était ainsi et pas autrement qu'il fallait pacifier la région du Golfe.

Fonty en était maintenant à des allocutions que récemment « l'empereur Guillaume et même son frère Henri » avaient prononcées à Kiel : « J'ai une peur bleue en voyant cela, hourras et parades de la flotte ; sans parler des "campagnes florissantes" que la Masse au pouvoir nous a promises juste avant les élections… » Mais avec Bernhard von Lepel, qu'il convoqua aussitôt que se furent évanouis ses voisins de banc actuels et passés, il était impossible de parler du commerce des armes, des promesses électorales ou même des menaces que l'avenir faisait peser sur l'espèce humaine, tant son ami de jeunesse était fossilisé et étroit ; quant à sa vieille correspondante Mathilde von Rohr, elle n'avait rien d'autre à raconter que les derniers potins qui avaient cours dans les familles nobles de la Marche.

Quand Fonty, d'un ton gaillard, fit venir sur le banc Theodor Storm, son contradicteur antiprussien – « Eh bien, mais venez donc ! » –, ils furent vite d'accord en matière littéraire, mais dès qu'il fut question de Berlin comme future capitale de l'Allemagne, Storm exprima son opposition à cette « nouvelle prétention borussienne », tandis que Fonty ne prit certes pas parti pour Berlin, mais prêcha contre Bonn avec véhémence : « À tout prendre, plutôt Husum ! »

Tout aussitôt, le vieux conflit des années cinquante resurgit. Nous autres, des Archives, sommes obligés de concéder que c'est l'Immortel, comme le montre sa lettre du 11 avril 1853, qui a censuré assez petitement le poème de Storm appelant à la révolution « dans l'ultime tonnerre » et a refusé de le publier dans la revue *Argo*, parce que ce poème était « bien trop clair pour les conseillers secrets de gouvernement, les régents de collège et semblables personnes… » Et on lisait plus loin : « … On pourrait nous en vouloir beaucoup de tout ce qui fleure la république une et indivisible. »

Toujours est-il qu'on ne pouvait rien faire, ni pour l'un

ni pour l'autre. Lorsque Storm voyait renaître à Berlin un nouvel État de fonctionnaires, c'est-à-dire d'autorité, Fonty redoutait le provincialisme étriqué : « Rien de plus effrayant qu'une husumerie panallemande ! Au surplus, les Allemands, dès que commence quelque chose, se divisent à nouveau en deux parties… »

Ils se jetaient leur venin respectif, étaient d'une susceptibilité pareillement excessive, et ils allèrent chercher les vieilles histoires de l'époque du Tunnel. C'était tantôt l'un, tantôt l'autre qui se sentait offensé. Il est vrai que l'âge a rapproché les deux hommes – Storm est mort, hélas ! dès 88 –, mais sur le banc du Tiergarten, même nous, des Archives, nous n'aurions pu ramener la paix : les vieilles rancunes ne cessaient de refaire surface ; et quand Storm, d'une voix aiguë, presque de fausset, jeta à la figure du pauvre Fonty la *Kreuzzeitung*, les trois ouvrages sur la guerre et son activité de censeur sous la férule de Merckel, qu'il le traita de « scribe d'État certes mal payé, mais d'une dévotion sans bornes », il garda le silence et se réfugia en lui-même, environné du triomphe du printemps.

Fonty avait l'air pitoyable, comme avant ou après une faillite nerveuse, dans un état qu'il appelait, en français, « abattu ». Personne n'était en mesure de lui ôter par de bonnes paroles le fardeau de ses soucis accumulés, ni Stephany, ni le toujours amical Schlenther, deux hommes qu'il cita en dernier à comparaître. On pouvait se fier autant à l'un qu'à l'autre. Et comme autrefois dans la *Vossische Zeitung*, ils firent encore une fois l'éloge du roman *Effi Briest*. Fonty le prit comme s'il s'agissait de critiques à peine sorties de chez l'imprimeur, mais il n'y avait pas moyen de lui faire quitter son chagrin. Il remercia ses amis, dit : « Naturellement, les lettres de Crampas auraient dû être brûlées », présenta ses excuses pour l'insuffisance des motivations de la cachette, « mais c'est avec cette banalité que les choses se passent dans la vie », et il s'enfonça au fil de son discours dans une humeur mélancolique : « Voici donc que je prends congé d'Effi ; ils ne reviendront pas, les derniers soubresauts de la flamme… » À nouveau seul, il résolut, le regard fixé sur l'île Rousseau, de se taire pour longtemps. Les oiseaux faisaient d'autant plus de bruit.

Nature ostentatoire. Du vert à en perdre la vue. Au loin seulement le bruit dense de la circulation urbaine. Si Freundlich avait été là avec ses soucis, il aurait cité la mère de cet homme, qui même à Mexico n'avait pas voulu s'arrêter de pousser ses trilles : « Mois de mai qui rend tout nouveau… »

Le grèbe huppé, qui faisait ses exercices d'acrobatie au milieu des canards et s'entendait à offrir des surprises toujours nouvelles, fut le seul à détourner Fonty de sa propre misère. Non que cet oiseau aquatique, le plus doué de tous pour les trouvailles, lui eût livré le mot manquant en refaisant surface, mais pour les idées, fût-ce une seule et unique, le grèbe huppé offrait une garantie éternellement valable.

L'un des premiers jours de juin, Hoftaller le rejoignit dans le paternoster et lui parla, en faisant des mystères, d'incursions à l'Ouest. Il fit allusion à de « nouvelles perspectives » et à des « contacts réactivés », qualifia les Services de « désormais interallemands », transmit le bonjour de Teddy, le fils conseiller ministériel, qui avait exprimé « ses remerciements à son cher Papa pour son aide prévenante » ; mais il avait encore autre chose dans son chapeau et croyait stupéfier Fonty, qui montait au septième étage, en lui annonçant le licenciement de l'agente d'entretien Helma Levto : « Mais qu'est-ce que ça veut dire dans ce cas-là, licenciement ! Elle a laissé un petit mot : “Je ne viens plus !” Elle est partie, tout simplement, elle s'est volatilisée, votre femme de ménage et fleuriste. Maintenant, vous allez être obligé d'arroser vos petites plantes vous-même. Je vais vous offrir un tablier de jardinier. »

Fonty assura que cela n'avait rien pour le surprendre. Et Hoftaller, qui sortit en même temps que lui du paternoster, offrit de compenser cette « perte cruelle » par des visites plus fréquentes :

« Moi, on peut avoir confiance. Et si par hasard j'avais envie de changer de climat, vous le savez : nous autres, nous revenons toujours.

– Si possible sans cigare. Ni le palmier d'intérieur ni moi-même ne supportons ce brouillard prétentieux. Du reste, mes plantes et moi aimons bien être seuls. Il n'y a chez nous, si vous me permettez cette plaisanterie, plus un brin d'herbe à tondre. Et pour ce qui est de Mme Levto, qui, entre nous soit dit, est une personne d'une grande clarté, il y a sans doute des raisons à son départ. Ça ne lui convenait plus, la Treuhand. Peut-être lui a-t-on fait une offre intéressante. Elle avait simplement d'autres projets : elle voulait se reconvertir, suivre des cours du soir, bosser sérieusement et devenir institutrice…

– Allons, allons ! Elle a fichu le camp ! Pas une trace ! Nous connaissons cette méthode. Mais vous pouvez être fier de vous, Fonty. Votre soupçon qui, je l'avoue, me paraissait trop tiré par les cheveux – la petite souris grise à la volonté inflexible – était en fait parfaitement fondé. Encore un exemple qui montre combien la littérature peut être dangereuse. Juste un petit récit, mais c'est une bombe à retardement…

– Voilà que l'ami déclaré de la parole écrite est en train de concocter des règles de censure à la fois nouvelles et rétrospectives. Voudriez-vous par hasard mettre Mathilde Möhring en détention préventive ?

– Mais non, mais non ! Je suis déjà rempli de joie à l'idée du prochain coup de feu ! En fait, tout ça ne nous concerne plus. Nous regardons les autres enquêter sans coup férir sur les fausses pistes. À mourir de rire, le procureur fédéral !

– Tout le monde ne s'y connaît pas aussi bien que vous en littérature…

– Il patauge dans le brouillard. Et publiquement ! Oh, nous, ça nous convient. Vous connaissez ma thèse : lentement d'abord, puis plus vite, tout fout le camp… »

Hoftaller resta encore assis un moment sur le canapé rembourré d'informations spéciales et fit un tableau terrifiant de l'orientalisation de l'Ouest, ce tableau si souvent peint et repeint et qui sombrait dans une obscurité toujours plus profonde. Le cigare refroidi, il élaborait un système de sécurité aux nombreux étages qui incluait ici des bornes frontières, là des remparts, et qui se refermait de tous côtés, surtout vers l'est.

Quand tout fut étanche, il dit : « C'est la seule manière de protéger notre Allemagne de l'invasion par les étrangers. On peut intégrer l'*hinterland* ouest-européen, mais seulement – comme j'en ai récemment donné le conseil à mes nouveaux associés – si l'Allemagne a une position particulière. Rappelez-vous, Fonty, ce n'est pas si loin que ça, rappelez-vous le correspondant de guerre Wuttke. Pas un article de votre farine qui n'ait célébré, entre des considérations d'histoire de l'art et une description de paysage, la "forteresse Europe". À l'époque, c'était le mur de l'Atlantique que vous chantiez, mais vos visions pourraient être encore convaincantes aujourd'hui, si jamais le mur doit se dresser à l'Est. Il a fallu expliquer tout ça en détail aux messieurs d'en face, avec le pourquoi et le comment. Sans quoi nous serons mangés par l'Est, je vous le dis. On voit déjà tous les nuages qui s'amassent, pas seulement dans les Balkans, en Ukraine, non, partout là en bas et même plus loin, jusqu'au Caucase... Il est temps, messieurs, de commencer à réfléchir, comme en son temps le première classe Wuttke réfléchissait au mur de l'Atlantique... »

Fonty n'était pas disposé à contribuer à l'édification du nouveau système de sécurité. Il était assis à son bureau, avait devant lui le brouillon d'une réactivation des images de Kühn et la maigre liste des substituts lexicaux qu'il avait ramassés ici et là ; il regarda par la fenêtre, au-delà du carré que dessinait la cour intérieure, le ciel bleu et muet, puis détourna le regard et chercha un soutien dans l'étagère couverte de pots de fleurs qui se trouvait sur le côté. Il compta, de marche en marche : le bégonia, le cyclamen, la marante aux couleurs variées, l'impatiente à la floraison éternelle, l'azalée depuis longtemps défleurie, le lierre d'ornement, la primevère démodée, le cheveu de Vénus, le myrte, l'aloès...

Il est bien possible que ce soient l'étagère remplie ou le palmier d'intérieur devant le mur parfois ensoleillé qui l'aient fait penser à un mot de Mme Levto, un mot relatif aux soins horticoles. « Rempoter ! cria-t-il. Elle a dit "Il faut absolument rempoter". Vous entendez, Hoftaller, je l'ai, le mot : rempoter ! »

Lors de sa dernière visite, le profil de camée lui avait proposé de venir en aide à l'aralia grimpant, qui poussait très vite, et au luxuriant papyrus en leur offrant des récipients plus volumineux. Elle était debout devant l'étagère, elle présentait son profil, et elle avait, songea Fonty, quelque chose de gothique. À nous, il dit plus tard : « Gothique primitif, école du Haut-Rhin. Mais aussi les maîtres italiens, pensez à Fra Angelico ou aux femmes de Giotto, cette ligne particulière… »

Lui offrant son profil, Helma Levto avait dit comme pour prendre congé : « Et pis n'oubliez pas, m'sieur Wuttke, qu'une plante comme ça, ça pousse et ça a besoin de place, si c'est pas aujourd'hui, c'est demain. N'oubliez pas : rempoter, c'est essentiel ! »

Comme la femme de ménage ne l'avait jamais appelé Fonty, elle n'eut pas à subir les références à l'exploitation horticole des Dörr dans *Errements et Tourments*, où le rempotage était régulièrement de mise. C'est nous, nous autres des Archives, qui aurions dû donner ce tuyau, car si le jardin du faubourg d'où la vue s'étendait sur les champs de Wilmersdorf était « … si l'on excepte les rangées d'asperges, dépourvu de toute élégance. Dörr estimait que l'ordinaire était aussi le plus profitable, aussi cultivait-il la marjolaine ainsi que d'autres herbes aromatiques, mais surtout le poireau… », il y avait néanmoins toujours quelque chose, par exemple la giroflée ou le géranium, qu'il fallait empoter ou rempoter avant de les produire sur le marché hebdomadaire.

Quand Hoftaller fut parti, le CDD Theo Wuttke mit au propre la liste des substituts lexicaux et la conclut par cette note, soulignée : « Je propose à la place de "développer le processus" le mot "rempoter". Quittons le pot de la Propriété du Peuple et enfonçons-nous dans le pot privé. » Puis, après une pause pendant laquelle il tint la main légèrement levée au-dessus du papier, il ajouta, entre parenthèses, « Je crois du reste fermement qu'il faut en rester à "développer le processus", l'expression est passée dans la langue, est devenue proverbiale. »

Au bas de la liste, il apposa sa signature officiellement accréditée. Avec la feuille, maintenant pliée, il mit dans une enveloppe ses propositions pour une réactivation des images de Neuruppin au moyen d'histoires multicolores racontant la Treuhand, et il déposa l'enveloppe auprès du service Relations publiques et Communication.

Fonty se sentait soulagé. Il pouvait penser qu'il avait surmonté une crise et affirmer selon la lettre de l'une de ses sentences favorites : « À l'intérieur de ce monde d'insuffisances, on ne vit pas mal du tout. »

Kollwitzstrasse, il ne trouva ni Emmi ni la voisine, Mme Scherwinski, mais il y avait sur la table de la cuisine un télégramme ouvert. Il lut : « J'en terminerai avec une citation de vous : "Quand la vie se tait, le désir aussi." Votre Eckhard Freundlich. »

La femme du professeur ne confirma sa mort volontaire que quarante-huit heures plus tard. Elle écrivait : « Il n'avait plus envie. Il m'a demandé de rejoindre nos filles en Israël. Et comme je ne peux que faire mienne la constatation de ses vieux jours, "Il n'y a pas de place ici pour les Juifs", je vais sans doute me conformer à sa requête… »

Quand le CDD de la Treuhand Theo Wuttke, plus pour arroser les plantes que pour attendre sans travail la fin de quelques heures de service, se rendit le lendemain à son bureau, il trouva sur sa table une nouvelle information. Pas un mot sur l'utilité des substituts lexicaux ni sur les images de Neuruppin revisitées, mais on lui annonçait laconiquement que le bureau 1819 devait être libéré, propre et net, dans huit jours au plus tard. Le contrat continuait à courir. Le CDD Theo Wuttke était destiné à une affectation en service extérieur. Des indications plus précises suivraient sous peu.

Fonty fit les cent pas. Il aurait pu se dire : « Ce n'est pas que pour les Juifs qu'il n'y a pas de place ici », mais il dit : « Hé bien, le monde est vaste ! » Puis il arrosa les plantes en pot, comme si de rien n'était.

LIVRE CINQUIÈME

33. Fausse alerte

Après tant de pertes, il prit le temps de dire adieu. Il parcourut en tous sens certains quartiers, comme Friedrichshain, Pankow et Kreuzberg, l'arrondissement Centre, les gares, son kiosque à journaux habituel sur l'Alexanderplatz, le marché aux Gendarmes et ce qui avait été autrefois le quartier juif, le quartier des Granges, mais aussi la ligne de métro n° 6 et le métro aérien en direction de Wannsee et d'Erkner, puis encore les bancs du Tiergarten où il avait usé ses fonds de culotte, pour la dernière fois le quartier résidentiel de Grunewald près du Hasensprung ; tous ces quartiers, ces rendez-vous et ces parcours, il les arpenta, les visita, y alla et en revint ; et naturellement il remonta la Potsdamer, au-delà de la Hauptstrasse, de la Rheinstrasse, jusqu'à Friedenau, avec quelques incursions dans la Niedstrasse ; et il se retrouvait toujours dans les courants d'air de l'Alexanderplatz ou devant le socle de la colonne de la Victoire, mais pas un seul des nombreux théâtres, même pas la Volksbühne, ne fut jugé digne d'un regard, pas une visite de musée n'eut lieu – il ne prit pas congé de personnes, par exemple de quelques secrétaires de la Treuhand, encore moins de son ombre-diurne-et-nocturne ; nous seuls, esclaves à notes de bas de page au service des Archives, étions importants pour lui.

Quand il entra avec des pivoines, nous vîmes que Fonty était déjà en tenue de voyage. En vêtements d'été, gai et comme délivré d'un fardeau, il jouait les bavards et nous donna les derniers potins de l'époque : ironie sur le bâtiment du Reichstag, de Wallot, dont venait d'avoir lieu l'inauguration solennelle, l'élection du district de Rheinsberg-Wutz, d'où était sorti vainqueur, comme on sait, le confectionneur de limes Torgelow avec sa grande casquette ronde ; mais pas un mot de la mort de son correspondant ni de son enterrement à Iéna, auquel il avait assisté – sans être accompagné apparemment.

Tout au plus fit-il des allusions indirectes : « Il se passe quelque chose en ville. Ils se réduisent réciproquement à zéro. C'est pourquoi j'ai écrit à Morris : "Nous n'avons en ce moment que des histoires de duels..." »

Nous ne prîmes pas cela pour le symbole d'une destination de voyage, même s'il est vrai qu'il compara plusieurs fois Londres et Berlin ; mais ce qui était frappant, c'était la facilité avec laquelle il dépouillait le collaborateur de la Treuhand, et même la personne de Theo Wuttke en truffant l'entretien de citations, mieux encore, l'habileté avec laquelle Fonty parvenait à être, sans clins d'œil, l'Immortel.

Pendant les dernières semaines, il avait réussi un saut dans le temps. Il avait pris quelques années et apparaissait maintenant comme le fragile vieillard que nous a transmis le dessinateur Liebermann : l'œil très vif, mais – avec ce regard aqueux – déjà un peu parti pour l'au-delà. On aurait dit que, au moins à titre d'essai, il voulait éprouver le cliché de la « sérénité au-delà de tout ».

Cette fois ne se posa pas, comme lors de sa disparition précédente, la question : quel est le but du voyage ? France ou Angleterre, ce n'était plus un sujet. C'est par simple plaisanterie que nous envisagions une carte postale de l'Empire State Building, car il ne cessait de citer *Quitt* et faisait alors vivre le Far West au format Cinémascope : « Là l'agglomération mennonite, voisine des *indian territories*, ah, le pays des possibilités sans limites... »

Puis l'une de nos collègues mit la conversation sur les cérémonies de fondation, au mois de décembre précédent, de la société qui prenait en main les destinées des Archives. Nous avions malheureusement omis d'inviter Fonty, à moins qu'il n'eût été rayé de la liste – par égard pour les invités occidentaux.

À notre grande surprise, il était malgré tout au courant : il parla comme un témoin oculaire et nous servit des citations tirées de l'allocution solennelle prononcée lors de la cérémonie par celle qui avait soutenu sa thèse sous la direction de Pertersen, mais qui avait émigré par la suite en Angleterre, la germaniste Charlotte Jolles, laquelle – très âgée entre-temps – avait tenté de nous insuffler, à nous les savants sédentaires, le sens des affaires anglo-saxon : « Partout, la société qui vient d'être fondée a besoin de ses *trading posts*, de ses sociétés de commerce, de même qu'autrefois l'Empire britannique, au moyen de ces *trading posts*... » Fonty persifla l'appel engagé de la vieille dame : « Telle est ma devise : investissons dans l'Immortel ! »

Nous étions malheureusement obligés de concéder que cet appel était jusque-là pratiquement resté sans suite. « Mais vous savez ce que c'est. Et tout autant pour la Treuhand. Personne ne veut investir, encore moins dans la culture. Il faut tout mettre sur la table gratuitement ou pour un misérable mark symbolique. Quand on pense à tout le mal que s'est donné le professeur Jolles. »

Fonty continuait à se passionner comme s'il se fût agi de sa propre cause, et il reproduisit d'autres passages de l'allocution solennelle : « La future association, mesdames et messieurs, a besoin d'argent, d'argent et d'argent ! »

Elle qui avait cherché parmi les personnages des romans de l'Immortel un saint patron à compétences économiques, elle trouvait le soutien de Fonty, tandis que nous autres, nous nous étions limités à accueillir ses propositions avec une distance amusée, ou encore avec l'arrogance que l'on prêtait alors aux gens de l'Est. Comme Charlotte Jolles, il en vint au fabricant d'acide prussique et de bleu de Berlin : « Et pourquoi pas le conseiller au Commerce Treibel ? »

Puis, comme bon administrateur, il proposa Instetten, le préfet d'*Effi Briest*, qu'il rejeta ensuite avec un argument difficilement réfutable : « Les membres de sexe féminin n'en voudraient pour rien au monde, car nous le savons par Effi : "Il ne connaissait pas le véritable amour"... »

Après le vieux Briest furent écartées, outre Effi, les figures éponymes de Cécile et de Stine, de même que Mélusine, tant estimée de Stechlin, les deux plus jeunes filles Poggenpuhl et Lene Nimptsch, assurément indépendante, mais trop jeune. En revanche, Fonty partageait l'opinion de Mme Jolles : « Il ne faut pas mépriser Mathilde Möhring, elle n'a certes pas le charme des autres personnages féminins, mais elle possède le sens pratique dont nous avons besoin, et elle sait maîtriser la vie… »

Comme cependant il manquait à Mathilde l'attrait, ils étaient d'accord pour penser qu'un seul des nombreux personnages littéraires avait l'étoffe suffisante pour assurer le patronage : « Mme Jenny Treibel est celle qui nous montre la voie, car elle a réussi à allier l'argent à la poésie ! »

Fonty avait-il l'intention, avec l'assentiment de l'Immortel, de nous laisser ce conseil en guise de cadeau d'adieu ? Notre hôte changea soudain de sujet. Avec un rien de coquetterie, il fit remarquer que le commandant E. R. Dubslav von Stechlin, qu'on appelait toujours le vieux Stechlin, avait passé l'arme à gauche dès ses soixante-sept ans ; par comparaison, il avait l'impression d'être plein d'entrain et de projets : « Par fidélité à la Prusse, Dubslav a interdit à son serviteur Engelke d'ajouter au drapeau blanc et noir qui flottait sur la tour une bande rouge ; moi, je voudrais hisser partout le drapeau européen : plus de frontières ! Amenez les chiffons nationaux ! L'Europe arrive – même si c'est un avorton ! »

Puis il nous confia les dernières nouvelles du lac de Stechlin : « Vous savez que, lorsque n'importe où dans le monde, fût-ce en Islande ou à Java, le sol commence à gronder, il se met en mouvement, et un geyser jaillit avant de rentrer dans les profondeurs. C'est ce qui s'est passé récemment encore quand le Pinatubo s'est mis à cracher aux Philippines, sur l'île de Luzon. Je me trouvais par hasard dans la capitale du comté de Ruppin afin de rendre visite, après avoir vu quelques monuments – Schinkel, Marx, etc. –, au lac de Stechlin à nouveau accessible. C'est alors qu'il s'est mis à bouillonner. Mon accompagnateur – qui n'est pas particulièrement héroïque – a eu une peur bleue quand non seulement le geyser a jailli, mais qu'un coq rouge, battant des ailes au-dessus des eaux bouleversées, est parti en chantant vers l'intérieur des terres. »

Fonty attendit un peu pour constater l'effet de son anecdote. Puis il nous regarda un par un et dit : « C'est un signe, messieurs ! Je ne vois certes qu'un hasard dans ce climat qui joue en ce moment les insensés, mais tout de même : notre vieux globe terrestre se met à gronder comme s'il voulait se débarrasser de nous, comme si les êtres humains que nous sommes commençaient à lui peser. Hein, si ces messieurs ne m'ont pas compris, vous me comprenez sans aucun doute, mademoiselle. On fait la caisse ! Il est grand temps de quitter le navire. »

Je l'avoue, je partageais ses craintes, et je déclarai : « Mais que devons-nous faire, Fonty ? Tout laisser tomber ? Ficher le camp ? Et où, s'il vous plaît ? »

Il s'en alla. Mais avant de nous laisser seuls avec les dernières nouvelles du lac de Stechlin, il dit avec sa nonchalance accoutumée : « Du reste, la Treuhand organise un concours. On cherche encore une expression meilleure que le pénible “développement du processus”. Tout le monde peut participer. Pourquoi pas les Archives, d'autant plus qu'elles ont des difficultés financières et qu'un joli paquet est promis au gagnant. Tout est question d'argent, n'est-ce pas ? »

À quel endroit a-t-il trempé sa plume d'acier dans l'encrier ? Dans le petit café de la Potsdamer Strasse, en face du numéro 134 c ? Ou dans les Salons Offenbach, devant des amandes salées et un verre de vin rouge ?

Fonty ne voulait pas partir sans avoir écrit. Filer à l'anglaise sans un mot n'était pas son genre, et il avait d'ailleurs plus d'une douzaine de lettres en tête. Serait-ce par hasard sur un banc du Tiergarten, l'encrier à côté de lui, que juste après le brouillon griffonné au crayon, il serait passé à la mise au propre, aux boucles largement étalées, aux guirlandes ornementales et aux accents presque refermés en cercle au-dessus des *u* ?

Comme ses mots d'adieu sont dissimulés au milieu de sentences terriblement justes et de beaucoup d'entrelacs botaniques, il a sans doute utilisé le bureau dont on lui retirait la jouissance ; les derniers jours, avant de le perdre après nettoyage, Fonty y écrivit lettre sur lettre.

Sur quatre feuillets, noircis recto verso au crayon, une épître au professeur Freundlich était commencée : elle n'avait plus de destinataire. Une comparaison permet de constater qu'il a repris des passages de cette ébauche – par exemple l'allusion au palmier d'intérieur et à sa relation avec *L'Adultera* – dans une lettre qu'il écrivit à sa petite-fille : « Face à moi, devant le mur modérément ensoleillé de ma cellule jouissant jusqu'ici d'un calme plat, se dresse un palmier dattier, plus exactement un *phoenix canariensis* adapté à l'intérieur. Et lorsque me vient à l'esprit, ma chère enfant, ta relation, hélas ! si difficile – entre deux chaises et sans doute entre deux lits –, mon exemplaire unique et exotique, dans son état plutôt déplumé, me rappelle aussitôt la serre de van der Straaten où, à peine le jardinier Kagelmann a déclaré : "Mon Dieu, Madame, le palmier, c'est toujours bien", la belle Mélanie et Rubehn, le fils de banquier enflammé d'amour, se rencontrent avec des intentions adultères. Là se serraient des palmiers à la haute stature, des dracénas et des fougères géantes, enlacés par des orchidées aux parfums puissants. Une colossale forêt des tropiques placée sous une cloche. Rien d'étonnant si le couple a une respiration lourde dans cet air amolli, tandis qu'ils prononcent tous deux des mots si brûlants, si doux…

« Tu sais, mon enfant, que nulle part, ni dans *Errements et Tourments*, où l'Entrepôt de Hankel et sa chambre pour deux personnes en offrent pourtant l'occasion, ni dans *Irréparable*, avant que l'incendie n'éclate, je ne mets les points sur les *i*. J'évite les passages attendus, qui sont la plupart du temps des sommets de vulgarité. La lettre d'Effi à Crampas et les billets de Crampas à Effi en disent assez long et trahissent tout sans pour autant devenir explicites. C'est ce qui fait que je ne veux pas, pour ce qui est de ton professeur, te poser des questions qui nous mèneraient promptement dans la moiteur de la serre ; mais je me sentirais mieux si je me mettais en route avec la certitude que ma petite Madeleine est libre et respire un air pur.

« Du reste, je n'aurai bientôt plus de palmier d'intérieur. On m'enlève mon bureau. Le palmier et moi-même devons vider les lieux dès après-demain ; celui qui t'écrit est donc en quelque sorte un sans-abri auquel on a certes promis “la poursuite de son utilisation en service extérieur” – mais cela ne saurait me retenir.

« Il faut que je parte, loin, très loin ! Je me sens dans le même état que jadis mon correspondant Friedlaender auquel serrait la gorge un procès devant un jury d’honneur – une sotte histoire d’officiers qui n’est cependant pas comparable à l’affaire Dreyfus ; naturellement, le fait qu’il était juif (décoré de la Croix de fer depuis la campagne de France) jouait un certain rôle. Ce qui m’amène au professeur Freundlich : il est mort.

« Ah, mon enfant, le vide s’est fait autour de moi. Lui, rien n’a plus été capable de le retenir ; et ma modeste personne aussi est sur le point de sauter le pas. Tout me dit : il n’y a rien d’autre à faire qu’à partir du pays où, pour l’éternité, Buchenwald est près de Weimar, qui n’est plus le mien ou n’a plus le droit de l’être, où trop peu de choses me retiennent. La vieille Mme von Wangenheim, déjà, avait vu terriblement juste lorsqu’elle disait avec sa mine la plus catholique : “L’Allemagne prussienne ne promet rien de bon !”

« C’est pourquoi je voulais, peu avant que ne m’arrive (par télégramme, du reste) l’effroyable nouvelle, écrire à Freundlich : “Il faut filer à tout prix ! Ici, personne ne veut de vous. Pour vos collègues entraînés à l’occidentale, vous êtes tout juste bon à jouer les têtes à claques. Vous avez eu droit à l’évaluation finale. Sans vouloir trop tirer sur la corde d’un antisémitisme qui, hélas ! est insensible dans ce pays à toutes les intempéries, je flaire dans ce coup-là les prédicateurs de la cour. Même moi qui ai l’air originaire de la Marche plus que je ne le voudrais, j’ai subi tout récemment au Tiergarten – pour la deuxième fois – une attaque dont on aurait dit que Treitschke et Stöcker assuraient le commandement. Ce qu’on appelle des skins, au nombre de quatre, m’ont fait l’honneur d’approcher de mon banc favori. Tout d’un coup, ils étaient là, le regard bestial et à la main de vraies matraques à tuer. ‘Les juifs dehors !’ Leurs idées s’arrêtaient là. Braillements et remugles de bière. J’ai levé ma canne, j’ai rassemblé un petit peu de courage et ce qui me reste de mon français de garnison – 'Allez mes enfants !', puis, plus distinctement : 'Imbéciles !' – et ils sont partis. Vous pouvez sourire, mon cher ami, mais je vous prie de considérer que l'affaire aurait parfaitement pu devenir chaude, car depuis peu tout le monde mise de nouveau sur la force, à commencer par la Treuhand. Alors, il faut changer d'air avant qu'il ne soit trop tard !"

« Voilà le conseil que je voulais donner à celui qui a été mon ami et mon correspondant pendant de longues années, quand il a pris congé définitivement. (Mais j'ai ensuite, sur sa tombe, pris la parole dans ce sens et j'ai dit de l'Allemagne que c'était un "pays d'émigrants" au sens le plus vaste et le plus profond du terme.) Je présume qu'il avait gardé de l'Armée populaire – Freundlich était sous-lieutenant de réserve – un pistolet de service pour parer à toute éventualité.

« Tu comprends maintenant, mon enfant, que ton grand-père ne peut pas avoir d'autre envie que celle de partir, car tout a repris ici l'odeur prussienne, mélange de pin et de caserne. En un mot, je veux prendre un grand bol d'air, aussi loin que possible de l'échange de mitraille germano-allemande, mais dès que je pourrai joyeusement réapparaître ailleurs, je t'enverrai des signaux nombreux et très parlants ; sans ma Madeleine et ses petits mots, sans toi, ma jeune personne douce-amère, je ne pourrais être heureux nulle part... »

Même en direction de Schwerin, Fonty ne put s'empêcher de faire allusion à l'étagère en colimaçon. Deux plantes ajoutées par Mme Levto peu avant sa disparition, une giroflée et un pétunia, lui donnèrent accès à l'entreprise horticole des Dörr : « ... presque en face du Jardin zoologique. » Il assurait à Martha dès le début de sa lettre : « Mais ne va pas croire que ces ornements botaniques ne sont que des petits plants comparables à la marchandise plus ou moins honnête mise sur le marché par le père Dörr, au voisinage de qui habitaient la vieille Mme Nimptsch et sa pupille Lene ; ces plantes sont élevées dans les pots mêmes et donnent une floraison magnifique, surtout le pétunia. Je devrais donc être de bonne humeur. Mais, comme tu sais, c'est toujours le plus important qui manque. Par exemple un héliotrope, pas seulement celui qui occupait chez les Briest une position centrale, non, il y avait aussi chez les petites gens qu'étaient les Möhring, dans la pièce principale, un héliotrope, dont il est vrai que l'odeur était trop forte pour Hugo Grossmann, qui n'aimait guère apprendre et qui était atteint de la rougeole.

« Il y a tout ici, le palmier d'intérieur et l'impatiente, mais elle, ma véritable fleur, elle manque cruellement. Et tout se délabre de plus en plus. Quand je regarde autour de moi, il n'y a plus que Menzel qui se maintienne, pétrifié certes, mais aussi rien ne l'atteint. Moi, en revanche, je suis blessé par de nombreuses choses à la fois. (Maman t'aura sans doute parlé de la perte la plus douloureuse, qui me laisse sans voix.) Pour le reste, tout ce qu'on peut dire : liquidation ! De même que du point de vue de l'aristocratie de la Marche – à commencer par les Quitzow –, cette Marche avait été vendue aux Hohenzollern, de même, aujourd'hui, elle n'est que la cerise sur le gâteau dévoré par la déferlante des vainqueurs. Il m'est impossible d'assister à cette passation de marché.

« En d'autres termes, ton vieux père est sur le point de partir à la recherche, sinon de la Fleur bleue, du moins de l'Héliotrope qu'il ne trouve pas ici. Et c'est parce que je sais que tu es la seule à me comprendre – l'expression de ma Mete à propos des "plans frauduleux aux nombreux dessins", dans sa dernière lamentation, est plus que réussie – que je t'écris aussi librement.

« J'ai eu avec Maman, tandis que passait *Rue des Tilleuls* ou *Golden Girls*, une conversation raisonnable. Elle n'approuve certes pas pour de bon, mais elle comprend tout de même que je ne peux pas faire autrement. Je sais que toutes les comparaisons sont boiteuses ; mais il a fallu que je lui rappelle que nous nous trouvons à un moment comparable à celui de l'année 76 où j'ai été obligé de jeter par-dessus bord toutes les fadaises de l'Académie – comme la *Kreuzzeitung* des années auparavant – et de me libérer, à mes risques et périls. Personne n'a voulu me comprendre, même pas ma Mete, quand, pareillement excédé, j'ai été contraint de dire adieu à l'Union culturelle. La situation en général, cette chienlit qui se nomme le présent…

« Mais avant tout je me fais du souci pour toi, puisque aussi bien tu as récemment parlé de séparation, sinon même de divorce. Je ne pourrai guère te venir en aide. Je me sais dépourvu, sans doute, de toute idée mesquine sur le "bonheur conjugal", mais pour ce qui est de ton mari, celui que tu t'es offert comme entrepreneur solide, bienveillant, et qui à présent fait honneur à son nom par ses spéculations foncières, je ne peux dire qu'une chose : lui aussi est un fils de son époque ; car s'il achète par douzaines des châteaux et des demeures seigneuriales – tout ce qui a eu jadis un nom – cela correspond bien à l'esprit du temps. La victoire sur le communisme a rendu fou le capitalisme. C'est pourquoi je voulais instamment conseiller à Eckhard Freundlich, peu avant qu'il ne s'ordonne de quitter la vie, de prendre la tangente comme moi : "On ne peut plus rester en Allemagne."

« Tu te demandes sans doute : où va-t-il aller ? Pourquoi n'aurait-il pu dresser ses tentes à l'endroit où le grand capital édifie ses temples avec la certitude divine de son droit naturel ? Je présume que face à ce qui se passe ici, les soupirs de l'homme de Weimar valent encore : "Amérique, tu es mieux lotie !" (Du reste, il y aurait été plus proche du Mexique, son lieu de naissance.)

« Moi, en revanche, je louche de nouveau vers cette île qui, en dehors de quelques moments londoniens plus ou moins agréables, m'a tout de même fourni quelques héros de romans, par exemple Leslie Gordon, le globe-trotter poseur de câbles, afin qu'il aille, pour l'amour de la belle Cécile, se mettre devant le pistolet de Saint-Arnaud, le colonel E. R. bien entraîné.

« Tu m'as souvent demandé pourquoi mes personnages féminins avaient tous une faille ? Eh bien, c'est justement ce qui me les fait aimer. Voilà qui expliquera un peu Cécile et Effi – mais aussi ma Mete. Souviens-toi : chaque fois que tu allais au théâtre, il y avait toujours des jumelles qui te tombaient sur la tête ou un autre incident de ce genre… »

Puis, après avoir interrogé le pèse-lettre et affranchi la dernière missive à Mete, Fonty écrivit à ses fils Teddy et Friedel des lettres sobres et brèves. Il informait l'un qu'ils n'avaient de toute façon plus rien à se dire – « Il pourrait apparaître sous peu que même toi, l'homme à principes, tu n'entres plus dans aucun schéma d'excellence… » –, et il demandait à l'autre d'abandonner le projet de livre, déjà anéanti par les discussions : « Sans doute mes conférences à l'Union culturelle sont-elles pour le lecteur d'aujourd'hui, avide d'informations sensationnelles, d'une insignifiance qui n'est pas permise. De plus, épargne-moi les comptes rendus… »

Du reste, toutes ces lettres d'adieu ont été couchées sur le papier avec élan et dans une débauche de fioritures tant pour le T que pour l'F majuscules, la plume d'acier ayant été remplacée par la plume de cygne. Ainsi en était-il des brefs billets à des personnages littéraires importants comme le couple Wolf et le dramaturge Müller, dont nous ne citons des passages qu'avec réticence. Tandis qu'il mettait en garde le dramaturge, qui venait d'être père, contre les enfants mal élevés qui pilent le phosphore des allumettes pour le mettre dans le café et cachent des épingles dans le pain, il transmettait à l'écrivaine autrefois adulée dans sa célébrité, puis mise plus bas que terre, la somme de son expérience : « C'est souvent la même entreprise qui fabrique les monuments et les bûchers… »

Seule Mme le professeur Jolles, à qui il annonça sa visite et qu'il célébrait, déjà tout excité par le voyage, comme une « Miss Marple sur les traces de mes années londoniennes », fut mise au courant de sa destination et de son arrivée : « Pour m'éviter la fatigue du train et du bateau, j'ai réservé sur un vol direct… »

Il n'écrivit pas à Emmi Wuttke. Elle savait déjà. Plus tard, elle nous a dit : « Mon Dieu, y vous aurait fallu voir mon Wuttke, à la maison. On pouvait plus le tenir. Que la Treuhand elle lui ait pris le bureau, tandis qu'il était comme chez lui dans la maison depuis l'Aviation du Reich, ça l'a pas seulement tarabusté, il a pris ça pour une insulte personnelle. Et le télégramme en plus. Il a de suite deviné ce qui se passait, même avant la lettre où y avait tout dedans. Mauvais, vraiment mauvais pour lui. Mais ça, je le dis qu'à vous : il a pleuré, pleuré pour de bon, mon Wuttke. Mais y voulait déjà partir avant, se libérer, il a dit, même de moi, et je dois dire que ça m'a fait mal, ça me le fait encore. Mais je me suis dit : s'il a besoin de changer de papier peint, ben qu'il le fasse. Qu'il s'esbigne, si c'est ce qu'il veut. Il reviendra… »

Il boucla tout de suite sa ceinture. Si nous autres, des Archives, nous employons cette expression lapidaire, ce n'est pas seulement en raison de l'idée que nous nous faisons de Fonty, mais aussi des conséquences des services fournis par nous : c'est nous qui avons réservé le vol, une place au hublot, non-fumeur, qui avons payé le billet et sommes allés le chercher. Même pour le trajet jusqu'à Tegel, depuis la gare du Zoo, c'est nous qui nous sommes occupés du taxi. L'un de nous l'a aidé au moment de l'enregistrement. Et l'une de nos collaboratrices l'a accompagné jusqu'au contrôle des passeports. C'était le désir qu'il avait exprimé comme en passant à la fin de sa visite d'adieu : « Du reste, je suis un peu las de Berlin et je vous serais reconnaissant si vous pouviez, avec toute la discrétion possible… »

Il nous faisait confiance. Et naturellement il a remboursé en liquide le montant de l'aller simple au moment où, comme convenu, il était au rendez-vous sous l'horloge de la gare : en tenue de voyage, avec une canne légère en bambou, un chapeau de paille et un paletot neuf, qu'il portait sur le bras, négligemment plié. À côté de lui, valise et sac de voyage, comme s'il partait en villégiature.

À cette époque, nous avions déjà été intégrés, conformément au traité d'unification, à la Fondation pour le patrimoine culturel prussien. La nouvelle direction aurait pu le rendre méfiant, car si certaines acquisitions toutes fraîches, l'ordinateur de bureau et le fax, l'avaient stupéfié, il croyait cependant pouvoir compter sur notre discrétion ; il y avait trop longtemps qu'il était lié aux Archives.

Il plaisanta même de la « colossale modernisation » et cita lors de sa dernière visite le vieux Stechlin : « Je ne peux pas souffrir les télégrammes ! » Mais ensuite, il nous pria de copier grâce à nos instruments quelques articles de Mme Jolles se rapportant aux séjours londoniens et au journal de l'Immortel : « Pour avoir quelque chose à lire pendant le voyage. Ça ne peut pas faire de mal, mesdames et messieurs, de découvrir son propre pot aux roses. Il y a à coup sûr des choses terriblement justes là-dedans, et pas seulement pour ce qui est des brouillons. Mais n'oubliez pas que personne ne traverse cette vie dans une complète innocence. Que dit Mister Robinson, déjà, le cocher anglais, quand il est en visite chez un autre cocher : "Mais *widow*, c'est plus que *virgin*..." »

Quand, à sa demande, nous sortîmes une photo de Mme le professeur Jolles où on la voit, lors des cérémonies de fondation de notre association, debout au pupitre dans un geste éloquent, Fonty crut percevoir une certaine ressemblance avec Mathilde von Rohr, « ma vieille correspondante » : « Je lui ai écrit, à l'époque où je travaillais aux *Promenades* et où j'avais dans la tête des lubies tout à fait extravagantes, en juillet 47 je crois : "Je voyage en ce moment dans l'espace de deux heures sur un voilier en direction de Teupitz, à dix milles d'ici, en passant devant Köpenick et Wusterhausen, toujours en remontant la rivière. C'est la Dahme ou la Spree Wende..." »

Il dit cela comme s'il récitait un poème sur la Marche, mais c'était une destination bien lointaine qu'il avait devant les yeux.

Vol direct de Tegel à Heathrow. Tout se passa comme il fallait : il eut sa place au hublot et put voir l'aile gauche du *jet*. Son baptême de l'air après tant de voyages en chemin de fer. Certes, le première classe Theo Wuttke avait pris plusieurs fois, dans ses fonctions de courrier prioritaire, un Ju 52 pour Paris ou atterri sur des aérodromes militaires en Normandie ou en Bretagne, mais cela ne comptait pas. Ce n'était pas Wuttke, dit Fonty, qui était maintenant assis ceinture bouclée, c'était l'Immortel qui attendait le décollage, cette accélération, cette lévitation… Les franges folles de la moustache tremblaient légèrement.

Il fallut attendre que tous les passagers aient trouvé leur place et rangé leurs bagages à main. L'appareil de la British Airways était complet. Devant, derrière lui et de l'autre côté, ils étaient assis en rangs serrés. Autant qu'il pût voir, personne n'aurait trouvé une place libre à la dernière minute. Au rang qui précédait le sien se trouvait un Sikh, reconnaissable à son haut turban, à côté de Fonty une petite fille avec une poupée sur les genoux et qui voyageait apparemment seule, car la femme qui était assise à côté de l'enfant feuilletait un journal et n'avait ni un mot ni un regard pour la beauté potelée qui se trouvait à côté d'elle.

Conformément aux injonctions de l'hôtesse, ils avaient maintenant tous attaché leur ceinture. La petite fille, qui avait du reste les cheveux couleur de rouille, avait même inséré sa poupée, mince et aux longues jambes, entre elle-même et la ceinture de sécurité. Maintenant, l'avion aurait pu démarrer et rouler en direction de la piste de décollage. L'hôtesse expliqua ce qu'il fallait faire en cas d'urgence – tandis que les haut-parleurs du bord commentaient en deux langues – par une pantomime où figuraient tous les gestes salvateurs. À présent, l'hôtesse parcourait le couloir central comme sans toucher le sol, avec un sourire contrôleur ; elle lança à l'enfant qui voyageait seule un « Hello ! » d'encouragement, atteignit de son pas souple le rideau qui séparait les premières de la classe économique, s'assit et boucla elle aussi sa ceinture. Les deux mains de Fonty reposaient sur ses genoux. L'enfant dit alors :

« Tu trembles, Papy. Tu as peur ?

– Heu, oui, c'est la première fois que je prends l'avion.

– Moi, ça ne me fait rien, parce qu'il faut souvent que j'aille à Londres pour le week-end.

– Alors peut-être que tu voudrais être hôtesse plus tard…

– Pas du tout. On s'ennuie beaucoup trop. Malheureusement, je suis obligée de faire souvent l'aller-retour, parce que Maman et Papa sont séparés, tu sais. C'est mieux comme ça d'ailleurs. Ils ne se sont jamais vraiment compris, rien que des disputes.

– Et ton papa travaille à Londres, maintenant ? Moi aussi, un moment – il y a bien longtemps –, j'y avais un emploi, et je suis même allé ensuite en Écosse…

– C'est pas mon papa, c'est ma maman qui a foutu le camp, et avec sa copine, elle s'appelle Mary-Lou, elle a ouvert une boutique vraiment chic, pas loin de Portobello Road. Maman dit que ça marche très bien pour un début. Mais pour vivre vraiment, je vis chez mon papa, c'est mieux comme ça.

– C'est très intelligent de ta part, de voir les choses raisonnablement comme tu le fais…

– Enfin. Parfois je pleure. Je n'ai que neuf ans. Mais là je me dis toujours : il vaut mieux pas de famille du tout qu'une famille désunie, où il y a toujours du grabuge. Tu trembles encore.

– Oui, mon enfant.

– C'est pas la peine, vraiment.

– Je sais.

– Moi aussi, au début je tremblais un peu.

– Comment t'appelles-tu ? Pourquoi on ne décolle pas ?

– Eh bien, je m'appelle Agnès. Et on ne décolle pas parce qu'on n'a pas encore l'autorisation. C'est souvent comme ça, et ça peut durer. Comment tu trouves Agnès ?

– J'ai connu une petite fille qui s'appelait comme ça. Et cette Agnès-là, elle était souvent assise à la fenêtre qui donnait sur la terrasse et feuilletait lentement un livre d'images où on voyait non seulement des châteaux et des lacs avec des cygnes, mais aussi des hussards. Et la mère de cette petite Agnès, qui n'avait pas de père… j'aimerais que nous soyons déjà là-haut… »

L'enfant posa sa petite main potelée sur la main droite de Fonty, qui tremblait particulièrement et qui tentait de se fixer sur son genou. Cela fit un peu d'effet, cette main d'enfant sur les entrelacs veineux du dos de sa propre main. Il ferma les yeux et se raconta un lointain passé, se raconta le lac et le geyser, les girouettes et le musée plein de toiles d'araignées, et puis le vieux Stechlin, qui portait un drôle de prénom, Dubslav ; et il se raconta le serviteur Engelke et la sorcière herboriste Buschen, et puis il ne se raconta plus que la petite Agnès qui, tenant compagnie au vieil homme, était assise en bas rouges à la fenêtre de la terrasse, feuilletant un livre d'images qui était en réalité un recueil relié de journaux agricoles : « Et lorsque Dubslav vint à mourir, l'enfant dit : "Il est mort ?" Mais le serviteur Engelke dit : "Non, Agnès. Y dort juste un p'tit peu…" »

L'autre Agnès s'exclama : « Qu'est-ce que tu racontes bien ! Raconte encore… »

Le récit de Fonty sur l'agonie du vieux Stechlin fut interrompu par une annonce : « Ici le capitaine Morris… »

En anglais d'abord, puis en langue allemande, il fut question d'un bagage qui se trouvait à bord de l'appareil et qui devait, pour des raisons de sécurité, repasser au contrôle. On se voyait malheureusement contraint d'inviter tous les passagers à quitter provisoirement l'avion. British Airways regrettait infiniment.

Tandis qu'Agnès se libérait de sa ceinture, elle et sa poupée, puis aidait Fonty à en faire autant, elle dit : « J'ai l'habitude. C'est encore une alerte à la bombe. Ça ne dure jamais longtemps. Et dehors il y a des rafraîchissements en échange d'un bon. Là tu pourras continuer à me raconter l'histoire de la sorcière aux herbes qui était en fait la grand-mère de la petite Agnès, et de l'instituteur qui s'appelait Krippenstapel, et puis d'Engelke et du vieux dans son fauteuil, et encore d'Agnès avec ses bas rouges. Mais tu me diras aussi pourquoi la sœur du vieux, celle du couvent, elle était tellement énervée par les chaussettes rouges… »

Nous ne fûmes pas particulièrement surpris. Cette intervention, malgré le secret absolu que nous avions observé, était prévisible. Ou était-ce que l'un d'entre nous – tout le monde ou presque était soupçonné à cette époque – avait trouvé utile une petite trahison ?

Au bistrot de l'aéroport où l'hôtesse conduisit les passagers et où l'on distribua à ceux-ci, en échange d'un bon, des rafraîchissements dans des gobelets en carton, et bien que tous les passagers à destination de Londres eussent déjà repassé le contrôle pour se retrouver en zone *duty free*, au bistrot se trouvait déjà Hoftaller, grâce à ce qu'il appela ensuite « une autorisation spéciale obligeamment accordée ».

En flanelle grise toute neuve, il se dirigea vers Fonty et l'enfant potelée accompagnée de sa poupée, étendit les bras comme en signe de bienvenue et contraignit sa cible, sans un mot mais d'un signe du doigt, à venir s'asseoir à l'une des tables libres. Quand Agnès voulut s'asseoir aussi, Fonty déclara : « Ce n'est malheureusement pas possible, mon enfant. Il faut que nous parlions d'une petite chose…

– Je sais, dit la petite fille, c'est réservé aux adultes. Maman dit toujours : ce n'est pas pour les enfants, et Papa, quand il a de la visite, il dit aussi…

– Plus tard peut-être…

– Je sais.

– Je te raconterai…

– Ça va, ça va. »

Quand ils furent seuls, Hoftaller déclara : « Alors nous revoilà. Quelle coïncidence ! »

Agnès était allée s'asseoir à quelques tables de là avec sa poupée et son sac à dos. Elle ne touchait pas à son jus d'orange. Son regard et le regard de la poupée, qu'elle tenait sur son petit ventre, étaient du même bleu et ne quittaient ni Fonty ni l'autre adulte.

Hoftaller voulut fumer mais n'en obtint pas l'autorisation. Le rafraîchissement était fini au bout de trois gorgées. Il ne passait plus que du temps.

Peu importe qui entama la conversation : ils parlèrent une bonne heure. Pour finir, seul Hoftaller tenait le crachoir. On annonça d'autres appareils, qui partirent : Rome via Milan, Paris. Fonty était droit comme un I et s'efforçait de garder contenance. Parfois il levait les mains, et parfois il les laissait tomber. À plusieurs reprises, il hocha lentement la tête. Une fois on le vit acquiescer. Et une seule il éleva la voix : « Je connais cette formule ! »

Un instant, il détourna son visage de vieillard, tête nue, et sourit à Agnès qui était assise là-bas et qui ne lui rendit pas son sourire. Puis il se consacra de nouveau entièrement à Hoftaller. Son chapeau de paille gisait sur une chaise contre laquelle était appuyée sa canne de bambou. À en croire son apparence extérieure, on aurait pu le voir récemment encore dans la Potsdamer Strasse, au Tiergarten, au marché des Gendarmes ou devant la gare du Zoo : il avait l'air d'un autre temps. Les gens le regardaient et grimaçaient un sourire ; et au bistrot de l'aéroport, sur les tabourets, les têtes se tournaient dans sa direction. Il attirait davantage l'attention que le Sikh enturbanné et l'enfant potelée munie de sa poupée.

Quand on annonça enfin le vol pour Londres, et que les passagers se rassemblèrent devant la porte, Agnès, les jambes vigoureuses, un peu arquées, s'approcha des deux adultes qui étaient restés assis. C'est alors seulement que Fonty s'aperçut qu'avec ses chaussettes rouges, elle portait des souliers noirs vernis.

L'enfant dit sans s'occuper de Hoftaller : « C'est ce que je pensais. Encore une fausse alerte. C'est quand même mieux que s'il s'était passé quelque chose. Et maintenant on va partir. »

Fonty, qui voulut se lever mais resta finalement assis, déclara :

« Je ne peux pas, Agnès. Ou je n'ai pas le droit. Peut-être une autre fois...

– Mais tu es une grande personne. Et les grandes personnes ont toujours le droit, tu sais...

– Moi non. Ou parfois, exceptionnellement. »

Agnès ne dit plus rien. En se dirigeant vers le guichet, elle laissait ballotter la poupée au bout de son bras tout raide, si bien que les longues jambes du jouet et les souliers vernis de l'enfant balayaient le pavé du hall des départs.

La question de savoir quelle pression particulière et plus généralement quelle raison, s'il y en avait plusieurs, avaient obligé le passager Fonty à faire annuler le voyage pour Londres que nous avions réservé restera longtemps pour les Archives susceptible de réponses diverses. Même si l'un d'entre nous n'avait pas gardé le secret, cette trahison aurait certes sali notre réputation, mais ne nous aurait pas éclairés. Ce qui nous a été rapporté ne permettait aucune réponse définitive, ce qui explique que nous pensons aujourd'hui que plusieurs raisons lui ont fait récupérer ses bagages. Il est vrai que la valise en métal léger spécialement achetée pour l'occasion ne fut livrée Kollwitzstrasse que quarante-huit heures plus tard, une fois qu'on l'eut retrouvée à Londres. Sous déduction des taxes habituelles, on lui a même – par notre intermédiaire – remboursé le prix du vol. Ce voyage raté n'entraîna certes pas des coûts disproportionnés, mais une chose est certaine : c'est à partir de ce moment que Fonty est devenu un autre.

Hoftaller lui a asséné son bavardage en plusieurs étapes. Il a sans doute commencé par mettre sur la table cette histoire il est vrai absurde, mais en soi concluante, selon laquelle Fonty pouvait se dire à bon droit arrière-arrière-petit-fils de l'Immortel. La vieille histoire de Dresde refit surface une fois de plus, les parties de canotage avec la fille de jardinier Magdalena Strehlenow, les poèmes de Lenau, la soif de liberté, la lune et ses conséquences : un enfant du nom de Mathilde qui depuis l'été 1843 réclamait une pension alimentaire au jeune pharmacien.

Et cette Mathilde Strehlenow aurait, en 1864, à l'époque de la guerre avec le Danemark dont le résultat fut le premier des volumes de guerre, épousé un fonctionnaire stagiaire qui, selon les réponses que nous fit Hoftaller, était un peu clochard, venait de Konitz, en Prusse, portait le nom d'August Wuttke et, peu après la naissance d'un fils – le grand-père de Fonty et petit-fils de l'Immortel, Friedrich – était mort d'une pneumonie.

Cela se passait vers la fin de la guerre contre l'Autriche, après qu'August Wuttke se fut hissé, à Rheinsberg, au rang d'assesseur. La vaillante Mathilde permit à son fils d'acquérir une bonne formation. Et c'est dès l'« année des Trois Empereurs » que Friedrich Wuttke, après s'être élevé à la fonction de chef vendeur chez Hirschfeld Père & Fils, à Gransee, épousa une fille d'instituteur du nom de Marie Duval, d'origine manifestement huguenote ; Hoftaller fut en mesure de nous présenter la copie d'un certificat de mariage.

Et de ce mariage fut issu, entre autres enfants et peu avant la dépêche de l'empereur à l'oncle Krüger, Max Wuttke, qui doit être considéré à la fois comme l'arrière-petit-fils de l'Immortel et le père de Fonty. Cela se produisit peu après le départ de la famille pour Neuruppin, où Friedrich Wuttke s'était mis à son compte comme marchand de bois, pour faire bientôt faillite.

Son fils Max apprit le métier de lithographe, fut incorporé à partir de 1915, survécut même, sous-officier, à la guerre des gaz, revint avec les débris du 24e régiment d'infanterie à Neuruppin où il épousa aussitôt la fille d'un lieutenant tombé à Verdun. Avant même sa fille Liselotte, Luise Wuttke, née Fraissenet, lui donna un fils du nom de Theo, arrrière-arrière-petit-fils de l'Immortel – notre Fonty, dont l'unique sœur, tante Liselotte, repose depuis le milieu des années cinquante, déjà, au cimetière d'Ohlsdorf, à Hambourg.

Et c'est cette histoire d'une linéarité ébouriffante – qu'elle soit vraie ou non – qui aurait déterminé le lointain descendant à renoncer, après la fausse alerte à la bombe, au vol qui avait été réservé ?

Nous ne pouvons pas y croire. Ceci est plus probable : Hoftaller a prolongé la ligne et mis sur le tapis l'arrière-arrière-arrière-petit-fils de la lignée de Dresde, le conseiller ministériel à la Défense Teddy Wuttke, ce qui ne lui demanda pas des heures de menaces. Sans aucun doute, plus que l'allusion : « On peut aussi faire autrement ! », ce fut une information supplémentaire qui conduisit à la renonciation : Teddy n'était devenu informateur que pour protéger son père et sa mère. Seule sa sollicitude pour ses parents lui avait fait livrer par petites portions son savoir spécifique plus ou moins confidentiel. On ne pouvait trouver de meilleur fils. « Imaginez, aurait pu dire Hoftaller, imaginez qu'à la différence de son serviable frère, le pilote Georg, Teddy ait été obstiné, égoïste, et se soit dit : Qu'ai-je à faire de la situation de ma famille ? Qu'ils mettent mon père, cette tête en l'air, qu'ils mettent mon père à la production, qu'ils jettent ma sœur du Parti, qu'ils la flanquent même à Bautzen, et ma mère... »

Voilà comment les choses auraient pu se passer. Et si tel n'est pas le cas, alors c'est l'annonce par Hoftaller, au bistrot de l'aéroport, de la tentative de suicide d'Emmi Wuttke qui n'aura pas manqué son effet. Elle avait, dès que Fonty s'en était allé avec son chapeau, sa canne et sa valise, pris une pleine poignée de pilules. Par bonheur, sa fille Martha, dès réception de la lettre de son père, avait quitté Schwerin. Elle avait pu juste à temps, avec l'aide de la voisine Scherwinski, apporter les premiers secours. « Naturellement, il a fallu faire un lavage d'estomac à votre Emmi, à l'hôpital de la Charité. Mais on vient encore de m'assurer au téléphone qu'eu égard aux circonstances, elle ne va pas trop mal. Ah, Fonty ! À quoi pensiez-vous donc ? Heureusement que j'ai eu le tuyau. En tout cas, votre Emmi va être contente de récupérer son Wuttke le plus tôt possible. »

Cela fut suffisant. Et si cela n'avait pas suffi aurait pesé la promesse faite par Hoftaller d'essayer de faire sinon abroger, du moins ajourner le retrait du bureau de la Treuhand. Il dit : « Du reste, de nouvelles perspectives se dessinent. À la demande de la Treuhand, vous devriez être chargé de visiter avec des investisseurs intéressés d'anciens châteaux et domaines. Une petite tournée par-ci, par-là. On compte sur votre compétence de guide. Les gens de la Treuhand savent que vous en connaissez jusqu'au dernier recoin. Ce serait une sorte de réactivation des *Promenades à travers la Marche*. Nous sommes sûrs que les acheteurs qu'il faut stimuler apprécieront vos connaissances historiques, souvent dissimulées sous l'anecdote. Ça n'est pas rien, Fonty ! Il y a de l'avenir. Partons pour la Marche ! Ce n'est pas Londres, c'est le château de Kosenblatt qui est au programme. Des excursions dans le Spreewald, la Suisse de Ruppin, les cygnes de la Havel, les forêts de la Marche. Et partout, une foule d'histoires de revenants et de fantômes. Vous pourrez voyager – de château en château ! »

C'est ainsi que Hoftaller parvint à enlever Fonty. Il faut prendre la chose à la lettre. À peine eurent-ils franchi le contrôle des passeports que Fonty s'écroula. À plusieurs reprises, il se plia, cherchant à respirer. Soutenu par Hoftaller, il arriva jusque devant l'aéroport, mais il fut incapable de parcourir les cent mètres qui les séparaient de la station de taxis. Dans son paletot neuf, Fonty avait les genoux tremblants. Sa respiration était sifflante. Ses mains gesticulaient, c'est à peine s'il arrivait à tenir la canne de bambou. Tout grelottait.

Doute qui veut : Hoftaller l'a emporté sur son dos. Sans un mot, il s'offrit à jouer les ânes bâtés. Grâce à une stature râblée, il ne lui était pas difficile de prendre tout bonnement sur son dos un Fonty allégé par son délabrement de vieillard. Le pauvre homme pendait, comme attaché à la rondeur du dos. Il était assis sur les mains du porteur qui, croisées derrière son dos, formaient un siège, et ses bras en entouraient la poitrine. Sa tête, le chapeau de travers, pendait par-dessus la casquette de base-ball de son ombre-diurne-et-nocturne, qui n'allait vraiment pas avec la flanelle neuve. Même la canne de Fonty, coincée quelque part, fut sauvée. Ils avancèrent pas à pas. Le contraste accouplé en une nouvelle unité. Le portefaix et son fardeau. Le monument ambulant d'eux-mêmes, qui projetait une ombre compacte. Et au milieu d'autres spectateurs, nous les vîmes avancer vers la station de taxis ; ce qui, dans l'espace de peu de temps, s'étira malgré tout en une petite éternité.

Il l'a enlevé. « Non, dit Hoftaller, il fallait que je mette notre ami en sécurité… »

34. Soins alternés

Ce qui avait commencé par des frissons et avait même inquiété le chauffeur de taxi pendant la traversée de la ville – « Ben dis donc, il en a pris un vieux coup ! » –, puis, après les embouteillages et les déviations, s'était transformé pour Hoftaller, dans la Kollwitzstrasse, d'étage en étage, en une vraie torture – parce que Fonty, incapable de monter deux marches, dut à nouveau être chargé comme un ballot – se transforma dans le trois pièces et demie, au milieu d'une débauche de claquements de dents, en une fièvre délirante ; quand Martha Grundmann et la voisine Scherwinski eurent empaqueté le malade dans son lit, le thermomètre indiqua 39,9.

Il frissonnait sous la couette qu'il rejetait continuellement. Comme lui-même, ses prothèses étaient indomptables : les dents artificielles s'entrechoquaient dans un grand cliquetis et durent rejoindre le fond d'un verre ; quelques débris de mots, quelques noms n'en passèrent pas moins. Fonty appelait l'ami de sa jeunesse. Il était en chemin sur la lande écossaise fouettée par le vent avec Bernhard von Lepel. Puis il sembla qu'ils se fussent perdus, qu'ils fussent tombés dans un marécage bourbeux. Une aide était nécessaire. Il demanda Mathilde von Rohr, sa confesseuse toujours prête à recevoir la confidence de ses chagrins, auprès de qui il put alors, avec plus de calme et sans claquer des dents, déplorer d'abord la morosité domestique, la dernière querelle conjugale, pour ensuite se jeter en balbutiant sur les collègues : le vieillard qu'était devenu Lepel était complètement calcifié, Heyse, à Munich, manquait de matériau, et : « Wildenbruch s'est encore rendu coupable d'un vers effrayant… Merci beaucoup pour les asperges restées fraîches tout au long de la voie postale… On continue à imprimer des ignominies sur les torchons journalistiques… »

Le cliquetis et les tremblements faiblissaient. Pour finir – et à nouveau avec ses dents d'emprunt – il salua, comme après un heureux atterrissage sur la piste de Londres, son correspondant James Morris, avec qui il sonda aussitôt la situation d'un monde en crise : « Et que dites-vous des Balkans ? On dirait que les Croates et les Serbes ont de nouveau envie de se saigner… Le Caucase tombe en morceaux, pire encore, l'empire russe se décompose, si bien que nous nous souviendrons des temps, terribles certes, mais stables, où la main ferme de l'Union soviétique… Comme rien ne tient… Comme le monde sort de ses gonds… Même chose qu'après Tauroggen, avis de tempête… Et du lac de Stechlin a jailli juste avant mon départ un geyser de plus en plus haut… »

Après une deuxième prise de température – 40,3 maintenant – Martha pria l'ombre-diurne-et-nocturne du passager pour l'Angleterre qui gisait là si pitoyablement d'aller à la cabine téléphonique la plus proche composer un numéro qu'elle avait griffonné sur une feuille d'éphéméride hâtivement arrachée, et qui portait la date du 12 juin : « Ben allez-y ! Ça ne fait pas avancer les choses de rester planté là ! »

Le docteur Zöberlein, dont la polyclinique devait prochainement subir le développement du processus, mais qui servait toujours de médecin de famille aux Wuttke, le docteur Zöberlein arriva tout de suite, si l'on veut bien considérer comme tout de suite deux heures d'attente devant une fièvre en pleine ascension. Le médecin surmené, mais qui n'en avait jamais l'air, n'eut besoin que d'un coup d'œil : « Bien connue, cette tendance à l'anémie, qui n'est pas sans danger. Mais cette fois-ci elle semble vouloir nous sortir le grand jeu. Le plus raisonnable serait de l'envoyer tout de suite à Buch, à l'hôpital. Je sais, je sais : notre patient ne voudra pas. La charge nerveuse n'en serait que plus grande. Alors fions-nous aux soins domestiques et aux forces de guérison naturelles qui ont fait leurs preuves chez notre malade. Pour les médicaments, comme d'habitude. Il faut surtout faire baisser la fièvre… »

Fonty gisait tranquille, épuisé. Le docteur Zöberlein passa au beau milieu d'une phrase d'un patient à l'autre : « Je présume que ça s'est porté sur l'estomac de Maman Wuttke. Pas étonnant, quand le vieux monsieur s'offre des choses pareilles. Décamper comme ça ! C'est d'ailleurs assez fréquent ces temps-ci. Ça doit tenir à l'époque… »

Le médecin se tourna donc vers Emmi, auprès du lit de laquelle était assise Inge Scherwinski, la voisine, qui ajoutait une deuxième voix aux lamentations de la vieille femme. Elle n'avait naturellement pas pris des tonnes de comprimés – le lavage d'estomac était une invention de Hoftaller –, mais elle restait tout de même alitée, bien qu'on lui eût ramené son Wuttke. Hoftaller traînait dans la cuisine, comme si l'on avait encore besoin de lui.

« Ça s'arrangera », dit le docteur Zöberlein, en rédigeant de nouvelles ordonnances. Quand la voisine Scherwinski se plaignit à lui d'avoir mal au dos – « J'arrive plus à me tenir droite » –, il lui conseilla la gymnastique et les chaussures à talons plats. Puis ce fut le tour de Hoftaller. Celui-ci réagit avec un certain effroi lorsqu'on lui demanda s'il n'y avait pas quelque chose qui clochait, mais il se reprit aussitôt : « Je regrette, docteur. Il y a encore quelques personnes en bonne santé. »

Puis le médecin s'en alla, non sans avoir promis à Martha Grundmann de revenir voir les deux malades dès le lendemain : « Je compte sur vous. Vous n'avez pas le droit de baisser les bras, cette fois-ci. Promis ? »

Martha eut certes assez de force pour courir à la première pharmacie, mais quand elle eut approvisionné son père et sa mère en médicaments antipyrétiques, tranquillisants et gastrophiles, donné à Inge Scherwinski un paquet de cigarettes et posé sur la table de la cuisine une bouteille de bière pour Hoftaller, elle se sentit elle aussi « plutôt patraque et mal en point ». La sueur au front, dans les premiers tremblements de la fièvre, elle redevenait bien la fille de son père, ce qui signifiait chez elle : « J'ai les nerfs complètement à plat, je suis bonne pour le lit. »

Quand Hoftaller s'informa : « Alors, c'est comment, la vie à Schwerin ? », elle lui répondit d'abord avec quelque rudesse : « J'aimerais bien savoir en quoi ça vous concerne », mais elle revint ensuite un peu sur sa brutalité : « Comment voulez-vous qu'elle soit ? En principe pas pire qu'ici. Mais je suis contente d'être partie pour quelques jours. J'ai du mal à me faire au Mecklembourg ; ou ils n'ouvrent pas la bouche, ou ils gueulent comme des putois. Mais c'est pas vraiment la joie ici non plus. Oui. D'abord c'est Maman qui s'écroule, et puis maintenant Papa. Et si ça se trouve c'est mon tour. Il faut absolument que je m'allonge. Ça ne vous ferait rien de… En tout cas Papa vous serait très reconnaissant… Rien que jeter un coup d'œil de temps en temps… Dès demain peut-être, le temps que j'aie repris du poil de la bête… On n'est plus bons à rien… La clef de l'appartement ? Euh, dans le deuxième tiroir à gauche… Voilà… Il y a d'autres bières au frigo. »

Le malade dormait. Emmi Wuttke s'était endormie elle aussi. Et quand, peu après, Martha Grundmann, sous ses paupières fermées, mais sans cesse agitées de tressaillements nerveux, eut trouvé un peu de sommeil, Inge Scherwinski déclara : « Quelle famille ! Quand y en a un qui se couche, y se couchent tous à la fois. C'est pas mal que vous soyez là et que vous surveilliez un peu. Parce que moi, maintenant, faut que j'y aille, si, c'est vrai, parce que sinon mes gamins vont tout me ficher sens dessus dessous… »

Hoftaller était assis dans la cuisine et alla prendre une autre bière quand la précédente fut finie, ce qui lui permit de constater que Martha Grundmann avait mis au frais une demi-douzaine de Schultheiss. On comptait sur lui. Il faisait partie de la famille. Malgré le silence qui régnait derrière les portes des chambres, il ne se sentait pas seul. À part lui, il y avait la pendule de la cuisine et le téléviseur, mais celui-ci devait rester muet ; le tic-tac de la pendule, dont le cadran était en émail, en disait assez. Emmi et Fonty dormaient très calmement, même Martha semblait avoir trouvé le sommeil, ou du moins, si elle ne dormait pas, elle souffrait en silence et écoutait ses nerfs bien éveillés.

« Je vais seulement couper le circuit pendant quelques heures, comme ça j'aurai de nouveau la forme et vous pourrez aller voir ailleurs. » C'était ce qu'elle avait dit avant de se retirer dans sa chambre de jeune fille. Et Hoftaller, qui avait répondu « J'ai le temps », s'attendait à une assez longue présence. Maintenant, la pendule faisait tic, tac et de temps en temps le frigo vibrait.

Martha Grundmann nous a dit plus tard : « Oh, il a eu l'air plutôt sidéré quand je l'ai laissé comme ça dans la cuisine. Il n'était pas habitué, jouer les infirmiers et tout ça. Il s'est dit à coup sûr que j'allais me requinquer en quelques heures ou peut-être un peu plus. Seulement notre histoire a tiré en longueur. Il ne pouvait bien sûr pas le savoir quand il a dit “J'ai le temps”. Et ça n'a pas dû être simple pour lui d'avoir trois malades sur les bras, tous difficiles, même si mon amie Inge faisait les courses et préparait de temps en temps du bouillon de poule à l'avance. Oui, je ne pouvais pas le sentir, eh bien parce qu'il… Mais enfin vous savez tout ça. Et quand il se mettait à sourire comme ça pour un oui, pour un non, je l'aurais… Mais il y a une chose qu'on ne peut pas lui enlever, c'était touchant de voir comment il s'est occupé de nous, pendant des jours, qu'est-ce que je dis, pendant des semaines… »

Ce n'est pas sans malin plaisir que nous autres, des Archives, nous avons entendu ce qu'il nous a présenté plus tard, depuis une cabine téléphonique, comme sa toute nouvelle activité : « Je n'aurais jamais cru que c'était vingt-quatre heures sur vingt-quatre. Avec Fonty, ça va encore, mais la mère et la fille ne me laissent pas un instant de repos. Toujours une foule de choses à demander. Et il faut toujours que ça aille vite. Non, je n'ai pas besoin d'aide, je me débrouille, et je dors dans la cuisine, tant bien que mal. Mais il faut que je raccroche, parce que la voisine veut repartir, c'est urgent, elle dit, elle doit aller aux Allocations ou quelque chose comme ça… »

Il ne se plaignait certes pas, mais on sentait la fatigue. Hoftaller n'en dut pas moins éprouver un penchant pour la fonction d'infirmier, peut-être même découvrir en lui une certaine responsabilité à l'égard des Wuttke, puisque aussi bien il disait « mes malades » et « ma tâche qui n'est pas toujours facile ». En tout cas, le docteur Zöberlein était satisfait de sa sollicitude. À nous, le docteur a parlé d'une « chance ». « C'est un ami de la famille comme on voudrait en avoir. »

Et quand, début juillet, le médecin partit pour un voyage d'étude dans un pays occidental, comme il en avait enfin obtenu la possibilité – plus tard, après la fermeture de la polyclinique, il alla s'installer définitivement à l'Ouest –, il put être sûr que ses trois patients peu faciles à soigner étaient en de bonnes mains.

En tout, Hoftaller dut prêter la main pendant quatre petites semaines. Manifestement habitué à une vie spartiate, il avait placé dans la cuisine un lit pliant rescapé des années noires, qui se trouvait dans la cave à charbon. Nous imaginions en tout cas que le logis de Hoftaller – il fallait bien qu'il habitât quelque part – n'était que chichement meublé. Dans la biographie de Tallhover sont mentionnées une maison et sa cuisine, ainsi qu'une cave où il s'est, quoique vainement, condamné à mort ; il est en outre question d'une vieille femme qui faisait le ménage une fois par semaine ; rien de plus, pas d'arrondissement, pas de rue. Mais nous situerions volontiers l'adresse de Hoftaller dans les immeubles en préfabriqué des arrondissements de Marzahn ou de Berlin-Centre où, héritage de l'État des Ouvriers et Paysans, les cadres du Parti habitaient au coude à coude.

Aucun de nous ne lui a jamais rendu visite. Même Fonty ne s'est exprimé que vaguement : « Il est probable que mon ombre-diurne-et-nocturne loge dans des cantonnements variables, et plutôt mal que bien. Aucune idée de qui s'occupe de lui. Jamais il n'a parlé de femmes. Et il est certain qu'il ne sait pas faire la cuisine. Je l'ai toujours vu avec une bouteille Thermos et de la charcuterie dans une gamelle, quand il était en service extérieur… »

Il était d'autant plus étonnant que l'infirmier Hoftaller, même sur les indications d'Inge Scherwinski, fût bientôt capable de préparer une nourriture de régime, des flocons d'avoine ou un bouillon de poule par exemple, qu'il appelait « pénicilline juive ». Plus tard, il s'est même risqué à de la viande hachée légèrement épicée accompagnée de pommes de terre à l'eau et de petits pois, avec succès apparemment, car Emmi Wuttke dit : « Mais pour la cuisine, chapeau. J'aurais pas cru. Il a même réussi une blanquette de veau avec du riz, et une fois, quand j'allais déjà un peu mieux, il a mis au four un rôti de porc que la couenne était toute croustillante. Et chaque fois y faisait la vaisselle après. La cuisine était nickel quand je suis revenue jeter un coup d'œil, au moment où j'ai eu de nouveau un peu d'appétit pour la télé, *Rue des Tilleuls* et tout ça… »

Mais avant d'en venir là, les jours bien occupés et les nuits sans repos traînèrent en longueur. Fonty avait toujours de la fièvre. La dépression de Martha avait plutôt tendance à s'aggraver. Seule Emmi remontait la pente, fût-ce lentement et au milieu des lamentations. Mais à la différence des deux femmes, Fonty était un malade communicatif, plus exactement : il parlait dans sa fièvre, et Hoftaller, aussi souvent que possible, approchait sa chaise du patient ; même en tant qu'infirmier, il savait écouter.

Cela ne donna pas grand-chose, de simples chimères sans queue ni tête. Il était cependant possible de percevoir une ordonnance dans le flot hectique des paroles, et plus encore dans son bavardage au ton nonchalant, une ordonnance qui, il est vrai, ne tenait compte ni du temps ni de l'espace.

Au début, ce fut le vol raté pour l'Angleterre qui nourrit la plainte du malade en forme de longue déploration. Toutes les curiosités qui ne seraient pas vues défilèrent, de l'abbaye de Westminster à la Tate Gallery. Les préraphaélites et les tableaux de Gainsborough et de Turner, qu'il qualifia de génie sans successeur. Puis le *Journal londonien* balbutia tout seul : « Écrit une lettre à Glover au café Divan… Fin de non-recevoir de Metzel… Concert à Covent Garden, œuvre principale : *The Fall of Sebastopol*… Rencontré Max Müller à l'ambassade… Négociations avec Glover pour l'instant conclues… Vu *Othello*, Desdémone remarquable… Deux mille thalers par an maintenant assurés pour le *Morning Chronicle*… » Puis le tourisme fut de nouveau au programme : avec et sans Emilie, qui était venue le rejoindre et cultivait maintenant le mal du pays – « Acheté pour Georg un plaid écossais… » Ensuite, en traversant les ponts sur la Tamise, Fleet Street ou Hyde Park et naturellement Trafalgar Square et plus loin la sombre Tower. Et avec cette gare de triage de l'histoire anglaise, l'ami des années difficiles, Bernhard von Lepel, refit aussitôt son apparition dans le jeu de la fièvre. En avant pour l'Écosse ! Tous deux parcoururent le comté de Kinross, se tinrent côte à côte sur la rive du lac Leven, virent de là, sur une île, le château des Douglas, Lochleven, et Fonty s'écria : « Regarde, Lepel, si l'image qui se déploie devant nous est belle ! Mais je me demande s'il était moins beau, le jour où je canotais sur le lac de Rheinsberg et voyais aussi le château… »

Et le voilà déjà, comme il était prévu en Écosse, dans ses promenades à travers la Marche de Brandebourg, mêlée cette fois à la perspective de devoir bientôt – et au service de la Treuhand – conduire de château en château de puissants acheteurs : « Mais je ne veux pas ! Je ne suis pas un liquidateur ! Jamais je ne vendrai à ces grigous le comté de Ruppin, le pays de Friesack, l'Oderbruch… »

Puis revenait au premier plan l'Angleterre où on lui confisquait dès son arrivée à Londres les trois volumes de *Vanity Fair* en même temps que leurs notes marginales. Catastrophe sur catastrophe. À peine le cocher du cab, en passant par sa rue favorite, Moorgate Street, l'avait-il amené à Finsbury Square qu'il se remit à suivre les notes prises au jour le jour : « Bavardé au café Divan… Rupture définitive avec le *Morning Chronicle*… Recruté Ingvessen… Répondu à des lettres d'Immermann… À présent les Danois ont à leur tour collé quelqu'un sur l'agent de la Prusse que je suis… Un certain Edgar Bauer m'espionne… » Et après la chute du gouvernement, de nouveaux désagréments se firent jour dont Lepel, comme toujours, dut écouter le récit : « … je ne suis ni un homme de la *Kreuzzeitung* ni un manteuffelien, je suis tout simplement celui que je suis, et cet homme-là n'a aucune envie d'attaquer Manteuffel juste après sa chute, parce que ledit Manteuffel, dont la ténacité et le régime policier ont été une horreur pour moi, ne m'a personnellement fait que du bien, raison pour laquelle je ne m'empresse pas, dès qu'il est parti, de jouer les héros et de refroidir mes petites ardeurs pour l'État des Ouvriers et Paysans, où les choses, au moins à l'époque de l'Union culturelle, allaient passablement pour moi, même si cette censure imbécile… et que mes fils soient perdus pour moi… et que le sens se soit évanoui… les perspectives à vau-l'eau… Jamais résolu la tâche principale… et tous les amis perdus à cause du socialisme… De sorte que maintenant que l'Histoire revient en arrière… Oui ! On prévoit des parades. On simule des exécutions publiques. Partout une cupidité colossale ! Et déjà un nouvel *isme* auquel il faut croire. Des prédicateurs de la Cour sur toutes les chaires. Mais pour ce qui est de mes croyances, j'ai toujours été bon pour les rigueurs de la loi Heintze, c'est pourquoi j'ai dit de Hauptmann et de son *Assomption d'Hannele* : Cette façon de faire des anges me ferait rigoler pendant deux jours. Un génie ? Le Jaune-soufre en était un aussi. Et même un génie génialement escroc. Non ! Dans la Potsdamer Strasse, le Juif Neumann, qui habitait en face, et moi-même, nous n'avons jamais pavoisé pour l'anniversaire de Bismarck, et c'est pourquoi, main dans la main avec Neumann, je continue à lancer un défi à mon siècle, même si, juste après un heureux atterrissage – la petite Agnès ayant retrouvé sa mère – j'ai dit à James Morris, qui attendait juste après la douane avec le professeur Jolles : le dernier rôle que je pourrais avoir envie de jouer est celui du guerrier sanguinaire et fou. Mais les destinées suivent leur cours, et au prochain centenaire de Trafalgar ou guère plus tard, nous aurons une grande déflagration à côté de laquelle la guerre du Golfe n'était que de la roupie de sansonnet… Car le lac de Stechlin a fait jaillir récemment un geyser… Et comme ma Mete s'est mariée avec un acheteur de châteaux épouvantablement cupide… Et à Iéna le professeur Freundlich, bien que je lui aie écrit : Jetez ce pistolet ! C'est ridicule ! Il aurait mieux valu que le patron de la Treuhand… Mais il a été devancé par quelqu'un d'autre… »

Voilà tout ce qu'écoutait l'infirmier Hoftaller. À nous, il dit plus tard : « Un fouillis indescriptible. Il a même mendié une pension de l'État, payée par le prussien ou celui des

Ouvriers et des Paysans, peu importait. Je n'ai pas dit grand-chose, je me suis contenté de lui tenir la main droite et de la caresser un peu de temps à autre. Seulement, tout à fait à la fin – mais il n'y avait pas de fin, rien que des pauses – j'ai essayé de le calmer : Tout ira bien, Fonty. Nous l'aurons, la pension. On sait bien que vous avez toujours été loyal. Les petites incartades, ça faisait partie du jeu… »

Tant était grande la patience de Hoftaller. Et quand s'éclairaient d'autres phases de la vie du malade, pour être effacées par d'autres encore qui ne brillaient elles-mêmes qu'un moment, il restait tout ouïe et n'oubliait pas de caresser la main – toujours la droite – du patient enfiévré ; il fut si tendre avec son protégé qu'il nous fit honte, de loin, aux Archives.

C'est pourquoi, quel que soit le désordre du délire de Fonty, rien ne sera omis ici. Quand, à l'instant encore, il gémissait sous le poids des douze années de ses volumes de guerre et cherchait querelle à l'éditeur Decker qu'il traitait de « butor aux dents longues », il le suppliait à la phrase suivante : « Si vous vouliez me verser tout de suite trois cent cinquante thalers de plus… » Et là-dessus, sans transition, il était plongé jusqu'au cou dans les affaires de famille, félicitait son fils Theo qui venait de réussir son baccalauréat – « Tu es le premier *primus omnium* de la famille » –, pour le mettre simultanément en garde, en tant que Teddy et fonctionnaire de la Hardthöhe à Bonn, devant la possible découverte de ses durables activités d'informateur : « À la longue, je ne pourrai plus te protéger. Mon espion favori pourrait… À un moment ou à un autre, tes agissements pas très propres finiront par se savoir… Tu n'aurais jamais dû te sacrifier pour nous avec tant d'héroïsme… Une trahison reste une trahison… C'est déjà suffisant, dit Maman, que les informations spéciales de Georg, capitaine d'aviation… »

Puis c'était le tour de son fils éditeur. À peine lui avait-il donné *Les Poggenpuhl* pour l'impression qu'il raillait l'éditeur de Wuppertal et ses traités pieux : « Qu'est-ce que cela veut dire, amener à Dieu des païens ? J'ai trouvé cela colossalement prétentieux, quand un fils de cordonnier de Herrnhut a voulu convertir quatre cents millions de Chinois, et voici que, dans ton zèle missionnaire, tu t'attaques à bien plus d'un milliard d'hommes et veux ainsi mettre le péril jaune sur des rails chrétiens... »

Puis il se chamaillait avec Mete : « Pourquoi te plains-tu toujours des manques ? En fait, c'est une chance que de remâcher toute une vie une seule nostalgie... » Et ce n'est qu'après avoir commencé à se disputer avec Emilie « à cause de la pénible affaire de l'Académie » – « Aujourd'hui enfin l'empereur a accepté ma démission. Sur le moment, cela m'a fait de la peine à cause de toi. Mais enfin, les choses iront aussi comme cela... » –, qu'il sombra, épuisé par la discussion, dans un sommeil silencieux.

Nous ne voyons aucune raison de passer sous silence les injures qu'il a adressées à son garde-malade, croyant reconnaître dans Hoftaller le commissaire Reiff ou cet assesseur de la Sécurité danoise dont le pauvre Holk était si jaloux dans *Irréparable* : « Avouez donc que la belle Brigitte Hansen figure sur la liste de vos informateurs. Que ce soit tout à fait Copenhague, ça ne veut rien dire, il en a toujours été ainsi. En tout cas, malgré tous vos subterfuges hypocrites, vous n'avez pas pu espionner la belle Mélanie, car dès que Rubehn est rentré à la maison, il a flairé vos relents de peste et l'a mise en garde contre une fréquentation plus étroite... »

Hoftaller passait sur tout cela. En souriant, comme s'il parlait d'un enfant malade, il nous dit : « Et imaginez donc : pour finir, au cours de ses voyages dans la fièvre, la vieille demoiselle Mathilde von Rohr et Mme le professeur Jolles se sont fondues en une seule et même personne, la confesseuse. Quand il s'était déchargé auprès de l'une de toutes ses lamentations – "Ma femme aurait fait une excellente femme de prédicateur ou de fonctionnaire dans une position sûre et bien dotée..." –, il avouait à l'autre : "Mon Emilie, je le concède, n'a pas les dispositions nécessaires pour mener avec moi une vie au bord de l'abîme, et c'est pourquoi nous devrions nous séparer. Mais lorsque, récemment, las de ses éternelles jérémiades, j'ai fait réserver par nos amis communs des Archives un vol pour Londres et lui ai dit au déjeuner : Ma chère femme, je n'ai pas dit adieu qu'à l'Académie, je m'en vais pour toujours, elle s'est exclamée en riant : Pars donc, pars, et rapporte-moi quelque chose de joli..." »

Les jours et les semaines passaient à toute allure pour Hoftaller. Autant il écoutait volontiers les délires du malade, autant il était obligé de tendre aussi l'autre oreille. Par la porte entrouverte de la cuisine lui parvenaient les plaintes d'Emilie ou l'appel autoritaire de Martha : « Il n'y a plus personne ici ?! »

Il s'occupait des vessies de glace et des bandes pour les mollets. Vider les pots de chambre faisait partie du programme du matin. Il prenait les températures, changeait les draps, aérait les lits, rectifiait à la demande la position des oreillers. Comme le moindre rai de lumière était douloureux pour Martha, il obtura si bien toutes les fentes de sa chambre de jeune fille qu'elle était comme dans une nuit éternelle, et quand il allait chez elle pour changer le linge humide qu'elle avait sur le front, il marchait sur la pointe de ses chaussettes.

Hoftaller avait une tout autre manière de s'occuper d'Emmi. Il avait transporté du salon Poggenpuhl à la cuisine l'un des fauteuils à médaillon afin que, le soir, elle fût confortablement installée, sous une couverture, pour savourer la télévision. Et pour la voisine, qui s'occupait des achats et parfois – « Juste un petit moment » – le remplaçait quand une course urgente l'obligeait à sortir – « J'ai besoin d'un ou deux livres spécialisés » –, il avait des mots aimables : « Pourriez-vous avoir la gentillesse, je vous prie, de penser aux journaux, le *Tagesspiegel*, le *Wochenpost* ? Et si ce n'était pas trop exiger de vous, j'oserais vous demander un pack de six Schultheiss. Ah, chère madame Scherwinski, vous n'imaginez pas combien nous vous sommes reconnaissants. Vous mériteriez d'être décorée. »

Nous autres, des Archives, nous n'aurions pu mieux nous occuper de notre ami, qui souffrait de la maladie nerveuse de l'Immortel d'une façon aussi exemplaire que s'il avait voulu, à chaque poussée de fièvre, illustrer pour nous la faiblesse qui avait pesé sur toute la vie de son idole. Nous lui rendîmes visite plusieurs fois, non pas tous ensemble, mais par délégations de deux personnes. On était frappé par l'aspect éclatant de la cuisine. Et l'un de nous remarqua sur la table un manuel de langue étrangère ainsi qu'un cahier, un vocabulaire et des lunettes, comme à portée de main. À notre question, Hoftaller répondit : « Eh bien, on a des lacunes. Il faut faire de la formation permanente. Et comme mes gardes de nuit tirent un peu en longueur, il en reste finalement quelque chose : *se habla español…* »

Il était évidemment impossible de parler avec Fonty, au sens d'une conversation, mais il nous fut permis d'assister à ses délires fébriles. Ils produisaient des éclairs de lucidité inouïs, qui faisaient éclater les frontières de notre savoir spécialisé. Nous étions sûrs de voir naître certaines œuvres en des variantes jusque-là non attestées. Tantôt il croyait avoir sur sa couverture le manuscrit de *L'Adultera*, au dos duquel des nouvelles déjà achevées comme *Grete Minde* et *Ellernklipp* sont attestées en manuscrit, tantôt c'était la mise au propre par Emilie de l'essai sur Frédéric II, à laquelle il voulait apporter des corrections ; mieux encore, Fonty décida d'en coucher sur le papier, d'une main alerte et avant le milieu du mois suivant, une nouvelle version, puisque le retour des cendres royales était officiellement prévu pour le 17 août : le père et le fils, Frédéric-Guillaume Ier, dit aussi le Roi-Sergent, et les restes du Vieux Fritz, Frédéric II, devaient changer de dernière demeure. Et Fonty attendait dans la fièvre ce jour et cet événement : « Il faut que je sois à Potsdam ! D'ici là, je vais revoir mon essai sur Katte, car la Prusse, c'est l'exécution de Katte comme pédagogie. Je veux la voir, cette plaisanterie mise en scène, sans doute avec grandes fanfares et autres stupidités… »

Mais il n'y avait pas que *Katte vu d'aujourd'hui*, d'autres nouvelles versions prenaient dans ses délires de fièvre des contours tantôt absurdes, tantôt étonnamment convaincants. Ainsi, il reprocha à la conclusion du *Comte Petöfy* d'avoir « la résignation fade et la religion boursouflée », ce qui lui faisait proposer à l'héroïne du roman, Franziska, puisque aussi bien elle était originaire d'un port, de préparer, après le suicide du vieux comte, son retour de Hongrie en riche veuve et, au bout d'un an de deuil, d'épouser un directeur de théâtre à Berlin, ou mieux, à Stralsund un capitaine au long cours. « Finissons-en avec le milieu d'opérette austro-hongrois ! s'écria-t-il. Sortons du confessionnal catholique et rentrons dans la maison de redressement luthérienne appelée mariage ! »

De même lui vinrent pour *Errements et Tourments* des variantes pyrétiques. Il ne fallait avoir aucun égard pour la noblesse et la *Kreuzzeitung* : « Abattons les barrières entre les castes ! » Selon la toute nouvelle intrigue, Lene Nimptsch ne devait pas épouser Gédéon Francke, le brave mystique et prolétaire à col pointu, mais obtenait son Botho von Rienäcker, qui se fichait comme d'une guigne de Käthe, aristocrate, certes, mais pouffant comme une parfaite idiote. Fonty s'enflammait : « Ne renonce pas, Lene ! Attrape le taureau par les cornes ! Le prolétariat prend ce dont il a envie… »

Il procéda d'une manière encore plus radicale avec Effi : « Pas de doute ! C'est la mère, cette entremetteuse, qui a mis en marche cette mauvaise affaire. Il faut qu'elle expie à la fin, qu'elle aille par exemple au couvent de Dobbertin, pendant que le vieux Briest fait un grand voyage avec sa fille et sa petite-fille, non, pas en Italie, en Chine, pour que le spectre disparaisse enfin. Et sur le vapeur à deux cheminées qui lance un grand panache, et parmi les passagers duquel se trouve un marchand d'épices hollandais, Botho et Lene von Rienäcker, avec autant de logique que de contingence, rencontrent les Briest au dîner : le vieillard, encouragé par Effi, prononce enfin son allocution, au cours de laquelle est annoncé l'événement bourgeois que constituent les fiançailles de sa fille et de Mynher Koeneman. Après quoi tous bavardent selon leur cœur… »

C'est par une fièvre qui monta à nouveau jusqu'à atteindre 40 degrés que Fonty s'est enthousiasmé pour cette fin de roman : « C'est très bien, que Lene soit là et flâne sur le pont bras dessus, bras dessous avec Effi. Du reste, on les voit ensuite toutes les deux faire du shopping à Hong

Kong… Des bâtons d'encens, des petites boîtes laquées, de la soie… »

Il se réjouit de la prépublication dans la *Vossische Zeitung*, à qui l'original d'*Errements et Tourments* avait déjà procuré des ennuis. L'indignation de Lessing, l'actionnaire principal, « Cette épouvantable histoire de catin va-t-elle enfin cesser ? » fut citée et exposée à la raillerie : « Non, monsieur le conseiller secret, et même elle se poursuit dans le bonheur. Ma Lene l'a mérité. Je lui dois cela depuis l'époque où j'étais pharmacien. Et ma Madeleine, dont la critique a une saveur douce-amère, sera contente de cette conclusion qui fait tomber de haut tous les marchands de principes – et Effi plus encore, la pauvre petite… »

Nous autres, des Archives, nous admettons que les variations fébriles de Fonty avaient du bon. « Le bonheur d'Effi » semblait être suffisamment motivé, car Crampas et Innstetten, selon la volonté du malade, s'étaient réciproquement abattus ; la nature « pleine de gaieté jusque dans son grand âge » de la veuve remariée nous comblait de joie.

Même Hoftaller était impressionné par ce qu'il appela « le changement de perspective un peu tardif de l'Immortel ». Il prenait d'ailleurs plaisir à son rôle de garde-malade et ne se gênait pas pour nous recevoir en blanc médical, pour ainsi dire, le tablier de cuisine sur le ventre. Il parlait avec un enthousiasme un peu exagéré de son « service humanitaire vingt-quatre heures sur vingt-quatre », et même en avouant que les deux femmes lui avaient donné plus de peine que Fonty, il était plein de compréhension : « Il faut comprendre Mme Wuttke, et sa fille aussi. Il est certain que ni l'une ni l'autre n'ont eu la vie facile. Le vieux peut devenir assez insupportable. Souvent, il a fallu que je fasse allusion à un internement. Le plus dur pour Emmi et Martha, ç'a été quand les deux fils sont restés à l'Ouest. On a exposé les Wuttke à des tracasseries toujours renouvelées. Ben, à cause des fuites en masse hors de la République… Aujourd'hui, je me fais des reproches parce que je ne me suis pas assez occupé… J'ai pensé qu'une petite fiche était nécessaire… C'était comme ça à l'époque… Mais rétrospectivement mes activités dans le Service perdent de plus en plus leur sens à mes yeux, si jamais elles en ont eu un… en réalité, je voulais en finir dès les années cinquante… Toutes ces affaires en suspens… À l'époque, j'avais une maison rien que pour moi et j'étais souvent à la cave… Je réglais mes comptes avec moi-même… j'étais à bout… Je criais : Pourquoi est-ce que personne ne vient m'aider ? C'était un dimanche… Le chauffage ne marchait pas… Et puis ensuite j'ai continué, parce que ce qui importait pour moi c'était la Cause, rien que la Cause… mais aujourd'hui… »

Assurément, on l'avait souvent entendu se plaindre, mais jamais nous ne l'avions vu si torturé, si nu. Il rejetait tous les systèmes d'ordre et de sécurité. Hoftaller doutait et révoquait aussitôt ses doutes. C'est avec un certain effroi que nous l'entendîmes balbutier par-dessus Fonty qui dormait : « Déjà au temps d'Herwegh… Ce n'était pas l'expulser que je voulais, mais le mettre derrière les barreaux… Voyez-vous, je suis né au moment où cet étudiant a assassiné M. le conseiller Kotzebue… À cinq heures de l'après-midi, d'après ce que m'a raconté ma mère… Ce genre de chose vous marque… Nous n'aurions jamais dû tolérer qu'un certain Lénine traverse le Reich en train spécial plombé… Mais pour le palais du Prince-Albrecht et les méthodes de la Gestapo, moi je n'ai jamais… J'étais au Cinquième Bureau de la police criminelle du Reich, et mon patron s'appelait Nebe… C'est pourquoi je n'ai jamais eu affaire aux prisonniers de guerre soviétiques, sauf à Djougatchvili, le vrai nom du fils de Staline… Et quand ensuite, Prenzlauer Allee, et pour finir Normannenstrasse… C'est seulement parce que le camarade Zaisser n'avait pas bien apprécié la situation et voulait éviter le mot putsch… Mais nous avons fermement cru que nous étions le fer de lance et le bouclier de l'État des Ouvriers et Paysans… Comme les collègues de Cologne et de Pullach, de leur côté, sont convaincus… C'est ce que je disais : il s'agissait de la Cause, rien que de la Cause… Et si une nouvelle tâche devait se présenter à moi, je veux dire quelque chose qui ait un sens, quelque chose qui remplisse la vie, comme en ce moment garde-malade, parce que rien ne me retient plus, à la Treuhand… »

Nous écoutions et comprenions que Hoftaller traversait une crise spirituelle, dont notre savoir d'archivistes pouvait nous faire deviner la pente ; sans doute lui manquait-il, comme à nous parfois, une motivation. Il voulait bien continuer, mais il ne savait pas pour qui ou contre qui s'activer.

C'est dans cet état d'esprit que nous laissâmes, avec ses patients, l'ombre-diurne-et-nocturne de Fonty enveloppée de son tablier blanc. Son invitation – « Vous serez toujours les bienvenus Kollwitzstrasse » – avait plutôt l'air d'une supplique. Mais à la visite suivante se produisit un événement qui provoqua la guérison des deux femmes – instantanément.

Un vendredi. Un temps lourd, orageux. Dehors, on avait du plomb dans les semelles. La nouvelle arriva alors que nous étions au chevet du malade. Il était adorable : engourdi et transparent, tout à fait l'Immortel. Quand la sonnette retentit à l'entrée de l'appartement, il tourna la tête et suivit des yeux Hoftaller qui quitta le bureau devenu plus exigu encore depuis que Fonty y était alité ; de la cuisine, Hoftaller ouvrit la porte après le deuxième coup de sonnette, impatient cette fois. Fonty réagit au retour de l'infirmier, qui resta dans le fond avec une enveloppe jaunâtre, par la phrase lapidaire de Stechlin : « Je ne supporte pas les télégrammes. »

Quand Hoftaller, ne sachant pas très bien s'il devait ouvrir l'enveloppe urgente, parla d'un message télégraphique pour Martha Grundmann, nous entendîmes venir du lit son rire aigu, un peu bêlant : « Il annonce sans doute l'achat de la villa Zwick sur le lac de Müritz, que son divin époux se sera mise dans la poche, la meilleure situation au bord du lac, évidemment… »

Mais quand l'enveloppe fut ouverte et ce qu'elle contenait lu à mi-voix, Fonty avait de nouveau les yeux clos et les mains agitées. Il ne refit surface qu'une fois, quand il avait déjà été décidé de mettre Martha au courant – mais cette fois en visionnaire : « Je vais écrire un roman en style télégraphique… Une annonce en chasse une autre à toute allure… Abréviations de dépêche, économie de mots… L'action, plus qu'un balbutiement… » Mais il ne voulut pas en dire plus, encore moins du contenu. Nos questions sur ce nouveau projet restèrent sans réponse. Gouverné par la fièvre, il n'était plus là.

De même, Fonty ne réagit pas quand, de la cuisine, un vacarme fit irruption jusque dans le bureau : des portes claquèrent, des cris jaillirent, une chaise se renversa. Quelque chose prenait fin, quelque chose de nouveau commençait. Nous n'étions pas à notre place au beau milieu de la famille en révolution. Avant même d'y être invités par Hoftaller, nous quittâmes la chambre du malade, non sans avoir accordé un dernier regard à Fonty qui, bien que muet, était reparti en voyage.

L'époux de Martha était mort. L'un de ces accidents quotidiens de la circulation dans la « zone adhérente ». Le choc avait été frontal et avait eu des suites mortelles, pour le conducteur de l'autre voiture aussi, une Trabant. C'est arrivé sur la route de Schwerin à Gadebusch qui, par-delà l'ancienne frontière, continue vers Ratzeburg. Heinz-Martin Grundmann est mort pendant son transport à l'hôpital. Il n'avait pas, paraît-il, bouclé sa ceinture de sécurité ; mais cela n'était pas dans le télégramme.

Avant de quitter l'appartement de la Kollwitzstrasse et tandis que ma collègue mettait dans un pot à lait les fleurs coupées que nous avions apportées et qui étaient encore dans leur emballage sur la table de la cuisine, à côté du manuel d'espagnol, nous remarquâmes que non seulement Martha, mais même Emmi avaient immédiatement sauté du lit et s'étaient habillées. En jupe et chemisier, Martha faisait déjà chauffer de l'eau pour le café. Pas d'effroi, pas de pleurs, et même Emmi Wuttke, qui avait la larme facile, prit congé de nous l'œil sec et dans un état que l'on pourrait qualifier sinon de frais et joyeux, du moins d'affairé.

« On pouvait pas faire plus court ! s'écria-t-elle. C'est son associé qui a envoyé le télégramme, en tout cas il y a au-dessous : Udo Löffelholz. Çui-là, faut le tenir à l'œil. Et de suite ! »

Voilà le viatique qu'elle nous donna au moment où nous passions la porte. Le zèle lui avait redonné des couleurs. Et quand nous descendîmes les premières marches, elle nous cria : « Je m'en doutais, qu'il allait se passer quelque chose. Un malheur quelconque. Ça pouvait pas bien finir, toujours sur les chapeaux de roues. Mais mon Wuttke, il disait seulement : "Tu cherches toujours la catastrophe. Tu regardes trop la télévision." Et qui c'est qui a eu raison, maintenant ? »

Résistant à la tentation de nous étendre sur le rôle de la télégraphie dans *Effi Briest* et sur la funeste opposition entre l'expéditeur de télégrammes mystérieux – von Innstetten – et le virtuose des lettres intimes séductrices – von Crampas –, renonçant à citer d'autres télégrammes, tirés par exemple du *Stechlin*, laissant aussi de côté les ressorts de la politique d'alors – la dépêche d'Ems – nous nous concentrons sur la situation d'un seul coup bouleversée dans le trois pièces et demie de la Kollwitzstrasse : Hoftaller n'eut désormais plus trois, mais un seul malade à garder.

En fait, il se serait senti superflu dès l'arrivée du télégramme qui annonçait un décès et remettait deux malades sur pied, si Emmi Wuttke s'était déclarée prête à prendre la relève et à entourer Fonty de ses soins ; mais Martha Grundmann, veuve prête au voyage avec une étonnante rapidité, souhaita être accompagnée par sa mère : « Ah ça non, je ne pourrais pas, retourner toute seule à Schwerin, l'enterrement avec tout le tralala et le testament en plus, qui va certainement faire des ennuis. Pas seulement à cause de la famille – ça, je m'en contrefiche –, mais ce Löffelholz, il peut être une horreur. Absolument ! S'il peut, il va piquer tout ce qui est là. Dans le principe, je préférerais rester près de Papa, tant qu'il a de la fièvre, mais les circonstances sont ce qu'elles sont. Il faut avoir l'œil. Je dois bien ça à mon Grundmann. Vous imaginez ce qui nous tombe sur le dos, bien sûr… »

Hoftaller comprenait. « Eu égard à la situation particulière, mais aussi en raison des liens d'amitié avec la famille Wuttke », il était prêt à garder la maison, et, à l'intérieur, le malade qui y restait. « C'est tout naturel. Votre père m'est plus proche que vous ne pouvez le penser. Toutes ces longues, longues années… Et de difficiles… Il y a toutes sortes de choses à rattraper, des dégâts à limiter… Des blessures que le temps referme… Des ratages qui rendent triste… Vous pouvez me faire confiance, faire confiance à l'ami de votre père, une confiance totale. »

C'est alors que se serait produit quelque chose qui ne vint à notre connaissance que par ouï-dire : soudain, du bureau, dont la porte était à peine entrebâillée, était venu un cri. Fonty, paraît-il, était assis bien droit dans son lit et, ayant arraché son dentier de sa bouche, la prothèse supérieure, la prothèse inférieure, fixait des yeux horrifiés sur l'une et l'autre, la bouche ouverte et vide.

Quand Hoftaller, appelé par le cri, s'était précipité vers le lit du malade, Fonty lui aurait demandé de faire la même chose, et son infirmier, docile, aurait plongé les doigts dans sa propre bouche pour montrer ses succédanés de dents : celles du haut, celles du bas, au grand complet. Qu'on se figure deux vieux messieurs, qu'on se figure l'ombre-diurne-et-nocturne la bouche déménagée.

Questionnée, Emmi Wuttke nous dit : « Bof, il a fait que le rêver, que leurs dentiers avaient été échangés. Même que, dans le rêve, ils leur allaient bien. Quelle farce ! Mais en rêve y se passe tellement de choses. Évidemment que mon Wuttke il voulait ravoir ses claquettes. Et ce qu'il gueulait ! On y comprenait rien : “L'amitié, l'amitié ! Je m'en fiche bien, de preuves comme ça ! Mes dents n'appartiennent qu'à moi, même si elles sont fausses. Allez, rendez-les-moi !” Enfin, on a quand même pu le calmer. Et j'ai fait semblant d'échanger de nouveau leurs machins, les siens et ceux de mon Wuttke. Et j'ai dit : “C'est bon maintenant, Wuttke. Tu les as de nouveau, tes râteliers. Tu avais raison.” Alors il a été content et il s'est endormi de suite, ce qui était plutôt bien parce qu'on était pressées et qu'il fallait faire les bagages… »

Quand Martha eut fourré dans un sac de voyage le strict nécessaire, elle prêta la main à Emmi. Les choses furent un peu retardées par la quête de vêtements qui pussent convenir à la situation funèbre. Elle était arrivée de Schwerin en clair, en estival, et même avec un chemisier à pois multicolores. La mère et la fille retournèrent les armoires. Emmi se lamentait : « Évidemment qui c'est qui aurait pensé ça – tiens, y a juste un an – quand on est allées au KaDeWe faire les achats pour le mariage. Et quand notre pauvre Georg est mort – ça fait plus de dix ans maintenant – on avait pas le droit d'aller de l'autre côté… » Et la veuve criait : « Rien ne va ! Des couleurs partout ! Je deviens folle… »

Elles finirent tout de même par trouver une garde-robe à peu près potable qui datait de l'État des Ouvriers et Paysans : un tailleur gris bitume pour Martha, un ensemble bleu sombre pour Emmi. Hoftaller se risqua à suggérer de ne pas craindre la prodigalité pour les acquisitions qui seraient éventuellement nécessaires dès l'arrivée à Schwerin : « Pendant les cérémonies funèbres, les yeux seront forcément fixés sur vous, chère madame Grundmann. Pas seulement pour les condoléances. Finalement, votre mari dirigeait une entreprise considérable, et même exemplaire pour l'opération "Reconstruction de l'Est". »

Martha, qui, sans aucune gêne, se promenait en combinaison et pour qui l'infirmier de son père était du genre neutre, déclara : « Exact. Löffelholz, non, toute la famille là-haut va penser : la veuve, on la désintéresse, le terrain du Müritzsee et quelques sous sur son compte. Mais ça ne marche pas. Pas avec moi. »

Emmi, qui entre-temps avait trouvé des chaussures convenables, exprima son approbation : « On a été pauvres assez longtemps. Ça allait quand même, la plupart du temps. Et mon Wuttke disait toujours : "La morale, c'est bien, l'héritage, c'est mieux !" » Les Archives n'avaient malheureusement pas leur mot à dire, même si, pour tout ce qui concernait les Wuttke, nous nous considérions comme des actionnaires passifs.

Les deux femmes se voyaient maintenant prêtes à partir : Emmi sous un petit chapeau rond dont la tonalité était assortie à l'ensemble ; la veuve s'était décidée pour un béret basque que la marque inscrite à l'intérieur disait authentique et qui en fait appartenait à Fonty, un cadeau de Noël venu de France. Il flottait une odeur de naphtaline et d'eau de Cologne. La mère et la fille étaient toutes deux capables d'arborer une mine résolument funèbre. Dernières instructions à Hoftaller : il pouvait faire suivre le courrier. Par la fente de la porte du bureau, à nouveau entrebâillée, elles jetèrent toutes les deux un dernier regard au vieillard et au père qui dormait paisiblement. C'est alors qu'on sonna.

Cette fois, aucun télégraphiste n'était pressé. La jeune personne douce-amère était à la porte, tenait la tête un peu penchée, et dit : « Hello, me revoilà ! »

Hoftaller, qui avait ouvert, nous renseigna aussi là-dessus : « Nous avons d'abord été stupéfaits. Mais vraiment gentille, la petite. »

C'est ainsi que cela dut se passer. La tunique légère de Madeleine, à grandes fleurs et qui libérait les épaules, rappelait aux deux femmes endeuillées que dehors, sur toutes les places, dans toutes les rues, l'été pesait de toute sa canicule immobile ; et à l'inverse, la sombre garde-robe annonçait dès le premier coup d'œil une mauvaise nouvelle.

Hoftaller se chargea d'enlever toute terreur à l'exclamation de Madeleine : « Grand-Papa ?! » Tandis que Martha et Emmi, entité prête aux condoléances, se tenaient au beau milieu de la cuisine, le deuil familial fut gratifié d'un nom et d'un motif. Dans une explication de quelque ampleur, la fièvre nerveuse de Fonty, maladie certes longue, mais qui ne mettait pas sa vie en danger, prit la suite de l'accident mortel et du voyage soudain nécessaire. Le garde-malade, en tablier de cuisine blanc, assura à plusieurs reprises que M. Wuttke, même si Mme Wuttke était contrainte d'accompagner sa veuve de fille à Schwerin, ne serait nullement privé de soins : « Comme toutes ces dernières semaines, je resterai vingt-quatre heures sur vingt-quatre à la disposition de monsieur votre grand-père. Je me suis fait mettre en disponibilité. Mais c'est tout naturel, mademoiselle Aubron. »

Madeleine était rapide dans ses décisions : « Monsieur Offtalère, je vous remercie beaucoup de la peine que vous avez prise. Mais à partir de maintenant, c'est moi qui vais m'occuper de Grand-Papa. Vous comprendrez sans aucun doute que ce désir est tout aussi naturel. »

Et avec la même détermination, elle exprima ses condoléances à Martha Grundmann et à « Grand-Maman Emmi », en mots pleins de politesse, correctement appris dans un manuel depuis longtemps périmé : « Soyez assurées, je vous prie, que je partage sincèrement la douleur que vous ressentez du fond du cœur… »

Après avoir, d'un bref signe de tête, remercié Madeleine pour sa sympathie, Martha trouva quand même de vrais mots : « Bon, alors, en principe tout est réglé. On peut faire confiance à la petite. Qu'est-ce qu'on attend, Maman ? »

Quand Madeleine, dont la détermination ne faiblissait pas, s'approcha de Hoftaller et le pria, avec l'impérieux appui de sa coquetterie dans l'œil, de descendre la valise d'Emmi Wuttke et d'accompagner les deux éplorées jusqu'à la première station de taxis, il obéit comme à une injonction officielle, déposa aussitôt – en même temps que ses fonctions d'infirmier – son tablier de cuisine, débarrassa la toile cirée de ses ustensiles, dont le dictionnaire étranger et les lunettes, se retrouva en flanelle grise et ne prit pas seulement la valise d'Emmi, mais aussi le sac de Martha.

Madeleine prit congé par un baiser sur les joues. Seule Emmi Wuttke trouva des mots affectueux : « Tu es vraiment une bonne petite. Ah, comme tout ça est terrible ! Emporté au beau milieu de la vie… Pourvu qu'au moins mon Wuttke recommence pas à avoir cette fièvre de cheval… Ah, ma petite, c'est une bénédiction de t'avoir… »

Dès qu'elles eurent passé la porte, celle-ci se referma. Nous imaginons la petite-fille de Fonty dans une situation nouvelle. Pour ne pas tomber dans un enthousiasme excessif, nous nous contenterons d'avouer que nous étions ravis de son apparition à point nommé et de son attitude résolue.

Silence soudain dans le trois pièces et demie. Le lit pliant de Hoftaller qui gêne. La cuisine avait assurément pour la petite un aspect étranger : les tasses encore à moitié pleines, le frigo tremblotant, la pendule de cuisine au tic-tac trop sonore. Sans compter les relents de frusques longtemps restées dans la naphtaline, les portes des pièces grandes ouvertes, la vue sur les lits bouleversés de deux femmes qui étaient encore à l'agonie quelques minutes auparavant.

Nous présumons que Madeleine s'est assise un instant à la table de la cuisine, mais ne tarda pas à se diriger vers la porte du bureau, l'entrebâilla un peu, vit son grand-père dans un sommeil agité, s'approcha du lit dont quatre boules de laiton surmontaient les colonnes d'angle, s'approcha encore et s'assit, légère comme elle était, sur le bord de la couche.

Nous ne savons pas combien de temps son regard reposa sur le visage du grand-père, qu'elle aura sans doute trouvé, quoique amaigri par la fièvre, d'une beauté angoissante. Quelques minutes de silence. Ses mains fatiguées par l'écriture. La tête laissait voir le crâne. Les cheveux collés par la sueur. À peine s'il respirait.

Quand Fonty ouvrit les yeux, il lui fallut du temps pour reconnaître Madeleine. Mais ensuite, tout fut dit en quelques mots : « Ah, mon enfant, tu es là. »

La fièvre tomba peu après.

35. Restes mortels

La guérison de Fonty fut à nos yeux une sorte de résurrection, comme si la petite avait dit « Prends ton grabat et marche » ; du moins Madeleine Aubron réussit-elle par sa seule présence à faire baisser la fièvre grand-paternelle, à calmer les tressaillements nerveux, à le remettre doucement sur ses jambes et à lui rendre une telle santé qu'à peine rétabli, il commença à rêver devant nous d'un médicament spécial : « Elle a quelque chose d'une sorcière herboriste. Elle a du être en apprentissage chez la Buschen, même si elle ne m'a pas traité au pied-de-loup et au pied-de-chat, car ni les compresses chaudes accompagnées de la formule magique “L'eau enlève l'eau”, ni le rayon de miel de Krippenstapel n'ont empêché Stechlin de mourir, alors qu'on aurait pu accorder à mon Dubslav, qui était beaucoup plus jeune que moi, quelques petites années de plus. Moi, en tout cas, ma petite-fille a dû me concocter un élixir dont la seule chose qu'on puisse dire est que sa douce amertume m'a pénétré de part en part, jusque sous les ongles des orteils. Si hier encore j'avais envie de dire : “Je suis fini, Buschen”, aujourd'hui, je ne pourrais peut-être pas arracher des arbres, mais certainement faire du jogging dans tous les sens du Tiergarten. Mais je suis contre le jogging. Ce n'est pas sain ! »

Non, il n'était pas autorisé à sauter comme un cabri. Une fois par jour, vers le soir, quand la chaleur tombait, il pouvait descendre l'escalier au bras de Madeleine, faire avec elle le tour de la Kollwitzplatz au pas d'un flâneur et boire un verre de médoc au bistrot de la Husemannstrasse, avec les amandes salées qu'il aimait grignoter.

La voisine Scherwinski ouvrait de grands yeux devant ce miracle et voyait dans la petite Française tombée du ciel une sainte au milieu de ses œuvres ; du moins nous a-t-elle dit : « À vue d'œil qu'elle a fait guérir le vieux, la petite. Franchement : à peine que Mme Wuttke était partie à l'enterrement avec notre Martha, elle a, disons, viré le copain du vieux sans préavis. Et puis après ç'a été le vrai tourbillon : d'abord elle a aéré, puis elle a mis des fleurs partout et elle chantait en français du matin au soir, là, ces chansons de la Piaf que je savais encore, j'aurais pu les chanter avec. En tout cas ça a fait de l'effet. Et maintenant elle habite ici et elle fait la cuisine au vieux, française naturellement… »

Madeleine Aubron n'avait emménagé Kollwitzstrasse qu'avec un léger bagage. Elle ne voulait pas coucher sur le lit de camp de Hoftaller, plié dans la cuisine, mais la chambre de jeune fille de Martha lui plaisait, il y avait encore sur les murs des photos de la Jeunesse allemande libre, de petits drapeaux en papier croisés l'un sur l'autre, une photo en noir et blanc d'Anna Seghers et des vues en couleurs des bords de la mer Noire. Ces photos racontaient les chants en groupe et le Collectif pédagogique, le 1er Mai et les Festivals de la jeunesse mondiale. Anna Seghers avait un regard à la fois sévère et somnambule. La mer Noire était d'un bleu tirant sur le vert. Et en même temps que l'emblème, les petits drapeaux noir, rouge et or pleuraient l'État des Ouvriers et Paysans.

Un rayonnage à livres, sur la plus haute étagère duquel quelques objets de dévotion socialistes – dont un petit buste de Lénine en plâtre – fournissaient un ornement de plus et attrapaient la poussière, contenait les classiques de la doctrine matérialiste et des auteurs aussi bien russes qu'allemands. Madeleine feuilleta *Les Aventures de Werner Holt*, de Dieter Noll, et ouvrit un volume tout abîmé par la lecture : *Christa T.*, de Christa Wolf.

Avant de s'enfoncer dans la lecture, elle découvrit dans un petit meuble en aggloméré sur lequel se trouvait un électrophone, des disques en piles et dans des casiers : du folklore bulgare, le chanteur Ernst Busch avec des « songs » de *L'Opéra de quat' sous*, mais aussi des chants mélancoliquement martiaux : « Le ciel d'Espagne… » Pour finir, elle trouva un paquet de musique classique : des cantates de Bach, des concerts de trompette baroque et beaucoup de choses pour piano – en solo ou avec orchestre –, de Brahms, de Schumann, de Chopin, dont certaines pièces étaient celles auxquelles Martha s'était sans doute essayée à l'époque où le piano du salon Poggenpuhl était encore en service.

La même conscience de classe, quoique plutôt portée sur Trotski, et le même patrimoine culturel pourraient avoir marqué à Montpellier la décoration de la chambre de Madeleine. Elle s'est sans doute un peu sentie chez elle. La seule chose dérangeante, c'était, à côté de la photo encadrée de Rosa Luxemburg, l'image du plus voyageur des Polonais ; Madeleine, comme frappée de terreur, l'a aussitôt retournée. Et ce n'est que quand elle eut fourré le représentant de Dieu sur Terre derrière une pile de revues pédagogiques qu'elle fit tourner les disques : d'abord la *Chanson de Mackie*, puis une cantate de Bach.

Le grand-père et la petite-fille s'habituèrent l'un à l'autre, c'est-à-dire que Fonty dut souffrir la musique. Lui qui avouait ne rien comprendre aux symphonies – « Je fais partie des Hottentots de la musique ! » – et dont les nerfs ne supportaient ni l'orgue ni le violon, il apprit à tolérer la musique comme quelque chose de supportable et il écouta même – à condition qu'on mît l'électrophone très bas – le concerto pour violon de Brahms que Madeleine avait trouvé dans la collection de disques laissée par Martha. Lui qui avait manifesté devant nous par des remarques sarcastiques – « Le baron Senffl a chanté une ballade de Loewe, naturellement l'inévitable Archibald Douglas ! » – son aversion pour la mise en musique de poèmes immortels et plus généralement pour les chanteurs de lieder ou, pire encore, les ténors wagnériens, il était assis dans la cuisine, à la table couverte de sa toile cirée, et il subissait patiemment les petits chanteurs de Saint-Thomas ou la voix d'une certaine Adele Stolte, dont les jubilations suraiguës montaient jusqu'au ciel et pour laquelle sa petite-fille, qui était familière de bon nombre de cantates de Bach, avait une adoration particulière : *« Jauchzet Gott in allen Landen... »*

Nous étions étonnés, et il s'étonnait sans doute lui-même. Une harmonie de cette sorte était nouvelle pour Fonty. La puissance des chœurs n'était pas son affaire. Une voix de soliste et un petit accompagnement, ou un choral d'une simplicité luthérienne, cela pouvait aller. À part lui, lorsqu'il était de bonne humeur, il sifflait ou fredonnait parfois des marches prussiennes ou des rengaines du vieux Berlin ; mais à présent il ressentait quelque chose de puissant, qu'il s'agît d'un andante ou d'un fortissimo. Il écoutait la tête penchée et respirait profondément, comme s'il inhalait les fugues ou le *cantus firmus*.

Devant nous, Madeleine assura que la musique avait contribué à sa guérison : « Mais non, messieurs dames, ce n'est pas moi, c'est Brahms qui lui a fait retrouver la santé. » Et il se souvint : « Chez Stehely ou chez Josty, ce devait être en mars quatre-vingt-neuf, au souper, après l'exécution de *La Femme devant la mer*. Ibsen était là. J'ai bavardé brièvement avec lui, de pharmacien à pharmacien. Mais il y avait aussi à la table Schlenther, von Bülow et Schmidt. Et puis un fumeur de cigares qui ne disait rien. Je n'aurais pas cru ce Johannes Brahms capable d'une mélancolie aussi colossalement harmonieuse. Je pourrais l'entendre continuellement... »

Toujours est-il que le trois pièces et demie résonnait à plusieurs voix avec beaucoup de variété. Que ce fussent le Dresdner Kreuzchor ou un trompettiste saxon, l'orchestre du Gewandhaus ou les petits chanteurs de Saint-Thomas, tout ce que l'État des Ouvriers et Paysans avait eu à offrir comme musique se trouvait dans la collection de Martha, et il s'y ajoutait une abondance de Chopin en production polonaise. Et Fonty, lorsque nous lui parlâmes du rôle de la musique dans sa guérison, nous fit remarquer après avoir réfléchi un instant : « Peut-être, dans le *Stechlin*, n'aurait-on pas dû caricaturer autant, et pourvoir de plus d'esprit que de bel esprit cet imprononçable docteur Wrschowitz, qui était souvent l'hôte des Barby et refusait absolument d'entendre quoi que ce soit de scandinave. Pas un mot chez lui des trois grands B, mais beaucoup de ridicules bien vus à propos de Berlin : “Une excelllente villle, parrce qu’ellle a la musique et qu’ellle a la crritique !” Vous vous souvenez sans doute de la scène où il est question de la “dame de Berlin” et finalement du télégramme que le jeune Stechlin avait envoyé de Londres à son camarade de régiment Czako, dont l’insignifiante brièveté… »

Ainsi donc : Fonty retrouva la santé grâce à la musique ; mais quand la petite se mit à jouer à vue un impromptu sur le piano du salon Poggenpuhl, son grand-père protesta : « Je ne suis abonné qu’aux meubles muets ! »

Si le télégramme de Woldemar se conformait à la « lapidarité » prussienne et à la langue télégraphique de l’agence Wolff – « Quinze caractères pour un mot taxé » – on peut en dire autant des télégrammes qui parvenaient l’un après l’autre de Schwerin et auxquels Madeleine devait répondre : Fonty, depuis sa guérison, était prêt à tout, sauf à écrire des lettres.

Les abréviations télégraphiques ne parlaient pas de l’enterrement, mais à l’inverse l’ouverture du testament s’y concrétisait en unités payantes. L’expéditrice Martha Grundmann, née Wuttke, pouvait, dans sa nouvelle richesse de veuve, se permettre des folies. Une part réservataire revenait naturellement aux enfants légitimes. Toute autre revendication était exclue. Ce serait elle, Martha Grundmann, qui mènerait désormais l’affaire. Elle savait compter. Tout marchait pour le mieux. Maman allait bien.

Tel fut le commentaire de Theo Wuttke en tant que Fonty : « Qui aurait pensé qu’il y avait un génie de la finance dans l’oiseau de malheur qu’était Mete ? »

Dans les télégrammes suivants, des décisions laconiques – « Maman reste. Région plaît. Grande villa vue sur lac » – s’accordaient aux premiers appeaux : « Papa souhaité. Venir de suite. Te sentiras bien. Chambre dans la tour prête. Lettre suit. »

Mais aucune lettre n’arrivait. Le temps de Martha était si absorbé par les affaires qu’il en restait tout juste pour de nouveaux télégrammes où son père était prié, pressé, appâté par l'air frais et invité le plus lapidairement du monde à abandonner les fatigues de l'escalier, le bureau, le trois pièces et demie, le marronnier dans l'arrière-cour, et donc la Kollwitzstrasse, le Prenzlauer Berg, Berlin dans son entier, et partant le Musée huguenot, le cimetière de la Pflugstrasse, tout ce que le Tiergarten pouvait offrir au fil des saisons, de même que le numéro fictif de la Potsdamer Strasse, mais aussi nous autres, les Archives, et de prendre ses quartiers dans la villa de la riche veuve avec son mobilier, ses livres et ce qu'il lui fallait pour écrire, le pèse-lettre et le tapis chinois rouge. Dans un télégramme séparé, Emmi Wuttke souhaitait chaleureusement la venue de son Wuttke : « Arrive enfin. Splendide ici. Tout bien plus grand. Suis heureuse. Manque que toi. Ouste. Sinon venons te chercher. »

La réaction de Fonty avait d'abord été l'ironie – « Je savais bien que Mete ne se promènerait pas éternellement la larme à l'œil » –, puis il ramena tout au dénominateur de l'Immortel : « La morale, c'est bien, l'héritage, c'est mieux ! », et pour finir il expliqua à sa petite-fille cette folie des grandeurs inconnue jusque-là chez les Wuttke dans une rétrospective de l'indigence passée : « Vivre petitement rend petit. »

Il ne songeait nullement, même pas pour un essai, et quand bien même lui était promise la perspective de la chambre dans la tour, à aller s'installer dans la villa située au bord du lac de Schwerin, qu'il n'appelait plus que le « château Nausée ». Madeleine dut télégraphier sous sa dictée : « Suis impossible à transplanter. Flegme de sédentarité. Trop peu irrité par Berlin pour être attiré par Mecklembourg. Changement d'humeur peu probable. »

La petite apprit rapidement à construire des mots interminables. Elle télégraphiait avec le plaisir de viser juste et en comptant les syllabes. On lui doit le mot « chambretourescroquerie ». Comme il existait déjà dans la littérature secondaire une thèse sur la signification temporelle de la télégraphie dans les romans et les nouvelles, et que nous avions souvent parodié avec Fonty et sa petite-fille le style abréviatif de l'agence Wolff, estimant tous que non seulement le ton militaire prussien, mais aussi le débit haché du monarque dans *Schach von Wuthenow* préfiguraient le style télégraphique, l'étudiante Aubron aura certainement trouvé plaisir à se montrer pingre sur le nombre de mots : « Décidabilité inmodifiable. Crains changefièvre. »

La voisine Scherwinski réagit plus résolument lorsqu'elle reçut elle aussi une offre télégraphique d'une grande cordialité. Martha, qui partageait avec Inge les plus beaux souvenirs du baptême civil et des récoltes de patates, mettait à la disposition de son amie de jeunesse et de ses trois garçons le logement du jardinier, ce qu'il était convenu d'appeler l'annexe de la villa au bord du lac : « Peux venir. En principe vacant... »

Inge Scherwinski fut aussitôt prête à déménager pour le Nord : « Rien nous retient plus ici. Franchement, sans les Wuttke, on a plus envie d'être là. Et puis en plus là-bas j'aurai un travail. Y a tout dans le télégramme. Je m'occuperai de la maison, normalement et quand y aura des invités d'affaires. Ça, je sais faire : tout mettre propre et puis un peu joli. Pour Martha de toute façon, hein ? Et pour les gamins c'est mieux là-haut qu'ici en ville, où qu'ils passent leur temps à traîner ou à se bagarrer. »

Fonty conseilla à la voisine de changer de climat : même lui se sentait attiré par une vie en pleine nature. Il ressentait de plus en plus la nostalgie des vastes horizons et appelait de ses vœux la tranquillité loin des humains. Mais pour l'instant, il avait envie de profiter encore un peu de la ville. « Mais enfin, s'écria-t-il, il y a certaines choses au programme ! »

C'est par un jour gris qui convenait aux circonstances que l'événement eut lieu : deux sarcophages dont chacun pesait une tonne furent chargés dans le fourgon, accompagnés par la famille et par des officiers de la Bundeswehr de toutes les armes, afin d'être arrachés aux voûtes du château des Hohenzollern qui se dressait dans le lointain Wurtemberg et transférés à Potsdam. Hoftaller savait des détails. Il prétendit qu'il avait participé autrefois à la surveillance des deux cercueils. S'il lui était maintenant permis d'être témoin oculaire de l'arrivée des rois de Prusse, le père et le fils, ou, comme on disait, de leur retour après une longue errance, il le devait à Fonty, qui avait intercédé auprès de Madeleine en faveur de l'ombre-diurne-et-nocturne destituée.

Depuis des jours déjà il pesait à distance. Où que le grand-père et la petite-fille allassent se promener, sur l'Alexanderplatz poussiéreuse où la tour de la télévision était la seule à projeter une ombre, ou dans des allées latérales du Tiergarten lui aussi écrasé par la canicule d'août, partout les suivait un petit homme vigoureusement rondelet. N'ayant pas sa cible à son côté, il faisait triste figure, piétinait sur place aux angles de rues, attendait, mais ne perdait pas la trace, disparaissait derrière des buissons, pouvait être deviné derrière des statues de marbre – Lortzing –, était à nouveau identifiable sous forme de promeneur ou crevait de solitude sur un banc d'où l'on pouvait en apercevoir d'autres, vides ou occupés comme ce banc particulier. Il restait et tournait les pages d'un livre qui faisait partie depuis peu, entre la bouteille Thermos, la gamelle de fer-blanc et le parapluie nain, du contenu de sa serviette.

Des deux bancs, on avait l'île Rousseau dans son champ de vision. Lumières, mot à double sens, concept extensible. Même l'un des deux rois admis au retour passait pour éclairé : il s'est offert quelque temps Voltaire comme bouffon de cour et a supprimé la bastonnade, il a accordé la liberté de religion et aurait acclimaté la pomme de terre en Prusse. Mais Hoftaller aussi, qui, les lunettes sur le nez, potassait en ce moment son vocabulaire, se voyait en permanence, et comme un cochon truffier, au service de l'éclairage : il vérifiait le sens de mots ambigus, il débusquait la subversion, il mettait en lumière, rien ne lui restait caché.

Sur l'autre banc du Tiergarten, Madeleine demanda : « M. Offtalère ne prend jamais de congé ? »

Fonty se souvint : « Depuis que je le connais – et cela fait quelques petites années –, je l'ai toujours vu en service. »

La petite-fille l'aurait vu plus volontiers touriste et voyageant bien loin de là : « Mais en août, tout le monde part en vacances, pourquoi pas lui ? »

Le grand-père sourit : « Mon compagnon ne saurait que faire de sa peau, ni à la mer, ni à la montagne. Déjà, il est en manque. Vraiment seul, comment survivrait-il à une villégiature ? »

Après un temps, pendant lequel, entre les bancs, seul le lac et son île au grand nom interrompaient le silence avec les chamailleries des oiseaux et le chant des canards, Fonty déclara : « Soyons humains, mon enfant, prenons-le avec nous à Potsdam, ne fût-ce que par piété. »

Nous supposons que Hoftaller attendait cette offre. Madeleine porta l'heureuse nouvelle d'un banc à l'autre : « ... mais je vous prie instamment de ne pas importuner Grand-Papa avec des questions inutiles. Il faut encore le ménager. Donc rien qui relève du service, monsieur. Vous n'êtes le bienvenu qu'à titre privé ! »

C'est ainsi qu'eut lieu, le lendemain, le voyage en Trabi. Conformément à son motif, ils prirent un chemin historique : depuis la Potsdamer Platz, où l'on se retrouva le matin, on suivit la Potsdamer Strasse, la Hauptstrasse et la Rheinstrasse jusqu'à Steglitz, puis Sous les Chênes jusqu'à Wannsee, d'où le trajet devait passer par le pont de Glienicke pour s'enfoncer dans la bousculade des célébrations. Hoftaller était renseigné : « On attend pas mal de monde, cent mille et plus. On compte sur des tentatives de perturbation de la part des autonomes. Mais l'inhumation proprement dite n'aura lieu qu'à minuit, sous stricte protection, bien sûr. Frédéric-Guillaume va à l'église de la Paix, Frédéric sous la terrasse du château. C'est ce qu'il a toujours souhaité, le plus loin possible de son père... Pas le grand jeu, le programme complet des fanfares, non, juste une petite cérémonie, mais avec télévision, Chancelier, princes Hohenzollern... C'est une assez longue histoire... Il y a déjà quelques années qu'on devait monter ce spectacle, à l'époque où nous étions encore au gouvernail... Mais ça n'a pas marché... On les a mis de côté en quarante-cinq... Mine de sel, à plus de cinq cents mètres de profondeur...

mais ensuite… Ça a démarré juste après la guerre… De Bernterode à Marburg… Un va-et-vient interminable… Charger, décharger… D'une crypte à une autre… Ça ne doit pas être beau à voir, dans les cercueils… Mais maintenant, dans l'Allemagne unie, les dépouilles mortelles ont enfin le droit… »

Hoftaller racontait comme s'il avait été chaque fois présent. Il savait la date et l'endroit où l'on avait, juste avant la fin de la guerre, transporté les deux sarcophages depuis l'église de la Garnison où le père et le fils n'avaient dû se supporter que trop longtemps, et ceux où ils avaient été transférés plus tard, au prix d'une dégradation croissante ; mais nous n'accompagnerons pas cette difficile recherche de logement dont le cours souvent précipité avait mis le désordre dans les ossements royaux, de même que la sollicitude de l'État des Ouvriers et Paysans pour l'héritage momifié de la Prusse ne mérite pas à nos yeux qu'on s'y étende davantage ; tout ce que Fonty a appelé à plusieurs reprises « escroquerie testamentaire et foutaises » se passera de commentaire, mais, plus sur ordre que sur demande, il nous faut interrompre, à peine la Trabi est-elle parvenue au pont de Glienicke, le trajet vers Potsdam.

L'étudiante Aubron voulut absolument, et à l'instant même, rendre visite à une autre tombe, qui se trouvait pour ainsi dire au bord du chemin : « C'est bien ici qu'est enterré l'un de mes auteurs favoris, n'est-ce pas, Grand-Père ? Les rois n'ont pas d'importance pour moi, même les rois de France, mais si vous permettez, je veux rendre hommage à l'auteur de *Penthésilée*. »

Docile, Hoftaller gara la Trabi. Et Fonty, quoique de mauvais gré, accéda au désir de sa petite-fille. Kleist lui paraissait génialement extravagant. Kleist le mettait mal à l'aise. Heinrich von Kleist, c'était l'Autre Prussien. Comme souvent chez les Immortels : on se respecte, mais on ne se fréquente pas.

Cette distance est déjà perceptible dans l'essai « La tombe de Kleist », qui fait partie du volume des *Promenades* intitulé *Cinq Châteaux* ; s'il a consacré des pages et des pages à Scherenberg et autres gloires oubliées, il reste cette fois très laconique.

Cet Immortel-là a rendu visite à l'autre en mai 1882 et a trouvé un « lieu de pèlerinage très couru ». Au début, il s'intéressa à un groupe de petites gens, « quatre personnes et un griffon qui, sans excepter le chien, accomplissaient leur pèlerinage avec cette gaieté qui distingue depuis toujours les visites de cimetières… » Ce n'est qu'ensuite – et après avoir dépeint le « caractère bourgeois » de ce groupe – qu'il fit entrer dans le champ de vision la double tombe entourée d'une grille de fer entre quatre balustres de pierre : « Un obélisque tronqué, ancien, et un marbre incliné en forme de pupitre, récemment ajouté… »

Henriette Vogel, tuée par Kleist d'un coup de pistolet avant qu'il ne se tue lui-même, n'apparaissait pas nommément, mais il y figurait, quoique inexactement, les dates de la vie du poète et l'épitaphe rédigée par un écrivain et médecin du nom de Max Ring, que la Chambre des écrits du Reich, parce que Ring était juif, fit plus tard effacer : « Il vécut, il chanta, il souffrit en des temps de difficulté, cherchant la mort ici, il trouva l'immortalité. »

Quand Fonty, au bras de sa petite-fille et suivi de l'accompagnateur, en prenant un chemin fléché, eut trouvé le mémorial au-dessus du Petit Lac de Wannsee, on lisait à présent, gravé dans la pierre toute neuve « Maintenant, Éternité, tu es toute à moi », et Madeleine, qui lisait à voix haute, savait que c'était une citation du *Prince de Hombourg*. « Mais qu'est-ce que vous avez contre, Grand-Papa, on ne saurait le prendre au mot avec plus de beauté et de concision. Vous êtes d'habitude pour l'éternité, aussi douteux que ce concept puisse nous paraître aujourd'hui. »

Fonty occupa aussitôt le fauteuil d'angle n° 23 au Schauspielhaus royal. Au fil des années, le représentant de la *Vossische Zeitung* aux premières y avait vu avec une bienveillance variable trois pièces, d'abord *La Bataille d'Arminius*, puis *Le Prince de Hombourg*, et enfin la comédie *La Cruche cassée*. Nous savons combien il a été impressionné par le massacre germano-romain ; cette haine dramatiquement exaltée pouvait être, à l'époque où la pièce avait vu le jour et où la Prusse était à terre, interprétée comme la haine vouée aux Français. Malgré le somnambulisme des premières scènes et en dépit du « caprice romantique », il fit l'éloge du *Prince*, mais il fut irrité par « cette horreur de juge de village », tout au plus du « théâtre dans un fauteuil ». Il louait certes les détails, ici « les personnages et l'économie », là, « la clarté et la cohérence du propos » et, au début, « le manque d'emphase », mais comme la grandeur du génie, qu'il percevait, ne s'exprimait dans toutes les pièces qu'avec une passion terrifiante, Fonty détournait le regard non seulement de Kleist, mais même de la pierre tombale qui ne cessait de réclamer l'éternité.

« Vous êtes jaloux, Grand-Père ! » s'écria Madeleine.

Hoftaller tenta de voler au secours de sa cible : « C'est la démesure qui l'irrite. Tout est si exagéré, vraiment pathologique. Ce Kleist aurait dû être mis à l'asile… »

Fonty gardait le silence. Le jour gris voilait le panorama : pas de large vue sur le lac, guère de bateaux à voile. Enfin il dit : « Je vois les choses différemment, aujourd'hui. Ce qui était malade, c'était l'époque où il vivait. C'était un Prussien de la meilleure espèce, un Prussien à la Marwitz, désobéissant, quelqu'un qu'on aurait promptement exécuté à Plötzensee, comme Witzleben. On aurait pu apprendre de lui à refuser les ordres, à oser le pur et simple Non, le cri, et même le tyrannicide – mais réussi. Je dois l'avouer : ce n'est pas facile, la haine à un haut niveau littéraire. Ça, il savait le faire. À l'inverse, il y a parmi mes petites vertus celle de ne pas vouloir changer les hommes. »

Sur le chemin de la tombe déjà, Madeleine avait cueilli en passant quelques petites fleurs, ou plus exactement de la mauvaise herbe fleurie. Elle les joignit aux bouquets fanés. Celui qui ne regardait pas l'eau voilée de gris embrassait du regard la vaste banlieue résidentielle au milieu de la verdure, où se dissimulait une villa particulière, qui avait été le théâtre de la conférence de Wannsee, qui était maintenant le musée des horreurs et attendait les écoliers.

Hoftaller était agité parce que le souhait de Madeleine l'avait amené sur une tombe qui n'était pas la bonne. D'autres visiteurs arrivèrent, parmi eux deux femmes encore jeunes, mais qui ne s'intéressaient qu'à Henriette Vogel. Un Japonais solitaire avait la tombe de Kleist au programme. Puis un père de famille éclaira sa femme et ses enfants : « Alors ils ont d'abord pique-niqué tranquillement, et c'est seulement après que ça a défouraillé… »

Toujours détourné, le regard dirigé sur Dreilinden, Fonty estima : « Plus immortel, c'est impossible. » Nous en aurions volontiers entendu davantage sur ce thème, mais Hoftaller pressa le mouvement : « Sur la terrasse, le défilé va commencer devant le cercueil. Il est grand temps d'y aller. Le public est admis… »

En revenant à la Trabi, Madeleine, qui avait pris le bras de son grand-père, déplora : « Quel dommage qu'il nous ait tellement haïs, nous les Français. »

Entre-temps, le train spécial, tiré par une locomotive à vapeur historique, était entré non pas dans la vieille gare impériale toute délabrée, mais dans la gare de marchandises de Wildpark, et il avait été déchargé aussitôt. Des sapeurs de la Bundeswehr firent en sorte que tout se passât sans problème. Le drapeau noir et blanc de la Prusse recouvrait les deux cercueils. Discret roulement de tambours. Commandements. Chaque phase du changement de véhicule suivait un cérémonial dépouillé.

Quand la musique de l'armée eut joué *« Was Gott tut, das ist wohlgetan »*, le cortège solennel, avec à sa tête deux attelages de chevaux tirant la lourde charge, se mit en marche et longea le Nouveau Palais, passa la Maulbeerallee et, entre deux haies de badauds, respecta la chronologie du programme, tandis qu'une Trabant ayant trois occupants à son bord avait de la peine à se frayer un chemin pour franchir le pont de Glienicke et à franchir le chas de l'aiguille.

Pendant que, vers midi, le fils était enfin séparé du père détesté, que Frédéric-Guillaume Ier était exposé dans l'église de la Paix et les restes de Frédéric II dans leur cercueil montrés à la foule sous un baldaquin noir à pompons blancs au milieu de la cour d'honneur de Sans-Souci, Hoftaller faisait des détours pour trouver un accès au château. Il réussit à garer la Trabi dans le faubourg. Par l'allée Voltaire, ils parvinrent sans difficulté au château.

Là, le défilé devant le sarcophage du misanthrope ami des chiens, flanqué de huit officiers, avait déjà commencé : le Chancelier était en tête ; le peuple ordinaire était maintenant admis. En une longue file et tenues à distance par une barrière, se bousculaient des milliers de personnes, dont certaines plutôt âgées, habituées depuis les temps de pénurie à faire la queue, comme s'il s'agissait encore de pommes de terre ou de bas nylon.

Fonty ne voulut pas prendre son tour. Indifférent, il se tenait à l'écart. Bien qu'il y eût suffisamment de public à proximité, il ne voulait pas non plus dire le poème composé pour le soixante-dixième anniversaire d'Adolph von Menzel, « Sur l'escalier de Sans-Souci », au cours duquel le roi, avec chapeau, étoile et lévrier – « Biche, si je ne me trompais » –, se moquait de l'écrivain balbutiant : « Poète allemand ! Eh oui, Berlin se mondialise… ». « J'avais complètement raté mon coup. Menzel ne remercia qu'avec retard et d'une manière tout à fait formelle parce qu'à travers le roi, je ne lui avais accordé que dix petites années de plus. Voilà ce que c'est, avec les anniversaires… »

Soudain tout le dégoûta. Il refusait de prendre part et aurait aimé se trouver bien loin de cette masse qui faisait la queue. Mais lui qui avait rendu hommage en vers et en prose à la fleur précoce de cette aristocratie, il était exclu du Nouveau Palais, où les cérémonies officielles devaient commencer au début de l'après-midi et où, le Chancelier en tête, ce qui restait de la noblesse prussienne devait se rassembler avec des invités. Fonty n'en était pas. Les poèmes en l'honneur des rapières prussiennes, que ce fût Seydlitz ou Deffling, et même le fait imprimé que Stechlin n'ait jamais pavoisé qu'en noir et blanc ne lui permettaient pas d'entrer ; quand bien même il aurait eu à son côté ses Bülow, Poggenpuhl, Rex et Czako, Botho von Rienäcker, Vitzewitz et Briest, jusqu'au favori de l'empereur, von Innstetten, toute cette cour qu'il avait faite à la Prusse – et qui pesait trois volumes de guerre – aurait été vaine ; rien n'aurait pu le transformer en invité d'honneur assis au premier rang.

« À quoi rime tout ça ? s'écria-t-il. Qu'est-ce que la démocratie et la Masse qui la gouverne ont à faire ici ? »

Ce n'était pas sans une certaine amertume que Fonty renonçait à faire la queue ; Madeleine aussi était déçue : « En France, on aurait transformé la spectaculaire cérémonie funèbre en un événement national, avec grande parade, comme pour Napoléon, quand ses cendres sont revenues de Sainte-Hélène. »

Hoftaller se taisait. Il attendit l'arrivée d'une pluie fine pour dire : « Un petit problème. Comme nous étions en retard, j'ai oublié le parapluie dans la voiture. Nous devrions nous mettre sous les arbres avant d'être complètement trempés. »

Il n'en manquait pas dans le parc du château. Ils finirent même par trouver un pavillon soutenu par des colonnes, et là, un banc de pierre. Dans le parc désert, la pluie lavait les toits de feuilles de leur poussière. Ils avaient l'air d'être tombés de l'Histoire. Et quand Hoftaller, ouvrant sa serviette, les invita à une petite collation grâce au café au lait de sa bouteille Thermos et aux sandwiches de la gamelle, ils formèrent tous les trois un groupe d'allure fort civile, en dépit du caractère pompeux du pavillon assez rococo qui les abritait.

Loin de l'auguste dépouille, Fonty donnait le ton, c'est-à-dire qu'il bavardait à reculons, conduisant Madeleine et son ombre-diurne-et-nocturne en retraite à travers d'autres parcs de châteaux, ne se laissant pas perturber par Hoftaller, qui rappela l'offre de la Treuhand concernant les acheteurs potentiels. Non, ce n'était pas des investisseurs qu'il voulait stimuler ; Fonty, prolixe, était en visite au château de Dreilinden, avait à son programme le château du général Marwitz, Fredersdorf, naturellement celui de Kosenblatt, ceux d'Oranienburg et de Köpenick, arriva enfin à Rheinsberg, se retrouva avec le jeune prince héritier et – en feuilletant rapidement à l'envers – tout d'abord au sombre château de Küstrin, dans la cour duquel Frédéric vit tomber la tête de son ami, après quoi il alla visiter Wust, où la tombe de

Katte se trouve encore et où, parmi des piles de cercueils, se trouve celui du décapité.

Et tandis que tous trois mangeaient leurs sandwiches assis sur un banc de pierre, protégés d'une pluie d'abord fine, puis battante, et qu'autour du pavillon s'étendait le parc royal pourvu de tous ses arbres, Fonty se mit à dérouler l'histoire du père rigoureux et du fils sentimental sous forme de tragédie : « Mais le véritable centre, ce n'est pas Frédéric, c'est Katte. C'est lui le héros, et c'est lui qui expie la faute… »

Les Archives avaient refusé de fermer en l'honneur des seuls ossements royaux. Cette production télévisuelle profanatrice de cadavres ne pouvait être notre fête à nous. Rien n'est plus superflu et en même temps plus méprisable qu'une répétition du « Jour de Potsdam » organisé par Hitler – telle était notre devise. Nous vaquions à nos petites occupations quotidiennes. Il régnait chez nous un calme si attirant que nous nous sommes demandé : « Où mieux qu'aux Archives auraient-ils pu trouver abri devant la pluie interminable et les mouvements de masse ? Madeleine aurait été contente de pouvoir jeter un coup d'œil aux manuscrits sur Wust et Küstrin. Même Hoftaller se serait intéressé à ce cas de haute trahison et de tentative de fuite, surtout à la commutation de la peine prononcée par le tribunal militaire, “réclusion perpétuelle en forteresse”, par la sentence royale selon laquelle il devait “passer de vie à trépas au fil de l'épée”. Frédéric-Guillaume Ier a finalement jugé ainsi l'affaire Katte : « Il vaudrait mieux qu'il meure, plutôt que de voir la justice bafouée. » Tel était le juridisme de Sa Majesté. Le roi mit même son latin scolaire à contribution : *« Fiat justitia et pereat mundus ! »*, ce qui se traduit dans les pages roses : « Le droit doit aller son chemin, quand bien même le monde devrait en périr. »

Cela n'aurait-il pas été évident pour Hoftaller ? La raison d'État l'aurait fait approuver ; car le fait que le prince héritier ait été obligé, depuis la fenêtre du château, de voir Katte amené sur le lieu du supplice et décapité avait un caractère pédagogique exemplaire : la dureté de ce verdict était la première pierre de la grandeur prussienne. Quelle que fût l'émotion du vrai coupable, qui, à ce qu'on rapporte, se serait écrié « Mon cher Katte ! » et aurait envoyé un baiser à la victime de sa propre fuite manquée – « Je vous demande mille pardons », en français dans le texte –, c'est seulement ainsi en vérité, n'est-ce pas, Hoftaller ?, qu'on pouvait faire de lui un roi, un Fridericus Rex, Frédéric le Grand, dont les os passablement malmenés avaient enfin le droit de rentrer chez eux ; une bonne affaire pour la télévision et le Chancelier.

Mais ils ne vinrent pas aux Archives. Un peu piqués, nous apprîmes plus tard que Fonty avait préféré déployer son histoire d'épouvante sous un délicat pavillon fait pour les bergeries. Il conduisit ses auditeurs jusqu'à Wust, dans le tombeau de Katte. À cette époque déjà on avait transféré une dépouille mortelle. De Küstrin, où la tête et le corps reposaient dans la fosse, on a, à la requête de la famille, transporté le cercueil exhumé sur une étroite charrette tirée par deux maigres chevaux, par des chemins de sable, jusqu'au domaine paternel.

Sans doute Fonty a-t-il encore une fois prétendu que l'affaire Katte fournirait un excellent matériau pour une pièce de théâtre à l'école de *La Décision* de Brecht ; mais a-t-il également mentionné que Wust se trouvait à proximité de Jerichow ? Et a-t-il dit au fil de son bavardage que le Jerichow de Johnson n'était pas une pure invention mais, transplanté au Mecklembourg, venait de là, d'autant plus que l'auteur des *Conjectures sur Jacob*, dans un livre tardif qui parle de lui-même, le malheureux, donne une vie littéraire à un personnage nommé Joachim de Catt ? Même pour Fonty, cela aurait mené trop loin.

Peut-être, comme Madeleine voulait toujours en entendre davantage et que Hoftaller manifestait un intérêt tout à fait indépendant du service, peut-être a-t-il raconté cette claire journée d'août où l'Immortel vint en visite, plongea, de la lumière éclatante, dans l'obscurité de la crypte et jeta un coup d'œil dans le cercueil ouvert, et comment des chasseurs de souvenirs et pilleurs de tombes, dont un voyageur anglais, avaient emporté la vertèbre qui avait été tranchée par l'épée du bourreau, d'autres des dents arrachées au supplicié. Ou bien Fonty parvint, sans transition, à parler de la visite qu'il avait rendue à la tombe au début de l'été 67 et dont il avait trouvé le temps après des lectures pour l'Union culturelle à Tangermünde et à Rathenow. Sa fille Martha, qui portait déjà la chemise bleue de la Jeunesse libre, avait eu le droit de l'accompagner ; elle avait été terrifiée. L'église du village était en mauvais état, ce qui ne frappait pas particulièrement parce que la décrépitude des bâtiments anciens progressait partout dans l'État des Ouvriers et Paysans. Quatorze cercueils en tout, dont deux cercueils d'enfants, étaient empilés. Matériau suffisant pour bavarder à propos de tous les Katte, le *Generalfeldmarschall*, le capitaine de cavalerie, la deuxième femme du maréchal, née von Bredow, et « le Katte botté », le bouffon de la famille dont les longues bottes de cheval s'étaient mieux conservées que ses restes mortels.

Il ne s'agissait plus en tout cas que de la plus prussienne des histoires. Et quand la pluie se mit à faiblir, puis cessa totalement, si bien que, sur la proposition de Madeleine, ils décidèrent une promenade en ville qui mettrait fin au 17 août, nouveau Jour de Potsdam, ils rencontrèrent encore le décapité, comme si ce n'était ni l'un ni l'autre des deux rois, mais bien lui qui incarnait le personnage principal.

Dans les rues, on ne pouvait pratiquement pas passer. Partout des bouchons, parce que des groupes mettaient chaque fois en scène leur contribution aux festivités et attiraient un public partisan qui applaudissait ou sifflait. Ici, c'étaient des corporations d'étudiants en grande tenue traditionnelle qui représentaient la Prusse nationaliste, là on portait le militarisme en terre dans un cercueil de carton. Si l'on excepte les stands où il y avait des saucisses grillées et des poulets rôtis, encore appelés « broilers » comme à l'époque de l'État des Ouvriers et Paysans, c'était un groupe d'homosexuels déguisés en courtisans qui rassemblait le plus d'affluence : leur fidélité à Frédéric II s'exprimait dans la perfection des costumes. En robes bouffantes à paniers, sous des perruques d'une hauteur invraisemblable, dans une débauche de mouches et une agitation permanente d'éventails, la cour environnait une folle majesté. S'il avait fait meilleur, tout cela aurait contribué à une fête populaire, d'autant qu'on veillait à la sécurité et que skins et autonomes avaient été préventivement tenus à distance.

Hoftaller et Madeleine avaient placé Fonty entre eux. Il est possible que son apparence, chapeau, canne et paletot léger, ait forcé le respect. Du moins le chemin se dégageait-il au milieu de la plus dense des foules. Des gens d'un certain âge saluaient. Certains ôtaient leur casquette. On croyait rencontrer les vertus de la Prusse sous une forme vénérable. Le mot « aura » semblait à propos. On entendit même crier le nom de Fonty. Et Hoftaller, qui avait une petite part à tout cet éclat, se mit à expliquer : « Voyez-vous, mademoiselle, ici, votre grand-père est quelqu'un. Ici, les gens l'apprécient à sa juste valeur. C'était à lui et à lui seul de prononcer devant les princes de la maison Hohenzollern et tous les invités un discours sur la grandeur et la décadence de la Prusse. Mais on rattrapera ça. Devant beaucoup de public. Et je sais où… »

Quand les « Vive Fonty ! » se multiplièrent – quelqu'un cria : « Fonty est notre roi ! » – c'en fut trop pour leur objet. Il demanda à sa petite-fille de le conduire, par les petites rues, dans une partie plus calme de la ville ; c'est ainsi qu'ils parvinrent dans le quartier hollandais, une architecture simple datant de l'époque de Frédéric-Guillaume, qui avait fait venir dans le pays des artisans hollandais, très appréciés. Les raisons en étaient claires, car la famille royale possédait une branche hollandaise et calviniste qui remontait au temps des princes électeurs ; ils étaient étrangers dans l'étroitesse luthérienne de la Marche et vivaient, sans préjugés religieux, au milieu d'une cour exclusivement huguenote, tandis que la noblesse borussienne rejetait les intrus hérétiques ; on n'obéissait qu'aux ordres exprès.

Fonty fouillait dans ses réserves historiques. Et Madeleine était à son affaire. Le mémoire de maîtrise qu'elle avait récemment remis lui avait valu une « mention très bien ». Si nous ajoutons qu'en même temps que le point final à ses notes sur l'arrière-plan huguenot des œuvres de l'Immortel, elle en avait mis un autre à sa liaison avec le professeur marié, nous le faisons avec soulagement et en accord total avec Fonty, qui, lorsque le trio se retrouva enfin seul dans le quartier hollandais, prit soudain la main de sa petite-fille : « Ah, mon enfant, tu sais, les baisers brûlants qui chauffent toute la pièce ne sont pas mon genre, mais ton amour réchauffe mes vieux os. »

Il ne lâcha même pas cette main pour désigner du bout de sa canne quelques-uns des bâtiments simples et uniformes qui étaient en cours de rénovation depuis l'époque de l'État des Ouvriers et Paysans et dont on devait maintenant faire des bijoux : « Regarde ! Partout des échafaudages ! On dirait que ça avance. »

Et devant l'un de ces échafaudages, il se passait quelque chose. Des comédiens, des mimes visiblement, étaient en train de représenter une pièce ; on ne savait pas encore très bien si c'était une comédie ou une tragédie. Seuls quelques spectateurs, dont faisait maintenant partie le trio, formaient un demi-cercle plutôt clairsemé autour d'une estrade faite de barils métalliques recouverts de planches d'échafaudage. L'inscription qui figurait sur un petit bus Volkswagen garé sur le côté montrait qu'il s'agissait d'étudiants venus de Küstrin, qui depuis la fin de la guerre s'appelait Kostrzyn, pour célébrer à leur manière, en collants noirs et le visage blanc, le retour des ossements royaux. Pour l'instant, il ne se passait rien, seul un tambour résonnait, tantôt triomphal, tantôt traînant. Il devait suivre le déroulement du jeu. Plus tard vinrent s'ajouter des roulements et des coups isolés marquant la succession des scènes. Tout le reste devait être muet.

Comme si c'était Fonty qui avait pris sous contrat cette troupe de comédiens polonais, ils donnèrent la tragédie du sous-lieutenant du régiment Gendarmes Hans Hermann von Katte. C'est ce qui était inscrit en lettres rouges sur une banderole blanche qui fut déployée entre les montants de l'échafaudage. Comme tous les acteurs avaient le même maquillage et le même costume – les yeux entourés de noir dans le blanc crayeux des visages, les bouches rouge fraise et élargies –, il fallait d'abord deviner avant de comprendre : voilà le gros roi-sergent brisant la flûte de son fils qui ne cesse d'en jouer, déchirant ses livres et les jetant au feu ; car c'est celui-ci, ou celle-ci – le rôle était visiblement tenu par une femme – qui est le prince héritier que son père, en fureur, passe à tabac avec une telle violence que la phrase de Frédéric transmise par la tradition, « Vous ne m'avez pas traité comme votre fils, mais comme un vulgaire esclave », aurait pu servir de motivation supplémentaire à la représentation de la tentative de fuite. Mais le geste et la mimique en disaient suffisamment, et même davantage. Ni la flûte, ni le livre, ni la canne n'avaient besoin d'être là sous forme d'accessoires.

C'est alors seulement qu'apparut Katte, qu'une lettre mal aiguillée avait trahi et qui, devant les cafouillages du prince héritier, se tordait les mains parce que son rôle de complice était découvert ; mais il ne voulait pas prendre la fuite tout seul et laisser tomber le prince.

Le père faisait d'abord saisir son fils, puis on voyait Katte arrêté : la phrase transmise par l'Immortel dans son récit de la tragédie, « Katte remit son épée sans changer de couleur », nécessitait dans la pantomime une expression toute spéciale.

Après un roulement de tambour étouffé, la princesse Wilhelmine, qui vouait une grande tendresse au prince héritier, son frère, fit son apparition. Elle souffrait de l'arrestation de Katte, car lorsque celui-ci était conduit devant le roi, le mime qui jouait son personnage illustra la phrase qu'elle aurait prononcée : « Il était pâle, défiguré. » On eut à nouveau un Frédéric-Guillaume en fureur. Il arracha quelque chose de la poitrine du prisonnier – c'était une décoration, la croix des chevaliers de Malte – et tabassa le malheureux qui était à terre. Il le bourra aussi de coups de pied, tandis que sa victime tremblait sous les violences qui n'étaient que simulées.

Roulement et grand coup de tambour : un groupe plus nombreux de mimes – têtes rassemblées – figurait maintenant la cour martiale, dont la sentence était cependant déchirée par le roi. Ce n'était pas la réclusion perpétuelle, mais la mort par l'épée. Et de même que l'Immortel, au cours des travaux préparatoires pour son essai sur Küstrin, a demandé par lettre à une parente du sous-lieutenant, Marie von Katte : « Surtout, comment cela s'est-il passé avec l'épée ? », de même la question se posait-elle maintenant pour les mimes : un geste sec suffirait-il, ou fallait-il un accessoire pour séparer la tête du tronc ? Quand le trio, au milieu d'un public maintenant plus nombreux, assista à l'exécution de Katte, l'échafaudage du quartier hollandais de Potsdam était chargé de représenter le château de Küstrin et le mime Katte, agenouillé sur l'estrade, fut décapité d'un geste précis de la main, d'une façon si impressionnante que, dans le silence respecté par les tambours, on crut entendre rouler la tête.

Auparavant, on avait forcé le prince héritier à grimper sur l'échafaudage, afin qu'il vît ce qui se passait. Il trouvait tout juste le temps d'envoyer à son pauvre ami le célèbre baiser, que Katte recevait dans un dernier regard. Puis Frédéric, auprès de qui se tenait Wilhelmine, s'effondra pour n'être plus qu'une petite boule de désespoir tremblant.

Le tambour retentit à un rythme funèbre. Madeleine pleurait. Fonty déclara : « C'est à peu près ainsi que ça s'est passé, d'une manière colossalement émouvante, et avec autant de justice que d'injustice. » Aux yeux de Hoftaller, il manquait dans le déroulement de la tragédie l'effet pédagogique de cette raison d'État. Mais après un bref roulement de tambour martial et *crescendo*, la représentation continuait.

Pendant qu'on étendait un drap blanc sur le corps de Katte, le prince héritier qui, à l'instant encore, était replié sur le sol, le cœur brisé, se leva et se fit plus grand que nature. La jeune fille qui le jouait se complut à des exercices acrobatiques de jeune homme dans l'entrelacs de l'échafaudage. Elle fit des clowneries, bondit sur l'estrade en suggérant le vol d'un aigle, sauta par-dessus le cadavre de l'ami, marcha sur les mains, brilla par des sauts périlleux en série, en avant et en arrière, déclara symboliquement quelques guerres pour un oui, pour un non, déchira des traités, vola des provinces, livra des dizaines de batailles, passa par-dessus des cadavres avec une compétence maintenant bien acquise, chassa d'un côté, puis de l'autre le chœur des mimes – les nombreux ennemis de la Prusse –, fut chassée à son tour mais ne s'avoua pas vaincue, jouant bien plutôt le rôle du roi exactement comme l'avait voulu son père dont il avait bien compris la leçon, régnant d'une main de fer, mais donnant à la fin, malgré son sourire silencieusement cynique, l'image d'un héros solitaire et triste jusqu'à la mort que ses expéditions conquérantes ne rendaient pas heureux, qui méprisait les hommes et ne faisait plus, tremblant et déformé par la goutte, que jouer avec ses chiens.

Le tambour souligna macabrement l'attaque cardiaque tardive et se tut. Quand les mimes vinrent saluer, quelques-uns des rares spectateurs étaient déjà partis. Fonty, qui, entraîné par Madeleine, avait applaudi, déclara par-dessus la tête de Hoftaller, qui n'avait pas bougé le petit doigt : « Je n'en démords pas. Mon héros s'appelle Katte. » Lorsque le trio quitta le théâtre de la tragédie en même temps que le quartier hollandais de Potsdam, Fonty chercha à nouveau et trouva la main de sa petite-fille.

Le retour en Trabi, si l'on excepte l'embouteillage devant le pont et quelques déviations, se déroula sans incident. L'ancienne ville de garnison, à présent capitale de l'État fédéré du Brandebourg, se vida de son public, car il n'était pas admis à l'inhumation solennelle du roi sous la terrasse du château, qui devait avoir lieu à minuit : seul ce qui restait des princes Hohenzollern, le Chancelier et la télévision avaient le droit de transgresser une deuxième fois la volonté testamentaire de Frédéric II.

Pour nous, c'était une journée normale aux Archives qui s'achevait. Et Hoftaller, qui nous a raconté, approuva notre réserve : « Ça n'a pas donné grand-chose, rien qui reste ; pas trace de "l'esprit de Potsdam". En tout cas mes passagers sont restés plutôt muets en rentrant à la maison. J'ai essayé de les égayer un peu. J'ai même cité celui qui vous fournit votre pain quotidien, l'Immortel : "Beaucoup de cris et peu de laine." Mais ça n'a servi à rien. Mademoiselle a grommelé : “Tant qu’à faire une foire, autant que ce soit avec les montagnes russes et la grande roue”, mais elle faisait comme si j’étais transparent ou rien d’autre que le chauffeur. Ambiance vraiment moche. Mais quand on a descendu la Schönhauser Allee et que je me suis arrêté à l’angle de la Knaackstrasse et de la Dimitroff, je leur ai fait une petite surprise, parce qu’à l’entrée de la Brasserie de la Culture l’affiche toute fraîche sortie de l’imprimerie était déjà là. Ben oui, je voulais faire plaisir à Fonty. Il y a si longtemps qu’il n’en a pas eu le droit, enfin il va pouvoir faire de nouveau une conférence en public : « Années d’enfance », ce qui l’a aidé à guérir la dernière année, et aux Cuves, ça peut contenir un tas de gens. Ça lui a fait un plaisir fou quand il a vu ça : son nom en gras et à côté “Fonty” – en italique et entre parenthèses. Naturellement, il a balancé une de ses maximes : “Je ne suis pas un orateur, mais enfin s’il le faut… !” Seule Mademoiselle faisait l’inquiète, prétendument à cause de la fatigue. Mais ensuite elle s’est complètement retournée : “Et juste après on fera notre voyage d’agrément, hein, Grand-Papa ?” À moi, elle m’a dit d’un ton plutôt pointu : “Vous n’avez sans doute rien contre ?” Et moi : “Pourquoi donc ? Très volontiers. Il ne faut jamais retenir les voyageurs…” »

36. Divers incendies, ou : Qui a mis le feu ?

Ce n'est pas Fonty, mais Madeleine qui a invité Hoftaller à venir prendre Kollwitzstrasse le café-gâteaux de l'après-midi. Il s'agissait de régler tous les détails de la conférence annoncée à la Brasserie de la Culture, par exemple la question : table ou pupitre ? Mais quand ils furent assis tous les trois dans le salon Poggenpuhl et que Hoftaller eut pris le premier morceau de *streuselkuchen*, la petite fille, parce que son grand-père gardait le silence, orienta ses questions dans une autre direction, en choisissant comme toujours ses mots avec grand soin : « Auriez-vous la bonté de nous dire, monsieur Offtalère, quels sont vos projets d'avenir ? »

Juste avant de mordre, il offrit son antique sourire rétrospectif, mais il tint en l'air le tendre gâteau, ne voulant pas parler la bouche pleine, et faisant montre, malgré la faim qui semblait le tenailler, des meilleures manières : mais avant de dire « Bonne question », Hoftaller avala une gorgée de café.

Ensuite seulement, le grand-père et la petite-fille apprirent que leur hôte s'était récemment mêlé aux étudiants pour suivre un cours intensif de langue qui avait lieu malgré les vacances semestrielles : « Imaginez un peu, moi à l'université Humboldt ! Sur un banc d'école, à mon âge ! Au début je me suis dit : ils vont te rire au nez, mais ils sont gentils, ces jeunes gens. Tous débutants, comme moi. On dit toujours que l'espagnol n'est pas difficile du tout, moi je trouve que si, surtout la prononciation… »

Comme à titre de preuve, il chuinta. Il roula l'*r*, s'exerça à des sons gutturaux. Il parvint à des phrases comme *« Hasta la vista »*, mais le mot *« información »* était difficile à prononcer. Rien d'étonnant à ce que Fonty ait trouvé « ridicules » les exercices de son ombre-diurne-et-nocturne. Il voulait changer de sujet et en venir à la conférence qui approchait, mais Madeleine ne lâcha pas prise : « Et puis-je, sans être indiscrète, vous demander à quoi et où vous comptez employer vos connaissances linguistiques ? »

À présent Hoftaller mastiquait. Il mastiquait bouche fermée. Les deux autres regardaient Hoftaller mastiquer à la table ronde. Fonty était assis sur le canapé, au-dessous de la gravure représentant la bataille de Grossgörschen, Madeleine dans l'un des fauteuils à médaillon, quand il dit, la bouche pas tout à fait vide : « Rien ne vaut le *streuselkuchen*. Mais ce n'est pas parce que je fais d'abord l'éloge du gâteau que je veux esquiver votre question, mademoiselle… »

Fonty en prit maintenant une part. Il ne se gêna pas pour parler avec le gâteau dans la bouche :

« Videz votre sac ! vous n'allez quand même pas passer des vacances à Majorque. C'est toujours plein comme un œuf…

– Mais vous savez bien que je ne suis pas du genre vacancier et que je ne déteste rien tant que le *dolce farniente*…

– Alors nous sommes fondés à penser que monsieur Offtalère est épris d'une señorita andalouse. Vous souriez. Est-ce si extravagant ?

– Peut-être suffira-t-il que je vous avoue après ce petit interrogatoire : mon intérêt, en raison des changements dans la situation de la politique mondiale, s'est légèrement déplacé, disons en direction de l'Amérique latine. La perspective Est-Ouest n'est certes pas obsolète, mais…

– Et quand partez-vous, si je puis me permettre ? Au Nicaragua, qui sait ? »

Hoftaller, en souriant, laissa pendantes cette question et quelques autres. Quand il avoua pour sa part être également curieux de savoir quelle devait être la destination du voyage d'agrément de Fonty, gentiment accompagné, ou s'il envisageait sérieusement d'emménager à Schwerin, auprès de sa femme et de sa fille, dans ce qui était, paraissait-il, une chambre dans une tour avec vue sur le lac, Fonty resta lui aussi dans le vague et se contenta de dire : « Mete, on n'a pas besoin de s'en soucier. Mais Emilie ? Elle est habituée à moi. Elle veut absolument que je vienne. Je lui manque colossalement, dit-elle. Oui, bon, l'idée est séduisante. Plus près de la côte, tout sent l'Angleterre, la Scandinavie et le commerce ; tandis que dans le Brandebourg, tout sent le pin et la caserne. Mais aussi renfermé que soit l'air ici, je n'ai pas envie de partir de Berlin pour aller dans le nord. Il y a de meilleurs endroits… Je ne suis pas abonné aux stations touristiques… Ce que je cherche, on ne le trouve dans aucun lieu de villégiature… Du silence, rien que du silence… Mais avant, je vais chanter ici, c'est-à-dire que ma conférence va les arracher à leurs chaises. Je suis finalement pour le pupitre. Tant qu'à parler, que ce soit debout et librement ! »

Puis on bavarda sans se poser mutuellement les mêmes ou d'autres questions. Hoftaller se montra satisfait du *streuselkuchen*. Madeleine raconta combien sa famille, à Montpellier, avait été contente de l'examen qu'elle avait réussi avec bravoure : « Même Maman, bien que ma thèse soit rédigée en allemand ! »

Toutes les nouvelles en provenance de Schwerin et concernant les affaires, même en style télégraphique, semblaient positives. Il paraissait qu'Emilie allait maintenant faire ses courses conduite par le chauffeur. Et Hoftaller, qui s'était intégré à la conversation familiale et s'y sentait manifestement bien, croyait savoir que la première pierre du complexe architectural de la Brasserie de la Culture avait été posée il y avait exactement un siècle, sur demande de la firme Schultheiss :

« Vous vous souvenez, Fonty. C'était juste avant votre soixante-dixième anniversaire, avec beaucoup de tralala…

– Et comment ! Mais on a représenté aussi du vrai théâtre, *Avant le lever du soleil* de Hauptmann, et il y avait quelques nouvelles littéraires sensationnelles : le brouillon de *Jenny Treibel* était achevé. Friedel présentait *Stine*. Et puis la première édition complète paraissait en douze volumes… Il régnait d'ailleurs une grande activité, des chantiers partout… Du bruit, de la poussière, des cris à la Bourse…

On appelait ça "l'ère des fondateurs"… Et avec le directeur de Schultheiss, un certain Patzenhofer, on se retrouvait tous les soirs à l'entrepôt de houblon… Quelle époque…

– Et à peine la brasserie Schultheiss a-t-elle été debout qu'est morte la religieuse Mathilde von Rohr. Une perte cruelle, je sais. C'est peu après que la faillite nerveuse a atteint son sommet. Même la famille a envisagé un internement. Anémie. Il ne fallait pas plaisanter avec ça. Vous avez encore eu du pot, Fonty.

– Oh oui ! s'écria Madeleine. Et c'est ainsi qu'ont vu le jour les *Années d'enfance* dont Grand-Papa, c'est assuré maintenant, nous fera la lecture debout au pupitre. Fantastique, quand on pense qu'une bière ordinaire a donné une Brasserie de la Culture. À la bonne heure ! Vous avez vraiment bien fait les choses, monsieur Offtalère, tout soigneusement préparé. Grand-Papa et moi vous en avons beaucoup de gratitude… »

Ce n'est pas seulement le Prenzlauer Berg, mais tout Berlin qui était là ; et nous faisions naturellement partie du public. Quel labyrinthe de murs ! Selon les plans de l'architecte Franz Schwechten, qui dessina peu après l'église du Souvenir, la Kaiser-Wilhelm-Gedächtniskirche, en haut du Kurfürstendamm, on avait utilisé beaucoup de briques pour élever ce complexe. Des dégagements et des espaces à profusion. Avec des tourelles et des créneaux, comme si l'on avait voulu construire le château des Staufen, l'espace réservé aux cuves était entouré par les locaux de toilette et les vestiaires, l'ancienne écurie, l'entrepôt et tout ce qui faisait encore partie de la brasserie, comme la cheminée dominant tout de sa hauteur, notamment la vaste cour où le public se rassemblait à l'occasion de telle ou telle manifestation culturelle. Dans les cours latérales, des inscriptions sur les vieux murs disaient qu'il y avait eu là un grenier à foin pour les chevaux de la brasserie, ici, socialement avancé, un atelier pour invalides. À présent, c'étaient des galeries et un théâtre qui s'offraient. Mais tous ceux qui étaient venus ce soir-là voulaient entrer dans la salle des Cuves, où attendait le pupitre. On buvait encore une petite bière à l'extérieur. Mais ensuite, on se précipita. Chacun voulait être bien placé.

Il y avait quelques mois seulement, à la mi-mai, que l'on avait transformé la Brasserie de la Culture en société à responsabilité limitée ; mais dès l'époque où était encore omniprésent l'État des Ouvriers et Paysans, les bâtiments, qui avaient peu souffert des années de guerre et n'avaient guère été touchés pendant la bataille finale au centre de Berlin, étaient utilisés par des artistes, tandis que d'autres locaux restés vides servaient de garde-meuble. Depuis la chute du Mur, le programme tournait à plein : journées de musique *live*, chansonniers, lectures de poètes, expositions et théâtre de rue, « ateliers » et tables rondes, tout ce qui était d'actualité – surtout à l'époque du grand tournant –, et parfois des choses bizarres, « alternatives ». Mais on y faisait aussi des fêtes : une fête turque pour les enfants, le nouvel an juif, une fête pour la fin du ramadan.

Ainsi, la conférence de Fonty, qui avait du reste lieu quelques jours après le putsch de Moscou, n'était que l'un des rendez-vous dans un programme abondant. Et pourtant il se passait quelque chose de spécial, parce que le conférencier, Theo Wuttke, avait, aux yeux des plus âgés, traversé l'époque grise sous le nom de Fonty ; même les jeunes le savaient, ne fût-ce que par ouï-dire : c'était quelqu'un, celui-là, il y avait longtemps, à un moment quelconque autrefois, quand tout marchait encore ici. Il paraît qu'il a dit quelque chose qu'il ne fallait pas, des allusions à double sens qui ne plaisaient pas aux huiles. C'est pour ça qu'il a eu des ennuis. En tout cas, il faut être là quand ce Fonty parle.

Voilà pourquoi ils vinrent tous. Quelques-uns même des jeunes talents du Prenzlauer Berg, qui gagnaient maintenant leur vie ou avaient enfin trouvé leur sujet comme patrons de bistrot ou autoflagellants consciencieux, étaient dispersés dans la salle, parce qu'ils étaient ennemis les uns des autres. Beaucoup d'anciens de la Maison des ministères avaient payé leur place. Des permanents de l'Union culturelle blanchis par les ans faisaient la preuve de leur attachement. On voyait des membres de l'Académie, célèbres ou moins connus. Les pasteurs des églises environnantes, celui de la paroisse de Corpus-Christi et un prêtre de la cathédrale Sainte-Hedwige, étaient venus. Il y avait même de la presse aux sièges réservés. De l'Ouest de la ville, en revanche, personne ne s'était risqué. Et visiblement la Treuhand ne manifestait pas non plus sa présence, quoique ces biens immobiliers, Cuves compris, lui fussent confiés. C'était complet tout de même : Fonty faisait salle comble.

On nous avait instamment demandé, en raison des nombreuses références thématiques, de dire un mot d'introduction et de faire l'éloge du conférencier, qui était la preuve de la vie, de la survie, de l'immortalité de la littérature, mais le directeur des Archives nous avait recommandé la retenue ; la présence de quelques collaborateurs suffirait. Aussi l'oratrice fut-elle une dame qui appartenait à la direction de la Brasserie de la Culture. Elle voulait faire court, et elle fit court : « On ne présente pas Fonty. Fonty, nous le savons, parle de lui-même. Tout le monde, sincèrement, devrait être un peu Fonty. Pour tous ceux qui le connaissent d'hier et d'avant-hier, mais aussi pour les jeunes qui sont venus aujourd'hui aux Cuves parce qu'ils ont entendu résonner quelque chose, notre Fonty est une institution. Bienvenue de tout cœur, monsieur Wuttke ! »

Quel succès ! Comme si l'on avait voulu faire sauter les Cuves, le temple de brique, la source de fleuves de bière depuis longtemps taris. Nous étions assis au premier rang et pouvions tout au plus deviner qui étaient ceux qui, derrière nous et au-dessus de nous, battaient des mains. Il fut dit plus tard que le couple Wolf, le vieux Hermlin et même Müller étaient présents ; mais ce qui fut dit plus tard ne compte pas : plus tard, il n'y eut que des avis et des rumeurs.

Madeleine était à côté de nous, silencieuse, les genoux serrés, la pointe du nez baissée et tous les doigts rassemblés sur son giron autour d'un mouchoir. Hoftaller s'était assis à l'écart, au-dessous d'un panneau « Sortie de secours ». La haute salle était éclairée, tout en haut, par des projecteurs montés sur des supports métalliques. Le crépi des murs était nu et maculé. Comme dans une arène, le public était assis sur trois blocs en pente abrupte. Attente concentrée.

Et Fonty, qui jusque-là occupait la place d'honneur sur un fauteuil avancé, se leva lentement, rassembla ses forces et se dirigea, son manuscrit à la main, vénérable vieillard – se reposant entièrement sur son apparence surannée –, vers le pupitre. Là, en pleine lumière, il s'inclina brièvement, déclenchant à nouveau des applaudissements qui agrandissaient la salle des Cuves. Alors la lumière du plafond baissa, seul le pupitre restait éclairé.

Le premier mot, « Du reste », et la formule qui suivit « Je ne suis pas un orateur », mirent quelques rieurs de son côté, mais lorsque Fonty donna une explication de fond : « Être obligé de parler a toujours eu pour moi quelque chose d'éminemment terrifiant ; d'où l'aversion que j'éprouve pour le parlementarisme », l'hilarité cessa. Puis il fit une volte-face : « Mais je suis de naissance un causeur, ce qui signifie quelqu'un qui bavarde », et c'est ainsi qu'il se retrouva dans son manuscrit, au début des *Années d'enfance*.

Le micro venait en aide à une voix qui ne portait guère. Il lisait son texte. À présent, avec ses lunettes, il avait l'air un peu étranger, loin de tout. Il jeta un coup d'œil sur Neuruppin de deux angles différents, compara la maison paternelle bourgeoise, la pharmacie du Lion, en permanence menacée par la faillite et les dettes de jeu, avec l'expérience de l'exiguïté prolétarienne qui sentait la soupe au chou ou le poisson, se retrouva ainsi chez le lithographe socialiste Max Wuttke, et donc près des images de Neuruppin et de leur valeur formatrice, éternellement actuelle, qui était préférée, même à Swinemünde, où une nouvelle pharmacie marchait plus mal que bien, à toute instruction privée, fût-ce sous la férule du bien-aimé précepteur Lau. Il en allait de même de l'école populaire de Neuruppin, d'où seules l'ambition et l'économie de la mère avaient pu tirer le petit Wuttke pour le mettre au lycée.

Fonty utilisa avec habileté les lithographies de masse sorties des ateliers de Gustav Kühn et de chez Oehmigke & Riemenschneider comme modèles d'histoire contemporaine. Dès qu'il s'agissait des Wuttke, il insérait les actualités parlantes de la Fox, passa de l'événement de Potsdam – le président du Reich, Hindenburg, serre la main d'un ancien caporal qui est maintenant en frac et haut-de-forme – au choléra s'arrêtant juste devant Swinemünde et les dignitaires rassemblés à la table du pharmacien, pour faire un saut dans le temps et en venir à la peste brune. À chaque fois, il pensait aux années trente de l'un et l'autre siècle. Il mélangeait les odeurs pharmaceutiques à celles de l'imprimerie de Kühn. Les mères rivalisaient de sévérité. Il mettait des petites taches de couleur : ici la maison peinte en bleu ciel au bord de la Baltique, là les pinceaux à colorier des enfants de la Marche qui travaillaient à la pièce. C'était tantôt le lac de Ruppin, tantôt la mer Baltique que venaient animer les bateaux à voile et à vapeur. Il passait vite sur les grands événements, mais sur le milieu des petites gens il entrait dans le détail. Fonty était chez lui à un endroit comme à l'autre ; et son dédoublement était si naturel que le public le suivait sans peine.

Et voilà qu'il se mit à ériger aux deux pères un monument du haut duquel on pouvait contempler les changements d'époques comme un défilé de modes fugitives ou, dès que les deux pères dialoguaient, passer le temps en bavardant : il s'agissait de Napoléon et des ses maréchaux, et en même temps de la vision d'une coopérative élargie au monde entier ; on échangeait des expériences dans l'élevage des cochons ou des lapins ; comme en passant, sans gravité aucune, le joueur avouait au buveur les dettes qu'il traînait de ville en ville, et le buveur indiquait au joueur la taille de son foie. Ils riaient des petits bourgeois de tout poil et pestaient contre les réactionnaires et les traîtres, la noblesse et les fonctionnaires, les Bourbons et les Hohenzollern, la canaille noire, rouge, au sang bleu ou bien brune.

Mais les deux pères échangeaient aussi des anecdotes à qui mieux mieux. Et il est possible que ce soit le ton de ces gasconnades sûres de leur effet, maîtrisées parfaitement par les deux fanfarons, qui ait poussé Fonty à abandonner tout à coup son manuscrit pour improviser.

Il poussa de côté sa pile de feuilles, ôta ses lunettes, les posa. Bien droit, parce qu'il n'était plus penché sur son texte linéaire, il sortit de derrière le pupitre et, sûr de sa voix maintenant, il dédaigna le microphone. Il regardait le public en face, comme s'il cherchait un dialogue par-delà les rangées de sièges, et il trouva dans la pénombre des individus à qui il était possible de s'adresser. Il était loquace des deux mains, fit des citations tirées de *De vingt à trente*, refit la révolution de 48 – le tocsin qui avait mal fini –, se retrouva, sautant d'un pied léger par-dessus le temps, sur l'Alexanderplatz où il parla à une foule aux cinq cent mille têtes, laissa bien des choses de côté, par exemple l'Aviation du Reich, mais ne perdit des yeux rien de ce qui venait après, le fait qu'il avait reflété l'État des Ouvriers et Paysans, sa construction, son déclin, son effondrement, non, il continuait à faire des sauts, se retrouva en même temps dans les années 1830 et le 17 juin, dit : « Ce que je n'ai pas eu le droit de mettre dans mon manuscrit après le XIe plénum, ni à Hoyerswerda ni ailleurs, est cependant valable aujourd'hui encore : à la longue, on ne peut pas tenir un peuple en laisse… » Rien pour lui n'était du passé. Il mêla la fondation du Reich par le Jaune-soufre, « cuirassée de sang et de fer », à ce que la colère dans laquelle il se laissait emporter lui fit appeler « la bouillie unitaire trop sucrée de la Masse actuellement au pouvoir », fit des plaisanteries sur un ministre nommé Krause, que l'on aurait « promptement anobli après soixante-dix-soixante et onze », pesta tout à coup contre les écrivains, prenant dans sa ligne de mire, quand il visait Wildenbruch ou Brachvogel, des gloires contemporaines : il traita le dernier président officiel de la corporation écrivante de « gratte-papier créé par Dieu dans sa colère ».

Puis Fonty retrouva des eaux plus calmes, mais il fatiguait un peu son public, et de plus en plus lorsque, sur la trace de ses promenades, il alla visiter avec de longs détours une douzaine de châteaux de la Marche, effeuilla des arbres généalogiques borussiens et se perdit au milieu d'obscures querelles aristocratiques et de demeures seigneuriales entretemps en ruine.

Déjà la salle commençait à s'agiter. Des interpellations fusèrent. Quelqu'un cria : « Le point final, Fonty ! » Il dit alors : « Et tout cela, et plus encore, est entre les mains de la Treuhand. Tout cela, château après château, doit être mis à l'encan sur l'injonction de la Treuhand et n'a plus le droit d'être propriété du peuple ; avec la Treuhand, c'est possible ! »

Nous étions inquiets et redoutions avec Madeleine, dont les doigts froissaient le mouchoir sur son giron, que Fonty ne se perdît. Fallait-il lui souffler une réplique ? Madeleine chuchota en direction du pupitre : « À l'essentiel, maintenant, Grand-Papa… »

« Juste », approuvâmes-nous, car il avait jusque-là laissé de côté, comme mis en réserve le véritable sujet, l'œuvre tardive de l'Immortel, les romans et nouvelles. « Je ne suis pas très compétent en littérature », dit-il avec coquetterie. Une seule fois, nous entendîmes : « Les honoraires d'*Errements et Tourments* se montèrent à trois mille cinquante marks. » Et là-dessus, comme en aparté : « J'ai écrit à Schlenther cette fois-là : "Je viens d'avoir la visite d'une dame d'environ quarante-six ans qui m'a dit qu'elle était Lene, que j'avais écrit son histoire…" » Il n'y eut rien d'autre sur Lene Nimptsch sinon : « On dit qu'elle était autrefois très belle. » Mais maintenant que Fonty s'était lui-même donné la réplique avec la Treuhand qui rendait tout possible, il nous offrit une fête littéraire sans égal.

Son regard passant par-dessus le public, il était debout et parlait librement dans son costume de conférence tout usé, la redingote. De la taille d'une goutte d'eau, le ruban de la Résistance française ornait son revers. Il avait tout à fait la silhouette de l'original et il était armé d'immortalité lorsqu'il s'exclama : « Le saviez-vous ? Êtes-vous au courant, mesdames et messieurs, qu'aujourd'hui, en ce moment même, à la Maison des ministères, autrefois ministère de l'Aviation du Reich, la Treuhand, qui nous est si présente, reçoit des hôtes illustres ? À une occasion bien particulière. On doit fêter le millième processus développé. N'est-ce pas une excellente raison ? Et pour cette fête, on s'est costumé. Invité sous la devise "Mme Jenny Treibel reçoit", on se retrouve à tous les étages, dans les couloirs et les salles de réunion décorées de lampions. On demande des invités aux romans et aux nouvelles, et même aux œuvres secondaires. J'ai peine à les nommer tous, tant ils ont été nombreux à honorer Mme Jenny Treibel de leur présence ; mais un petit choix est possible. C'est ainsi que je vois, cohorte multicolore, tout ce qui a un titre et un rang, en paletot ou en uniforme, par exemple le sous-lieutenant Vogelsang avec le conseiller au Commerce et mari de la maîtresse de maison en grande conversation sur la tactique électorale et la manière d'attraper les voix. Rex et Czako ont amené le jeune Stechlin. Ils cherchent maintenant Armgard et Mélusine. Naturellement, il ne doit pas manquer Gundermann, pour qui tout signifie encore "de l'eau au moulin de la social-démocratie". Mais regardez : Effi et Lene, l'une en chapeau à voilette, l'autre en coiffe, bavardent ensemble de récentes affaires berlinoises comme s'il n'y avait pas de différence entre les classes. Même Stine s'est laissé convaincre par la veuve Pittelkow de sortir dans le monde. Elle porte sa robe mouchetée comme une pintade et espère détourner le jeune comte Waldemar de son projet : mettre un terme d'un coup de pistolet à son histoire de toute façon anémiée. Et le voici d'ailleurs, avec, hélas ! un trou dans la tête. Et croyez-moi, cher public, il ne manque aucun des pasteurs : Lorenzen, Niemeyer, Schwarzkoppen, même le Danois Schleppegrell est venu en tenue de prédicateur. Les pédagogues ne font pas défaut : guère étonnant que le professeur Schmidt ait répondu à l'appel de son amie de jeunesse, mais que Krippenstapel ait ainsi pris sur lui ! Ah, le précepteur Lau, des *Années d'enfance*... Et tous ceux encore qui se sont conformés avec beaucoup de style, des chaussures à lacets aux bottines, et jusqu'à la coiffure sagement partagée par une raie ou dressée en impressionnants monticules, aux personnages des romans ! Qui ose prendre les allures du père Briest ? Qui apparaître – rôle secondaire – en servante Friederike, logée depuis des décennies dans le grenier des Poggenpuhl ? Qui porte l'uniforme de parade du régiment Gendarmes ? Qui se complaît en fille de pasteur ou en nourrice du Spreewald ? Qui veut être cocher ou simplement concierge ? Ce sont les chefs de services et les secrétaires de la Treuhand, les techniciens et les collaboratrices d'antichambres, mais aussi tout ce qui sent l'argent ou qui a le nez pour, puissants investisseurs et acheteurs en masse, qui se sont déguisés en personnages littéraires. Oh, en Vitzewitz, cela peut passer ; mais je demande : qui a eu le courage de s'exposer au ridicule en caricature de Schach von Wuthenow ? Qui a eu l'audace de prétendre au rôle d'amant en déconfiture de Mélanie ? Qui se cache derrière Louise, tant invoquée, qui derrière le comte Petöfy, quelles trois Grâces sont les filles Poggenpuhl ? Et là-bas, de quelle direction viennent ces deux messieurs bien proprement mis, qui se sont salués des noms d'Innstetten et Crampas ? Quelle puissance financière représente ce médecin de famille qui ne cesse de prescrire des séjours en cure ? Mais irréfutablement, Mme Jenny Treibel, c'est la patronne de la Treuhand. Elle seule sait allier les affaires à la poésie. Elle seule pouvait avoir pour le millième développement de processus cette idée socialement si mondaine. Et attention ! – dans un instant, Corinna va surgir et risquer une lèvre insolente… »

Les auditeurs étaient subjugués. La ronde des personnages n'avait pas de fin. Les interpellations se multipliaient : « Et où est Alonso Gieshübler, l'aristocrate de la pharmacie ? » – « Quel dommage qu'il n'y ait pas Hoppemarieken ! » – « S'il y a Czako, pourquoi pas la Schmargendorf ? » – « Mais est-ce qu'on n'a pas invité Mme Kruse et sa poule noire ? » – Et quelqu'un posa une question typique des Archives : « Est-ce que la belle Brigitte a amené son assesseur de la Sécurité danoise ? »

Fonty attrapait au vol toutes les questions et régnait sur son personnel d'une façon quasiment illimitée. Où était Schach, devait se trouver Bülow, la fille était accompagnée par la mère, la veuve du capitaine Hansen, et Mme Dörr se disputait avec son vieux jardinier de mari. La Tripelli chantait *Le Garçon sur la lande*. Tous disaient leur texte, et dans ce brouhaha, le général von Bamme oublia de faire sonner l'assaut contre le pont sur l'Oder. Fonty fit même apparaître le Chinois défunt pour faire une petite peur à Effi, qui joua immédiatement le jeu. Mais lorsque quelqu'un, dans l'assistance, réclama Cécile, il répondit : « Elle n'a pas pu venir. Elle a la migraine. Mais les messieurs qui l'entourent, eux, sont frais et vifs, même si leurs pistolets sont chargés. Et d'autres faiseurs de projets et banqueroutiers professionnels ont répondu à l'appel de la présidente de la Treuhand. Quand leur flair leur promet de l'argent rapide, ces messieurs de l'aristocratie monétaire sont là en un clin d'œil. Mais même les pauvres diables sont avides de bonheur. Regardez, voici venir Hugo Grossmann, le maire à grande barbe, qui cherche des investisseurs. Et certainement, non, à coup sûr, Mathilde Möhring est quelque part. La voilà, qui s'approche de Mme Jenny Treibel pour lui proposer, avec son innocent profil de camée, le mille et unième processus à développer : un morceau particulièrement juteux. Quelle bousculade ! Poitrines décorées, sabres traînants, cols officier. Les conseillers secrets et au Commerce, derrière lesquels se cachent les directions des grandes banques, brillent par leur présence, de même que le Jaune-soufre, reconnaissable au col des cuirassiers de Halberstadt, qui a amené son banquier Bleichröder, un Crésus que soutient aujourd'hui la Dresdner Bank. Des requins du crédit et des spécialistes de la banqueroute, des génies de la pompe à finances ! Vous pouvez en être sûrs : Rubehn, hier encore en faillite, a aujourd'hui l'humeur festive et tient le haut du pavé… »

Ces apparitions sans cesse renouvelées ne nous empêchaient cependant pas, nous des Archives, de regretter l'absence de tel ou tel personnage, sans oser pour autant demander par exemple, au moyen d'une interpellation, des nouvelles du vétérinaire homéopathe d'*Irréparable*, un certain Lissauer. Madeleine nous causait quelque souci. Elle semblait sur le point de mettre un terme à cette fantasmagorie de revenants. Quand, comme j'étais assise à côté d'elle, je manifestai mon inquiétude, elle chuchota : « Bien sûr. Grand-Papa a encore d'autres choses dans sa manche. Il ne plaisante pas. Il est parfaitement sérieux et va pousser la fête à bout, à outrance. Je crains qu'il n'aille jusqu'aux extrémités… » Son mouchoir était en lambeaux.

Peut-être aurions-nous dû intervenir. Ou quelqu'un d'autre – mais au-dessous de l'inscription lumineuse « Sortie de secours », il n'y avait plus de Hoftaller. Et si nous n'intervînmes pas, c'est que, dans la vision de Fonty, la fête continuait pour l'instant à battre son plein dans l'immeuble de la Treuhand.

Il fit entrer en scène le paternoster. Le public eut droit à un ascenseur joliment occupé. Fonty coinça dans une cabine le vieux Stechlin avec sa pieuse sœur Adélaïde. Dubslav avait un grommellement stéréotypé : « Toutes les horloges de couvent retardent », et l'abbesse répétait : « Ne parle pas français, cela me met toujours de mauvaise humeur » ou pestait contre un problème intemporel : les chaussettes rouges. Dans la cabine suivante, la veuve Pittelkow prenait à partie le vieux Graf, ce débauché : « Ma petite Stine n'est pas fille à se coller à quelqu'un ni à l'agripper de force… » puis on vit la servante Roswitha associée à Mme Kruse, qui portait la poule noire dans ses bras. Juste après, Botho von Rienäcker était obligé de supporter le bavardage permanent de Käthe : « Ce que c'est comique, non, ce que c'est comique… » Après quoi l'une des filles Poggenpuhl essayait de convaincre Leo, sa tête en l'air de frère, qui voulait aller chercher l'aventure dans les colonies africaines. Et dans l'exiguïté d'une cabine, Corinna apostrophait la présidente déguisée de la Treuhand : « Je trouve cela ridicule ! Car qui sont les Treibel ? Des fabricants de bleu de Berlin avec un titre de conseiller, et moi, je suis une Schmidt ! »

Était accouplé ce qui allait ensemble ou au contraire se détestait : il fallait que Rex fût meilleur que Czako. Dans cet équipage, Fonty condamnait son personnel à monter et à descendre pour l'éternité. Et chacun disait sa maxime. D'étage en étage, le bon vieux paternoster brinquebalait à travers les romans et les nouvelles en poussant des soupirs et des grincements – « Mais en toute fiabilité ! » entendit-on au pupitre –, et il fit même, un peu macabre, passer les points de retournement au braconnier Lehnert Menz et au garde Opitz. On revit passer le père et le fils en chamailleries perpétuelles, Baruch et Isidore Hirschfeld, et puis on vit enfin la Buschen et Hoppemarieken.

Et qui donna-t-il encore en spectacle, montant d'en bas et disparaissant vers le haut, ou dans une tendance à la descente ? Deux filles de pasteur folles des hommes, des cochers attelés par deux, les filles Barby en un beau contraste, des médecins de famille en conflit sur leur diagnostic, enfin Briest et Louise, lui proférant sa sentence habituelle. Van der Straaten disait d'un ton léger d'homme d'affaires : « Tu veux partir, Mélanie ? » Et elle répondait : « Oui, Etzel. » Au grand mot « Renonce ! » succédait, un peu timide, la question adressée par le comte Petöfy à Franziska : « En es-tu capable ? » Quand Holk, venu tout spécialement de Holkenäs, arriva d'en haut pour disparaître vers le bas avec la baronne Christine von Arne, il se lamenta : « Plus de choses on emporte, et plus il vous en manque » ; et aussitôt, l'âme pieuse de sa femme s'indigna : « Si l'on t'écoutait, les abreuvoirs à vaches devraient être aussi propres que des fonts baptismaux. »

Mais avec l'apparition de ces deux personnages, immédiatement suivis par Brigitte Hansen et Ebba von Rosenberg, la conférence de Fonty tomba absolument dans le spéculatif. Quand, avec une ostensible discrétion, le commissaire Reiff et un mystérieux anonyme, assesseur de la Sécurité danoise, eurent échangé des informations alignées sur un papier, il laissa un instant de côté, à peine Grete Minde était-elle descendue dans une parfaite solitude, la fête de la Treuhand, revint à son manuscrit, revint – et le public des Cuves avec lui – aux *Années d'enfance* et décrivit le spectacle à hautes flammes de l'incendie des granges à la porte de Rheinsberg. Puis il passa, avant que les étincelles ne se fussent dispersées, au grand incendie d'*Avant la tempête* et au pont sur l'Oder en feu, intégra le reflet vif du brasier qui dévorait la réserve de bois, fit venir l'incendiaire Grete Minde, qui tout à l'heure encore participait à la fête costumée, afin qu'elle détruisît par le feu la ville de Tangermünde – « et un instant après, les étincelles rouges franchissaient le faîte… » –, permit au faible Botho – mais il était alors revenu à la Treuhand – de brûler tous les billets de Lene avec leurs fautes d'orthographe jusqu'à ce qu'il ne restât plus que des cendres, récita à la hâte quelques vers de sa ballade sur la « *Tower* en feu » – « Voyez comme, assoiffée, la flamme va de tour en tour... » – et pria alors Ebba et Holk, Holk et Ebba, ce couple impossible, de rejouer l'incendie de la cheminée et des pièces du château de Friederiksborg ; cela se produisit sous les yeux des nombreux et illustres hôtes, dans l'une des cabines lambrissées de l'infatigable paternoster.

Ces divers incendies étaient si vivement attisés par Fonty, les flammes étaient si hautes, la fumée si âcre, la mèche si sèche, et tant de passion s'enflammait, s'échauffait, éclatait d'ardeur, léchait, était léchée, descendait en langues de feu, se déversait en braises, s'éteignait pour atteindre de tels sommets de chaleur que le public – et nous, avec Madeleine, au premier rang – se croyait, témoin oculaire, devant la porte de Rheinsberg, à Tangermünde, près du pont sur l'Oder et dans la cour du château ; rien d'étonnant si nous perçûmes comme faisant partie de l'exposé les sirènes qui parvenaient de l'extérieur. On pensait que sur l'ordre de Fonty, les pompiers de Berlin s'étaient mis en alerte maximum et participaient au grand jeu enflammé de Fonty ; c'est alors que quelqu'un ouvrit brutalement, de l'extérieur, la porte qui donnait sur la sortie de secours et cria : « Ça devait arriver : la Treuhand brûle ! »

Le crieur était Hoftaller. Avant même que la conférence eût atteint son point culminant, il s'était sans doute éclipsé. « Grand incendie », cria-t-il, et il disparut aussitôt. Il était venu apporter des nouvelles toutes chaudes, et comme le public pensait que l'incendie de la Treuhand était la conclusion de la conférence, ce fut un tonnerre d'applaudissements. Battant encore des mains, tous se pressaient vers l'extérieur, où l'on avait envie de chercher dans le ciel des reflets de brasier. Le public s'en allait réjoui et échauffé en même temps. On avait assisté avec plaisir à la fête dans le costume de son choix – chacun dans le rôle de ses rêves –, et l'on avait appris pour finir, avec des exclamations joyeusement approbatrices, que la réalité avait donné crédit à la conclusion flamboyante de la fête.

Dans la salle des Cuves de la Brasserie de la Culture, tandis que tout se pressait vers les sorties, des cris fusaient, à pleine gorge : « Enfin la baraque brûle ! » – « Ça commençait à faire ! » – « Et maintenant la Normannenstrasse ! » – « Là, il y a suffisamment d'explosifs ! » Quelqu'un improvisa un distique : « Des Treuhand et des Stasi Nous délivre l'incendie. » Et quelqu'un d'autre se demandait, en même temps qu'au public en bousculade : « J'aimerais bien savoir qui a mis le feu ! »

Indifférent aux applaudissements et au vacarme de cette sortie, Fonty était toujours derrière son pupitre. Quelqu'un lui avait mis dans la main un bouquet de fleurs – des lis flammés, fort bien choisis – et une enveloppe contenant ses honoraires. Il posa sur le pupitre les fleurs et le billet de cinq cents marks discrètement glissé, but une gorgée d'eau, classa le manuscrit des *Années d'enfance*, enleva ses lunettes, voulait en fait continuer à parler, encore et toujours, ne comprenait pas l'émotion qui régnait, avait, sans lunettes maintenant, l'air étonné et dit, plus à sa propre intention qu'à celle du public, qui de toute façon se dispersait : « Ils ont tous perdu la tête. C'est une fiction, tout cela, ce n'est réel que dans un sens plus élevé. Ils applaudissent toujours trop tôt. Ils auraient dû attendre la fin de la fête de la Treuhand, où l'on voit apparaître l'Immortel en personne. Tout à coup, le paternoster le fait monter. Son paletot est orné de l'ordre des Hohenzollern. Et la patronne de la maison, Mme Jenny Treibel, le salue au quatrième étage avec l'exubérance et la cordialité qu'on lui connaît. Sur quoi ils ouvrent tous les deux le bal pour tous les invités et à travers tous les corridors… »

Madeleine et nous étions les seuls à l'écouter. Seule la Petite et nous voyions s'embraser cette belle tête de vieillard échauffée par la parole et les mèches des cheveux blancs danser comme des flammes. Son regard même était éclairé par un feu intérieur ; rien d'étonnant après un discours aussi ardent.

Quand la petite-fille se dirigea vers le pupitre et prit le

grand-père par la main, nous nous tînmes à distance, mais j'entendis une petite voix : « Excellent, Grand-Père, vraiment excellent. Mais maintenant il faut partir. On va vous soupçonner. Je sais que tout ça n'est que de l'invention, comme l'église de Tempelhof ou le château de Wuthenow. Mais nous devrions partir sans tarder, avant qu'on ne nous cherche… »

Je vis Madeleine fourrer dans son sac à longues anses le manuscrit et l'enveloppe qui contenait les honoraires, tirer Fonty de derrière le pupitre, le mêler et se mêler elle-même habilement à ce qui restait de la foule et disparaître avec son grand-père par l'issue de secours latérale.

Le bouquet de lis flammés, dont Fonty ne pouvait de toute façon pas supporter l'odeur de cimetière, resta sur le pupitre. Nous le recueillîmes, par procuration. Quand tout le monde fut parti, il ne resta que moi. Je cherchai, cherchai…

Enfin, il traînait à l'extérieur, sous un faible éclairage. C'est entre la salle des Cuves et l'ancienne écurie que je le trouvai, blotti dans une niche. Quand il me vit, il me saisit et ne me lâcha plus : « Vous l'avez ? »

Je parlai vaguement de « pot avec la direction » et cherchai à l'éloigner : « Notre ami avait l'air épuisé, il a besoin de repos. Vous aussi, vous devriez vous épargner un peu… »

Il était impossible d'apaiser l'ombre-diurne-et-nocturne devenue orpheline. « C'est certainement la petite qui l'a enlevé. Ce qui n'est pas mal, dans le principe, car il faut absolument le mettre en sécurité… Et tout de suite. La recherche est certainement déjà lancée… »

Je le mis en garde contre les exagérations :

« On ne peut pas avoir de meilleur alibi…

– Allons donc ! Les Archives jouent encore une fois les innocentes. Mais moi, j'ai flairé ce qui allait arriver quand il a mis de côté le manuscrit pour improviser… Il a toujours fait ça quand il… Dès qu'il a utilisé un truc pour s'éloigner du texte – “Du reste, je voulais ajouter que…” –, il en vient au fait. Ça signifie pour lui “appeler un chat un chat”. Et maintenant le compte à rebours est commencé. Alibi ! vous n'avez jamais entendu parler de mise à feu à distance ? Il faut que je le trouve… À tout prix… »

Il me lâcha. Je partis donc, en hésitant et en me retournant sans cesse. Il était là, perdu, tout seul maintenant dans la vaste cour intérieure de l'ancienne brasserie Schultheiss.

Je m'arrêtai dans l'ombre de l'entrée principale, grande comme un portail de château, et je le vis qui faisait les cent pas. Plus près, plus loin. La faible lumière des lampes à arc l'attirait, le recrachait, démuni, il était là, puis repartait, mais sa voix restait. J'en attrapai quelques bribes : « Je l'ai vue dans le public… Gradins de droite, troisième rang à partir du fond… Une dure à cuire… Cette charogne… Évidemment, la femme aux pots de fleurs… C'était son profil, j'en suis sûr… La camarade Levto… Pas fiable… Toujours pathologiquement instable… Ils iront se cacher chez elle… Parce qu'il faut bien qu'ils se cachent quelque part… »

Hoftaller semblait perdre pied. Il se mit soudain à crier, faisant résonner la cour : « Mais je ne veux plus, je ne veux plus… Toujours en service extérieur, service extérieur… J'ai démissionné, démissionné… J'irai ailleurs, tout à fait ailleurs… »

Puis je ne le vis plus, j'entendis seulement en m'éloignant quelqu'un, un ivrogne sans doute, caché quelque part dans l'ombre nocturne des créneaux et des tourelles, à l'endroit peut-être où se dressait la cheminée de la brasserie, entonner un chant révolutionnaire : « Ah ! Ça ira, ça ira, ça ira – Ah ! Ça ira, ça ira, ça ira… »

37. Avec un peu de chance

Le matin, tout avait l'air différent. La Treuhand n'avait pas brûlé, mais il était vrai que la veille au soir, vers vingt et une heures trente, plusieurs équipes de pompiers avaient été mises en action. Dans l'édifice à l'angle de la Wilhelmstrasse et de la Leipziger, on dut circonscrire, puis étouffer pour de bon un incendie dont la fumée avait envahi tous les étages mais qui était facile à localiser. Tout était fini peu après vingt-trois heures ; mais on avait laissé une surveillance dans la maison.

C'était le paternoster qui avait pris feu. Comme il fonctionnait même la nuit, le feu, au fil des tours, avait pu attaquer la plupart des cabines et les consumer, le reste passant pour plus ou moins carbonisé. On pouvait parler d'une destruction totale pour ce qui était de l'ascenseur à cabines ouvertes ; mais la Treuhand elle-même en était quitte pour la peur.

Il y eut tout de suite des rumeurs d'incendie volontaire ; l'organisme de développement du processus avait suffisamment donné matière à la chose. Malgré les démentis officiels, les journaux n'en démordirent pas. Ils rivalisaient de conjectures et désignaient des auteurs ou des groupes d'auteurs. Dans l'une des salles de conférences de l'immeuble par ailleurs désert – au quatrième étage –, avait lieu au moment des faits un cocktail qui réunissait les cadres dirigeants. On pensait pouvoir célébrer un chiffre rond de développements réussis. Mais les participants à cette fête, copieusement arrosée, du reste, ne pouvaient guère être soupçonnés ; chefs de départements et secrétaires de direction faisaient partie d'un système à l'intérieur duquel on avait toujours su se donner mutuellement quitus.

Un court-circuit fut déclaré à l'origine du sinistre. Le revêtement des cabines, gorgé de cire et d'huile de lin, avait pris comme une mèche. Puis on parla d'entretien défectueux. Il restait cependant des doutes : le jerrican mentionné dans le rapport des pompiers – et abandonné dans la cave – ainsi que quelques chiffons ratatinés dans quatre cabines successives ne pouvaient être évacués sans autre forme de procès. Comme on n'avait cependant trouvé aucune revendication, la presse partit du principe que ce n'était pas cette fois la Fraction Armée rouge qui avait monté l'opération, mais un auteur isolé. Des équipes de la Stasi passées à la clandestinité furent également mises en cause. Pourtant, ni l'Office criminel fédéral ni aucune autre instance supérieure n'entreprirent des recherches. Dans les hautes sphères de l'État, le mot d'ordre était : minimiser. On voulait, quel que fût le résultat, passer le plus rapidement possible à l'ordre du jour.

Le paternoster n'a pas subi de rénovation. Ce modèle passait de toute façon pour périmé. Récemment encore, une commission de vérification l'avait estimé « hautement dangereux pour les personnes ». On devait le remplacer dans les meilleurs délais par un ascenseur express dernier cri, ce qui a sans doute été fait depuis lors.

On peut donc dire en résumé : l'incendie n'avait guère gêné le travail de la Treuhand et s'était contenté de la faire figurer un bref moment à la une des journaux. La suggestion de Fonty, qui trouvait chez certains – et jusqu'au fond de la province – un écho se situant entre la bienveillance et la moquerie, ne fut jamais mise sérieusement en rapport avec l'embrasement du paternoster. Ici et là, on fit des commentaires sur « le parallélisme symbolique des deux événements ». Une feuille à grand tirage titra : « Un conférencier joue les voyants ». On n'en tirait pas plus d'une colonne, car il ne manquait pas, en ce mois d'août, de nouvelles vraiment sensationnelles : l'étoile de Gorbatchev avait décliné. Dans les Balkans commençaient les massacres.

L'Union soviétique se décomposait. Et la Bourse était devenue folle.

Qui allait rechercher, dans une période aussi excitante, un vieil homme qui émargeait certes toujours à la Treuhand sous le nom de Theo Wuttke, mais qui, si jamais il était connu, ne l'était que sous celui de Fonty ? D'un point de vue criminalistique, il n'y avait pas le feu pour rechercher Fonty. Au surplus, son alibi s'appelait Cuves et Brasserie de la Culture. Cela faisait autant de témoins à décharge. Seule la puissance de la fiction pouvait le faire paraître suspect. Mais il n'était pas là et passait pour disparu.

Nous n'avons certes pas fermé les Archives, mais nous l'avons cherché partout. Certains étaient en déplacement permanent, et je fus moi-même à plusieurs reprises en service extérieur, car notre recherche avait suffisamment de motifs : au bout de quelques jours à peine, Fonty nous manquait beaucoup. C'était comme si des piles entières de précieux documents avaient jauni sous nos doigts, comme s'il nous manquait un souffle vivifiant qui faisait voler la poussière, comme s'il nous fallait l'évoquer afin qu'il nous redevînt présent, c'était comme si, à peine il n'était plus là, s'imposait à nous le devoir de coucher sur le papier, aussitôt et collectivement, l'histoire du disparu.

Que tout était triste, hélas ! sans lui ! Nous nous lancions des formules de l'Immortel qui donnaient un compte rendu lapidaire de villégiatures ratées : « Que n'y a-t-il pas pour vous faire partir : des crapauds, des coqs, des êtres humains… » Ou encore : « Par la fenêtre entre un parfum où se mêlent le purin et la giroflée… » Et aussi la célèbre sentence : « Je sens grandir la question : À quoi bon ?… » Quand quelqu'un soupira : « J'aimerais que le petit Brahm vienne bavarder un moment », nous regardâmes tous en direction de la porte, mais Fonty ne venait toujours pas.

Nous avons ratissé le Tiergarten. Nous n'y trouvâmes même pas de nourrices du Spreewald qui « sentaient toutes le lait aigre », rien que des Turcs de son âge, qui étaient incapables de nous renseigner. Rien d'autre ne venait à l'esprit du grèbe huppé que des répétitions. L'île Rousseau ne prenait pas de signification plus haute. Mais nous ne fûmes pas tentés de renoncer à nos efforts.

Au cimetière de la paroisse française, nous laissâmes un billet sous la couronne d'immortelles : « Demandons entretien confidentiel. » Nous remontâmes la Potsdamer Strasse en pèlerinage jusqu'au numéro imaginaire et déposâmes également au snack-bar un appât déguisé : « Avons trouvé matériau inédit pour le projet des Likedeeler… » Et sur l'Alexanderplatz, nous nous rendîmes à son kiosque à journaux pour y apposer encore un avis de recherche. Que ce fût dans le quartier des Granges ou sur les ponts qui franchissent la Spree, nous ne laissâmes de côté aucun de ses endroits favoris. Dans les intervalles, nous ne cessions de monter les trois étages de la Kollwitzstrasse, sonnions, passions des petits mots sous la porte, y collions même l'oreille : rien ne bougeait. Le nouveau voisin tombait du ciel, le concierge se contentait de parler. Nous allions insérer une annonce dans le *Tagesspiegel* : « Cherchons personne faisant court sur les grandes choses et long sur les petites », quand à notre dernière visite, nous trouvâmes ouverte la porte du trois pièces et demie.

Emmi et la veuve Grundmann étaient là. On ne pouvait les reconnaître qu'avec étonnement : elles sortaient toutes deux de chez le coiffeur. Leur tenue était des plus élégantes, non pas d'un voyant nouveau riche, mais d'un chic hanséatique, comme si la mère et la fille s'étaient habillées sur mesure à Hambourg. La corpulente Mme Wuttke, toujours un peu négligée, s'était transformée en une dame plutôt raide, et Martha en femme d'affaires soucieuse de sa carrière ; même son parfum semblait orienté vers le profit.

Les deux femmes remplissaient la cuisine et les autres pièces, l'une en évaluant les meubles qui restaient, l'autre en affectant le désintérêt et la distance. Mais quand elles ouvraient la bouche, c'était encore la Kollwitzstrasse qui s'exprimait sans détour ; elles n'avaient trouvé aucun coiffeur pour cet accent. Il était impossible de retailler sur mesure ce ton tantôt bougon, tantôt plaintif, et tantôt bon enfant. Aucun parfum n'avait pu recouvrir ces vapeurs de cuisine, aucun déménagement transposer les morceaux de bravoure des deux femmes en arias de salon. Dans le principe, la mère et la fille étaient restées égales à elles-mêmes, et elles commencèrent par tout trouver plus épouvantable que nature : « Que mon Wuttke me fasse ça à moi… » – « Oh, y a longtemps qu'on pouvait s'attendre à ça avec Papa… »

Invités à nous asseoir à la table de la cuisine, nous racontâmes les Cuves de la Brasserie de la Culture, le public nombreux, les célébrités présentes, et l'orateur au pupitre, les applaudissements. Bien que nous eussions passé les digressions sous silence pour souligner au contraire la progression qualitative de l'exposé, notamment sa forme très spirituelle, sa complexité et la sûreté de ses citations, Emmi déclara : « Qu'y puisse pas laisser tomber tout ça ! Toujours ouvrir la gueule, et puis les gens se tordent de rire. C'était déjà comme ça du temps de l'Union culturelle, même si je lui ai dit cent fois, dis ce que tu as le droit de dire et ne parle pas par cœur. Ça, tu sais pas le faire, Wuttke, y te vient trop de choses entre, je lui disais, et ça te sort comme ça… »

Et de la part de Martha, qui ne supporta notre compte rendu qu'avec impatience, nous entendîmes : « Rien de neuf. Y a longtemps qu'on le savait. C'était même dans le journal de chez nous, que Papa a encore débloqué. C'était drôlement bien fait, comme ils ont écrit ça sur le *Mecklembourg* : "Après l'aimable petite peinture de genre, on en vint au grand sortilège des flammes." Ça a dû être bien rigolo au début, mais à la fin il a pété les plombs, comme toujours. Je connais ça. Absolument. J'ai déjà vécu ça quand j'étais môme, ce que c'est quand Papa casse la baraque. Et puis après quand on a lu que ça avait brûlé à la Treuhand, j'ai su ce qu'il en était, et je me suis dit tout de suite, pourvu que Papa soit pas plus ou moins dans le coup… »

Mais Emmi n'avait pas la même opinion :

« Mon Wuttke ? Jamais y ferait un truc pareil. Lui il parle. C'était déjà comme ça à l'époque, quand il s'asseyait dans les orties et que ça faisait que tout empirer. Seulement il aurait dû venir chez nous. Un télégramme après l'autre, avec ce que ça a coûté ! Mais Martha disait toujours : économiser, ça sert à rien. Il faut ce qu'il faut. Et tout est prêt pour lui, tapissé et tout. Il nous reste plus qu'à déménager. Fini d'attendre. Demain, on fait emballer, pas tout, mais la plupart des choses qu'il y tient. Même les vieux voilages et les doubles rideaux, je les enlève et je les fais remettre dans sa chambre, pour qu'il s'habitue plus vite quand il reviendra enfin…

– Il faut d'abord qu'on le retrouve ! s'écria Martha. Ça, c'est la petite qui a monté le coup. Elle le veut pour elle, et tout entier. Je connais le genre, ça passe sur les cadavres. Et Papa ? Il s'est contenté de suivre. Absolument, il aime ça, prendre la tangente sans rien dire. Il appelle ça "filer à l'anglaise". Et la petite lui a servi la soupe…

– Alors ça non, je laisserai rien dire sur notre Marlène. Elle s'occupe de lui, c'est sûr. Et puis maintenant elle fait partie de la famille, que ça t'aille ou que ça t'aille pas. Sois pas si dure, Martha. Bon, elle est pas du tout pareille que toi, hein, un petit peu plus marrante… »

Comme sa fille se taisait en affichant une mine sinistre, la mère se mit à caresser la table de la cuisine recouverte de toile cirée : « Ah là là, mon Wuttke. Y avait quand même des moments où on pouvait être pas mal fiers de lui, chaque fois que comme activiste, on lui accrochait un truc à la veste, et même en argent. Et puis on a eu quelques bonnes années ici, au début en tout cas. Simplement, c'était un peu petit quand y avait encore les trois garçons, entassés dans une chambre. Et que Martha, qui est arrivée plus tard, elle dormait avec nous. À la longue, c'était plus possible. Ça a été vraiment dur, tellement c'était petit ici. Mais quand tous les garçons sont partis et qu'on a eu assez de place, alors là ça faisait tout vide. Et puis après ç'a été mon Wuttke qui est parti avec son lit dans son bureau, et je me suis retrouvée toute seule dans mon lit, pendant toutes ces années… »

Emmi avait la larme à l'œil. Nous nous agitions sur nos chaises de cuisine. Martha prétendit qu'elle « l'avait mauvaise » parce que Madeleine avait occupé sa chambre de jeune fille, enlevé quelques-uns de ses souvenirs et fourré ses doigts un peu partout. « Même le piano, elle s'y est attaquée. Je vois ces choses-là tout de suite. Et sur l'étagère elle a changé l'ordre des disques. Pour ce que j'en ai à faire !

Qu'elle le prenne, tout ce bric-à-brac ! De toute façon, ça me sort par les yeux, tout ça, tout ce qu'il y a ici. Ça vous étonne, hein ? Eh bien pour le moment c'est comme ça. Il faut savoir repartir à zéro et ne pas se retourner. Tout ce qu'il y a eu ici, c'est du passé, point final, même si je dis toujours que dans notre République, tout n'allait pas si mal que ça. Pour l'efficacité, zéro. L'économie planifiée, bon. Mais seulement si ça marche et s'il y a du rendement. C'est ce qu'il nous faut apprendre, comme je le disais l'autre jour aux camarades de Schwerin : "Ce n'est que si nous produisons en fonction du marché, si le compte est bon et si on fait du profit, que dans le principe on peut envisager ensuite une perspective socialiste…" Si je… ? Mais bien sûr. J'ai repris ma carte. Le Parti cherche des gens qui sachent ce que c'est que le commerce. Mais ça n'a rien à voir avec la foi, c'est simplement une conviction. C'est ce que j'ai écrit au père Matull, celui qui a fait le sermon à mon mariage. Que maintenant au Parti, depuis qu'il a changé de nom, en principe nous autorisons les doutes. Et aux camarades, je leur ai dit : "Celui qui ne doute pas ne croit à rien du tout !" – "Exact", ils ont dit, les vieux stals qui à l'époque avaient toujours l'œil fixé sur la ligne du Parti…. Mais arrête donc de pleurer, Maman. Ça n'avance à rien ! »

Emmi ne tarda pas à en finir avec les pleurs. Nous fîmes la promesse de ne pas abandonner nos recherches. L'offre de Martha, qui voulait prendre à sa charge les frais éventuels qu'elles entraîneraient – elle dit : « Pour l'argent, maintenant, c'est vraiment plus la peine de regarder… » –, se heurta à notre refus : chercher Fonty, objectâmes-nous, était pour nous un point d'honneur.

Du reste, la femme d'affaires portait au cou, suspendue à une simple chaînette d'or, une croix. Lorsque nous lui demandâmes comment se portait l'entreprise, elle répondit : « Pour un début, la boutique marche très bien. Mon Grundmann, lui, il faisait plutôt dans l'improvisation. Moi, je suis pas pareille, j'aime bien la précision. À mon amie Inge, qui fait marcher la maison et qui est plutôt spontanée, je lui ai dit : "Il faut prendre des risques, mais calculés." Oh, elle, elle apprendra vite… »

On ne nous offrit pas de café, mais il nous fut permis de jeter un coup d'œil dans le bureau de Fonty : rien n'y avait encore changé. Seul le tapis chinois rouge, roulé en saucisse, était déjà debout, appuyé à la table de travail. Pas de fleurs dans le vase à long col. Les crayons russes verts toujours bien appointés à différentes longueurs. Les plumes de cygne prêtes à servir. Chaque chose à sa place. Rien n'avait l'air bizarre. Mais sur le plateau de la table, à moitié caché par la boîte à cigares cubaine contenant les élastiques, les timbres et le taille-crayon, un billet que Martha et Emmi n'avaient sans doute pas vu. Dans une belle écriture ornée, on lisait « L'appel du large », rien d'autre.

Ma collègue n'eut aucun scrupule à mettre cette indication en sécurité pour les Archives. J'aurais aimé prendre le pèse-lettre comme souvenir. En fin de compte, je fis disparaître un porte-plume avec sa plume d'acier.

Au moment où nous allions partir arriva le père Matull, de Sainte-Hedwige, afin, dit-il, « d'assister la famille, fût-ce du peu qu'il pouvait ». Il me connaissait du mariage. Pour dire quelque chose, car une fois prononcée cette première phrase, son silence devenait assourdissant, je lui servis une expression catholique, qui était secrètement destinée à enjoliver mon petit larcin et se référait au « péché véniel », pratique courante des confessionnaux sur laquelle l'Immortel avait trouvé des choses amusantes dans un manuel pour jésuites ; un concept qui avait permis à Fonty d'accorder de larges prescriptions et d'amnistier des faux pas répétés.

Matull n'entra pas dans mon calcul catholique. Il n'était là que pour la famille. Dans le droit-fil de cette sollicitude, il nous donna un tuyau pour la recherche du disparu : si nous demandions à la paroisse française ? « Juste ! », nous lança Martha sur le pas de la porte, et Emmi en était certaine : « C'est là que mon Wuttke se sera caché avec notre Marlène, elle vient de là après tout… »

Nous vîmes nos doutes confirmés : ni chez les réformés ni à la Nouvelle Synagogue, dans aucune des églises visitées, dans aucun des temples parcourus le grand-père et la petite-fille n'avaient demandé asile et encore moins trouvé refuge ; dans notre désespoir, nous sommes même allés jusqu'à poser la question à l'Armée du Salut.

Des jours passèrent. Emmi et Martha étaient reparties. Auparavant, elles avaient réussi à « organiser quand même le déménagement, les quelques affaires », nous dit la veuve Grundmann au téléphone. Quand elle entra dans les détails, nous apprîmes que le salon Poggenpuhl avait été enlevé par un brocanteur, à une exception près : « Le vieux piano, je n'ai pas pu m'en séparer. Peut-être qu'un jour j'aurai de nouveau envie. C'est ça, quelques petites choses simples, les *Scènes d'enfants* de Schumann ou ce genre-là… »

Puis on nous donna des instructions. Dès que nous trouverions quelque chose, il fallait envoyer un télégramme. Mais même la police, qui, à la demande d'Emmi, avait assuré qu'elle allait lancer un avis de recherche, n'avait pas de chance ou, comme cela arrive dans les grandes villes, était déjà surchargée. Nous commencions déjà à nous faire à l'idée de trouver un sens à notre travail sans l'aide de Fonty, nous nous mettions déjà à aménager des Archives annexes qui lui seraient consacrées, nous parlions déjà de lui comme d'un défunt auquel, après un travail préparatoire fouillé et aussi large que possible, il faudrait rendre hommage, nous commencions déjà à nous essayer à la rédaction quand Hoftaller apparut aux Archives.

Il venait simplement prendre congé. Il allait faire un assez long voyage. La tâche qui venait de lui être confiée ne pouvait être différée plus longtemps. Nous ne donnerons qu'une indication : un savoir spécialisé comme le sien et des expériences transcendant les systèmes, comme il n'en manquait pas, étaient à l'heure actuelle, dans une situation mondiale en pleine mutation, mais qui réclamait toujours autant de mesures de sécurité, plus nécessaires et plus urgents que jamais : « C'est ce que j'ai toujours dit : dans le principe, rien ne change. »

Notre hôte avait mis une écharpe : un tissu aux carreaux décents. Sur la doublure en soie du chapeau, on devinait la marque d'une maison londonienne. À la place de sa serviette au cuir râpé, un attaché-case de diplomate pendait à sa main. Il nous parut en quelque manière rajeuni ou tout simplement nouveau ; seul était usé jusqu'à la corde ce sourire qui se rapprochait d'une moue, tant notre hôte affichait sa bonne humeur. Il lui vint même des plaisanteries comme « Je vous envie vraiment pour le silence ici », ou « C'est une situation comme ça, sans service extérieur, que j'aurais aimé avoir ». Quand nous lui proposâmes le fauteuil des visiteurs, il déclara : « Mais juste un petit quart d'heure. J'ai encore une petite chose à faire, une simple formalité. Mais après ça démarre. Il y a déjà longtemps que je suis fatigué de Berlin. »

Nous tentâmes de deviner la destination de son voyage :

« Vous n'allez quand même pas en Yougoslavie, où ne règne plus que le chaos ?

– C'est Moscou qui vous demande, parce que maintenant, après le putsch… ?

– Ou alors la Colombie, en plein marigot de la drogue ? »

En guise de réponse, nous dûmes nous satisfaire du fin sourire de Hoftaller.

« Mon biographe, dit-il, qui a étudié avec tant de minutie la perspective à long terme de Tallhover et qui voulait me prescrire une fin choisie par moi-même, serait étonné s'il savait…

– La CIA ! nous écriâmes-nous tous en chœur, et j'ajoutai : Ça n'étonne personne ! »

D'autres services secrets nous vinrent à l'esprit, même l'israélien, le Mossad. Maintenant que son départ était assuré, nous croyions pouvoir lui poser des questions spontanées et directes. Il nous laissa frétiller au bout de l'hameçon et prendre de fausses pistes. Nous l'envoyâmes à la recherche de nazis ou dans le maquis de telle ou telle mafia. Dans notre naïveté, nous lui donnâmes de l'avancement et lui fîmes quitter la position moyenne qu'il avait occupée toute sa vie pour le promouvoir agent n° 1. Il fit le modeste – « Une taille de trop, tout ça », mais ensuite, alors qu'il se levait déjà, Hoftaller commença une phrase par une tournure qui nous était familière : « Du reste… », dit-il, et nous sûmes tout de suite où il voulait en venir.

« Du reste, je suis chargé de donner aux Archives le bonjour de notre ami. Ça n'a pas été tout à fait simple de le dénicher. Je suis parti sur une piste qui n'a rien donné. Vous savez, la femme aux plantes, celle qui a disparu bien avant lui. Exact, Helma Levto. Elle n'a pas laissé l'ombre d'une trace. Elle était dans nos dossiers sous le nom de code "Profil de camée". Au début, quand nous étions encore plus ou moins aux commandes, c'était fiable, mais à la fin… Faux numéro en tout cas. Par chance, je me suis souvenu que Mlle Aubron, quand nous sommes allés à Potsdam à la mi-août, a dit plusieurs fois à son grand-père : "Trop de rois. Et tout ça d'un sérieux mortel. J'aurais quand même envie de quelque chose de vraiment drôle. Ah, Grand-Papa, est-ce que je peux faire un tour de manège avec vous ?" Elle a pu. Et je vais vous confier, tout à fait entre nous et parce que je suis un ami des Archives, où j'ai eu le plaisir de rencontrer notre Fonty et sa charmante petite-fille. C'était une vraie surprise. Vous allez être étonnés. Juste quelques indications avant de partir, mais ensuite il faut vraiment… »

Il les a trouvés au parc de la Spree, qui s'appelait au temps de l'État des Ouvriers et Paysans le Parc de la Culture et qui fait partie du parc de Treptow, où se trouve le Mémorial soviétique. Il dit : « Comme j'ai l'âge de la retraite, je n'ai payé que demi-tarif. Mais quand même, c'est les yeux de la tête, les prix de l'Ouest. Remarquez qu'avec ça, on peut monter sur tout et autant qu'on veut, même sur les montagnes russes. C'est une occasion, vous devriez essayer. »

Et c'est sur ces montagnes russes bonnes pour la ferraille, craquant de toutes leurs articulations, tremblantes de partout, mais qui depuis l'époque où nos enfants maintenant adultes étaient écoliers n'ont vu aucun accident, qu'il a aperçu le couple en cavale, du premier coup d'œil, aisément reconnaissable. Ils étaient installés au milieu de lycéens adolescents et, comme tous les passagers, ils criaient dans les virages, dans les descentes vertigineuses, les positions obliques à une allure folle à travers le tunnel et dans la succession des entrelacs qui se mordait la queue. Il lui fallut attendre quelque temps – « Ils n'en avaient jamais assez » –, car Fonty et Madeleine restèrent trois fois de suite après la fin du tour et s'abandonnèrent donc quatre fois de suite à un plaisir dont la seule vue retourne l'estomac.

« Moi, je n'aurais pas aimé », dit Hoftaller en mimant les montagnes russes de ses mains en virages, grimpant lentement les côtes et dévalant du sommet jusqu'au dernier tourbillon. Il imitait même les bruits des tournants. Les deux personnages en avaient enfin eu assez, mais n'étaient pas descendus en titubant et n'avaient pas été étonnés le moins du monde lorsqu'ils l'avaient trouvé à la sortie : « On ne pouvait pas ne pas me voir. »

Fonty s'était aussitôt moqué : « Il vous a fallu un temps colossal avant de trouver. Je suppose que votre flair baisse. » Et Madeleine s'était montrée assez insolente : « Me permettez-vous, monsieur Offtalère, de vous inviter à un petit tour de montées et de descentes ? Ce n'est dangereux qu'en apparence. Et vous êtes courageux, n'est-ce pas ? »

Le sourire de Hoftaller prit des dimensions bénignes au moment où il se souvint de son aventure au parc de la Spree : « Pas de panique. Je n'ai accepté de monter que sur un manège inoffensif, c'était déjà assez affreux comme ça. »

Bien qu'il fût pressé et ne cessât de bondir du fauteuil pour visiteurs, toutes les attractions dont le parc était pourvu nous furent assez largement décrites, dont un « Tapis volant » que Fonty et la petite avaient essayé à plusieurs reprises. À l'intérieur de cygnes qui servaient de barques et glissaient lentement, grâce à un système de courant, à travers les méandres d'un cours d'eau imité de la Spree, on pouvait tranquillement parler de tout ce qui était possible, même de projets d'avenir.

« Mais Mademoiselle n'était pas d'accord. Elle voulait vivre des sensations ou nous prouver son habileté au tir. Imaginez un peu, comme il y avait des stands avec une masse de fleurs artificielles plantées dans des petits tuyaux, elle a tiré comme ça, en quelques coups, d'abord une rose pour son grand-père, puis pour moi quelque chose comme une tulipe. Je ne pouvais malheureusement pas lui rendre la pareille. J'ai toujours été mauvais tireur. Mais il n'a fallu à Fonty – qui aurait cru ça ? – que trois coups pour lui présenter un bleuet, ce qui lui a naturellement permis encore un blasphème subversif : "C'était la fleur préférée de l'empereur. Le jour où Guillaume fêtait son anniversaire, tous les assesseurs, tous les sous-lieutenants en portaient un à la boutonnière. En fait, je n'aime pas les bleuets. Un bleu stupide, qui ne dit rien, sans parfum, mais fait pour les stands de tir." Et ils ont continué comme ça, d'un plaisir à un autre. On pouvait même contempler un numéro de cirque : un motocyliste tout en haut sur un câble… »

Pour finir, Hoftaller réussit tout de même à détacher Fonty de sa petite-fille, pour peu de temps, il est vrai. Nous aurions aimé voir le couple qui nous était familier, l'ombre-diurne-et-nocturne avec sa cible, entrer dans la gondole ; à la demande de Hoftaller et avec la permission de Madeleine, l'attelage eut le droit de rester un petit quart d'heure sur la grande roue.

Naturellement, Mademoiselle, en entendant ce souhait particulier, avait fait de l'esprit : « Monsieur, je vous soupçonne d'être un rat de bibliothèque. Serait-il possible que ce soit Graham Greene, un collègue pour ainsi dire, qui vous ait inspiré la grande roue par l'intermédiaire de la lecture ? Ou bien est-ce le film, la célèbre scène où Orson Welles philosophe d'une part sur les pendules à coucou, et de l'autre sur Michel-Ange ? »

« Typiquement la Petite ! », lançâmes-nous, en savourant l'embarras à retardement de Hoftaller. Il lui fut permis de faire trois tours d'affilée seul dans la gondole avec Fonty. Il fit l'éloge de l'air des hauteurs, du panorama, et il énuméra tout ce que l'on voyait de là-haut : la Spree, naturellement, et Stralau, sur une presqu'île entre le lac de Rummelsburg et la rivière. « C'est exactement à cet endroit qu'il faut se représenter Lene Nimptsch et Lina Gansauge qui canotent. » Par-delà Neukölln, on voyait tout Berlin-Ouest. « On voit exactement l'endroit où était le Mur. Le pont Oberbaum dans la brume, mais encore visible. Vous devriez essayer, le parc de la Spree, ça vaut vraiment le coup, la vue d'en haut. On voit même Karlshorst, le champ de courses, jusqu'à Köpenick, et on devine le lac du Müggelsee quand il n'y a pas de brouillard. Un régal pour les yeux, tout ça... »

Il était encore sous le coup du panorama offert par la grande roue. Mais quand nous demandâmes de quoi Fonty et lui avaient parlé tout là-haut et au cours du trajet circulaire, son sourire revint, bien rodé, bien huilé :

« Eh bien... Lui aussi, il fallait que je lui dise au revoir, ce qui n'a pas été facile. Du reste notre ami, au contraire de vous, n'a manifesté aucune curiosité. Pas d'interrogatoire : Quelle est la destination de ce voyage ? "Partez ! a-t-il dit. Partez, où que ce soit. C'est partout qu'on a besoin de vous." Après quoi, je le disais, nous avons savouré le paysage. En silence. Une minute de bonheur... Ou même un peu plus... C'est rare, ces choses-là... Un orage s'annonçait de l'ouest... Un banc de nuages, plutôt inquiétant... Mais tout en bas nous voyions Mademoiselle qui était debout et nous faisait signe. Nous lui avons répondu. Ah oui, j'avais quelque chose sur moi, une pile de papiers, de vieux trucs d'avant le Déluge, mais aussi des documents qui concernaient la famille Wuttke, surtout le fils Teddy, le conseiller ministériel responsable de l'habillement militaire... Pas un gros poisson, mais quand même... On s'est amusés comme des petits fous en déchirant tout ça feuille par feuille, de plus en plus petit, ric et rac. Puis on a tout laissé s'envoler comme des confettis, tout est parti vers la Spree. Il y avait un de ces vents là-haut ! C'était bien drôle à voir. Nous étions tous les deux soulagés, nous avons même un peu fait les idiots. "Une affaire, ai-je dit à notre ami, il faut savoir la boucler, d'une manière ou d'une autre..."

– Vous n'avez pas déchiqueté des poèmes, par hasard ?

– Et les lettres, adressées à Lena ? Les traces de l'époque de Dresde ?

– Le poème où le jeune pharmacien fait rimer foie de morue avec Elbe en vue ?

– Tout ça fichu ? »

Hoftaller nous laissa dans l'incertitude : « Je vous ai déjà dit que c'étaient des dossiers très anciens, des reliquats seulement. Vous devriez enfin être raisonnables : il n'y a pas d'archives sans lacunes ! »

Ce fut tout, ou presque tout. Quand ils se retrouvèrent à trois au pied de la grande roue, on décida de commander des rafraîchissements. Debout à un guéridon sous les arbres, on avait bu une limonade pression. Et là seulement, entre deux gorgées, Madeleine avait indiqué qu'après la fin si brutale de la manifestation des Cuves, il n'avait pas été difficile de trouver un refuge, petit certes, mais acceptable. Selon le rapport de Hoftaller, elle dit : « Nous avons eu de la chance. La petite chambre nous a été proposée par une simple ménagère dont le mari est au chômage et qui était emballée par la conférence de Grand-Papa. C'est comme cela que nous avons trouvé un abri. Vraiment gentil, avec une vue par une lucarne. Ne vous faites pas de souci, monsieur Offtalère. Il n'y a que toutes ces plantes en pot qui gênent un peu, moi plus que Grand-Père, qui a même découvert un héliotrope, sa fleur favorite, dans notre jardin des plantes. Eh bien, il faudra supporter ça, cette odeur forte, je veux dire. Mais nous bougeons beaucoup et nous n'y resterons certainement pas longtemps… »

Les adieux eurent lieu devant une station d'essence Minol, d'où Hoftaller commanda un taxi. Fonty et Madeleine étaient partis à pied par l'allée Pouchkine en direction du métro aérien quand les premières gouttes tombèrent et que le vent se leva. Mais la phrase « C'est ainsi que nous nous sommes quittés » ne nous satisfit pas.

De quelle manière s'était-on séparé, voilà ce que nous voulions savoir :

« Comme ça, simplement, sans tambour ni trompette ?

– Chacun est parti dans sa direction.

– Sans un petit mot ?

– On n'avait plus rien à se dire.

– Mais il y a bien eu quelque chose, un geste d'adieu ?

– Oui, certes… »

Nous ne voulions pas croire à l'image que Hoftaller, qui quitta aussitôt les Archives, nous laissa en dépôt, un peu embarrassé : « Rendez-vous compte : pour finir, Fonty m'a serré dans ses bras. »

C'est ainsi que s'évanouit son ombre-diurne-et-nocturne, qui était aussi tombée sur nous. Elle avait disparu, mais l'énigme persistait : quelle direction prend-il ? Qu'est-ce que le spécialiste des changements de système a pu tirer de nous ? Il y avait tant de possibilités pour devenir opérationnel, puisque, où que l'on regardât à travers la télévision, partout étaient béantes des failles dans la sécurité, partout chancelait quelque chose, partout était réclamée une intervention immédiate. Après les échanges habituels, nous nous sommes accordés sur Cuba, ce choix n'étant pas seulement déterminé par l'épuisement de sa réserve de cigares. Mais une question subsista longtemps : de quel côté sera-t-il actif, à La Havane ou à Miami ?

Avouons finalement qu'il a laissé en partant une enveloppe aux Archives. Nous y trouvâmes des documents de l'époque de Leipzig – concernant la pharmacie du docteur Neuberg dans la Hainstrasse, Au Cerf blanc – et deux lettres de jeunesse de l'Immortel à Wolfsohn. De pareils moments de bonheur sont devenus rares. Rien de sensationnel, mais un passage de la lettre est très éclairant, celui où, avec véhémence, il s'écarte de Herwegh pour renouer avec Lenau ; en tout état de cause, ce cadeau d'adieu venait enrichir le fonds des Archives.

De Fonty, nous n'eûmes aucune nouvelle, en dehors d'une carte postale qui nous envoyait ses amitiés depuis le parc de la Spree. L'image montrait la grande roue et, chose remarquable, une autocitation était griffonnée au feutre : « Rien de plus tyrannique que les vieilles gens ! » Puis, entre parenthèses : « J'ai averti Madeleine, parce que j'ai l'impression que je m'y prépare. » Et d'une écriture d'écolière : « Grand-Papa exagère encore. Peut-être cinq tours de montagnes russes sont-ils trop, même pour lui. Nous nous amusons beaucoup. »

Nous pouvions en tout cas considérer le rapport de Hoftaller sur le parc de la Spree comme véridique. Ce n'est qu'au bout de quelques jours, dont la lenteur nous paralysait, qu'une autre carte arriva, cette fois depuis la tour de la télévision sur l'Alexanderplatz. Nous lûmes que le grand-père et la petite-fille avaient, au restaurant qui tourne en permanence à 207 mètres de hauteur, « mangé des roulades au chou très bon marché devant un panorama génial ». Et que ne voyait-on pas de là-haut : « le Schauspielhaus sur le marché aux Gendarmes, la cathédrale française, l'Opéra national, le palais de Friedrichstadt, la Charité, le musée Bode au bord de l'eau et puis encore, en direction de Prenzlauer Berg, la Volksbühne sur la place Rosa-Luxemburg. Vers l'ouest, le temps était plutôt brumeux, mais on devinait le Reichstag, la porte de Brandebourg, le Tiergarten, et en minuscule, la colonne de la Victoire. Tout simplement fantastique ! » écrivait Madeleine. Le Grand-Père se contentait d'envoyer ses amitiés.

Lorsque arriva le lendemain encore une autre carte postale portant le cachet du 12 septembre et qui représentait le masque mortuaire d'Henri IV, manifestement achetée au Musée huguenot, la direction nous était assez franchement indiquée, puisque Fonty mentionnait cette fois, au crayon, parmi tous les objets exposés, les seuls « deux splendides carreaux des Cévennes ». On y trouvait au surplus la phrase aux multiples sens : « Il ne fait pas de doute que je suis en train de devenir à mes propres yeux le plus jeune enfant de mon caprice. »

Puis, rien n'arriva de longtemps. Nous avions abandonné le service extérieur. Afin d'apaiser nos dernières incertitudes, le directeur des Archives écrivit à Mme le professeur Jolles. Londres répondit par retour du courrier : « À mon grand regret, le disparu ne s'est pas signalé. Peut-être votre ami, que je connais un peu grâce à quelque correspondance, a-t-il été directement attiré par les hautes landes écossaises. Il s'y trouve encore des endroits solitaires, des réunions de sorcières même, bien que le tourisme moderne n'épargne rien... »

Des semaines passèrent. Nous commencions à nous habituer à vaquer à notre petit train-train sans l'aide de sa présence physique. Non, nous ne parvenions pas à nous y habituer, nous étions sûrs, bien au contraire, d'être tombés dans un abîme sans fond, car en même temps que Fonty, c'était l'Immortel qui nous avait quittés. Les documents étaient comme morts. À aucune idée ne poussaient des ailes. Plus rien que des notes de bas de page et un désert inanimé. Le vide où qu'on portât la main, tout au plus une rumeur secondaire. C'était comme si tout sens avait disparu pour nous. Il manquait le souffle de Fonty, l'esprit positif. Et ce n'était que lorsque nous remplissions feuille après feuille - le conjurant en même temps que son ombre jusqu'à ce qu'il reprît des contours – qu'il devenait perceptible, qu'il nous rendait à nouveau visite avec des fleurs et des citations, que le vieillard dessiné par Liebermann, tout à fait du passé, se rapprochait de nous, mais avec un regard lointain déjà, pour disparaître encore à nos yeux…

À cela s'ajoutaient les soucis financiers qui pesaient à cette époque sur les Archives. Comme partout, il fallut faire plus avec moins de personnel. On ne m'attribua plus qu'un poste à mi-temps. Déjà, je posais en vain ma candidature à Marbach et ailleurs, et il semblait que je n'eusse plus qu'à me réfugier dans ce qu'il est convenu d'appeler le bonheur conjugal – ah ! oui : « Le mariage, c'est l'ordre ! » – quand, vers la mi-octobre – les marrons tombaient – arriva ce qui, nous le savons maintenant, était la dernière carte postale.

Elle disait tout : le côté brillant montrait un paysage de collines, vert à l'avant, de plus en plus bleuté vers l'horizon, auquel correspondait le verso où le timbre – une Marianne carmin ! – portait un cachet de la poste illisible et où quelques mots étaient, cette fois, tracés à l'encre.

Nous lûmes : « Avec un peu de chance, nous nous retrouvons dans une région colossalement déserte. La petite me charge de saluer les Archives, souhait que j'exauce volontiers. Nous allons souvent aux champignons. Par temps stable, il est possible de voir loin. Du reste, Briest se trompait ; moi, en tout cas, j'aperçois le bout de l'histoire… »

TABLE

LIVRE PREMIER

LIVRE DEUXIÈME

LIVRE TROISIÈME

LIVRE QUATRIÈME

LIVRE CINQUIÈME

Le personnage de Tallhover qui poursuit ici son existence sous le nom de Hoftaller est emprunté au roman de Hans Joachim Schädlich, Tallhover, *paru en 1986 aux éditions Rowohlt à Reinbek.*

(Note de l'auteur)

Ce roman de H. J. Schädlich a paru en français sous le même titre aux éditions Gallimard, dans la traduction de Bernard Lortholary.

(Note de l'éditeur)

DU MÊME AUTEUR

Le Tambour
roman
Prix du meilleur livre étranger
Seuil, 1961
et « Points », n° P347

Le Chat et la Souris
roman
Seuil, 1962
et « Points », n° P417

Les Années de chien
roman
Seuil, 1965
et « Points », n° P419

Les plébéiens répètent l'insurrection
théâtre
Seuil, 1968

Évidences politiques
Seuil, « Combats », 1969

Anesthésie locale
roman
Seuil, 1971

Théâtre
Seuil, 1973

Journal d'un escargot
récit
Seuil, 1974

Le Turbot
roman
Seuil, 1979
et « Points », n° P418

Une rencontre en Westphalie
roman
Seuil, 1981
et « Points Roman », n° R553

Les Enfants par la tête
ou les Allemands se meurent
récit
Seuil, 1983

La Ballerine
essai
Actes Sud, 1984

Essais de critique (1957-1985)
Seuil, 1986

La Ratte
roman
Seuil, 1987
et « Points », n° P710

Écoutez-moi : Paris-Berlin, aller, retour
(avec Françoise Giroud)
Maren Sell, 1988

Tirer la langue
récit
Seuil, 1989

Wang-Loun
(de Alfred Döblin)
essai
Éditions Fayard, 1989

Propos d'un sans-patrie
Seuil, « L'histoire immédiate », 1990

L'Appel du crapaud
Seuil, 1992
et « Points », n° P15

Mon siècle
Seuil, 1999

COMPOSITION : I.G.S. CHARENTE-PHOTOGRAVURE À L'ISLE-D'ESPAGNAC
IMPRESSION : **BUSSIÈRE CAMEDAN IMPRIMERIES** À SAINT-AMAND (CHER)
DÉPÔT LÉGAL : NOVEMBRE 2000. N° 47500 (004758/1)